▲ **황금으로 만들어진 튜닉의 세부**

잉카인들에게 황금은 '태양신의 눈물'로 여겨져 종교적인 기능을 겸했다. 그러므로 황금의 박탈은 잉카인들에게 종교의 박탈이자 신의 박탈이었다. 황금의 땅, 아메리카 대륙에 대한 소문이 퍼지면서 잉카족의 황금 대부분에는 스페인 국왕의 낙인이 찍혔다.

▲ 잉카 최후의 공중 도시 마추픽추

아스라이 솟은 절벽과 절벽 사이로 소용돌이치는 강물만이 간신히 뚫고 지나는 우르밤바 협곡. 그 협곡 안쪽으로 해발 2400미터 산상에 잉카인들의 마지막 비밀 도시 마추픽추가 있었다. 잉카인들이 미라만을 남겨놓고 이곳에서 사라진 뒤로 마추픽추는 400년 동안이나 두꺼운 이끼에 덮여 있다가 1911년 미국의 역사학자 하이럼 빙엄에 의해 발견되었다.

◀ **잉카 유판키**
잉카 제국은 9대 왕 파차쿠텍의 즉위를 전후해 왕국의 형태를 갖추기 시작했다. 파차쿠텍은 활발한 정복 사업을 통해 서쪽, 남쪽, 북쪽 지방으로 영토를 확장했고, 그의 아들 잉카 유판키는 동쪽 지방을 정복했다. 이로써 마침내 '사방위 제국'이 탄생했다.

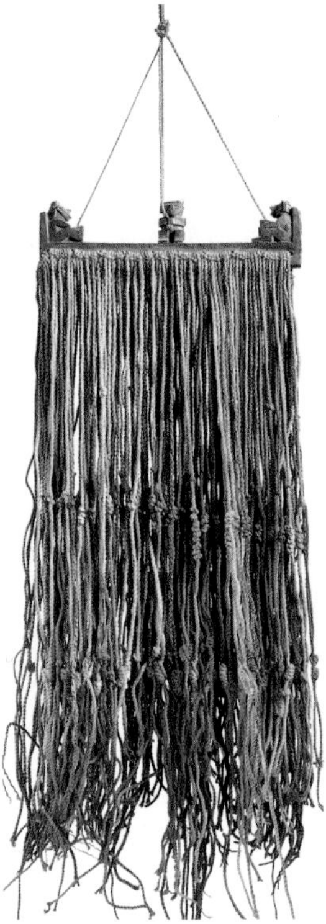

▲ **추스파**
코카 잎을 담을 때 썼던 작은 모직 주머니. 코카 잎에 석회 가루를 섞어 씹으면 일종의 마약 성분인 알카로이드가 나와 허기와 갈증, 고통을 잊게 해 주었다.

◀ **퀴푸**
가로대 아래 정교하게 매듭진 실들이 매달려 있다. 잉카족들은 끈의 매듭 수나 간격, 색깔로 가축의 마릿수와 농산물의 양을 정확히 기록할 수 있었다. 최근 연구에 따르면 퀴푸는 문학과 기록 보관을 위해서도 사용되었다고 한다.

잉카

INCA
PRINCESSE DU SOLEIL(volume 1)
by Antoine B. Daniel

이 도서의 국립중앙도서관 출판시도서목록(CIP)은
e-CIP 홈페이지(http://www.nl.go.kr/cip.php)에서 이용하실 수 있습니다.
(CIP제어번호: CIP2007003447)

잉카

앙투안 B. 다니엘 장편소설 | 진인혜 옮김

1

태양의 공주

문학동네

잉카

전3권

1권 · 태양의 공주

2권 · 쿠스코의 황금

3권 · 미추픽추의 빛

앙투안 B. 다니엘은 베르나르 픽소에게 감사의 마음을 전한다.
그의 열정과 감각이 없었다면 이 이야기는 존재하지 못했을 것이며,
우리의 만남도 이루어질 수 없었다.

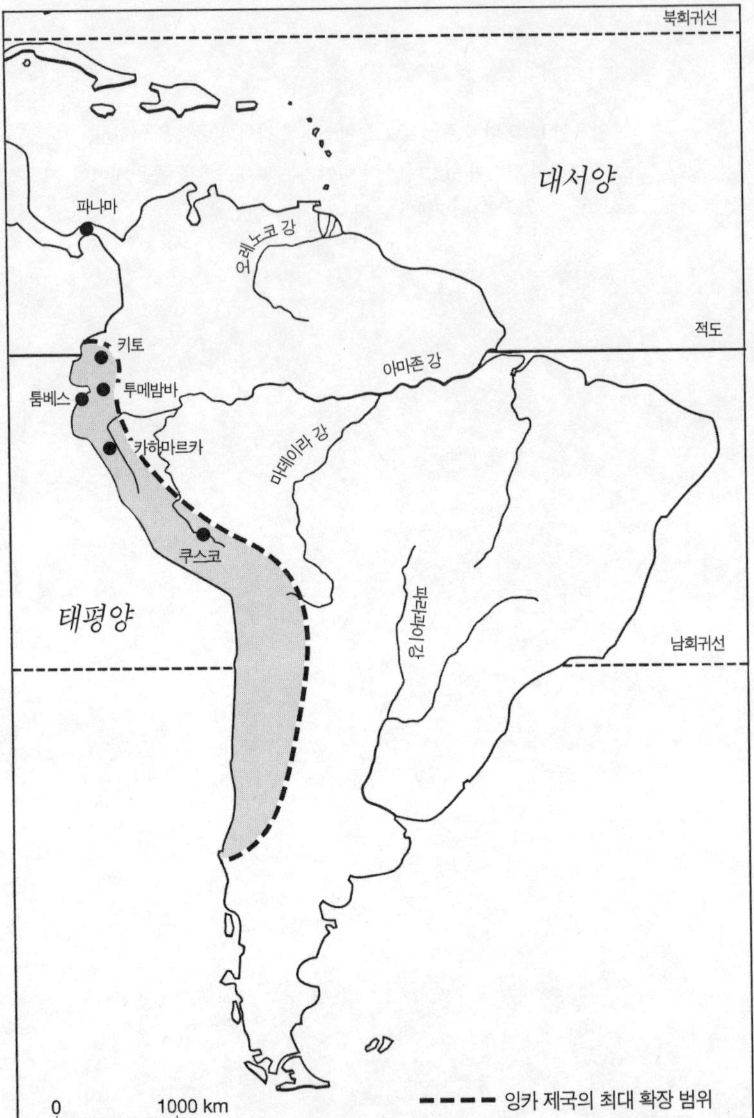

북회귀선
대서양
파나마
오레노코 강
적도
키토
아마존 강
툼베스
투메밤바
카하마르카
마데이라 강
쿠스코
파라과이 강
태평양
남회귀선
0
1000 km
잉카 제국의 최대 확장 범위

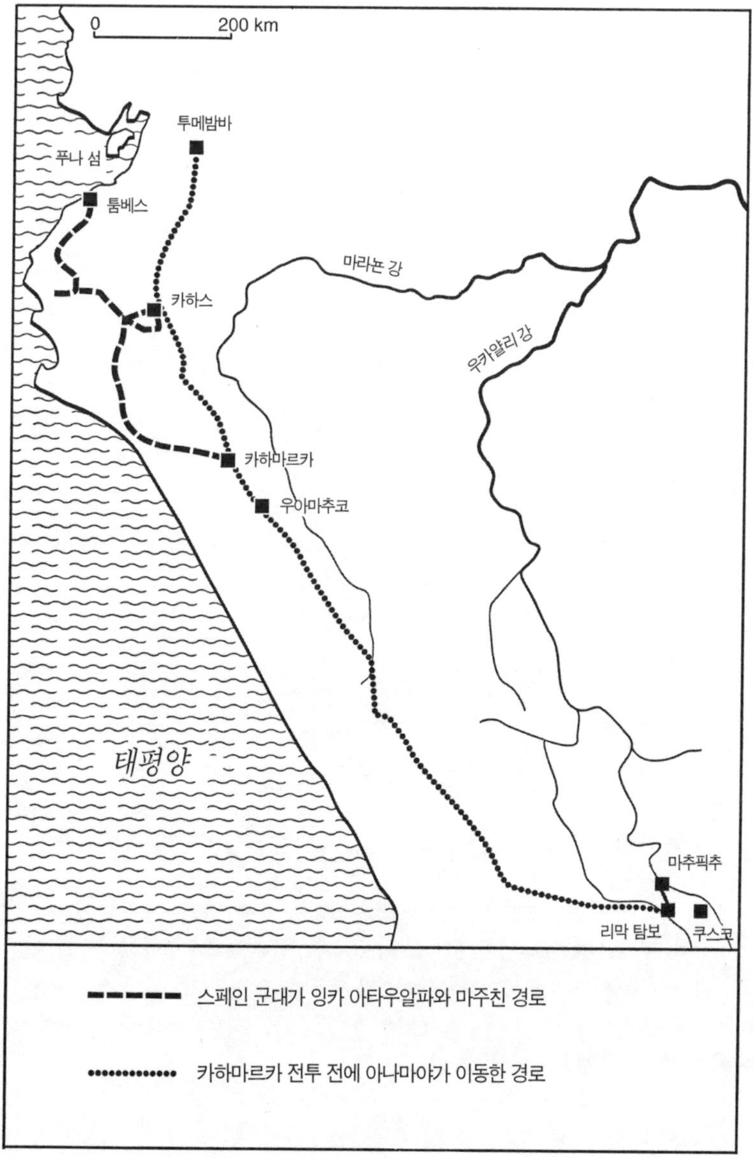
0
200 km
투메밤바
푸나 섬
툼베스
마라뇬 강
카하스
우카얄리 강
카하마르카
우아마추코
태평양
마추픽추
리막 탐보
쿠스코
스페인 군대가 잉카 아타우알파와 마주친 경로
카하마르카 전투 전에 아나마야가 이동한 경로

:: 일러두기

1. 스페인 콩키스타도르들의 잉카 제국 정복 당시, 잉카인들의 공용어는 케추아어였다. 하지만 문자언어가 아니었던 까닭에 케추아어의 정확한 표기에 대한 기록이 남아 있지 않으며, 케추아어의 표준 표기법이 만들어진 지금에도 정확한 표기법에 대해 의견이 분분한 상황이다. 따라서 이 책에 나오는 잉카 제국의 고유 지명이나 인명 등은 원서에 쓰인 알파벳 발음대로 한글 표기했음을 밝혀둔다.

2. 이 책에 나오는 생소한 잉카 관련 용어들은 본문에 별도로 표시하지 않고 책 뒷부분에 '용어 해설'을 실어두었다.

제1권
등장인물

아나마야 미지의 푸른 눈을 지닌 잉카 왕족 혈통의 소녀. 출생에 대한 정확한 언급이 없다. 다만 오래전 잉카족을 침략한 브라질의 투피남바 유목민 중 청잣빛 눈동자를 지닌 유럽 태생 우두머리와 잉카 공주 사이에 태어난 딸이 있었다는 전설로 그 태생을 짐작할 뿐이다. 우아이나 카팍 왕의 정복 전쟁에 어머니를 잃고 포로가 되지만, 이후 우아이나 카팍 왕은 티티카카 호수처럼 푸른 눈동자를 지닌 그녀를 '계시' 로 여기고 생을 마치는 순간 그녀에게 잉카 제국의 과거와 현재, 미래에 대한 비밀을 들려준다. 그후 아나마야는 잉카 제국의 복잡한 정치사와 전쟁의 음모에 휘말린다.

가브리엘 몬테루카르 이 플로레스 스페인 탈라베라 후작의 서자. 교황을 배반하고 여자와 부적절한 관계를 맺었다는 오해를 받아 감옥살이를 한 뒤 아버지에게 매정하게 버림받는다. 우연히 황금 제국을 꿈꾸는 피사로, 세바스티안, 페드로를 만나 콩키스타도르 무리의 일원이 되어 잉카 제국으로 떠난다. 그리고 그곳에서 사랑해서는 안 될 잉카 공주 아나마야와 사랑에 빠진다.

프란시스코 피사로 스페인 콩키스타도르의 총독. 인자하고 인간적인 듯한 면모로 정복대원들을 이끌지만, 자신의 목표 달성을 위해서라면 오랜 친구도, 굳은 약속도 쉬이 저버릴 수 있는 냉철한 인물.

세바스티안 데 라 크루스 흑인 노예 출신으로, 우연히 가브리엘을 만나 절친한 친구가 된다. 피사로 총독의 지휘 아래 황금을 찾아 잉카 제국으로 떠난다. 음모와 탐욕, 죽음으로 점철된 정복 전쟁에서 가브리엘 곁을 끝까지 지킨다.

페드로 데 칸디아 가브리엘의 그리스인 친구. 세바스티안과 함께 가브리엘이 페루 행을 결심하게 되는 데 큰 역할을 한다. 가브리엘과 깊은 우정을 나눈다.

우아이나 카팍 잉카 제국의 11대 왕. 잉카 제국의 두 수도인 쿠스코와 키토의 창설자. 숨을 거두기 전, 아나마야에게 제국의 거대한 비밀을 들려준다.

아타우알파 잉카 제국의 13대 왕. 서자라는 이유로 우아이나 카팍 왕의 후계자 지명을 거부한다. 피사로 총독의 포로가 되자, 몸값으로 방을 가득 채울 황금을 주겠다고 약속한다. 하지만 피사로의 배신으로 콩키스타도르들에게 교수형을 당한다.

우아스카르 우아이나 카팍의 아들로, 쿠스코에 근거를 둔 12대 왕. 북부 키토를 지배하는 아타우알파를 물리쳐, 절대 권력을 가진 '유일한 군주'가 되기를 꿈꾼다.

빌라 오마 잉카 제국의 현자이자, 태양신 신전의 대신관. 코카 즙에 물든 초록 입과 싸늘한 눈길을 지닌 차가운 이성의 소유자. 어린 아나마야가 잉카 제국의 비밀에 입문하는 것을 돕는다.

망코 쿠스코의 우아스카르 씨족으로, 콩키스타도르의 정복 아래 잉카의 '유일한 군주'가 된다. 사랑하는 아나마야의 마음을 얻지 못해 괴로워한다.

파울루 망코와 같은 달에 태어난 배다른 형제. 훗날 제국의 왕이 되는 망코와 깊은 우애를 나눈다. 하지만 비극의 역사는 이들의 형제애마저 유린한다.

구아이파르 키토의 아타우알파 씨족으로, 잉카족 장교. 망코와 파울루에게 원한을 품고 있다. 아나마야를 끝까지 흠모하며 그녀의 마음을 얻기 위해 몸부림친다.

난쟁이 침부 어린 시절 잉카족에게 생포된 카나리족 부족민으로, 이후 우아이나 카팍 왕의 양자가 된다. 아나마야의 헌신적인 친구가 된다.

인티 팔라 우아이나 카팍의 딸들 중 하나. 어린 시절부터 아나마야를 질투한다. 자라서 아타우알파 왕의 제1후궁이 되지만 콩키스타도르의 통역자 펠리피요와 부정한 관계를 맺고 아타우알파를 배신한다.

에르난도 데 소토 피사로 총독의 옛 동료. 뒤늦게 피사로의 정복대에 합류해 콩키스타도르의 대장이 된다.

에르난도 피사로 피사로 총독의 첫째 동생. 오만하고 악랄한 성품의 소유자. 가브리엘에 대한 질투와 분노가 대단하다.

곤살로 피사로 피사로 총독의 막내 동생. 자신의 탐욕을 채우기 위한 악행이라면 물불을 가리지 않는다.

시킨차라 잉카족 대장으로, 스페인 콩키스타도르와 잉카 왕 아타우알파의 조우에 사절로 나선다.

| **차례** |

제1부

1

1526년 12월, 포코나* 근교

엄마 곁에서 웅크리고 자던 아나마야는 불현듯 잠에서 깨어났다. 오두막집 지붕 위로 빗줄기 쏟아지는 소리가 들렸다.

아직 밤이었다. 캄캄한 밀림의 깊은 밤. 비가 세차게 내렸다. 아나마야에게는 더이상 아무 소리도 들리지 않았다. 들보가 삐걱거리는 소리도, 숲을 부산히 오가는 원숭이나 맹수의 울음소리도.

아나마야는 갈대로 만든 침상 위에서 돌아누우며 엄마의 손을 찾았다. 왜 잠이 깼는지 알 수가 없었다. 눈을 뜨면 어둠 속 지붕의 들보는 뱀처럼 보이고 단지는 얼굴이 일그러진 괴물로 보였다. 다시 눈을 감으면 야단스러운 빗소리에 견딜 수가 없었다. 돌덩이처럼 무거운 빗방

* 현재의 볼리비아에 있는 지명.(원주)

울이 종려나무 가지로 만든 두꺼운 지붕을 뚫고 가슴을 후려칠 것만 같았다.

뚜렷한 이유도 없이 그녀는 겁이 났다. 가슴속에 슬픔이 차올랐다. 꿈인 듯 까닭 모를 격렬한 슬픔이.

그녀는 몸을 웅크린 채 떨다가 엄마 품으로 바싹 파고들어 한참을 울었다. 하지만 그녀의 입에서는 한마디 말도, 신음 소리도 새어 나오지 않았다. 그러다가 스르르 다시 잠이 들었다.

✻

동틀 무렵, 아나마야는 간밤의 공포를 모두 잊어버렸다. 그녀는 벌떡 일어나서 해먹들 사이를 미끄러지듯 지나 텅 빈 안뜰로 나갔다.

거대한 밀림으로 둘러싸인 아주 작은 마을이었다. 가운데에 뜰을 두고 네 채의 커다란 공동 오두막집이 둘러서 있고, 끝을 뾰족하게 깎은 높은 통나무 담장이 그 집들을 에워싸고 있었다. 뜰은 비어 있고, 비는 그친 뒤였다. 공기는 후텁지근하고 끈적거렸다. 단조로운 잿빛 하늘이 높이 자란 풀들 사이로 반짝이는 기다란 진흙탕에 비치고 있었다.

아나마야는 팔에 앉은 모기 한 마리를 눌러 죽였다. 모기들은 쉬이 흩어져버리는 작은 구름처럼 축축한 대기를 떼 지어 갈지자로 날아다녔다.

깡충깡충 몇 발짝을 뛰어간 아나마야는 창들을 둘러 세운 울타리에 이르러, 문 옆에서 불침번을 서는 보초와 마주쳤다. 보초는 젊은 남자였다. 마을의 여느 남자들처럼, 모든 치리구아노처럼 그는 허리에 천조각만 걸치고 있었다. 턱과 뺨에는 검은색과 초록색 아라베스크 무늬가 그려져 있고, 이마는 정수리까지 동그랗게 면도되어 있었다. 피부는 진흙탕만큼이나 빛나는 황토색이었는데, 기다란 목걸이에 매달린 청록색 터키옥들이 가슴 위에서 강렬한 빛을 내뿜고 있었다.

보초는 반쯤 졸다가, 아나마야가 웅덩이 물을 튀기는 소리에 소스라쳐 깨어났다. 그는 반사적으로 창을 겨누더니 웃기 시작했다.

"이 시간에 밖에서 뭐 하는 거냐, 커다란 모기야!"

"마을을 지키는 아저씨를 도와주러 왔지요."

아나마야는 사뭇 진지하게 대답했다.

보초는 웃음을 거두고 심각하게 고개를 주억거렸다.

"좋은 생각이야! 네가 나와 함께 있다는 걸 잉카들이 알면, 감히 우리를 공격하지 못할 거다!"

"물론이죠!…… 그런데 나 나가게 해줄 거죠?"

보초는 다시 환한 웃음을 짓고는 아나마야의 목덜미를 톡톡 두드렸다.

"달아나거라, 모기야. 너무 멀리 가지는 말고. 안 그러면 네 엄마가 내 머리통을 마법 단지에 처넣을 거야!"

보초는 묵직한 통나무 널빤지를 고정시킨 칡덩굴을 풀면서 장난스레 말했다.

아나마야는 열린 틈으로 슬그머니 빠져나가 울창한 숲까지 뛰어갔다. 허리에 두른 천이 가시에 긁혔지만 아랑곳하지 않았다. 그녀의 맨발이 숲속 빈터에서 팔짝팔짝 뛰며 알록달록한 꽃들 사이를 날아다녔다.

그녀는 커다란 연못에 이르자, 두 팔을 내밀고 연못물만큼이나 보드랍고 싱그러운 몸을 단숨에 물속에 담갔다. 그리고 한참 동안 헤엄을 치며 놀았다. 그러다가 낮게 드리워진 포도나무 가지가 보이자 단번에 가지를 움켜잡고 원숭이처럼 민첩하게 기어 올라갔다.

나뭇가지 아래로 그녀의 그림자가 흩어졌다가, 수면이 잔잔해지자 다시 모여들었다. 열 살이라는 나이에 비해 키가 훌쩍한 소녀의 그림자. 아나마야는 마을의 다른 소녀들보다 훨씬 키가 크고 피부는 하얬다. 이마는 더 펑펑했고, 얼굴은 고집스러워 보이는 뾰족한 턱 때문에 길어 보였다. 그녀는 코가 제일 마음에 안 들었다. 치리구아노 인디오 소녀들의 코보다 훨씬 더 좁고 기름했다. 입도 더 조그맣고, 입술은 윤곽은 뚜렷하지만 두툼하지 않았다.

특히 눈이 달랐다.

아나마야는 눈을 감은 채 발로 물장구를 쳐서 그림자를 지워버렸다.

왜 이렇게 생겼을까? 마을 사람들은 온갖 얘기를 떠들어댔지만, 정작 엄마는 아무 말도 해주지 않았다.

엄마…… 아나마야는 문득 엄마가 보고 싶고 만지고 싶었다. 가슴에 사무치게.

그녀는 웃으면서 엄마를 소리쳐 불렀다. 두꺼운 나뭇잎들 사이로 메아리가 울려 퍼지는 사이, 그녀는 포도나무 가지에서 뛰어내리고는 사랑으로 고동치는 가슴을 안고 마을을 향해 전속력으로 달렸다.

✻

느지막한 아침나절, 구름이 돌연 갈라졌다. 한줄기 빛이 숲으로 스며들어 오두막집 위에 내려앉았다. 빛이 어깨에 닿자 아나마야는 웃음을 터뜨렸다.

그녀는 얼굴 가득 함박웃음을 머금고 춤을 추었다. 팔을 벌린 채, 숱 많은 검은 머리채를 리듬에 맞춰 흔들면서, 갈마드는 햇빛과 빗줄기에 벌거벗은 몸을 내맡겼다.

"아나마야!"

엄마가 불렀다.

엄마는 마을에서 옷을 입고 있는 유일한 사람이었다. 무릎까지 내려오는 기다란 튜닉을. 튜닉은 색이 바래서 공들여 짜 넣은 사각형, 십자형, 마름모꼴의 무늬만 겨우 알아볼 수 있었다. 군데군데 찢긴 부분은 용설란 실로 꿰매여 있었다.

"해가 났어요! 이리 와보세요, 엄마, 이리 오세요!"

아나마야는 황금빛 햇살 속에서 뱅뱅 돌면서 소리쳤다. 그녀는 엄마에게 달려가 손을 잡아끌었다. 엄마는 미소 지으며 버티다가 이내 아이의 즐거움에 동참했다.

모녀는 깡충깡충 뛰면서 춤을 추었고, 발 사이로 진흙이 튀자 새된 소리를 질렀다. 갑자기 아나마야가 미끄러졌다. 엄마는 아나마야의 팔을 붙잡아 일으키며 꼭 끌어안았다. 하마터면 엄마도 딸과 함께 넘어질 뻔했다. 웃음을 가라앉히고 모녀는 다정하게 끌어안은 채 균형을 되찾았다.

"자, 엄마, 또요!"

아나마야가 엄마의 목에 매달려 속삭였다.

엄마의 빛나는 눈이 아이의 눈을 부드럽게 응시했다.

"우리 약속을 잊은 거니?"

엄마는 짐짓 나무라듯이 속삭였다.

아나마야는 얼굴을 찌푸렸다. 아니, 그녀는 잊지 않았다. 하지만 그건 유쾌한 일이 아니었다.

"정말 늙은 마녀를 도와줘야 해요?"

"아나마야! 늙은 마녀가 아니라 혼령의 할머니란다."

"그래서요? 어쨌든 난 그 할머니가 싫단 말이에요!"

엄마는 미소 지으며 아나마야를 끌고 갔다. 모녀는 손에 손을 잡고 오두막집 하나를 에돌아 안뜰을 가로질러 갔다. 햇볕이 물웅덩이에서 반짝이고 있었다. 여전히 가랑비가 내려서 수면을 흩뜨리기는 했지만.

어찌나 더운지 밀림에서는 김이 피어올랐다. 옅은 안개 띠가 밀림에서 새어 나왔다. 안개 띠는 스멀스멀 다가왔다가 울타리를 이룬 높다란 창들에 찢겨버렸다.

어느 오두막집 모퉁이의 작은 불 옆에서 한 노파가 히코리나무로 만든 납작하고 기다란 숟가락으로 목이 넓은 항아리에 담긴 짙은 초록색 액체를 휘젓고 있었다. 아나마야는 얼굴을 찌푸렸다.

"옷감을 가져왔어요, 혼령의 할머니……"

노파는 네모난 옷감을 의심스러운 눈길로 살폈다. 너무 낡아 훤히 비치고, 장밋빛 자수 장식이 하얗게 바랜 옷감이었다.

"잘될 거다."

노파가 중얼거렸다.

아나마야는 단지 속의 액체를 들여다보려고 까치발을 했다.

"이 안에 혼령이 있다는 걸 어떻게 알아요?"

아나마야가 노파에게 물었다.

"내가 넣었으니까 알지, 바보 꼬맹아."

"전 바보가 아니에요. 제 눈에는 안 보이는걸요……"

"조용히 해라, 아나마야."

엄마가 건성으로 지시했다.

"왜 할머니한텐 보이는데 저한텐 안 보이죠?"

아나마야가 끈질기게 물었다.

"내겐 볼 수 있는 능력이 있다는 걸 너도 잘 알잖느냐! 이제 조용히 해라. 엄마 말 들어, 애야!"

노파가 신경질적으로 말했다.

아나마야는 한숨을 쉬었다. 세 사람은 연기로 검게 그을린 항아리 주둥이 위에 옷감을 펼쳤다. 노파는 거기에 천천히 액체를 따랐다. 초록빛 앙금이 들러붙었다. 냄새가, 햇빛이 결코 땅에 닿지 않는 깊은 숲 속의 냄새가 짙게 피어났다.

아나마야는 혼령이 나타나기를 애타게 기다렸지만, 점점 더 천천히 항아리 바닥으로 떨어지는 물방울 소리밖에 들리지 않았다.

그녀는 또다시 묻고 싶었지만 감히 그러지 못했다. 문득 햇볕에 뜨거워진 어깨 위로 서늘한 한기가 스치는 것을 느꼈다. 그녀는 하늘을 지나가는 그림자를 향해 눈을 들었다. 그러다가 그만 옷감 한 귀퉁이를 놓치고 말았다.

초록색 찌끼가 항아리 속으로 떨어졌다. 노파가 쉰 목소리로 비명을 내질렀다.

"아나마야! 너 뭐 하는 거니!"

엄마가 소리쳤다.

"엄마! 새예요!"

거의 오두막집 한 채만 한 새였다. 빛나는 검은색 깃털 틈에서 공기가 쉬익쉬익 소리를 냈다. 어찌나 낮게 나는지 마치 내려앉으려는 듯 보였다. 하지만 아니었다. 새는 솜털로 뒤덮인 길쭉한 목을 돌리더니, 무시무시한 부리를 꼿꼿이 세우고 날갯짓도 하지 않은 채 다시 높이 날아올랐다.

"엄마, 너무 멋져요!"

뜰에서 놀던 벌거숭이 아이들도 놀이를 멈추었다. 어른들도 꼼짝하지 않았다. 머리털이 짧은 남자들의 이마에 근심 어린 주름이 잡혔다. 노인들도 커다란 오두막집에서 나와, 손으로 볕과 비를 애써 가리며 하늘을 바라보았다.

손가락처럼 벌어진 새의 양 날개 끝에서 하얗고 기다란 깃이 떨렸다. 새가 사람들 머리 위로 되돌아오자, 사내의 손보다 더 큰 발톱이 보였다. 아나마야는 새의 시선을 느꼈다. 공처럼 동그란 새의 동공이 한 순간 그녀의 눈에 내리꽂혔다. 순간 그녀에게는 아무것도 보이지 않았다. 점점 더 격렬해지는 소음, 깜깜한 어둠의 소동, 마치 수백 명의 사람들이 한꺼번에 달려오는 듯 발 구르는 소리만 들릴 뿐이었다. 아나마야가 비명을 지르려는 순간, 엄마의 부드러운 손이 그녀의 어깨를 잡았다. 딸을 안심시키려는 엄마의 손이 떨렸다.

"콘도르란다."

엄마는 딸의 어깨를 더 세게 쥐며 더듬거렸다.

"잉카의 사자(使者)지."

노파가 덧붙였다.

아나마야가 바싹 다가서자 엄마가 아주 나지막이 중얼거렸다.

"콘도르…… 하지만 콘도르는 여기서 살지 않아. 절대로 산 위에서 숲으로 내려오는 법이 없는데……"

아나마야는 엄마를 바라보았다. 엄마의 입이 실그러지고 낯빛이 창백했다.

"엄마! 엄마, 왜 그래요?"

새는 한 번의 날갯짓으로 높이 날아올랐다. 그리고 동쪽으로 빙그르르 돌더니 안개층보다 훨씬 높이 올라가서 단번에 방향을 바꾸었다. 마치 마을을 덮치려는 듯이. 그러나 아니었다. 새는 점점 더 높이 올라갔다. 구름이 갈라지며 서산의 측면으로 길을 트자 푸른 하늘이 나타났다.

아나마야는 흥분으로 몸을 떨었다. 숨이 막힌 듯 한마디도 하지 못했다. 갑자기 그녀의 내부에서 함성이 울려 퍼지며 배와 옆구리를 짓눌러왔다.

마을 안뜰에서는 사람들이 여전히 하늘을 올려다보며 입을 다물고 있었다. 모두들 꼼짝도 하지 않았다. 더는 아무 소리도 들리지 않았다. 밀림조차 침묵을 지켰다.

그때 울부짖는 듯한 나팔 소리가 울려 퍼졌다.

✲

"잉카다! 잉카!"

보초가 말뚝 울타리를 건너뛰어 술 취한 사람처럼 비틀거리며 달려왔다.

"잉카예요! 그들이 왔어요!"

입에서 고함 소리가 새어 나오는가 싶더니, 그는 힘없이 쓰러졌다. 청록색 터키옥 목걸이 끈이 끊어지면서 작고 푸른 보석 알맹이들이 먼지 속을 굴러가 진창에 빠졌다. 그의 관자놀이에서 흘러내린 검은 피가 두 뺨에 칠해진 검붉은색과 뒤섞였다. 투석기 돌이 두개골에 박힌 것이다.

아나마야는 엄마의 머리부터 발끝까지 전율이 꿰뚫고 지나가는 것을 느꼈다. 야생동물의 울음소리와 흡사한 나팔 소리가 또다시 포효하고, 둥둥 울리는 북소리에 숲이 떨렸다. 사람들의 아우성이 대기를 찢었다. 사람들은 무기를 찾으러 서둘러 오두막집으로 달려갔다. 어떤 이들은 벌써 활을 들고 울타리를 향해 달렸는데, 이중으로 된 살대들이 화살통 밖으로 튀어나와 있었다. 걷잡을 수 없는 소란이 일기 시작했다. 아나마야가 엄마의 배에 뺨을 갖다 댔다. 엄마는 몹시 흥분한 손길로 딸의 머리카락과 두 뺨과 손을 어루만졌다.

콘도르는 산에서 사라졌다. 흘러가는 구름이 다시 하늘을 뒤덮었다. 치리구아노 전사들은 말뚝 울타리 아래 웅크렸다. 한순간 모든 것이 정지되었다.

갑자기 온 대기가 붕붕거리기 시작했다. 아나마야는 할퀸 상처처럼 하늘에 그어지는 금을 보았다. 커다란 검은 그림자가 곤충 떼처럼 불어났다. 수백 개의 화살이 우수수 뜰을 덮쳤다.

"엄마!"

아나마야가 다시 외쳤다.

엄마는 어느새 몸을 굽혀 아나마야의 상반신을 가리고 있었다. 모녀가 눈을 감고 있는 사이, 창들이 전사들의 몸과 진흙 웅덩이에 푹푹 박히는 소리가 들렸다. 피와 물이 뒤섞여 흐르고, 사람들은 어린아이처럼 울었다.

초록색 액체가 담긴 단지가 엎어졌다.

두려움과 죽음이 곳곳에 깔렸다. 엄마는 겁에 질려 몸을 잔뜩 웅크린 어린 딸을 안심시키려고 콧노래를 불렀다. 하지만 아나마야의 귀에는 들리지 않았다.

아나마야가 다시 눈을 떴을 때, 뜰은 갖가지 색깔의 깃털 화살로 덮여 있었다. 쓰러진 사람들의 몸 위에서 빛나는 깃털은 마치 마술로 뿌려진 꽃처럼 보였다.

"이리 와."

엄마가 숨을 내쉬었다.

엄마가 아이의 손을 잡아끌며 화살 밭에서 데리고 나가는 순간, 함성이 창들을 둘러 세운 울타리를 꿰뚫었다. 색색의 투구를 쓴 사람들이 울타리 너머로 불쑥 솟아올랐다. 투석기가 돌아가고, 아일로스의 가죽끈이 휙휙 소리를 내며 대기를 갈랐다. 적의 숫자와 장비에 밀린 치리구아노들이 쓰러졌다. 그들의 짧은 몽둥이는 아무 쓸모가 없었다.

"빨리, 빨리!"

엄마가 소리쳤다.

모녀는 부러진 창에 발이 찢기는 것도 아랑곳하지 않고 앞만 보고 달렸다. 투석기 돌이 귓전에서 쉭쉭 소리를 냈다. 한 노인이 검은 이를 드러내며 그들에게 손짓을 하는 순간, 돌 하나가 노인의 가슴에 구멍을 냈다. 노인은 한마디도 못 하고 뒤로 쓰러졌다.

"더 빨리, 아나마……"

아나마야는 손에 충격을 느꼈다. 그 진동에 팔까지 흔들렸다. 그러더니 손이 갑자기 자유로워졌다. 엄마와 함께 앞으로 기울어진 아나마야는 곧 다시 일어섰다.

"엄마, 어서 와요, 제발!……"

엄마는 움직이지 않았다. 아나마야는 엄마의 얼굴을 쳐다보지 않은 채, 조금 전까지만 해도 줄곧 자신을 꼭 붙들고 있던 따뜻하고 강한 손을 다시 쥐고 잡아당겼다. 엄마의 몸이 물이 흥건한 땅 위로 겨우 미끄러졌다.

"엄마, 빨리요, 그들이 와요……"

아나마야는 등뒤에서 유색 튜닉을 입은 병사들이 다가오는 것을 느꼈다. 비명에 찬 전투가 끝나고, 신음 소리에 섞여 간간이 웃음소리가 들리기 시작했다.

아나마야는 용기를 내어 엄마의 얼굴을 쳐다보았다.

엄마의 이마 한가운데 붉은 꽃이 피어 있었다. 눈은 감겨 있고, 입술이 맞닿은 곳에서는 갈색 물이 조금 흐르고 있었다.

그녀는 안다.

엄마 손에 여전히 쥐여 있는, 혼령이 감춰져 있던 초록색 액체에 흠씬 젖은 헝겊을 쳐다보았다. 아나마야는 꽉 쥐인 손가락을 펴고 헝겊을 빼냈다. 그녀에게는 승리한 병사들의 웃음소리도, 죽어가는 사람들의 신음 소리도, 어느 오두막집 안 해먹에 버려진 아기의 울음소리도 들리지 않았다. 쓰러지는 마지막 투사들, 울타리와 오두막집을 불태우는 첫 번째 불꽃도 보이지 않았다. 마치 마음속의 모든 문이 차례로 닫히듯, 그녀의 내부에는 침묵뿐이었다.

공기를 태우는 뜨거운 불길이 사납게 으르렁거리는 가운데, 그녀는 조용히 무릎을 꿇고 엄마의 배를 끌어안았다. 더는 숨결도 생명도 없었다. 꺼져가는 약간의 온기뿐. 그녀의 마음 깊은 곳에 슬픔을 만들어낼 온기뿐.

그녀는 그렇게 병사에게 발견되었다.

병사가 데려가려 하자, 그녀는 입을 앙다물고 안간힘을 다해 저항했다. 병사는 엄마를 살리려고 깍지 낀 손으로 엄마 몸에 달라붙어 있는 그녀를 떼어내야 했다. 마침내 두 몸을 떼어낸 뒤, 병사는 마치 죽은 사람을 잡아끌듯 먼지와 진창 속에서 그녀를 끌고 갔다.
살아 있지만 죽은 그녀를.

✲

잉카의 장교는 끝은 청동으로 되어 있고 나무 자루는 콘도르 깃털로 장식된 창, 추키를 오른손에 들고 있었다. 가죽 조끼를 걸치고 붉고 노란 깃털로 장식된, 정교하게 짜인 갈대 투구를 쓰고 있었다.

매캐한 연기가 공중을 떠다녔다. 아나마야는 비단 헝겊을 손가락으로 꽉 움켜쥔 채 눈을 내리깔고 있었다. 그녀는 잉카의 호리호리한 윤곽을 느끼고 있었다.

"드디어 그 빌어먹을 치리구아노들과 끝장을 본 건가?"

장교가 아나마야를 데려온 병사에게 물었다.

"예, 시킨차라 대장님. 몇 놈은 숲으로 도망쳤습니다."

"좋아."

장교는 얼굴과 몸이 진흙투성이인 아나마야를 돌아보았다.

"이 아이는 누구지?"

"저도 모릅니다, 대장님. 죽은 여자 옆에 있었습니다. 대장님께 데려온 이유는……"

"날 봐라, 얘야."

장교가 병사의 말을 잘랐다.

아나마야는 꼼짝하지 않은 채 헝겊을 더 세게 쥐었다. 병사가 그녀의 고개를 들려 하자, 시킨차라가 손을 들어 제지했다.

"날 봐라, 꼬마야."

장교가 의외로 부드럽게 말했다.

아나마야는 여전히 움직이지 않았다. 장교는 창과 투구를 병사에게 건넨 뒤 조심스럽게 아이에게 다가갔다. 그는 무릎을 꿇고 가는 손가락으로 아이의 턱을 잡아 얼굴을 쳐들었다. 그의 주의 깊은 시선이 푸르게 빛나는 두 눈의 광선을 포착했다.

너무 놀라 그는 뒤로 넘어질 뻔했다.

아나마야는 도도한 콧날과 윤곽이 뚜렷한 입술을 지닌 남자의 얼굴을 보았다.

그녀는 그의 놀라움을 보았다. 그리고 그의 두려움을 보았다.

2

1527년 10월, 키토

그날 아침, 아나마야는 커다란 공동 침실에서 소스라치며 잠이 깼다.

대부분의 소녀들은 잠자리를 떠난 뒤였다. 그런데 누군가가 눈살을 찌푸린 채 입매가 일그러지도록 찡그린 얼굴로 그녀를 굽어보며 유심히 살피고 있었다. 쿠스코의 공주들처럼 엄하고 검은 눈매에 기품 있는 얼굴을 지닌 처녀. 그녀의 이름은 인티 팔라였다. 아나마야보다 나이가 많은 그녀는 이미 여인의 몸이었고, 그런 자기 몸을 드러내는 걸 좋아했다.

무엇보다 인티 팔라는 사방위 제국의 유일한 군주인 우아이나 카팍 왕의 딸들 중 하나였다. 왕의 자녀는 몇 명일까? 왕의 사원에 있는 금은판만큼이나 많았다. 이백인지 삼백인지, 정확한 수는 아무도 몰랐다.

아나마야와 눈이 마주치자, 인티 팔라의 찡그린 얼굴에 빈정거리는 웃음이 퍼져 나갔다.

"아나마야, 넌 어쩜 이리도 못생겼니?"

인티 팔라가 깔깔거렸다.

아나마야가 왕가가 있는 북부의 대도시 키토의 '처녀들의 집'에 도착한 뒤로, 인티 팔라는 끊임없이 아나마야에게 접근해 왔다. 하지만 인티 팔라의 입에서는 대개 심술궂은 말밖에 나오지 않았다. 너무도 증오에 찬 말들이어서, 아나마야는 신경 쓰지 않으려고 애썼다.

"아나마야, 오늘 너한테 무슨 일이 일어날지 난 알아!"

인티 팔라가 또다시 비웃었다.

아나마야는 기지개를 켜면서 무관심한 척했다. 인티 팔라가 손목에 찬 팔찌를 흔들었다.

"알고 싶지 않아?"

"물론 알고 싶어."

"조금 있다가 말해줄게."

인티 팔라는 늘 이런 식이었다. 공주는 아나마야가 치밀어 오르는 화를 억누르고 있는 걸 눈치 채고는 마치 폭발하기를 바라듯 계속 약을 올렸다.

"자, 누구의 딸인지도 모르는 애야, 말해봐, 넌 왜 그렇게 못생겼니?"

아나마야는 이번에는 거칠게 일어나서 그녀를 밀쳐냈다.

"나도 몰라. 난 모르는 게 너무 많아! 하지만 넌, 넌 분명 잘 알겠지!"

인티 팔라는 바구니 안의 조개들처럼 탁탁 부딪는 소리를 내며 웃었다.

"가엾은 계집애! 여기 온 지 일 년이 다 되어가도, 절대로 우리와 같아질 수 없다는 걸 인정 못 하겠지?"

아나마야는 얼굴을 돌리고, 괴로움을 감추기 위해 헝겊 이불을 조심스레 갰다. 그녀가 알고 있는 게 하나 있다면 바로 그것이었다. 자신은 왕가 혈통의 공주가 아닐뿐더러 자라면 자랄수록 젊은 잉카 여인의 몸과는 달라진다는 것. 공주들의 다리와 엉덩이는 오동통하고 동그래지는 반면, 그녀의 다리와 엉덩이는 가늘고 길어졌다. 얼굴은 넓어지지 않고 기름해졌다. 이마는 튀어나오지 않고, 입술은 여전히 너무 얇고, 눈썹 숱은 두 배는 더 적었다…… 게다가 눈이 제일 달랐다!

눈매는 남들과 거의 비슷하게 갸름했지만 눈동자가 푸른색이었다. 믿어지지 않는 그 푸른빛은 오후에 호수 위로 비치는 산의 빛깔과 흡사했다.

모든 사람에게 혐오감을 주고, 두려움이나 때로는 비웃음을 사는 푸른색. 모든 우정과 애정을 거부하는 끔찍한 푸른색. 아클라우아시에서 보낸 지난 한 해 동안 어느 누구도 그녀와 친구가 되려 하지 않았다. 이따금 보모들이나 겨우 말을 걸어주었다. 고약한 질병처럼 그녀 주위로 번지는 혐오감에 용감히 맞서는 사람은 오직 인티 팔라뿐이었다. 하지만 그것은 단지 아나마야를 놀리기 위해서였다.

아나마야는 눈물을 글썽이며 이불을 가슴께에서 움켜쥐고 소리를 내질렀다.

"내가 그렇게 못생겼다면서 넌 왜 끊임없이 내 주변을 맴도는 거야?"

어린 공주가 웃으면서 작은 갈고리 같은 송곳니를 드러냈다.

"널 보면 신기하니까!"

"그래, 넌 그동안 줄곧 날 보아왔어! 지긋지긋하지도 않아?"

"맞아. 그렇긴 해."

인티 팔라가 웃음을 터뜨렸다.

아나마야가 방에서 나가려고 하자, 인티 팔라가 팔찌를 짤랑거리며 달콤한 목소리로 덧붙였다.

"아나마야, 오늘 너한테 어떤 일이 생길지 얘기해줄게."

"아무 말도 하지 마, 상관없어!"

"오늘은 네게 중요한 날이 될 거야. 유일한 군주이신 우리 아버지 우아이나 카팍 님이 널 부르실 거야."

아나마야는 숨을 멈추고 꼼짝도 하지 않았다. 여러 달 전부터 그녀는 이런 순간이 틀림없이 오리라는 걸 알고 있었다. 하지만 오늘이라니……

몸을 돌려 한 번 더 인티 팔라의 시선과 마주했을 때 그 눈에서는 증오에 찬 기쁨이 엿보였다.

"그리고 누구 딸인지도 모르는 애야, 유일한 군주님께서 네가 어떻게 죽어야 하는지 발표하실 거야."

✲

초승달이 뜰 때면 늘 그렇듯이 간밤에도 아나마야는 숲속 마을 꿈을 꾸었다. 그녀는 엄마의 손을 잡고 있었고 주변에서는 비명 소리가 울려 퍼지고 있었다. 한줄기 불길이 그녀의 가슴을 태웠다. 엄마가 쓰러지자, 얼음장 같은 침묵이 그녀를 엄습했고 알 수 없는 공포가 온몸을 휩싸고 돌았다.

엄마는 입술을 달싹대며 뭔가 말하려는 것처럼 보였다. 하지만 아나마야는 자신을 향한, 죽음 저편의 말을 이해할 수 없었다. 그녀는 두 팔로 허공을 감싸 안고 존재하지 않는 엄마의 몸을 휘감은 채, 외로움에 몸을 떨며 눈물범벅이 되어 잠에서 깼다. 희미한 새벽빛이 벽걸이 장막을 비추는 동안, 그녀는 죽음과 두려움을 쫓기 위해 눈을 감았다. 그리고 거대한 침묵 속에서 여전히 엄마의 부드러운 목소리가 메아리친다고 상상하면서 조용히 숨을 내쉬었다……

아나마야는 보물처럼 간직한 네모난 헝겊의 언저리를 꽉 움켜쥔 채 깨어났다. 헝겊에서는 더는 아무것도 느껴지지 않았다. 시간이 흐르면서 지워져가는 숲의 내음만 희미하게 남아 있을 뿐.

그녀의 고통, 그것은 어느 누구에게도 들켜서는 안 되는 것이었다. 마음속 깊은 곳에 그 고통을 파묻어야 했다. 사람들이 그녀의 몸단장을 해주는 동안 그녀는 생각에 빠졌다.

'처녀들의 집'은 온통 술렁이고 있었다. 보모들은 아나마야의 머리를 감긴 후 가느다랗게 땋아주면서 그녀를 나무라는 듯한 눈길을 던졌다. 아나마야는 인티 팔라의 잔인한 말을 되뇌었다. 그러자 가슴 깊은 곳에서 두려움이 솟아났다. 만약 유일한 군주가 자신에게 죽음을 선고하고서 '다른 세상'으로 갈 권리마저 빼앗는다면 퓨마에게 잡아먹히게 되는 걸까?

보모들은 그녀의 머리 손질을 끝낸 후, 가슴부터 발목까지 덮이는 커다란 젖빛 천으로 아나마야를 감쌌다. 그들은 무늬 없는 붉은 띠로 그녀의 허리를 약간 거칠게 졸라맸다. 그리고 어깨 위에는 목둘레가 하얗게 장식된 엷은 보랏빛의 긴 망토 리클라를 걸쳐놓고 가슴께에서 삼나무 핀으로 고정시켰다. 마지막으로 보모가 짚으로 만든 새 샌들을 내밀자 아나마야는 힘겹게 신었다.

보모들이 뒤로 물러서서 그녀를 훑어보았다. 새 옷으로도 그녀의 못생긴 외모가 조금도 감춰지지 않았는지 보모들은 불쾌감을 드러냈다.

그들은 감히 아나마야의 눈을 쳐다볼 생각조차 하지 못했다.

그녀는 좁고 어두운 방에 홀로 남아 오랫동안 기다렸다.

그녀의 두려움은 계속해서 커져만 갔다.

*

드디어 아나마야가 '처녀들의 집' 밖으로 이끌려 나왔을 때 해는 중천에 떠 있었다. 두 병사가 그녀를 기다리고 있었다. 그녀는 몇 달 내내 한 번도 아클라우아시에서 나온 적이 없었다.

병사들은 높은 담벼락 사이로 난 좁은 골목길을 지나 궁전 앞 커다란 광장까지 말없이 그녀를 데려갔다. 도중에 그들은 누구와도 마주치지 않았다. 아나마야는 도시가 이렇게 텅 비어 있는 게 자기 때문이 아닐까 생각했다.

텅 빈 광장에 이른 그들은 영생의 뱀이 조각된 석조 상인방이 얹힌 궁전의 좁은 문 쪽으로 향했다. 문 앞에서 병사들이 창으로 땅을 두드리고 부동자세를 취하는 동안 아나마야는 숨을 죽였다.

그녀는 궁전 문턱에 나타난 정장 차림의 장교를 이내 알아보았다. 그녀는 그의 이름을 기억하고 있었다. 시킨차라. 그의 얼굴을 결코 잊을 수 없을 것이다. 엄마를 죽인 병사들을 지휘한 장교의 얼굴을……

오늘 그는 두려움도 놀라움도 없이 그녀를 주시했다. 단지 약간의 망설임만을 내비쳤다. 그는 잘생긴 얼굴에 위엄 있어 보였다. 그의 가슴은 황금 가슴받이로 덮여 있고 머리에 두른, 짧고 넓은 초록색 깃털이 두 개 꽂힌 노란 모직 띠는 얼굴 윤곽을 드러내주었다. 귀는 넓은 은 원반으로 덮여 있고, 그 원반은 늘어진 귓불을 꿰뚫는 손가락 굵기의 은고리로 고정되어 있었다. 그가 움직일 때마다 그 커다란 보석들이 흔들리며 빛을 발했다.

그는 손짓으로 아나마아에게 앞으로 나오라고 명했다. 그녀가 움직이지 않자, 한 병사가 창 끝으로 그녀의 등을 눌렀다. 그러자 아나마아는 궁전의 문턱을 넘어섰다. 그러고는 눈짓으로 자기 옆에 붙어 있으라고 지시하는 시킨차라를 따라갔다.

그들은 가장자리에 길고 낮은 건물들이 늘어선 첫번째 안뜰을 건너갔다. 포석이 깔린 길 양쪽에는 하얀 난초, 자줏빛 칸투아, 장밋빛 진달래가 사각의 화단을 덮고 있었다. 그러나 아나마아는 그 꽃들의 광채를 거의 느끼지 못했다.

그 다음에는 차양 밑을 지나 커다랗고 매끈매끈한 돌로 쌓은 담을 따라갔다. 돌담에는 수많은 벽감이 있었고, 벽감 안은 색을 칠한 나무와 찬란한 황금빛 물건들로 빛나고 있었다. 드디어 그들은 완벽하게 깎아놓은 이중 돌기둥이 있는 좁은 문에 다다랐다. 아나마아가 김이 나는 커다란 물동이가 놓인 더 넓은 안뜰을 흘끗 쳐다보는 순간, 시킨차라가 메마른 목소리로 명령했다.

"기어가라! 유일한 군주님 앞으로 기어가!"

아나마아는 무릎을 꿇은 뒤 윗몸을 수그리고 손으로 땅을 짚으면서, 시킨차라 대장이 앞서서 문을 지나가는 것을 곁눈질했다. 그녀는 볕에 뜨거워진 포석에 손바닥과 무릎을 긁혀가며 그를 따라가려 애썼다. 그런대로 잘 따라간 모양이었다. 이제 그녀는 태양의 아들 눈 밑에 있었다.

그때, 알아들을 수 없는 작은 목소리가 들렸다. 갑자기 그녀의 어깨 위로 한차례 몽둥이질이 쏟아졌다. 그녀는 꼼짝도 하지 않았다.

또다시 시킨차라가 말했다.

"유일한 군주님, 말씀드렸던 여자아이입니다."

대답은 없고 물이 찰랑거리는 소리밖에 들리지 않았다. 이윽고 멀리 떨어진 곳에서 지친 목소리가 말했다.

"목욕하는 게 피곤하군. 내 옷을 가져오도록……"

아나마야는 달려가는 열 명 남짓한 여자들의 옷자락을 흘끗 보았다. 눈부신 색깔의 무늬가 있는 매우 아름다운 천이었다. 그녀는 무슨 일이 일어나고 있는지 알았다. '처녀들의 집' 에서 수도 없이 설명을 들은 터였다. 처음 만들어진 뒤로 어느 누구도 손댄 적 없는 새 옷을 하녀들이 유일한 군주에게 건네는 중이었다. 태양의 아들은 몸소 젊은 여인을 지명하여, 라마 직물의 튜닉을 입고 허리띠를 매고 망토를 걸치고 이마에 왕의 띠를 두르는 것을 시중들게 했다.

아나마야는 눈을 감고 숨을 가다듬으려 했다. 가슴이 어찌나 두방망이질하는지, 명령을 내리는 억눌린 듯한 목소리를 겨우 알아들었다.

"시킨차라 대장, 그 아이를 일으켜라."

그녀는 등을 한 대 얻어맞았다. 시킨차라가 낮은 목소리로 꾸짖듯이 말했다.

"유일한 군주님 앞에서 일어나라!"

그녀는 자기에게 그럴 만한 기력이 남아 있는지 의아했다. 그녀는 자기 자신보다 세 배는 더 무거운 짐을 어깨에 진 듯 힘겹게 몸을 일으켰다. 일어서서 안뜰의 포석을 뚫어지게 응시하고 있는 그녀에게 유일한 군주가 다시 명령했다.

"눈을 들어 나를 보거라!"

아나마야는 그를 보았다.

그, 유일한 군주 우아이나 카팍, 모든 잉카 중의 잉카, 태양의 아들, 사방위 제국의 왕!

그는 너무 늙어 보였다. 몹시도 노쇠해 보였다……

놀랍도록 아름다운 옷차림에도 불구하고 황금 팔찌, 목을 둘러싼 다채로운 빛깔의 깃털 장식, 귓불을 늘어뜨리는 커다란 황금 원반과 정교한 진주조개 가슴받이가 무색하게도 그는 가냘픈 새처럼 허약해 보였다. 팽팽한 뺨은 너무 오래되어 윤이 나는 토기처럼 빛이 났다. 그런데 손은 어찌나 주름이 많은지 마치 다른 사람의 손인 듯했다.

그는 방석을 쌓아 높인 자리에 앉아 아나마야의 눈을 똑바로 쳐다보았다. 그다지 놀라거나 두려워하지 않고.

갑자기 날카롭고 거만한 목소리가 외쳤다.

"유일한 군주님, 저 아이의 눈을 보십시오. 잉카의 여자 중에는 아무도 푸른 눈이 없습니다!"

"조용히 하게, 빌라 오마. 아이를 보고 있잖은가. 좀 가만있게."

아나마야는 방금 말한 사람을 보지 못했다. 그 남자는 유일한 군주의 오른편에서 약간 떨어져 있었다. 그 역시 왕가 혈통인 잉카의 귓불에 끼우는 원반을 하고 있었다. 그의 얇은 입술 사이로 씹고 있던 코카 잎의 초록색 즙이 흘렀다.

아나마야의 눈에서 시선을 떼지 않은 채 우아이나 카팍이 물었다.

"저 아이를 숲에서 데려왔단 말이지, 시킨차라?"

"예, 유일한 군주님. 미개인 치리구아노 마을을 공격할 때, 이 아이가 제 어미와 다른 아이들과 함께 거기 있었습니다."

"어미는 어디 있지?"

"죽었습니다, 유일한 군주님. 마을을 공격할 때 투석기의 돌에 맞았습니다. 그 여자가 잉카의 튜닉을 입고 있어서 누구인지 알아볼 수 있었습니다."

"쿠스코의 여자란 말인가?"

"그런 것 같습니다."

"불순한 계집 같으니라고."

초록색 입의 빌라 오마가 투덜거렸다.

"아이 아버지는?"

유일한 군주가 물었다.

빌라 오마는 불쾌한 태도로 모른다고 입을 비죽거렸다. 우아이나 카팍이 시킨차라를 돌아보았다.

"자넨 뭔가 알고 있는가?"

시킨차라 대장 역시 입을 다물고 고개를 숙였다. 유일한 군주는 여전히 아나마야의 눈을 응시하고 있었지만 그의 시선에는 고통이 어려 있었다. 그의 입술이 떨리더니, 갑자기 왕좌의 팔걸이를 움켜잡았다. 하도 땀을 흘리는 바람에 왕의 술 장식 밑의 이마가 번들거렸다.

아나마야는 가슴을 옥죄는 죽음의 두려움뿐만 아니라 이토록 늙은 남자가 고통을 감내하는 모습을 보자, 뭔지 알 수 없는 또다른 두려움이 몰려오는 것을 느꼈다. 유일한 군주, 그를 위해 아나마야는 함께 두려움을 느꼈다.

유일한 군주는 잠시 몸을 가누지 못했고, 눈꺼풀에 경련이 일었다. 하지만 다시 윗몸을 일으키고는 힘없는 목소리로 물었다.

"빌라 오마, 저 아이에 대해 점술가들은 뭐라 말하는가?"

초록색 입의 남자는 원통한 듯한 몸짓을 해 보이며 투덜거렸다.

"불길하다고들 하지요. 저 아이는 푸른 눈을 가졌습니다. 보시다시

피 잘못 만들어진 아이입니다. 가슴도 빈약하고 우리 아이들보다 키도 더 큽니다! 잉카의 피가 어미를 통해 아이의 혈관에 흐르고 있긴 하지만 그 피는 불순한 것입니다. 저 아이는 아랫세상 출신이니 그곳으로 돌려보내야 합니다."

"한 가지 징조가 더 있지 않은가."

유일한 군주가 무기력하게 중얼거렸다. 그러고는 침묵을 지켰다.

이상하게도 아나마야는 지친 노인이 자기를 호의적으로 바라본다는 인상을 받았다.

유감스러운 듯, 빌라 오마가 덧붙였다.

"물론 모든 신관들이 불길하다는 의견에 동의하는 건 아니지요……"

"다른 이들은 뭐라고 말하는가?"

"저 아이가 군주님의 치세에 행운을 가져올 거라고 합니다! 우리의 어머니이신 달의 신 킬라가 보낸 아이라, 아이의 푸른 눈이 하늘여행의 행복을 군주님께 약속하는 것이랍니다."

유일한 군주는 이내 한숨을 내쉬었다.

고통을 숨기려는 그의 노력에도 불구하고 아나마야는 문득 깨달았다. 마치 이미 숨이 멎은 그의 시신을 보고 있기라도 한 듯, 태양의 아들이 죽어가고 있다는 것을 알아차렸다. 그는 곧 다른 세상으로, 그의 아버지 곁으로 인도할 보이지 않는 길로 나아가리라!

그녀는 쏟아지려는 눈물을 참아야 했다.

유일한 군주는 줄곧 그녀에게서 눈을 떼지 않았다. 그가 물었다.

"저 아이의 이름이 뭔가?"

"아나마야입니다."

시킨차라의 대답에 유일한 군주는 신음을 삼키며 손으로 배를 눌렸다. 아나마야는 시킨차라 대장이 두려움에 사로잡혀 있음을 알아차렸다.

유일한 군주는 다시 정신을 가다듬고 들릴락 말락 하는 목소리로 물었다.

"그럼 빌라 오마, 그대는 어떻게 생각하나?"

"저 아이는 사라져야 합니다! 하루라도 빨리. 제 생각을 물으시는 거라면 퓨마에게 내던지자고 하겠습니다. 퓨마는 먹이를 얻고 우리는 골칫거리를 없애는 셈이지요! 저 아이가 이 세상에서든 다른 세상에서든 다시는 군주님을 난처하게 만들지 못하도록 말입니다. 우리의 아버지 인티는 저런 종자가 살아 있는 걸 보고 싶어하지 않으십니다."

"만약 우리의 어머니 킬라가 저 아이를 내게 보내신 거라면?"

"그렇다면 아이의 심장을 제물로 쓸 수도 있겠지만……"

현자 빌라 오마는 말을 끝맺지 못했다. 유일한 군주가 갑자기 쉰 목소리로 꺽꺽거린 탓이다. 군주는 몸을 숙이고 왕좌 가장자리에 어두운 빛깔의 담즙을 토해냈다. 그는 곧 참을 수 없을 정도로 고통스러워하다가 자리에서 미끄러져 무릎을 꿇고 쓰러졌다. 남자와 여자, 귀족과 하녀, 그를 둘러싼 모든 이들이 두려움에 떨며 꼼짝도 하지 못했다.

아나마야는 반사적으로 움직이려다가 곧 자제했다.

어느 누구도 유일한 군주의 몸에 손을 댈 자격이 없었다!

시킨차라가 그녀를 물러서게 하려고 그녀의 어깨를 잡았다. 그때 고통으로 일그러진 유일한 군주가 그녀를 응시하며 불렀다.

"도와다오! 얘야, 도와다오!"

노인은 마치 아나마야의 몸을 뚫고 지나가려는 듯 그녀를 향해 떨리는 굳은 손을 내밀었다. 커다랗게 벌어진 그의 입에서 거친 숨소리가 흘러나오는 동안 그의 가슴이 튜닉 안에서 들썩였다. 그는 상반신을 앞으로 기울인 채 무릎으로 몸을 끌며 쭈글쭈글한 손을 흔들었다.

"도와다오!"

더는 군주도, 금기도 없었다. 그녀는 이제 죽음의 두려움을 조금도 느끼지 않았다. 그토록 오랫동안 참아온 눈물이 그녀의 시야를 흐리더니, 이윽고 뺨 위로 하염없이 흘러내렸다.

3

1527년 11월, 키토

정교하게 이어진 돌벽을 뒤덮은 황금이 반짝였지만 방 안은 어둡고 코카 잎을 태우는 화로 연기로 가득했다.

사흘 전부터 유일한 군주는 라마 모직 이불을 덮고 몸져누워 있었다. 때때로 그는 몸을 떨면서 잠이 들었다. 침묵에 싸인 불면이 오래 지속되는 동안 그의 눈은 희미한 빛 속에서 머리를 떠나지 않는 질문의 답을 찾고 있었다.

만약 그가 후계자를 지목하지 않고 죽는다면 다른 세상에서 아버지 태양신이 그를 어떻게 맞이할 것인가?

우아이나 카팍, 바로 그 자신이 이룩해놓은 이 거대한 제국은 어떻게 될 것인가? 쿠스코에서 시작되었고, 북쪽에서 남쪽까지 가려면 여러 달이 걸릴 정도로 광대한 이 제국은?

요즘 들어 산속에서나 하늘에서 불쑥 솟아나는 기이한 징조들은 뭘 의미하는 것인가?

아버지이신 태양신 인티가 화를 내는 것인가? 어머니이신 달의 신 킬라가 두려움을 얘기하는 것인가?

열에 들떠 또다시 의식을 잃을 때까지 질문은 꼬리에 꼬리를 물고 이어졌다. 머리, 배, 몸을 지탱하는 뼈까지 고통에 휩쓸렸다. 태양의 아들에게는 결코 찾아올 것 같지 않던, 어디에서 오는지 알 수 없는 고통이었다.

그때, 고통의 한가운데서, 그는 남쪽 숲에서 생포된 여자아이의 기이한 푸른 눈을 다시 보았다. 시간의 기원인 신성한 대호수, 티티카카의 물빛과 같은 빛깔의 눈. 고통을 잠재우는 눈.

*

나팔 소리가 궁전 문에서 울렸다. 이어 사람들의 발소리와 말소리가 안뜰에 울려 퍼졌다. 그런데 방문턱에는 오직 한 남자만이 나타나, 곧 무릎을 꿇고 바닥에 닿을 듯 머리를 조아렸다. 남자의 목덜미 위에 어린아이만큼이나 커다란 돌덩이 하나가 놓여 있었다. 남자는 그렇게 무거운 돌을 올려놓은 채 흔들림 없이 환자의 침상을 향해 다가갔다.

유일한 군주는 신음하며 몸을 반쯤 일으켰다. 그는 열에 들뜬 목소리로 물었다.

"아타우알파! 너냐, 내 아들?"

가장 어두운 구석에서 빌라 오마가 말했다.

"예, 유일한 군주님, 아타우알파입니다."

"일어나거라!"

이미 숨을 제대로 쉬지 못하는 유일한 군주가 침상 위로 다시 쓰러지는 사이, 하인이 일어서는 아타우알파의 목덜미에서 돌덩이를 치웠다.

왕자의 띠가 아타우알파의 나무랄 데 없이 반듯한 이마에 둘려 있었다. 그는 튜닉과, 지배층 씨족을 상징하는 무늬가 그려진 망토를 입고 있었다. 강인해 보이는 매부리코에 이마는 넓었다. 눈의 흰자위는 마치 분노를 참고 있는 것처럼 때때로 핏빛으로 붉어졌지만 그는 결코 자기 생각을 얼굴에 내비치는 법이 없었다. 오른쪽 귓불이 지나치게 늘어진 탓에 그는 모든 사람에게 깊은 인상을 남겼다.

하지만 오늘은 늙은 아버지, 유일한 군주의 얼굴을 보자 오히려 수심이 깊어졌다.

우아이나 카팍은 그가 생각한 것보다 훨씬 더 위독했다. 아버지는 숨도 제대로 쉬지 못했다. 흐릿한 두 눈은 코카나 치차에 취한 사람의 눈과 비슷했다. 아버지는 단번에 늙어버렸다. 아타우알파는 자기가 가져온 나쁜 소식을 아버지에게 알려야 할지 망설였다. 아들의 침묵이 길어지자 유일한 군주는 그 이유를 알아차렸다.

"네가 알고 있는 것을 말하라, 내 아들 아타우알파! 아무것도 숨기지 말거라."

아타우알파가 빌라 오마를 쳐다보자 빌라 오마는 고개를 끄덕였다.

"유일한 군주님, 좋지 않은 소식입니다."

아타우알파가 조심스럽게 입을 열었다.

우아이나 카팍은 계속하라고 손짓했다.

"해안의 상인들이 수상한 자들을 만났답니다. 놈들은 파도 위에 떠다니는 산더미만 한 나무에 타고 있었는데……"

우아이나 카팍의 열에 들뜬 눈동자가 아들의 얼굴을 유심히 살폈다.

"그들의 수가 많으냐?"

"아닙니다. 십수 명 정도입니다. 놈들은 툼베스의 한 발사에 실린 짐을 훔치고 뱃사람들을 사로잡아 돌아갔습니다."

"놈들이 분명 사람이었나?"

"모르겠습니다, 유일한 군주님…… 어떤 놈들은 상반신이 특이한 은으로 만들어져 있고, 또 어떤 놈들은 얼굴까지 온통 털을 기르고 있었습니다. 사람처럼 서서 다니지만 악취를 풍기고 알아들을 수 없는 말을 했습니다."

"그게 언제였지?"

"세 계절 전입니다."

"놈들이 곧바로 다시 떠났단 말이지?"

"예. 왔을 때처럼 물 위에 떠 있는 산과 같은 것을 타고 떠났습니다, 유일한 군주님!"

빌라 오마는 아타우알파의 말을 끊으면서 한 걸음 앞으로 나왔다.

"비라코차…… 비라코차에 대해 생각해보셨습니까?"

"무슨 뜻이오?"

아타우알파가 거칠게 물었다.

"이 세상을 창조하신 우리의 신 비라코차는 들판과 산, 남자와 여자를 만들어내기 위해 티티카카에서 나왔지요. 전지전능한 비라코차, 태양신 인티가 우리에게 빛을 주고 킬라가 우리에게 밤을 남겨주기를 원했던 그분은……"

"빌라 오마! 말이 너무 많소. 나도 비라코차가 누구인지는 압니다."

"그럼 일을 다 끝낸 후, 비라코차가 서쪽 수평선에서 쉬기 위해 바다

저편으로 사라졌다는 것도 아시겠군요. 그리고 언젠가 다시 돌아오리라 약속했다는 것도……"

"그래서 그대의 결론은 오늘 그분이 돌아왔다는 거요? 떠다니는 산 위에서, 색 바랜 은과 털로 뒤덮이고 고약한 냄새를 풍기는 인간의 모습으로 말이오?"

아타우알파가 짜증스럽게 말을 가로막았다.

빌라 오마는 아타우알파의 시선을 똑바로 마주하다가 우아이나 카팍에게 몸을 돌렸다.

"그럴 수도 있는 일입니다, 유일한 군주님. 비라코차는 겉모습을 적절히 변모시킬 수 있지요. 그분은 하나일 수도 있고 여럿일 수도 있으며 인간이나 동물, 숲이나 산일 수도 있습니다…… 그분은 모든 것을 할 수 있습니다."

우아이나 카팍은 눈을 감은 채 숨을 크게 내쉬고는 들릴락 말락 하는 목소리로 물었다.

"아들아, 너는 비라코차가 우리에게 돌아온 게 아니라고 생각하느냐?"

아타우알파는 어깨를 으쓱하고 대답했다.

"모르겠습니다, 유일한 군주님. 그런 결론을 내리기에는 아직 너무 이르다고 생각합니다. 우리는 불순한 인간들이 괴상한 외모를 지닐 수 있다는 걸 알고 있습니다. 군주님께서도 전쟁을 치르시는 동안 숲과 남부의 산악 지대에서 온갖 종류의 그런 인간들을 보셨잖습니까…… 비라코차가 왜 오늘 우리에게 돌아오겠습니까? 우리 세상은 크고 강력합니다. 우리에게는 질서와 법이 있습니다……"

"하지만 난 인티를 만나러 갈 것이다. 난 내 뒤를 이어 왕의 볼라를 쓸 사람을 아직 지명하지 못 했다."

유일한 군주가 한숨을 쉬었다. 이 말에 무거운 침묵이 흘렀다.

병든 노인은 팔꿈치를 짚어 힘겹게 몸을 일으키고는 더 큰 목소리로 말을 이었다.

"내 아들 아타우알파여, 왜 내 지명을 거부하느냐? 내가 다른 아들들보다 널 더 마음에 두고 있다는 걸 알지 않느냐. 네가 가장 현명하고 유능하다는 걸 너도 알고 있잖으냐. 왜 거절하여, 다른 세상으로 떠날 시간을 목전에 둔 나를 당황스럽게 하는 게냐?"

"유일한 군주님, 아버지와 저는 둘 다 그 질문에 대한 답을 알고 있습니다. 쿠스코의 씨족들이 결코 저를 받아들이지 않을 겁니다. 군주님은 제 아버지시지만 제 어머니는 강력한 씨족 출신이 아니지요. 만약 제가 이마에 왕의 띠를 두른다면 제국의 질서와 법을 유지할 수 없을 겁니다! 그러니 무슨 소용이 있겠습니까?"

"유일한 군주님! 결정하셔야 합니다. 후계자를 지명하지 않고 떠나실 수는 없습니다. 군주님은 과오를 범하고 계시며, 그 과오는 우리 모두에게 영향을 미칠 것입니다!"

빌라 오마가 소리쳤다.

"빌라 오마! 어떻게 감히 그런 말을?"

아타우알파가 고함을 쳤다.

"불행이 우리 눈앞에 있기에 감히 말씀드리는 바입니다! 아타우알파, 징조를 잊었습니까? 지난밤, 어머니이신 달의 신이 궁전 위를 지나면서 세 개의 원으로 나뉘었지요. 첫번째 원은 핏빛이었습니다. 두번째 원은 검푸른색이었고, 마지막 것은 연기에 싸여 있었습니다!"

우아이나 카팍은 지쳐 다시 침상 위에 쓰러졌다. 그는 가르랑거리는 소리를 내며 숨을 쉬었다. 아타우알파는 안타까운 듯 아버지를 한번 쳐다보고는 현자에게 차갑게 물었다.

"현자 생각에는 킬라가 우리에게 무엇을 말하려는 것 같소?"

"첫번째 원은 유일한 군주께서 아버지 태양신과 다시 만나게 될 때, 군주님 혈통들이 많은 피를 흘리리라는 것을 뜻합니다. 두번째 원은 살육과 전쟁으로 인해 북쪽과 남쪽 사이에 다리 없는 도랑이 그어질 것을 예언하는 것입니다. 세번째 원이 연기에 싸인 것은, 일단 잘못이 저질러지면 인티와 킬라의 분노가 너무 커서 우리에게는 연기밖에 남지 않을 것이라는 뜻이지요!"

아타우알파가 온몸으로 화를 내며 울부짖었다.

"아아! 무슨 어리석은 소리요! 빌라 오마, 난 그대가 현명하다고 생각했소. 그런데 그대는 함부로 떠들어대는 점술가들의 이야기를 너무 많이 듣는구려. 그들은 떠들고 또 떠들지요! 그 더러운 인간들과는 다른 누군가는 그 정반대 이야기를 하리라는 걸 그대도 잘 알잖소."

"현자란 어떤 사람이지요? 징조를 읽는 사람인가요? 아니면 그 징조를 숨기고 눈을 가리는 사람인가요?"

빌라 오마가 눈살을 찌푸리며 물었다.

"현자는 필요할 땐 입을 다물 줄도 아는 사람이오, 빌라 오마!"

"아타우알파…… 아타우알파! 내 아들아, 화내지 말거라! 나는 네 생각과 강인함이 좋다. 하지만 어쩌면 빌라 오마가 옳을지도 모른다. 그는 내게 항상 훌륭한 조언을 해왔으니, 내가 떠나고 나면 그의 말을 들거라……"

우아이나 카팍이 떨리는 손을 들어 올리며 중얼거렸다.

새로운 고통의 물결이 가슴을 후벼 파자 노쇠한 노인은 온몸을 떨었다. 그리고 단어를 하나하나 끊어 덧붙였다.

"난, 어머니, 킬라가, 내게, 또다른, 신호를, 보냈다고, 생각한다, 빌라 오마, 푸른, 눈의, 아이를, 이리, 데려오라!"

✲

'처녀들의 집' 에서는 평소와 다른 새벽들이 이어졌다.

인티 팔라가 강렬한 색깔의 장막 밑으로 소리 없이 미끄러지듯 방에 들어오자, 아나마야는 두려움에 몸을 떨었다. 지난날의 불안이 완전히 지워진 것은 아니었다. 그런데 인티 팔라가 은밀한 미소를 지으며 그녀 옆에 웅크렸다.

"자! 가져! 네 거야."

그녀가 속삭였다.

아나마야는 어안이 벙벙하여, 멋진 황금 팔찌를 내미는 공주를 바라보았다. 서로 뒤엉킨 두 마리 뱀이 자신의 팔을 감으려는 듯 보였다.

"자, 네 거라니까!"

인티 팔라가 다시 말했다.

"너무 예쁘다……"

인티 팔라는 아나마야의 손목을 잡고 그녀의 팔에 능숙하게 팔찌를 채워주었다.

"항상 차고 있어, 내 친구야. 이 팔찌가 언제나 널 보호해줄 거야!"

내 친구라고? 아나마야는 귀를 의심했다. 아나마야가 죽을 거라고 웃으면서 말하던 그 인티 팔라가 맞는 것일까?

하지만 아나마야는 앙심이란 걸 품을 줄 몰랐다. 그녀는 수줍어하며 인티 팔라에게 윗몸을 기대고, 발그레하게 달아오른 얼굴로 입을 열었다.

"고마워."

인티 팔라가 두 팔을 벌려 그녀를 껴안았다. 아나마야는 처음으로 다른 사람의 체온과 젊은 가슴 안에서 고동치는 심장을 느꼈다. 그 기나긴 일 년 동안 어느 누구도 그녀를 안아준 적이 없고, 어떤 손도 쓰다듬어준 적이 없었다. 그녀는 목이 메어 자기도 모르게 두 손으로 인티 팔라의 어깨를 감싸 쥐었다. 둘은 똑같은 떨림을 느꼈다. 아나마야는 그것에 어떤 의미를 두고 싶었다.

인티 팔라가 먼저 몸을 빼냈다. 그녀는 아나마야를 쳐다보고 사뭇 진지하게 말했다.

"내가 네 친구라는 걸 절대 잊지 마."

고마운 마음에 아나마야의 눈이 빛났지만 인티 팔라를 믿어도 좋을지는 확신이 서지 않았다.

"서둘러. 시킨차라 대장이 널 찾으러 왔어. 유일한 군주님이 널 다시 보고 싶어하신대."

인티 팔라가 일어서면서 덧붙였다.

이제는 익숙해진 두려움의 이면에서 아나마야는 새로운 감정, 일종의 기이한 흥분과 기대감이 솟아나는 걸 느꼈다.

그리고 당당함까지도.

✲

어둠에 싸인 방의 문턱에서 무릎을 꿇기 전에 아나마야는 붉은색 천을 두른 작고 기묘한 윤곽을 언뜻 보았다. 어린아이보다도 키가 작은 난쟁이 남자가 곁에서 억센 손으로 유일한 군주의 침상을 움켜쥐고 있었다. 남자의 꿰뚫는 듯한 시선이 아나마야의 눈을 응시했다. 입가에 잡힌 주름들은 절망으로 일그러져 있었다.

시킨차라가 그녀에게 가까이 오라고 지시했을 때 후욱 들이마신 공기가 목과 눈을 자극했다. 코카 잎 타는 냄새에 병마의 냄새가 뒤섞여 있었다. 희미한 빛 속에서 다른 사람들의 모습도 보였다. 그녀는 코카 때문에 입이 초록색이 된 현자의 튜닉을 알아보았다.

아나마야가 손바닥과 무릎으로 기어서 유일한 군주의 침상 옆으로 다가가자, 난쟁이가 완전히 물러나지는 않은 채 그녀에게 자리를 내주었다. 기형인 남자가 가까이 있었지만 이상하게 그는 그리 불쾌한 인상은 아니었다. 유일한 군주의 모래처럼 사각거리는 목소리가 들렸다.

"일어나라, 얘야. 날 쳐다보아라."

그녀가 일어섰다. 눈에 들어온 모습은 끔찍했다.

유일한 군주는 병이 얼마나 깊은지 얼굴이 부패한 것처럼 보였다. 메스꺼운 반점 때문에 이마와 관자놀이가 보기 흉했다. 격렬하게 떨리는 두 손에도 반점이 보였다. 그가 중얼거렸다.

"아타우알파, 이 아이의 눈을 잘 보거라……"

젊은 군주가 다가와 그녀를 마주 쳐다보았다.

아나마야는 뒤로 물러서고 싶은 것을 참았다. 그녀는 그 남자가 지닌 모든 능력을 감지했다. 그가 주저 없이 그녀의 푸른 눈을 응시하는 사이, 그녀는 그의 눈 흰자위에 실핏줄이 곤두선 것을 보고는 놀랐다. 그럼에도 그의 얼굴은 아름답고, 기름한 입매와 입술의 윤곽은 또렷했다.

아나마야는 그의 얼굴을 더는 바라보지 못하고 고개를 돌렸다. 그 순간 뭔가를 보고 소스라쳐 비명을 지를 뻔했다. 유일한 군주의 침상 위에서 또다른 시선이 빛나고 있는 게 아닌가. 어두운 콧방울이 그녀를 마주 보고 있었다. 송곳니가 번쩍였다!

전율에 휩싸여 순간, 그녀는 퓨마가 살아 있는 것이 아닌가 하고 놀랐다. 그것은 유일한 군주의 발 위에 펼쳐진 가죽일 뿐이었다. 하지만 그 머리의 원형이 얼마나 고스란히 보존되어 있는지 맹수의 눈동자가 그녀를 꿰뚫어 보는 듯했다.

아타우알파가 물었다.

"이 아이는 누구이고, 어디서 왔습니까?"

"빌라 오마가 설명해줄 게다. 얘야, 이리 오너라, 가까이 와."

유일한 군주가 낮은 소리로 말했다.

아나마야는 주저하며 왕의 침상에 조금 더 가까이 다가갔다. 병자의 체취가 숨통을 조여왔다. 아나마야는 지금 벌어지고 있는 상황이 과연 사나운 짐승과 마주하는 것보다 나은 것일까 생각했다. 겁에 질려 그를 밀쳐내려는 순간, 난쟁이가 그녀의 귀에 입을 갖다 댔다. 그가 넌지시 말했다.

"유일한 군주님을 무서워하지 말아요."

그의 나직한 속삭임에 그녀의 격렬한 두근거림이 가라앉았다. 유일한 군주는 안간힘을 다해 경련이 이는 손을 그녀에게 내밀었다.

"내 손을 잡아다오, 얘야!"

등뒤에서 빌라 오마가 소리쳤다.

"유일한 군주님! 조심하십시오!"

아나마야는 감히 손을 들어 올리지도 못했다. 그녀는 썩은 나무뿌리처럼 시커먼, 자신을 향해 내밀어진 손가락을 공포에 질려 바라보았다. 선택받은 여자들이 아니고는 아무도 유일한 군주에게 손을 댈 수 없었다!

그런데 열에 들떠 튀어나온 군주의 눈이 그녀의 눈을 뚫어지게 응시하고 있었다. 우아이나 카팍이 다시 명했다.

"나를 만져다오, 얘야!"

목구멍으로 욕지기가 올라오는 것을 느끼며, 그녀는 잉카의 손에 자신의 창백한 손가락을 올려놓았다. 그는 간신히 몸을 움직여 그녀에게 다가왔다. 그는 마치 싸늘한 파도에 휩쓸려 뒤로 넘어지는 사람처럼, 헐떡이며 눈을 감고는 땀 젖은 천에 얼굴을 묻었다.

주위에 있는 사람들 모두가 침묵을 지키고 있었다. 유일한 군주 못지않게 떨고 있던 아나마야에게는 이제 그들의 불안한 숨소리도 들리지 않았다.

마침내 태양신 아들은 굳은 입술을 실룩거렸다. 어쩌면 미소인지도 몰랐다. 그의 눈꺼풀이 바르르 떨렸지만 눈은 부신 듯 감겨 있었다. 그의 목소리는 이제 메마른 목구멍을 통해 진동하는 쉰 소리에 불과했다.

"티티카카의 푸른 물이 이 아이의 눈 속에 있다, 아들아. 하늘의 물 말이다! 킬라여, 이 아이를 제게 보내주셔서 감사합니다. 이제 알겠습니다. 알겠습니다……"

"유일한 군주님, 아버지……"

"가만있어라, 아타우알파! 그래, 저세상 문턱까지 나를 따르도록 이 아이를 보내신 게야. 이 아이의 눈이 내게 위안을 주는구나. 아들아, 내 목소리가 들리느냐? 목소리가 어느새 더 맑아졌구나. 고통도 사라지고. 아, 감사합니다, 킬라여!"

아나마야는 비틀거렸다. 유일한 군주가 무슨 말을 하는 것인지 이해할 수 없었지만, 그가 얼마나 세게 자기 손을 잡고 있는지는 느낄 수 있었다. 하지만 그녀는 그가 진실을 말하고 있음을, 그가 진정 덜 고통스러워한다는 걸 깨달았다.

그녀도 미소를 지어주고 싶었다.

오랜 침묵이 흐른 뒤, 돌에 부딪히는 샌들 소리가 들렸다. 그녀는 빌라 오마가, 그 다음에는 젊은 군주 아타우알파가 방에서 나가는 것을 알아차렸다. 그녀는 잉카의 손을 잡은 채 침상 옆에 남아 쪼그려 앉아 있었고 난쟁이는 그녀 뒤에 웅크리고 있었다.

"큰아들은 아직 내 곁에 있느냐?"

우아이나 카팍이 물었다.

"여기 있습니다, 사랑하는 아버지."

난쟁이의 목소리는 근엄했고, 거인의 가슴에서 새어 나오는 메아리처럼 울림이 깊었다.

"이제 그만 나가보아라, 아들아."

유일한 군주가 중얼거렸다.

아나마야의 머릿속에 대답 없는 질문들이 밀려드는 가운데, 난쟁이가 멀어지는 소리가 희미하게 들렸다. 유일한 군주가 어떻게 저런 자의 아버지일 수 있단 말인가? 하지만 그녀는 그들의 목소리에서 무한한 애정이 느껴졌다.

그때 유일한 군주가 도저히 믿어지지 않을 만큼 힘차게 두 손으로 그녀의 손을 그러쥐었다. 그녀는 비명을 지르지 않으려고 입술을 깨물었다. 그가 아주 희미한 소리로 말했다.

"인내심을 갖고 들어다오, 얘야. 네게 해줄 이야기가 많단다."

✲

밤새도록 유일한 군주는 아나마야의 손을 두 손으로 꼭 쥐고 놓지 않았다.

밤새도록 그는 이야기하고 또 이야기했다. 마치 그럴 힘밖에 없는 것처럼, 그는 가느다란 소리로 끊임없이 단어들을 토해냈다.

그는 과거를 이야기했다. 이 세상의 탄생, 첫 잉카에 의해 세워진 쿠스코 왕국, 그리고 태양신 아들들이 끈질기게 정복해낸 산과 평야와 호수에 대해서.

그는 우아이나 카팍, 열두번째 아들인 자신이 어떻게 북쪽으로는 키토의 험악한 산악 지대부터, 남쪽으로는 일 년 내내 항상 눈과 얼음이 남아 있는 티티카카 호수 건너 멀리까지 사방위 제국을 확장했는지 이야기했다.

그는 자신의 전투, 정복한 도시, 정복한 사람들에 대해 이야기했다.

말을 너무 많이 한 탓에 갈라진 입술로, 더는 숨도 쉬지 못하면서, 태양신 아들들의 능력과 지혜와 위대함과 강인함이 무엇인지 이야기했다.

죽음의 고통으로 헐떡거리기도 하고 흐느끼기도 하면서, 그는 어머니 달의 신이 얼마나 자신을 사랑했는지, 아버지 태양신 인티와 마침내 재회하게 되어 얼마나 행복한지 이야기했다. 하지만 또한 다른 세상에서 선대 왕들과 다시 만나는 일이 얼마나 두려운지도 고백했다. 선조들은 한 아들의 이마에 왕의 띠를 둘러주지 않아 제국의 미래를 불안하게 만들었다고 그를 비난할 터였다.

그러면서도 그는 종족의 족장들처럼 쿠스코 산의 부드러운 풀밭에 놓인 돌이 되고 싶다고 말했다.

마침내 그는 한 가지 비밀을 털어놓았다. 그녀에게 미래에 대해 귀띔해준 것이다! 그것은 마치 더는 입과 귀를 통해 전해지는 것이 아니라 유일한 군주의 꺼져가는 손에서 어린 소녀의 싱그러운 손바닥으로 전해지는 듯했다.

아나마야는 단어와 문장에 취했다. 그녀에게는 이제 아무것도 들리지 않았다. 그녀는 제국의 모든 세력가들이 수백 개 횃불이 밝혀진 궁전의 널따란 뜰을 가득 채우며 방문턱으로 몰려드는 것도 의식하지 못했다.

모두들 화려하게 치장을 하고 있었다. 그들의 귓불에 끼워진 황금 마개가 갑자기 별무리처럼 어둠 속에서 빛났다. 하지만 그들은 절대 침묵 속에 머물러 있었다. 곤충 한 마리가 악착스럽게 붕붕거리는 소리와도 비슷한 유일한 군주의 중얼거림만이 들려왔다.

밤새도록 세력가들은 그 광경을 바라보며 자기들 눈을 믿지 못했다. 죽음의 침상 위에 길게 누운 유일한 군주가 무릎을 꿇은 채 기진맥진해 있는 여자아이의 손을 잡다니! 그것도 훌륭한 가문의 아이가 아니라 호숫빛 눈을 지닌 불순한 여자아이를. 게다가 군주는 끝없이 이야기하고 또 이야기하고 있었다!

유일한 군주는 그녀에게 오직 태양신 아들만이 알고 있는 모든 비밀을 털어놓았다. 조상과 선조의 비밀을 털어놓았다.

많은 이들이 신성모독이라고 아우성치려 했지만 감히 어느 누구도 그러지는 못했다.

*

지평선 위로 해가 떠오를 무렵, 아나마야는 마치 심장이 도려내진 것처럼 핏기 하나 없이 창백해져 있었다.

그녀는 수없이 잠들 뻔했다. 눈꺼풀이 감기지 않도록, 유일한 군주에게 붙잡히지 않은 한쪽 손으로 엉덩이를 피가 나도록 꼬집었다. 퓨마의 노란 눈동자가 수없이 자신에게 파고들며 잠을 깨웠다.

이제 밝아오는 여명 속에서, 그녀의 몸은 마비되어 눈으로 뒤덮인 듯 얼어붙고 무감각해졌다. 정신도 흐려져, 유일한 군주가 이야기한 문장들은 모두 사라져버렸다.

그런데 궁정에 내내 서 있던 세력가들도 눈꺼풀이 감겨오고 피로에 지쳐 고개를 꾸벅거리는 와중에, 갑자기 중얼거림이 멈추었다.

아나마야는 눈을 크게 뜨고 전율했다. 목이 뻣뻣해졌다.

유일한 군주의 굳어진 손가락에서 약간의 열기가 느껴졌다. 그는 가쁜 숨을 거칠게 몰아쉬며 또다시 몸을 떨었다. 그의 노쇠한 얼굴은 마치 턱과 관자놀이의 뼈가 녹아버린 듯 밤새 쭈글쭈글해져 있었다.

그러나 그가 넘긴 지난밤처럼 새까만 그의 눈동자는 황금을 녹일 만큼 강렬한 불길로 타올랐고, 마치 다른 세상으로 함께 가자고 이끌듯 아나마야의 눈 속으로 파고들었다.

그녀는 겁이 나지는 않았지만 가슴이 찢어지고 온갖 고통이 밀려드는 듯했다. 숲속 마을에서 죽은 엄마와 노인의 얼굴이 눈앞에 어른거렸다. 걷잡을 수 없는 슬픔의 물결이 그녀의 가슴을 짓눌렀다. 눈물이 목구멍으로 흘러들었다. 그녀가 내뱉는 흐느낌이 궁정 저 멀리까지 모두에게 들렸다. 그들은 공포에 몸서리쳤다.

마지막으로 유일한 군주는 아나마야가 침상 위로 몸을 기울여야 할 만큼 그녀의 손을 세게 그러쥐고 소리쳤다.

"아나마야! 호수의 딸, 킬라의 딸이여! 네 생명이 이 세상에서 오래도록 이어질지어다! 내가 아버지 태양신 곁에서 너를 기억할지니!"

그는 다시 쓰러졌다. 끝이었다. 죽은 것이다.

궁정의 탄성이 높아졌다.

얇은 판이 부서지듯, 아나마야는 바닥으로 미끄러졌다.

4

1527년 12월, 키토

"뇌도 기억도 다 잃어버린 것이냐? 이해하지도 못하면서 이야기를 들은 게냐? 유일한 군주께서 밤새도록 이야기하셨는데, 그 목소리가 네 손가락 사이에서 바스락거리던 코카 잎 소리만도 못했단 말이냐?"

몇 시간 전부터 현자 빌라 오마는 똑같은 질문을 던지고 있었다. 아나마야는 고개를 떨어뜨린 채 같은 대답만 되풀이했다.

"모릅니다, 저는 더는 모르겠어요. 이해하지 못했어요…… 유일한 군주님은 말씀하시고 또 말씀하셨어요! 그분은 제가 모르는 단어로 얘기하셨어요! 저는 잊어버리고 싶지 않았어요. 하지만 퓨마가 저를 쳐다보자 모든 게 하얗게 사라졌어요……"

"퓨마가 너를 쳐다보자 모든 게 하얗게 사라졌다고!"

그 냉소에 어찌나 깊은 분노와 신랄한 빈정거림이 배어 있던지, 아나마야는 그만 얼굴을 돌리고 말았다.

"진정하시오, 빌라 오마!"

아타우알파가 무뚝뚝하게 끼어들었다.

빌라 오마는 마치 그렇게 하면 분노를 조금이나마 삭일 수 있는 듯, 주먹으로 자신의 황금 가슴받이를 치고 옆으로 두 발짝 옮겨 섰다.

침상과 커다란 빈 단지밖에 없는 작고 어두운 방 안의 공기는 숨이 막혔다. 빌라 오마가 망토를 잡아채고 격하게 손을 흔들면서 돌아서서 소리쳤다.

"강력한 군주님, 저와 같은 피를 나눈 형제시여! 저는 아타우알파 군주님을 존경하지만, 군주님은 상황의 심각성을 가늠하지 못하시는 것 같습니다. 군주님의 아버님 우아이나 카팍 님이 다른 세상으로 가신 지 한 달이 지났습니다. 후계자도 제대로 지명하지 않고 떠나셨지요. 어쩌면 단말마의 고통 속에 혼란에 빠진 채로 이 아이에게 마지막 소원을 말씀하셨을지도 모릅니다! 그런데 이 아이는 퓨마 가죽의 눈을 보고 놀라서 모든 것을 잊었다잖습니까!"

빌라 오마는 잠시 입을 다물고 혐오스러운 눈으로 아나마야를 노려보았다. 아나마야는 무릎이 후들거렸다. 수치심으로 가슴이 얼어붙는 것 같았다.

"이제 제국은 등불 없는 시기를 겪게 될 것입니다. 어떤 잉카도 자기 이마에 왕의 볼라를 두르겠다고 나설 수 없게 되었습니다. 사방위 제국에 중심이 없어졌으니 우리를 통치할 아들이 인티에게 더는 없단 말입니다! 이 나라가 분열되지 않고 지속될 수 있으리라고 생각하십니까? 아타우알파! 아타우알파! 군주님은 유일한 군주가 될 수 있었습니다……"

"내가 거절한 이유를 알지 않소, 빌라 오마! 다시 거론해봐야 소용없는 일이오."

"이유야 아무래도 상관없습니다! 우아이나 카팍 님이 병들고 이미 반쯤은 저세상에 가 계신 마당에 군주님이 거절해서 일이 잘못 돌아간 겁니다."

"빌라 오마, 말조심하시오!"

"그게 사실이지 않습니까. 유일한 군주님께서 아타우알파 군주님 대신 누구를 지명하셨지요? 태어난 지 한 달도 안 된 막내아드님입니다! 갓난아기요! 신탁도 아주 불길했지요. 점술가들은 최악의 선택이라고 단언했습니다. 그런데 슬프게도, 병환으로 제정신이 아니었던 유일한 군주님은 고집을 부리셨지요……"

"그대는 아무런 쓸모 없는 말만 하는군. 같은 말을 뇌까리는 데다 불손하기까지 하군!"

"그럼 제가 진짜 새로운 소식을 알려드리지요. 오늘 새벽에 도착한 소식인데……"

"말하시오."

"신관들이 그 갓난아기의 이마에 왕의 띠를 둘러주려고 투메밤바에 갔답니다. 그 아기가 지명되었으니까요. 그런데 신관들이 도착했을 때, 이미 아기는 아버지와 마찬가지로 숨져 있었답니다!"

갑작스러운 침묵이 찬바람처럼 그들을 휩쓸고 지나갔다. 아나마야는 자기도 모르게 귀를 기울이고 있었다. 그녀는 될 수 있는 한 미동도 하지 않았다. 아타우알파의 느린 숨소리와 현자가 이를 갈며 묻는 소리가 들렸다.

"이제 무슨 일이 일어나겠습니까? 말씀해보십시오, 군주님은 알 것 아닙니까!"

"쿠스코의 강력한 씨족들이 곧바로 내 형제 우아스카르의 이마에 왕의 띠를 둘러주겠지. 그가 두번째로 지명되었으니……"

아타우알파가 침울하게 말했다.

"그렇지요! 하지만 신탁은 갓난아기와 마찬가지로 역시 부정적이었습니다! 설사 신탁이 그 선택을 인정했다 하더라도, 군주님은 저만큼이나 우아스카르를 잘 알고 계십니다. 그는 예측할 수 없는 사람이지요. 분열 없이 통치하기를 바라면서도, 북쪽의 모든 씨족에게 원한을 품고 있는 쿠스코의 친족들에게 기꺼이 복종하겠지요. 그가 사방위 제국을 어떻게 만들지는 아무도 알 수 없습니다. 이것 한 가지는 확실하지요. 피로 물들이리라는 것 말입니다. 그는 고통을 주는 걸 좋아합니다! 그리고 그는 우리를 적으로 지목할 겁니다. 그게 바로 우리의 미래이지요. 그게 온당한 일이라고 생각하십니까? 저는 군주님께 단언할 수 있습니다. 우리 아버지 인티의 분노가 두렵습니다. 킬라의 눈물과 천둥신 일라파의 벼락이 두렵습니다. 군주님, 단결되고 강력한 제국을 유지할 수 있는 사람은 오직 군주님뿐입니다!"

아타우알파가 진정된 목소리로 짧게 대답했다.

"아니오. 우아스카르가 볼라를 두르게 될 것이오. 내 아버지 우아이나 카팍이 원하신 대로 말이오."

격노한 빌라 오마가 샌들로 땅바닥을 세게 구르는 바람에 아나마야는 소스라치게 놀랐다. 현자는 그녀를 향해 마르고 단단한 손가락을 창끝처럼 휘둘렀다. 코카 잎에 초록색으로 물든 이와 입술이 희미한 역광에 의해 검게 보였다. 그 탓에 뻥 뚫린 듯한 무시무시한 입에서 으르렁대는 목소리가 흘러나왔다.

"유일한 군주님께서 그걸 원하셨는지 군주님께서 어떻게 아십니까? 유일한 군주님은 이 여자아이한테 진실을 털어놓으셨어요, 밤새도록! 우리는 유일한 군주님이 무슨 얘길 하셨는지 알아야 합니다. 이 아이가 기억하기만 하면 되지요…… 아, 군주님! 이 아이를 제게 맡겨주십시오. 필요하다면 이 아이의 가죽이라도 벗기게 해주십시오. 확신컨대, 오늘밤 전까지는……"

아타우알파가 단호히 말을 가로막았다.

"아니오, 빌라 오마. 그런 짓은 하지 마시오."

잠시 두 남자는 서로를 노려보았다. 이윽고 현자가 방의 좁은 문 쪽으로 멀어지려는데, 아나마야는 하마터면 주저앉을 뻔했다. 아타우알파가 딱딱한 명령조로 그를 다시 불렀다.

"내 말 잘 들으시오, 빌라 오마! 그대가 나를 위해 하는 말인 줄은 알고 있소. 내 잊지 않겠소. 하지만 나는 아버지의 선택이 설사 탐탁지 않더라도 존중하고 싶소. 아버지가 우리 어머니 달의 신이 이 아이를 보내주었다고 생각하셨다면 그럴 만한 이유가 있었을 것이오. 이 아이가 지금 기억해내지는 못하지만, 아버지가 미래에 대해 이 아이에게 털어놓으셨다면 거기에도 역시 그 나름의 이유가 있었을 것이오."

빌라 오마는 한숨을 쉬었다. 그는 잠시 망설이다가 되돌아와서 물었다.

"제가 어떻게 하기를 바라십니까?"

"마땅히 해야 할 일을 하면 되오. 아버지가 '아나마야! 호수의 딸, 킬라의 딸이여! 네 생명이 이 세상에서 오래도록 이어질지어다……'라고 말씀하실 때 그대도 나와 마찬가지로 들었잖소. 아버지는 이 아이를 '분신 형제'의 수호자로 지명하셨소. 그러니 그렇게 될 것이오."

빌라 오마는 지친 표정으로 고개를 가로저었다. 그러고는 마치 말 안 듣는 아이를 훈계하듯 말했다.

"그런 건 없습니다. 분신 형제에게는 한 번도 아내가 없었습니다."

"그럼 이제부터 있게 될 것이오. 그대가 직접 신관들에게 발표하시오. 이 아이가 분신 형제의 코야 카마켄이 될 거라고."

"그들은 원하지 않을 겁니다! 이 아이를 퓨마가 있는 구덩이에 던져 버리게 해주십시오. 그러면 기억해낼 겁니다."

"안 되오! 유일한 군주님은 이 아이가 여기 당신 곁에 있기를 바라시오. 유일한 군주님이 다른 세상으로 가시던 날 밤, 함께 있었던 군주들도 우리와 마찬가지로 그것을 보고 들었소."

"이 아이는 미개인일 뿐입니다! 이 아이는 카마켄이 뭔지도 모르고 분신 형제를 한 번도 본 적이 없습니다!"

빌라 오마가 다시금 반박했다.

"이 아이가 알도록 가르치는 것이 그대가 할 일이오. 그러니 어서……"

"군주님! 이 아이는 진정한 잉카가 아닌데, 어찌 이 아이한테 우리의 비밀을 털어놔야 한다는 것입니까? 그것은 전통과 법에 위반되는 일이고…… 만약 군주님이 실수하시는 것이라면, 우리에게 어떤 일이 일어날지 알고 계십니까?"

"아버지의 뜻을 따르는 것인데 잘못일 리가 없소."

"누가 그렇게 장담할 수 있겠습니까? 만약 우리의 잘못이 너무 크다면 태양은 두 번 다시 떠오르지 않을 겁니다! 아침에도 밤처럼 태양이 저 아랫세상에 남아 있기를 바라시는 겁니까? 시간이 멈추고, 태양이 우리를 저버리기를 바라십니까?"

현자의 말 한마디 한마디가 망치로 때리듯 아나마야의 가슴을 후려쳤다. 하지만 아타우알파는 차분한 목소리로 지시했다.

"불평은 그만두시오, 빌라 오마. 그리고 내가 부탁한 대로 해주시오."

현자는 잠시 눈을 감고 있다가 결국 승복하여 몸을 굽혔다. 그러고는 나무처럼 딱딱한 손가락으로 아나마야의 턱을 덥석 잡았다. 그는 그녀의 얼굴을 들어 올리고 검은 눈으로 그녀의 눈을 쏘아보았다.

"아나마야! 들었느냐? 이제부터 넌 무엇이든 내 말에 복종해야 한다. 그게 바로 아타우알파 군주님의 뜻이다. 단단히 못박아 두겠는데, 만약 언제고 네 혀와 기억이 풀려서 유일한 군주님께서 숨을 거두시기 전에 네게 하신 말씀을 나 아닌 다른 사람에게 얘기한다면, 네 심장을 꺼내 갈기갈기 찢어줄 테다!"

그는 따귀를 후려치듯 거칠게 그녀의 얼굴을 놓고는 아타우알파에게는 눈길 한번 던지지 않고 나가버렸다. 아나마야는 다리에 힘이 풀려 좁은 침상 위로 무너져 내렸다. 아무리 자존심을 지키려 해도 소용이 없었다. 공포로 숨이 끊어질 듯하여 딸꾹질을 해댔고, 벌어진 입에서는 가까스로 참았던 약한 비명이 새어 나왔다. 아타우알파는 잠시 그녀를 쳐다보고 망설이다가 한 걸음 다가와 몸을 구부렸다. 그는 손가락 끝을 그녀의 어깨에 대더니 손등으로 살짝 쓰다듬었다.

"날 봐라, 얘야."

그가 부드럽게 명령했다.

현자와의 격한 논쟁 탓에 그의 눈 흰자위는 어느 때보다도 더 붉게 충혈되어 있었다. 그러나 그의 아름다운 입술에는 가벼운 미소가 맴돌았다.

"울지 마라, 아나마야. 강하고 당당해지거라. 현자를 두려워하지 말고. 소리를 많이 지르긴 하지만 그리 나쁜 사람은 아니란다. 우리를 위해서 그러는 거야……"

그가 아주 낮은 소리로 말했다.

그는 수수께끼가 담긴 푸른 눈에서 또다시 뭔가를 찾으려는 듯 그녀를 유심히 살폈다. 그는 이제는 미소 짓지 않았다. 그리고 다시 엄한 표정으로 말했다.

"아무도 무서워하지 말거라. 내 아버지가 다른 세상에서 널 지켜주려 하시는 것만큼 나도 널 지켜줄 테니."

*

"아나마야, 내 친구……"

아타우알파가 나간 뒤 남몰래 방 안으로 들어온 인티 팔라는 아나마야 옆에 꿇어앉아 그녀의 손을 쓰다듬었다. 인티 팔라의 손가락이 뱀 문양의 팔찌를 스쳤다. 그녀의 눈빛이 호기심으로 반짝였다.

"사람들이 말하는 거 진짜야?"

인티 팔라가 속삭였다.

아나마야는 무슨 말인지 몰라 그녀의 얼굴을 쳐다보았다.

"네가 아무것도 기억 못 한다는 것 말이야! 유일한 군주님이 네게 이야기하신 것 전부 다……"

인티 팔라는 신경에 거슬릴 만큼 눈을 깜박이며 덧붙였다.

아나마야는 대답하기를 망설였다. 현자 빌라 오마의 위협이 또다시 머릿속에 울렸다. 하지만 그녀는 새 친구를 경계하고 싶지는 않았다.

"유일한 군주님은 내게 이야기를 하셨고, 그분의 말씀은 내 안에 있어."

"하지만 기억 못 한다며?"

"유일한 군주님이 원하실 때 기억하게 될 거야."

인티 팔라는 한숨을 쉬었다. 더 졸라봐야 소용없다는 것을 아나마야의 푸른 눈에서 읽은 것이다. 인티 팔라는 아나마야를 잡았던 손을 풀어 무심히 살짝 스쳤다. 그녀의 입술이 전혀 호의적이지 않은 엷은 미소로 겨우 벌어졌다.

"할 수 없지. 나한테 얘기하고 싶지 않다면……"

"인티 팔라, 난 얘기할 수 없어! 내겐 그럴 권리가 없어!"

어린 공주는 어깨를 으쓱하고, 망토 위의 황금 핀을 바로잡으며 일어섰다. 그녀는 한동안 아나마야에게 보이지 않았던 경멸 어린 교만한 태도를 이내 되찾았다.

"그런 건 하나도 중요하지 않아. 난 네게 더 중요한 사실을 말해주러 온 거야. 너는 유일한 군주님이 돌아가신 뒤로 이 방에서 나오지 않아서 분명 모르고 있을 텐데……"

"난 밖에 마음대로 나갈 수가 없어."

아나마야는 문의 장막 쪽으로 원망 섞인 시선을 던지며 중얼거렸다.

"내 말이 바로 그거야! 나도 여기서 너무 오래 돌아다니면 안 돼. 하지만 너도 알고 있는 게 좋을 거야. 유일한 군주님을 다른 세상으로 보내드리기 위한 단식이 끝나자마자 난 강력한 군주님 아타우알파의 후궁이 될 거야!"

인티 팔라가 말했다.

"오!"

"그래…… 놀랐니?"

"아냐! 넌 아름다워! 난 이해해……"

"그래, 난 아타우알파 군주님이 나를 매우 어여쁘게 여긴다고 믿어.

그리고 있지, 네가 아무 말도 하지 않으려 해도 상관없어. 나는 다른 방법으로 알아낼 수 있으니까. 군주들은 서 있을 때는 자만심으로 가득 차서 침묵을 지키지만, 여인의 품안에 있을 때는 얘기가 다르거든!"

인티 팔라는 한층 거만한 태도로 웃었다. 그녀는 폭포수 같은 웃음을 터뜨리고는 고운 모직 튜닉이 바닥을 스치는 소리를 내며 방을 나갔다.

"그녀가 얘기하는 건 아무것도 믿지 마요."

아나마야는 울림 깊은 엄숙한 목소리를 곧 알아차렸다.

*

"인티 팔라는 잔인하고 거짓말쟁이죠!"

난쟁이가 단지에서 쑤욱 어깨를 빼내더니 윗몸과 다리를 차례로 드러냈다. 짙은 색 머리카락에 옥수수 알갱이가 흩뿌려져 있었다. 그는 민첩하게 단지 가장자리에 올라앉아 진지한 얼굴로 아나마야를 바라보았다.

"엄청난 거짓말쟁이에다 상처 입은 뱀처럼 사악해요. 나를 처음 봤을 땐 내게 마구 발길질을 해댔지요. 그녀는 강자에게는 복종하고 약자는 짓뭉갠답니다. 그녀의 말을 듣기만 해도 상처를 입게 되지요."

그가 머리를 흔들어 옥수수 알갱이를 떨어내면서 덧붙였다.

놀라지만 않았다면, 아나마야는 머리에 옥수수 알갱이를 뒤집어쓴 채 원숭이처럼 단지에서 튀어나온 난쟁이를 보고 웃음을 터뜨렸을 것이다. 하지만 그녀는 심각하게 눈살을 찌푸리며 불쾌한 표정을 지으려 했다.

"도대체 거기서 뭘 하는 거예요?"

"공주님을 지키고 있어요."

"내 친구들이 누구인지 아는 데 당신이 필요하진 않아요."

"아? 그렇게 확신해요?"

난쟁이가 히죽히죽 웃었다. 그는 단지에서 유연하게 몸을 빼낸 뒤 단번에 바닥으로 뛰어내려, 터져 나오려는 웃음을 간신히 참고 있는 아나마야 앞에 꿇어 엎드렸다.

"공주님!"

"바보 같은 짓 그만둬요!"

"바보 같은 짓이 아닙니다, 공주님. 그 반대죠. 내 주인님은 돌아가셨고, 난 공주님을 섬기는 영광 말고는 아무것도 원하지 않아요."

"나를 섬긴다고요, 나를? 난 못생겼고……"

"나를 잘 보셨나요, 공주님?"

아나마야는 난쟁이가 나타났을 때부터 참았던 웃음을 드디어 터뜨렸다. 그녀의 내부 깊숙한 곳까지 뒤흔들며 마음을 가볍게 해주는 웃음. 웃지 않은 지 너무 오래되었고 오래도록 고통과 두려움에 젖어 있던 터라 그녀는 웃음을 멈출 수가 없었다. 그러자 난쟁이가 몸을 일으켜 아나마야 앞에 무표정한 얼굴로 서 있었다.

"용서하세요. 그쪽이 누군지도 모르고……"

그녀가 마침내 마음을 가라앉히고 말을 우물거렸다.

"유일한 군주님이 나를 아들이라고 부르시는 걸 듣지 못했나요?"

"들었어요, 하지만……"

"……하지만 병환으로 유일한 군주님이 제정신이 아니라고 생각했나요? 그런가요?"

"모르겠어요. 난 너무 무서웠어요. 어쩌면 내가……"

"걱정하지 마요. 공주님 때문에 내 체면이 깎인 건 아니니……"

아나마야는 미풍에 흔들리는 장막 너머로 궁전의 동정을 살폈다. 난쟁이는 그녀의 불안을 눈치채고 단번에 불안감을 지워주었다.

"아무도 들어오지 않을 겁니다."

공모자인 그가 속삭였다.

"그걸 어떻게 알아요?"

"돌아가는 상황을 잘 알고 있으니까요."

그가 확신에 찬 익살맞은 투로 말했다.

그들은 마주 보며 잠시 아무 말도 하지 않았다. 아나마야는 그의 기이한 모습, 자신의 가슴 높이까지밖에 오지 않는 얼굴의 불균형, 술 장식이 땅에 끌려 먼지와 진흙이 묻어 있는 기다란 붉은색 튜닉에 차츰 익숙해졌다. 그녀가 유일한 군주의 침상 발치에서 그를 처음 보았던 그날도 그는 그 튜닉을 입고 있었다.

"언제나 그 튜닉만 입나요?"

"우아이나 카팍 군주님이 나를 생포해 아들로 삼으셨던 날, 난 이 튜닉을 입고 있었어요……"

"예? 무슨 말인지 모르겠어요."

"나는 잉카족과 늘 전쟁을 일삼는 카나리족 사람이었어요. 어느 날 우아이나 카팍 님이 야구아르코차 호수까지 우리 부족을 추격해 우리 마을을 쑥대밭으로 만들었는데, 그때 난 두꺼운 모직 이불 더미 아래 숨어 떨고 있었죠……"

한마디 한마디 할 때마다 난쟁이의 표정이 우기의 하늘처럼 변해갔다. 그의 눈에 극도의 두려움과 즐거움이 연이어 스쳤다.

"천둥과 비바람을 몰고 오는 구름처럼 유일한 군주님의 무시무시한 분노가 폭발하는 말이 들렸어요. 난 죽는 게 두려웠어요. 그건 끔찍하고 수치스러운 두려움이었죠. 누군가의 손이 이불을 뒤지는 것을 느꼈을 때 난 정말이지 끝장이구나 생각했어요."

"살려달라고 간청을 했겠군요!"

"천만에요, 공주님. 내가 왜 터무니없게도 '누가 귀찮게 구는 거야? 잠자게 내버려둬!' 라고 소리쳤는지 모르겠어요. 나는 마치 깊은 잠에서 깨어난 것처럼 이불을 젖혀 몸을 일으키고 하품을 하면서 여러 번 그렇게 되풀이했어요. '잠자게 내버려둬!' 라고 말이죠."

아나마야는 마음이 가벼워져 또다시 웃었다.

"유일한 군주님이 뭐라고 하셨나요?"

"공주님처럼 하셨어요. 큰 소리로 웃으셨죠. 그리고 유일한 군주님과 함께 주변에 있던 모든 사람들, 장군들, 전사들, 군주들도 웃었어요. 모두들 눈에서는 사나운 빛을 내뿜고 있었지만 자기 주인이 웃으니까 따라 웃은 거지요. 유일하게 웃지 않는 사람이 있었는데, 바로 붉은 눈의 아들이었어요."

"아타우알파 군주님이요? 왜요?"

난쟁이는 입을 다물었다.

"난 그 이유를 알아요. 나 말고도 아는 사람이 몇 명 더 있죠. 하지만 내 말 들어요, 그 이유는 모르는 게 나아요."

"그러니까 아저씨도 위험한 비밀을 알고 있군요."

그는 손바닥을 세워 자기 목을 베는 시늉을 했다.

"그건 내 목숨과 맞바꿀 만한 것이죠, 그 이상은 아니에요. 마지막으로 우아이나 카팍 왕이 내가 당신의 큰아들이니까 마땅히 존중받아야 한다고 공표하지 않았다면, 난 어떻게 됐을까요? 내가 지금껏 살아 있는 것은 바로 그 때문이랍니다. 하지만 그분이 다른 세상으로 떠나신 지금은……"

난쟁이가 갑자기 입을 다물었다. 아나마야는 더는 웃고 싶지 않았다.

"난 아버지를 잃었어요."

심각해진 그가 웃음기 하나 없이 침통하게 말했다.

아나마야의 가슴이 터질 듯 고동쳤다. 감정을 드러내지 않은 채 엄숙한 목소리로 난쟁이가 덧붙였다.

"저들은 공주님을 미워하는 것과 마찬가지로 나도 미워해요!"

"아저씨도 나처럼 혼자로군요, 그렇죠?"

아나마야는 그가 원하는 게 뭔지 마침내 깨닫고는 중얼거렸다.

"그런 셈이죠."

그들을 하나로 맺어주는 침묵 속에서, 아나마야는 자신이 어린 소녀라는 것이 더는 겁나지 않았다. 옛날의 감정이, 그녀가 알려고 하지 않는데도 그녀를 전율케 했다. 애정의 물결이 그녀의 몸을 휘감고 눈시울을 적셨다. 목이 메며 저 깊은 곳에서 단어들이 밀려 올라왔다. 아나마야는 그에게 이야기하고 싶었다. 자신의 공포와 추억의 단편을 털어놓고 싶었다. 하지만 알아들을 수 없는 소리만 더듬거렸다. 눈물이 복받쳐 제대로 숨도 쉬지 못하는데, 손마디가 기이하게 생긴 난쟁이의 큼지막한 손이 그녀의 손을 부드럽게 잡았다.

"아무 말도 하지 마세요, 공주님! 아무 말도. 다 잘될 겁니다."

"나는…… 나는……"

그러나 여전히 말이 나오지 않았다. 그녀는 난쟁이에게 몸을 바싹 붙였다. 갑자기 자신이 왜소해지는 것을, 너무도 작아지는 것을, 난쟁이보다 작아지고 고립되고 막막해지는 것을 느꼈다. 하지만 몇 달 만에 처음으로 그녀의 가슴은 희망과 고마움으로 부풀어 올랐다.

드디어 친구를 만난 것이다.

✲

소리가 날 때마다, 누가 찾아올 때마다 난쟁이는 몸을 숨겼다.

밤이 되자 그는 그녀 옆에 누웠다. 그리고 둘은 이야기했다.

아나마야는 공격당한 마을, 엄마의 죽음, 시킨차라 대장, 인티 팔라가 자신에게 내비치는 이상한 증오심, 우아이나 카팍이 말한 비밀이 자기 안에 있고 모두들 그 비밀을 캐려 드는 지금의 두려움을 이야기했다.

난쟁이는 궁정과 음모, 후궁들의 증오, 세력가들의 잔인함에 대해 이야기했다. 또한 아타우알파가 마음속에 숨기고 있는 비밀, 그가 잉카가 될 수 없는 진짜 이유를 말해주었다. 난쟁이는 그녀 안에 감춰진 말, 유일한 군주가 맡겨놓아 그녀의 가슴속에 잠들어 있는 그 말 말고는 누구의 말도 믿지 말라고 이야기했다.

그들은 헤어지게 될까 두렵다고 털어놓았고, 최대한 서로를 보살펴주기로 약속했다. 그는 그녀를 숨죽여 웃게 만들었다. 그녀는 그를 '나의 주인님'이라 부르고, 그는 그녀를 '공주님'이라 불렀다. 적막한 밤, 이제 그들의 잠자리에서는 끔찍한 고독의 껍질과 두려움이 사라졌다.

새벽이 밝아오자, 난쟁이는 아나마야에게 그들이 자기를 곧 죽일 거라고, 자신은 알고 있다고 말했다. 그녀는 마치 물에 빠진 사람처럼 있는 힘을 다해 그에게 매달리며, 죽지 말라고, 자기를 버리지 말라고 애원했다.

5

1528년 1월, 키토

"코야 카마켄! 코야 카마켄! 제발 일어나세요!"

아나마야는 소스라치게 놀란 얼굴로 팔꿈치를 짚은 채 몸을 일으켰다. 예닐곱 명의 처녀가 그녀의 작은 방으로 몰려들었다. 그녀가 일어서려는데, 이미 꿇어 엎드려 있던 하녀들이 지체 높은 여인에게만 나타내는 존경의 표시를 하며 벽 쪽으로 물러났다.

나이가 가장 많은 하녀도 맨 앞에서 머리를 조아리고 무릎을 꿇었다. 아나마야보다 나이가 두 배 가까이 많은 여자였다. 그 하녀가 평평한 바닥에 덮인 양탄자를 손바닥으로 짚고 고개를 숙인 채 낮은 소리로 말했다.

"코야 카마켄, 저희를 따라오셔야 합니다."

코야 카마켄……

그렇게 해서 현자 빌라 오마의 반대에도 불구하고 강력한 군주 아타우알파의 뜻대로 된 것이다.

코야 카마켄!

그것의 진짜 의미를 알 수 있다면. 이제부터 그녀의 역할이 어떤 것이고, 그녀의 의무가 무엇인지 알 수만 있다면!

그러나 아나마야는 스스로에게 질문을 던질 시간이 없었다.

문의 장막이 걷어 올려졌다. 밖에서는 태양이 빛나고 있었다. 마침내 그녀는 방이라기보다는 감옥과도 같았던 그 방을 나서게 된 것이다.

난쟁이가 찾아와 자신의 고독을 드러내 보이고 그녀의 고독을 달래준 그날 밤 이후로, 다시 그를 보지 못했다. 이따금 그녀는 그것도 꿈이 아니었을까 생각했다.

아나마야는 일어나서, 자신의 눈을 감히 마주 바라보지 못하는 하녀들을 따라갔다. 하지만 햇볕 속으로 겨우 몇 걸음 내딛기도 전에 전율에 사로잡혔다.

거대한 궁전은 탄식의 신음으로 가득했고, 정원의 꽃들은 잘려나가 바닥에서 시들어가고 있었다. 유일한 군주의 아내들은 슬픔에 일그러진 얼굴로 신음하며 오갔다. 모두들 넋이 나간 듯 멍하니 정처 없이 왔다갔다했다.

하녀들은 아나마야에게 또다른 뜰의 문턱을 넘어서게 했다. 거기에도 역시 침울한 남자들이 삼삼오오 모여 있었다. 옷과 귀에 걸린 황금 원반으로 보아 군주들이라는 것을 알 수 있었다. 그녀가 지나가자 그들은 얼굴을 돌렸고, 그녀가 물러서지 않는 한 꼼짝도 하지 않았다.

드디어 아나마야는 어느 석조 가옥으로 들어섰다. 벽은 황금판으로 덮여 있고, 높다란 벽감 안에는 돌과 도기로 만들어진 라마 상과 정교하게 채색된 나무 꽃병들이 있었다. 나무 의자 위에는 화려한 옷이 기다리고 있었다. 짙은 붉은색 망토 리클라에는 밝은 푸른색과 샛노란색으로 커다란 V자 문양이 그려져 있었다. 그 옷감에 가 닿는 아나마야의 손가락이 떨렸다. 그녀는 용기를 내어 옷감을 만져보았다. 마치 어린아이의 보드라운 살결 같았다.

튜닉인 아크수로 말하자면, 그녀가 한 번도 보지 못한 최상의 것이었다. 리클라와 같은 붉은색으로, 노란색과 흰색, 푸른색과 붉은색의 기하학적인 무늬가 그려진 넓은 띠 두 개로 장식되어 있었다. 색색의 선이 어찌나 정교한지 머리카락처럼 가느다랬다.

"그건 유일한 군주님 우아이나 카팍의 문양이다!"

아나마야는 뒤에서 들려오는 퉁명스러운 목소리를 이내 알아차렸다.

눈앞에 보이는 것들에 벅찬 감동을 느끼고 있던 그녀는 현자 빌라 오마가 방 안으로 들어오는 소리를 듣지 못했다. 하녀들은 뒤로 물러나 고개를 숙이고 있었다. 현자는 손가락으로 튜닉과 망토를 가리켰다.

"내가 너에게 모든 것을 가르쳐줘야 할 것 같구나, 아나마야! 이제부터 너는 돌아가신 유일한 군주님의 씨족에 속한다. 의식이 있을 때는 하얀색 망토와 튜닉을 입게 될 것이다. 그 외의 경우에는 그 색깔의 옷을 입게 될 게다, 코야 카마켄……"

그 마지막 말이 여전히 믿어지지 않는지, 현자는 한숨과 함께 말을 멈추고 코카 잎을 씹으면서 아나마야를 침울하게 훑어보았다. 그는 머리를 흔들면서 마치 자기 자신에게 말하듯 덧붙였다.

"코야 카마켄! 그게 바로 너다. 아타우알파 군주님이 그것을 원했고, 나로선 신관들을 단념시킬 수 없었다. 부디 인티가 우리의 광기를 옹호해주시길!"

"현자님은……"

"지금은 질문해도 소용없다, 아나마야. 네가 알아야 할 것들은 나중에 설명해주마!"

그는 하녀들을 돌아보며 거칠게 소리쳤다.

"서둘러 옷을 입혀라! 내가 기다리지 않도록!"

✲

아나마야가 궁전의 중앙 뜰에 다시 나타나자, 귓불에 커다란 황금 마개를 끼운 세력가들이 하던 말을 멈췄다. 하지만 얼굴을 돌리지는 않았다.

그들의 엄한 시선이 어린 소녀에게 고정되었다. 그녀가 갖춘 기묘한 조화, 큰 키, 밝은 낯빛, 너무 반듯한 콧매, 너무 얇은 입술 때문이 아니라 그녀의 홍채 속 푸른빛의 놀라운 힘 때문에 여러 사람들이 충격을 받았다. 그들은 그 기이한 푸른색이 유일한 군주 우아이나 카팍의 빛깔에 더해진 최후의 보석 같다고 생각했다.

그토록 집중된 시선에 당황한 아나마야는 매우 조심스럽게 현자 빌라 오마에게 어렵사리 다가갔다.

빌라 오마는 옆 뜰 현관 근처에 서서 초록색과 붉은색 깃털이 매달려 있고 끝에는 황금이 달린, 의식에 쓰이는 무거운 창 추키를 움켜쥐고 있었다. 그가 꼼짝도 않고 기다리고 있어, 그녀는 넓은 안뜰에 밀집해 있는 군주들 틈을 혼자서 뚫고 지나갈 수밖에 없었다. 빌라 오마는 놀란 눈으로 그녀를 좇는 이들의 시선을 하나도 놓치지 않고 곁눈질했다.

마침내 그녀가 가까이 다가오자, 현자가 낮은 소리로 말했다.

"이제 나를 따라오너라. 듣기만 하고, 내가 말하라고 명할 때만 말해라."

그는 몸을 돌려 현관 쪽으로 성큼성큼 걸어갔다. 핏빛 벽걸이 장막의 양 측면에는 병사들이 배치되어 있었다. 빌라 오마가 추키로 바닥을 두드리자 병사들이 갈라섰다. 현자는 벽걸이 장막을 젖히고 문턱을 넘어섰다. 아나마야는 뛰는 가슴으로 그를 뒤따랐다.

일단 현관을 지나가자, 그녀는 더이상 한 발짝도 떼어놓을 수 없었다.

이어지는 뜰은 널따랗고, 공들인 듯 포석이 깔려 있었다. 낮은 건물들이 뜰 가장자리의 삼면에 들어서 있고, 입구들은 푸른색과 노란색 깃털 장막으로 가로막혀 있었다. 건물의 모든 벽면은 뜰을 둘러싼 벽들과 마찬가지로 황금판으로 덮여 있었는데, 그 황금판이 어찌나 얇은지 가느다란 미풍에도 파르르 떨렸다.

그 가벼운 떨림은 눈부심 그 자체였다. 오후의 강렬한 햇살 아래, 황금 강물이 뜰을 둘러싸는 듯 보였고 빛이 너무 강해 정신이 몽롱해질 지경이었다.

아나마야는 햇빛에 눈이 부셔 눈을 깜박거렸다. 흔들리는 빛이 온몸을 뚫고 지나가며 부드러운 옷 속의 피부를 반짝이게 했다.

그녀는 몇 걸음 옮겨, 잉카의 아버지인 태양신 인티의 지상 중심부 안으로 들어갔다. 그곳은 모든 것이 더 무거워 보이고 공기도 탁한 듯했다.

빌라 오마는 그녀를 기다리지도 않고 뜰 가운데까지 걸어갔다. 거기에는 일종의 지붕 없는 방 같은 것이 만들어져 있었는데, 조그맣고 동그란 황금판이 무수히 달린 장막으로 사방이 막혀 있었다.

그곳에 이르자 빌라 오마는 아나마야를 돌아보며 거만한 몸짓으로 가까이 오라고 지시했다.

그녀는 목이 멘 채로 한 걸음 내딛었다. 황금과 햇빛이 한데 뒤섞여 작열하는 반사광에 그녀의 맨얼굴이 빛났다. 그녀는 한기에 몸서리치듯 열기에 몸을 떨었다. 땀이 목에서 허리까지 흘렀다. 타는 듯 뜨거운 포석 위로 발을 옮기기가 괴로웠다.

아나마야가 옆으로 다가오자, 현자는 그녀에게 등을 돌리고 창으로 태양을 가리켰다. 그는 고개를 젖히고 잘 들리지 않는 울림 깊은 목소리로 말했다.

"인티여! 인티, 태양의 전능한 신이시여! 여기 당신의 아들 우아이나 카팍의 코야 카마켄이 당신 앞에 인사드리러 왔습니다. 그녀를 맞아들이시고 그녀의 무지를 불쾌히 여기지 말아주십시오!"

그는 창으로 황금 장식 장막을 들어 올리기만 하고는 아나마야에게 자기를 따라오라고 눈짓했다.

죽어가는 동안 밤새도록 그녀의 손을 붙잡고 있던 사람이 거기에 있었다. 질 좋은 돗자리 위에 풀과 퀴노아 밀짚으로 만든 두꺼운 침상이 놓여 있고, 그는 그 침상 위에 누워 있었다. 커다란 황금 라마 상들이 그의 주변을 지키고 있었다. 흙을 구워 만든 널따란 수반 안에는 코카잎이 타고 있었다. 몇 발짝 떨어진 곳에는, 윤이 나는 화강암 기둥 위에 에메랄드 눈을 지닌 황금 조각상이 세워져 있었다.

시신의 갈색 피부는 팽팽히 당겨져 있었고, 내장이 모두 비워진 배는 탄내 나고 반짝이는 검은 질흙으로 시커멓게 채워져 있었다. 아나마야는 비명을 지르며 도망치지 않으려 주먹을 꽉 쥐고서 손톱으로 손바닥을 짓눌렀다. 지금까지 단 한 번도, 엄마가 바로 옆에서 죽었을 때도, 이처럼 끔찍한 광경은 보지 못한 터였다.

그녀 옆에서 현자는 몸을 굽히고 그녀가 이해할 수 없는 말을 중얼거렸다. 아나마야는 자기도 똑같이 따라 해야 하는 게 아닌가 하는 생각이 들었지만 아무런 명령이 없었기에 겁에 질린 채 그대로 서 있었다.

그녀는 열린 배와 가슴에서 가까스로 눈을 돌려 잉카의 얼굴을 들여다보았다. 빈 눈구멍 위에 눈꺼풀이 치켜 올려져 있었다. 위쪽 광대뼈는 당겨져 있었고, 귓불은 이제 커다란 황금 원반이 끼워져 있지 않은데도 이상하게 축 늘어져 있었다. 하지만 살아생전 고통으로 일그러진 모습밖에 볼 수 없었던 태양신의 아들의 표정은 아름답고 평화롭게 느껴졌다.

특히 그의 뒤에 있는 황금 조각상은 살아 있는 눈으로 그를 쳐다보는 듯했다. 어린아이 키만 한 조각상은 두 손을 엉덩이에 붙이고 선 남자의 모습이었다. 얼굴은 한눈에 알아볼 수 있었다. 바로 고인의 얼굴이었다.

아나마야는 이루 말할 수 없는 마음의 동요로 몸을 떨며 비틀거렸다. 그 순간 빌라 오마의 거칠고 뚜렷한 목소리가 그녀의 귓전에 울리지 않았다면 그녀는 주저앉고 말았을 것이다. 그는 조각상을 가리키며 묵직한 목소리로 퉁명스레 말했다.

"네 앞에 보이는 것이 유일한 군주님의 분신 형제이다. 한 사람이 인티를 만나러 간 동안 다른 한 사람은 여기, 우리들 가운데에 남아 우리를 보호하는 것이지. 유일한 군주님은 변함없는 동반자로 너를 지명하셨다. 그리고 살아 있는 한 너는 줄곧 황금 분신 옆에 머물러야 한다. 내 말 잘 들어둬라. 넌 절대로 그를 버려서는 안 된다. 이제부터 너는 코야 카마켄이라 불리게 될 것이다. 네 입을 통해, 그리고 분신 형제의 삶을 통해 유일한 군주님은 우리에게 당신의 뜻을 말씀하시고 우리를 보호해주실 것이다."

아나마야는 다시금 더 세게 몸을 떨었다. 그녀는 그 말의 의미를 확실히 이해할 수 없었다. 한순간, 그녀는 겁에 질린 아이처럼 소리 지르며 도망가고 싶어졌다.

하지만 마치 보이지 않는 손이 그녀의 마음을 진정시키고 고통스러운 목덜미를 어루만져주는 듯, 그녀는 현자의 이야기를 듣고 있었다. 꾹 참고 꼼짝하지 않고 있자니, 유일한 군주의 평온한 얼굴 덕분에 차츰 마음이 가라앉았다.

"이제 날 따라 해라. 유일한 군주님, 저는 군주님의 분신 영혼의 아내입니다……"

빌라 오마가 느린 목소리로 말했다.

그녀는 입이 굳어 발음하기가 힘겨웠다. 그녀의 모든 근육은 끊어질 정도로 팽팽히 긴장되고, 배는 마치 그녀 앞에서 말라가고 있는 시신의 배처럼 비워낸 듯 움푹 들어갔다.

"따라 하라니까!"

현자가 황금상에 눈을 고정시킨 채 으르렁거렸다.

"유일한 군주님, 저는 군주님의 분신 영혼의 아내입니다."

"유일한 군주님, 군주님이 다른 세상에서 사시는 동안 저는 이곳을 지키는 아내입니다!"

"유일한 군주님, 군주님이 다른 세상에서 사시는 동안 저는 이곳을 지키는 아내입니다!"

"유일한 군주님, 저는 군주님의 분신 형제의 충실한 아내가 될 것입니다."

"유일한 군주님, 저는 군주님의 분신 형제의 충실한 아내가 될 것입니다……"

"아나마야 코야 카마켄, 이제 네가 모시는 분 앞에 무릎을 꿇고 엎드려라!"

6

1528년 2월, 키토

그 뒤로 이십 일 동안, 현자 빌라 오마는 대신관이 아니고는 아무도 들어갈 수 없는 태양신의 뜰에 아나마야를 다섯 차례나 데려갔다.

다섯 차례나 더, 그녀는 유일한 군주가 미라가 되어가는 것을 보았다. 사람들은 미라를 때로는 풀과 초석(硝石)*으로 만든 유약을 발라 햇볕에 말리기도 하고, 때로는 산에서 일부러 가져다가 밀짚으로 싸놓은 얼음 덩어리를 이용해 밤새 얼리기도 했다.

최근 들어 고인의 몸은 더이상 뉘어져 있지 않고 갈대로 만든 받침대에 기대어 앉은 자세를 유지하고 있었다. 다리는 포개고 발꿈치는 엉덩이 밑으로 들어가 있었는데, 어찌나 바싹 말랐는지 뼈만 앙상하게 남

* 질산칼륨. 화약, 성냥, 유리 따위의 원료로 쓰인다.

아 있었다. 지난번에는 유일한 군주의 건조된 몸이, 더는 나체가 아니라 드디어 화려한 라마 모직 옷을 입고 있었다. 그리고 그의 평화로운 얼굴 위로는 깃털 왕관이 솟아 있었다.

그 인상이 어찌나 강한지, 잠시 아나마야는 희미한 빛 속에서 고인이 입술을 움직이며 그녀를 똑바로 쳐다보는 듯한 환각을 일으켰다.

고인을 방문할 때마다 현자 빌라 오마의 무뚝뚝한 태도는 조금씩 누그러졌다. 분신 형제의 조각상 앞에서 그녀에게 늘 똑같은 문장을 외우게 할 때 그의 목소리에도 인내심이 배어났다. 그는 세상이 세 부분으로 이루어져 있음을 그녀에게 차분하게 설명했다. 그중 한 부분은 바로 그녀의 눈 아래 있는 것으로, '카이 파차' 라고 불린다. 거기에는 산, 호수, 동물, 인간과 인간이 만들어내는 물건, 인간의 전쟁과 기쁨, 분만과 질병이 포함된다. 그리고 쿠스코 잉카의 법과 질서, 사방위 제국의 왕자들과 태양신이 아들로 여기는 인간으로서의 유일한 군주들이 포함된다.

"태양신은 윗세상에 살고 계신다. 그곳에 그분의 누이이자 아내인 달의 신과 그분의 형제인 천둥신 일라파가 오가지. 그리고 코야 카마켄, 네 발밑에는 조상들의 주거지가 있다."

"그러면 이제 유일한 군주님은 어디 계신 건가요?"

아나마야가 놀라며 물었다.

"어디에든 계신다. 윗세상의 아버지이신 태양신 옆에. 아랫세상의 조상들 곁에. 그리고 여기 우리와 함께 계시지. 분신 형제와 그분의 말씀을 듣는 코야 카마켄 네 덕분에…… 네게 그럴 능력이 있다면 말이지!"

빌라 오마는 살짝 미소를 띠었다. 이제 그는 그녀에게 빈정댈 때도 분노나 경멸을 드러내지 않았다.

"우리가 유일한 군주님이 다른 세상에 계신다고 말하는 것은 바로 그 때문이지. 그곳은 행복의 세계란다. 하지만 그곳에 이르려면 여기서 잘못을 저지르지 않고 쿠스코의 법을 어기지 않고 살았어야 한다. 그리고 죽어야 하는 것이지."

현자는 잠시 조용히 코카 잎을 씹고 나서 머리를 끄덕이며 결론을 내렸다.

"너는 유일한 군주님 우아이나 카팍이 죽으라고 하기 전에는 죽어선 안 된다! 분신 형제 곁을 떠나서도 안 되고. 알아들었느냐?"

정말 알아들었을까? 그녀는 확신이 서지 않았다.

✲

그날 저녁, 아나마야는 강력한 군주 아타우알파를 다시 보게 되었다. 혼자 식사를 하고 있을 때 불쑥 그가 그녀의 방으로 들어왔다. 그녀는 놀란 나머지 수프와 감자가 담긴 그릇을 엎을 뻔했다.

아나마야는 곧 머리를 숙이고 침상 발치에 무릎을 꿇었다. 그런데 아타우알파가 친절하게 말했다.

"고개를 들어 나를 보아라, 코야 카마켄."

그녀는 약간 두려운 마음으로 그의 말에 따랐다. 하지만 아타우알파의 시선은 그녀에게 신뢰감을 주었다. 그의 입가에는 여느 때보다 훨씬 더 걱정스럽고 엄한 표정이 떠올라 있었지만 처음 보았을 때처럼 그는 아름답고 강건하게 느껴졌다.

아타우알파가 말했다.

"아나마야, 난 네가 만족스럽다. 현자의 말로는 네가 빨리 배우고 말도 잘 따르고 무엇보다 강한 것 같다고 하더구나."

그녀는 얼굴을 붉히고 감사의 표시로 살포시 고개를 숙였다. 그의 입에서 곧바로 질문이 튀어나왔다.

"코야 카마켄, 이제 유일한 군주님의 말씀이 기억나느냐?"

그녀는 슬프게 고개를 저었다.

"아뇨, 강력한 군주님. 기억나지 않아요……"

"단 한 마디도?"

"예…… 하지만……"

"하지만?"

그녀는 자세를 바로 하고, 그가 자신의 진심을 알 수 있도록 그의 눈을 마주 바라보았다.

"저는 그 말씀이 제 안에 있다는 걸 알아요. 단지 제가 오늘 기억해 내는 것을 유일한 군주님이 바라지 않으신다고 생각합니다."

아타우알파는 잠시 그녀를 조용히 바라보다가 다가섰다. 그는 문의 장식 융단 쪽을 한번 쳐다보고는, 그녀에게 들릴 듯 말 듯한 작은 소리로 물었다.

"그렇게 확신하느냐?"

"아뇨, 확신할 수는 없어요. 하지만 분신 형제와 함께 있을 때는 제가 모든 걸 잊지 않았다는 것을 느껴요. 단지 제 입 밖으로 나오지 않는 것뿐이지요."

아나마야는 똑같은 어조로 대답했다.

붉은빛으로 에워싸인 아타우알파의 어두운 눈동자에서 기쁨의 섬광이 빛났다. 그는 놀랍도록 부드러운 몸짓으로 손을 내밀어 손가락 끝으로 그녀의 팔을 살짝 건드렸다.

한동안 잠자코 있던 그가 다시 낮은 소리로 말했다.

"신중해야 한다, 코야 카마켄, 신중해야 해! 여기서는 내가 널 보호해줄 수 있다만, 나와는 다른 씨족 사람들이 널 해칠 수도 있어."

"왜죠, 강력한 군주님? 그들이 왜 저를 해치려 하죠?"

"네 안에 간직된 그 말씀이 왕국의 미래를 결정할 수도 있기 때문이지. 조심해라, 아나마야. 말을 신중하게 해라. 특히 큰 의식이 있은 뒤에는."

"큰 의식이라뇨?"

"곧 알게 될 게다…… 난 널 믿는다. 난 내 아버지가 올바른 선택을 하셨다고 생각한다. 비록 그 선택이 이상한 것이긴 해도 말이다. 하지만 주의를 게을리 마라. 내 형제 우아스카르의 씨족은 좋은 사람들이 아니다. 그들 역시 네 안에 있는 그 말씀을 알고 싶어할 게다!"

밤이 되어 다시 홀로 남게 되자, 아나마야는 공포에 사로잡혔다. 깊은 구렁의 아귀에 물려 빨려들듯, 그녀는 침묵에 빨려들었다.

궁전을 얼어붙게 하는 그녀 주변의 침묵.

그녀를 얼어붙게 하는 자기 안의 침묵.

정말 아타우알파 군주가 말한 대로일까? 자신의 가슴속에 있으면서 밖으로 나오지 않는 그 말이 그토록 중요한 것일까? 왜?

왜 하필이면 나인가?

돌덩이가 목덜미를 짓이기고 가슴을 으깬다 해도 이보다 더 두렵지는 않으리라.

왜 나인가?

아직 나이 어린 소녀일 뿐인데! 도대체 무슨 잘못을 했기에 이토록 무거운 짐을 져야 한단 말인가?

자신이 잘못 생각하고 있는 거라면 어떻게 될까? 그 말이 자기 안에 있지 않다면, 유일한 군주 우아이나 카팍이 끝도 없이 말하는 걸 듣느라 너무 지쳐서 정녕 잊어버린 것이라면?

아나마야의 눈앞이 흐려졌다. 침상 곁에 놓인 램프의 짧은 불꽃이 눈물 너머로 흔들렸다.

그녀는 겁이 났다. 너무도 두려웠다! 아무도 그녀를 도와주러 올 수 없었다. 그녀가 코야 카마켄이 된 뒤로는 난쟁이마저 그녀 가까이 올 수 없었다. 어쩌면 그녀를 두려워하는지도 몰랐다…… 그녀는 혼자였다. 현자가 말해준 그 세 가지 세상에서 혼자였다!

갑자기 그녀는 소스라치게 놀랐다.

가장 어두운 구석에서, 그녀에게 붙박인 퓨마의 노란 눈동자가 빛을 발하는 듯했다. 그녀는 소리를 지르지 않으려고 입술을 깨물고 손으로는 이불을 움켜쥐었다.

그랬다. 두 개의 황금 눈이 그녀를 응시하고 있었다. 퓨마가 그녀를 응시하고 있었다. 그녀는 퓨마의 쫑긋한 귀, 팔딱거리는 콧방울, 날카로운 송곳니를 알아보았다. 그녀는 더이상 숨을 쉴 수 없었다. 마음속에 맺힌 말은 소리가 되어 입 밖으로 나오지 못했다.

"날 죽이지 마, 퓨마야! 날 죽이지 마. 난 분신 형제와 함께하기 위해 오래 살아야 해. 제발 퓨마야, 날 잡아먹지 마. 살려줘. 그러면 난 기억할 수 있을 거야!……"

퓨마는 올 때와 마찬가지로 연기처럼 사라졌다. 어둠은 이제 한낱 어둠일 뿐이었다.

아나마야는 여전히 앉은 채로 떨다가 한참 후에야 잠이 들었다.

✲

이튿날 새벽, 공포에 질린 비명과 신음 소리가 온 궁전에 울려 퍼졌다.

아나마야는 새로운 재앙이 벌어졌음을 직감하고 뜰로 나갔다. 그녀는 눈앞의 광경을 보고 어리둥절해졌다. 하녀들과 후궁들이 건물 사이의 널찍한 공간에서 둥글게 돌고 있었다. 얼굴을 땅으로 향한 채 눈물을 흘리며 서로 몇 발짝씩 떨어져 줄지어 돌고 있었다. 그러다 돌연 억제할 수 없는 고통에 사로잡혀 하늘을 향해 팔을 치켜들고 소리쳤다.

"비라코차여! 비라코차여! 우리를 지켜주십시오!"

이따금 눈물로 범벅이 된 얼굴들을 하고서 두려움에 눈을 크게 뜨고 고함을 질렀다.

"오, 인티여, 우리의 유일한 군주님을 지켜주십시오! 오, 인티여, 그분을 지켜주십시오! 곧 우리가 곁에서 그분을 사랑하고 섬길 것이니, 유일한 군주님이 참고 기다리게 해주십시오……"

아나마야는 이 끔찍한 광경 앞에 몸서리쳤다. 두 팔에 소름이 돋았다. 방으로 도망치려고 건물 쪽으로 물러나는데 궁전의 담벼락 너머 멀리서 새로운 함성이 들렸다. 엄청난 고함 소리가 하늘에서 폭발하며 구름 한 점 없는 맑은 하늘을 어둡게 만들었다.

그녀는 부들부들 떨며 침상 가장자리에 올라앉아 몸을 웅크린 채 두 팔로 다리를 꼭 끌어안았다. 그렇게 가슴 졸이며 몇 시간을 기다렸다. 하지만 아무도 찾아오지 않았다. 엄청난 고통의 소란 속에 자신은 잊혀진 듯했다.

두려움과 고통이 마음속 깊이 파고든 탓에, 그녀는 눈을 감고 자기도 모르게 처음으로 분신 형제에게 말을 걸었다. 분신 형제는 틀림없이 아무것도 두려워하지 않으리라.

"약속을 지킬게요! 절대로, 절대로 당신을 버리지 않겠어요, 분신 형제여. 당신이 내게 원하는 것은 뭐든지 하겠어요……"

태양이 중천에 떠오르기 직전에 현자 빌라 오마가 그녀의 방으로 들어왔다. 그는 어느 때보다도 화려한 차림새였다. 붉고 푸른 커다란 망토를 입고, 다채로운 색깔의 섬세하고 기다란 깃털 머리쓰개를 쓰고 있었다. 세밀하게 가공된 황금 가슴받이는 허리까지 덮고 있었다. 그의 얼굴은 침착하고 평온했다.

빌라 오마 뒤로 '처녀들의 집' 보모 둘이 눈길을 떨어뜨린 채 들어섰다. 한 사람은 긴 흰색 튜닉을 들고 있었고, 또 한 사람은 흰색 머리쓰개를 들고 있었다. 붉은 깃털 두 개가 초록색 돌 안에 박힌, 왕관 모양의 황금 투구가 얹힌 머리쓰개였다.

두 보모는 한마디 말도 없이 능숙하게 아나마야에게 흰 튜닉을 입히고 길게 땋은 머리에 머리쓰개를 씌웠다. 그들은 맡은 일을 끝내자 눈을 내리깔고 고개를 숙인 채 뒷걸음질로 방을 나갔다. 빌라 오마는 한동안 아나마야의 눈을 뚫어져라 쳐다보았다. 현자가 잠시 눈을 깜박거리는 것을 보고, 그녀는 현자가 눈앞의 상황을 인정하고 그녀에게 만족하는 거라고 생각했다.

"날 따라오너라."

그가 짧게 말했다.

뜰 한가운데 네 명의 병사가 들고 있는 가마 위에 분신 형제의 황금 조각상이 놓여 있었다. 조각상은 태양처럼 눈부시게 빛났다!

고통스럽게 울부짖으며 열을 지어 지나가는 후궁들과 하녀들은 아랑곳하지 않고, 빌라 오마는 눈짓으로 아나마야에게 가마 바로 앞자리를 가리켰다. 그는 하늘을 향해 창을 치켜들고 홀로 그녀를 앞서갔다.

그 기이한 행렬이 궁전 뜰 네 개를 지나기 위해 움직이는 순간, 아나마야의 귀에 다시 한번 바깥의 커다란 함성이 들려왔다. 하지만 빌라 오마는 마치 아무것도 보이지도 들리지도 않는 듯 앞으로 나아갔다. 이제 태양은 하늘의 정점에 있었다. 그림자들은 짧고 검었다.

드디어 그들이 궁전 문에 다다르자 밖의 함성이 귀를 찢는 듯했다. 나선형의 소라고둥 나팔을 든 두 사람이 그들을 앞서갔다. 빌라 오마가 창을 흔들자 문이 열렸다.

아나마야는 극심한 공포로 꼼짝도 할 수 없었다. 그녀의 눈앞에서, 수많은 군중이 널따란 광장으로 밀려들며 고함을 질렀다. 남자, 여자, 소년, 소녀 들이 하늘을 향해 팔을 벌리고 인티에게 간청하고 있었다!

그러나 다시 소라고둥 나팔의 장중한 진동음이 길게 터져 나오며 고함 소리를 뒤덮었다. 사람들의 얼굴이 굳어졌다. 군중은 궁전 문을 향해 돌아섰다.

현자, 코야 카마켄, 분신 형제의 조각상이 눈에 들어오자 수많은 사람들의 탄성이 일제히 광장에 울려 퍼졌다. 빌라 오마는 천이 찢어지듯 양쪽으로 갈라서는 군중 사이로 곧장 들어갔다. 파도와도 같은 희미한 탄식은 광장을 뒤덮고, 아나마야의 발치에 와서는 존경이 가득 담긴 신음 소리로 바뀌었다.

모두들 한 동작으로 고개를 숙이고 몸을 구부렸다.

아나마야는 용기를 내어 앞으로 한 걸음 내딛었다. 온통 흰색으로 차려입은 그녀는 늘씬하고 아름다웠다. 그녀는 앞을 똑바로 바라보며 빌라 오마가 열어놓은 통로를 통해 광장으로 들어섰다.

다시 나팔이 울렸다.

수많은 사람들의 입술에서 더는 어떤 중얼거림도 새어 나오지 않았고, 어떤 시선도 더는 흰 옷의 처녀를 응시하지 않았다. 군중은 계속해서 양쪽으로 갈라서며, 바람에 휘는 퀴노아 밭처럼 아나마야 앞에서 몸을 구부렸다.

광장 반대편에는 두 줄로 늘어선 병사들 뒤로 비라코차 신전의 문들이 활짝 열려 있었다. 또다시 장중하고 우렁찬 나팔 소리가 울렸다. 빌라 오마는 둥그런 방 안으로 제일 먼저 들어갔다. 그 방의 벽들은 바닥부터 천장까지 섬세하고 연한 색의 조가비들로 덮여 있었다. 코카 잎 타는 연기로 공기는 탁하고 빛은 어두웠다.

가마를 든 병사들이 방 가운데에 분신 형제를 내려놓는 동안 빌라 오마는 왼편에 섰다. 아나마야는 본능적으로 조각상의 오른편에 자리를 잡았다.

현자는 병사들이 방에서 나가기를 기다렸다가 두 팔을 들고 또렷한 목소리로 외쳤다.

헛되이 존재하는 것은 아무것도 없습니다, 오, 비라코차여!
모두가 티티카카 호숫가에서 와서,
모두가 당신이 정해주신 자리로 돌아갑니다!
이 세계는 당신의 희망입니다, 비라코차여,
당신은 근원의 지팡이를 가지고 계십니다.
오, 비라코차여, 제 말을 들어주십시오……
오, 저 위에 계신 진정한 신이시여, 저 아래 계신 진정한 신이시여,
우아이나 카팍의 분신 형제를 선택하십시오.
유일한 군주의 코야 카마켄을 선택하십시오.

오, 비라코차여, 그녀의 이름은 아나마야입니다.
당신이 어디 계신지 그녀에게 말씀하신다면
그녀가 곧바로 당신을 찬미할 것입니다.
눈길을 땅으로 돌리시어,
오, 저 위에 계신 진정한 신이시여, 저 아래 계신 진정한 신이시여,
그녀가 지치지 않게 해주십시오.
그녀가 죽지 않게 해주십시오.

마지막 말이 아나마야의 가슴에서 메아리쳤다. 밖에서와 마찬가지로 신전 안에서도 완전한 침묵이 흘렀다.

현자는 아나마야에게 자기를 따라서 기도하라고 했다.

그들은 기도를 세 번 소리쳐 외고, 하늘을 향해 손을 들어 올렸다. 그러고 나서 현자는 성스러운 술이 가득 담긴 항아리를 가져와 아나마야와 조각상 주위에 부었다. 신관들만 신전 안으로 들어와, 한 사람씩 소리 내어 기도를 한 후 바닥에 술을 부었다.

의식은 오랜 시간 계속되었다. 얼마나 긴 시간이 지났는지 해가 기울고 그림자가 창처럼 길어졌다. 마침내 소라고둥 나팔이 다시 울렸다. 이윽고 행렬은 광장으로 나갔다.

이번에는 광장이 텅 비어 있는 것을 보고 아나마야는 어안이 벙벙해졌다.

황금상을 따라 다시 궁전으로 돌아온 그녀는 궁전 뜰 역시 비어 있음을 발견했다. 여자들도, 아이들도, 남자들도 더는 없었다.

마치 아무도 살지 않았던 것처럼 텅 비어 있었다.

끔찍하고 싸늘한 침묵만이 맴돌았다.

"그들은 어디 있어요? 모두 어디 있어요?"

아나마야가 아연실색하여 물었다.

코카 즙 때문에 입이 초록색이 된 빌라 오마는 그녀를 강렬한 눈길로 쳐다보았다. 그는 평온함과 만족감 어린 미소를 지으며 대답했다.

"그들은 다른 세상에서 유일한 군주님을 섬기기 위해 그분에게 갔다!"

✲

그날 밤, 아나마야는 숨 막힐 듯한 궁전의 정적에 잠을 이루지 못했다.

그녀는 오열했다.

얼마나 많은 사람들이 목숨과 심장을 유일한 군주 우아이나 카팍에게 바치기 위해 키토 근교의 성스러운 돌까지 가야 했을까? 얼마나 많은 사람들이 다른 세상에 가서 유일한 군주를 섬기기 위해 조상들이 걸어간 길을 가야 했을까?

수천 명!

유일한 군주의 모든 아내, 모든 후궁과 하녀 들, 전쟁으로 빼앗은 모든 환관, 노예, 하인 들!

모두가 이곳의 삶을 떠났다! 피와 죽음의 냄새로 도시의 공기에서는 악취가 났다. 잉카족이 숲속 마을을 공격했던 날, 아나마야가 처음으로 맡았던 역겹고 구역질 나는 냄새.

동트기 전, 그녀는 더는 참지 못하고 일어나 뜰로 나갔다. 둥그런 달이 어찌나 밝게 빛나는지 포석 위 그림자가 선명했다. 잠시 아나마야는 자신이 아무도 없는 세상에서 길을 잃고 잊혀진 것이라는 생각이 들었다.

그런데 갑자기, 마치 유일한 군주를 만나러 떠난 모든 영혼이 그녀에게 작별 인사를 하는 듯, 수천 명의 신음 소리가 밤공기를 조용히 진동시켰다.

7

1528년 12월, 투메밤바

우아이나 카팍의 건조된 몸을 호위하는 행렬이 북부의 수도 키토를 떠나 쿠스코에 있는 코리칸차 신전*을 향해 먼 길을 떠난 지 일 년이 되어가고 있었다. 인티 라이미의 달 초순부터, 행렬은 제국 북부의 대도시 투메밤바에서 멈춰 있었다. 유일한 군주 우아이나 카팍은 살아생전에 북부의 아내들, 후궁들과 함께 그곳에 머무르며 그곳의 날씨를 즐겼다.

투메밤바는 지방의 중심지에 불과했지만 그 질서와 건축물이 쿠스코와 매우 흡사해서 북부의 군주들은 때때로 '또다른 쿠스코'라 부르기도 했다.

---

* '태양신의 신전'이란 뜻으로, 왕궁 겸 신전으로 쓰였다.

태양신 신전의 거대한 중앙 광장을 둘러싸고 있는 칸차의 담벼락은 대부분 서로 직각을 이루는 기다란 직선 길들을 형성하고, 잘 손질된 관개 수로가 그 길을 가로질렀다. 군주들의 궁전은 성스러운 넓은 광장 옆에 있었다. 궁전의 내부는 규모가 엄청났고, 보통 집보다 더 잘 지어져 있었다.

높은 담벼락은 완벽하게 접합된 돌들로 만들어졌고 담벼락 안쪽의 수많은 집들이 안뜰을 에워싸고 있었다. 그리고 안뜰은 꽃 핀 정원이나 성스러운 식물을 재배할 수 있는 밭으로 꾸며져 세심하게 손질되어 있었다. 화려한 석조 분수에서는 보이지 않는 도관을 통해 옮겨진 물이 늘 흐르고 있었다.

하인들은 십여 명씩 무리를 지어 바삐 일했다. 셈을 하고 양식 창고, 모직물 창고, 유색 면 창고, 도기 창고, 융단과 옷감 창고며, 그들은 잉카를 위해 일하는 장인과 농부 들의 막대한 생산물을 지켰다.

하지만 유일한 군주 우아이나 카팍의 건조된 몸이 도착한 뒤로는 모든 씨족이 궁전 안에 기거할 수 없는 탓에 도시에는 천막이 늘어났다. 그 뒤로 날마다 도시는 노래, 춤, 의식, 끝없는 음주와 향연으로 시끌벅적했다. 그런 자리에서는 하지 때 행하는 성인식인 우아라치쿠를 맞이한 강력한 군주들의 아들들을 축하하곤 했다.

길고 지난한 시험을 거치고 나면 마침내 소년들은 성인이 된다. 가장 용감한 자들은 이곳의 세력가들이나 다른 세상의 조상 모두로부터 존경을 받게 된다. 대경주인 최종 시험을 통해 미래의 훌륭한 전사나 신관이 지명되고, 다른 사람들은 제국의 성실하고 충성스러운 하인이 되는 것에 만족해야 한다.

시험을 끝까지 포기하지 않는 사람만이 황금 바늘로 귀를 뚫고 군주한테 첫번째 원반을 받을 수 있다. 수수한 목조 원반이지만 시간이 지나면 가장 막강한 세력가들의 황금 배지가 될 수 있는 것이다.

*

빌라 오마의 명령에 따라 아나마야는 황금 분신 형제의 곁을 떠나지 않았다. 그녀 주변의 많은 것들이 변했다.

이제부터는 어느 누구도 그녀나 그녀의 푸른 눈을 감히 조롱할 수 없었다. 쿠스코의 군주들과 마찬가지로 북부 씨족의 군주들도 존경심으로 그녀의 일거수일투족을 주시했다. 그들은 존경심과 함께 불안감과 초조함을 드러냈다. 우아스카르가 유일한 군주로 임명되었음을 확인하거나 그 임명을 파기하기 위해, 모두들 그녀가 우아이나 카팍의 말을 기억해내기를, 혹은 그녀를 통해 군주의 말이 표명되기를 기다리는 것이었다.

이러한 상황에서, 코야 카마켄은 몇 달 사이에 많이 변모했다. 담대해졌고, 이제는 자신을 탐색하는 시선이나 자기 앞에서 몸을 굽히는 하녀들에 대해 놀라지 않았다. 아나마야는 밤낮으로 거행되는 의식의 기나긴 기다림, 신관들의 끝없는 논쟁, 끊임없이 바쳐지는 제물 같은 것들에 익숙해졌다.

그녀의 몸 역시 변했다. 아침에 고급 질감의 튜닉을 몸에 걸치는 동안 그녀는 자신의 다리가 길어지고 엉덩이가 둥그레진 것을 깨달았다. 그녀의 마음과 정신이 단련되는 것처럼, 그녀의 몸도 날이 갈수록 소녀에서 여인으로 변해갔다. 고독에 대한 두려움도 많이 가신 뒤였고, 눈물을 흘리는 일도 훨씬 줄어들었다.

난쟁이는 키토에서부터 행렬을 따라왔지만, 둘이 얘기를 주고받을 기회는 거의 없었다. 이따금 그녀는 군중 속에서 그의 모습을 알아보고 가슴이 다시 훈훈해졌다……

때로는 자매처럼 다정하기도 하고 때로는 투석기의 돌처럼 상처를 주기도 하는 인티 팔라의 심한 변덕에도 익숙해졌다.

아타우알파 군주 곁에서 밤을 보내면서 인티 팔라 공주는 진정한 여인으로 변모했지만, 성격은 전혀 부드러워지지 않았다. 하지만 그녀의 아름다움은 빼어났다. 그녀는 잉카의 여인이 보여줄 수 있는 가장 완벽한 아름다움을 지니고 있었다. 풍만한 육체, 우아하고 또렷한 윤곽, 동그스름한 얼굴, 콧매를 따라 흐르는 볼록한 이마. 날개를 펼치고 날아가는 매와 흡사한 입매. 투메밤바에 도착한 뒤로, 젊은 남자들의 시선이 그녀를 어느 때보다 더 눈부시게 만들었다.

때로 아나마야는 그녀처럼 아름답고, 태평하고, 도도하고 변덕스러운 여자가 되고 싶었다. 또 때로는 그렇게 되지 않게 해달라고 인티에게 기도하기도 했다.

오늘은 특별한 날, 우아라치쿠의 경주가 있는 날이었다. 이번만은 아나마야도 다른 젊은 여자들과 마찬가지로 평범한 처녀가 될 참이었다. 이런 식으로 규칙을 어길 수 있게 된 것은 인티 팔라의 술책 덕분이었다. 그녀가 아타우알파를 부추겨, 아나마야가 경쟁자들 중 한 사람을 돕는 처녀들 틈에 낄 수 있게 해달라고 족장들에게 간청한 것이다. 험난한 경주가 계속되는 하루 내내, 그녀는 자신의 지지자를 격려하고 용기를 북돋워주게 될 터였다.

사실 그 전날 밤까지 아나마야는 기쁨에 들떠 있었다. 하지만 인티 팔라가 끝내 그 행복을 망쳐버렸다.

다음 의식의 규칙을 설명해주던 며칠 전 아침, 인티 팔라가 눈을 반짝이며 마을이 굽어보이는 고개와 가파른 비탈길을 집게손가락으로 불쑥 가리켰다.

"경주는 가장 힘든 시험이 될 거야. 진짜 용감한 사람만이 끝까지 달릴 수 있지. 제일 먼저 도착하는 사람이 가장 막강한 세력가로 존경받게 될 거야. 그들은 추위, 비, 산, 두려움과 싸워야 해. 약간의 날옥수수 말고는 아무것도 먹지 못하지. 너무 지쳐서 서 있을 수조차 없겠지만 그래도 계속해야 해……"

"하지만 그들은 벌써 일 주일 전부터 단식을 하고 있어. 그렇게 오랫동안 달리지 못할 거야!"

"아니, 할 수 있어. 고개 세 개를 넘어야 해, 자기들의 나약함은 잊고 인티에게 의지해서……"

"그들이 할 수 없다면?"

인티 팔라의 눈에서 사나운 섬광이 번득였다.

"그들은 아무 가치도 없는 존재가 되고, 자기 씨족에게 수치를 안겨주게 되겠지. 약간의 용기가 남아서 협곡 아래로 몸을 던지거나 도착하기 전에 질식해 죽는다면 몰라도! 차라리 그게 더 낫지."

인티 팔라의 잔인한 웃음 앞에 아나마야는 당황했다. 하지만 인티 팔라의 말이 옳았다. 아나마야도 잘 알고 있었다. 사방위 제국의 법과 질서는 그런 식으로 이루어졌다. 언제나 이기고 정복해야 했다. 그렇지 않으면 다른 세상에서 누릴 수 있는 행복이란 없었다.

공주는 한참 생각하고 나서 덧붙였다.

"올해는 쿠스코 씨족의 소년들이 이겨서는 안 돼. 그러면 그들의 권력욕이 더 커질 테니. 슬프게도 난 우리 씨족의 소년들을 도와줄 수가 없어. 난 이제 처녀가 아니니까. 하지만 넌, 넌 할 수 있을 거야!"

"그럴까?"

"내가 너를 위해 부탁할 거야……"

"아냐, 그건 불가능해! 분신 형제는 어쩌고? 내가 단 하루라도 분신 형제 곁을 떠나는 걸 빌라 오마는 절대로 허락하지 않을 거야!"

"어쩌면 허락할지도 몰라! 게다가 분신 형제가 신전 꼭대기에서 경주를 지켜볼 테니까, 사실은 그의 곁을 진짜로 떠나는 게 아니지. 그가 널 보고, 너도 그를 볼 거니까……"

자기 생각에 취한 인티 팔라는 경쾌하게 웃으며 아나마야를 얼싸안았다.

"안심해. 아타우알파 군주님은 허락하실 거야! 나는 뭔가를 얻으려면 어떻게 요구해야 하는지 잘 아니까……"

그리고 실제로 그녀는 해냈다.

*

지난밤 한밤중에 인티 팔라는 아나마야를 깨워서 그 사실을 알려주었다.

"아나마야! 아나마야! 아타우알파 군주님이 허락하셨어! 넌 구아이파르와 함께 가게 될 거야!"

"구아이파르가 누군데?"

"우리 삼촌의 아들이야. 우리 씨족 중에서 가장 용감하지…… 그리고 미남이야. 두고 봐!"

이번에는 아나마야가 기쁨에 들떠, 인티 팔라와 이마를 맞대고 그녀를 껴안았다. 그런데 한바탕 즐겁게 웃고 난 뒤 인티 팔라가 갑자기 심각하게 덧붙였다.

"내가 너를 위해 이번 일을 성사시켰으니까, 보답으로 너도 내게 한 가지 약속해줘……"

아나마야는 마냥 들떠서 생각해보지도 않고 대답했다.

"네가 원하는 건 뭐든지."

"망코나 그의 형제 파울루가 경주에서 이기지 못하게 해줘."

아나마야는 피가 얼어붙는 듯했다. 본능적으로 그녀는 인티 팔라한테서 몸을 떼며 뒤로 주춤 물러났다.

"왜? 난 구아이파르도 모르지만 그들도 몰라!"

아나마야는 다소 움츠러든 목소리로 말했다.

"아, 아나마야! 그런 바보 같은 소리 하지 마! 가끔 넌 정말 몰라도 너무 몰라! 구아이파르는 우리 씨족이지만 망코와 파울루는 쿠스코의 미치광이 우아스카르의 씨족 사람들이야! 망코나 그의 형제가 이긴다면 쿠스코 사람들은 그걸 어떤 징조라고 생각하려 들 거야."

"인티 팔라! 너도 잘 알다시피 왕의 볼라를 거절한 건 바로 아타우알파 군주님이야."

"나도 알아! 그런 일에 관해서는 내가 너보다 훨씬 더 많이 알고 있어."

"망코나 파울루가 가장 강하다면 내가 어떻게 그들이 경주에서 이기는 것을 막을 수 있겠어?"

인티 팔라 공주의 눈이 매우 준엄하게 빛났다.

"분신 형제의 도움으로! 여기 있는 모든 사람들이 네가 그 일을 할 수 있다는 걸 알고 있어. 바로 그 때문에 너를 우리들 안에 받아들인 거야. 아나마야, 그걸 잊지 마!"

아나마야는 얼굴이 빨갛게 달아올라 다시 반박하려 했다.

"아냐, 그건 틀린 생각이야. 난 아무것도 할 수 없어!"

"분명히 할 수 있어. 넌 코야 카마켄 아니니? 분신 형제가 그들을 승자로 받아들이지 않는다고 네가 말하기만 하면 돼!"

"너 미쳤구나, 인티 팔라!"

"천만에! 뭐 네가 원한다면, 유일한 군주님 우아이나 카팍이 그들의 승리를 원하지 않으신다고 말해도 좋고! 유일한 군주님은 바로 너에게 말씀하시잖아, 안 그래?"

분노와 수치심에 몸을 떨면서, 아나마야는 몸을 바로 세웠다.

"그 거짓말을 원하는 사람이 아타우알파 군주님이니, 아니면 너니?"

"그게 너랑 무슨 상관이야?"

"알고 싶어. 만약 군주님의 뜻이라면, 군주님의 입을 통해 직접 듣고 싶으니까."

인티 팔라는 화가 치밀어 얼굴이 일그러졌다. 여차하면 아나마야의 뺨을 칠 기세였다.

"아, 넌 정말 어리석구나! 이건 내가 군주님께 드리고 싶은 선물이야. 너 역시 군주님께 그 선물을 드려야 해. 넌 군주님께 빚진 게 많잖아. 내가 잘못 생각하고 있는 게 아니라면 말이야."

한동안 둘은 서로를 노려보았다. 그러더니 결국 인티 팔라가 중얼거렸다.

"아나마야, 내가 네 친구라는 걸, 그리고 네가 진짜 잉카가 아니라는 사실을 잊어버린 걸 후회하지 않게 해줘."

이제 성인식이 거행되는 특별한 날의 문턱에서 소년들이 넘어야 할 고개가 첫 샛별의 빛을 받아 뚜렷이 모습을 드러내자, 아나마야는 침울한 얼굴로 몸을 떨었다.

인티 팔라가 흘려 넣은 독이 효과를 나타냈다. 마땅히 행복해야 할 순간에 아나마야의 눈에는 미래에 드리워지는 그늘밖에 보이지 않았던 것이다.

✲

"소리 지르지 마요. 그대로 눈감고 있어요."

아나마야는 깜깜한 밤중에 소스라치게 놀라 잠이 깼다. 뿔처럼 딱딱한 커다란 손바닥이 그녀의 어깨에 얹혀 있었다. 눈을 감고 있으라는 진지한 목소리에도 불구하고 그녀는 눈을 반쯤 떴다. 난쟁이의 그림자가 유령의 그림자만큼이나 으스스했다.

"공주님은 가까이 다가가기 어려운 사람이 되었군요……"

"난 아저씨가 상상력이 풍부한 사람인 줄 알았어요! 아저씨한테 실망할 뻔했는데……"

"오, 성스러운 코야 카마켄……"

"웃고 싶은 기분 아니에요, '큰아드님'! 그리고 이런 식으로 날 깨우는 것도 싫어요!"

그녀는 몸을 일으켰다. 그녀의 푸른 눈이 분노로 흐려져 있었다. 그러나 난쟁이는 그녀의 언짢은 기분은 아랑곳하지 않고 그녀 곁에 바싹 붙어 앉았다.

"웃고 싶은 기분이 아니라는 건 맞는 말이에요. 전쟁이 다가오고 있으니까요."

"전쟁이라뇨?"

"난 느낄 수 있어요. 알 수 있어요. 내일 우아라치쿠 때 대전을 치르는 것은 젊은 투사들이 아니라 씨족들이에요. 아타우알파와 북부 씨족 대 우아스카르와 쿠스코 씨족…… 형제 대 형제, 혈통 대 혈통……"

"인티 팔라가 내 힘을 이용해 쿠스코 사람들이 승리하지 못하게 해달라고 했어요. 그녀는 특히 망코를 두려워하는 것 같은데……"

"인티 팔라는 아타우알파 군주님의 명령에 따라 움직이는 겁니다."

아나마야는 고개를 저었다.

"그녀는 아니라고 그랬어요. 나도 그렇게 생각하지 않아요. 아타우알파 군주님은 점잖은 분인데, 그런 비열한 짓을 계획하실 리 없어요. 그리고 아타우알파 군주님이 스스로 왕의 볼라를 거절한 사실을 생각해봐요."

"다른 사람들이 그걸 원하지요. 공주님은 인티 팔라에게 뭐라고 대답했나요?"

"내겐 그럴 만한 능력이 없다고요……"

난쟁이는 한숨을 쉬었다.

"난 그들을 지켜봐왔기 때문에 잘 알아요. 오, 고귀한 잉카들이여, 태양신과 달의 신과 천둥신의 이름으로 기도하는 자들이여! 사납고 힘센 개 떼처럼 피와 권력에 목말라하는……"

"그만 해요, 모욕적인 말은 하지 마요."

"모욕적인 말을 하는 게 아닙니다, 공주님. 죽고 싶지 않을 뿐이에요……"

난쟁이는 입을 다물었다. 그녀 바로 곁에서 그의 숨소리가 들렸다. 여전히 그녀의 어깨에 얹혀 있는 손은 친구의 손이었다. 코야 카마켄…… 그토록 보호받기를 바라왔건만, 그녀는 이 폭력의 시기를 견뎌내지 못할 터였다.

어쩔 도리도 없고, 할 말도 없었다. 눈물의 세월은 지나갔다. 그녀는 외로움에 떨며 난쟁이에게 몸을 피했던 첫날밤을 떠올렸다.

두 팔로 난쟁이를 안은 그녀는 그가 몸서리치고 있음을 느꼈다. 그녀는 마치 추위와 두려움을 달래줘야 하는 어린아이인 듯 그를 품에 안고 조용히 흔들며 아주 작은 소리로 노래를 불러주었다.

8

1528년 12월, 투메밤바

잿빛 하늘이 무거웠다. 제물을 태울 장작불 연기가 가랑비 사이로 피어오르고 있었다. 언덕 아래에서, 망코는 그 연기와 안개 조각 너머로 투메밤바의 궁전과 집들을 바라보았다. 대광장 중앙에 있는 태양신의 신전 앞에서는, 수많은 고관들의 얼룩덜룩한 무리가 우아이나 카팍의 건조된 몸을 보호하는 깃털 닫집 주위로 몰려들고 있었다.

닫집 아주 가까이, 신전의 높은 계단 위에서는 분신 형제의 황금이 번쩍였다.

하루 종일 끝없이 달린 후에 그들이 도착해야 하는 곳은, 만약 도착할 수 있다면, 바로 분신 형제의 곁이었다.

그곳은 멀어 보였다. 너무도 멀어 보였다!

"아니, 그리 멀지 않아. 망코, 너한테는 멀지 않아. 마음만 먹으면 돼……"

형제의 마음을 꿰뚫어 본 듯, 옆에 있던 파울루가 입을 열었다. 그는 살짝 웃고는 망코의 옆구리를 주먹으로 장난삼아 한 대 치며 놀렸다.

"하긴 네 다리가 좀 짧은 건 사실이지! 까짓것, 내가 기다려줄게!"

망코는 웃었다. 그는 파울루보다 두 배는 더 빨리 달렸다. 그러나 그것은 사실이었다. 그들은 가능한 한 함께 달릴 터였다. 그들은 같은 달에 태어난 형제이고 우애가 매우 돈독했다.

죽은 잉카 우아이나 카팍의 두 아들은 거의 같은 날에 태어났지만 그들의 우애는 그러한 출생에 기인하는 게 아니었다. 유일한 군주에게는 아들이 하늘의 별보다도 더 많았다.

사실 그들은 유일한 군주를 한 번도 만난 적이 없었다. 어쨌든 그들의 기억에는 없었다. 그들의 두 어머니는 쿠스코의 가장 훌륭한 씨족 출신이었다. 마치 바람에 꽃가루가 흩뿌려지듯, 유일한 군주가 매일 밤 북부의 후궁들에게 씨를 뿌리기 위해 키토에 머무느라고 버려둔 아내들이었다!

그들의 어머니들은 그들을 함께 키웠다. 오래전 사물을 보고 말을 배울 때부터, 망코와 파울루는 한 손의 손가락들처럼 늘 함께였다.

파울루가 망코의 어깨를 꽉 쥐면서 단호하고 자신 있는 목소리로 말했다.

"넌 이길 거야, 내가 알아. 그리고 나도 이길 거야. 네게서 눈을 떼지 않을 테니까! 이제 가자. 치차를 따르고 제물을 바칠 시간이야."

신관들이 아나우아르크의 우아카 발치에 불을 붙였다. 아나우아르크는 돌로 변모한 조상으로, 쿠스코에 있는 원형(原型)과 꼭 닮았다. 그 조상은 매가 나는 것처럼 빨리 달렸다는 명성을 지니고 있었다. 알파카의 털 뭉치, 코카 잎, 옥수수가 조용히 불에 탔다. 다음에는 어린 라마가 희생될 차례였다.

망코는 제물이 불타는 모습을 가까스로 쳐다보았다. 배가 고프다 못해 아프기까지 했다. 다른 소년들의 수척한 얼굴과 열에 들뜬 퀭한 눈초리에서, 그는 하나같이 기진맥진한 피로감과 불안을 감지했다. 하지만 모두들 몸을 곧추세운 채 누구 하나 나약함을 드러내 보이려 하지 않았다.

자극적인 냄새를 풍기는 연기 너머로 그들은 삼촌들의 모습을 얼핏 보았다. 경주의 출발이 임박했지만, 출발에 앞서 채찍 의식을 견뎌내야 했다. 초심자의 삼촌이 미래의 입문자에게 그가 따라야 할 법의 가치를 일깨워주기 위해 채찍질을 하는 것이다.

망코는 경주 자체보다 이 순간이 더 두려웠다. 고통 때문이 아니었다. 벌써부터 굴욕감이 그의 가슴을 분노로 가득 채우는 탓이었다.

다행히 그의 삼촌은 힘이 약했다. 그리하여 삼촌이 다른 연장자들과 동시에 망코의 팔다리에 채찍질을 할 때 그의 가죽끈은 살짝살짝 스칠 뿐이었다.

망코는 멋쩍은 웃음을 짓고 일어서며 생각했다.

'나는 열다섯 살도 안 되었지만 삼촌보다 힘이 세. 어느 누구보다도 힘이 세.'

그는 형제의 말을 믿어야 했다. 파울루와 똑같은 신념을 가져야 했다. 오늘 그는 이길 터였다.

✲

신호가 떨어지고, 나팔 소리가 협곡 깊숙이까지 온 골짜기에 울려 퍼지며 꼭대기를 향해 올라가자, 망코는 모든 에너지를 발산했다. 그는 의혹과 피로를 잊고, 엄청난 시련과 차가운 빗줄기도 잊고, 오직 달리는 기쁨만을 생각했다.

그는 강인하고 자유로운 퓨마처럼 유연하게 첫번째 비탈길을 내려갔다. 호흡을 아끼지 않아도 된다면 기쁨의 고함이라도 질렀을 것이다.

처음에는 길이 북쪽을 향해 곧게 뻗어 있었다. 짤막한 내리막길을 지나면 경주자들은 곧바로 어두운 꼭대기를 기어올라야 했다. 그다지 험하지는 않은 언덕이었지만 무너진 돌더미가 함정처럼 숨겨져 있어서 발걸음을 몹시 더디게 했다. 그러고 나서 서쪽으로 접어들면 우아나카우리 발치에 이르는 완만하고 긴 내리막길이 나왔다. 그들을 바라보며 그들에게 도전하는 산의 신 '아푸'였다. 그들이 정상에 이르고 내리막길에서 살아남는다면 태양신의 신전이 있는 고원에서 멀지 않은 고갯길을 지나서 처녀들이 있는 협곡을 따라 그들이 방금 떠나온 언덕까지 힘겹게 올라가는 것으로 경주는 끝난다.

파울루는 망코 뒤를 바짝 따라갔다. 그들은 처음의 구불구불한 비탈길에서 대부분의 경주자들을 어려움 없이 추월했지만, 지독한 자갈밭에서는 대번에 사지가 둔해졌다. 그리고 느닷없이 돌풍이 휘몰아쳐, 조금 전 삼촌들의 가죽끈보다 훨씬 더 매서운 빗줄기가 얼굴을 후려쳤다.

망코는 이내 호흡이 가빠지는 것을 느꼈다. 폐가 불타는 듯하고 다리가 뻣뻣해졌다. 파울루의 거센 숨소리가 멀어졌다. 멀리, 수많은 골짜기에 집어삼켜지듯, 그들을 뒤따르며 독려하던 연장자들의 고함 소리도 흐려졌다. 그의 몸은 고통스러운 적이 되었다.

망코는 눈이 튀어나오고 입은 헤벌린 채 얼굴을 찌푸린 파울루를 돌아보았다. 파울루는 어서 달리라고, 자기를 기다리지 말라고 손짓했다.

파울루 너머 몇 발짝 떨어진 곳에서, 몇몇 북부 씨족 소년들의 모습이 솟아올랐다. 그들 중 가장 용감한 구아이파르는 이미 선두로 나서고 있었다. 망코는 그의 오만한 시선을 느끼고는 분노에 사로잡혀, 신발 바닥에 밟히는 돌덩이에도 아랑곳하지 않고 다리를 더 재게 놀렸다. 그는 곧 다시 상대를 앞질렀고 호흡이 되돌아오는 것을 느꼈다.

구아이파르는 샌들을 높이 쳐들며 돌밭 위를 민첩하게 달렸다. 망코는 근육을 잘근잘근 쪼개는 듯한 화끈거림도, 폐를 불태우는 뜨거운 불길도 잊고, 자기 몸을 완전히 잊은 채 마치 몸과 정신이 따로 분리된 듯 오직 달리는 것만 생각했다.

망코는 곧 두 사람이 겨우 지나갈 만한 좁은 길에서 구아이파르와 나란히 달리게 되었다. 그들은 얼굴을 앞으로 내민 채 신음을 내뱉으며 둘 다 안간힘을 쓰고 나란히 속력을 다투었다. 이윽고 구아이파르가 항복했다. 그의 어깨가 미끄러지고 얼굴이 뒤로 물러나기 시작했다. 앞으로 내뻗은 그의 손도 망코를 앞서지는 못했다……

망코가 뒤로 밀려나지 않으려 필사적으로 추월하는 순간, 구아이파르가 균형을 잃고 팔꿈치로 망코를 밀쳤다. 잠시 망코는 비틀거리다가 다시 정신을 차렸다.

그는 거의 얼떨결에 승리의 고함을 내질렀다. 그의 고함 소리가 돌밭 위에 울려 퍼졌다.

구아이파르는 가까스로 그를 따라왔다.

망코는 뒤돌아보지 않고도 이제 다른 사람들이 멀리 처져 있음을 알아차렸다. 파울루도 마찬가지였다. 약속은 했지만, 섬약한 파울루는 망코를 따라오지 못할 터였다. 하지만 망코는 그를 믿었다. 그가 불명예스러운 검은색 짧은 바지를 입게 되는 꼴찌 무리에 속할 리 없다.

돌멩이들 한가운데에 또 돌이 놓인 정상에 이르자, 망코는 급히 비탈길을 내려갔다. 그는 끊임없이 보폭을 넓히며 앞질러 나아갔다.

다음 고개에 시선을 붙박은 채, 그는 살아 있는 모든 것 중에서 가장 강한 존재라는 흥분에 휩싸였다. 그는 돌과 곤충과 영혼 들 속에 존재하는 남자였다. '난 바람이고, 비이고, 빛이다.'

그는 하늘에서, 또한 모든 바위 뒤에서 호의적인 시선이 자기를 따라오는 듯한 생각이 들었다. 도처에 있는 친근한 시선이.

이상하게도 결코 달리기가 끝나서는 안 될 것 같은데 호흡은 진정되었고 우아나카우리의 첫 비탈길에 이르기도 전에 느낄 수 없을 만큼 조금씩 속도가 느려졌다. 저 위 오솔길은 깎아지른 낭떠러지를 따라 좁아졌다. 마치 바위의 굴곡에 현기증이 날 정도로 팽팽히 매어놓은 한 가닥 실처럼 보였다.

망코는 현기증의 위력을 알고 있었다. 지나치게 가파른 비탈길에서는 용기가 나지 않고, 한 발짝도 더 뗄 수 없을 정도로 마비될 수 있다는 것을. 그는 거기에 대비했고, 그를 얼어붙게 하는 그 절대적 공포의 순간을 극복하려 노력했다.

낭떠러지가 가까워졌다. 그런데 유감스럽게도 그는 해서는 안 될 행동을 하고 있었다. 허공을 바라보면서 달렸던 것이다.

이미 돌 사이로 추락하는 자기 모습이 보이는 것만 같았다. 다리가 후들거렸다. 얼음같이 차디찬 전율이 목덜미를 쭈뼛하게 만들고 허리를 조여왔다. 허공은 발걸음을 옮길 때마다 팽창했고 기이하게도 웃고 있는 것만 같았다. 마치 심연이 그를 부르는 듯했다.

망코는 바위에 바싹 달라붙어 두 손을 붙이고 매달렸다.

저기, 몇 발짝 떨어진 바윗덩어리를 돌아가기만 하면 되었다. 그러면 오솔길은 비탈진 넓은 풀밭 위로 뻗어 있었다…… 하지만 거기에 이르려면 절벽에서 잠시 손을 떼고 허공과 과감히 맞서야 했다. 그걸 감내해야 했다.

그는 할 수 없었다.

그는 땀에 흠뻑 젖었다. 빗줄기와 두려움의 눈물이 뒤섞였다. 그의 주위로 여러 가지 소리가 안개 속에 전해졌다. 떨어져서 다친 사람들의 비명 소리, 부르는 소리, 격려의 말이. 그리고 구아이파르가 전속력으로 지나가며 크게 비웃는 소리가.

"망코! 망코! 넌 떨어질 테니 기억에 남을 검은 반바지조차 갖지 못하겠구나! 넌 겁쟁이야, 쿠스코 놈!"

구아이파르의 말이 옳았다. 조금 전에는 용기로 충만했지만 이제는 겁에 사로잡혀 있었다. 조금 전에는 천하무적이라는 느낌이 망코를 비호했지만 이제는 수치심이 그를 에워쌌다. 그는 밤이 올 때까지 거기 그대로 있을 수도, 손을 놓아버릴 수도 있었다. 비탈길 아래에서 그의 조각난 몸이 발견되리라. 그에게는 모든 게 마찬가지였다. 조상의 목소리는 어디에 있는가? 자신이 가장 강하다는 확신은?

아무것도 남아 있지 않았다. 공포. 벌새가 날갯짓하는 속도만큼이나 빨리 뛰는 심장.

"망코!"

파울루의 친근한 목소리였다. 설명이 없어도 알 만한 상황이었다.

"손 이리 줘……"

망코는 시키는 대로 했다. 그는 온몸을 떨면서, 형제가 기다리는 고원으로 한 발 한 발 뒤로 물러났다.

"천천히 숨 쉬어. 내가 하라는 대로 해. 내가 네 앞에서 갈게. 내가 길잡이가 되어줄게."

파울루가 망코 앞을 지나가, 망코를 멈춰 서게 했던 바위를 한걸음에 돌아갔다.

"이제 이리 와."

"난 못 해."

"내가 할 수 있으면 너도 할 수 있어."

내가 할 수 있으면 너도 할 수 있어. 그것은 어릴 적부터 둘을 하나로 묶어주며 정신적인 쌍둥이로 만들어준 말이었다.

망코는 무슨 말인지 용기를 북돋는 형제의 목소리에 인도되어 조금씩 조금씩 앞으로 나아갔다. 허공과 수직으로 섰을 때 그는 단념하는 자신을, 추락하는 자신을 느꼈다……

파울루의 손이 그의 손목을 붙잡았다.

"나와 함께 있어야지."

그들 위로, 정상에서 멀지 않은 곳에서, 망코는 자신들을 앞지른 여러 명의 경주자들을 보았다. 파울루는 잃어버린 시간을 아쉬워할 틈을 주지 않았다.

"사랑하는 내 형제야, 달려! 달려, 너는 최고야. 난 네가 자랑스러워."

"틀렸어, 난 제일 겁쟁이야……"

"넌 용기 있고 강인해, 망코. 게다가 네겐 널 사랑하고 언제든 도와줄 형제가 있잖아. 자, 우리 둘을 위해 이겨줘!"

망코의 가슴이 다시 고동치기 시작했다. 그는 시야를 흐리는 빗물을 닦았다.

'난 바람이다……'

그는 화강암보다 더 무거운 발을 들어 올리며 생각했다.

✲

망코는 협곡을 따라 올라가면서, 자신이 약해진 틈을 타 앞서갔던 사람들을 하나둘씩 모조리 추월했다. 그는 고통을 모른 척 마음 한구석의 수치심을 얼어붙게 하고 싶었다. 그는 이를 악물고 달렸다.

선두 주자가 된 그는 기진맥진 도착하는 다른 사람들을 '매'가 되어 굽어보는 자신의 자랑스러운 모습을 떠올렸다. 이번에는 눈길 한번 주지 않고 다시 구아이파르를 앞질렀다. 구아이파르의 실패를 즐기는 것은 은밀한 기쁨일 터였다.

그는 거의 숨도 쉬지 않고 달렸다. 그에게는 앞에 있는 오솔길과 협곡 반대편 아래쪽에서 경주자들을 도와주는 처녀들 무리만이 보였다. 그가 달리는 가운데 세상이 춤을 추었다. 산과 구름과 수풀이 춤을 추고, 골짜기가 그의 숨결 속에 춤을 추었다. 그는 달리기에 취해 바람처럼 날아갔다.

"조심해요!"

쉭쉭거리는 뱀의 움직임과 동시에 들려온 외침 소리에 그는 우뚝 멈춰 섰다. 팔뚝만 한, 노란 줄무늬의 회색 뱀이 길 한가운데 몸을 곧추세우고 있었다.

"조심해요!"

목소리가 거듭 말했다. 하지만 조금 전보다 더 작고 기이한 부드러움이 담긴 목소리였다.

그녀가 보였다. 그녀는 붉은 아가리를 쫙 벌려 기다란 독니를 드러낸 채 좌우로 몸을 흔드는 뱀 뒤에서 다가왔다.

"움직이지 마요!"

망코는 숨을 헐떡이며 그녀의 눈을 보았다. 이럴 수가, 어떻게 저런 빛깔이? 푸른색, 남부의 하늘보다 더 푸른 눈이었다. 진짜 살아 있는 여자인가?

하지만 망코는 더이상 생각하지 않았다. 그는 그녀가 그 묘한 빛깔의 눈으로 계속 뱀을 쳐다보면서 조용히 무릎을 굽히는 것을 보았다. 뱀은 머리를 가볍게 흔들고 공격하려는 듯 똬리를 틀었다.

망코는 반사적으로 몸을 숙여 돌을 집어 들고는 주먹을 쥐었다.

"그 돌 내려놓아요. 내가 하는 대로 내버려둬요."

그녀는 그가 있는 쪽을 쳐다보지도 않고 말했다.

침착하고 단호한 목소리였다. 그녀의 엄한 명령에 그는 거역할 생각을 하지 못했다. 그녀는 뱀을 바라보았다. 팽창된 동공의 틈을 응시하며 천천히, 천천히 몸을 낮추었다……

뱀은 몸을 도사리더니 똬리 속으로 미끄러졌다.

뒤에서 달려오는 소리가 들렸다. 구아이파로가 경사지에 이른 참이었다. 하지만 뱀은 거기에 아무런 주의도 기울이지 않았다. 뱀은 대번에 몸을 펴고, 마치 세상 표면에서 사라지기라도 하듯 돌 틈으로 미끄러졌다.

푸른 눈의 처녀가 일어서서 미소를 지었다. 그녀의 기이한 시선이 산의 초록빛과 잿빛을 온통 빛나게 했다.

"가도 돼요!"

그녀가 쾌활하게 말했다.

망코는 구아이파르가 멈춰 서서 자신들을 바라보고 있는 것을 느꼈다. 망코는 주저했다. 그녀가 몸짓으로 재촉했다.

그는 다시 출발하여, 투메밤바의 광장까지 펄펄 날듯이 달렸다. 하지만 경주를 끝내자마자, 언덕 위에 집결해 있는 연장자들의 환호성 속에 반쯤 정신을 잃고 쓰러졌다. 미지의 처녀의 푸른 눈 속으로 온통 빠져드는 것 같았다. 마치 그녀가 그때까지 그를 지탱해준 것처럼.

9

1528년 12월, 투메밤바

광장은 금갈퀴와 은갈퀴들로 받쳐놓은 긴 황금 밧줄로 둘러싸여 있었다. 광장 한가운데서는 불이 빗줄기에도 꺼지지 않고 타오르고 있었다. 코카 잎과 옥수수 잎이 머리를 어지럽히는 달콤한 냄새를 퍼뜨리며 타올랐다.

망코는 입 안이 말라 혀가 잘 돌아가지 않았다. 그의 혀와 입천장에는 치차의 톡 쏘는 시큼한 맛이 여전히 남아 있었다. 몇 발짝 떨어진 곳에서 빌라 오마와 신관들이 전사들의 용맹을 치하하는 동안, 그에게는 경주 장면이 자꾸 되살아났다. 그리고 근육에서 솟는 힘과 끔찍한 현기증과 승리의 취기가 다시금 느껴졌다.

미지근한 공기의 소용돌이에 밀려난 코카 잎 타는 연기가 우아이나 카팍의 황금 분신 형제를 감쌌다. 연기에 '코야 카마켄'이라 불리는 여인의 묘한 얼굴이 잠시 가려졌다. 그러다가 그녀의 푸른 눈, 부드럽고 윤곽 또렷한 입술이 다시 나타났다. 짧은 순간, 둘의 시선이 교차했다.

곁에 있던 파울루가 그들의 눈길이 마주치는 것을 눈치채고, 웃으면서 작은 소리로 물었다.

"저 여자 예뻐?"

"모르겠어…… 다른 여자들하고는 정말 달라. 어디서 왔을까?"

"숲에서 온 것 같아."

신관들이 초심자들에게 다가왔다. 그들은 사발에 담긴 라마 피에 깃털을 적셔 젊은 청년들의 얼굴에 줄을 그었다. 그 다음은 서약의 시간이었다.

태양신을 향한 충성과 잉카에 대한 복종을 맹세하면서, 망코는 마치 자기 아닌 다른 사람이 말하는 것처럼 여겨졌다. 그가 초조하게 기다리는 것은 오직 한 가지뿐이었다. 드디어 자신을 진정한 전사 아우키로 지명하는 말을 듣는 것.

경주의 승자인 망코가 제일 먼저 흰 반바지를 받았다. 그 다음에는 골풀로 엮은 샌들, 하얀 띠가 있는 붉은 튜닉, 금은 원반이 매달린 깃털 왕관과 머리띠를 받았다.

군중이 그를 바라보았다. 부모, 씨족 사람들, 쿠스코와 키토의 귀족 모두가 그에게 경탄 가득한, 간혹은 질투 어린 시선을 보냈다.

망코는 자랑스레 일어섰다. 다음은 파울루와 구아이파르가 포함된 선두 무리의 차례였다. 파울루는 망코에게 애정 어린 눈길을 던졌고, 구아이파르의 눈은 승자의 찬웃음 앞에 분노로 번득였다. 패자들이 수치스러운 검은 반바지를 받으며 머리를 숙이는 동안, 구아이파르는 도전적이고 오만한 태도로 위협하듯 분을 삭이고 있었다.

시간이 흐르고 노래와 춤이 이어졌다. 왁자지껄한 웃음소리와 높은 축하의 말소리가 광장을 가득 메웠다. 망코가 가장 나이 많은 전사들에게 가서 인사를 하자, 그들은 그의 어깨에 손을 올리고 웃음 머금은 눈길로 그를 쳐다보았다.

그러나 무엇을 하든, 그의 눈길은 황금 분신 형제의 아내인 젊은 처녀 아나마야에게 꽂혀 있었다.

드디어 의식이 끝나자 처녀들이 치차 단지를 들고 젊은이들에게 다가갔다. 여자들은 새로운 전사들에게 마실 것을 따라주고, 그들이 하늘과 별 아래에서 시험을 치르는 마지막 밤 내내 그들 곁에 머물 참이었다. 새 전사들은 술 취한 상태에서 마마 킬라의 순수함과 다른 세상 족장들의 혼백, 선인과 악인과 마주할 터였다.

망코는 아나마야가 구아이파르 쪽으로 가는 것을 보고 아연실색했다. 그가 파울루에게 외쳤다.

"그녀가 돕는 놈이 바로 저놈이야?"

"그녀에게는 분명 선택의 여지가 없었어, 망코! 그녀는 아타우알파의 씨족 사람이잖아."

"씨족이라고, 파울루? 언제나 그 빌어먹을 씨족이지! 위대한 망코 카팍이 우리 왕조를 세웠을 때는 씨족 같은 건 문제도 되지 않았어. 그리고 장담하는데, 난 조금 전 경주하는 동안에 쿠스코의 씨족 같은 건 생각지도 않았다고!"

"중요한 건 네가 생각하는 게 아냐. 그들이 생각하는 것만으로도 충분하지."

그들에게 지정된 젊은 처녀들이 입가에 미소를 머금고 시선을 떨어뜨린 채 다가왔다. 인형처럼 작고 예쁜 처녀들이 존경심을 가득 담아 단지를 내밀었다. 망코는 치차를 벌컥벌컥 마셔 단지째 비웠다. 시큼달큼한 치차의 찬 기운이 그의 입천장과 목구멍, 피곤에 지친 온몸을 축축이 적셨다.

처녀들은 비워진 단지를 채우러, 하인들이 노끈을 이용해 기울여주는 큼지막한 항아리가 있는 데로 갔다. 아나마야도 다른 처녀들과 마찬가지로 정교하게 채색된 커다란 마카의 주둥이 밑으로 술단지를 채우러 갔다. 술이 넘쳐흐르고, 약간의 구역질을 일으키는 시큼한 냄새가 대기를 가득 채웠다.

인티를 향한 마지막 기원이 끝났다. 차츰 취기가 오르고 엄청난 피로가 단번에 몰려왔다. 젊은이들은 피로에 금세 녹초가 되었다. 그들은 어느새 무릎을 구부리고 눈을 감았다. 그 자리에 누워 잠들고 싶은 욕구가 거세게 밀어닥쳤다. 망코는 자기를 지켜보는 시선을 여전히 느꼈다. 그는 호흡을 가다듬기 위해 눈을 감고 자세를 바로 했다.

"망코?"

파울루가 그의 튜닉 자락을 잡아당겼다. 그가 눈을 다시 떴을 때 아나마야가 앞에 있었다.

"아, 당신이군요! 고맙다는 인사도 못 했어요, 아나마야. 당신이 아니었다면 난 오늘 죽었을지도 몰라요!"

망코는 어지럼증이 이는 것을 원망하며 큰 소리로 말했다.

그녀는 부정하는 몸짓을 슬며시 해 보였다.

"경주에서 이기지 못했을 뿐이겠죠! 아장아장 걷기 시작했을 때부터 이미 뱀들이 내 다리 사이로 지나 다녔어요…… 덕분에 뱀을 친구로 만드는 법을 배웠죠."

그녀가 보여준 손목의 팔찌에는 두 마리 뱀이 뒤엉켜 있었다. 망코는 어렵사리 그것을 들여다보았다. 그녀의 푸른 눈이 낯설었다. 그는 그녀의 가냘프면서도 탄탄한 몸매에 감탄했다.

"뱀은 지혜의 상징 아닌가요?"

"그렇다고들 하죠."

"당신은 왜 눈길을 끌죠, 아나마야?"

그녀는 천진한 미소를 지었다.

"오늘의 고귀한 전사인 당신만큼은 아니지요."

아나마야는 자신을 응시하는 빌라 오마의 엄한 시선과 마주쳤다. 현자는 거만한 몸짓으로 그녀에게 물러서라고 명령했다. 그녀는 형제에게 고개 숙여 인사했다.

"내가 도와주는 경주자에게 가봐야 해요. 두 분 모두 좋은 밤 보내기를 빌게요. 마마 킬라의 사랑이 깃들기를!"

그녀가 멀어지자 파울루가 망코를 돌아보며 놀렸다.

"자, 네 생각은 어때, 형제? 그녀를 아름답다고 해야 할까, 아니면 아주 못생겼다고 해야 할까?"

"어쨌든 다른 여자들하고는 달라…… 그런데 너도 봤지, 현자가 질투심 많은 늙은 남편처럼 감시하는 걸 말이야! 그녀가 우리와 어울리는 걸 용납 못 하겠다는 태도였어!"

✲

밤이 내린 뒤로, 아나마야는 다시금 두려움에 휩싸였다.

칸차의 뜰에서는 마음을 가라앉혀주는 불꽃이 타오르고 있었다. 그 불꽃 때문에 구아이파르의 눈은 점점 더 광기 어린 섬광으로 빛났다.

어둠이 짙어진 뒤로, 그는 패배의 모욕감을 치차로 달래며 줄기차게 마셔댔다. 조금씩 들이켜는데도 손이 심하게 떨려, 반은 마시고 반은 운쿠에 엎질렀다. 취기가 올라도 잠이 오지 않았다. 주변 공기에서는 악취가 풍겼다. 가끔 그는 윗몸을 일으켜세우고는 손가락으로 찌를 듯 어머니 달의 신을 향해 손을 뻗었다. 고함을 지르려고 입을 벌렸지만 소리가 되어 나오지 않았다. 그는 다시 주저앉아 더듬더듬 술단지를 찾았다.

"비었잖아. 술 좀 갖다 줘, 푸른 눈의 아가씨!"

구아이파르가 소리쳤다.

"벌써 많이 취했어요, 구아이파르…… 쉬어야 할 것 같은데요?"

아나마야가 말했다.

"치차를 가져와! 치차를 가져와, 잔소리 말고!"

구아이파르는 요란한 몸짓을 했다.

아나마야가 일어서는 순간, 그가 손을 뻗어 그녀의 허벅지를 움켜쥐었다. 아나마야는 튜닉을 펄럭이며 몸을 돌려 빼냈지만, 구아이파르가 옷자락을 움켜쥐고 잡아당겼다. 아나마야가 재빨리 무릎으로 한 대 치자, 그는 옷자락을 놓고 옆으로 쓰러지며 냉소를 흘렸다.

"그놈이 마음에 든다 이거지, 엉? 망코 말이야!"

"구아이파르……"

"당신들 둘이 눈 맞추는 거 다 봤어! 하지만 당신은 숲에서 온 여자일 뿐이야. 놈은 쿠스코 출신이고! 당신은 절대로 놈을 가질 수 없어……"

"뭐니뭐니 해도 난 당신 아버지의 분신 형제의 아내예요! 그걸 잊지 마요!"

"알아, 알고말고! 코야 카마켄! 그걸 말이라고! 빌라 오마는 오직 당신을 위해 그 이름을 찾아내야 했지!"

구아이파르는 분노로 일그러진 얼굴로 물러섰다.

"망코는 사기꾼이야! 놈이 속임수를 썼다는 걸 모두가 곧 알게 될 거야……"

그는 아나마야와 하늘에 동시에 말하듯 중얼거렸다. 아나마야는 인티 팔라가 망코에 대해 했던 증오에 찬 말을 떠올렸다. 그런데 망코가 이긴 것이다!

활기와 기쁨이 넘쳐야 할 그 밤에, 아나마야는 어두운 그림자와 위협으로 가슴이 무거워지는 걸 느꼈다. 그렇다, 쿠스코 씨족과 키토 씨족 사이에는 모든 것을 파괴하는 증오의 물결이 넘실거렸다. 구아이파르는 비틀거리며 다시 일어나 집게손가락으로 아나마야를 가리켰다.

"놈은 당신 도움을 받아 속임수를 쓴 거야, 코야……"

"내 도움이라뇨?"

"당신이 바로 놈을 이기게 해준 거야!"

"바보 같은 소리 마요! 난 그저 뱀한테서 그를 구해줬을 뿐……"

"인티가 그놈이 가는 길에 뱀을 놓아둔 건데, 당신이 뱀을 쫓아 보냈잖아. 그게 속임수가 아니고 뭐야? 나처럼 아타우알파의 진짜 형제도 아닌 더러운 놈을 당신이 이기게 해준 거라고! 당신은 우리를 배반했어!"

"그러려고 한 게 아니라……"

아나마야는 입을 다물었다. 대꾸해봤자 소용이 없었다. 구아이파르는 너무 취해 해명을 들을 수 없었다. 술기운에 취해 잠들기를 바랄 수밖에 없었다.

그런데 구아이파르가 비틀거리며 일어섰다.

"이리 와. 이리 와, 날 따라오라고."

"어디로?"

구아이파르는 조금 전과 다른 강렬한 눈빛으로 아나마야를 바라보았다. 그는 대답 대신 고개를 흔들며 비웃었다.

"당신이 또래 처녀들 중에서 좀더 예쁜 건 사실이야! 마음에 들어, 숲속의 처녀. 다른 어떤 여자보다 마음에 들어. 하지만 당신은 나빠!"

아나마야는 입술을 깨물며 물러섰다. 구아이파르는 그녀의 팔을 사납게 움켜잡더니 말 한마디 없이 끌고 갔다. 그러고는 그녀를 거칠게 밀면서 안뜰을 건너갔다. 구아이파르가 칸차에서 나가려는 걸 알고 그녀가 저항하자, 그가 있는 힘을 다해 그녀의 팔을 비틀며 앞으로 떠밀었다.

온 거리에 취기가 가득했다. 아무도 그들에게 주의를 기울이지 않았다. 칸차 문 너머로 노랫소리와 고함 소리가 들리고, 때때로 피리 소리나 짤막한 북소리도 들려왔다. 불길은 뒤틀린 그림자들을 내비치고 있었다. 골목길 교차로에서는, 사내들이 자기가 토해놓은 오물을 뒤집어쓴 채 정신을 잃고 땅바닥에 드러누워 있었다. 도처에서 치차 냄새가 공기를 물들였다.

구아이파르는 정교한 건축물의 담벼락 앞에서 돌연 멈춰 서더니 몸을 흔들면서 소리를 질렀다.

"망코! 파울루!"

쉰 목소리가 울려 퍼지는 가운데, 구아이파르가 아나마야를 앞으로 떼밀며 두 형제가 머무는 칸차의 문턱을 넘어섰다.

"구아이파르!"

아나마야는 불 앞에 선 망코의 의젓하고 늘씬한 실루엣을 보자 마음이 놓였다. 망코는 눈이 붉게 충혈되고 숨이 거칠긴 해도 취한 듯 보이지는 않았다.

"그녀를 놓아줘! 코야를 놓아줘. 네겐 그녀를 그런 식으로 대할 권리가 없어!"

이번에는 파울루가 일어섰다. 희미한 빛 속에서 그가 느린 걸음으로 다가와 침착한 목소리로 말했다.

"집으로 돌아가, 구아이파르. 넌 시험을 계속 치러야 하고……"

"여기 당신이 그토록 사랑하는 형제들이 있군! 자기들의 비겁함을 감추기 위해 늘 붙어 다니는 사기꾼들 말이야!"

구아이파르가 비웃으며 난폭하게 밀치는 바람에 아나마야는 비틀거리다 무릎을 꿇고 넘어졌다.

망코가 달려와 아나마야를 일으켰다. 파울루가 빈정거렸다.

"검은 반바지를 입지 않았군, 구아이파르? 네 속처럼 시커메서 너한테 아주 잘 어울렸을 텐데!"

화가 난 망코는 이를 악물고 어깨에서 망토를 걷어내고는 앞으로 나아가 주먹을 내밀었다.

"안 돼요, 망코…… 그는 자기가 무슨 짓을 하고 있는지 몰라요."

아나마야가 말렸지만 너무 늦었다. 구아이파르는 맹수처럼 울부짖으며 튜닉 소매에 오른손을 깊숙이 집어넣었다. 오른손을 다시 꺼냈을 때, 투미의 반달 모양 칼날이 불빛에 번쩍였다. 구아이파르는 눈앞의 허공을 날쌔게 두 번 가르더니 청동 칼로 망코의 얼굴을 겨누었다.

"네가 뛰어야 할 시간은 바로 지금이야, 망코! 빨리! 내 말이 떨어지기가 무섭게!"

파울루가 아나마야 곁으로 살짝 다가가 그녀의 어깨를 잡아 뒤로 물러서게 하는 사이, 망코는 사막의 살쾡이처럼 유연하게 옆으로 두 발짝 비켜섰다.

"이것 좀 봐! 이런 놈이 비겁함을 운운하다니! 무기 없는 사람과 싸우려고 투미를 꺼내다니 말이야."

망코가 억양 없는 목소리로 말했다.

"사기꾼! 쿠스코 패거리! 너희는 모두 사기꾼이야! 너희가 제일 고상한 줄 알지만, 속임수나 쓰는 놈들 주제에……"

그들을 둘러싼 어둠 속에서 으르렁거리는 소리가 흘러나왔다. 주변에는 많은 사람들이 모여 있었다. 하인, 누이, 친척 아저씨, 아주머니들…… 하지만 아무도 입을 열지 않았다. 술 취한 사람은 취기 탓에 무분별한 말을 할 수도 있다. 하지만 망코는 모욕당했고, 그가 응수할 차례였다.

"때가 왔어, 구아이파르! 난 이 순간을 오래전부터 기다려왔지. 덤벼! 내 목에 칼을 꽂아보라고…… 할 수 있다면 덤벼봐!"

두 젊은이는 이제 불 주위를 돌았다. 구아이파르는 술이 조금 깬 듯 보였다. 하지만 타오르는 불 위로 뛰어오르려는 구아이파르를 망코는 쉽게 피했다. 그리고 유연한 몸놀림으로 옆으로 몸을 숙이면서 두 손을 뻗었다. 한 손으로는 구아이파르의 팔을 잡아 어깨로 막고, 다른 한 손으로는 투미가 들린 손을 붙잡았다. 분노에 사로잡힌 망코는 몸을 빼내 제자리에서 빙그르 돌았다. 망코의 오른팔이 불길 위로 커다란 원을 그리면서, 칼날이 구아이파르의 뺨 위로 미끄러졌다. 구아이파르는 고통스러운 비명을 내지르며 물러섰다. 상처에 피가 흥건했다. 구아이파르는 손가락으로 얼굴을 문지르더니 진홍빛 손바닥을 미심쩍은 듯 들여다보았다.

"집으로 돌아가, 구아이파르. 아직 늦지 않았어!"

파울루가 말했다.

"아니, 형제. 이미 늦었어!"

망코가 유쾌하게 말했다.

구아이파르는 피를 보고 정신이 든 듯, 칼을 멀리 던지고 망코에게 달려들어 허리를 붙안았다. 둘은 한 덩어리가 되어 불 옆에서 땅바닥을 구르며 불똥이 솟구치는 가운데 불길을 흩뜨렸다. 아나마야가 비명을 지르며 둘을 갈라놓으려 하자 파울루가 제지했다.

"그냥 둬요! 내버려둬요. 어차피 치러야 할 일이에요!"

망코와 구아이파르는 서로의 피가 상대방을 얼룩지게 할 정도로 바싹 뒤엉켜 싸웠다. 주먹이 제대로 날아들거나 손가락으로 비틀고 찢을 때면, 그들의 헐떡임 사이사이로 고통스러운 외침이 끼어들었다. 그때 아나마야는 구아이파르의 운쿠가 요란한 소리를 내며 찢어지고 그가 옆으로 굴러가는 것을 보았다. 망코는 곧바로 일어서서 구아이파르에게 덤벼들었다. 두 무릎으로 구아이파르의 배를 찍어 누른 채 손으로는 벌써 피가 끈끈한 목덜미를 움켜잡고 있었다. 망코는 겨우 알아들을 만한 목소리로 물었다.

"전사의 용맹을 지니겠다고 맹세한 게 너냐? 명예를 존중하겠다고?"

구아이파르는 대답하지 않았다. 그는 입을 크게 벌린 채 헐떡거리며 숨을 몰아쉬었다. 망코가 더 큰 소리로 다시 물었다.

"우리 아버지 인티와 어머니 달의 신의 이름으로 맹세했어, 안 했어? 우리 조상과 모든 유일한 군주들의 영혼의 이름으로?"

아나마야는 망코가 분을 누르지 못하고 있음을 느꼈다. 그녀는 파울루의 손을 뿌리치고 망코에게 다가갔다.

"망코, 제발, 그를 놔줘요……"

하지만 망코에게는 들리지 않았다.

"네가 여기서 우리 아버지를 보살피는 처녀를 모욕했단 말이지?"

망코는 구아이파르의 목에서 두 손을 떼고는, 전사의 분노를 주먹에 담아 증오하는 형제의 얼굴을 후려쳤다. 구아이파르의 목에서 올라오는 신음도, 아나마야의 비명도 망코를 멈추게 하지 못했다. 주변에서는 아무도 끼어들지 않았다. 아나마야가 망코의 팔을 붙잡으려고 할 때, 젊은 잉카의 검은 눈에서 불꽃이 이글거렸다. 마치 구아이파르가 불러일으킨 모든 증오가 그 눈 속에서 타오르는 것 같았다……

"그만 해라!"

명령의 말이 어둠 속에서 터져 나왔다. 아나마야가 눈을 드는 것과 동시에 망코도 주먹질을 멈추었다. 불 앞에서, 신관 복장의 사내가 손을 내밀며 다시금 명령했다.

"그만 해라, 망코! 죽이지 마."

아나마야는 망코의 삼촌들 중 하나라는 것을 알아보았다. 그는 아나마야에게 의혹에 찬 시선을 잠깐 던지고는 덧붙였다.

"교훈을 주었으니 아무도 잊지 않을 거다. 쿠스코 씨족을 모욕하면 반드시 벌을 받을 테니까."

망코는 구아이파르에게서 떨어져 나와 천천히 일어섰다. 아나마야는 싸움이 벌어지는 동안 꼼짝 않고 조용히 있던 파울루와 눈이 마주쳤다. 형제가 숨을 돌리는 것을 바라보는 그의 눈에 슬픔이 담겨 있었다.

구아이파르는 피를 뱉어내고 숨을 내쉰 후, 제자리에서 몸을 굴려 일으키며 힘겹게 무릎을 꿇었다. 그가 자세를 바로 하고 아나마야의 도움을 청했지만 그녀는 손을 내밀지 않았다. 그는 있는 힘을 다해 두 손을 배에 붙이고 다시 일어서더니, 아직 기운이 남았는지 악의에 찬 말을 내뱉었다.

"저주받을 망코, 네놈은 다른 세상에 이르기 전에 불살라질 거야! 네 영혼은 절대 자유롭지 못할걸!"

망코는 손가락 사이에 묻은 피를 닦으며 대꾸했다.

"저주의 말을 하는 사람이 바로 저주받은 자야."

구아이파르가 비틀거리며 칸차를 떠나는 사이 아나마야는 망설였다. 그녀의 눈길이 잠시 망코에게 머물렀다.

"난 구아이파르를 따라가야 해요. 그가 당신을 오해하고 있다 해도, 난 오늘밤 그를 보살펴야 해요."

이윽고 그녀가 말했다.

망코는 파울루를 한 번 쳐다보고는, 그토록 난폭한 폭력 뒤에 기이하리만큼 부드럽게 울리는 목소리로 대답했다.

"나도 알아요, 푸른 눈의 아가씨……"

"몸조심해요, 망코. 그리고 뱀을 무서워하지 말아요."

"슬프게도, 늘 당신이 길가에 머물러 뱀이 비켜 가도록 타이를 수 있는 건 아니겠지요!"

밤을 더욱 어둡게 만드는 연무 속에 아나마야의 그림자는 어느새 사라져버렸다.

10

1528년 12월, 투메밤바

"일어나라, 아나마야."

눈꺼풀이 무거웠다. 아나마야는 그대로 누워 있고 싶었다. 그녀는 몸을 덮은 망타를 잡아당겼다. 빌라 오마가 그녀를 차가운 눈으로 쳐다보고 있었다.

그는 밀짚 샌들을 신은 발로 돌바닥을 조용히 스치며 소리 없이 방으로 들어왔다. 초록빛 입아귀에 키가 훌쭉한 그의 갑작스러운 출현은 종종 엄청난 위협으로 느껴졌다.

"빨리 일어나!"

"무슨 일이에요?"

"아무 말 말고, 일어나서 날 따라와!"

아나마야는 정신을 차리려고 애썼다. 청년들의 성인식이 끝난 지 겨우 이틀이 지났다. 망코와 구아이파르가 서로 싸우고 욕을 한 지 이틀 밤이 지난 것이다. 고작 이틀이 조용히 지났을 뿐인데, 벌써 새로운 사건이 예고되고 있었다!

아나마야는 일어나서 따뜻하고 포근한 잠자리에 아쉬운 눈길을 던졌다. 안뜰을 향해 열린 장막을 통해 빛이 겨우 새어 들어왔다.

"제가 뭘 잘못했나요?"

"난 네가 무슨 짓을 했는지 모른다. 하지만 네가 투메밤바에 있는 게 좋지 않은 것 같구나!"

"저는 구아이파르와 망코가 싸우는 걸 원치 않았어요……"

"그런 유치한 얘기를 하려는 게 아니야."

빌라 오마의 어조에 아나마야는 정신이 번쩍 들며 몸이 떨렸다.

창문 옆 벽감에서는 달의 신 마마 킬라의 은 원반이 마치 울고 있는 듯 희미한 빛 속에서 은은하게 반짝였다. 빌라 오마의 메마른 손가락이 장막을 움켜쥐었다. 그의 목소리가 천둥처럼 울렸다.

"유일한 군주님의 건조된 몸이 신전에 없다."

아나마야는 입이 벌어졌다. 주먹으로 명치를 얻어맞은 것처럼 숨을 쉴 수가 없었다. 그녀는 겨우 입을 열어 들릴락 말락 한 목소리로 말했다.

"무슨 말씀이세요?"

"들은 대로다. 우아이나 카팍의 미라가 사라졌다."

"하지만 어떻게? 어떻게 그럴 수 있죠?"

빌라 오마는 자기가 어찌 알겠느냐는 듯 눈을 치켜떴다. 어둠 속의 그는 훨씬 더 크고 야위어 보였다. 분노와 불안감으로 그의 얼굴에 깊은 주름살이 팼다.

"동틀 무렵에 신관들과 함께 인티 신전의 방에 갔는데 비어 있었어. 미라가 받침대 위에 없었어."

"누가…… 누가 감히 그런 짓을 했을까요?"

"누가? 어떻게?…… 한 가지는 확실하지. 이 죄악으로 비난받을 사람은 바로 너라는 사실 말이다."

"제가요? 제가요! 왜죠? 현자님은 저한테 그런 죄를 물으실 수 없어요, 빌라 오마, 현자님도 아시잖아요!……"

"내가 널 비난하는 게 아니다, 아나마야! 슬프게도 다른 사람들은 그 일을 책임질 만큼 불운하지 않아! 너는 코야 카마켄이다. 분신 형제의 도움으로 미라를 보호하는 게 네 역할이 아니더냐? 우아이나 카팍이 마지막 밤에 네게 명하신 게 바로 그것이 아니더냐? 유일한 군주님이 다른 세상에 가 계시는 동안 이 세상에서 그분을 지탱해드리는 것 말이다."

현자는 피로가 깃든 한숨을 내쉬며 말했다.

아나마야는 눈물로 시야가 흐려졌다. 하지만 너무 부당하다는 생각에 곧 손등으로 눈물을 훔쳤다. 그녀는 이제 더는 잉카에게 끌려온 겁먹은 어린 소녀가 아니었다.

그녀의 목소리가 분노로 떨렸다.

"제가 무엇 때문에 그런 짓을 저지르겠어요?"

빌라 오마가 질문을 거부하는 몸짓을 했다.

"이유는 중요하지 않아! 넌 아타우알파의 보호를 받고 있어. 필요하다면, 그들은 거짓말을 꾸며낼 게다!"

"이해할 수 없어요……"

"정말이냐? 넌 아직 몰랐단 말이냐? 쿠스코 사람들이 우리를 미워하고 어떻게든 우리를 몰아내려고 혈안이 되어 있다는 것을……"

빌라 오마가 말을 멈추었다. 비명 소리가 안뜰에서 울려 퍼졌다. 목이 터져라 부르짖는 아나마야의 이름이 욕설처럼 대기 중에 진동했다.

"저런, 빨리도 왔군. 자, 준비해라. 저들에게 네 결백을 입증해야 한다."

빌라 오마가 침착하게 말했다.

*

"저 여자다!"

"저 여자가 우리 군주님 우아이나 카팍을 사라지게 했다!"

"신성모독이야, 신성모독! 이 세상은 망하고 말 거야! 인티께서 우리에게 복수하실 거야!"

"저 푸른 눈의 여자는 불길해! 인티는 저 여자가 재가 되기를 원하셔. 킬라는 저 여자를 강물에 던지기를 원하신다고!"

우아이나 카팍의 궁전 안뜰은 무척 넓었다. 그런데 그 넓은 안뜰이 꽉 차 있었다. 두 마리 뱀이 그려진 횡목이 튀어나온 문 앞에서, 새로 들이닥친 사람들이 흥분한 몸짓을 요란스레 해대며 서 있었다. 모두가 쿠스코 귀족으로, 우아스카르의 씨족 사람들이었다. 어떤 이들은 무장을 하고 반들거리는 검은 돌이 여럿 달린 살인적인 몽둥이를 흔들면서 고래고래 소리를 질렀다. 또 어떤 이들은 창을 휘두르고, 몇몇 사람은 투석기나 흑요석 도끼를 빙빙 돌렸다.

안뜰 한가운데에는 가문의 우두머리들이 둘러서 있었다. 그들은 낮은 소리로 토론을 벌이면서 서로의 얼굴을 살폈다. 그들이 주고받는 말은 아직 조심스러웠지만, 그들의 눈초리에서는 모든 것이 숨김없이 드러났다. 모두가 무표정하게 침묵을 지키고 있는 빌라 오마와 아타우알파 사이에 선 아나마야를 향해 있었다.

"저 여자가 우리에게 온 뒤로 징조가 불길해! 저 여잔 신성모독이야!"

한 노인이 소리쳤다.

"당신이 저 여자를 보호하는 바람에 우리가 해를 입었소, 아타우알파!"

부유한 옷차림의 한 전사가 오색 깃털이 달린 창으로 아나마야를 겨누면서 외쳤다. 그의 주위로 동의의 함성이 터져 나왔다. 그는 이마에 장군의 띠를 둘렀고, 라마 모직물로 짠 운쿠는 최고위 씨족을 상징하는 사각형과 삼각형으로 장식되어 있었다. 그는 오만한 미소로 입을 실룩이며 말했다.

"우린 당신의 술책을 예측하고 있었소! 당신은 우아이나 카팍의 미라가 쿠스코의 '유일한 신전'에 도착하는 것을 방해하려는 것이오! 그분의 미라가 세상의 기원이 되는 조상들 곁에 자리잡는 걸 두려워하는 거요. 그러면 우리의 유일한 군주님 우아스카르가 그분의 아버지의 통치력을 지니게 될 테니까! 그래서 당신이 저 여자한테 미라를 사라지게 해달라고 부탁한 것이지……"

"저 여자의 발에 불을 지펴라. 그러면 어디에 숨겼는지 실토할 거다!"

아나마야는 저 멀리 쑥 들어간 안뜰 구석에 있는 망코의 날카로운 옆얼굴과 파울루의 고상한 얼굴을 알아보았다. 그들은 몹시 난처한 듯 시선을 내리깔았다. 그들 역시 우아스카르의 씨족 사람이었다. 하지만 그들은 힘은 없더라도 아나마야를 도와주고 싶을 터였다.

반대편으로, 아타우알파의 측근과 키토 사람들이 모여 있는 곳에 구아이파르의 모습도 보였다. 그의 얼굴에는 싸움의 흔적이 남아 있었다. 왼뺨은 얇은 직물로 감싼 약초 고약으로 덮여 있고, 부어오른 입술은 어색한 미소로 팽팽히 당겨져 있었다.

고함 소리 너머, 갑자기 아타우알파의 우렁찬 목소리가 활시위처럼 울렸다.

"아직도 쓸데없이 할 말이 많이 남았습니까?"

아타우알파는 손가락이 부르르 떨리는 분노를 조금도 내비치지 않았다. 고함 소리가 단번에 그쳤다. 그는 두 팔을 내밀고 두 손바닥을 펴서 땅으로 향하게 하고는 모든 쿠스코 사람들을 가리켰다.

"여러분 중 내 아버지께서 분신 형제 곁에 있도록 지명하신 코야 카마켄이 정녕 이 불경스러운 탈취 사건의 범인일 거라고 생각하는 사람은 아무도 없습니다. 내가 인티의 뜻을 거스르고 내 아버지께서 쿠스코로 돌아가시는 것을 반대한다고 생각하는 사람이 있을 리 없습니다."

아타우알파는 오른쪽으로 돌아서서, 위대한 세력가의 황금 원반을 이마에 두르고 있는 한 노인을 가리켰다.

"유일한 군주님 우아이나 카팍이 다른 세상으로 떠나시기 전 코야 카마켄을 지명하실 때, 콜라 토팍도 다른 위대한 세력가들과 함께 있었습니다. 내 형제 우아스카르가 볼라를 쓰기에 앞서, 관례에 따라 내 아버지께서 당신 뜻을 따를 임무를 맡긴 사람은 바로 콜라 토팍입니다. 바로 그가 내 아버지를 쿠스코까지 모셔 가야 하는 사람입니다. 바로 그가 내 아버지를 코리칸차 신전에 모셔야 할 사람입니다."

"그건 사실이오. 나는 유언 계승자이고, 단언컨대 우리 모두의 가장 고귀한 소망은 우리의 유일한 군주님이 당신이 사랑하는 도시로 돌아가시는 것이오! 그리고 난 코야 카마켄이 여러분이 비난하는 그런 짓을 저질렀을 거라고는 생각하지 않소. 태양신의 아들이 그녀를 신임하셨잖소."

노인이 소리쳤다.

"여러분 중 가장 크게 소리치는 이들은 좀더 신중히 처신하는 게 좋을 겁니다…… 바로 그들이 신을 모독하는 자들일지도 모르니 말입니다."

아타우알파가 다시 말했다.

짧은 침묵이 칸차의 공기를 얼어붙게 만드는 듯했다. 그러더니 날카로운 목소리가 터져 나왔다.

"우리를 비난하는 거요? 우리를 위협하는 거요, 아타우알파? 당신 형제 우아스카르의 씨족인 우리를! 당신 아버지께서 가장 사랑하시는 아들 말이오! 어떻게 무례하게 감히 당신이?"

이번에는 아타우알파의 분노가 폭발했다.

"내 아버지가 선택하신 여자를 모욕하고 침을 뱉는 당신네들이 나보다 더 무례하오!"

아나마야는 더는 참을 수 없어, 둥글게 둘러선 군중 한가운데로 나아갔다. 그녀는 두 팔을 치켜들고 큰 소리로 말했다.

"저 때문에 다투지들 마세요!"

모두의 시선이 그녀에게 쏠렸다.

"저를 신전으로, 제 남편인 분신 형제 곁으로 데려다주세요. 미라가 어디 있는지 분신 형제가 제게 말해줄 거예요."

빌라 오마와 아타우알파는 똑같이 당황한 눈빛이었다.

"네가 무슨 말을 하고 있는지 알기나 하는 게냐?"

초록빛 입술의 현자가 중얼거렸다.

아나마야가 그렇다고 했다. 사실 그녀는 방금 자기가 한 말에 현자만큼이나 놀랐다. 그런 말을 입 밖에 낸 것은 그녀의 의지가 아니었다. 확신에 찬 그 말은 저절로 그녀의 입술을 넘어왔다. 그녀는 가슴이 옥죄어오고 손바닥에서는 진땀이 났다. 하지만 군중 사이에 퍼지는 웅성거림에는 놀라움과 존경심이 함께 배어 있었다. 저쪽에서 망코와 파울루가 고개를 들고 반짝이는 눈으로 그녀를 응시했다. 구아이파르는 더 이상 웃지 않았다. 또다시 고함 소리가 침묵을 깨뜨렸다.

"아타우알파! 저 여자가 우리의 군주님 우아이나 카팍의 몸을 찾아내지 못하면, 우린 그녀의 내장을 쓰레기 속에 처넣겠소!"

동의하는 함성이 군중을 뚫고 지나갔다.

아타우알파가 걱정스럽게 바라보는 가운데, 빌라 오마가 아나마야의 가냘픈 팔을 붙잡았다. 군중을 향해 돌아서서 외치는 그의 목소리에서 아나마야는 자긍심을 느꼈다.

"위협해보시오! 위협해보시오! 하지만 보시오, 코야 카마켄은 당신들을 겁내지 않소!"

*

궁전과 신전 사이의 길은 그리 멀지 않았다. 숨 막힐 듯한 더위. 아나마야는 목덜미를 짓누르는 열기에 호흡을 늦추었다. 도시 전체가 해로운 기운에 싸여 있었다. 사내들이 떼 지어 좁은 골목길로 몰려 들었고 그들의 얼굴에는 분노와 두려움이 어려 있었다. 어떤 이들은 그녀가 지나갈 때 욕설을 중얼거렸다. 여자들은 칸차 문턱에 서서 얼굴을 찡그리며 눈으로 그녀의 뒤를 좇았다.

아나마야는 아타우알파의 높은 어깨 위로 펄럭이는 망토에 시선을 붙박은 채 꼿꼿한 자세를 유지했다. 그녀는 똑같이 잰 걸음으로 걸어갔다. 빌라 오마와 호위병들이 옆에 있는 것에 마음이 놓였다.

그들은 텅 빈 신전으로, 광대무변한 하늘 지붕과 아홉 개의 벽감이 있는 방으로 들어갔다.

수로와 샘의 경쾌한 물소리가 들렸다. 틈이 훌륭하게 메워진 돌벽 위로, 기울어진 태양이 섬세한 그림자를 드리우며 동물과 신의 모습을 그려놓았다. 벽감이 벽을 따라 일렬로 늘어서 있었고 그 위로 마름모꼴, 사다리꼴, 새알처럼 길쭉한 장방형으로 두들겨 만든 황금 장식띠가 얹혀 있었다.

가운데 벽감 안에 황금 분신 형제가 있었다. 그러나 그 옆, 미라가 이곳 세상과 아랫세상의 소리를 들으며 앉아 있던 받침대는 비어 있었다. 아나마야는 어렵사리 용기를 내어 그것을 바라보았다.

빌라 오마는 흔적을 찾을 수 있기라도 한 듯 주변을 둘러보았다. 이윽고 그가 아타우알파에게 말했다.

"확신컨대 이런 어리석은 죄를 저지른 자들은 우아스카르의 사람들입니다!"

"그럴 수도 있겠지. 하지만 그들은 이성을 잃었소. 내 아버지께서 이런 모욕을 당한 적이 한 번도 없었으니 말이오."

"우아스카르와 그의 측근들이 두려움에 사로잡혀 있다는 징조이지요."

"두려움이라고? 왜지? 그들은 내가 아버지의 말씀을 절대적으로 존중한다는 걸 알고 있소! 내가 이마에 성스러운 라우투를 두르길 원치 않는다는 사실을 알고 있단 말이오. 나는 유일한 군주가 되고 싶지 않습니다. 그대도 잘 알지 않소, 빌라 오마! 그들도 모두 알고 있소. 징조가 나를 반대한다는 것을……"

"모두 그런 건 아니지요…… 군주님은 그렇게 확신하려고 지나치게 애쓰고 계십니다! 우아스카르는 그걸 느끼고 있습니다. 동물적인 감각을 타고난 자여서, 깊이 생각하기보다는 몸으로 느끼지요. 그런데 그는 그런 방식으로 군주님보다 더 멀리 볼 수 있습니다. 그러니 군주님을 둘러싼 힘을 두려워하는 겝니다. 우아스카르는 저 여자를 두려워하고 있어요……"

빌라 오마는 아나마야를 가리키며 덧붙였다.

"그들은 아나마야가 유일한 군주님이 다른 세상으로 가시던 날 밤에 하신 말씀을 기억해낼까 두려운 겁니다. 분신 형제가 유일한 군주님의 진정한 의지를 아나마야에게 암시해줄까 두려운 거지요!"

아타우알파는 분신 형제의 황금 얼굴을 잠시 바라보았다. 평온하지만 속을 헤아릴 수 없는 얼굴이었다. 그는 그 얼굴을 만지려는 듯하다가 태도를 바꾸어 아나마야 쪽으로 돌아섰다.

"너도 현자처럼 내가 아버지의 뜻을 제대로 듣지 못한다고 생각하느냐?"

"저는 군주님께서 자신이 누구인지 모르신다고 생각합니다, 강력한 군주님!"

목구멍에서 말이 새어 나오기가 무섭게, 아나마야는 비명을 누르며 손으로 입을 막았다.

"죄송합니다! 생각지도 않은 말이 저도 모르게 튀어나왔어요!"

"아나마야의 말을 들으십시오. 아나마야의 말을 들으세요, 군주님! 이 아이는 유일한 군주님의 의지로 말하는 겁니다. 저는 그걸 느낄 수 있습니다!"

빌라 오마가 속삭였다.

아타우알파의 약간 붉은 눈이 현자한테서 젊은 처녀에게로 옮겨갔다. 그러나 아나마야의 시선은 분신 형제가 놓인 벽감에 쏠려 있었다. 그의 조각된 얼굴에 한줄기 햇빛이 창처럼 정확히 내리꽂혔다.

"미라를 찾아라, 아나마야. 미라를 찾아!"

아타우알파가 중얼거렸다.

그가 얼굴을 돌리는 순간, 태양이 그의 투구와 귀 원반 위로 스쳤다. 아나마야는 황금의 반사광이 자신을 뚫고 들어와 가슴속까지 전율케 하는 것을 느꼈다. 마치 그 빛이 그녀의 내부에서 또다른 말을, 아직은 알 수 없고 입 밖에 낼 수도 없는 말을 만들어내는 것처럼.

11

1529년 2월, 투메밤바

아나마야와 빌라 오마는 신전 앞 광장을 나섰다. 그들 맞은편에 있는 투메밤바의 언덕 위에는 궁전과 안뜰, 그리고 평범한 집들을 둘러싼 칸차의 벽들이 규칙적인 정사각형을 이루며 늘어서 있었다.

현자는 아무 말이 없었다. 아나마야는 그에게 질문을 해서는 안 된다는 걸 알고 있었다. 골짜기 반대편으로 우아나카우리의 검푸른 정상이 보였다. 그들이 걷고 있는 포석 깔린 길은 산꼭대기와 신전에서부터 완전한 직선을 이루고 있었다.

더위가 내내 기승을 부렸다. 아나마야는 관자놀이와 목덜미에 땀이 송골송골 맺혀 두꺼운 의식용 튜닉 안에서 등을 타고 흐르는 것을 느꼈다.

현자는 걸음을 늦추지 않은 채, 늘 가지고 다니는 헝겊 주머니 추스파에 손을 집어넣었다. 그 안에서 코카 잎 한줌과 활석처럼 미세한 흰 석회가루가 든 유리병을 꺼냈다.

"받아라."

현자는 아나마야에게 코카 잎을 건네며 짧게 말했다. 그리고 그녀의 손바닥에 석회가루 약간을 곁들여주었다. 아나마야는 두툼한 초록색 잎을 말아서 천천히 씹기 시작했다. 부드러우면서도 씁쓸한 맛 때문에 침이 가득 고였다.

도시가 차츰 그들 뒤로 물러나고, 포석을 정성껏 깔아놓은 길은 흙길로 바뀌었다. 흙길 양편에는 서툴지만 고르게 벽돌을 쌓아 만든 두 개의 벽이 서 있었다. 아나마야는 힘들이지 않고 걸었다. 일종의 행복을 느끼게 해주는 평온함이 밀려왔다.

완만한 비탈길은 언덕 반대편 사면으로 기울어지면서 고원에 이르렀다. 그곳에서 구불구불하게 금이 간 형태의 거대한 바윗덩어리가 희미하게 나타났다. 그것은 마치 대혼돈의 결과로 생겨난 듯, 땅속에 파묻힌 채 위로 불쑥 솟아 있었다.

현자의 설명을 들을 필요도 없었다. 우아카였다. 조상의 돌, 지축을 따라 제국의 네 방위의 경계를 짓는 수천 개 신성한 바위 중 하나로서 뛰어난 신관들만이 알고 있는 것이었다. 그곳에서 족장들과 신들의 영혼이 숨 쉬며, 눈에 보이는 세계에 살고 있는 사람들의 기도를 받아들였다.

빌라 오마는 입구를 나타내는 벽 앞에서 꼼짝도 하지 않았다. 돌들이 어찌나 정교하게 다듬어져 있는지, 벽은 제2의 피부처럼 바위와 하나가 되어 번개와 천둥의 신 일라파처럼 눈부신 갈지자를 그리고 있었다.

빌라 오마는 불룩한 추스파에서 또다시 코카 잎을 꺼냈다. 이번에는 그것을 한 벽감 안의 작은 황금 조각상 발치에 조심스레 놓았다. 그리고 배낭에서 치차 병을 꺼내어 벽감 안에 몇 방울 따르고는 바닥에 뿌렸다. 그는 일어나서 상반신을 바로 세우고, 머리를 옆으로 기울이며 손바닥을 하늘로 향하게 했다.

잠시 명상에 잠긴 뒤, 그는 아나마야를 돌아보며 치차를 건네고 마시라는 손짓을 했다. 아나마야는 시키는 대로 길게 두 모금을 삼켰다. 이상하게도 목구멍이 불타는 것 같았다.

"이제 기다리자."

현자가 말했다.

아나마야는 따뜻하고 평평한 돌 위에 다리를 포개고 앉았다. 태양이 그녀의 살갗을 어루만지며 그녀에게 말을 걸었다. 기이한 무감각 상태에 빠진 그녀는 눈꺼풀이 무거워지고 숨이 느려졌다. 눈이 감기고 온몸이 무거워지며, 팔, 다리, 상반신, 머리, 몸의 각 부분이 별개인 듯 느껴졌다. 그러더니 갑자기 다시 온전히 그녀 자신이 되는 것을 느꼈다. 하지만 그 느낌이 너무 무거워, 저항할 수 없을 만큼 어지러이 미끄러지며 땅속으로 끌려 들어갔다……

아마도 잠이 든 모양이었다.

아나마야가 정신을 차렸을 때는 날이 어둑해져 있었다. 언덕을 둘러싼 산 비탈길 위에 벌써 불이 몇 개 피워져 있는 것이 보였다.

"빌라 오마!"

소리쳐 불러보지만 헛수고였다. 코카와 치차의 효과는 약해졌다. 점점 짙어지는 어둠과 함께 그녀를 둘러싸는 두려움과 견디기 어려운 피로만이 남아 있었다.

"빌라 오마!"

그녀의 목소리가 멀리서 메아리쳤다. 산허리들이 메아리를 주고받았다.

아나마야는 저린 무릎과 뻣뻣해진 허벅지를 겨우 추슬러 일어섰다. 그녀는 길을 잃지 않으려고 천둥신 일라파의 벽을 손가락 끝으로 스치면서 따라갔다. 그 끝에서 가시덤불이 우거진 좁은 길이 시작되는데, 우아카를 한 바퀴 도는 길인 듯했다.

아나마야는 조심스럽게 걸어가며 밀짚 샌들 안에서 발이 미끄러지지 않도록 애썼다. 그녀의 손목에서는 두 마리 뱀이 새겨진 팔찌가 달빛 아래 금빛 광채를 발했다.

그녀는 문보다 더 굳건히 길을 가로막는, 가지들이 빽빽한 관목 숲과 맞닥뜨렸다. 두려움이 엄습했다. 그녀는 거친 숨을 몰아쉬며 뒤로 돌아갔다. 하지만 너무 빨랐다. 그녀는 비틀거리며 어둠 속에서 손을 앞으로 뻗었다…… 그리고 단단한 바위가 있다고 생각했던 곳에서, 두 팔이 한꺼번에 단층 속으로 빠져들며 머리가 먼저 기울어졌고, 돌 모서리에 허벅지 살갗이 벗겨졌다.

숨도 제대로 쉬지 못하고 어두운 침묵에 경직된 채 균형을 다시 잡으면서, 그녀는 바위가 자신을 맞아들이기 위해 열려 있었다는 걸 깨달았다.

그곳은 더 춥고, 밤보다 더 짙은 어둠에 싸여 있었다.

아나마야는 몸을 떨었다. 무의식적으로 손이 떨리고 어깨와 가슴이 떨렸다. 하지만 그녀는 알았다. 어떻게 아는지는 모르지만, 어쨌든 이제 물러서는 것은 불가능하다는 것을 알았다.

그녀는 다시 일어섰다. 그리고 어깨를 내벽에 부딪치면서 한 발 한 발 나아갔다.

완만한 내리막길이었다. 그녀는 가차 없이 더 멀리, 더 깊이 땅속으로 빠져들었다. 입이 마르고 가슴속에서는 심장이 고통스럽게 고동쳤다. 그녀는 윗세상을 떠나고 싶지 않다고 온 마음으로 소리치고 싶었다.

그녀 주위로 무한한 공간이 펼쳐졌다. 어둠은 부드러운 공기로 변했다. 팔을 뻗어보았지만 어떤 바위도 손에 닿지 않았다. 어둠 속을 걸어가는데도 어떤 것과도 부딪히지 않았다. 왼쪽, 오른쪽 모두 마찬가지였다. 아무 소리도 빛도 없었지만, 치차보다 더 자극적이고 강렬한 어떤 확신이 그녀의 몸속을 흘렀다. 혼자가 아니라는 확신이.

"빌라 오마."

아나마야는 눈물을 머금고 속삭였다.

그녀 앞 어둠 속에서 노란 두 눈이 빛났다.

퓨마!

빌라 오마가 첫날부터 원했던 게 바로 그것이었다. 아나마야의 심장을 퓨마에게 먹이로 던져주는 것, 그녀의 살점을 아랫세상에 던져주는 것, 그녀의 불가사의한 태생과 푸른 눈의 불순한 세상을 씻어내는 것.

노란 눈은 그녀를 더 잘 관찰하려는 듯 왼쪽으로 옮겨갔다.

그때 갑자기, 우아이나 카팍의 목소리, 그녀가 숱한 날들을 기다린 목소리, 그녀에게 그 모든 고함과 증오를 가져다준 목소리가 머릿속에서 울려 퍼졌다. 또렷한 목소리였다. 그녀와 함께 있을 거라고 한밤에 말하던, 노인의 지친 목소리가 아니었다. 하지만 그녀는 누구의 목소리인지 너무도 잘 알았다!

"아나마야! 호수 같은 눈을 지닌 아이야, 어찌 넌 내가 약속을 지키지 않으리라 생각한 게냐? 자, 아나마야, 이리 오너라. 내게 가까이 오너라! 두려워하지 말고……"

아나마야는 퓨마의 노란 눈을 향해 나아갔다. 두려움이 가라앉았다. 퓨마가 자기를 잡아먹을 거라고 확신하면서도. 이제 자기가 세상을 떠날 차례인데, 그전에 유일한 군주를 다시 만나게 되어 행복했다.

"그들이 나를 데려가려고 했단다. 하지만 난 쿠스코의 아버지 태양신 옆에 있는 영원의 의자에 앉기 전까지는 네 곁에 남아 있고 싶구나. 난 이제 제자리로 돌아와 있다. 내가 항상 있던 바로 그곳에…… 아나마야, 날 의심하지 마라. 내 숨결 속에 머무르고, 퓨마를 믿어라……"

목소리가 돌 위에서, 그녀의 머릿속에서 메아리쳤다.

아나마야는 두 팔을 벌려, 퓨마의 열린 입에 스스로를 내주었다. 그러나 노란 눈은 사라지고 없었다. 주위에는 끝없는 어둠뿐이었다.

아니었다!

어둠뿐이 아니었다. 바위틈에서 어머니 달의 신의 강렬한 빛이 아나마야의 머리 위로 솟구쳤다.

아나마야는 웃음을 지으며 두 손으로 관자놀이를 꼬집어보았다.

그녀는 살아 있었다!

*

아나마야가 숨을 헐떡이며 일라파의 벽 근처에 나타났을 때, 빌라 오마의 희끄무레한 그림자가 어둠 속에서 기다리고 있었다. 그녀는 입가에 미소를 머금고, 그 앞에 가만히 섰다.

"유일한 군주님이 네게 말씀을 하신 게지?"

아나마야는 어둠 속에서 빌라 오마의 눈이 얼마나 빛나고 있는지 모르는 채 머리를 끄덕였다.

"그럼 미라가 어디 있는지 아느냐?"

"이리 오세요."

이번에는 아나마야가 현자를 이끌었다. 그들은 도시 쪽으로 거의 뛰다시피 출발해 벽들을 따라가고, 골목길과 잠들어 있는 칸차의 문 앞을 스쳐 갔다.

그들이 신전에 이르자, 아직 앳된 얼굴의 두 신관이 그들을 맞으러 달려왔다. 머리카락이 헝클어진 신관들은 몹시 흥분해 있는 듯했다.

"현자님! 현자님!"

현자는 간단한 몸짓으로 그들을 진정시켰다.

"현자님! 미라가 돌아왔습니다!"

"나도 안다."

현자는 아나마야를 흘끗 쳐다보며 말했다.

아홉 개의 벽감이 있는 방의 받침대 위에 유일한 군주 우아이나 카팍의 미라가 앉아 있었다. 마마 킬라가 그의 황금 얼굴과 그를 덮고 있는, 생쥐 털과 라마 모직물로 된 최고급 모포를 비추었다. 미라는 그곳을 결코 떠난 적이 없던 것처럼 그 자리에 그대로 있었다. 반짝이는 황금 얼굴은 분신 형제의 조각상을 향해 있었다. 빌라 오마는 아마도 그의 얼굴에 미소 같은 것이 어려 있다고 단언할 터였다. 노련하고 완강한 늙은 현자가 전율을 느끼는 사이 아나마야가 속삭였다.

"제 곁을 절대로 떠나지 않겠노라 유일한 군주님께서 확언하셨어요……"

빌라 오마는 팔을 치켜들고 말없이 열렬한 기도를 하더니, 몹시 피로한 시선으로 아나마야를 다정하게 바라보았다.

"우리가 너를 보살펴줘야겠구나. 유일한 군주님은 당신 의지대로 너를 초대한 게다. 너는 죽은 자들 사이를 여행하고, 아랫세상을 다녀온 것이다…… 네 삶은 우리 모두에게 너무도 귀한 것이 되었구나!"

그의 거만한 목소리에서 아나마야는 두려움의 전율을 감지했다.

"이제는 저를 퓨마에게 던져주기를 바라지 않으시나요?"

"물론이지. 절대로. 퓨마가 너를 보호한다는 걸 이제 알았으니 말이다."

잠시 아나마야는 어둠 속에서 본 퓨마의 노란 눈과, 두려움보다 강렬하게, 죽음보다 강렬하게 그녀를 파고들었던 체념을 떠올렸다.

그녀의 주인인 유일한 군주의 말이 그녀의 마음속에서 한없이 메아리쳤다.

'내 숨결 속에 머무르고, 퓨마를 믿어라……'

제2부

12

1529년 2월, 스페인, 세비야

새벽부터 그는 기다렸다.

한밤중인데 그들이 와서 밀짚 자리와 악몽으로부터 그를 끌어냈다. 그가 맨 처음 생각한 것은 오늘 자신이 죽으리라는 것이었다.

질겁할 만한 예감이었지만, 그는 그리 두렵지 않았다. 몇 달 전부터 그를 위협하는 고문만큼 두렵지는 않았다. 고문 못지않은 끝없는 기다림만큼 두렵지는 않았다.

정오 무렵, 햇빛이 트리아나 성의 널따란 입구 안으로 파고들었다. 그는 감옥의 어둠에 하도 익숙해져서 이제는 눈을 감고 있어야 했다.

그리고 끝나지 않는 이 정적을 견뎌야 했다.

커다란 계단에는 울림 하나 없고, 밖에서는 새소리도 들리지 않았다. 그는 다리를 벌렸다. 팔의 쇠고랑과 연결되어 발목에 둘린 사슬이

왁스 칠한 나무 바닥에 부딪치며 요란한 소리를 냈다. 사슬 때문에 그나마 남아 있던 양말 쪽마저 찢어졌다. 금속 고리가 내는 소리는 거대한 정적의 먹이가 되어 곧 사라졌다.

정적, 그것은 사실 성스러운 종교재판소의 작품이다. 정적의 엄청난 힘과 의지. 모든 소리를 질식시키는 무한한 능력.

죽음의 소란과 마찬가지로 삶의 소리도.

*

종교재판관이 그에게 미소를 지은 것은 밤이 다 되어서였다.

위협보다 견디기 힘든 다정한 웃음. 종교재판관은 웃음을 머금은 채 퉁퉁한 손을 까딱해 그에게 가까이 오라고 명령했다.

익숙한 방이었다. 높은 창문 앞의 붉은색 벨벳 장막은 빛을 막듯 어둠을 가리고 있었다. 흔들리는 촛불이 색이 칠해진 격자 천장에 움직이는 그림자를 드리웠다. 엷은 보라색 양탄자는 문에서부터 통로의 경계를 정해주었다. 방 한가운데는 딱딱하고 높은 등받이가 달린 떡갈나무 의자가 놓여 있는데, 두려움에 떨던 수백 명의 피고가 거쳐간 의자라서 반들반들하게 윤이 났다.

의자는 단상과 마주하고 있었다. 그리고 거기, 긴 탁자 뒤에 세 사람이 있었다. 젊고 둥그런 얼굴에 이마와 뺨이 하얀 재판관은 수수한 검은색 수단을 입고, 벌써부터 벗겨진 머리에는 네 귀퉁이가 뾰족한 모자를 쓰고 있었다. 그의 오른편에는, 비슷한 검은색이지만 단추가 촘촘히 달린 망토를 입은 비서가 있었다. 입매는 침울해 보이고 눈초리는 빈틈없어 보이는 노인이었다. 서기는 관자놀이께가 붉은 여드름으로 덮여 있고 눈은 겁먹은 듯 보이는, 젊은 초보자에 불과했다.

가브리엘이 자리에 앉자마자 첫 질문이 날아들었다.

"이름이 가브리엘 몬테루카르 이 플로레스인가?"

재판관의 목소리는 얼굴과는 딴판으로 가늘고 메말랐다. 노인의 입에서 나오는 소리만큼이나 날카로웠다. 가브리엘은 성급하게 어깨를 으쓱했다.

"당신이 나보다 더 잘 알잖소. 내가 당신 감옥에 있은 지도 253일이나 되었고, 그 질문도 열두번째요……"

"예하께 공손히 대답해라!"

비서가 소리쳤다.

가브리엘은 웃고 싶었지만 한숨을 쉬는 것으로 만족했다.

"예하께선 내 이름을 모르지 않습니다. 내 부친의 작위와 이름도 모르지 않고요. 또 내 모친이 일개 하녀였다는 것도……"

"질문에 대답만 해라, 돈 가브리엘. 그대가 서력 1525년에 산타마리아델헤수스 성년학교에 들어간 게 사실인가?"

"예, 거기서 사 년을 보냈습니다. 유감스럽게도 쫓겨났죠. 거기서 많은 것을 배웠는데요."

"북쪽에서 전해진 헛소리를 말하는 겐가?"

"헛소리라니요, 예하? 그건 신학, 자연의 법칙과 원리, 철학……"

"그대가 에라스무스의 매우 충실한 숭배자라던데?"

"글을 읽을 줄 아는 도시 인구의 절반이 나처럼 충실하죠, 추기경 예하!"

"하지만 도시 인구의 절반이 도냐* 프란세스카 에르난데스의 친구는 아니라네."

재판관이 다시 미소를 지었다.

가브리엘은 망설이는 기색을 내비쳤다. 서기를 흘끗 쳐다보고는 확신이 부족한 목소리로 대답했다.

"예하도 아시다시피, 나는 도냐 프란세스카 에르난데스의 집에 세 번밖에 가지 않았습니다."

"몇 번을 갔건 그건 중요하지 않네. 그 집에서 뭘 했나?"

"대화를 나누었습니다."

"둘이서만?"

"천만에요."

"그…… 대화라는 것의 주제가 뭐였나?"

"영적인 문제에 대한 것이었습니다."

"종교에 관한 것이라는 얘긴가?"

"잘 아시겠지만, 영적인 문제는 때때로 종교적인 문제와 통하기도 하지요."

"그럼 루터의 교리에 대해서도 말했는가?"

"아주 가끔요. 그 교리를 비난하기 위해서요!"

"도냐 프란세스카가 신에 대한 사랑은 인간이 느끼는 기쁨의 강도와 같다는 미명 아래 육체의 도취 상태를 공공연히 주장한 게 사실인가?"

"때로 그러기도 했죠. 명상의 한 방식으로 말입니다. 왜냐하면……"

"그 여자는 신에 대한 사랑은 죄를 멀리하는 것으로 충분하고 신이나 지옥을 두려워할 필요는 없다고 생각하는 것 아닌가?"

"예하께서 허락해주신다면, 그건 훨씬 더 복잡한 문제라고 말씀드리

---

* 스페인어에서 남자에 대한 존칭으로는 이름 앞에 '돈don'을, 여자에 대한 존칭으로는 '도냐doña'를 붙인다.

고 싶습니다! 도냐 프란세스카의 생각은……"

"신을 두려워할 필요가 없다고 그녀가 단언하는 걸 들었는가, 못 들었는가?"

"기쁨과 확신을 가지고 신을 사랑해야 한다고 말하기 위해서였을 뿐입니다."

"그대가 말하는 소위 '명상'의 한 방법이라는 핑계로, 여러 번, 그것도 공개적으로 육체적인 죄를 저지를 수 있을 정도로 말인가?"

재판관의 얼굴은 금속 가면처럼 딱딱하고 차가웠다. 긴장한 탓에 온몸이 뻣뻣해진 가브리엘은 빈정거리는 웃음을 거두었다.

"그 질문의 의미를 모르겠습니다, 예하."

"아, 그런가?"

서기가 아픈 손가락을 부드럽게 푸는 사이, 재판관의 둥그런 얼굴에 거짓 웃음이 스쳤다. 재판관이 비서에게 손을 내밀자, 비서는 동의를 표하고 자기 앞에 쌓인 서류 뭉치에서 한 장을 꺼내어 재판관의 손바닥에 올려놓았다.

"이건 그대가 가지고 있던 한 저서에서 발견됐네. 정확히 말하자면 에라스무스의 『안내서』인데……"

"예하도 아시는 바와 같이, 팔렌시아 성당 참사원이 번역하고 로마 교황님께서 승인하신 책입니다."

"내가 걱정하는 것은 책이 아니라, 돈 가브리엘, 이 쪽지라네. 도냐 프란세스카가 직접 쓴……"

재판관이 하던 얘기를 더 잇기도 전에, 가브리엘은 다리 힘이 빠지고 가슴이 텅 비는 것을 느꼈다.

"딱 한 구절만 읽는다면 날 원망하지 않겠지…… '다정한 내 친구,

당신과 함께 있으면 신의 품에 있는 듯한 즐거움에 도달할 수 있다고 느껴지는 것은 어찌된 일일까요? 그것도 가장 절대적인 신뢰 속에서 말이에요. 그처럼 신성한 불길로 골수까지 불타오르는 것이 가능할까요? 너무도 짧고 감미로운 우리만의 순간을 보낸 후, 내게는 바로 당신이 구제자라고 지난밤 내내 생각했다는 걸 당신은 아시나요? 다정한 친구, 당신은 수정같이 맑은 하늘에 붙박인 성좌와 같고, 당신에게는 살쾡이, 맹수, 아마도 사자…… 혹은 고양이의 표지가 찍혀 있어요! 하지만 당신 안에 있는 동물은 평온하다는 걸 알아요. 그 가르랑거리는 울음소리도 내겐 사랑스럽고요……' 뒷부분은 더 읽을 필요도 없겠지."

재판관은 쪽지를 내려놓았다. 그는 증오와 음욕으로 번득이는 눈으로 물었다.

"이 살쾡이 운운하는 것은 그러니까…… 신학적인 대화의 뒤를 잇는 것인가?"

"그건 태어날 때부터 내 어깨에 있는 점을 말하는 겁니다, 예하. 그 점의 모양이 커다란 고양이 같아서 도냐 프란세스카가……"

"그녀가 어떻게 그 점을 발견했나? 그러니까 그대가 그녀 앞에서 옷을 벗고 있었던 것인가?"

"아닙니다! 우린 우연한 기회에 그것에 관해 말했는데……"

"쪽지에서 도냐 프란세스카는 분명히 '감미로운 우리만의 순간' 운운하고 있네. 하지만 그대는 방금 전에 그녀와 단둘이 있던 적이 한 번도 없다고 단언했잖은가. 그러니 그걸 누가 믿을 수 있겠나, 돈 가브리엘?"

서기의 펜 긁히는 소리가 멈추었다. 가브리엘은 자신의 눈을 탐색하는 세 쌍의 눈과 맞섰다. 그의 발목을 죄고 있는 사슬만큼이나 단단한 침묵이 흘렀다. 재판관은 손가락으로 자신의 둥그런 뺨을 슬며시 어루만졌다. 그의 목소리가 갑자기 부드러워졌다.

"돈 가브리엘, 제발 합리적으로 생각하게나. 우리에게 진실을 말하기만 하면 돼! 우리는 도냐 프란세스카가 여러 차례 그대를 신성모독으로 이끈 것을 알고 있네. 그대가 혼자가 아니었고 그녀와 함께 루터의 교리에 대해 호의적인 이야기를 나누었다는 걸 알아. 우리가 알기로는 그녀가 그대와 함께 저지른 행위가 그……"

가브리엘은 손짓으로 재판관의 말을 가로막았다.

"예하!"

가브리엘은 일어나서 숨을 크게 내쉬었다.

"마음대로 하십시오. 이제 나는 입을 다물겠습니다."

"그래?"

"만약 더는 입을 다물고 있을 수 없다면 죽어버리겠습니다."

"죽음보다 더 나쁜 것도 있지."

가브리엘은 눈살을 찌푸리며 경관들에게 작은 신호를 보내는 재판관의 눈을 뚫어져라 보았다.

"우리 내일 다시 만나세, 돈 가브리엘. 기구를 가지고 만나느냐 기구 없이 만나느냐 하는 것은 그대의 선택에 달렸네……"

13

1529년 2월, 세비야

그날 밤, 신경이 극도로 예민해진 가브리엘은 목구멍으로 치미는 구역질을 느끼며 한 시간이 넘도록 좁은 감방 안을 이리저리 서성거렸다. 때가 끼어 거뭇거뭇한 사방 돌벽에 출입구라고는 나무문 하나와 쥐가 지나다니는 환기 구멍뿐이었다. 변기로 쓰이는 악취 나는 나무통 위로는 기름 램프가 매달려 있었다. 그리고 벽을 따라 짚자리가 쌓여 있었다.

그 더러운 소굴을 처음에는 카디스*의 두 이불 장수와, 다음에는 한 빵집 주인과 함께 쓰다가, 두 달 전부터는 바르톨로메라는 이름의 이상한 수도사와 같이 쓰고 있었다.

* 스페인 남서부의 항구 도시.

수도사는 아직 젊은데도 대머리였다. 감옥의 끝없는 어둠 속에서도 그의 눈은 아침 안개처럼 납빛을 띠었다. 때로는 잿빛이고 때로는 푸른 빛이었다.

오른손 셋째, 넷째 손가락은 태어날 때 사고가 있었는지 기이하게 붙어 있었다. 마치 놀라운 축복을 받아 하나가 된 듯, 두 손가락은 같은 살로 덮여 있었다. 그는 말수가 적었다. 불평도, 두려움도 결코 털어놓지 않았다.

그는 이미 여러 차례 끌려 나가 심문을 받았고, 어느 날 밤에는 간수들이 밀짚 자리 위에 끌어다놓은 적도 있었다. 밤이면 그는 신음했지만, 아침이면 가브리엘의 어떤 질문에도 대답하지 않았다. 그는 자신이 투옥된 이유도 알지 못했다. 하지만 그가 침묵 속에 갇혀 있는 것은 숨기려는 의도가 있어서가 아니라 기이한 슬기로움 때문인 듯 보였다. 뛰어난 희극배우이거나 로마 교황이 죄수들의 실언을 수집하기 위해 감옥에 심어둔 첩자 중 하나가 아니라면 말이다. 지하에서는 뭐든 못 할 일이 없었다!

그런데 바르톨로메 수도사가 갑자기 무뚝뚝한 목소리로 말했다.

"그만 좀 왔다갔다하시오, 돈 가브리엘! 진정하고 잠이나 자요. 쓸데없이 진 빼지 말고."

가브리엘은 움찔해서 그의 말에 따랐다. 그는 밀짚 자리 위에 몸을 오그린 채 잠시 꼼짝 않고 있었다. 그러더니 바르톨로메 수도사가 맑은 눈길로 자신을 계속 쳐다보는 것을 알아차리고는 중얼거렸다.

"두려워요! 내일 그들이 날 고문할 거예요. 나로선 어찌 해볼 도리가 없어요, 두려워요."

수도사는 동의를 표하고는 침묵을 지켰다. 가브리엘은 아무 말 없는 그가 고마웠다. 그가 위로의 말을 했다면 분노와 수치심만 더했을 터였다.

도대체 어쩌자고 도냐 프란세스카의 쪽지를 없애지 않았단 말인가? 쪽지를 받은 그날, 이미 이런 경솔함을 예견했으면서도!

수도사를 믿지 못하면서도 불현듯 말하고 싶은 충동이 가브리엘의 가슴을 못 견디게 파고들었다. 형리들이 일부러 수도사를 곁에 보낸 것이라 해도 무슨 상관인가! 말해야 한다. 이제 진실을 말하는 거다. 마음속을 비워내야 잊을 수 있는 것처럼! 내일 쇳덩어리가 사지를 찢어놓을 때 침묵을 지킬 용기를 가지려면 잊어야 하므로……

"바르톨로메 수도사님, 내 얘기 좀 들어보세요! 그들은 완전히 잘못 생각하고 있어요. 있지도 않은 일을 상상하고 있다고요. 그건 그냥 말뿐이었어요, 이해하시죠? 사랑, 도취 상태, 성스러운 열정, 자유, 그윽함, 즐거움, 소유…… 말뿐이라고요! 그저 말뿐인데…… 하지만 그들은 절대로 내 말을 믿지 않을 거예요."

"물론 그렇겠지."

"하지만 그들에게 설명할 수 있다면……"

"아무것도 설명하지 말게. 아무것도 말하지 마! 뭐 원한다면 고통의 비명은 질러도 좋지만, 아무 말도 하지 말게."

수도사는 처음으로 말을 놓으며 낮은 소리로 말했다.

가브리엘은 몸을 떨었다. 이 부딪치는 소리가 들렸다. 그는 정신을 가다듬기 위해 일어나 앉았다.

"그 여자도 이미 고문을 당한 것으로 알고 있어요. 틀림없이 뭔지도 모르는 일을 자백했을 거예요…… 교황에 대한 배반, 배교, 루터의 이단! 우리가 온갖 요란한 쾌락에 빠졌다고도 말했겠죠……"

"아니, 그 여자는 아무 말도 안 했네. 만약 말했다면 그들이 자넬 더는 필요로 하지 않았겠지."

"그럴까요? 그들은 우리가 연인이었다는 말을 내게서 듣고 싶어하는데…… 무슨 바보 같은 짓이람!"

"연인 사이가 아니었나?"

"말뿐이었다고 했잖아요."

"유감이군, 친구! 그들에게는 말만으로도 충분해……"

다소 껄끄러운 침묵과 함께, 끔찍한 생각이 그들의 머릿속을 잠시 훑고 지나갔다.

"내일, 그들이 내 엄지손가락을 으깨고, 발을 불태우고, 손바닥에 구멍을 뚫을 때……"

가브리엘이 다시 말했다.

"능지처참과 상처에 송진 바르는 고문도 있다는 걸 잊지 말게!"

수도사 눈에 떠오른 광채를 보고 가브리엘은 웃었다. 그리고 숨 막히는 두려움을 잠시 잊었다. 바르톨로메 수도사는 마주 웃어주며, 가브리엘의 땀으로 축축해진 손목에 차가운 손을 올려놓았다.

"상상하지 말게, 돈 가브리엘. 내일은 싫어도 고문 기구를 내내 두려워하게 될 거야……"

"수도사님도 고문 기구로 당해봤지요?"

"당했지."

"그런데요?……"

바르톨로메 수도사는 가브리엘의 손목에서 손을 뗐다. 감옥의 벽을 물끄러미 바라보는 수도사의 목 정맥이 부풀어 올랐다. 그는 기형인 손가락을 기계적으로 주무르다가 이윽고 입을 열었다.

"그들이 쇳덩어리나 불을 들이대는 순간이 닥치기 전까지, 자네는 자네 자신에 대해 아무것도 알 수 없어. 그래, 그 순간이 돼야 번개처럼 깨닫게 될 거야!"

"수도사님은 말했나요?"

바르톨로메는 움직이지 않았다. 너무도 슬기롭고 청년다운 그의 얼굴이 희미한 미소로 빛났다. 그는 붙어 있는 두 손가락을 가브리엘을 향해 들어 올렸다.

"그만 침묵하게, 친구. 이제 좀 쉬게나."

*

그는 꿈을 꾼다. 갑자기 감방 문이 덧문으로 바뀐다. 자유도 빛도 감방의 문턱을 넘지 못하는데, 끈적거리는 뱀 떼가 밀려 들어온다. 뱀들이 강을 이루어 그를 집어삼키고, 목을 휘감고, 발을 잡아당긴다!……

그는 비명을 지르며 잠에서 깨어났다. 꿈이 아니었다. 그의 발목에서 쇠사슬을 벗기고 있는 간수들의 모습은 현실이었다.

"이봐! 당신을 깨우기 위해 꼭 이래야 하는 거야!"

맨머리의 경관이 투덜거렸다.

"시간이 됐나요?"

가브리엘은 쇠사슬이 바닥에 떨어지는 것을 쳐다보며 물었다.

"그런 모양이지. 자, 일어서!"

"날 어디로 데려가는 겁니까?"

"모르고 있나?"

어둠 속에서 바르톨로메의 강렬한 시선이 가브리엘을 응시했다. 그러나 두 사람 모두 어떤 몸짓이나 말을 할 시간이 없었다. 가브리엘은 계단으로, 복도로 떠밀렸다가 잠시 후 영문도 모르는 채 감옥 쪽문에 와 있었다. 거기에서 보초를 서는 경관들은 그가 보이지도 않는 듯 그에게 아랑곳하지 않았다! 검은 머리털에 피부가 가무잡잡한 간수가 자물쇠로 철커덕 소리를 내자 작은 쇠문이 열렸다. 광장 반대편에는 새벽빛이 창백했다.

우스꽝스러운 상황이었다! 그는 다시 떠밀렸다. 문턱에서 비틀거리며 포석 돌부리에 부딪혀 발가락을 다쳤다. 뒤를 돌아보니, 마침 문이 되닫히는 게 보였다. 그는 감옥 밖, 로사리오 광장에 혼자 있었다. 다리와 손목도 묶이지 않은 채. 머리 위에는 맑고 광활한 하늘이 있었다!

"어찌된 일이지?……"

그는 중얼거렸다.

믿어지지 않았다. 말하고 싶지도 않았다! 그 역시 이제는 말을 믿지 않았다!

개 한 마리가 급히 지나가다가 감옥 문에 대고 무심히 오줌을 누었다. 그러고는 광장을 가로질러 로사리오 언덕까지 갔다. 가브리엘은 눈으로 개를 좇다가 쌍두마차를 발견했다. 검은색과 은색이 섞인 매우 반짝이는 사륜 포장마차로, 문에는 방패꼴의 가문이 새겨져 있었다. 그는 그 가문을 금방 알아보았다.

그는 입을 벌린 채 움직이지 않고 그대로 있었다.

탈라베라 후작의 마차…… 아버지의 마차였다!

문이 반쯤 열리고, 장갑 낀 손이 그를 향해 손짓했다. 마부석에서 하인이 쳐다보고 있었다. 가브리엘은 혼란스러운 마음으로 광장을 건너갔다. 포석의 냉기에 그의 벗은 발이 천천히 굳어졌다. 그가 말 가까이 이르자 아주 익숙한 목소리가 명령했다.

"어서 타라, 바보 같은 녀석! 지금 네 꼴을 온 도시가 찬양해주기를 바라기라도 하는 게냐?"

그는 복종했다. 늘 그랬던 것처럼. 그가 앉자마자 마차가 흔들리기 시작했다.

화려한 마차와 아버지의 호사스러운 세고비아 윗옷을 보고, 가브리엘은 문득 자신의 몰골이 어떤지 깨달았다. 짧은 검은색 바지는 먼지로 잿빛이 되고, 몸에 붙는 윗도리는 크게 찢어져 셔츠가 비어져 나와 있었다. 양말은 무릎까지 뚫린 구멍만 남았고, 장화는 쇠사슬 때문에 가죽이 망가진다는 핑계로 감옥 간수들에게 오래전에 압수당했다.

후작도 같은 생각을 하고 있었다. 잔뜩 찡그린 못마땅한 얼굴로 작고 검은 눈을 돌리고는 장갑 낀 손으로 의자 위의 작은 봇짐을 가리켰다.

"빌어먹을, 냄새 한번 고약하구나! 저기 깨끗한 옷이 있다. 얼른 갈아입어라……"

가브리엘은 살짝 목례를 했다.

"죄송합니다, 후작님."

"죄송할 만하지! 모든 게 다 말이다. 널 석방시키느라 삼천이백 뒤카*가 들었거든! 내 영토 알메리아**에서 나오는 연간 수입과 맞먹는 돈이야. 그게 다 네 대단한 노고와 그 창녀 때문이란 말이다!"

"후작님, 저는……"

마차가 덜컹거려 모자가 흔들리는데도, 후작은 단호하게 손뼉을 쳤다.

"아니, 아니! 아무 말 마라! 네 말은 한마디도 듣고 싶지 않다. 끝났

---

* 옛 유럽 제국에서 사용한 금화. ** 스페인 남부 안달루시아 지방의 주 이름.

어. 난 단지 가문의 명예를 지키기 위해 이제껏 널 보살피고 학비를 대주었다. 그런데 넌 처음부터 끊임없이 미치광이와 이단자 들 집으로 가문의 이름을 끌고 다녔어! 빌어먹을! 서자가 루터 교도 집으로 쓸데없이 돌아다니는 바람에 탈라베라 후작이 배교의 의심을 받다니!…… 삼천이백 뒤카라니! 무릎 꿇고, 간청하고, 모욕적인 약속을 하고, 종교재판소의 기록에서 내 성을 지우기 위해 어둠 속에서 불안에 떨며 위태롭게 보낸 두 달이 너 때문에 내가 치러야 했던 대가다! 하지만 이제 끝났다, 정말 끝났어. 난 최고재판관 각하에게 널 사라지게 하겠다고 약속했다. 내가 너를 내 삶에 들인 것만큼 간단히 내 삶에서 지워버리겠다……"

후작은 윗옷에서 봉인된 붉은색 편지를 꺼내어 죽은 쥐라도 되는 양 가브리엘 앞으로 내밀었다.

"나폴리에 있는 도미니크 수도회에서 너를 기다린다는 내용의 서류다. 가톨릭교의 마지막 호의로 내가 너에게 미래를 베푸는 게야. 앞으로는 어떤 방식으로든 나를 내세워서는 안 된다는 걸 명심하거라! 법적으로도 내 모든 기록에서 네 존재는 말소되었다……"

"버려지는 거로군요, 그렇죠? 쫓겨나는 창녀처럼요……"

가브리엘의 숨결이 가빠지면서 목소리는 분노로 날카로워졌다. 그는 말을 세우라고 소리치고는, 마차가 멈춘 사이 아버지 손에 들린 편지를 낚아챘다. 그러고는 편지를 조각조각 찢어 의자 위에 내던지고선 돌덩이처럼 딱딱한 말을 내뱉었다.

"결국 저를 골칫덩어리로밖에는 여기지 않으셨군요, 후작 나리!…… 저는 후작 나리한테서 어떤 것도 받은 적이 없으니 아무것도 바라지 않습니다. 후작 나리께 거부당한 제가 나리를 거부하는 겁니다. 경멸당한 제가 나리를 경멸하고 증오합니다. 더이상 후작 나리의 성을 쓰지 말라고요? 대단히 기쁘군요. 언젠가는 나리께서 제 성을 듣게 될 것입니다."

후작의 입이 벌어졌다가 물 밖에 나온 생선 입처럼 다시 닫혔다. 가브리엘은 바닥으로 뛰어내린 후 마차 문을 쾅 닫았다. 마부가 두 손 사이로 고삐를 늘어뜨린 채 주저했다. 지팡이로 유리창 두드리는 소리가 울렸다. 마차가 움직이더니 문이 다시 열리고 옷 보따리가 포석 위로 떨어졌다.

가브리엘은 냉소를 지었다. 몸이 시체처럼 얼어붙고 가슴이 크게 고동쳤다. 마차 굴러가는 소리가 희미해지자 가슴을 들썩이며 딸꾹질이 터져 나왔다. 벽에 기대려고 세 발짝을 떼어놓는데, 메마른 흐느낌이 솟구쳤다.

사지가 떨리기 시작하면서 다리 힘이 쭉 빠졌다. 어둑새벽 행인들의 시선을 끌지도 못한 채 죽어가는 사람처럼, 그는 무릎을 꿇고 무너지듯 주저앉았다.

14

1529년 2월, 투메밤바

"퓨마가 당신한테 말을 했어요?"

망코의 눈이 의혹과 흥분으로 빛났다.

"좀 조용히 해, 망코……"

파울루가 망코에게 작은 목소리로 말했다. 칸차 안의 모든 것이 잠들어 있었다. 아나마야는 푸른 눈을 찡그렸다.

"내게 말을 한 존재의 모습은 보지 못했어요, 망코. 사람인지 퓨마인지 모르겠어요. 하지만 분명 당신 아버지 우아이나 카팍의 목소리였어요. 금방 알아들을 수 있었죠. 내 손을 잡으셨던 날보다 더 힘있게 말씀하셨는데……"

"아버지가 당신을 만지셨나요?"

"유일한 군주님은 너무 늙고 병들어 계셨어요…… 내게 당신을 쳐다보라고 말씀하셨죠."

"아버지를 뵈었어요?"

망코가 어찌나 놀라는지, 그의 시선이 어찌나 천진한지, 아나마야는 웃음이 나왔다. 나이는 망코가 약간 더 많았지만 정신적, 감정적 면에서는 그녀가 연장자인 셈이었다. 그녀의 삶은 이미 너무도 많은 일을 겪었으므로……

"그래요, 잉카를 뵈었어요. 그리고 나는 죽지 않았어요. 아니면 죽었다가 이 세계로 되돌아온 건지도 모르죠!"

그녀가 유쾌하게 속삭였다.

"그런데 건조된 몸은? 그 몸은 어디 있었어요?"

"나도 몰라요. 아마 신전 안에 있었겠죠. 미안해요, 더는 아는 게 없어서……"

"애써 신비를 밝히려고 하지 않는 게 더 나은 때도 있는 법이야."

파울루가 한숨을 내쉬었다.

"아무려면 어때요. 중요한 것은 유일한 군주님이 신전 안의 당신 자리로 돌아와서 모든 아들과 족장들 옆에 머물고 계시다는 사실 아닌가요? 그게 모두의 유일한 관심사 아닌가요?"

아나마야가 웃으며 말했다.

망코는 고개를 끄덕였다. 두 청년은 마치 그 경이로운 일이 무엇을 의미하는지 알아내려는 듯 한참 생각에 잠겨 있었다. 그러더니 파울루가 부드러운 목소리로 말했다.

"우린 내일 떠나요."

"이렇게 빨리요? 왜죠?"

"지난번 사건이 일어난 뒤로 우리 씨족 사람들이 쿠스코의 우리 형제 우아스카르와 합류하기 위해 서둘러 출발하기로 결정했어요……"

망코가 말했다.

"당신들의 형제 우아스카르는 매우 급한 사람인가봐요. 특히 유일한 군주가 되기에 급급한 사람 말이에요!"

아나마야의 말에, 파울루는 살짝 미소 지었지만 망코는 아무 대꾸도 하지 않았다. 그는 아나마야의 황금빛 팔을 오빠처럼 다정하게 스치듯 쓰다듬었다.

"우아스카르가 당신의 능력을 알게 되면 당신을 곁에 두고 싶어할 거예요. 그는 오직 그것 때문에 전쟁을 벌일 수도 있어요……"

그가 아주 낮은 소리로 말했다.

"나 때문에요? 터무니없는 소리!"

"아니에요. 당신은 여러 세상을 왕래하고, 우리 아버지는 당신에게 말씀을 전하고 충고를 하시잖아요…… 당신을 곁에 두고 있는 아타우알파는 엄청난 능력을 갖고 있는 겁니다…… 우아스카르는 그걸 참지 못할 거예요."

"그래요. 필요하다면, 그는 당신을 멀리 두느니 차라리 가루로 만들어버리려 하겠지요!"

파울루가 침울하게 덧붙였다.

"빌라 오마도 그런 말을 했어요."

아나마야도 음울하게 말했다.

안뜰에 돌멩이 하나가 떨어지는 바람에 그들은 소스라치게 놀랐다.

"누가 우리 얘기를 엿듣고 있어!"

파울루가 낮게 속삭였다.

잠시 세 사람은 밖을 지배하고 있는 칠흑 같은 텅 빈 어둠을 응시했다. 그러다가 망코가 어깨를 으쓱하고 화롯불에 장작을 조금 더 넣었다.

"우리가 함께 있는 걸 누가 보면 안 되는데. 그러면 모든 걸 의심받을 거예요! 어쩌면 구아이파르일지도 몰라요!"

아나마야가 중얼거렸다.

"그놈은 잊어버려요! 놈이 무슨 짓을 하든 파울루와 내가 그놈한테서 당신을 지켜줄게요."

망코는 타오르는 불꽃처럼 뜨거운 시선으로 말했다.

"언제까지나 친구가 되어주겠다고 약속한 게 당신 아닌가요?"

파울루가 다정하게 물었다.

"네…… 난 당신들의 친구예요."

감동으로 목이 멘 아나마야의 목소리는 들릴락 말락 했다.

"하지만 잘 알다시피 우린 같은 씨족이 아니잖아요. 만약 당신들이 나와 함께 있는 걸 본다면, 쿠스코 사람들은 당장 당신들을 배신자라고 비난할 거예요."

"글쎄요. 그래도 어쨌든 우린 당신을 친구라고 말할 거예요. 당신은 우리 아버지 우아이나 카팍이 마음을 털어놓으신 사람이니까!"

망코가 그녀의 손을 잡아 자기 가슴에 대고 누르면서 대꾸했다.

그는 아나마야의 눈을 그윽하게 바라보면서 잠시 주저하다가 덧붙였다.

"그리고 당신은 아름답고, 우린 당신을 사랑하니까……"

"저기 좀 봐!"

파울루가 소리쳤다.

화로의 불꽃이 숯이 담긴 도기 가장자리로 넘치면서 순식간에 커졌다. 황토색 석회로 덮인 아도비 벽돌* 담 위로 길고 기이한 그림자가 살아 움직였다. 아나마야는 파울루가 가리키는 것이 무엇인지 불현듯 깨달았다. 그림자는 새의 형상이었다. 그것은 춤추는 듯 보였다. 기다란 목, 주둥이와 머리, 곡선의 뾰족한 날개가 분명히 보였다. 콘도르! 그랬다. 하늘 높은 곳에서 마마 킬라의 주위를 나는 듯한 콘도르의 작은 그림자였다!

"우리를 보살펴줘, 콘도르. 우리를 보호해줘. 그리고 너의 비행이 끝나지 않기를."

아나마야는 새를 향해 두 손을 뻗으면서 속삭였다.

✲

"아타우알파 군주님!"

인티 팔라가 입은 아나코의 옷감은 최고급 모직물로, 풍만하고 탄탄한 가슴의 곡선을 드러내주었다. 잉카의 방문 아래로 머리를 조아리고 다가오는 그녀의 짙은 눈동자가 흥분으로 반짝였다.

그녀를 물리치려는 하인에게 아타우알파가 신호를 보냈다. 야나코나는 고개 숙여 절을 하고는 샘물 소리가 들리는 안뜰로 뒷걸음치며 물러났다.

방은 신전보다 더 호화롭게 꾸며져 있었다. 금은 장식 띠, 푸른색, 자주색, 진한 노란색의 깃털 장식 융단, 백여 개의 모티프가 그려진 양탄자…… 나뭇잎으로 덮인 사다리꼴의 좁은 벽감 안에는 남자, 여자 혹은 라마를 나타내는 황금 조각상이 번갈아 놓여 있었다. 몽둥이를 들고

* 진흙과 물을 반죽하여 햇볕에 말린 것.

싸우는 전사의 모습을 나타내는 다른 조각상들은 섬세한 색깔의 도기로 만들어져 있었다. 왼쪽 벽에는 조그만 황금빛 정사각형 무늬가 빽빽이 들어간 의식용 튜닉이 걸려 있었고, 그 아래 의자 위에 놓인 케로스에는 치차가 가득 담겨 있었다. 케로스는 콧방울이 뾰족하고 입을 벌린 퓨마의 머리 모양을 한 단지였다. 흔들리는 횃불 속에서, 채색된 나무 단지의 황금빛 송곳니가 마치 살아서 물어뜯을 것처럼 사나운 섬광을 발했다.

알파카 털로 된 잠자리에서, 검은색과 흰색의 바둑판 무늬가 있는 운쿠로 상반신만 덮은 채 두 젊은 여자 사이에 누워 있던 아타우알파가 팔꿈치를 짚고 몸을 일으켰다. 맨머리에 이마에만 띠를 두른, 격식을 차리지 않은 그 자세에서도 그의 위엄 어린 강인한 윤곽이 눈부시게 드러났다. 황금 마개 없는 찢어진 귓불이 눈에 거슬릴 따름이었다.

안 될 일인데도, 인티 팔라는 고개를 숙이기에 앞서 잠시 그의 얼굴을 뜯어보았다. 그녀는 자신이 무엇에 그토록 강하게 끌리는지 알 수가 없었다. 그곳의 화려함 때문인지, 아니면 단지 매우 완벽한 입매를 지닌 너무 아름다운 남자의 시선 아래 있다는 사실 때문인지…… 그의 시선 안에, 그의 욕망 안에 있다는 사실 말이다.

"무슨 일이지, 인티 팔라?"

그가 피곤한 목소리로 물었다.

"말씀드릴 게 있어요, 강력한 군주님."

"이 밤중에? 난 피곤해! 하루하루가 길고 힘겹구나. 아무것도 아닌 일로 나를 방해하는 거라면 회초리로 때려줄 테야, 건방진 것 같으니."

인티 팔라는 모호한 미소를 지었다.

"저는 단지 군주님을 기쁘게 해드린다는 자부심밖에 없어요. 그것을 증명해 보이고 싶은데, 새벽까지 기다릴 수가 없어서……"

그녀의 잠긴 목소리와 무릎을 꿇을 때 과도하게 움직이는 허리가 모든 것을 분명히 드러내주었다. 아타우알파는 그녀가 암시하는 의도를 알아차렸다.

그는 오른손으로 자기 옆에 누운 여자의 얼굴을 어루만졌다. 그의 손가락이 여자의 벌거벗은 어깨 위를 미끄러져서 싱싱한 젖가슴을 스쳤다.

그가 미소를 지으며 명령했다.

"처소로 돌아가라, 난 후궁과 함께 있겠다."

여자들이 곧바로 침상에서 일어났다. 하녀들이 달려와 그녀들의 나신을 덮어주느라 웅성거리는 소리가 들렸다. 다시 조용해지자 아타우알파가 인티 팔라를 마주 보고 앉았다.

"가까이 오라."

짐짓 수줍은 체하며, 인티 팔라는 무릎으로 미끄러지듯 다가가 그를 만졌다. 그녀는 다시 한번 잠자리에 닿을 정도로 고개를 숙이고, 아타우알파의 왼손을 끌어당겨 약손가락에 끼워진 태양 반지에 입을 맞추었다. 그녀는 칸투타 향수를 몸에 뿌리고 뺨에는 창백해 보이는 치자나무 크림을 발랐다. 연기를 하는 것인지 진짜인지 그녀의 호흡이 가빠졌다. 그녀에게는 케로스의 퓨마 머리처럼 사나움을 상기시키는 탐욕이 있었다.

아타우알파는 인티 팔라의 커다란 쿰비를 묶고 있는 허리띠를 재빨리 풀었다. 황토색 옷감이 미끄러져 내렸다. 그녀는 나신이 되어 고개를 숙였다.

그런데 아타우알파가 꼼짝도 하지 않고 비단결 같은 완벽한 몸매를 감상만 하고 있자, 그녀가 다시 일어나서 두 손으로 케로스를 집어 군주에게 건넸다. 그가 퓨마 머리의 황금 송곳니 사이로 손가락을 집어넣어 단지를 잡고서 길게 한 모금 마시고 나자, 그녀는 잠자리로 슬그머니 들어가 그를 껴안았다.

"네 말이 확실히 맞구나. 이건 정말 새벽까지 기다릴 수 없는 것이지."

아타우알파는 치차 단지를 비우며 숨을 내쉬었다.

인티 팔라는 바둑판 무늬의 운쿠 속으로 슬그머니 손을 집어넣어 그의 매끈한 윗몸을 어루만졌다.

"군주님, 제가 여기 온 것은 군주님의 즐거움을 위해서예요…… 특별히 알려드리고 싶은 것도 있고요!"

"알려주고 싶은 거? 도대체 뭘 말이냐?"

"그녀가 군주님을 배반했다는 거요."

술기운에 멍해진 아타우알파의 눈꺼풀이 찌푸려지고, 아무런 표정도 없이 시선이 붙박였다. 그는 퓨마 머리의 황금 송곳니로 인티 팔라의 이마를 가리켰다.

"누가 감히 나를 배반했다는 거냐?"

"푸른 눈의 여자 말이에요. 그녀가 우아스카르의 졸개들인 망코와 파울루와 함께 있는 걸 제가 봤어요. 그들이 얘기하는 것도 들었어요…… 그녀는 유일한 군주님이 다른 세상으로 가시던 날 밤에 무슨 얘기를 하셨는지 우아스카르와 쿠스코 사람들에게 털어놓을 거예요!"

잠시 아타우알파는 반응이 없었다. 인티 팔라의 손길을 피하기 위해 상체를 뒤로 뺐을 뿐이다. 그러더니 손목을 움직여 의자로 케로스를 내던졌다. 나무 단지는 둔탁한 소리를 내며 깨졌다. 퓨마 머리의 황금 송곳니가 깨져서 바닥에 흩어졌다. 아타우알파의 얼굴에 분노와 사나운 기운이 스쳤다.

"그럼 이 밤에 이렇게 서둘러 날 보러 온 게 그 때문이냐?"

본능적으로 인티 팔라는 가슴을 가리고 고개를 숙이며 뒤로 물러났다.

"저는 군주님께 매우 충실합니다! 저는 진실을 말씀드리는 거예요."

아타우알파는 후궁의 갸름한 얼굴을 부드럽게 잡아 들어 올렸다. 육감적인 입술, 부드러운 두 뺨, 긴 속눈썹을 하나하나 뜯어보았다. 그리고 엄지손가락 끝으로 닫힌 눈꺼풀을 스쳤다.

"날 도와다오, 인티 팔라."

그가 중얼거렸다.

"군주님께서 원하시는 건 뭐든……"

"다시 한번 내 아버지 우아이나 카팍의 성스러운 뜻에 관여한다면, 내가 죽어서 너를 데려가기 전에 네가 먼저 아랫세상으로 가게 될 거다. 내 말 알겠지?"

인티 팔라의 얼굴에서 핏기가 가셨다. 그녀는 억제할 수 없는 전율에 사로잡혔다. 아타우알파의 부드럽던 손아귀 힘이 거세어졌다. 그녀는 잉카의 손아귀에서 빠져 나오려 애썼다.

"군주님, 저는 도와드리고 싶었을 뿐이에요!"

"네가 나를 도와주는 방법은 한 가지뿐이다, 딱 한 가지."

인티 팔라는 겁에 질려 눈을 크게 떴다.

아타우알파는 잡고 있던 손을 느슨하게 풀었다. 그의 손이 후궁의 아름다운 나신 위로 미끄러졌다. 그는 그녀를 거칠게 일으키다가, 태양 반지의 걸쇠로 단단한 젖무덤에 가느다란 생채기를 냈다. 작은 핏방울이 맺혔다. 인티 팔라는 입을 꽉 다물고 신음을 삼키며 미동도 하지 못했다. 아타우알파가 고개를 숙이더니 혓바닥으로 상처를 핥았다.

밤의 침묵이 온 칸차를 뒤덮고, 샘물이 연주하는 음악 소리가 조심스럽게 그 침묵을 깨뜨리고 있었다. 사위가 깜깜한 가운데, 춤추는 횃불이 그 어둠을 찢어놓을 따름이었다.

두 사람은 더이상 말이 없었다. 가빠지는 숨소리, 때로는 비명 소리, 신음 소리만이 있을 뿐. 아타우알파는 강하고 행복하고 자유롭게 쾌락을 즐겼다. 그는 자신의 쾌락 아래서 미소 짓는 인티 팔라의 얼굴에 흐르는 눈물을 보지 못했다. 그것은 증오의 눈물이었다.

15

1529년 2월, 세비야

여인숙의 이름은 '자유로운 술단지' 였다. 감옥 근처에 사는 덕분에 철학자가 다 된 무뚝뚝하고 뚱뚱한 주인 남자는 가브리엘이 씻고 옷을 갈아입기 위해 따뜻한 물 한 통과 방을 쓸 수 있는지 물었을 때 전혀 놀라지 않았다. 그는 이렇게만 대답했다.

"삼 마라베디요."

가브리엘이 좋다고 하자 주인 남자가 덧붙였다.

"선불이요."

가브리엘은 바지에서 얄팍한 지갑을 끄집어냈다. 거기서 하나뿐인 동전, 정말 보잘것없는 레알* 하나를 꺼냈고, 여인숙 주인이 거슬러 준

---

* 레알은 스페인의 소(小)은화, 마라베디는 동전.

31마라베디를 꼼꼼히 셌다.

한 시간 남짓 지난 후, 가브리엘은 완전히 딴사람이 되어 여인숙 홀에 나타났다. 사치스러운 옷은 아니지만 깨끗하고 잘 맞았다. 셔츠 빼고는 윗옷부터 양말까지 모두 검은색이었다. 다시 태어나는 것을 완성하려면 이제 이발사만 찾아내면 되었다. 그 다음은 자기 미래의 수수께끼를 생각해보는 시간이 될 터였다.

그가 밖으로 나가려는데 비계를 넣은 수프 냄새가 목덜미를 잡아챘다. 무지막지한 허기가 달려들었다.

여인숙 주인은 불필요한 말은 한마디도 하지 않고 그에게 그늘진 탁자를 가리켰다. 가브리엘은 의자에 털썩 주저앉아 주문을 했다.

"가차 한 접시, 카디스 술 한 단지, 그리고 올리브빵 하나요."

"그러면 사 마라베디가 넘는데……"

"……선불이라는 건 압니다."

가브리엘은 게눈 감추듯 빵을 삼키고, 접시에 묻은 소스까지 깨끗이 먹고, 술단지를 비웠다. 수프 맛은 기가 막히고, 빵은 걸작이며, 술은 묘약처럼 느껴졌다. 기분 좋은 현기증이 일었다. 대체 언제부터 제대로 된 식사를 하지 못했던가?

나른한 취기가 몸에 퍼졌다. 가브리엘은 술 한 단지를 더 주문했다.

마라베디가 파리처럼 여인숙 주인의 손바닥으로 날아가는 동안, 그는 남은 술을 우울하게 비우다가 문득 자유가 그리 매력적인 것은 아니라는 생각이 들었다.

"실례합니다만 나리, 궁금한 것 좀 여쭤봐도 될까요?"

체구가 큰 사람이 말을 걸어왔다. 남자의 어깨는 짐꾼처럼 넓었다. 하지만 얼굴은 곱상하고 수염도 깨끗이 손질되어 있었다. 뾰족한 매부리코는 심술궂게 빛나는 두 눈과 함께 교활한 분위기를 드러냈다. 이마에는 주름살이 또렷하고 피부는 햇볕에 그을린 구릿빛이었다.

그 옆에는 키가 얼추 비슷한 검은 피부의 남자가 서 있었다. 그 남자의 모습은 매혹적이었다. 툭 튀어나온 광대뼈 때문에 시선이 두드러져 보였다. 지적이고 활기 넘치며 단호하면서도 도도함이 느껴지지 않는 시선이었다. 입술은 얇고, 턱에는 수염이 없으며, 여느 뱃사람처럼 오른쪽 귀에는 커다란 황금 고리가 매달려 있었다. 스페인에서는 보기 힘든 흑인이라고 가브리엘은 생각했다.

"무슨 일들이신지?"

이윽고 가브리엘이 고개를 들고 경계하는 태도로 물었다.

건장한 백인이 환한 웃음을 지어 보이며 지나칠 정도로 친절하게 머리를 숙였다. 그러고는 의자를 잡아당겨 무람없이 앉았다.

"나리…… 우리는 나리가 방금 전에 누더기를 걸치고 더러운 몰골로 들어왔을 때 저쪽 구석에 있었습지요. 그런데 새 동전처럼 말쑥한 모습으로 다시 나타나셨지 뭡니까! 그러고는 무슨 왕의 연회라도 되는 양 찌든 기름 냄새가 나는 수프를 게걸스럽게 먹어 치우고, 사흘이나 된 빵을 집어삼키고, 싸구려 술을 마시더군요. 허, 그래서 제가 동료 세바스티안에게 지하 감옥에서 살다 온 사람 같다고 했지요!"

백인 남자는 눈을 깜박이며 옆에 줄곧 서 있는 흑인에게 미소를 보내고는 더 작은 소리로 덧붙였다.

"짧지 않은 세월 동안 말입니다! 나리의 기분을 상하게 하려는 게 아니라 반대로……"

잠시 가브리엘은 말없이 그대로 있었다. 그러더니 일어나서 위협적으로 보이려는 듯 한 손을 들어 올렸다. 하지만 끔찍한 피로에 휩쓸려,

웃으면서 다시 의자에 털썩 주저앉았다.

"사실 짧지 않은 세월이었죠! 그런데 실례지만, 댁들이 뉘신지 물어봐도 될까요?"

건장한 남자는 대답하기에 앞서 큰 손짓으로 여인숙 주인을 불러 술 한 단지를 더 주문했다.

"제 이름은 페드로 데 칸디아입니다. 친구들은 그냥 '그리스인' 이라고 부르죠. 그리고 이 친구는 세바스티안 데 라 크루스인데, 피부색 때문에 노예 같은 신분이긴 하지만 나와 모험을 함께 하는 동료지요."

흑인은 빈정거리는 시선으로 그런 소개를 강조하듯 말문을 열었다.

"인사드립니다, 나리!"

가브리엘은 기분이 언짢아지는 것을 억누를 수 없었다.

"무슨 연유로 나를 자꾸 나리라고 부르는 겁니까?"

그리스인이 세바스티안을 곁눈질했다. 몹시 놀란 얼굴들이었다.

"하급 귀족을 그렇게 부르지 않나요?"

가브리엘은 웃음을 터뜨렸다.

"그런 호칭을 쓰지 않은 지 십 년이 지났소!"

가브리엘은 웃으면서 그들을 바라보았다. 두 사람 모두 몸에 끼는 매우 낡은 윗옷과 짧은 바지를 입고 있었다. 가브리엘과 마찬가지로.

"우린 인도제도*에서 왔거든요. 바로 지난달에요."

"그래요?"

* 남·북아메리카 대륙 사이에 있는 크고 작은 섬들로 이루어진 서인도제도를 가리킨다. 1492년 콜럼버스가 산살바도로 섬에 상륙한 이래 그곳을 인도의 일부라고 오인한 데서 '서인도' 라는 호칭이 생겼다. 이후 이 작품에서 거론하는 '인도제도' 는 모두 '서인도제도' 를 가리키는 것이다.

"우리가 새로운 나라를 발견한 곳이지요."

흑인 세바스티안이 끼어들었다.

"그렇군요."

가브리엘이 중얼거렸다. 의외로 호기심이 일었다.

그리스인은 작은 광장 건너편에 있는 감옥의 양지바른 문을 가리키며 덧붙였다.

"우리 대장 돈 프란시스코 피사로가 우리를 십 년이 넘도록 세상 깊숙한 곳까지 데려갔는데, 해묵은 흔한 빚 문제에 얽혀 저 감옥에 갇혔답니다. 우리 배가 부두에 닿자마자 경관에게 재수없게 붙잡혔죠. 웬 수치랍니까! 불쌍한 대장은 삼 주 전부터 지하 감옥에서 썩고 있어요. 우리는 여기서 그를 기다리고 있는 거지요."

고뇌의 그림자가 두 콩키스타도르*의 눈에 드리워졌다. 가브리엘은 호감을 느끼지 않을 수 없었다.

"내 이름은 가브리엘 몬테루…… 아니, 이제부터는 그냥 가브리엘입니다. 돈 가브리엘이라고 불러주세요. 그게 좋겠어요. 그런데 반은 잘못 짚으셨네요. 난 오늘 아침까지 감옥에 있긴 했습니다만 이 감옥이 아니라……"

"어느 감옥인데요?"

그리스인이 물었다.

가브리엘은 미소를 머금고 그를 쳐다보며 쾌활하게 말했다.

"인도제도에 대한 이야기를 해주시겠어요?"

* 스페인어로 '정복자'라는 뜻. 16세기 스페인의 남아메리카 대륙 정복사업을 주도했던 사람들의 호칭.

*

그리스인과 세바스티안의 이야기는 끝이 없었다.

"상상해보세요, 돈 가브리엘! 앞에는 광활한 바다, 발밑에는 불타는 모래, 뒤에는 나무 벽처럼 막아선 숲, 위로는 독화살을 들고 나무에 달라붙어 있는 미개인들. 그리고 태양 아래서 그을리고 있는 우리들!"

"오랫동안 있었나요?"

"여러 달 있었지요, 여러 달! 나중에는 거미까지 잡아먹었다니까요. 배에 살집이 있는 약간 통통한 종류였어요. 하지만 독침을 없애야 했지요. 그렇지 않으면 부어오르니까요…… 털 때문에 앞다리도 떼내야 했고요. 앞다리가 목구멍에 달라붙으면 구토를 하게 되거든요! 처음에는 개미알도 먹었어요…… 그럭저럭 맛이 괜찮았죠. 온통 갈색으로 빛나는 살집 통통한 벌레도 있었고요. 그 벌레들은 죽은 나무 안에서 찾아냈답니다. 기름에 튀기면 꽤 먹을 만했어요……"

"그럼 가축은요? 전시에 그러듯 데리고 있던 가축을 잡아먹을 수도 있었잖아요……"

가브리엘은 혐오스러운 이야기만큼이나 술 때문에도 구역질을 느끼며 물었다. 두 콩키스타도르는 웃음보를 터뜨렸다.

"그놈들은 이미 오래전에 잡아먹었지요! 해변에서 넉 주를 지내고 나니 굶주린 개들이 미치기 시작했어요. 개들을 제일 먼저 불에 구웠죠. 말도 두 필 있었는데, 뼈까지 싹 발라 먹었답니다. 끔찍한 허기였어요, 끔찍했지요. 하루는 한 사람이 허리띠를 벗어서 끓였어요. 장화도 먹어치웠답니다! 실컷 먹었지요!"

흑인 세바스티안이 부드러운 목소리로 덧붙였다.

"도마뱀도 있었어요…… 나쁘지 않았죠. 하지만 도마뱀은 잡기가 힘들었어요. 놈들에게 물리면 두 시간 안에 죽거든요. 선택해야 했지요. 굶어죽든가 도마뱀한테 물려 죽든가……"

"세상에!……"

그리스인이 가브리엘의 손목을 잡았다.

"하지만 대장은 황금의 나라를 발견할 거라고 굳게 믿었어요. 최악의 순간에도 말이에요! 우리가 죽을 뻔했던 그 빌어먹을 해변에서도…… 내가 자네한테 얘기했지, 세바스티안?"

흑인이 웃으면서 고개를 끄덕거리는 사이, 페드로가 의자를 밀어내며 천천히 일어섰다. 그는 눈을 반쯤 감고 귀족이라도 되는 양 위엄 있게 가브리엘을 아래위로 훑어보았다.

"대장의 이야기를 직접 들어야 하는 건데. 저항하려는 사람들 하나하나에게 검은 눈을 번득이며 단호하고 퉁명스러운 어조로 이렇게 말하는 걸 말이에요. 참으라니까! 친구들, 참아. 동료들, 참으라고! 루이스는 돌아올 거야. 그는 자네들이 꿈에 그리는 황금의 나라를 발견할 거야. 바다가 그의 앞에서 열릴 것이고, 우리 성모님이 그에게 옳은 방향을 알려주실 거야. 날 믿어! 난 긴 삶을 살아오면서 더 나쁜 일도 겪었어. 싸워야 할 때는 싸우고, 기다려야 할 때는 기다려야 해. 날 봐. 난 처음으로 미개인과 무시무시한 동물이 들끓는 숲을 횡단해서 태평양을 발견했어. 그리고 성모님이 매일 밤 내게 약속해주시는, 온통 황금으로 덮인 그 '피루'에 이르기 위해 처음으로 태평양을 건너는 거야! 참아, 동지들! 내가 말하잖아, 그들은 돌아올 거라고. 그들은 발견할 거야! 자네들은 그 허기진 배와 쓸모없는 불알을 어떻게 할까 하는 것만 해결하면 되니까, 기도나 해! 기도도 전투야!……"

얼음물을 끼얹은 듯 침묵이 자리잡는 사이, 그리스인이 다시 자리에 앉았다. 가브리엘은 팔에 난 털이 곤두서는 것을 느꼈다. 격한 감동으로 사지가 뻣뻣해지고 가슴속이 뚫렸다. 그는 감정을 억제한 목소리로 물었다.

"루이스라는 사람은 돌아왔습니까?"

그리스인 페드로는 술잔 바닥을 쳐다보며 말했다.

"삼 주 후에 돌아왔죠. 잔잔한 호수에 떠 있는 것처럼 편안한 대형 범선을 남쪽에서부터 가져왔어요. 훌륭한 항해사지요!"

"그럼 그가 발견한 겁니까?"

"그럼요, 발견했고말고요."

그리스인이 웃으며 말했다.

"돈 프란시스코가 말한 그대로."

세바스티안이 존경 어린 태도로 고개를 끄덕이며 한몫 거들었다.

"그 피루는요?"

"피루든 페루든 좋을 대로 부르세요, 돈 가브리엘."

"황금으로 덮여 있었나요?"

"온 사방이! 황금, 황금으로요! 그리고 놀랍게도 다른 곳과는 달리 옷을 입은 인디언들이며 기이한 동물, 처음 보는 푸성귀가……"

"직접 봤어요?"

"물론! 세바스티안에게 물어보세요."

"나도 봤어요. 맹세할 수 있어요."

"그런데 두 사람은 여기서 뭘 하는 겁니까?"

"돈 프란시스코를 총독으로 임명해달라고 요청하기 위해 왕을 만나러 왔지요. 코르테스 대장*을 총독으로 임명했듯이 말이에요!"

"하지만 대장이 왕을 만나려면 감옥에서 나와야 하지요."

세바스티안이 빈정거리며 내뱉었다.

"비웃을 때가 아니야."

그리스인이 나무랐다.

다시 침묵이 자리잡았다. 가브리엘은 술잔을 밀어내면서 물었다.

"돈 프란시스코 대장이 총독이 되면, 인도제도로 다시 떠나겠지요?……"

"그럼요! 가능한 한 빨리."

"그 페루를 정복하기 위해서인가요?"

"그렇죠."

"그럼 열의 있는 사람들이 필요하겠군요!"

그리스인의 미소가 불길처럼 환하게 피어올랐다.

"이봐, 세바스티안, 우리의 새 친구 가브리엘이 그 나라를 보고 싶은가본데……"

그때 흑인이 소리치며 감옥 쪽을 가리켰다.

"페드로! 저길 봐……"

세 사람은 일제히 일어섰다. 저기, 태양 아래에서, 반들반들한 암홍색과 회색의 벨벳 윗옷에 색 바랜 초록색 반바지를 입은, 믿을 수 없을 만큼 비쩍 마른 남자가 감옥 문 앞에서 서너 걸음을 내딛고 있었다. 그는 긴 회색 머리 위에 거위 깃털 모자를 쓰고 있었다. 그 넓은 모자챙 그늘 속에서 이제껏 한 번도 본 적 없는 번득이는 눈빛을 보았다고 생각한 순간, 가브리엘은 온몸으로 감동의 전율을 느꼈다.

---

* Hernán Cortés(1485~1547). 스페인의 멕시코 정복자. 아스텍 제국을 멸망시키고 (1519~1521) 멕시코를 스페인 왕의 영토로 만들었다. 1523년에 총독으로 임명되었다.

페루를 발견한 자는 다시 한 걸음 앞으로 나와 칼의 어깨끈을 조절했다. 감옥의 그늘에서 삼 주를 보낸 사람 같지 않았다. 자기 앞에 사람들이 와서 굴복하기를 백 년은 더 기다릴 수 있을 듯 보였다.

갑자기 가브리엘의 가슴에서, 그리스인 페드로의 목소리가 아니라 대장 돈 프란시스코 피사로의 목소리가 울렸다. 바로 그 순간, 모든 것이 부족한 거대하고 헐벗은 해변에서, 열병과 배고픔에 떨면서도 날마다 미지의 것에 용감히 맞서는 그 남자가 불굴의 의지로 무장하고, 그의 가슴속에 한마디 한마디 광기 어린 꿈을 넌지시 불어넣어준 것처럼.

16

1529년 2월, 투메밤바

매우 늦은 밤인데도 여기저기 몇몇 칸차 안에서는 아직도 횃불이 타올랐다. 바람 한 점 없는 밤공기 속에 무언가를 준비하는 소리가 울려 퍼졌다. 내일은 우아이나 카팍의 건조된 몸을 따르는 행렬이 투메밤바를 떠나 쿠스코로 향할 것이므로 모든 준비가 끝나야 했다.

아나마야는 아무도 모르게 칸차에서 슬그머니 사라졌다.

어둠 속으로 미끄러지는 뱀처럼, 먼지 속 먼지처럼 보이지 않게, 흐르는 물처럼 투명하게, 그녀는 원할 때면 그렇게 사라졌다.

마치 한밤중에 그녀를 부르는 호출 신호가 울려 퍼진 것처럼. 말이라든가 눈에 보이는 기호, 혹은 손으로 만질 수 있는 신호가 아니었다. 하지만 그녀는 문득 깨달았다. 신전에 가야 한다는 것을. 그날 밤 그녀는 분신 형제 곁에 남아 있어야 했다.

이제부터 신중해야 한다는 것을 그녀는 알고 있었다. 유일한 군주 우아이나 카팍의 존재와 그녀를 갈라놓는 것은 그녀 자신의 두려움일 뿐이었다. 그는 그녀에게 여러 가지 방식으로 이야기할 수 있었다. 그림자의 변화를 통해서든, 새의 울음소리를 통해서든. 그녀는 퓨마의 눈과 마주치는 것을 두려워해서는 안 되고, 퓨마의 송곳니를 겁내서도 안 되었다……

동쪽 언덕 위에 있는 신전의 높은 계단이 달빛을 받으며 우뚝 솟아 있었다.

아나마야는 단호한 걸음으로 광장을 건너갔다. 횃불 빛 속으로 들어가자 입구를 지키는 야나코나들이 그녀를 알아보고 지나가게 해주었다. 그들은 거기서 그치지 않고 고개를 숙이고 존경을 표하며 뒤로 물러섰다.

그녀는 코야 카마켄이 아니던가? 제국의 세력가들, 계승자들, 위대한 아타우알파와 현자 빌라 오마, 모두가 그녀의 말을 들으려고 열성이지 않은가?

아홉 개 벽감이 있는 방 안에 우아이나 카팍의 미라가 있었다. 달의 신의 은빛 광선이 그의 황금 얼굴을 빛나게 하며 평온한 표정을 드러내주었다. 바로 옆 화로에서는 진흙처럼 축축하고 코를 자극하는 기이한 냄새가 나는 풀이 타고 있었다.

아나마야는 죽은 군주 앞에 웅크리고 앉았다. 어린 소녀의 몸으로 그 앞에 끌려왔던 날처럼, 경외심을 가득 담아 고개를 숙였다.

한참 동안 아무 일도 일어나지 않았다.

그러더니 한줄기 공기가 진동했다. 찬 공기의 다채로운 광채가 황금 얼굴에서 빠져나와 아나마야의 이마 위에서 살랑거렸다. 건조된 몸의 어깨 위에 놓인 깃털 목걸이가 흔들렸다. 한마디도 들리지 않았지만, 아나마야는 주어진 명령에 따랐다. 그녀는 천천히 고개를 들고, 영면하는 유일한 군주의 몸을 덮은 두꺼운 운쿠 위에 손을 올려놓았다. 어린 아이의 피부보다 더 보드라운 직물에서 온기가 느껴졌다.

그녀는 얼굴을 더 높이 들었다. 달빛을 받아 그녀의 머리카락이 빛나고, 손은 하얗게 보이며, 시선은 창백해졌다.

그녀는 눈을 감았다. 잠을 자는 것도, 깨어 있는 것도 아니었다. 꼼짝 않고 있는 것도, 움직이는 것도 아니었다. 지금도 아니고, 이전도 이후도 아니다.

그녀는 밀림의 축축한 냄새를, 오래된 행복의 내음을 들이마신다. 하늘은 낮고 구름이 잔뜩 끼어 있다. 그녀는 바로 그 구름 밑에서 숨이 차도록 달리고 웃었다.

목소리가 들리고 얼굴이 보인다. 아름답고 부드러운, 사랑이 가득 담긴 얼굴이다. 그 얼굴은 멀리, 너무 멀리 있다!

심장 고동이 멎는다. 엄마가 부르는 소리가 들린다.

"아나마야!"

그것은 그녀의 귓전에 울리는 중얼거림일 뿐이다.

"아나마야!"

엄마의 노래하는 듯한 목소리. 이제 주변 세상은 숲은 아니지만 호수처럼 푸르고 투명해진다. 엄마는 거기, 온 사방에, 이 세상처럼 거대하고 환대하는 모습으로 존재한다. 모든 것이 엄마의 배이고, 모든 것이 엄마의 가슴이다. 엄마의 웃음소리는 새를 떠받쳐주는 바람처럼 진동하고 엄마의 어깨는 산처럼 동그랗다. 입술은 사랑과 환영의 노래를 한다. 손과 팔에는 감미로운 행복이 배어 있다. 그 손과 팔이 그녀를 감싸고, 보이지는 않지만 너무도 다정한 손가락이 그녀의 이마를 쓰다듬고 목덜미를 힘주어 잡는다.

그녀도 모르게 두 뺨 위로 눈물이 줄줄 흘러내린다.

"울지 마라. 내가 너와 함께 있잖니……"

차츰 그녀는 진정된다. 여전히 머리카락을 쓰다듬는 손과 온기가 느껴진다. 그 어루만짐 속에서 도둑맞은 지난 모든 세월이 사랑으로 변한다. 그녀의 두려움과 끔찍한 기억도 지워진다. 그러더니 그녀를 보호해주는 부드러움이 바람에 밀려가듯 모든 것이 사라진다.

그녀는 눈을 뜨고, 잉카의 운쿠 위에 놓인 자기 손을 바라보았다.

밤마다 마마 킬라를 감싸고 있던 달무리가 사라졌다. 마마 킬라의 빛이 하늘 구석구석에 이르고 있었다. 그 빛이 어찌나 강렬한지, 불가능한 일이지만, 마치 태양과 만나 타오르는 것 같았다.

그때 그녀의 남편인 분신 형제가 눈길을 끌었다. 그의 몸이 너무 눈부셔 앞이 보이지 않았다. 그녀는 자신을 보호하려고 두 손을 들어 올렸다. 그런데 그사이 믿을 수 없는 일이 벌어졌다.

그녀의 샌들 밑에서 땅이 꺼져 들어갔다. 그녀는 뭔가를 잡고 매달리려 했지만 아무것도 붙잡을 게 없었다. 비명을 지르지만 목소리가 들리지 않았다.

그녀는 어둠 속을 날아오른다. 아래로 반짝이는 신전이 보이고 잉카 옆에 무릎을 꿇은 자신의 모습이 보인다.

잠든 도시와 쉬고 있는 사람들이 보인다. 깃털 이불을 덮고 혼자 잠자리에 누워 있는 아타우알파 군주의 모습이 보인다. 갑자기 그가 일어선다. 전쟁 중인 사람처럼, 우리에 갇힌 퓨마처럼, 그가 이리저리 서성인다.

별들이 너무 가까워 손바닥을 스칠 것만 같다. 콜카 계곡의 회오리가 그녀를 스쳐 지나가고, 뱀자리 아마로가 그녀의 발밑으로 흘러간다. 그녀의 머리카락이 띠 모양의 별자리 차카나 안에서 흩날린다. 그녀는 신성한 강을 천상에 옮겨놓은 은하수의 가없는 강물에 두 팔을 담근다.

그녀는 마침내 깨닫는다.

그가 그녀를 필요로 하고 있다.

세상 저편에서, 열한번째의 유일한 군주가 그녀를 필요로 하는 것이다.

그때, 남동쪽 지평선에서 새로운 별과 비슷한 공 모양의 불이 솟아오른다. 거대한 불은 산보다 더 광대한 꼬리를 길게 남기며 어둠을 가르고 그녀에게 곧장 다가온다.

그런데 가까이 다가오자 믿을 수 없을 정도로 작게 응축된 동그란 덩어리로 빛이 뭉친다. 빛이 작아지면 작아질수록 광채는 더욱더 강렬해진다! 그 빛은 대번에 방향을 바꾸어 바람에 쓰러지듯 땅으로 뛰어든다.

빛은 투석기의 돌보다 더 사납게 아타우알파의 이마를 후려친다.

그러고는 꺼져버린다.

강력한 군주는 쓰러진다.

쓰러져서 다시 일어나지 못한다.

아나마야는 울부짖는다.

누군가 그녀의 어깨에 손을 올려놓고 그녀를 흔들었다.

"무슨 일이냐?"

현자 빌라 오마였다. 그녀는 몸을 떨었다.

그녀는 의심스러운 눈으로 자기 주변을, 아홉 개 벽감이 있는 방, 우아이나 카팍의 건조된 몸, 분신 형제를 쳐다보았다.

초록색 입의 현자가 그녀의 눈을 유심히 살피고는 몇 가지 질문을 했다.

"지금은 안 돼요, 지금은 안 돼……"

그녀는 단지 그렇게만 되풀이했다.

그녀는 이야기할 수 없었다. 방금 전에 일어난 어떤 일도 말이 되어 나올 수 없었다. 아무도 이해할 수 없을 터였다. 현자조차. 그는 그녀의 팔을 붙들고 일으켜주었다. 그들은 조용히 신전을 나왔다.

칸차까지 가는 내내, 아나마야의 심장은 미친 듯이 고동쳤다. 쓰러지는 아타우알파의 영상이 유령처럼 그녀의 시야에 거듭 나타났다.

그러더니 영상이 흐려지고, 짙은 불안으로 정신이 혼미해졌다. 감동은 사라지고, 그녀는 극복할 수 없는 엄청난 고독만을 느꼈다.

17

1529년 3월, 투메밤바

"공 모양의 불? 별처럼 커다란 공 모양의 불이라고?"

늙은 유언 계승자 콜라 토팍이 믿을 수 없다는 듯이 아나마야의 말을 되풀이했다.

유일한 군주의 건조된 몸이 사라졌을 때, 빌라 오마는 이미 그에게 도움과 조언을 청한 바 있었다. 콜라 토팍은 미라를 쿠스코에 인도할 사람이고, 태양신의 아들이 모든 사람에게 공표될 때까지 법을 장악하고 있는 사람도 바로 그이기 때문이다.

기름 램프의 희미한 빛 속에서, 콜라 토팍은 살아 있는 사람이라고 여겨지지 않을 만큼 늙어 보였다. 그의 등은 돌처럼 둥글게 굽어 있고 얼굴은 미라처럼 앙상하고 주름이 패어 있었다. 그러나 두 눈은 마치 그의 얼굴에서 유일하게 살아 있는 것인 양 기이한 강렬함을 띠고 있었다.

잠시 그는 횃불을 비추어 아나마야의 푸른 눈을 살폈다. 그러고는 휙 돌아서서 빌라 오마와 마주했다.

"아타우알파가 건강한 게 확실하오?"

빌라 오마가 고개를 끄덕였다.

"확실합니다. 지금 이 순간에도 후궁들 품에서 자고 있지요. 잠들기 전에 두 명의 후궁과 관계를 가졌다고 하던데요."

"그럼 당신은 코야 카마켄이 말하는 것을 어떻게 생각하시오? 좋은 징조겠소, 나쁜 징조겠소?"

"모르겠습니다. 그 때문에 어르신이 직접 이 이야기를 들으시기 바랐던 겁니다. 불덩어리가 남동쪽에서 왔다는 것에 주목해주십시오. 쿠스코 쪽에서 말입니다."

유언 계승자는 현자의 말을 가로막았다.

"하지만 모든 탄생의 기원이 되는 호수 쪽이기도 하지요. 티티카카 호수 말이오!"

"그러면 그건 두 가지를 의미할 수 있겠군요. 천둥신 일라파의 불이 곧 아타우알파 군주를 멸망시킬 것이다. 그리고 또 하나는 인티의 불이 그를 우아이나 카팍의 후계자로 지목할 것이다!"

빌라 오마의 말이 하도 의미심장해서, 두 남자는 침묵 속에 그 말을 지우려는 듯 입을 다물었다. 이윽고 유언 계승자가 아나마야의 팔을 잡고 부드럽게 힘을 주었다. 그의 타는 듯 뜨거운 시선에서 아나마야는 애정과 배려를 감지했다.

"코야 카마켄, 넌 아주 젊고 난 늙었다. 하지만 너나 나나 네가 본 것이 얼마나 중요한지 알고 있다, 그렇지?"

아나마야는 너무 놀란 나머지 대답하지 못하고 고개만 끄덕였다.

"네게 다시 한번 묻겠다. 불덩어리가 아타우알파의 심장까지 갔느냐?"

"아뇨, 이마 위에서 꺼졌어요."

"그리고?……"

"모르겠어요. 저는 무서웠어요."

"무서워?"

"아타우알파 군주님이 돌아가실 거라고 생각했거든요."

"그럼 이제는 그렇게 생각하지 않느냐?"

아나마야는 자기가 어떤 말을 입 밖에 내게 될지 겁이 났다. 그녀는 입을 다물고 고개를 숙였다.

그때 빌라 오마가 끼어들었다.

"아나마야가 볼 수 있는 것은 사실입니다. 하지만 아직 어린애일 뿐이지요. 이 아이는 자기가 보는 것을 이해하지 못합니다. 어쨌든 결정은 우리가 내려야 합니다. 그러니 제가 최대한 예를 갖추어 어르신께 여쭙겠습니다. 그 징조가 불길한 것이라면 우아이나 카팍의 건조된 몸의 여정을 중단시켜야 할까요? 여기에 머물러야……"

"그건 안 되오! 건조된 몸이 쿠스코로 돌아가는 것은 법이 원하는 바이오. 어느 누구도 법을 어길 수는 없소. 내가 감시할 것이오. 그렇지 않으면 우리 아버지 태양신의 분노가 우리 모두를 덮칠 것이오!"

노인이 소리쳤다.

"어쩌면 태양신의 분노가 이미 우리를 엄습하고 있는지도 모르지요! 미치광이 우아스카르의 손아귀에 있는 쿠스코가 우리 모두를 몰살시키려는 불덩어리처럼 되었다는 것을 의미하는지도 모릅니다! 아마도 코야 카마켄이 본 게 바로 그것이 아니겠습니까? 킬라가 우리에게 미리 알려주어, 돌아오지 못할 여행에서 우리를 구하려는 것 아니겠습니까?"

빌라 오마가 물러서지 않고 응수했다.

"그럴 수도 있지만 그 반대일 수도 있소! 그러나 법은 오직 하나요, 현자 빌라 오마. 당신도 그걸 잘 알잖소. 난 설사 돌팔매질을 당한다 해도 유일한 군주님의 건조된 몸과 함께 쿠스코에 갈 것이오. 그리고 당신과 코야 카마켄, 두 사람도 나를 따라야 하오. 그것이 당신들의 의무이니 말이오."

유언 계승자가 강경한 목소리로 이의를 제기했다. 현자는 피곤에 젖은 얼굴로 지친 손을 가져갔다. 그의 손가락이 떨리고 있었다.

아나마야는 그가 무슨 생각을 하는지 알고 있었다. 요사이 점술가들은 아타우알파가 그의 아버지 우아이나 카팍의 확실한 표지를 받기 바라는 마음에서, 코카 잎을 태우는 잉걸불 혹은 라마의 내장을 보거나 별을 헤아려 우아이나 카팍의 의도를 알아내려고 스무 차례나 모였다! 그리고 그들이 거기서 매번 알아낸 것은 사방위 제국이 머지않아 붕괴되리라는 것뿐이었다. 태양신의 다음 아들이 누가 될지를 알려주는 것은 아무것도 없었다.

"한 가지 허락해주십시오."

갑자기 빌라 오마가 귀를 기울여야 겨우 들릴 만큼 작은 소리로 말했다.

"말해보시오."

"아타우알파는 건조된 몸을 따라 쿠스코에 가지 않을 것입니다. 그가 우아스카르와 대면해서는 안 됩니다. 그렇게 되면 어르신도 아시다시피 전쟁이 일어날 겁니다. 그는 여기, 투메밤바에서 아버지에게 작별 인사를 고해야 합니다. 그리고 무엇보다도 코야 카마켄이 본 것에 대해서는 그 무엇도 알아서는 안 됩니다. 그러잖아도 이미 쿠스코 사람들이 겁을 주려고 호시탐탐 노리는 마당에 그에게 두려움을 불러일으켜 무슨 소용이 있겠습니까? 우리는 그저 제국의 질서를 유지하기 위해 북쪽에 남아 있으라고 부탁하면 될 겁니다……"

늙은 유언 계승자는 무기력하게 고개를 끄덕였다.

빌라 오마가 아나마야의 어깨에 메마른 손을 올리고 덧붙였다.

"그리고 너, 코야 카마켄, 누구에게든 아무 말도 하지 마라……"

✲

아나마야는 잠을 청할 시간이 없었다.

동이 트기도 전, 뭔가를 예감한 사람처럼 아타우알파가 그녀를 안뜰로 부른 것이다. 그는 사람들이 날마다 갖다 주는 열대 숲의 과일과 옥수수 빵을 그녀에게 함께 먹자고 청했다. 그녀는 가능한 한 자신을 괴롭히는 두려움을 접고, 웃음 띤 얼굴로 경의를 표하며 무릎을 꿇었다.

사실 평소와 다름없이 강건하게 살아 있는 아타우알파를 보게 된 안도감과 불덩어리에 대한 이해할 수 없는 괴로운 기억 사이에서 그녀의 가슴은 찢어질 듯 괴로웠다. 캐롭나무 주스를 한 잔 마시고 나자 아타우알파가 물었다.

"내 아버지가 네게 말씀하시지 않았느냐?"

아나마야는 양심의 가책 때문에 온몸이 떨렸다.

"아뇨, 강력한 군주님."

그녀는 기어 들어가는 목소리로 대답했다.

아타우알파는 잠시 그녀를 바라보더니 창백한 하늘로 시선을 던지며 한숨을 쉬었다.

"유언 계승자는 내가 쿠스코에 따라가는 것을 원하지 않는구나. 그가 옳은 것 같다. 신탁은 너무 모호하고, 쿠스코 씨족들은 지나치게 이성을 잃었으니. 네가 그리울 거다, 아나마야. 난 네가 곁에 있는 게 좋으니 말이다."

아타우알파의 어조에 감격한 아나마야는 눈물 글썽이는 눈을 보이지 않으려고 이마를 더 깊이 숙였다.

"산의 침묵은 위대하고 아름다운데, 내 아버지 우아이나 카팍의 침묵은 무겁고 인티의 침묵은 무시무시하구나."

아타우알파가 부드럽게 말했다.

"유일한 군주님께서는 곧 말씀하실 거예요, 군주님."

아나마야가 대담하게 말했다.

"정말 그렇게 생각하느냐, 코야 카마켄?"

아타우알파의 목소리가 갑자기 희망으로 가득 차는 바람에 아나마야는 말을 자제하려고 입술을 깨물었다. 아타우알파가 살짝 웃는데, 그 쉰 웃음소리가 너무 기이하여 그녀는 고개를 들었다. 둘의 시선이 마주쳤다. 아타우알파의 눈은 기다림과 애정으로 가득 차 있었다. 그 때문에 덜 강인하고, 더 무겁고, 어쩌면 조금은 늙은 듯한 묘한 표정으로 보였다.

아나마야는 입을 꾹 다물었지만 눈물이 맺히는 것은 막을 수 없었다. 아타우알파의 웃음소리가 커졌다. 창백한 여명 탓에 그의 눈 흰자위가 덜 붉어 보였지만 며칠 밤 누적된 피로 때문에 눈꺼풀은 부어 있었다.

"아니, 아니다. 넌 그렇게 확신하지 않아."

그가 아주 작은 소리로 말했다.

그는 손을 내밀어 아나마야의 어깨에 올려놓았다. 그는 마치 따스한 진짜 살 아닌 것이 만져질까 두려운 듯 그녀의 뺨을 조심스레 만졌다.

"하지만 날 즐겁게 해주려 애써주니 기쁘구나. 좋아."

그는 손을 거두고, 애무의 흔적이 남아 있기라도 한 듯 손가락 끝을 쳐다보았다. 그러고는 갑자기 밝아오는 동쪽을 향해 손을 뻗고 소리쳤다.

"전쟁의 시간이 다가오는 것이 보인다, 피로 얼룩진 인티가 보여! 나는 침묵이 피로 변하기 전에 침묵을 깨뜨리고 싶다. 사방위 제국에 혼란을 초래하는 자가 되고 싶진 않구나…… 씨족과 씨족이 서로 충돌하게 만드는 자가 되고 싶진 않아! 하지만 내 아버지의 침묵 안에 머물러 있을 수만은 없구나."

아나마야가 그 말에 담긴 격렬함을 느끼는 순간, 빌라 오마의 야위고 긴 윤곽이 안뜰의 사다리꼴 문 앞에 불쑥 나타났다. 그가 말했다.

"시간이 됐습니다, 군주님! 성소로 가셔야 합니다. 모두들 기다리고 있습니다."

아타우알파는 잠시 무거운 눈길로 아나마야를 바라보았다.

그녀가 무릎을 꿇는 사이 그가 일어서면서 말했다.

"자, 내 아버지의 건조된 몸이 있는 곳까지 나를 따라오너라."

*

광장 위 눈부신 햇빛 아래, 신관들과 처녀들이 군주들 앞에서 노래하고 춤을 추었다.

우스누의 계단 꼭대기에 놓인 황금 가마 위에 우아이나 카팍의 미라가 앉아 있었다. 미라는 그의 승리를 연상시키는 진한 노란색과 연푸른색의 이백여 가지 모티프가 수놓인 튜닉에 싸여 있었다. 분신 형제도 가마의 약간 뒤쪽에 앉아 기다리고 있었다. 둘 다 다른 세상의 눈으로 춤추는 사람들의 눈에 흐르는 이별의 눈물을 바라보았다.

언덕 위 등심초 오두막집에 사는 농부와 목동, 하인, 장인 들이 광장 주변으로 열을 지어 빽빽이 모여 있었다. 유일한 군주가 그가 태어나고 그의 모든 조상이 태어난 도시 쿠스코로 향하는 긴 여행을 시작할 때 그의 건조된 몸 앞에서 절할 수 있기를 바라는 마음에서 모인 것이다.

아타우알파는 우스누 중턱에서 무감동한 표정으로 서 있었다. 그의 위엄은 깃털 머리장식이나 울긋불긋한 수많은 진주가 달린 가슴받이나 귀에 매달린 황금 원반에서 나오는 게 아니었다. 그의 위엄은 간소한 군주의 띠를 두른 이마와 굳게 다문 입술에 있었다. 아나마야는 그가 아버지의 침묵에 항의할 때의 목소리가 아직도 가슴을 울리는 것을 느꼈다.

하지만 그곳에 자리한 모든 강력한 군주들 앞에서 이제 그는 단호함과 힘을 되찾았다. 그가 하늘을 향해 팔을 들어 올리자 나팔 소리가 광장에 요란하게 울려 퍼졌다. 춤추는 사람들이 갑자기 발동작을 멈춘 가운데 노랫소리가 잦아들었고, 피리의 곡조도 끊겼으며 북소리가 사라졌다.

침묵, 아타우알파의 무겁디무거운 침묵이 신성한 광장 위에, 그리고 곧 투메밤바 전역에 자리잡았다.

군중은 숨을 죽였다.

그때 아타우알파의 목소리가 안데스 산맥의 맑은 공기 속으로 울려 퍼졌다.

"내 슬픔을 그대들에게 말하고 싶지 않았건만 이 슬픔을 억누를 길이 없구려. 유일한 군주님은 저기서 우리를 보고 계시오. 그분은 아버지 인티 옆에 계시오. 나는 아비 없는 아들이며, 침묵 속에 있소. 그대들은 침묵 속에 있소……

유일한 군주님이 쿠스코에 있는 영원의 처소를 향해 길을 떠나실 시간이 되었소. 우리의 시조인 망코 카팍과 마마 오클로가 비라코차가 제공해주신 비옥한 땅에 황금 괭이를 박았던 그곳 말이오……

유일한 군주님은 북쪽에 오셔서 북쪽을 정복하셨소. 인티의 힘으로 그분은 비라코차가 주신 땅을 더 멀리까지 넓혀, 그후로 사방위 제국은 하늘만큼 광대해졌소. 너무 방대해져서 이제는 흙으로 만든 그릇처럼 깨질 수도 있소.

유일한 군주님은 북쪽에 오셔서, 인티의 의지와 북쪽 여인들의 배를 빌려 여러 아들을 낳으셨소. 내 아버지이신 유일한 군주님 우아이나 카팍은 옥수수와 퀴노아가 자라듯 제국의 온 사방에서 아들들이 자라게 하셨소.

유일한 군주님은 모든 아들들 사이에 분열이 아니라 평화가 깃들기를 원하셨소. 쿠스코의 아들들과 키토의 아들들 사이에서 선택을 하지 않으셨지요. 남쪽에서 북쪽까지 펼쳐진 라마 양탄자처럼 평화가 이루어지기를 바라셨기 때문이오……

그러나 내 형제 우아스카르는 신탁을 기다리지 않고 자신의 이마에 왕의 띠를 둘렀소. 그는 내가 자기 앞에 꿇어 엎드리기를 바라오. 북부가 자기 앞에 꿇어 엎드리기를 바라오……"

아타우알파는 돌연 말을 멈추었다. 모든 얼굴이 그를 향해 있었다. 모두들 그의 말을 기다렸다. 파리들만이 여전히 움직이고 있었다.

아타우알파가 다시 입을 열었다.

"그것은 법이오. 모두가 유일한 군주 앞에 꿇어 엎드려야 하는 것 말이오. 우아스카르가 우리의 유일한 군주라면, 우리 아버지 인티가 내게 그것을 명하신다면 나는 그의 앞에 가서 꿇어 엎드릴 것이오. 그러나 지금으로서는 내 슬픔이 너무 크구려. 난 내가 태어난 이 땅을 떠날 수가 없소. 내 아버지가 다스리셨고, 내가 살고 있고, 또 살다가 죽고 싶은 이 땅을 말이오……"

귀족과 빈민 들은 고개를 숙였다. 그들의 슬픔과 불안은 눈물이 되어 흘러내리지는 않았다. 무표정한 얼굴들이었다.

아타우알파는 유언 계승자 쪽으로 돌아섰다. 신호가 떨어지자, 모든 신관들이 눈을 감고 하늘로 팔을 들어 올렸다가 미라의 가마를 향해 팔을 뻗었다. 나팔이 울렸다. 가마꾼들이 가마를 들고 우스누의 계단을 내려가기 시작했다.

아나마야는 그 순간의 찬란함에 넋을 잃고 꼼짝도 하지 못했다. 빌라 오마가 그녀의 팔을 잡고 속삭였다.

"분신 형제를 따라가거라, 아나마야! 네가 절대로 떨어져 있어서는 안 되는 존재이며, 네 안에 잠든 지혜의 주인인 그를 따라가거라."

✲

정확히 해가 정점에 이른 시각에 마침내 긴 행렬은 투메밤바를 떠났다. 이십여 명의 하인들이 길의 포석을 쓸기 위해 잉꼬 깃털 빗자루를 들고 사방으로 앞서 달렸다.

악사들이 가마 바로 앞에 서서 그들을 뒤따랐다. 날카로운 나팔 소리, 소라고둥의 장중한 소리 또는 피리의 구슬픈 노랫소리가 차례로 대기를 뒤흔들었다. 미라의 앞뒤로 수많은 여자들이 주둥이가 가느다란 치차 단지며 옥수수, 과일, 고기, 직물, 보석이 든 바구니, 유일한 군주의 건조된 몸에 없어서는 안 될 의복과 온갖 식량을 들고 갔다.

그 다음은 분신 형제의 가마였다. 다양한 색깔의 깃털 닫집이 미풍에 흔들리는 모습은 사람이 아니라 새가 들고 가는 것 같았다. 닫집 안은 이루 말할 수 없이 화려했다. 아나마야는 황금 조각상 맞은편, 열대 지방에 사는 새의 배에서 뽑아낸 금색, 초록색, 붉은색의 짧은 깃털로만 만들어진 양탄자 위에 앉아 있었다.

그 뒤로 강력한 군주들의 가마가 이어지고, 다시 그 뒤로 군주들과 백여 명의 하인들이 걸어갔다. 행렬의 양쪽으로는, 투석기와 청동 도끼로 무장한 호위대가 두 줄로 늘어서서 거대한 행렬과 똑같은 속도로 전진하는 것이 마치 움직이는 벽처럼 보였다.

이 나무랄 데 없는 조화 속에서 유일하게 규칙을 깨는 것은 난쟁이였다. 그는 늘 입고 다니는 붉은 튜닉 자락을 휘날리며 건조된 몸이 실린 가마 주변을 뛰어다녔다. 매 순간 가마꾼들의 발걸음이 규칙적인지 확인하고, 길이 깨끗한지 꼼꼼히 살피고, 먼지 구름을 일으키는 사람들을 훈계했다. 아나마야는 다정한 눈으로 은밀히 그를 주시했다. 그는 몇 번을 펄쩍 뛰어올라 그녀 곁에서 기괴한 춤을 흉내냈다.

"공주님, 내가 보호해드린다는 걸 믿으시죠?"

"이제부터는 오히려 아저씨한테 내 보호가 필요한 것 아닌가요?"

"물론이죠. 그들이 쿠스코 사람들에게 나를 선물로 주려고 한다는 걸 아세요?"

아나마야는 그의 눈에 어린 공포를 알아차렸다.

"두려워요, 공주님. 유일한 군주님이 이불 더미 밑에서 나를 발견하셨을 때 이후로 이렇게 무서웠던 적이 없어요……"

그녀가 아무 대답도 하지 못한 채 그를 바라보자니, 그가 사람들의 비웃음과 야유 속에 서툰 춤을 추며 멀어졌다.

그들이 마을의 마지막 담장에 이르렀을 때 그녀의 이름을 부르는 소리가 들렸다. 아나마야가 가마 옆으로 고개를 내밀자 호위대의 경계선 너머로 인티 팔라가 보였다.

"아나마야! 날 가까이 가게 해줘!"

아나마야가 가장 가까이 있는 장교에게 신호를 하고도, 잠시 동안 더 행렬이 전진한 후에야 인티 팔라는 분신 형제의 가마까지 이를 수 있었다.

아나마야는 그녀의 눈이 울어서 붉게 충혈되고 잠을 못 자서 두 뺨이 쏙 들어간 것을 단번에 알아보았다.

"어디 아파?"

아나마야가 걱정스레 물었다.

"아니! 아냐, 그냥, 친구가 가버리니까 슬퍼서. 아마 우리는 다시 만날 수 없겠지?"

인티 팔라가 빨리 걸으며 웃었다.

"누가 알아? 네가 쿠스코에 오면……"

"아타우알파 군주님은 절대로 쿠스코에 가려고 하지 않을 거야! 난 알아. 그는 절대 안 가."

인티 팔라가 노기를 띠며 투덜거렸다. 갑자기 냉랭한 빛이 반짝이는 눈으로 그녀가 덧붙였다.

"아버지가 지명하셨다고, 아타우알파 군주님을 설득하지 못했다니 정말 유감스럽구나! 쿠스코의 두 형제를 위해서 한 것처럼 말이야. 우아라치쿠 날엔 그들이 이기게 해주었으면서. 이제 그들을 다시 만나겠구나!"

"인티 팔라!……"

그런데 인티 팔라가 아나마야의 손을 움켜잡고 다급히 말했다.

"아냐 아냐, 널 원망하지 않아. 내 잘못이었어, 나도 잘 알아! 너도 할 수 없는 일들이 있지…… 잘 알아……"

인티 팔라의 표정이나 어조에는 그녀의 말과 어긋나는 뭔가가 있었다. 하지만 아나마야는 마음에 두고 싶지 않았다.

"널 생각할게. 잊지 않을게, 인티 팔라."

인티 팔라가 미소 지었다. 그녀의 눈이 또다시 눈물로 흐려졌다. 그 눈물이 무엇을 의미하는지는 알 수 없지만. 그녀는 아나마야의 팔을 어루만지고, 뱀이 그려진 황금 팔찌를 돌렸다.

"이걸 너에게 준 사람이 나라는 걸 잊지 마, 아나마야. 난 너의 친구야! 그리고 아타우알파 군주님이 유일한 군주가 되게 해줘!"

18

1529년 3월, 톨레도의 도로

아침부터 지독한 더위 속에 그들은 앞으로 나아갔다. 절기에 비해 끔찍이도 더운 날씨가 내내 이어졌다.

돈 프란시스코 피사로가 맨 앞에서 가고, 그리스인 페드로가 그 뒤를 따르고, 가브리엘과 세바스티안은 좀더 멀찌감치 떨어져서 나란히 가고 있었다.

그들 뒤로는 기이한 행렬이 이어졌다. 대서양을 건너온 여섯 마리 라마 중 두 마리는 흑인 세바스티안의 안장에 묶인 끈 끝에서 몸을 좌우로 흔들고 있었다. 라마들은 진짜 먹이라도 먹는 양 허공을 씹고, 놀란 사슴처럼 커다란 눈을 동그랗게 뜨고 카스티야의 들판을 바라보는 것 같았다.

또 그 뒤로는 미늘창을 든 왕의 병사 십여 명이 신기한 물건을 잔뜩 싣고 삐걱거리는 세 대의 수레를 건성으로 에워싸고 있었다.

짐수레 의자 위에서는, 귀한 초상화 속 인물처럼 생긴 황금의 나라 출신의 두 인디언이 색깔 있는 튜닉을 입고 노새 몰이꾼과 함께 카스티야어를 연습하고 있었다. 그들은 많은 단어를 놓치긴 했지만, 험악한 분위기 속에 그들을 교육시킨 스페인 사람들을 몹시 즐겁게 해주었다.

조금 전부터 세바스티안은 가브리엘의 찌푸린 낯을 곁눈질로 살피고 있었다. 이윽고 그가 웃음을 겨우 감추고 물었다.

"돈 가브리엘, 말씀해보세요. 스페인 사람들은 모두 나리처럼 거만한가요?"

가브리엘이 험악한 시선으로 그를 쏘아보았다.

"인도제도의 흑인 노예들은 모두 너처럼 무례하냐?"

"이봐요, 나리! 난 내가 누구인지 잘 알아요…… 흑인이고 노예라는 것, 결코 잊지 않고 있습죠. 하지만 또한 페루의 황금 왕국을 발견한 사람 중 하나이기도 하지요!……"

세바스티안은 겁내는 척 눈을 굴리고는 웃음보를 터뜨렸다.

"그래서 어쩌자는 거야?"

"대장에게 '풋내기 학생' 취급을 받을 때마다 인상을 구기다니!"

가브리엘은 분해하며 어깨를 으쓱했다.

"난 오래전에 대학 입학 자격자가 되었어. 풋내기 학생이 아니라고! 저 무식한 늙은이는 분명히 그 차이도 모르겠지! 하지만 이번만은 기필코 알아야겠어. 그가 다시 떠날 때 인도제도로 그를 따라가겠다는 내 지원을 받아들일지 말이야…… 내 필치와 학식과 생명을 그를 위해 바치겠다고 말한 게 보름 전이야! 그런데도 내게 대답해줄 생각조차 안 해. 그의 눈에는 내가 길가의 돌멩이보다 못한 존재라고!"

"세비야에서부터 나리를 먹여주고 있는 사람이 누굽니까? 엘시하, 코르도바, 모레나, 그리고 우리가 출발한 뒤로 머물렀던 모든 숙박지에서 나리의 잠자리를 제공한 사람이 누구냐고요? 하루 세 번 나리를 곁눈질하는 사람이 누굽니까? 그리스인에게 믿고 맡기면 아주 잘해줄 수 있는데도 그의 형제 에르난도의 편지를 읽어달라고 나리에게 부탁한 사람이 누구지요?"

가브리엘은 희망이 싹트는 가운데 조심스럽게 흑인을 쳐다보았다.

"농담하는 거 아니지?"

"더이상 어떻게……"

"빌어먹을! 그런데 왜 그는 페루 정복에 함께 나서자고 나한테 툭 터놓고 얘기하지 않는 거지?"

"돈 가브리엘, 솔직히 말해서 카를로스 왕이 이 일을 놓고 공식적으로 그를 지명하지 않은 이상, 피사로 대장은 아무것도 아니기 때문이지요. 지금 상태에서 그는 꿈 말고는 줄 게 없어요. 꿈은 말이죠, 돈 가브리엘, 그가 이미 숱하게 팔아먹은 상품이고요. 그를 매우 난처하게 만든 것이기도 하지요……"

가브리엘은 마차가 일으킨 먼지 속으로 조용히 말을 타고 가며 잠시 세바스티안의 말을 곱씹었다. 옳다고 인정할 수밖에 없었다.

피사로 대장은 그에게 꿈을 팔지도 않았는데, 며칠 전부터 그는 꿈속에서 살고 있었다. 스페인을 떠나 대양을 건너고 종교재판소의 모욕적인 상처를 완전히 씻는 것 말이다. 한 번도 아버지였던 적이 없는 아버지에게서 이번만은 멀어지는 것! 거기에서는, 그 미지의 나라에서는 다른 사람이 될 수 있으리라.

그렇다, 거기서라면 영광을 발견하고 이름을 떨칠 수 있으리라. 그러면 그를 모욕했던 이들에게 돌아와 복수하리라!

"사실대로 말해줘. 자네는 돈 프란시스코가 왕을 설득해 총독으로 임명될 거라고 생각하나?"

가브리엘이 세바스티안에게 불쑥 물었다.

흑인의 갸름하고 호의적인 얼굴에 웃음이 번졌다.

"이제껏 사람이건 동물이건 물건이건, 심지어는 대양조차 대장에게 저항할 능력이 있는 것은 아무것도 보지 못했습죠. 그의 참을성을 본받으세요, 돈 가브리엘!"

✲

그리스인 페드로가 그의 잡종 말의 고삐를 잡아당겼을 때는 다섯시가 다 되어 있었다. 잠이 깬 어린아이처럼, 그는 소나무와 삼나무 숲 출구에서 그들 앞에 불쑥 솟아오른 호화로운 광경을 손가락으로 가리켰다.

"톨레도인가?"

페드로가 놀라서 동그래진 눈으로 물었다.

가브리엘은 웃으며 그렇다고 했다.

타호 강의 구불구불한 굽이에 도사린 채 푸른 물 위로 불쑥 솟아오른 도시는 하늘에 꽂히려는 양 곶 위에 우뚝 서 있었다. 오후의 뜨거운 대기 속에서 집들은 단일한 벽돌 건축물을 이루고 있었다. 그 위에 찬란하고 거대한 알카사르 궁이 있었다.

톨레도. 도시 중의 여왕!

팔 킬로미터나 떨어진 곳에서도, 도시는 자기 의지대로 세계를 넓혀

가는 위대한 황제 카를로스 1세의 모든 권세를 첫눈에 말해주었다.

가브리엘은 놀라 넋이 나간 그리스인을 놀려주고 싶었지만 미처 입을 열 틈이 없었다. 돈 프란시스코 피사로가 사납게 급선회하는 말의 고삐를 잡아당겼다. 늙은 콩키스타도르의 강렬한 시선이 분노의 빛을 발했다. 수염에 파묻힌 입술 사이에서 쉿소리가 흘러나왔다.

"이봐, 뭐야, 그리스인! 대양 건너편에서 그 모든 걸 보고도, 내 옆에서 그 모든 걸 견디고도 벽돌 도시의 광경에 그렇게 놀란단 말인가?"

"용서해주세요, 돈 프란시스코! 그게……"

프란시스코 피사로는 손을 들어 그의 말을 막았다.

"쓸데없는 말로 침을 낭비하지 말게! 이제부터 어떤 상황에서도, 그 무엇에도 놀라지 말게. 더는 그 무엇에도 놀라서는 안 돼! 알아들었나, 페드로? 자넨 벽이 황금으로 뒤덮인 도시를 본 사람이야! 황금 말이야! 그걸 잊을 수 있나?"

그는 카스티야의 백열하는 빛 속에서 흔들리는 붉은 도시 쪽으로 방향을 돌리고 둔탁한 목소리로 덧붙였다.

"톨레도의 거물들을 꿈꾸게 해줄 사람은 바로 우리다!"

프란시스코 피사로의 엄한 시선이 한 사람 한 사람에게 꽂혔다. 가브리엘은 자기도 모르게 얼굴을 붉혔다.

"위대한 카를로스 황제가 필요로 하는 황금과 권력을 가져다줄 사람은 바로 우리다! 놀라운 구경거리는 바로 우리라고! 조금 있다가 우리가 도시의 문을 지날 때 사람들이 우리에게 환호를 보낼 것이다! 그런다고 놀라지 말게……"

프란시스코 피사로가 고함을 쳤다.

늙은 콩키스타도르의 회색 염소 수염이 거만함으로 떨리고, 그의 말이 비틀거리며 옆으로 제자리걸음을 했다. 그는 가볍게 박차를 한 번 가해 말을 제압했다.

그의 집게손가락이 또다시 그리스인을 가리키더니 흑인 세바스티안의 가슴으로 미끄러졌다.

"자네들 둘, 앞으로 몇 주간은 절대로 잊지 말게! 자네들은 수많은 죽음을 견뎠고 살아남았네. 자네들이 한 일은 어느 누구도 하지 못한 일이야. 자네들이 본 것은 아무도 보지 못한 것이네. 자네들은 벽이 황금 융단으로 장식된 성채 툼베스의 길을 걸었네. 인디언들이 길들인 맹수와 맞섰고! 자네들은 내 의도대로 인도제도에서 가장 부유한 왕국을 발견했네! 그리고 우리는 마땅히 우리가 받아야 할 것을 받으러 여기 온 것이네. 그것을 정복하는 명예 말일세! 나는 툼베스 왕국과 페루의 총독으로서 이 벽돌 도시를 다시 떠날 것이네…… 제기랄, 여기에서, 이 들판에서 자네들을 놀라게 할 수 있는 게 대체 뭔지 말 좀 해보게, 엉?"

아무도 대답하지 않았다. 귀뚜라미와 매미의 울음소리가 갑자기 귀청을 찢는 듯했다. 세비야를 떠난 뒤 처음으로, 가브리엘은 피사로 대장의 주름진 두 뺨에서 웃음을 보았다고 생각했다.

✲

돈 프란시스코가 옳았다. 놀라운 구경거리는 바로 그들이었다.

그들의 도착 소식이 알려지자마자 시민과 장인, 여자, 하인, 노인, 부자, 가난한 사람 할 것 없이 떼를 지어 산마르틴 문으로 몰려들었고, 으리으리한 성당까지 올라가는 꼬불꼬불한 골목길과 담벼락을 따라 늘어섰다. 어린아이들은 피에드라부에나 방향의 도로로 저만치 앞서 달려가 재잘대며 일행을 호위했다.

돈 프란시스코는 한 손으로는 안장 머리를 붙잡고 다른 한 손으로는 칼자루를 쥔 채 행렬을 뚫고 나아갔고, 그 뒤로 세 발짝 떨어진 곳에서 역시 위풍당당하고 말이 작아 보일 정도로 체구가 큰 그리스인 페드로가 호위했다. 그들이 지나갈 때 군중 틈에서 사람들이 모자를 벗자, 그들은 열 걸음마다 감사의 인사를 대신해 근엄한 눈길과 고갯짓으로 답례를 했다.

놀란 두 인디언은 불안해하기는커녕 미소 띤 자랑스러운 얼굴로 낯선 라마의 끈을 잡고 있었다. 어린아이들이 그들 옆으로 펄쩍 뛰어오르며 그들의 모직 옷을 만지려고 했다. 무표정한 마르티니요의 아름다운 얼굴, 넓은 뺨, 가죽처럼 누르스름한 올리브색 같은 낯빛, 활 모양의 가느다란 눈, 윤곽이 뚜렷한 입을 보고, 여자들이 조그맣게 비명을 지르며 두 손으로 입을 가렸다. 그중 한 여자가 옆에 있는 여자의 손목을 잡으며 속삭였다.

"저기 봐! 사람 같은데!"

"그런데 심술궂어 보여!"

수다스러운 여자가 펠리피요의 갸름하고 무뚝뚝한 얼굴과 불안한 눈빛을 가리키며 큰 소리로 말했다.

도시에서 이 킬로미터 떨어진 곳으로 지원을 나온 적은 수의 용병 무리가 짐수레 행렬을 에워쌌다. 오후의 맑은 태양 아래에서 페루의 황금이 빛을 내뿜었다.

세바스티안은 충동적으로 수레로 뛰어오르더니, 섬세한 얼굴에 청금석 눈이 박힌, 벌거벗은 남자 형상의 황금 조각상을 두 손으로 잡았다. 감탄의 외침이 터져 나왔다. 그러자 흑인은 색깔 있는 작은 끈들이 꽂힌, 핏빛 태양 모양의 커다란 가면을 들어 올렸다. 그는 그것을 자기 얼굴에 대고 으르렁거리면서 구경꾼들을 훑어보았다. 외침은 공포의 비명으로 바뀌고 여자들은 새된 소리를 내질렀다. 그는 계속해서 보여주었다. 정교하게 다듬어진 단지, 한 번도 본 적 없는 동물들의 조각상, 황금 라마, 끌로 새긴 듯한 은판, 단지, 컵, 조가비 목걸이, 황금 실로 수놓은 깃털 깃발…… 그 모든 황금이 눈부시게 반짝였다.

갈수록 더욱 혼잡해지는데도 행렬은 단 한순간도 멈추지 않았다. 사람들은 계속해서 신기한 물건들을 보고 싶어했다! 그들은 마차를 따라가며 애걸하고, 일행이 타고 가는 짐승 곁으로 슬그머니 다가가 암노새의 고삐를 움켜쥐다가 병사들의 위협을 받기도 했다.

이번에는 가브리엘이 순간 충동에 사로잡혀, 도기가 실린 두번째 수레로 뛰어올랐다. 자신이 직접 저 반대편 세상에서 가져온 것인 양 그는 사람 얼굴 모양의 물병을 들고 흔들었다. 물병이 어찌나 정밀하게 주조되고 채색되었는지 말이라도 뱉을 것만 같았다. 그 다음에는 새 모양, 발 모양, 손 모양, 이빨이 있거나 없는 물고기 모양의 도기, 황금색, 붉은색 또는 자주색으로 칠해진 이중 도기, 도마뱀 모양, 여자 모양, 호리병 모양, 괴물 모양의 도기, 심지어는 짝짓기하는 모양의 도기까지 내보였다.

한 민족의 모든 아름다움, 수천 년에 걸친 장인들의 노력으로 이루어진 모든 지식과 기술이 수백 개의 얼빠진 시선 앞에 펼쳐지며, 대양 저 건너편에서 진정 하나의 나라가 발견되었음을 증명해 보였다!

그 경이로운 물건들이 전혀 다른 종교정신에 의해 명명되고 길들여질 대성당의 광장에 이르려면 아직도 한 시간이 넘게 걸려야 했다. 그러나 마치 경이로운 페루를 향한 긴 여정이 이미 시작된 듯, 가브리엘의 가슴은 뜨겁게 불타올랐다.

19

1529년 4월, 리막 탐보

널따란 대로에는 포석이 고르게 깔려 있었다. 세심한 벽돌 공사로 세워진 중간 높이의 담벼락 두 개가 그 길을 에워싸고 있었다. 인부들은 돌이 부족할 때는 같은 높이의 창을 이용해 작업을 계속했었다. 오르막길에는 넓은 계단이 놓여 있어, 행렬은 그 계단으로 조심스럽게 나아갔다.

잉카를 위한 많은 양의 식량과 직물, 도기, 지역의 모든 자원이 보관된 당당한 성채인 탐보가 가까워지자, 숙박 준비를 위해 전령들이 오고 갔다.

도시마다, 지역 세력가인 쿠라카들이 우아이나 카팍의 건조된 몸이 자리잡고 있는 가마로 다가왔다. 그들은 공손하게 허리를 굽혔고, 그들의 어깨 위에는 무거운 돌이 올려졌다. 어느 곳에서나 미라에 대한 존경의 표시는 대단했다.

그렇지만 아나마야는 하루하루의 피로에 짓눌렸다. 투메밤바를 출발한 뒤로는 날짜 감각도 잃어버렸다. 그녀에게는 모든 숙박지가 똑같아 보였다. 얼마 전부터는 미라와 분신 형제를 마주 보며 오래도록 가마 안에 남아 있는 것을 그만두었다. 그녀는 자신을 잊고 여자들과 노인들 틈에 끼어 걸어가는 것이 더 좋았다.

때때로 빌라 오마는 강력한 족장들 대열에서 벗어나 그녀 곁으로 와서 걷기도 했다. 이제 그는 그녀를 존경 어린 눈으로 쳐다보았다. 때로 그것은 두려움에 가까운 경외심이기도 했다. 그런데 그는 근심스러운 얼굴로 엄숙히 동행했다. 긴 행렬은 날마다 소문에 몸을 떨었다. 사람들 얼굴에는 긴장감과 불안감이 서려 있었다…… 쿠스코에 가까워지고 있다는 것 말고는 이렇다 할 이유도 없건만, 북쪽에서 멀어지면 멀어질수록 두려움은 커져만 갔다.

그 무거운 분위기를 깨뜨릴 줄 아는 사람은 난쟁이뿐이었다. 그는 종종 행렬의 선두로 갔다. 지칠 줄 모르고 가마 앞길을 비로 쓰는 백여 명의 하인들 못지않게, 난쟁이도 길디긴 붉은색 튜닉 자락으로 길의 먼지를 쓸어 모았다.

그런데 그가 아나마야가 있는 곳으로 슬그머니 와서는 빠르지 않은 걸음으로 나란히 걸으며 물었다.

"공주님은 꿈을 꾸나요?"

"나를 꿈꾸게 만드는 건 바로 아저씨예요……"

난쟁이는 웃었다. 그는 아나마야와 주고받는 농담에 애정이 담겼다는 걸 알고 있었다. 서로에게 가슴을 열어 보인 첫날밤 이후로 맺어진 너무도 귀하고 조용한 우정…… 두 사람은 고인이 된 잉카의 가마를 뒤따르는 사람들과는 달랐다. 둘에게 쏠리는 시선에는 때때로 혐오감과 시샘이 가득 담겨 있었다. 두 사람에게 내일이란 불확실한 것투성이였다.

"우리에게 무슨 일이 일어날까요, 공주님?"

"어떻게 알겠어요?"

"공주님은 모든 걸 안다고 생각했는데!"

"놀리지 마요! 내게 보이는 거라면 아저씨한테도 보여요. 오고 가는 전령들, 아타우알파 군주님의 마을에서 학살이 벌어졌다는 소문, 그리고 우아스카르의 분노에 대한 온갖 얘기……"

난쟁이가 침울하게 웃었다.

"바로 그 때문에 우아스카르가 한시바삐 나를 보고 싶어하지요! 그에게 행운을 가져다주는 선물로 나를 주려나 봐요…… 그런데 그는 뾰족한 얼굴에 다리가 긴, 완전한 모습의 잉카가 아닌 사람은 모두 싫어한다고도 하던데요!"

"그가 나도 기다리고 있을 것 같아요."

아나마야가 중얼거렸다.

이번만큼은 그들의 농담이 끝을 맺지 못했다.

두 사람은 세차게 흐르는 강을 끼고 나란히 걸었다. 우기라서 노란 진흙으로 가득한 강은 마치 땅이 괴로워하는 것처럼 으르렁거렸다.

✲

오후에는 꽤 가팔랐지만 정성껏 손질된, 점점 넓어지는 길을 따라 리막 탐보 고원으로 들어섰다. 아나마야는 북쪽에서, 꼭대기가 화살처럼 정확히 골짜기의 두 사면으로 둘러싸인 산을 발견했다.

언제나 그렇듯 마을 사람들이 그들을 맞으러 달려와 가마 앞에 무릎을 꿇었고, 나팔과 피리 소리가 골짜기에 울려 퍼졌다.

탐보의 규모는 아담하지만, 신성한 광장에 서 있는 벽은 완벽하게 건조되어 있었다. 신전은 조화로운 균형을 이루었고 놀라운 기술로 결합된 신전의 반들반들한 돌들은 산마루 뒤로 사라지기 전의 마지막 햇빛을 받고 있었다.

검은 눈으로 울먹거리는 쿠라카는 의식에 필요한 것보다 많은 양의 치차를 눈에 띄게 마셔댔다. 그는 강력한 족장들 앞에서 과장되게 복종을 표시했다. 그가 유언 계승자들 앞에서 너무 오랫동안 무릎을 꿇고 있자, 여정에 지친 늙은 콜라 토팍이 끝내 역정을 냈다.

드디어 저녁 봉헌이 끝나자, 그들은 신성한 광장 위 언덕 중턱에 있는 한 칸차로 안내받았다. 세심하게 치워진 칸차의 방들에는 훌륭한 잠자리와 고급 도기와 창고에서 막 꺼내온 새 이불이 마련되어 있었다.

그날 저녁, 아나마야는 안뜰에 오래도록 머물렀다. 강물이 울부짖는 소리가 이제는 마음을 달래주는 숨결처럼 다가왔다. 마을 주변을 둘러싼 산비탈들은 황혼빛을 받아, 마을을 감싸 안은 꽃잎처럼 보였다. 칸차 바로 정면으로는 동쪽을 향해 깊고 좁은 골짜기가 뻗어 있었다. 반투명한 안개로 여전히 꽉 막혀 있는 골짜기는 짙어지는 어둠 속에서 기이하리만치 창백한 모습이었다.

아나마야가 보이지 않자, 빌라 오마는 근심 어린 낯빛으로 그녀를 찾아왔다. 그녀가 물었다.

"저 골짜기는 어디로 이어지나요?"

현자는 눈썹을 찌푸리며 그녀에게 경계의 눈초리를 보냈다. 아나마야는 그의 망설이는 기색에 놀라 그를 돌아보았다.

"나도 모른다."

이윽고 그가 퉁명스레 내뱉었다. 그의 어조는 거짓말을 감출 수 있을 만큼 단호하지는 못했다. 아나마야는 가슴속에서 분노가 치미는 것을 느꼈다.

"현자님! 저를 믿기까지 아직도 시간이 더 필요한가요? 제가 시련을 더 겪어야 하는 건가요?"

"네가 누구인지 안다. 이젠 네 마음을 알아. 그래서가 아니다……"

빌라 오마는 당황하며 미소 지었다.

"그럼 왜 제게 거짓말을 하시는 거죠? 저 골짜기에는 분명히 길이 있고…… 길은 그저 길일 뿐인데 왜……"

"아나마야! 너는 많은 것을 알고 있지만 아직 모르는 것도 많다. 그리고 모르는 게 더 나은 경우도 있는 법이다."

너무도 부드러운 그의 어조에 그녀는 마음이 누그러졌다. 짐짓 화난 척 장난삼아 말싸움을 계속하고 싶었지만 입을 다물었다. 그녀 옆에서 현자도 꼼짝하지 않았다.

거기, 그들 앞에서, 이제는 완전히 어둠에 잠긴 그 신비한 골짜기의 중심에서, 검은 지평선 위 첫 별들 사이로 공 모양의 불덩어리가 나타났다. 달과 비슷한 크기로 밤의 태양처럼 보이는, 옅은 노란색의 불덩어리. 그 뒤로는 바람에 날려 올라간 머리카락 같은 긴 꼬리가 있었다. 그런데 이상하게도 그것은 뛰어오르는 맹수보다 더 빨리 하늘에서 달아나는 것 같기도, 꼼짝 않고 있는 것 같기도 했다. 천천히, 아주 천천히, 그것은 더 캄캄한 산 그림자 위로 올라갔다.

아나마야는 신음을 내뱉으며 몸서리쳤다. 떨리는 목소리로 그녀가 속삭였다.

"현자님! 저게 무엇인지 말씀해주세요……"

그는 그녀의 떨리는 입과 공포로 휘둥그레진 맑은 눈을 돌아다보았다.

"우리가 투메밤바를 떠나기 전날 밤에 네가 본 것이 바로 저것이냐? 너를 공포에 질리게 한 것이 저것이야?"

그가 대답 대신 물었다.

아나마야는 두 팔로 가슴을 감싸 안고, 잔뜩 경직된 배 때문에 몸이 휘는 것을 느끼며 고개를 끄덕였다.

"네! 네, 저거였어요. 하지만 그때는 빨랐어요! 아주 빨리……"

빌라 오마는 그녀의 두 손을 잡고 뼈마디가 불거진 손가락으로 꽉 쥐었다.

"두려움을 버려라, 코야 카마켄. 네 영혼이 이끄는 대로 내버려둬. 조상들의 돌 안에서 여행했던 것을 기억해라. 두려움을 버리고……"

그녀는 눈이 아프도록 혜성을 뚫어져라 바라보았다. 그런데 현자와 손을 잡고 있기 때문인지 마음이 가라앉고 두려운 마음이 사라졌다. 그녀는 불현듯 뭔가를 깨닫고 비명을 질렀다.

혜성과 그 꼬리 모양은 왕의 머리띠에 박힌 쿠리긴그의 깃털과 꼭 같은 형태였다. 그녀가 아타우알파의 이마에서 보았던 것은 죽음, 파괴의 불이 아니었다. 그렇다! 그녀는 거기에서 유일한 군주의 상징을 보았던 것이다. 그날 저녁, 그녀가 하늘에서 본 것은 아들 아타우알파를 향한 인티의 신호였다!

"무슨 일이냐? 뭐가 보이느냐?"

현자가 초조하게 물었다.

아나마야는 그를 쳐다보았으나 감히 말하지 못했다. 그녀는 고개를 숙이고 고통스럽게 눈을 감았다.

"뭐가 보이느냐?"

다그쳐 묻는 현자에게 그녀가 대답했다.

"아무것도 안 보여요."

20

1529년 4월, 톨레도

"그러니까 그날 대양은 잔잔하고 미풍도 거의 불지 않았지만 대기는 잿빛이었어요. 그들이 수평선 위로 도착하는 건 보지 못했어요. 산크리스토발 호의 갑판 뒤쪽 식당에 있었거든요. 항해사 루이스가 말을 잘못했다고 나를 가두었는데, 난 수프 만드는 일을 맡고 있어서……"

세바스티안의 말에 그리스인이 진저리치며 투덜거렸다.

"수프라고! 네가 수프 만드는 법을 알고 있었단 말이야? 분명히 이집트콩 가루와 생선 대가리, 양배추 절인 소금물밖에는 남지 않았을 텐데! 내가 너를 잘 아는데, 수프를 진하게 만들려고 틀림없이 바구미를 넣었을 거야!"

키 큰 흑인이 억지 미소를 설핏 지으며 말을 이었다.

"해안이 너무 험해 배를 가까이 댈 수도 없는 상황에서 어디로 가는

지도 모르는 채 남쪽으로 질주한 지 삼 주가 지났죠…… 누군가 투덜거릴 때마다 루이스는 '난 그들을 느껴! 그들을 느낀다고! 그들은 아주 가까이 있어!' 라고 대답했어요."

최근에 새로이 열렬한 추종자가 된 베하르 공작이 돈 프란시스코에게 내준 집의 커다란 무기고 안으로 아침햇살이 깊숙이 파고들었다. 빛 속에서 먼지가 춤추며 떠다녔다.

가브리엘은 셔츠와 반바지 차림으로 땀을 뚝뚝 흘리면서 새 검을 주먹으로 불끈 쥔 채 동료들의 이야기에 귀를 기울였다. 셔츠를 풀어 젖혀 운동선수 같은 상반신을 드러낸 그리스인 페드로는 장갑으로 뺨을 문질렀다. 그의 눈이 추억에 젖어들며 안색이 어두워졌다.

세바스티안은 이야기를 계속했다.

"그러니까 난 수프를 젓고 있었어요. 그런데 갑자기 망을 보고 있던 니세뇨가 '배다! 배다! 좌현 앞쪽에 배다! 배!' 라고 소리치는 거예요."

"아! 내가 그 자리에 있을 수 있다면 내게 남은 이빨 열네 개라도 기꺼이 내줄 텐데. 자, 봐, 상상만 해도 내 팔에 털이 곤두서잖아!"

그리스인이 가브리엘의 어깨에 손을 올려놓으며 감동한 목소리로 말했다.

"그러니까 그게 그들이었던 건가?"

가브리엘이 숨을 몰아쉬었다. 세바스티안은 성급하게 말을 이었다.

"물론이죠! 거인의 손과 흡사하게 생긴, 아주 잘 만들어진 커다란 뗏목이었어요. 돛과 키도 갖추고 있었지요. 남녀 모두 스무 명쯤 되었어요. 그들 대부분이 우리를 보자 물로 뛰어들었어요! 생각해보세요, 돈 가브리엘. 그들이 있는 수면에서 보면, 산크리스토발은 분명 산더미만 한 나무가 떠 있는 것으로 보였을 거예요!"

"하지만 곧 그들이 평범한 미개인은 아니라는 걸 알 수 있었지. 그들은 언젠가 자네가 길에서 흔들어댔던 그 튜닉을 입고 있었어. 그중 한 사람이 있었던 것 같은데…… 아! 우리 통역자인 마르티니요와 펠리피요와는 아무 관련이 없고……"

그리스인이 강조했다. 세바스티안이 발끈해서 말을 가로막았다.

"그 사람은 똑바로 서 있었어요. 내가 그를 봤다고요, 내가!…… 돈 프란시스코처럼 꼿꼿한 자세였어요! 아주 곧은 시선으로, 망토를 걸치고 있었죠. 귓불에는 황금 마개 같은 것을 끼고서……"

흥분해 반짝이는 눈으로 더 말하고 싶어 안달이 난 그리스인이 가브리엘 앞에 큼지막한 손을 펴고 조용히 흔들었다. 세바스티안이 계속 말했다.

"그래요, 정확히 그랬어요! 황금 원반이 이 손바닥만 했어요! 역시 금으로 만들어진 고리로 원반을 귓불에 꿰었더라고요. 고리가 지나간 구멍이 어찌나 큰지 내 손가락 두 개가 들어갈 수 있을 정도였어요! 정말이에요, 난 거짓말하지 않아요!"

페드로는 허공을 응시하며 꼼짝도 하지 않았다. 세바스티안이 말을 이었다.

"귀에만 황금이 있는 게 아니었어요! 산크리스토발이 뗏목에 바싹 다가가자, 루이스가 인디언에게 배로 올라오라고 신호를 보냈어요. 그러자 인디언이 망토를 열어 젖혔죠. 세상에! 황금으로, 그자는 턱부터 배꼽까지 황금으로 덮여 있었어요! 또 손목에도…… 그렇지, 페드로?"

"그렇게들 말하더군, 루이스와 다른 사람들이……"

페드로가 중얼거렸다.

가브리엘은 안절부절못하며 관자놀이의 땀을 닦고 눈을 감았다. 같은 명상에 잠긴 듯, 세 사람은 침묵에 사로잡혔다.

"인디언 군주로군."

가브리엘이 중얼거렸다.

다른 두 사람은 고개만 주억거렸다.

"돈 프란시스코가 정말로 페루의 총독이 된다면 맞서야 할 사람들 중 하나인 거지!"

그리스인이 몸을 흔들며 투덜거렸다. 그는 손목을 잽싸게 내저어 방의 더운 공기를 가르며 먼지의 소용돌이를 일으켰다.

"이제 그만! 그 교훈을 되새겨야 할 때야. 똑바로 서서 경계할 것! 언젠가 그 인디언들과 마주해 온전히 남아 있기를 바란다면, 이봐, 풋내기, 검을 그렇게 쥐면 안 되지! 젠장, 그건 국자가 아냐! 티에르스에서 셉팀*으로 옮겨가야 진짜로 사람을 죽일 수 있는 거라고! 자, 연습해!"

그리스인이 종종걸음으로 뒤로 물러나자, 가브리엘은 한숨을 쉬며 의자에서 일어섰다. 그는 무릎을 약간 구부리고 상반신을 똑바로 펴며 자세를 잡았다. 그러나 검을 잡은 손은 원하는 만큼 유연하고 굳세지 못했다. 그리스인은 가르치는 사람답지 않게 난폭하게 칼날을 휘두르며 가브리엘의 칼날을 후려쳤다.

"티에르스, 높은 포지션으로 왼쪽 장딴지로 밀어붙여, 이렇게!"

칼날이 쨍그랑 소리를 냈다. 그리스인은 왼쪽으로 비켜서며 교묘히 피했다. 그러고는 칼날을 비스듬히 해서 되돌아왔다. 그러자 가브리엘의 칼날이 잔가지처럼 튕겨 나갔다. 그 충격에 휩쓸려 가브리엘의 몸이

---

* 펜싱 용어의 한 가지. 펜싱에는 자기 검을 상대의 검과 교차시키는 여덟 개의 교차 포지션이 있는데, 그중 티에르스는 오른쪽 가슴 바로 윗부분을, 셉팀은 왼쪽 가슴 바로 아랫부분을 가리킨다.

휘었다. 보호구가 없었다면 그리스인의 칼에 손이 베일 뻔했다.

"아냐! 아니라니까! 셉팀은 낮은 방향으로 안쪽을 향해 찌르는 거라구! 자넨 벌써 그곳의 황금으로 귀를 틀어막은 모양이군! 팔을 올려. 팔목을 하늘을 향해 돌리고 찔러…… 이렇게! 아주 간단해, 빌어먹을!"

페드로가 소리쳤다.

그것은 그리 간단하지 않았다. 하지만 약간 오기가 뻗친 가브리엘은 용기를 내어 다시 시작했다. 몇 분 동안 격한 검술 수업이 계속되었다.

세바스티안은 미소를 머금고 두 남자가 검을 휘두르는 것을 지켜보았다. 단호한 눈빛으로 검술에 열중해 있던 가브리엘은 곧 가쁜 숨을 몰아쉬며 더 큰 자신감을 드러냈다. 그의 공격은 깔끔했고 움직임도 더 자연스러워졌다. 그리스인은 고양이처럼 민첩하게 자기 자리로 들어갔다가 빠져 나왔다. 그의 공격은 노련하고 여유 있었다. 그의 칼날이 진동하며 튀어올랐다. 갑자기 가브리엘이 비명을 질렀다.

"이런, 바보 같으니!"

그리스인이 펄쩍 뛰어 뒤로 물러나며 이맛살을 구기며 소리쳤다.

"괜찮아."

가브리엘이 어깨에 손을 대며 중얼거렸다.

"피가 나잖아요."

세바스티안이 다가가며 말했다.

"왜 나한테 달려들었지?"

"피하려는 거였지. 하지만 괜찮아……"

가브리엘이 약간 창백한 얼굴로 불쌍하게 말했다.

"셔츠 벗고 어디 좀 봐. 모를 일이니까!"

가브리엘이 셔츠를 벗었을 때, 가브리엘의 어깨에서 발견된 것은 깊지 않은 칼자국만이 아니었다.

"아니…… 이게 뭔가?"

페드로가 눈살을 찌푸리며 물었다.

"별거 아니야. 태어날 때부터 있던 점이야!"

가브리엘이 셔츠로 상처를 닦으며 말했다.

페드로는 조금 거칠게 가브리엘을 돌려세우더니 그의 등에 묵직한 손을 갖다 댔다.

"태어날 때부터 있던 점이라…… 세바스티안! 이거 보고 뭐 생각나는 거 없어?"

"있지. 툼베스에 들어가기 전에 만났던 커다란 고양이! 우리를 잡아먹으려고 했잖아!"

가브리엘은 어깨를 가리며 언짢은 기분으로 그들의 말을 피했다. 그런데 계속 더 놀릴 거라는 가브리엘의 예상과는 달리 두 사람은 생각에 잠겨 있었다.

"이봐, 친구. 이것 참 대단히 기묘한 우연인걸!"

"도대체 무슨 말을 하는 거야?"

"거기 페루에서 어슬렁거리던 기이한 고양이 말이야. 통역자들 말로는 인디언 군주들이 그 고양이를 대단히 존중한다더군."

"이건 그냥 점일 뿐이야. 자네들 마음대로 형태와 의미를 부여할 수야 있겠지!"

가브리엘이 역정을 냈다.

페드로는 더는 아무 말도 하지 않고 가브리엘을 쳐다보며 고개를 끄덕였다.

하지만 붕대를 감도록 몸을 내맡긴 채 얼굴을 찌푸리고 있는 가브리엘은 희망의 돛처럼 기대감으로 가슴이 부풀어 오르는 것을 느꼈다.

21

1529년 4월, 톨레도

캄캄한 밤. 늦여름의 거친 비바람이 톨레도 북부에서 포효했다.

가브리엘은 안락의자에 파묻혀 깊이 잠들어 있었다. 그리스인의 큼지막한 글씨로 뒤덮인 종이들이 그의 손가락에서 미끄러져 붉은 타일 바닥에 흩어졌다.

감옥의 어둠 속에서 울리는 소리와 흡사한 돌쩌귀 삐걱거리는 소리가 그의 악몽 속으로 파고들었다. 그는 소스라치게 놀라 잠에서 깨어났다. 입을 벌린 채 타는 듯한 가슴으로 벌떡 일어섰다. 눈을 희번덕거리며 영문도 모르는 채 방의 짙은 어둠을 노려보았다.

그러고는 한동안 악몽 속 자신의 모습을 보았다. 옷이 찢긴 채 어깨를 드러내놓고 수척한 모습으로 뚱뚱한 재판관을 향해 팔을 내밀며, 발치에 누워 있는 도냐 프란세스카를 살려달라고 애원하는 자기 모습을!……

그런데 아니었다. 그는 정신이 들었다! 발치에는 그의 고리 달린 신발에 밟힌, 글씨가 씌어진 종이만 누워 있을 뿐이었다.

그는 꿈속에서도 떠나지 않는 그 어리석은 환각과 두려움에 볼멘소리를 내뱉었다. 그는 종이를 주우려고 무릎을 굽혔다. 그때 뭔가 스치는 소리가 들렸다. 무언가가 있다는 실제의 신호였다.

그가 다시 일어서는데, 어떤 형체가 촛불 빛 안으로 들어왔다. 어둠보다 더 까만 두 눈동자가 가면 같은 매끈하고 사나운 얼굴에서 빛났다.

"이봐! 여기서 뭐 하는 거야?"

그는 인디언 펠리피요를 알아보고는 숨이 멎을 정도로 놀라서 소리쳤다.

펠리피요는 고양이처럼 소리도 없이 들어왔다. 헝겊조각을 대서 기운 짧은 바지를 입은 탓에 많이 걸어 탄탄해진 마른 장딴지가 드러났다. 어깨에는 갈색 이불 같은 것을 덮고 있었다. 윤곽이 뚜렷한 입매는 무척 거만해 보였다. 그가 미소 지었다.

가브리엘은 건성으로 종이를 주우며 감정을 숨겼다. 꽉 끼는 윗옷 소매의 먼지를 털면서 그가 다시 물었다.

"무슨 일이지?"

펠리피요가 미소를 거두었다. 카스티야어의 노래하는 듯한 말투를 엉성하게 흉내내는 목소리로 그가 말했다.

"대장님이 보자십니다."

"지금, 이 밤중에?"

"대장님이 '지금 가!' 하고 말했어요."

어법이 확실치 않은 대신 어조는 단호했다. 그러나 너무 무겁고 속을 알 수 없는 인디언의 시선 때문에 가브리엘은 불편했다.

"대장님이 왜 나를 만나고 싶어하시지?"

인디언이 다시 웃었다.

"그는 펠리피요에게 자기 생각을 말하지 않았어요."

가브리엘은 그의 말을 고쳐주지 않을 수 없었다.

"아냐. '돈 프란시스코는 제게 아무 얘기도 하지 않았어요' 이렇게 말해야지."

인디언은 대답 없이 동의를 표했다. 그의 태도가 어찌나 무심한지, 가브리엘은 한마디 해줘야겠다고 생각했다.

"카스티야어를 정확히 말하는 법을 배워야 해, 펠리피요. 그렇지 않으면 좋은 통역자가 될 수 없어!"

펠리피요는 말이 없었다. 가브리엘은 어깨를 으쓱하고는, 손 안에서 그리스인의 종이를 굴리며 돈 프란시스코가 내용을 알고 싶어할 경우를 대비해 간직해둬야겠다고 생각했다. 그러고는 윗옷 단추를 채우고 문 쪽으로 걸어갔다.

"자, 가자!"

그가 한숨을 쉬며 말했다.

인디언은 돈 프란시스코의 방문 앞에 이르러서야 가브리엘을 혼자 남겨두었다. 인디언은 주먹으로 문을 한 번 치더니 기다리지도 않고 문을 밀었다. 가브리엘은 문턱을 넘어서며 인사할 준비를 했다. 그러나 자신을 기다리고 있는 광경에 놀라 말문이 막혔다.

방은 오십여 개의 촛대로 불을 밝히고 있었다. 대낮보다 더 환했다. 닫집이 있는 넓은 침대 맞은편에, 프란시스코 피사로가 아기 예수와 장미를 안은 성모 마리아가 그려진 작은 그림 앞에서 머리를 숙인 채 무릎을 꿇고 있었다. 기도하기 위해 그는 전투복까지 꺼내 입고 있었다!

그간 거쳐온 온갖 공격에 울퉁불퉁 녹이 슨 강철 가슴받이, 견장, 허벅지를 싸고 있는 판이 눈부신 촛불 아래 반짝였다. 그의 무릎 옆 바닥에는 토끼풀 모양의 보호구, 정교한 돋을무늬가 새겨진 둥그스름한 손잡이가 달린 검과 모자가 놓여 있었다.

화석처럼 굳어진 가브리엘은 점점 더 가까워지는 천둥 비바람 소리 너머로 돈 프란시스코의 열렬한 기도 소리를 들었다.

"성모 마리아님, 성모님은 저를 한 번도 저버리신 적이 없었나이다! 늘 제 어깨에 손을 올려놓으셨지요. 폭풍 속에서 제 배를 인도해주셨고 온갖 함정에서 제 목숨을 구해주셨습니다. 성스러운 동정녀여, 말씀드리건대, 성모님은 저를 인도하시는 목소리입니다. 성모님께서 제게 더 많은 것을 바라신다는 걸 알고 있습니다. 성모님은 성모님의 힘과 빛이 페루의 황금벽 위에서 반짝이기를 원하십니다. 오! 너무도 성스러운 성모님, 그곳으로 저를 인도해주시리라는 것을 알고 있습니다. 카를로스 왕이 저를 받아들이고 제 말을 듣게 해주십시오! 제가 아침에 일어나 한없이 초조하게 기다리는 것은 성모님을 위해서입니다! 자애로운 어머니여, 저를 버리지 마시옵소서. 성모님의 품안에 막 태어난 아기처럼 페루를 안겨드리겠습니다. 제가 그렇게 하겠습니다. 언제나 사랑스러운 성모님의 아들인 제가 말입니다…… 아멘!"

돈 프란시스코 피사로는 성호를 긋고 성모상에 입을 맞추었다. 그러고는 젊은이처럼 유연하게 다시 일어섰다. 그는 검을 차고 가브리엘 쪽으로 돌아섰다.

다른 때라면 사발처럼 움푹 들어간 뺨에 밀랍 같은 낯빛으로 방 한가운데에서 그렇게 가슴받이를 입고 있는 그가 우스꽝스럽게 여겨졌을 것이다. 익살스럽고 거짓말 잘하는 미치광이 늙은이라고! 그런 늙은이가 세상 반대편에 있는 나라를 정복할 수 있다고 상상이나 할 수 있겠는가?

하지만 가브리엘은 그에게 경탄할 수밖에 없었다.

"자네는 가끔 기도하나, 젊은이? 성모님을 사랑하나?"

돈 프란시스코가 눈썹을 찌푸리며 물었다.

"저…… 그렇다고 생각합니다."

가브리엘이 우물우물 말했다.

"생각한다고! 아!…… 난 날마다 기도한다네. 성모님은 수없이 내 생명을 구해주셨지. 성모님의 뜻이 없었다면, 이미 오래전에 내 혈관의 피가 멈췄을 걸세…… 성모님은 나보다 더 페루를 원하고 계시지!……"

그의 목소리는 거칠었지만 깜부기불 같은 눈빛은 그렇지 않았다. 그는 방을 가로질러 가서 창문을 열고, 어둠 속에 줄무늬를 그리고 있는 번갯불을 바라보았다. 벼락이 잠시 그의 회색 수염과 강철 가슴받이를 푸른빛으로 감쌌다. 천둥소리가 요란하게 울리는 가운데 그가 몸을 돌리더니 눈썹을 찡그리며 가브리엘을 훑어보았다.

"그리스인 페드로의 말로는 자네의 검술이 좋아지고 있다더군. 좋아. 글을 읽고 쓸 줄 아는 것만으로는 콩키스타도르가 되기에 충분치 않지! 또 자네의 등에 운명의 점이 있다고 하던데……"

"그건 그저 태어날 때부터 있는 점일 뿐입니다!"

"음."

돈 프란시스코는 번개가 치고 천둥이 우르릉거리는 동안 말없이 서 있었다. 그러더니 불쑥 덧붙였다.

"내 동생 에르난도는 자네 같은 풋내기를 좋아하지 않아. 에르난도는 내가 자네를 해고하길 바라네."

"왜지요? 우린 서로 잘 모르는 사이인데요……"

"동생은 감옥에서 나온 사람들을 신뢰하지 않거든."

가브리엘은 자신이 창백해지는 것을 느꼈다. 그러니까 돈 프란시스코가 한밤중에 자기를 부른 것이 바로 그 때문이란 말인가! 아버지가 그랬던 것처럼 간단히 그를 내쫓기 위해서?

하지만 돈 프란시스코의 시선은 미소라도 띤 듯 보였다.

"우울해할 것 없어, 풋내기! 나 역시 감옥에서 나왔잖나! 에르난도는 자기 바람을 말하는 것뿐이고, 결정은 내가 하네. 알겠나? 내 동생은 단지 자기가 감옥에 가는 게 두려워서 그러는 건지도 모르지……"

돈 프란시스코가 얼굴을 찌푸렸지만 가브리엘에게는 미소처럼 느껴졌다.

"우선은 내 곁에 남아 있게."

대장이 다시 창문을 닫으며 말했다.

"우선은…… 그런데 언제 다시 출발하실 겁니까?"

"두고 봐야지. 내일 일을 누가 알겠나? 그 빌어먹을 면담 소식이 없어서!…… 자네가 쥔 그 종이뭉치는 뭔가?"

그는 가브리엘 곁으로 가까이 다가와 어깨를 거칠게 움켜쥐었다.

"대장님의 발견에 대해 그리스인 페드로가 쓴 보고서입니다."

"아! 페드로가 많은 얘기를 썼나?"

"예…… 제 생각으로는…… 많은 얘기가 있습니다!"

"그럼 그렇다고 해두지! 그는 잊어버렸을 텐데……"

주름이 패고 악천후와 전투에 망가진 돈 프란시스코의 얼굴에서 어찌나 비범한 힘이 뿜어져 나오는지, 가브리엘은 감히 숨을 쉴 수가 없었다.

"풋내기, 그리스인 말로는 자네가 이미 왕을 가까이서 보았다고 하던데."

"사실입니다."

"어떻게 생겼나?"

"그러니까, 음…… 그다지 크지 않아요. 대장님보다 작습니다. 그렇다고 아주 작지도 않고……"

"아니! 그건 나도 이미 알고 있어! 왕이 놀림을 받고 있는데, 자네는 그 이유를 아나?"

"턱 때문이지요."

"턱이라고?"

"턱이 지나치게 크거든요. 아랫니가 앞니보다 튀어나와 있어서 입이 완전히 다물어지지 않지요!"

"불쌍하군."

"대장님께서도 주의하셔야 할 겁니다. 그 때문에 왕이 하는 말을 잘 알아들을 수가 없거든요. 게다가 카스티야어는 왕의 모어(母語)도 아니고요. 왕은 입속말 하듯 우물거리지요……"

돈 프란시스코는 화가 나서 가슴받이를 두드렸다.

"나한테 그런 사실을 말해주지 않다니!"

"형님이 물어보셨다면 얘기해드렸겠지요!"

"에르난도!"

인디언처럼 소리 없이 문을 열고 들어온 돈 에르난도 피사로는 잔뜩 흥분하여 가브리엘의 눈을 쏘아보았다.

"왜 다들 이자의 얼빠진 소리에 귀를 기울이는 겁니까?"

에르난도가 분한 몸짓을 하며 내뱉었다.

밝은 곳으로 나온 그의 입가에 커다란 미소가 번졌다. 돈 프란시스코와는 달리 에르난도는 우아하고 말쑥한 미남이었다. 그의 꽉 끼는 자주색 윗옷과 무늬를 넣은 짧은 바지에서는 향기로운 냄새가 났다. 하지만 코는 붉고 작은 눈은 지나치게 불안해 보였다. 가브리엘을 무시한 채, 그는 웃음을 터뜨리고는 돈 프란시스코를 껴안으려는 듯 두 팔을 벌렸다.

"됐습니다, 형님! 됐다고요! 방금 로스 코보스 고문과 저녁을 먹었는데, 내일 아침이면 형님께서 면담 통지서를 받게 될 겁니다!"

돈 프란시스코는 신음 소리를 내며 성호를 그었다. 그러고는 성모상 쪽으로 달려가 성모상에 열렬히 입을 맞추었다. 곧 생기 넘치는 얼굴로 뒤돌아보며, 가브리엘과 에르난도에게 성모상을 흔들어 보였다.

"성모님이 원하신 거야! 성모님이 원하셨어! 자, 성모님께 입을 맞추고 무릎을 꿇게나!"

22

1529년 4월, 리막 탐보

매일 저녁, 신비로운 골짜기 위로 혜성이 지나갔다.

매일 저녁 해 질 무렵, 아나마야는 칸차를 가로지르고 신전을 돌아, 급류가 흐르는 곳까지 펼쳐진 광장에 이르는 계단을 내려갔다.

매일 저녁, 그녀는 아타우알파의 대관식을 '보고', 난쟁이에게도 현자에게도 말하지 못한 비밀스러운 공포에 사로잡혔다.

잠이 희망을 앗아갈까 두려워, 그녀는 어둠과 별과 불안에 둘러싸여 담장 위에 앉아 오랫동안 머물렀다. 나이가 많아 잠이 없어서인지, 아니면 젊은 코야 카마켄에 대한 애정에서인지, 그녀의 고뇌를 눈치챈 유언 계승자 콜라 토팍이 그녀와 함께했다.

남쪽과 북쪽의 모든 반란과 전장을 겪은 노병처럼, 밤마다 그는 그녀에게 과거를 이야기했다. 킬라의 젖빛 속 그의 얼굴은 사막의 모래땅처럼 금이 가 있었다.

"내일모레면 우린 리막 탐보를 떠날 게다. 유일한 군주님의 건조된 몸이 여행을 끝마치실 때가 된 거지."

그날 밤, 그가 아나마야에게 알려주었다.

늙은 유언 계승자는 류머티즘으로 굽은 손가락을 뻗어 마을 남동쪽의 가파른 비탈을 가리켰다. 투석기 돌들이 날아들었던 것처럼, 그곳 초목을 반듯이 가른 대로가 곡선 하나 없이 고개를 넘어갔다.

"너는 곧 퓨마를 보게 될 게다……"

유언 계승자가 쉰 목소리지만 단호하게 말했다.

"퓨마요?"

"퓨마의 도시. 그래, 쿠스코, 우리의 수도, 우리의 신전 코리칸차 위로 태양이 수많은 빛으로 반사되는 그곳 말이다…… 그 옛날 망코 카팍과 마마 오클로가 비라코차의 의지에 따라 세운 도시. 하루는 그들이 주변의 산꼭대기에 도착했지. 그들이 평원을 바라보는데 평원에서 강 주위로 퓨마의 형상이 나타났단다……"

아나마야는 사방위 제국의 강인함을 일구어낸 인간과 신이 출몰하는 이야기를 들으며, 음악처럼 울리는 말소리에 몸을 맡겼다.

이따금 그는 입이 말라 말을 멈추었다. 그럴 때면 쭈글쭈글한 손을 아나마야의 섬세한 손에 올려놓았다. 마치 거기서 약간의 힘이라도 얻으려는 듯 웃으면서 그녀의 손을 쓰다듬고 다시 이야기를 시작했다.

*

동틀 무렵, 세찬 빗줄기를 뚫고 우아스카르의 사자(使者)들이 도착했다.

매일 새벽 그렇듯이, 신관들은 흰 라마를 제물로 바치고, 미라를 따르는 모든 세력가들은 봉헌을 위해 모여 있었다. 피가 신성한 돌 위로 흐르고, 치차가 성스러운 땅바닥을 흐르고, 유일한 군주의 건조된 몸 발치에서는 옥수수가 불탔다. 나팔과 소라고둥의 침울한 탄식이 산속에 울려 퍼졌다.

아나마아야는 짙은 잿빛의 낮은 하늘을 향해 눈을 들다가 사람들이 북쪽 고개를 넘어오는 것을 보았다. 비 젖은 망타를 입은 열두 명 정도의 병사들로, 광대하게 펼쳐진 초록색 초목 위로 선명한 붉은색을 띠고 있었다.

그들이 마을에 도착했다. 그들의 손에는 무기, 투석기, 창, 특히 끔찍한 별 모양의 도끼들이 들려 있었다. 평화적인 데라곤 좀체 보이지 않았다. 이방인들처럼 광장 끄트머리에 말 한마디, 몸짓 하나 없이 의식과 무관하게 따로 떨어져 있었다.

빌라 오마는 평소답지 않게 애써 예의를 갖추며 그들에게 다가갔다. 그가 먼저 인사를 건넸다.

"잘 오셨습니다, 우리의 강력한 우아스카르의 사자들이여!"

"유일한 군주님 우아스카르요!"

장교가 고쳐 말했다.

장교는 젊고 투박한 사람이었다. 눈이 눈구멍 안에 너무 깊이 박혀 있어 어둠 속에 머물러 있는 시선이 잘 포착되지 않았다.

"우리는 저들을 찾으러 왔습니다."

장교는 미라 앞에 꿇어 엎드린 유언 계승자들을 무례하게 가리키며 말했다.

빌라 오마는 이내 침착함을 잃어버렸다.

"무슨 말을 하는 거요, 장교?"

"우리의 유일한 군주님께서 당신 아버님의 건조된 몸이 쿠스코에 도착하기 전에, 먼저 강력한 족장들이 와야 한다고 명하셨소이다."

"먼저? 이유가 뭐요? 그건 법에 없는 것인데……"

빌라 오마는 깜짝 놀랐다.

"저들이 유일한 군주님 우아스카르의 명령을 거부할 수 있을 것 같습니까?"

장교가 희미한 미소를 띠며 되물었다.

"글쎄요…… 저들에게 물어봐야 합니다. 저들이 바로 법이고, 또 법을 잘 알고 있는 사람들이니. 기다리는 동안 이리 와서 같이 식사나 하시지요……"

빌라 오마가 낮은 소리로 말했다.

그러나 장교는 거절했다. 기다리는 것도 거절했다.

사자들이 도착한 뒤로, 행렬들 사이로 긴장감이 팽팽해졌다. 여자들은 서로 쳐다보며 웅성거리지 않으려고 참았다. 난쟁이가 아나마야에게 다가왔다.

"저들이 우리 때문에 온 건가요?"

그가 불안해하며 물었다.

아나마야는 고개를 내저었다.

"아뇨…… 유언 계승자들 때문에요."

"저들이 미친 것 아닐까요?"

난쟁이가 중얼거렸다.

그런데 콜라 토팍이 위엄 있고 의연한 태도로 장교에게 다가가서 물었다.

"법에 따르면 군주님 아버님의 뒤를 이어 우리가 따라가도록 되어 있는데, 어째서 강력한 군주 우아스카르가 우리를 보자고 하는 거요?"

"유일한 군주님입니다, 유언 계승자님."

장교가 냉랭하게 경의를 표하며 고쳐 말하고는 다시 말을 이었다.

"그 이유는 말씀해주지 않으셨습니다. 어르신과 다른 모든 강력한 족장들이 저를 따라가야 한다는 것이 유일한 군주님의 명령입니다."

콜라 토팍은 빌라 오마와 다른 유언 계승자들을 향해 돌아섰다. 의아해하는 그들의 눈에 두려운 빛이 떠올랐다.

"무장을 하고 있구려, 장교. 우아스카르는 우리를 두려워하는 게요?"

콜라 토팍이 지적했다.

"유일한 군주님은 하루빨리 유언 계승자들을 곁에 두고 싶어하십니다. 단지 어서 빨리 아버님 소식을 듣고 싶어 그러시는 것 같습니다."

장교가 부드러워진 어조로 대답했다.

"아…… 우아스카르도 요 며칠 밤마다 하늘을 미끄러져 지나가는 혜성을 보셨소?"

이번에는 장교가 입을 다물고 시선을 떨어뜨렸다.

"우아스카르가 바라는 것은 법에 위배되는 것이오. 하지만 난 그를 화나게 하고 싶지는 않소. 그도 알고 있다시피 우리는 전쟁을 하러 가는 게 아니오. 난 그것을 증명해 보이고 싶소. 그를 안심시켜야 할 필요가 있다면, 내가 가서 그의 아버지 우아이나 카팍의 용기를 상기시켜줄 수 있지 않겠소?"

유언 계승자는 모두가 들을 수 있도록 큰 소리로 말했다.

장교는 따귀라도 얻어맞은 듯 자세를 바로 했다. 그는 야유를 담아 일침을 놓으면서도 침착성과 단호함을 잃지 않는 유언 계승자의 얼굴을 유심히 살폈다. 장교는 대꾸하지 않았고 어떠한 감정도 드러내지 않았다. 강력한 족장들의 가마에 다가가라고 명령할 따름이었다.

줄기차게 내리는 비를 맞으며 일동은 꼼짝도 하지 않았다. 산언덕들은 회색 빗줄기 장막 뒤로 사라지고 골짜기에는 안개가 자욱했다.

아나마야는 주변 사람들의 눈에서 공포를 읽었다. 빌라 오마는 눈을 감다시피 한 채 코카 잎을 씹고 있었다. 그는 자기를 바라보는 젊은 아가씨의 푸른 눈길을 느끼고는 고개를 돌렸다.

아나마야는 콜라 토팍에게 다가가, 그가 가마에 자리잡기 전에 그 앞에 무릎을 꿇었다.

"유언 계승자님, 어르신의 모든 가르침에 감사드리고 싶어요."

콜라 토팍은 그녀의 손을 잡아 일으켰다. 그는 미소 지었다.

"사람들이 네 곁에 가까이 있을 때는 밤에 잠들지 않는 게 좋다, 코야 카마켄!"

아나마야는 쭈글쭈글한 손이 제 손을 힘주어 잡는 것을 느꼈다.

"몸조심하세요, 유언 계승자님. 신중하게 행동하세요."

그녀가 아주 낮은 소리로 말했다.

콜라 토팍은 자신들을 주시하는 장교 쪽을 쳐다보며 혀를 끌끌 찼다.

"내 처지가 되면 더는 두려움이 없어진단다. 아나마야, 난 다른 세상으로의 마지막 여행을 바라는 나이잖느냐……"

그녀가 다시 몸을 굽혀 인사하려는데, 콜라 토팍이 가마에 자리잡기 위해 그녀의 어깨에 기대려는 듯 그녀를 자기 쪽으로 끌어당겼다.

"오늘 저녁 혜성을 잘 살펴보거라, 코야 카마켄! 난 네가 요즘 밤마다 무슨 생각을 했는지도 알고, 네가 감히 입 밖에 내어 말하지 못했다는 것도 안다. 혜성을 관찰하고, 네가 지금까지 그랬던 것처럼 아타우알파를 도와줘라. 그를 도와줘. 그는 네 도움이 필요하다. 법을 장악하고 있는 사람으로서 네게 부탁하는 것이다."

*

밤이 다가오자 광풍이 일어 나팔 소리처럼 온 골짜기를 울리고, 천둥과 벼락의 신 일라파의 분노를 이 산에서 저 산으로 메아리치게 했다.

신전 안만큼은 평온했다. 유언 계승자들이 떠나고 콜라 토팍의 마지막 말을 들은 뒤로, 아나마야는 가슴을 후벼 파는 두려움을 억누르며, 분신 형제를 받치고 있는 돌기둥 앞에 느린 몸짓으로 옥수수와 퀴노아를 내려놓고 분신 형제 주변에 치차를 흘렸다. 그리고 종종 그랬듯이 무릎을 꿇었다. 그녀는 오랫동안 유일한 군주의 황금 얼굴 앞에 머물러 있었다. 신전 안의 공기가 너무 습한 탓에 봉헌물을 태우는 불꽃이 겨우 붉은색을 띠었다.

뒤에서 바스락거리는 소리가 들렸다. 그녀는 빌라 오마의 조심스러운 발소리임을 알아차렸다. 그에게도 유일한 군주의 황금 얼굴 앞에서의 명상이 필요했던 것이다. 그의 옆모습이 어느 때보다 수척했다. 초췌한 얼굴은 여러 날 밤잠을 이루지 못하고 혜성의 신호를 헤아리기 위해 점술가들과 함께 신탁을 읽으며 오랜 시간을 보냈음을 말해주었다. 그의 입가에는 언제나처럼 초록색 코카 즙 자국이 남아 있었다.

그날 처음으로 아나마야는 그의 무력함을 감지했다. 그의 얼굴을 군어지게 만든 것은 굴욕의 분노였다.

"어떤 신탁이었나요?"

"아타우알파가 왕의 띠를 차지해야 한다는군."

"알고 있었어요!"

"그런데 넌 내게 아무 말도 하지 않았잖느냐……"

"저를 믿지 않으실 거라고 생각했어요."

빌라 오마는 낙담한 몸짓을 해 보였다.

"하기야 뭐, 아무래도 상관없지. 이제 북쪽과 남쪽의 전쟁은 피할 수 없게 되었으니 말이다! 우아스카르는 더는 법을 존중하지 않아. 아직 그럴 시간이 아닌데도 유언 계승자들을 곁에 두길 원해! 그들로 하여금 자기를 아버지의 후계자로 인정하도록 강요하려는 게지……"

"콜라 토팍은 받아들이지 않을 거예요!"

"그러면 우아스카르는 더 큰 모욕을 안겨줄 게다! 콜라 토팍의 승인 같은 건 필요로 하지도 않을 테고!"

"혜성이 우리의 유일한 군주로 자신을 지목하고 있다는 사실을 아타우알파가 알아야 해요. 군주님이 그 사실을 알아야 해요."

"그럼 그것으로 전쟁이 시작되는 게야! 넌 전쟁이 뭔지 모른다, 코야 카마켄! 전쟁은 제국을 파괴시킬 게다, 난 느낄 수 있어!"

"저도 전쟁이 뭔지 알아요, 현자님. 시킨차라 대장이 제가 어렸을 때 살던 마을에 와서 마을을 불태웠던 사실을 잊으셨군요. 제가 사랑하던 모든 사람들이 그날 죽었어요. 그리고 투석기 돌이 제 어머니를 후려쳤을 때 어머니는 제 손을 붙잡고 있었죠……"

현자는 입을 다물었다.

아나마야는 분신 형제의 황금 몸에 반사되는 불꽃의 희미한 빛을 바라보다가 여전히 평온한 목소리로 덧붙였다.

"전쟁이 뭔지 알아요. 현자님이 전쟁을 두려워하시는 걸 이해해요. 하지만 '오직 인티의 의지만이 있을 뿐이다' 라고 제게 가르쳐주신 분이 바로 현자님이에요. 저는 인티가 강력한 아타우알파를 지목한 것에 마음속 깊이 만족하고 있어요. 하지만 이제 아타우알파 군주님을 다시 만나뵈어야겠어요. 그분은 유일한 군주님이 제게 말씀을 하셨고 불덩어리를 보여주셨다는 사실을 아셔야 해요. 그분 자신이 더는 침묵 속에 있지 않으며 다른 세상 사람들이 그분에게 기대를 걸고 있다는 사실을 알아야 해요. 모든 징조가 그분을 우리의 유일한 군주로 지목하고 있다는 것을요. 그것이 인티의 뜻이라는 것을 말이에요…… 현자님, 아타우알파 군주님을 도와드리기 위해 제가 그분의 곁으로 돌아가야 한다면, 저 혼자라도 가겠어요."

빌라 오마가 놀라 입을 열지 못했다.

"넌 그럴 수 없다. 넌 쿠스코까지 분신 형제를 따라가야 해. 그게 법이다."

이윽고 그가 입을 열었다.

"쿠스코에서 일어나는 일 중 법에 어긋나지 않는 것은 이제 아무것도 없어요, 현자님. 유언 계승자님도 그렇게 말씀하셨어요."

아나야마가 일어나며 대꾸했다. 빌라 오마는 신전을 나서는 그녀를 낯선 여자처럼 바라보았다.

밖에서는 여전히 세찬 빗줄기가 얼굴을 후려쳤다. 이상하게도, 미래가 불확실한데도, 그녀는 마음이 진정되고 평온해지는 것을 느꼈다. 심지어 행복하기까지 했다. 그녀는 자신이 옳다는 것을 마침내 깨달았다.

그녀는 얄팍한 리클라를 여민 채 추위로 몸을 떨면서 인적 없는 광장을 가로질렀다. 비와 바람을 막느라 한 손을 들어 올리며, 여전히 혜성이 미끄러져 지나가는 골짜기 쪽으로 거의 반사적으로 시선을 던졌다. 슬프게도 하늘은 불투명하고 혜성은 구름에 가려 보이지 않았다. 유언 계승자들이 떠나간 남쪽 하늘 또한 어두웠다……

늙은 콜라 토팍에 대한 애틋함이 막 밀려오는 순간, 그녀는 젖은 풀밭에서 나는 발소리에 뒤를 돌아보았다. 그러나 아무것도 보이지 않았다.

그녀가 미처 비명을 지르기도 전에 커다랗고 억센 손이 그녀의 입을 틀어막았다. 누군가 바싹 다가와 인형처럼 그녀를 들어 올렸다.

23

1529년 4월, 리막 탐보

한마디 말도 없었다.

콜라 토팍은 주름진 손으로 흰 머리카락을, 다음에는 각이 진 강인한 턱을 쓰다듬었다. 예전에는 턱짓 한 번으로도 능히 명령을 내릴 수 있었다. 그는 무력감과, 스스로 인정하지 않을 수 없는 두려움에 화가 치밀었다.

탐보를 떠나온 뒤로 왜 우아스카르의 병사들은 한마디도 하지 않는 것일까? 왜 그와 시선이 마주치면 겉으로는 태연한 척하면서 거북한 듯 눈길을 돌리는 것일까?

오르막길에 이르렀을 때, 그는 아침에 자신에게 모욕당한, 눈이 움푹 들어간 호위대 우두머리를 불러달라고 했다. 하지만 헛수고였다. 그는 가까이 다가오지도 않았다. 콜라 토팍은 자신과 함께 있는 노인들이 혼란스러워하는 것을 느꼈다.

노호하는 급류를 따라 뻗은 길이 점점 좁아졌다. 길 위로 불쑥불쑥 튀어나온 나무들이 아치형으로 막혀 있어 대낮인데도 컴컴했다. 비도 오락가락했다. 콜라 토팍은 뼈마디가 시렸다.

밤이 내리자, 병사들은 가파르고 위험한 비탈길 중간쯤에 있는, 벽토로 지은 보잘것없는 몇 채의 오두막집 앞에서 멈췄다. 병사들의 우두머리가 드디어 콜라 토팍 쪽으로 내려왔다. 이번에는 그가 눈길을 돌리지 않았다.

콜라 토팍은 자신들 모두가 죽으리라는 것을 알아차렸다.

오늘밤.

여기서.

✻

"더 좋은 방법을 찾을 수는 없었어요?"

"당신이 소리 지르지 못하게 하려고 그랬어요!"

아나마야는 빗줄기가 내리치는 어둠 속에서 망코를 바라보았다. 어둠 속이었지만, 그녀는 그의 단단해진 윤곽을 알아보았다. 헤어진 지 불과 몇 주 되지 않았지만, 그녀는 흡사 산에서 뽑아 온 바위처럼 강건한 그의 얼굴에서 매부리코가 유난히 두드러져 보인다고 생각했다.

"병사들을 봤는데, 당신이 오기를 기다리면서 몸을 숨겨야 했어요."

"한참 기다렸겠네요!"

"내 아버지가 당신에게 말씀하실 줄 알았어요."

"무슨 일이에요, 망코?"

"우아스카르가 미쳤어요."

"미쳤다고요?"

"그게 하늘의 징조인지 아타우알파의 반란을 둘러싼 소문인지는 잘 모르겠지만, 쿠스코 사람들 모두가 알고 있어요. 우아스카르가 점점 더 자주 광적인 상태에 빠져든다는 걸요. 술 마시고 춤추다가 정신을 잃기도 하고, 자기 어머니를 아타우알파의 창녀 취급하면서 모욕하기도 하지요…… 창카족이 공격해 왔다면서 사크사우아만 요새의 탑들 사이에서 늑대처럼 울부짖고, 돌에 대고 투사로 변하라면서 욕설을 퍼붓기도 한대요……"

"그런데 당신은? 그리고 파울루는요?"

"지금까지는 그가 우리한테 그다지 관심을 갖지 않았어요. 하지만 우리에게 눈을 돌리게 되면 뭔가 배반을 꾀한다고 의심할 거예요……"

"우아스카르가 노인들을 데려오라고 명령했나요?"

망코의 눈에 놀란 빛이 어렸다.

"노인들을? 모르겠는데요."

"낮에 한 대장이 그들을 찾으러 왔어요. 미라의 도착을 준비하기 위해 우아스카르가 찾는다면서요."

망코는 벌떡 일어섰다. 아나마야도 따라 일어섰다.

"가요, 빨리 서둘러요."

"먼저 빌라 오마를 찾아가야 해요."

"초록색 입의 현자를요? 그를 믿을 수 있어요?"

그들 앞에는 횃불이 신전을 밝히고 있었다. 비 젖은 광장은 진흙탕이었다. 아나마야는 밀짚 샌들을 진흙탕에서 빼내면서 달렸다.

"현자는 알 거예요."

그녀는 확신에 차 말했다. 하지만 달리는 동안, 어쩌면 현자가 모를 수도 있겠다고 생각했다.

*

"당신들이 받은 명령이 뭐요?"

"우리에겐 명령이 아니라 의무가 있네. 고인이 된 잉카 우아이나 카팍의 미라를 쿠스코의 코리칸차 신전까지 호위하는 임무지. 다음번 태양신의 아들이 출현할 그곳까지 말일세."

"아타우알파한테 어떤 명령을 받았느냔 말이오?"

"아무것도. 하지만 그의 사절이 행렬 중에 끼어 있지. 그들은 잉카 우아스카르에게 형제의 충성과 선물을 가져가는 것이네."

"아타우알파의 진짜 의도가 뭐요?"

"반역을 의심하는 거라면 왜 우리를 쿠스코에 데려가서 심판하고 벌주지 않는가? 만약 우리가 죄인이라면 말일세. 마치 그 죄를 신들에게 비밀로 해야 하는 것처럼, 왜 우리를 이 산중 오두막집에 잡아두는 겐가?"

콜라 토팍은 약해지는 것을 느꼈지만 최대한 단호한 어조를 유지했다. 그는 흙바닥의 오두막집 안 기둥에 단단한 용설란 끈으로 묶여 있었다. 그의 동료들은 하나씩 하나씩 이마에 돌을 맞거나 가슴 한복판에 화살이 박혀 살해되었고, 그들의 피는 노호하는 강으로 흘러들었다.

이제 콜라 토팍 혼자 남았다.

어두운 눈빛의 대장은 호위대 병사들 모두를 밖으로 내보냈다.

"당신이 그들의 우두머리요?"

대장이 천천히 말했다.

"아닐세! 난 그저 유언 계승자들 중 한 사람일 뿐이네. 그래서 뭐가 어떻다는 겐가?"

"당신은 아타우알파, 그 반역자가 보낸 사람이오. 강력한 우아스카르 사파 잉카의 군대를 정탐하고 자기가 주도하려는 반란에 유익한 정보를 얻어내려고 말이오."

"터무니없는 소리…… 하찮은 늙은이 열 명이 정탐 행위를 하려고 미라의 가마 뒤에 숨는다니……"

대장의 눈에 의혹의 그림자가 스쳤다. 그는 콜라 토팍에게 다가와 쭈그리고 앉아서는 노인의 눈을 뚫어지게 들여다보았다.

"그들이 쿠스코에서 우리에게 그렇게 말했소."

"날 보게, 자네가 고문했지만 죽음의 문턱에서 고작 공포의 눈길밖에 끌어내지 못했던 내 동료들의 시체를 보게…… 실낱같은 단서라도 얻어냈다고 생각하는 건 아니겠지? 자네는 아무것도, 두 손에 묻힌 피 말고는 아무것도 얻어내지 못했네."

"당신도 죽은 목숨이오. 말하시오, 고문당하고 싶지 않다면, 당신 영혼이 퓨마에게 내던져지기를 원치 않는다면 말이오……"

"젊은이, 자넨 내게서 아무것도 얻어내지 못할 걸세. 신음 소리도."

대장은 대꾸 없이 조용히 일어섰다. 그는 노인의 손을 풀어주고 오두막집 밖으로 끌어냈다.

아름다운 밤이었다. 별들의 강이 가없이 평온하게 흘렀다. 콜라 토팍은 신선한 공기로 폐를 가득 채웠다. 사실 어찌 보면 눈빛이 냉혹한 남자는 그의 아들일 수도 있었다. 그도 전사로서의 거친 삶을 살아가는 동안 적의 목숨을 살려주지 않았으니 말이다…… 하지만 비열한 인간처럼 자신들이 방패막이로 삼고 있는 그 명령이 그릇된 정신의 산물임을 어찌 모르는가? 사방위 제국 안에서 혼란이 준비되고 있다는 것을 어찌 깨닫지 못하는가? 어떠한 말로도 그를 설득하지 못할 터였다.

콜라 토팍은 죽을 수밖에 없으리라.

병사들이 다가왔다. 두 사람이 그의 사지를 나누어 꽉 잡았다.

그는 우주에 흡수되어 평화를 얻을 수 있도록 최대한 눈을 크게 떴다. 바로 그 순간, 산 너머로 마지막 구름이 혜성의 빛을 받아 후광을 드러냈다.

십여 개의 손들이 그를 잡아당겼고, 투덜거리며 안간힘을 쓰는 소리와 함께 신음 소리가 들려왔다. 끔찍한 비명이 공기를 갈랐다. 그는 그 비명이 바로 자신의 가슴에서 새어 나온 것임을 곧 깨달았다.

그는 내동댕이쳐진 돌멩이가 바위에 부딪혀 산산조각 나듯 자신의 늙은 몸뚱이가 분해되는 것을 느꼈다. 그것이 그의 마지막 감각이었다.

*

난쟁이가 앞서 달렸다.

숲에서 태어난 그는 사람과 동물이 지나간 흔적을 읽을 줄 알았다. 옮겨진 돌, 부러진 나뭇가지, 짓눌린 수풀을 보고.

빌라 오마와 망코와 아나마야는 억눌린 가슴을 안고 조용히 뒤따랐다.

여전히 습기를 머금은 깜깜한 밤에, 별들이 하나 둘 차례로 빛났다. 갑자기 비명 소리가 들려왔다.

그들은 시체를 하나하나 찾아냈다. 어떤 시체는 길가에서 살해당해, 잠을 청하는 어린아이처럼 길게 누워 있었다. 또 어떤 시체는 괴상한 형체로, 악마 같은 끔찍한 몰골을 하고 있었다.

어떤 시체는 무거운 돌에 짓눌려, 등뼈는 부러지고 어깨뼈 하나는 살을 뚫고 나와 하늘을 향하고 있었다.

그들은 어느 시체의 벌어진 입에서 지독히 매운 붉은 고추씨를 발견했다. 숨이 끊기기 전에 내장과 온몸이 타들어가는 듯한 고문을 당했던 것이다.

사방에서 피와 조각 난 살점의 흔적이 발견되었고, 도처에서 단말마의 비명과 신음 소리가 환청처럼 들려왔다.

그들은 마지막으로 몸이 망가진 채 입이 비틀린 콜라 토팍을 찾아냈다. 그의 눈에는 아직 생명의 기운이 남아 있었다. 그것은 그가 참고 견뎌야 했던 고통을 초월한 마지막 자존심이었다.

아나마야는 무릎을 꿇고 앉아 그의 손을 잡았다. 비 내리던 정오에 눈이 움푹 들어간, 눈빛이 어두운 남자가 단호한 목소리로 명령을 내리던 그때처럼.

"살아남거라, 애야. 너의 푸른 눈빛을 간직해라……"

생명이 꺼져가는 노인이 말했다.

"왜요? 왜죠?"

노인은 안간힘을 다해 눈꺼풀을 들어 올렸다. 저 하늘 더 먼 곳, 그들에게 뿌연 빛을 비춰주고 있는 혜성 쪽을 가리키는 듯했다.

아나마야는 눈물이 그렁그렁한 눈으로 망코를 돌아보며 일어섰다.

"왜 이렇게 늦게 온 거예요?"

망코는 대답하지 않았다.

'할 말이 없는 거야. 난쟁이처럼 할 수밖에 없겠지. 먼지와 진흙을 쓸어 모으는 붉은 옷을 입고 춤을 출 수밖에, 쓰러질 때까지 춤을 출 수밖에.'

그녀는 생각했다.

"난 다시 떠나야 해요."

이윽고 망코가 입을 열었다.

아나마야는 빌라 오마를 향해 돌아섰다.

"그럼 우리는, 우리는 어떻게 해야 하죠? 탐보로 다시 가서 새로운 군대가 우리를 학살해주기를 기다려야 하나요?"

"두 분 역시 떠나셔야 해요. 이 말을 해주러 온 겁니다."

망코가 말했다.

"어떻게 생각하세요, 현자님?"

한순간 빌라 오마가 늙어 보였다. 얼굴은 여전히 침울했고 눈에는 어두운 그림자가 스쳤다.

"망코의 말이 옳다고 생각한다. 지금은 널 보호해야 하니까."

"파울루와 나는 쿠스코에 남아야 하지만 당신은 가서 아타우알파에게 알려야 해요."

망코가 서두르며 다시 말했다.

"그럼 미라는요? 분신 형제는요?"

"우아스카르가 아무리 미쳤기로 미라와 분신 형제를 파괴하지는 못해요. 당신은 살아야 해요. 당신 마음속에 말씀을 지니고 있잖아요."

하늘이 말끔히 개었다. 비를 뿌린 적도, 구름을 드리운 적도 없던 것처럼. 혜성은 더욱더 강렬한 빛을 발하고 있었다. 아나마야는 명확한 진실을 찾으려는 듯 푸른 눈으로 혜성을 응시했다.

망코와 현자는 말이 없었다. 아나마야는 숨을 들이마시고, 운명의 힘이 그녀를 뚫고 들어왔던 순간, 앞으로 일어나는 모든 일을 받아들이겠다고 온몸으로 느꼈던 순간을 떠올렸다.

난쟁이는 자기 키만 한 돌 위에 앉아 있었다.

"나도 공주님한테 그렇게 부탁해야 하나요?"

그녀는 미소를 지어 보이며 그의 머리카락을 헝클어뜨렸다.

"아저씨 말이라면 내가 무조건 따른다는 걸 잘 알잖아요."

"자, 가자, 서두르자."

빌라 오마가 말했다.

"어디로 갈 거죠?"

"날 따라오너라."

망코는 어둠을 뚫고 산꼭대기와 고원 쪽으로 사라졌다. 거기서 쿠스코로 돌아갈 터였다.

난쟁이와 현자와 젊은 처녀는 서둘러 움직였다.

24

1529년 4월, 톨레도

"왔어요, 녀석들이 왔어요! 오, 얼마나 멋진지 몰라요! 오, 국왕 폐하, 녀석들이 양처럼 온순해요! 게다가 크고요! 보세요, 보세요! 진짜 양모예요, 암양으로도 그보다 더 훌륭한 건 없을 만큼 아주 부드러워요. 오오! 예뻐라, 예뻐라, 예뻐라!"

익살광대의 목소리가 재잘재잘 솟구치며 웃음을 터뜨렸다. 왜소한 키에 비해 목소리는 쩌렁쩌렁 울렸다. 레이스와 인형 옷과 커다란 모자로 치장한 그는 짧은 팔을 공중으로 뻗은 채 이 라마에서 저 라마로 뛰어다니며, 라마의 배 밑으로 미끄러져 들어갔다가, 라마를 쓰다듬고 움켜쥐고 목으로 뛰어올라 텁수룩한 털에 뺨을 비비고는 다시 뛰어올랐다.

신경이 곤두선 채 산만하게 맴을 도는 라마 위에 올라탄 두 인디언

마르티니요와 펠리피요는 고삐를 당겨 라마를 잡아끌었다. 그곳의 호화로움과 으리으리함에 넋이 나가 기가 질린 인디언들은 눈을 휘둥그레 뜬 채 알아들을 수 없는 말을 주고받았다.

"워워, 그런데 이 바보 같은 놈들이 뭐라고 떠드는뎁쇼, 폐하!……"

땅딸보는 괴상한 소리로 인디언들 흉내를 내면서 그들의 망타를 잡아당기고 얼굴을 찌푸리며 그들 다리 사이에서 깡충깡충 뛰었다. 그러더니 실수인 척 펠리피요에게 답삭 엎어져 두꺼운 양탄자 위로 함께 넘어졌다. 그 바람에 고삐 풀린 라마가 왕좌를 향해 곧바로 질주하려 했다. 페드로가 펄쩍 뛰어, 쉰 울음소리를 내지르며 침을 내뱉는 라마를 붙잡았다.

"대체 이놈이 무슨 짓을 하는 거야! 제 녀석이 폐하께 버릇없이 군다는 걸 모르는 모양이지?"

익살광대가 라마 앞에서 겁에 질린 척 소리쳤다.

"라마는 화가 나면, 나리, 항상 이래요."

펠리피요가 힘겹게 말했다.

"라마는 화가 나면……"

땅딸보는 펠리피요에게 침을 뱉으며 우스꽝스럽게 반복했다.

군중은 폭소를 터뜨리고 박수갈채를 보내기까지 했다. 어릿광대 짓에 용기를 얻은 땅딸보가 모자로 펠리피요를 때렸다.

"폐하, 이놈은 다리가 두 개밖에 없는데 그걸 쓸 줄 모르나 봅니다…… 보세요. 비록 이놈은 장딴지에 털이 난 라마는 아니지만, 기꺼이 폐하의 양탄자를 뜯어 먹을 수 있을 텐데 말이에요!"

가브리엘은 돈 프란시스코가 모욕당해 분노로 하얗게 질리는 것을 보고 간이 콩알만 해졌다. 그의 가죽 장갑 낀 손이 검의 둥그스름한 손잡이를 사납게 매만지고 있었다. 그는 콧구멍을 씰룩거리며 왕의 단상 쪽으로 몸을 돌렸다. 그런데 젊은 왕비의 얼굴에는 엷은 미소가 스쳤고 카를로스 1세는 무표정했다. 빛나는 시선과는 전혀 어울리지 않게, 왕의 얼굴은 넙적하고 억센 턱 때문에 둔해 보였다. 그의 간단한 고갯짓과 찡긋하는 눈짓을 조금만 주의 깊게 살피면, 그의 인사에 빈정거림이 담겨 있지 않다는 것을 알아차릴 수 있었다.

돈 프란시스코의 마음은 곧 누그러졌다. 그는 최대한 우아하게 야윈 몸을 굽혔다. 모자의 초록색 깃털이 바닥을 스쳤다.

페드로가 라마의 끈을 잡고 있었고 세바스티안의 손짓에 마음을 가라앉힌 펠리피요는 서 있었다. 이번에는 가브리엘이 눈에 띄지 않게 한숨을 내쉬며 긴장을 풀었다.

그들은 스무 시간째 전투 태세를 갖추고 있었다. 돈 프란시스코가 더는 참지 못하고 한밤중에 그들을 깨웠던 것이다. 그는 똑같은 잔소리를 몇 번씩 해댔고, 꽉 끼는 새까만 새 윗옷의 먼지를 수시로 털게 했으며, 모자 깃털을 노란색으로 바꿨다가 다음에는 하얀색, 그 다음에는 붉은색, 그러다가 새벽녘에야 초록색으로 결정했다. 그는 두 인디언은 물론이고 페드로, 세바스티안, 가브리엘과 동생 에르난도 모두에게 성모상 앞에 무릎을 꿇으라고 수차례 명령했다.

동틀 무렵이 되어서도 기다림은 계속되었다. 태양이 뜨거워지는 동안, 그들은 손에 땀을 쥔 채 알카사르 궁의 화려한 정원에는 눈길도 주지 않고 성큼성큼 거닐면서 기다려야 했다. 그들의 시선은 멍하니 배는 움푹 꺼져 있었다. 정오가 되자, 그들은 거실로 안내되었다. 거실에서는 고래뼈로 부풀린 치마에 브뤼주* 산 레이스와 진주 보석으로 치장한, 커다란 깃을 세운 귀부인들이 투기장에서 곧 잡아먹힐 짐승을 쳐다보듯 가까이서 그들을 관찰했다.

황혼녘이 다 되어서야 그들은 대기실로 안내를 받았다. 페루의 도기와 직물, 갖가지 황금 물건이 긴 탁자 위에 펼쳐져 있었다. 안타깝게도 으리으리한 방 안에는 온갖 물건과 가구, 장식 융단, 그림 들이 하도 많아서, 그들이 가져온 물건들은 진기한 화려함에도 오히려 빈약해 보였다!

스페인에서 중요하달 만한 것은 모두 거기 모여 있었다. 겨울인 양 비단과 수단 옷을 입고, 유행하는 장신구를 주렁주렁 달고, 남자는 수염에 밀랍을 바르고 여자는 뺨에 붉은 칠을 한, 수많은 과장된 이름과 작위 들. 시선에서는 교만한 빛이 넘쳐흐르고, 입은 웃느라 벌어져 있었다.

가브리엘은 마치 자기가 익살광대에게 우롱당하는 페루의 발견자 돈 프란시스코인 양 마음이 착잡해져 수치심을 드러냈다……

그때 왕이 살짝 손짓해 웃음을 중단시키고, 휘파람으로 개를 부르듯 땅딸보를 불렀다.

"그만 해라, 에스테바니요!"

왕이 침착하고 분명한 목소리로 덧붙였다.

"그대 이야기를 들어보세, 피사로 대장."

무거운 침묵의 시간이 이어졌다.

돈 프란시스코는 갑자기 입이 떨어지지 않는 듯 보였다. 그의 형제 에르난도가 앞으로 나서서 입가에 미소를 띠며 몸을 굽히는데, 돈 프란

---

* 벨기에 북서부의 도시. 브뤼헤라고도 한다.

시스코가 한 손으로 거칠게 제지했다.

"그냥 있어. 내가 말할 테니!……"

그가 목소리를 낮추어 꾸짖었다. 그러고는 에르난도를 옆으로 밀치며 거친 목소리로 내뱉었다.

"전하, 저는 앞으로 영원히 스페인을 부유하게 만들어줄 황금 광산의 나라를 발견했습니다."

왕은 아무런 감정도 드러내지 않았다. 땅딸보가 왕 옆에 서서 비웃음을 흘렸다.

"황금! 황금! 황금! 우우, 사방에 황금이랍니다, 폐하!…… 과연 그럴까요! 저기 있는 커다란 양들은 분명 양털로 되어 있는데요!"

낄낄거리는 웃음소리가 번지는 가운데, 뜻밖에도 왕비의 맑은 음성이 그 소리를 가로막았다.

"피사로 대장, 우린 그 발견의 이야기를 대장의 목소리로 직접 듣고 싶구려."

"아주 긴 얘기입니다, 전하! 십 년도 더 걸린 일인걸요!"

"그러면 짧게 얘기해보시오, 돈 프란시스코."

"짧게라고요, 전하, 그건 어렵습니다…… 다리엔 만* 건너편에 있는, 우리가 남해라고 부르는 것을 발견했을 때부터 시작된 일이니까요. 그리고 그것은 이미 그때부터 매우 어려운 일이었지요! 저는 당시의 총독과 함께 그곳에 파나마 시를 세운 사람들의 일원으로, 그 총독의 이름은…… 음……"

또다시 돈 프란시스코는 말을 잇지 못했다. 어찌나 긴장했는지 그의

* 카리브 해 남부의 만. 중앙아메리카 남단, 파나마 동부와 콜롬비아 북서부 사이에 있다.

야윈 몸이 떨렸다.

"발보아*……"

가브리엘이 깊이 생각하지 않고 입을 열었다.

에르난도 피사로가 그를 무섭게 노려보았다. 하지만 돈 프란시스코는 동의를 표시했다.

"그렇습니다, 발보아 총독이었습니다……"

가브리엘은 긴장이 풀리는 돈 프란시스코의 목소리를 들으며 안도의 숨을 내쉬었다.

돈 프란시스코는 한 문장 한 문장 점차 활기를 띠며, 더 편안하고 실감나게 말했다. 그리하여 거의 한 시간에 걸쳐 펼쳐진 장대한 서사시는 청중에게 숨 쉴 틈을 주지 않았다. 어떻게 멀쩡한 쾌속 범선을 분해해 숲을 가로질러 대서양에서 남해까지 한 조각 한 조각 운반했는지. 어떻게 쉬지 않고 곤충들과 뱀, 맹수, 인디언, 갈증, 배고픔과 질병을 이겨냈는지. 숲 저 너머, 멀리 황금으로 덮인 나라 이야기를 전해 듣고서, 끈질기게 살아남은 몇몇 무리가 어떻게 또다시 길을 떠날 투지와 용기를 벼릴 수 있었는지. 회의에 빠진 동료들과 불안, 절망, 부족한 자금, 의혹의 씨앗을 어떻게 극복했는지. 그 길고 한없는 십 년이라는 세월 동안, 미지의 시련을 통해 신의 자녀들에게 가해진 재난과 험한 파도를 어떻게 이겨냈는지!……

"그러던 어느 날이었습니다, 전하, 바로 그날이었지요! 저희들 배에서 보니 해안에 도시 하나가 나타나더군요. 커다란 도시였어요…… 사방에는 숲이 펼쳐져 있고, 그 숲만의 독특한 것인 듯한 향기가 뿜어져

* Vasco Núñez de Balboa(1475~1519), 스페인 탐험가. 1513년에 태평양을 최초로 발견한 유럽인으로 알려져 있다.

나왔지요. 아, 제 이야기를 믿어주셔야 합니다. 적어도 집이 이천 채쯤 되는 도시로, 그 전체가 천상의 도시처럼 반짝이고 있었지요. 전하! 저희는 가까이 다가가서야, 태양이 그 태양 못지않게 빛나는 황금에 반사되고 있다는 것을 깨달았습니다! 세상에, 황금벽이었어요! 툼베스라는 도시는 그렇습니다! 아, 제가 장담합니다!……"

돈 프란시스코는 충동적인 열정에 휩쓸려 느닷없이 무릎을 꿇고 성호를 그었다. 에르난도나 인디언들, 세바스티안, 페드로, 가브리엘 할 것 없이 그의 주변에 있던 모두가 열정적인 이야기에 빠져, 깊이 생각해볼 겨를도 없이 무릎을 꿇고 성호를 그었다!

감탄의 웅성거림이 대기실의 매료된 군중 속에서 물결쳤다. 그런데 왕비의 청명하고 명쾌한 목소리가 다시금 들려왔다.

"돈 프란시스코, 그대가 방금 한 이야기는 아름답구려. 하지만 그 끔찍한 모험을 하는 동안 너무도 많은 사람들이 죽었다는 이야기를 들었소……"

열에 들떠 있던 돈 프란시스코는 허리를 펴고 다시 일어섰다. 왕비의 시선은 아랑곳하지 않은 채, 그는 불꽃 튀는 눈으로 왕의 눈을 마주 바라보며 예의도 전혀 갖추지 않은 채 소리쳤다.

"부디 전하께서 저를 용서해주시기 바랍니다. 하지만 그런 비난은 허튼소리에 불과합니다! 페루처럼 황금으로 덮인 나라를 발견하는 것이 쉬운 일이었다면, 전하께서는 제 이야기 듣는 것을 일찌감치 그만두고 저녁을 들고 계시겠지요!"

"말 한번 잘하네요!"

익살광대가 박수갈채를 보내며 웃음보를 터뜨렸다.

"어쨌거나 사실 아닌가, 피사로 대장?"

왕이 서툰 카스티야어로 물었다.

"슬프게도 사망자들이 있기는 했습니다! 감히 말씀드리자면, 인도제도에서는 다른 곳에서보다 더 많은 인명을 앗아가긴 했습니다. 하지만 그 불운을 제 탓으로 돌리다니요! 저는 언제나 저를 따르는 사람들에게 가던 길을 되돌아갈 선택권을 주었습니다……"

"피사로 대장, 그대가 백 명의 사람을 일 년 동안 어느 섬에 격리시켰고, 그중 절반이 죽었다고 하던데……"

"천만에요! 아닙니다, 전하! 제가 계속 밀고 나가려는 것을 사람들이 말려서 저 자신도 그곳에 남아 있었습니다. 그리고 거기서 스무 명이 죽었습니다. 그 이상은 아닙니다. 드디어 구조선이 도착했을 때 제가 어떻게 했는지 아십니까? 저희는 해변에 있었고 대형 보트들이 기다리고 있었지요. 남쪽으로 계속 밀고 나갈지 아니면 파나마로 돌아갈지는 각자 결정해야 했습니다……"

돈 프란시스코는 말을 멈추었다. 그러고는 앞으로 한 걸음 내딛더니 검을 뽑아 머리 위로 흔들었다. 사람들이 비명을 질렀다.

"저는 이렇게 했습니다, 전하! 이렇게 검을 치켜들었습니다. 그리고 모래밭에 꽂았지요……"

돈 프란시스코는 칼 끝으로 두꺼운 양탄자를 찍었다. 그는 분에 겨워 씩씩대며 양탄자에 선을 그었다.

"돈 프란시스코! 제발! 그 양탄자를 조심히 다루시오, 터키 산 양탄자란 말이오!"

젊은 왕비가 손사래를 치며 소리쳤다.

돈 프란시스코 피사로는 소스라치게 놀라 눈살을 찌푸리며 왕비를 바라보았다. 그러더니 선심 쓰듯 모호한 사과의 표시를 하고는 더는 신경 쓰지 않고 왕에게 말했다.

"갈로 섬 해변에서 저는 이렇게 선 하나를 그었습니다, 전하. 비록 더 깊숙이 긋긴 했지만 말입니다…… 그러고는 말했지요. '동지들이여, 내 친구들이여! 난 파나마로 돌아가지 않는다. 남쪽 미지의 곳으로 더 멀리 갈 것이다. 나를 따르고자 하는 사람들은 이 선을 넘어오도록. 이 선을 넘는 것은 분명 배고픔과 갈증, 질병, 어쩌면 죽음을 선택하는 것이 될 것이다…… 이 선을 넘어오지 않는 이들은 파나마와 일상의 나날로 돌아가게 될 것이다. 난 돌아가는 그들에게 고맙다고 말할 것이다. 왜냐하면 그들도 나와 함께 남을 사람들과 똑같이, 한 번도 겪어보지 못한 고통과 시련을 함께했으니 내 사랑을 받아 마땅하기 때문이다…… 그러나 나와 함께 남는 이들에게는 페루와 황금의 강을 약속한다. 나는 아무에게도 강요하고 싶지 않다. 하지만 언젠가 용기는 그 결실을 얻게 될 것이다! 나는 그걸 알고 있다!' 저는 이렇게 말했습니다, 전하. 그리고 사실 많은 이들이 파나마로 다시 떠났고, 저는 손끝하나 까딱하지 않고 그들을 보냈습니다! 그런데 열세 명이 제가 그어놓은 선을 넘어와 제 곁에 섰지요. 전하, 바로 그 열세 명이 오랜 세월 두고두고 회자될 전설의 주인공들입니다!"

향수를 뿌린 군중 속에서 여자들이 박수를 치기 시작했고 엄한 얼굴의 공작, 후작, 시종, 고문 들이 찬사를 던졌다.

그때 유럽의 다섯번째 황제이자 가장 부유한 군주인 카를로스 왕이 일어섰다. 가브리엘은 그 모습을 바라보며 숨이 멎을 정도로 놀랐다. 왕의 커다란 입이 함박웃음과 함께 벌어졌다. 왕은 옥좌를 떠나 단상에서 내려왔다. 평민처럼 왕은 한 동작으로 인디언과 라마를 가리켰다.

"저 괴상한 동물들에 대해 좀 말해주게, 피사로 대장."

25

1529년 5월, 살칸타이

"우리 어디로 가는 거예요?"

아나마야가 물었다.

리막 탐보의 빛을 떠나 어둠 속에 들어박힌 뒤로, 그녀는 빌라 오마에게 몇 차례나 물었다. 하지만 현자는 아무런 대답 없이, 거의 적대적인 침묵에 갇혀 있었다. 그들은 하인 둘과 호위병 둘, 그리고 난쟁이만을 대동했다. 난쟁이는 짐꾼도 좋고 싸움꾼도 좋고 시키는 일은 뭐든 하겠다고 나섰다. 난쟁이를 데려가자는 아나마야의 간청에 빌라 오마는 투덜거리며 승낙한 터였다.

탐보의 빛은 순식간에 사라져버렸고 골짜기와 그들을 이어주는 것은 급류 소리뿐이었다. 짙은 초목 한가운데로 난 좁은 길을 잰걸음으로 올라가는데도 물소리는 잦아들지 않았다.

흐르는 물은 늙은 콜라 토팍의 피를 생각나게 했다. 땀에 젖은 흰 머리카락, 죽음을 향해 떠나던 뒤집힌 눈, 그녀의 손을 꽉 쥔 쭈글쭈글한 손이 눈앞에 아른거렸다. 그녀는 울지 않으려고 이를 악물었다.

어둠 속에서도 그녀는 밤 그림자를 감춰주는 안개 조각을 가로지르고 있음을 느꼈다. 다람쥐와 노루 같은 동물들의 소리는, 동물인 줄 알고 들을 때는 마음이 놓였다. 하지만 수풀 속에서 뭔가 스치는 소리가 나면 그녀는 두 귀를 곤두세웠다. 족제비일 수도 있지만, 노인들이 당했던 것처럼 그들을 붙잡아 고문하기 위해 보내진 군대의 선발대일 수도 있었다.

비탈이 갑자기 가팔라지자 아나마야는 돌 모서리를 찾아 균형을 잡느라 종종걸음을 쳤다. 직감적으로 그녀는 고개에 가까워지고 있음을 깨달았다. 초목이 성기어지더니, 마침내 그들은 꽤 넓은 고원에 이르렀다. 빌라 오마는 길에서 벗어나, 빈약한 토카초 숲 뒤로 그들을 데려갔다. 거기에는 아도비 벽돌담이 훼손된 집이 한 채 있었다. 그 집은 밀짚지붕 여기저기에 구멍이 뚫려 있었고 얼기설기 돌을 맞춰놓은 낮은 담으로 둘러싸여 있었다. 물줄기가 집을 한 바퀴 돌아 뱀 모양의 도랑을 통해 두 돌 사이로 지나갔다. 몇 시간 만에 처음으로 아나마야는 세상과 동떨어진 외진 구석에서 약간의 평화를 느꼈다.

제물을 바친 후 현자는 길을 떠나온 이래 처음으로 입을 열었다.

"좀 쉬자."

"우리가 어디로 가는 건지 곧 말씀해주실 건가요?"

"이름은 중요하지 않다! 너를 그리로 데려가마. 이건 내 결정이다만, 실수하는 건지도 모르겠구나."

하인 하나가 불을 피우려 하자 현자가 손짓으로 막았다. 날은 추웠지만 어두운 편이 안전했다.

하나밖에 없는 방에는 벌써 잠자리가 마련되어 있었다. 방으로 들어서면서, 아나마야는 돌덩이 같은 피로가 목덜미를 짓누르는 것을 느꼈다. 그녀는 망타로 몸을 감싸고 길게 누웠다.

"공주님?"

그녀는 무거워질 대로 무거워진 눈꺼풀을 들어 올렸다. 난쟁이가 자기 잠자리를 그녀 옆으로 슬며시 밀었다. 그러고는 손을 뻗어 그녀의 손을 잡았다. 그녀는 그가 하는 대로 내버려두고 그대로 잠이 들었다.

✲

짙푸른 하늘에 어느새 태양이 높이 떠올라 있었다. 잠시 후면 태양이 산꼭대기 오른편에 나타나 작은 골짜기를 둘러싼 산 그림자를 몰아낼 터였다. 아나마야는 거센 돌풍에 봉우리에서 쓸려 나와 물결처럼 흘러가는 눈가루를 뒤쫓았다.

금갈색 빛의 반점이 그녀 뒤로 비탈을 따라 내려왔고, 이제 첫 광선이 그녀의 발목을 핥고 있었다. 그녀는 따뜻한 애무 속에 눈을 감았다.

"죽음 같은 날 뒤의 아름다운 날이로구나."

아나마야는 뒤돌아보지 않았다. 빌라 오마가 뒤에 있음을 알고 있었다.

"우리가 가는 곳이 저기가 아니라면 저곳의 이름은 말씀해주셔도 되죠?"

그녀는 산꼭대기를 가리키며 말했다.

"너는 우리가 모르는 것을 알고 있으면서, 그것으로는 충분하지 않은가 보구나……"

"무슨 말씀이세요?"

"아무것도 아니다, 아무것도…… 넌 이미 잘 알고 있다! 저 산의 이름은 살칸타이란다."

아나마야는 현자를 돌아보았다. 그녀의 눈에서 빛이 났다. 야생의 눈빛에 가까웠다.

"이제 가자. 우린 떠나야 해."

그가 숨을 뱉듯 말했다.

꼬박 사흘 동안 고개를 넘고 또 넘었는데, 만년설로 뒤덮인 살칸타이는 여전히 그들 위에 남아 있었다. 매일 저녁 그들은 첫날과 마찬가지로 초라한 오막살이에서 잠을 잤다. 움직이는 빛, 흘러가는 구름, 태양과 그늘의 움직임에 따라 눈 덮인 산도 변했다. 그들이 눈산을 한 바퀴쯤 돌았을 때 그녀는 뒤를 돌아보았다. 눈산은 푸른 줄이 새겨지고 균열로 인해 어두운 줄무늬가 생긴, 회백색에 가까운 호수처럼 보였다.

현자의 말이 옳았다. 그곳은 정녕 인간을 위한 장소가 아니었다.

마지막 고개에서 풍경이 갑자기 넓어졌다. 깊은 골짜기가 숲의 푸르스름한 지평선 안에 잠겨 있었다. 내리막길에서는 짧은 풀 위로 소관목이 점차 자리를 차지했다. 아나마야는 세계가 변하고 있음을 깨달았다.

그들은 더 넓은 길에 이르렀다. 벼랑 가에 있는 길로, 돌들을 정교하게 맞추어 만든 내벽이 받쳐주고 있었다. 포석은 아주 평평했고, 아나마야는 허공에 대한 두려움 없이 공상에 잠길 수 있었다. 그늘과 햇빛이 갈마들었다. 그리하여 길은 이따금 샘의 물방울 듣는 소리가 울려퍼지는, 암괴 속으로 깎여 들어간 복도가 되기도 하고, 거대한 대나무 숲 아래로 난 푸른 터널이 되기도 했다. 그들은 오랫동안 걸음을 재게 놀렸다. 그리고 황혼 무렵에는 잠에 취해 쓰러졌다.

✲

밤이 더 깊어졌을 때, 현자가 아나마야의 어깨에 손을 올려 그녀를 깨웠다. 간단한 손짓에 그녀는 그를 따랐다.

오솔길은 가팔랐다. 원뿔형의 꼭대기는 평평하게 다져져 있고, 바위 하나만 남겨져 있었다.

"우리가 가는 곳으로 들어가려면 산의 신 아푸의 허락을 구해야 한다."

빌라 오마가 낮은 소리로 말했다.

아나마야는 잠자코 있었다. 그녀는 알고자 하던 것을 단념했고, 그 때문에 거북함을 느꼈다. 별빛이 창백해졌다. 희미한 새벽빛 속에 거대한 산은 위풍당당하고 무시무시한 밤을 떨쳐내고 있었다. 거리감 때문에 산이 훨씬 더 크게 보이는 듯했다.

"살칸타이는 이 지역에서 가장 강력한 아푸 가운데 하나란다. 아무도 자기의 라마에게 접근하지 못하게 하지. 몇 안 되는 사람들이 의식을 잃은 채로 돌아왔는데, 얼굴이 붉은 어느 부인에 대해 이야기하다가 미쳐버리고 말았단다. 하지만 네가 살칸타이를 존경한다면, 너를 보호해줄 게다."

아나마야는 경관에 매료되어 입을 다물고 있었다. 산꼭대기가 갑자기 환해졌고, 바람에 활활 타오르며 작열하는 불꽃이 되었다. 잠시 후 오렌지빛의 붉은 회오리바람 속에 눈산 전체가 붉게 물들었다.

"보세요, 빌라 오마. 인티가 아푸 살칸타이를 껴안고 있어요."

실날같은 안개 몇 가닥이 숲에서 슬며시 나타나 비탈을 따라 달리더니, 산괴 밑에서 두터운 구름이 되었다.

빌라 오마는 바위 앞에 웅크렸다. 그는 바위 위에 맑은 물을 가득 채운 토기 병 여섯 개를 놓고 땅바닥에 조그맣고 네모난 천을 펼쳤다. 아나마야는 변함없이 지속되는 의식을 올리려는 것임을 그제야 눈치 챘다. 그녀는 거북하긴 했지만 두려움과 기쁨을 동시에 느꼈다.

현자는 코카 잎을 넣어둔 헝겊 주머니 추스파를 입술로 가져가더니 눈을 감고 정신을 모은 뒤 그 위로 숨을 내쉬었다. 그러고는 뭐라고 중얼거리면서 가장 둥글고 미끈한 초록색 잎사귀 중에서 세 장을 꺼내어 보자기 한 귀퉁이에 살짝 놓았다. 그리고 다른 세 잎으로 같은 동작을 반복해 다음 모서리에 놓았다. 그러고는 서두르지 않고, 작은 라마 상, 색깔 있는 작은 모직 실타래, 흰색과 보라색과 검은색의 옥수수 알갱이를 가운데에 놓았다.

알아차리지 못할 만큼 천천히 구름이 위로 올라가기 시작하더니, 눈 덮인 산의 첫 빙탑들을 하나하나 차례로 가렸다. 아푸는 황금색이었다. 때로는 완만하고 때로는 날카로운 아푸의 선들이 빛의 여운을 붙잡고 있었다.

현자가 눈짓하자, 아나마야는 바위 맞은편에 앉았다. 그녀가 앉은 자리에서 보니, 바위는 살칸타이의 형상을 완벽하게 재현하고 있었다.

토기 병에 담긴 물 표면에 씨앗이나 가루가 뜨더니 유색 거품 밑으로 조금씩 사라졌다. 발효가 일어난 것이다. 아푸가 제물을 받아들이고 있었다.

그러자 빌라 오마가 병을 하나씩 집어 들었다. 그때마다 그는 아나마야로서는 자신의 이름과 산 이름밖에는 알아들을 수 없는 말을 중얼거리며 그녀의 머리에 병을 올려놓았다. 그리고 매번 병의 내용물을 바위 위에 뿌렸다.

"네 차례다."

아나마야는 제물의 순서가 바뀌지 않도록 조심하며 보자기 모서리를 모두 접어 꾸러미를 만든 후, 산을 향해 온몸을 내민 채 그 꾸러미 위로 세 번 숨을 내쉬었다.

빌라 오마가 다시 제물을 받아 들고서 아나마야의 머리카락에 손을 올려놓았다. 그녀는 손의 온기를 느꼈다. 처음에는 속삭이는 소리밖에 들리지 않았다.

"암푸 아푸 살칸타이, 암푸! 암푸 아푸 살칸타이, 암푸! 암푸 아푸 살칸타이, 암푸!……"

부르는 소리가 중얼거림으로 바뀌더니 다시 높아졌다. 현자의 목소리가 근처 내벽에 이르렀을 때는 마치 모든 산봉우리들이 어마어마한 함성을 지르며 아푸가 오기를 청하는 것 같았다. 뜨거운 파동이 그의 몸을 빛나게 했다.

마지막 메아리가 골짜기 깊숙이 달아나더니 사그라져버렸다. 적막 속에서 냉광을 발하는 살칸타이의 정상이 얌전한 구름 장막 뒤로 사라졌다.

아나마야는 자신이 산의 심장 속에 있음을 알았다. 그녀의 마음속에 평화가 깃들었다.

*

난쟁이는 산봉우리 밑에서 그들을 기다리고 있었다. 아푸 성소를 지키는 사람들과 함께, 난쟁이는 라마에 차곡차곡 짐을 싣는 하인들을 조용히 바라보았다. 마지막 계단식 대지 아래로는, 구름바다에 빠르게 빨려 들어가는 초록 한가운데에 넓은 계단이 수직으로 내리꽂혀 있었다. 가까운 몇몇 봉우리를 제외하고는 모든 것이 구름바다에 잠겨 있었다.

"세상의 지붕 위에 있는 것 같네요."

난쟁이가 기쁨에 빛나는 눈으로 말했다.

빌라 오마는 아나마야에게 대꾸할 짬을 주지 않았다.

"가자. 시간이 없다."

빌라 오마는 하인이 건네주는 망타에서 추뇨를 한 움큼 꺼내며 긴 내리막길을 걷기 시작했다.

습기 때문에 돌들이 미끄러웠다. 그들은 금세 짙은 안개 속으로 들어섰다. 숲이 무성해지고 고사리와 강렬한 색채의 꽃들이 많아지는 한편, 축축한 열기가 사위를 감쌌다. 나무줄기는 두터운 초록 이끼로 덮여 있었다. 칡덩굴이 늘어진 바위들을 따라 물이 흘렀고 대나무숲이 솟아 있었다. 땅은 생명을 한없이 번식시키고 있었다.

아나마야는 엄마가 죽은 뒤로 숲을 본 적이 없었다. 그녀가 잊었다고 생각했던 잊혀진 냄새에 그녀의 후각이 열렸다. 습기를 잔뜩 머금은 넓은 나뭇잎에서, 젖은 땅 위에서, 붉은색과 분홍색과 노란색 꽃의 활짝 열린 꽃부리에서, 그녀는 곤충이나 파리, 우글거리는 모든 생명을 알아보았다. 마치 싸움과 유배로 묶여 있던 그녀의 몸이 되살아나기 시작하는 것 같았다. 콜라 토팍의 죽음과 연관된 공포조차 먼 과거와 먼 곳의 일인 듯했다.

그녀는 난쟁이를 쳐다보았다. 난쟁이는 이 돌에서 저 돌로 팔짝팔짝 뛰며 나비처럼 날아다녔다. 난쟁이도 그녀와 마찬가지로 숲에서 태어났고, 그녀와 마찬가지로 산의 고원이나 골짜기에서 태어난 사람들은 알지 못하는 비밀스러운 삶의 일부를 이루고 있었다.

때때로 초목이 너무 짙어서, 한낮에 자연이 파놓은 터널의 그늘 속을 걸어가는 느낌이었다. 하인들의 목덜미로 땀이 줄줄 흘러내렸다. 하인들 중 하나가 혼자서 노래를 했다. 너무 작아서 잘 들리지 않는 목소리, 가슴을 에는 서글픈 목소리로.

기나긴 층계가 끝났다. 그래도 포석은 여전히 미끄럽고 이끼로 덮여 있었다. 때때로 길은 겨우 한 사람이 지나갈 만큼 좁아지기도 했다. 걸을 때마다 아나마야는 그대로 미끄러지고 싶은 유혹을 떨쳐버리기 위해 숨을 가다듬어야 했다. 단호하게 움직이지 않으면 새와 함께 날아갈 터였다.

드디어 구름층 아래로 내려가자 높이를 알 수 없는 낭떠러지의 허공이 드러났다. 그들은 가파른 비탈을 따라 나아갔다. 수풀로 덮인, 수직에 가까운 암벽이 그들 위로 불쑥 솟아 있었다.

일행의 선두에 선 사람은 난쟁이였다. 그는 더이상 춤추지 않았다. 숨을 멈추고, 두려움에 굳어버린 두 다리로 한 걸음 한 걸음 신경을 곤두세우고 걸었다. 갑자기 그가 비명을 내질렀다.

일행이 멈춰 섰다.

아나마야는 한눈에 알아보았다. 그들을 기다리고 있는 것이 무엇인지를.

길이 끊어진 것이다. 매끈한 돌담이 그들의 발아래 심연 속으로 사라져버렸다.

*

현자가 침착하게 난쟁이한테 다가가 길 위로 물러서게 했다. 난쟁이는 신음 소리를 내며 꼼짝할 수 없다고 투덜거리면서도 시키는 대로 했다. 난쟁이는 아나마야에게 다가갔다.

“이 끔찍한 산중에서 죽는 줄 알았어요, 공주님. 저 미치광이 현자가 비웃으면서 나를 저리로 내몰았어요!”

반대편에서 뭔가가 움직였다. 나무처럼 생긴 고사리 덤불 너머로, 아나마야는 건축물의 첫머리를 알아보았다. 두 전사가 천천히 다가왔다.

빌라 오마는 자신의 이름과 신분을 밝혔다. 그러더니 일행 쪽으로 돌아서서 꾸짖듯이 말했다.

“아나마야만 간다!”

난쟁이의 우스꽝스럽고 애처로운 비명이 터져 나왔다.

“공주님, 날 버리지 마세요!”

아나마야는 가슴이 미어지면서도 미소가 지어지는 것을 참을 수 없었다.

“내 손에 허공으로 내던져지고 싶지 않다면, 넌 야나코나와 호위병들과 함께 리막 탐보로 돌아가거라. 코야 카마켄만이 계속 길을 가도록 허락받았다. 어서!”

빌라 오마가 감정을 겨우 누르며 다시 말했다.

두 전사는 팔뚝처럼 굵고 긴 나뭇가지 십여 개를 심연 위로 던졌다. 난쟁이는 절망 어린 눈으로 아나마야를 쳐다보았지만 명령에 따르지 않을 수 없었다. 아나마야는 난쟁이의 어깨에 다정하게 손을 올려놓았다. 난쟁이는 하인들과 호위병들과 함께 첫번째 길모퉁이로 사라졌다.

그녀의 가슴이 거세게 고동쳤다. 이제 빌라 오마와 단둘이었다. 다리를 지나자 훨씬 넓은 길이 초목 밑 완만한 오르막길로 이어지더니, 이번에는 산에 막혀 다시 끊겼다. 아나마야의 왼편으로, 높고 넓은 돌계단이 곧장 산속으로 이어졌다. 고개를 들자, 언덕길 끝에 두 개의 육중한 기둥이 보였다. 마치 푸른 하늘로 곧장 이어지는 열린 문 같았다. 그녀는 두려움으로 목이 메어오면서도 새로운 흥분에 사로잡혔다.

"여기로군요, 그렇죠?"

"늘 알고 싶어하고 늘……"

"대답해주세요."

"우리는 신들의 영역으로 들어가는 거다. 단지 몇 사람에게만 허락된 곳이지……"

아나마야는 하늘을 응시하며 꼼짝도 하지 않았다.

"낯선 사람과는 절대로 저 문을 넘어서지 않겠다고 맹세해야 하는 것은 물론이고, 내가 말하는 이름을 절대로 입 밖에 내어서도 안 된다."

"그 비밀은 저 혼자 간직할게요."

"저곳은 픽추라는 곳이다."

아나마야는 빛 속으로 깊숙이 들어갔다.

26

1529년 10월, 톨레도

"어이! 어이!"

돈 프란시스코가 울창한 털가시나무와 노간주나무 숲에서 튀어나왔다. 그가 한 손을 든 채 말에 박차를 가하면서 가브리엘의 길을 막고 소리쳤다.

"어딜 그렇게 급히 가는 건가?"

빠른 속도로 달리던 가브리엘의 말이 그의 갑작스러운 출현에 질겁했다. 말은 사납게 길에서 벗어나며 가브리엘을 떨어뜨릴 뻔했다. 그러더니 좁은 오솔길로 노간주나무의 뾰족한 잎에 다리를 긁혀가며 미친 듯이 달리기 시작했다.

가브리엘은 말의 목에 엎드려 말의 두려움이 가라앉기를 기다렸다. 그는 부드러운 목소리로 말을 진정시키고, 서서히 속도를 늦추면서 목을 쓰다듬어주었다.

드디어 그가 돈 프란시스코가 있는 데로 돌아왔을 때, 늙은 대장의 안달루시아 잡종 말은 꼼짝도 하지 않고 있었다. 돈 프란시스코는 평소와 마찬가지로 뻣뻣한 태도였다. 꽉 끼는 색 바랜 벨벳 윗옷, 세비야의 감옥에서 나왔을 때 입었던 바로 그 윗옷을 입고 있었다. 돈 프란시스코가 빈정거리며 가브리엘을 바라보았다.

"펜대나 굴릴 줄 아는가 싶었는데 말도 탈 줄 아는 젊은이로군!"

"아주 어렸을 때부터 말을 탔거든요! 그런데 대장님 때문에 낙마할 뻔했어요……"

"그런데 왜 날 따라왔나? 도시에서부터 줄곧 나를 졸졸 따라오고 있잖아!"

"용서하십시오, 돈 프란시스코…… 새벽마다 대장님이 산책 나가시는 걸 보고……"

"산책이라고? 어리석은 소리. 삼십 년 전부터 나는 말을 타고 달리면서 생각을 한다네! 말을 타고 달리지 않는 하루는 기도가 없는 하루나 마찬가지야!"

기분이 상한 대장은 투덜대며 말의 엉덩이를 때렸다. 그는 약간 빠른 속도로 강 쪽으로 방향을 잡았다.

날이 흐렸다. 구름은 낮게 떠 있고, 습기 때문에 아라베스크 형상의 옅은 안개가 타호 강가를 따라 길게 드리워져 있었다. 경작하느라 파엎어놓은 밭 여기저기에서 여자들과 아이들이 순무 찌꺼기를 줍고 있었다. 톨레도의 붉은 지붕 꼭대기들은 서로 얽혀 있는 언덕과 숲들 속으로 사라져버렸다.

이번에는 가브리엘이 말을 몰았다. 돈 프란시스코와 같은 지점에 이르자 그가 약간 퉁명스러운 목소리로 내뱉었다.

"대장님, 제발! 잠깐 시간 좀 내주세요……"

"무슨 일로?"

"저는 알아야겠습니다. 황금의 나라를 정복하는 데 저를 데려가주실 건가요? 곧 대장님을 페루 총독으로 임명하는 편지가 도착할 텐데요……"

"자네가 어떻게 아나?"

"대장님은 총독이 되실 겁니다, 저는 압니다. 대장님이 정복에 관해 말씀하실 때 왕의 눈을 봤어요."

"왕의 눈? 그게 뭐라고! 왕들은 눈을 뜨면서부터 연극을 꾸민다는 걸 자넨 모르나?"

"그렇지 않습니다! 왕은 대장님을 마음에 들어했어요. 대장님은 총독이 되어 스페인을 다시 떠나시게 될 겁니다. 저는 확신해요……"

가브리엘은 고삐를 철썩 쳐서 말을 전진시켰다. 이번에는 그가 돈 프란시스코의 길을 가로막았다.

"대장님, 더이상 쓸데없이 저를 애태우게 만들지 마십시오! 어제 대장님의 동생 돈 에르난도가 말했어요. 대장님이 저를 필요로 하지 않으며, 제가 대장님 배를 타고 인도제도로 가는 건 어림없는 소리라고요. 하지만 조금 뒤에 페드로는 그 반대의 말을 했어요. 페드로 말로는 대장님이 제게 조금이나마 애정을 갖고 계신다고 하던데…… 돈 프란시스코! 제가 처한 상황이……"

가브리엘은 감히 말을 맺지 못했다. 돈 프란시스코가 한 번의 발길질로 말을 우회시키더니 보통 걸음으로 보조를 맞추며 매우 거친 목소리로 내뱉었다.

"댁이 처한 상황이 분명 좋지는 않겠지요, 탈라베라 후작의 아드님!"

"저는 어느 누구의 아들도 아닙니다!"

가브리엘이 버럭 소리를 지르자, 돈 프란시스코가 돌아보며 난처한 시선을 붙박았다.

"사람들 얘기는 그렇지 않던데."

"잘못 아신 겁니다! 전 이제 어느 누구의 아들도 아닙니다. 누가 대장님께 그 반대라고 주장한다면 그건 단지 저를 음해하려는 것뿐입니다. 제 몸과 마음은 온전히 저 자신일 뿐입니다. 저의 유전적 요인이라는 것은 제가 신은 장화 끝만큼도 영향을 미치지 못합니다."

늙은 콩키스타도르의 얇은 입술 위로 묘한 미소가 번졌다.

"여러 해 전에 바로 내가 말했을 법한 문장이로군!"

돈 프란시스코는 마치 처음 보는 사람처럼 가브리엘을 뚫어지게 바라보았다. '풋내기'는 마침내 사라지고 진짜 사내가 대신 자리하고 있기라도 한 것처럼.

"자네가 종교재판소로 가게 된 건 대단한 정사 사건 때문이었나?"

"꽤 대단했죠…… 나뭇잎조차 불순한 생각을 갖고 있다고 의심한다면 말입니다! 사실만 놓고 얘기한다면 하찮은 일이고요."

"무죄 석방되었나?"

"그보다 더 잘되었죠. 저는 이제 한낱 그림자에 불과합니다. 공식 서류상으로는 말이지요!"

돈 프란시스코는 다시금 살짝 미소를 지었다. 그러나 그의 눈빛은 더 엄하고 날카로워졌다.

"내게 충성을 맹세할 수 있겠나? 절대적인 충성 말일세. 자네 인격을 희생시키고, 어떤 상황에서든 내게, 오직 나에게 복종할 수 있겠나?

자네로선 틀림없이 값비싼 대가를 치러야 할 일일 텐데."

"네, 물론입니다."

"무슨 이유인지는 모르겠지만, 내 동생 에르난도는 자네를 미워하네. 녀석의 성격을 받아들여야 할 걸세. 그리고 때로는 자존심도 존중해줘야 할 거야. 녀석은 굉장히……"

"노력하겠습니다, 대장님. 제 유일한 소망은 제가 대장님을 믿듯이 대장님도 저를 믿어주시는 겁니다! 제겐 아버지가 없습니다. 하지만 제게 생명을 준 사람을 찬양하는 마음으로 대장님을 찬양합니다! 대장님의 성스러운 수호자인 성모님께 맹세합니다. 저는 대장님께 충성할 것이며, 필요하다면 피라도 흘리겠습니다!"

돈 프란시스코는 거만한 얼굴로 조용히 머리를 끄덕였다. 하지만 그의 입가는 떨리고 있었다. 그는 입을 앙다물고 손가락을 오그려 턱수염을 쓰다듬었다. 그러고는 갑자기 윗옷에 손을 집어넣더니 밀랍으로 봉인된 두툼한 봉투를 꺼냈다. 가브리엘은 그것이 무엇인지 단번에 알아보았다.

"왕의 서신이로군요!"

"어제 도착했네. 두 시종이 필요한 절차에 따라 가져왔지. 다행히 에르난도는 그 자리에 없었네. 사람들이 이걸 읽고 알게 되기 전에 기도를 좀 하고 싶었네. 거절의 편지일 수도 있으니까. 내게 읽어주게, 가브리엘."

가브리엘은 몹시 흥분하여 봉인을 살짝 뜯었다. 그는 곧 안도감이 가득 담긴 맑은 웃음을 터뜨렸다.

"제가 뭐랬습니까? 대장님은 인도제도 '페루'의 부름을 받아, 새로운 카스티야의 총지휘관이자 총독으로 임명되셨습니다. 그리고 칠십

이만 오천 마라베디의 연금을…… 내용이 길긴 한데, 어쨌든 지난 7월 날짜로 왕비가 직접 서명했습니다."

"파나마의 내 동료들에 관한 것도 있는가? 알마그로의 직함은 뭔가?"

"잠깐만요…… 아! 여기 있군요. '돈 디에고 알마그로는 새로운 카스티야를 발견하는 노고에 몸소 참여했고 자신의 고유 재산을 출자해서……'"

"직함은!"

"툼베스의 최고경관입니다, 대장님! 툼베스 성채 지휘관의 신분 및 특권과 함께 연간 삼십만 마라베디를 받게 됩니다."

"음. 상세히 다 읽어주게, 가브리엘. 첫줄부터 한 글자도 빼지 말고 너무 빨리 읽지도 말고."

가브리엘은 대장이 말한 대로 천천히, 음절 하나하나를 떼어서 읽었다. 마치 단어 하나하나가 그의 핏속으로 들어와 영혼 가장 깊은 곳을 뜨겁게 달구는 듯했다. 마치 그가 몸소 그 밀림을 가로지르고, 가파른 비탈길을 기어 올라가 황금 벽의 도시들을 발견한 듯이. 가브리엘은 읽기를 마치고 잠시 편지에 시선을 고정시키고 있다가 대장을 쳐다보았다.

대장은 울고 있었다. 수줍고 부끄러운 듯이, 여자 같다는 소릴 들을까봐 겁내는 사람처럼…… 뜨거운 눈물이 그의 두 뺨에 고랑을 새기며 수염 속으로 빠져들었다.

가브리엘은 아무 말도 하지 않았다. 마침내 돈 프란시스코가 반짝이는 눈을 그에게 돌렸다.

"모든 게 우리 것이다, 아들아, 모든 게!"

가브리엘은 감탄하며 생각했다.

자신은 한 나라만을 찾은 게 아니라고. 자신을 뒤흔드는 놀라움을 느끼며 생각했다. 자신은 아버지를 찾은 것이라고.

27

1530년 1월, 마추픽추

아나마야와 빌라 오마는 하늘의 모든 빛을 향해 열려 있는 두 개의 돌기둥에 이르는 가파른 계단을 단숨에 기어올랐다.

빌라 오마가 앞장섰다. 대기에는 온화한 기운이 감돌았다. 마치 하늘의 투명한 빛, 저 위 다른 세상의 푸른빛, 혹은 비탈길의 수많은 초록빛이 스스로 독자적인 숨결을, 차분하고도 평화로운 호흡을 지니고 있는 것 같았다.

하지만 기둥 사이에 이르렀을 때, 아나마야는 풀 한 포기 자라지 못할 만큼 빈틈없이 포석이 깔린 넓은 길밖에는 발견하지 못했다. 그 길은 대나무와 자줏빛 진달래와 커다란 난초가 어우러진 숲 사이로 약간의 오르막길을 이루다가, 이백 보 떨어진 곳의 허공 앞에서 또다시 끊겨 있었다.

아나마야는 어찌나 가슴이 두근거리는지 숨도 제대로 쉴 수 없었다. 그녀의 목과 손이 땀으로 축축했다. 힘이 들어서가 아니었다. 그날의 여정은 길지도 힘겹지도 않았다.

그녀 앞에 갑자기 큰 산의 비탈길이 나타났다. 현자는 꿈쩍도 않고 섰다가 팔을 벌리고 손가락으로 땅바닥 쪽을 가리켰다. 아나마야는 그가 있는 자리로 갔다.

금단의 도시가 거기, 그들 아래에 있었다.

아나마야의 눈은 그같은 장관을 한 번도 본 적이 없었다. 그녀의 가슴은 그토록 아름다운 것을 받아들여본 적이 없었다.

얽힌 봉우리와 골짜기 들 안에 거대하고 완벽한 조각처럼 들어박힌 도시의 측면 벽은 계단식 대지를 따라 현기증 나는 비탈길로 내리꽂히고, 그 비탈길은 물살이 거센 강과 맞닿아 있었다. 집, 길, 신전, 뜰, 벽과 성스러운 경작지가 갈색, 황토색, 부드럽거나 싱그러운 초록색의 무늬를 이루고 있었다. 마치 섬세하고 정교하게 수놓인 왕의 운쿠 같았다.

저 멀리 지평선까지 온통 산들이 주의 깊은 전사들처럼 픽추를 에워싸고 있었다. 산들은 사람들에게 알려지지 않은 먼 세상 속에 들어박혀서, 이제 잔뜩 구름 낀 하늘의 짙푸름 속에 우뚝 솟아 있었다. 투미의 칼날처럼 예리하고 현기증 나는 비탈길은 석양 속에 서로 뒤얽혀 가장 높은 꼭대기까지 보드라운 초록빛이 한없이 펼쳐져 있었다. 아주 멀리, 노란 강이 끝간데없는 뱀처럼 구불거리는 좁은 골짜기에는 벌써 밤안개가 피어올랐다.

"픽추다, 픽추!"

빌라 오마가 중얼거렸다.

아나마야는 입이 마르고 온몸에 전율을 느꼈다.

촘촘히 늘어선 진한 노란색이나 회색의 이추 지붕들 여기저기에서 연기의 소용돌이가 일었다. 한 무리의 남녀가 짧은 풀이 양탄자처럼 깔린 기다란 중앙 뜰을 건너갔다. 골짜기에 드리워진 그림자는 이미 길고 짙은데, 그들이 입은 튜닉과 망토의 강렬한 색채는 땅에 닿을락 말락 하는 햇빛 속에 아롱지게 빛났고 황금 장식은 짧은 광채를 번쩍였다.

"다섯 걸음 떨어져서 날 따라오너라."

빌라 오마가 다시 발걸음을 옮기며 명령했다.

하지만 아나마야는 눈앞에 보이는 것이 무엇인지 깨닫고 그 자리에 못 박힌 듯 꼼짝도 하지 않았다. 그림자와 석양빛의 작용으로, 서쪽의 성스러운 도시 위로 불쑥 솟은 봉우리의 형태가 분명하게 드러났다. 퓨마가 그녀 앞에 있었다.

오랜 사냥 끝에 승리를 쟁취해 배를 채운 맹수처럼 산은 잠자리에 들었다. 산은 거만한 콧방울을 쳐들고 신전과 길, 집, 모피 주름처럼 유연한 줄을 이루는 계단식 대지를 힘센 발로 에워싸고 있었다!

"산이 살아 있어요, 산이 살아 있어요!"

아나마야는 자기가 혼잣말하고 있다는 것도 알아차리지 못하고 속삭였다.

저 앞에서 빌라 오마가 뒤를 돌아보며 따라오라고 명령조로 손짓했다.

그들은 도시 첫번째 벽의 투석기 가까이에 이르렀을 때 다시 멈춰 섰다. 빌라 오마는 땅을 돋우어 만든 계단식 집터 위, 넓은 문이 달린 조그만 집을 가리켰다.

"저기서 날 기다려라. 한참 걸릴 게다. 꼼짝 말고 거기 있거라."

아나마야의 머릿속에서 질문들이 한데 뒤엉켰지만, 현자의 시선은 아무런 대답도 해주지 않았다. 마치 장소에 압도되어 마음을 표현하지 못하는 듯이, 그는 한마디 인사도 없이 무뚝뚝하게 다시 발걸음을 옮겼다.

높은 벽을 따라 직각을 이루며 훨씬 더 가파르게 뻗어 있는 긴 계단을 그가 내려가는 동안, 아나마야는 눈으로 그를 뒤따랐다. 그런데 모퉁이에 굵은 대나무 울타리로 막아놓은 문이 있었다. 빌라 오마는 그 앞에서 꼼짝도 하지 않았다. 그가 뭐라고 외치는 소리가 들렸지만 아나마야는 무슨 뜻인지 알아들을 수 없었다.

마치 현자가 그곳에 들어가는 것을 거부하는 것처럼 한참 동안 아무 일도 일어나지 않았다. 그러더니 돌연 문이 뒤로 천천히 움직이며, 낮은 집들 사이로 좁은 길이 드러났다. 신관처럼 왼쪽 어깨에 망토를 걸친 세 남자가 나타났다. 그런데 손에 창을 들고 있었다. 인사가 길게 이어졌다. 빌라 오마는 존경의 표시로 상반신을 몇 번씩 숙여가며 한참 동안 이야기를 나누었다. 마침내 그가 신관들을 따라 문 안으로 사라졌다.

*

날이 어두워지도록 아나마야는 픽추 위로 솟은 조그만 빈집 앞에 앉아 있었다. 그녀 아래로, 백여 명의 농부들이 계단식 밭에서 빛이 남아 있을 때까지 오랫동안 일했다. 어떤 사람들은 의식용 치차를 만드는 데 쓰일 옥수수의 어린 싹을 이듬했고, 또 어떤 사람들은 성스러운 누에콩을 심거나 야트막한 밭에서 코카 잎을 땄다. 젊은이들은 커다란 봇짐에 코카 잎을 꾸려서 도시까지 지고 올라갔는데, 너무 많은 짐을 짊어진 탓에 가파른 계단을 올라갈 때면 발밖에 보이지 않았다.

거의 아무 소리도, 외침도 없었다. 신관들도 계단식 밭에 모습을 드러냈는데, 비단 운쿠와 귓불에 박힌 황금 마개로 그들의 신분을 알아볼 수 있었다. 그들은 관개 수로의 흐름을 살피고, 재배지를 관리하고, 때로는 밭고랑 앞에서 성스러운 시를 읊조리거나 단순히 코카의 수확량을 계산하기도 했다.

어느 누구도 그녀에게 다가오지 않았다. 한 무리의 아이들이 라마 떼를 몰고서 아주 가까이 있는 계단을 기어올라 멀찌감치 떨어진 계단식 대지까지 올라갔다. 하지만 그녀가 있는 쪽으로는 눈길을 주지 않았다.

그녀는 없는 존재 같았다. 마치 다른 세상의 그림자에 지나지 않는 것처럼.

갑자기 층을 이룬 엷은 저녁 안개가 강에서 피어올랐다. 안개층은 미친 새처럼 비탈길 사이를 전속력으로 올라갔다. 신선한 습기가 미풍으로 바뀌어 옥수수 싹을 휘고 진달래 가지를 뒤흔들었다.

바로 그때 여인들의 노랫소리가 도시 안에 울려 퍼졌다. 아래쪽에서 여자들이 불쑥 나타났다. 그들은 광장을 가로질러서, 성벽에 기대어 자리잡은 조그만 집으로 향했다. 그들의 숫자가 아주 많았다. 흰색, 붉은색, 노란색 옷을 입고 머리에는 황금 머리쓰개를 쓰고 있었다. 그들은 세 명씩 열을 지어 똑같은 걸음걸이로 계단을 올라갔다.

그러더니 노래가 그치고, 갑자기 긴 나팔 소리가 울렸다. 그것은 도시의 가장 높은 지점에서 울려 퍼지는 소리였다. 그곳에는 태양신 인티가 머무는 돌이 솟아 있었다.

이번에는 남자들이 광장에 나타났다. 그러나 그들은 열을 짓지 않고 각자 반대 방향으로 향했다. 아나마야는 빌라 오마를 알아보았다. 그는 넓은 계단 쪽으로 갔다. 그의 곁에는 한 신관이 있었다. 신관은 깃털이 잔뜩 달리고 이제는 어둑어둑해서 색깔이 구분되지 않는 머리쓰개를 쓰고 있었다. 현자는 계단을 천천히 올라간 뒤 기다란 직사각형 건물 안으로 빨려들듯 들어갔다.

몇 분 뒤, 완전한 어둠이 내렸다.

산은 이제 잠든 괴물처럼, 어둠 속에서 흔들리는 듯 보이는 어렴풋한 덩어리에 지나지 않았다. 하늘에는 구름이 짙게 끼어 있었고 달도 별도 없었다.

가랑비가 내려서 단시간에 모든 것을 적셨다. 아나마야는 빈집 안으로 몸을 피했다. 다져진 땅바닥에는 몸을 누일 만한 긴 의자 하나 없었다. 그녀는 문 하나를 마주하고 벽에 기대어 쭈그리고 앉았다. 그녀는 침묵과 빗소리를 들었다. 그리고 축축한 공기 속으로 퍼지는 아궁이 연기 냄새를 맡았다. 이따금 수프 냄새도 났다.

허기가 느껴졌다. 하지만 그날 저녁에는 끼니를 거르게 되리라는 것을 그녀는 깨달았다.

마치 횃불 하나가 불쑥 나타나거나 빌라 오마의 목소리가 자신을 부르기를 기다리듯이, 그녀는 가능한 한 오래도록 어둠을 바라보았다. 그러나 산의 침묵뿐이었다.

흥분에 지친 그녀는 스르르 잠이 들었다. 큰 살쾡이의 울음소리를 들은 것 같아 소스라치게 놀라 잠에서 깨어났다. 그녀는 깜박 잠이 들었던 거라고 생각했는데 꽤 한참을 잔 모양이었다. 그사이 비가 그치고, 하늘에서는 별들이 또렷하게 반짝였다.

아나마야는 집 밖으로 나갔다. 하늘은 맑게 개었고 날씨는 푸근하고 습했다. 두 손바닥을 맞대고 누르면 짓눌릴 것처럼 공기가 두텁게 느껴졌다. 성스러운 도시는 어둠 속 퓨마의 발치에서 잠들어 있었다. 간밤에 샘이 이어지는 것을 얼핏 보았던 계단을 따라서, 어린아이 키만 한 황금상들이 별빛 아래 홀로 반짝이고 있었다.

별들과 성스러운 도시의 그림자를 더 잘 보려고, 아나마야는 집에서 멀리 벗어났다. 잠이 완전히 달아났다. 습기를 잘 막아주지 못하는 망타로 몸을 감싼 채 어느 계단에 오그려 앉아, 그녀는 이 세상에 오직 혼자인 것처럼 깨어 있었다.

완전히 홀로.

그녀는 늙은 잉카 우아이나 카팍의 부름을 듣고 싶었다. 용기를 북돋워주는 그의 신비한 목소리를. 그러나 침묵뿐이었다.

그녀는 왠지 성스러운 도시로 들어가기가 두려웠다. 경이로운 발견에 감탄하던 순간은 지나가버리고, 갑자기 예전처럼, 한낱 어린아이였을 때처럼 자신이 권력도 힘도 없는 어린 소녀로 느껴졌다. 눈에 보이지 않는 세계에 대해 아무것도 몰랐을 때, 즐겁게 웃고 두려운 게 아무것도 없었을 때처럼. 산속에 숨겨진 퓨마를 예감하지 못했을 때처럼……

첫 동이 틀 무렵, 도시의 문이 열렸다. 그녀의 온몸이 습기에 젖어 차게 굳어 있었다. 전날 빌라 오마를 맞이했던 세 명의 신관이 그녀가 있는 곳까지 올라오더니 따라오라고 몸짓으로 명령했다.

*

"영원히 입을 다물고, 여기로 왔던 길도, 여기서 네가 본 것도 아무에게도 발설하지 않겠다고 마마 킬라에게 약속해라!"

아나마야 뒤에서 대신관 윌록 토팍이 큰 소리로 명령했다.

아나마야는 높은 벌판 끄트머리에 있는 허리 높이의 두 벽 사이에 서 있었다. 벌판은 절벽 위에 펼쳐져 있었다. 저 아래 골짜기의 움푹한 곳이 손 안에 담길 만큼 작아 보이는, 현기증 나는 절벽이었다.

대신관의 입술은 얄팍하고 빌라 오마의 입처럼 코카 때문에 초록빛을 띠었다. 하지만 눈은 이상하게도 잿빛이었다. 빌라 오마에 따르면, 그의 홍채가 그렇게 빛이 바랜 것은 무수한 밤마다 별을 관찰했기 때문이라고 했다.

"마마 킬라를 보고 약속해라!"

다시 한번 대신관이 퉁명스레 말했다.

아나마야는 서쪽 지평선을 가로막고 있는 가장 높은 산의 톱니 모양 꼭대기들을 응시했다. 구름이 갈라지면서, 초목이 털처럼 덮인 비탈의 굴곡이 드러났다. 그리고 마치 하늘과 바람과 비가 윌록 토팍에게 복종하기라도 하는 듯, 갑자기 푸르고 긴 띠가 나타났다. 그 한가운데에서 하현달보다 더 커다랗고 순결한 흰 달이 빛났다.

"약속합니다, 마마 킬라. 성스러운 도시에 대해서 아무것도 발설하지 않겠습니다! 이곳으로 오는 길에 대해 입을 다물 것이며, 여기서 본 것은 제 마음속에 간직하겠습니다. 제가 약속을 지키지 못하거든, 제 입을 찢으십시오……"

아나마야가 큰 소리로 말했다.

그녀가 입을 다물자마자, 어깨를 짓누르는 윌록 토팍의 억센 손힘이 느껴졌다. 그는 그녀에게 돌담 위에 배를 대고 두 손으로 힘껏 매달리게 했다.

"네 아래 있는 허공을 보거라! 주의 깊게 잘 봐둬라. 약속을 어기면 내던져질 곳이다! 절대로 어느 누구에게도 픽추에 대해 말해서는 안 된다! 어느 누구도 픽추가 존재한다는 사실을 알아서는 안 돼. 심지어 아타우알파 군주가 묻더라도 침묵으로 대답해야 한다. 잘 알겠느냐?"

윌록 토팍이 잡고 있던 손을 풀자, 아나마야는 뒤돌아서서 그의 눈을 똑바로 쳐다보며 대답했다.

"예, 강력한 신관님."

빌라 오마는 뒤로 물러서서 시선을 떨어뜨리고 있었다. 그의 태도 하나하나가 그가 여기서 얼마나 겸손하게 처신하려고 하는지를 말해 주었다.

"이제 날 따라오너라, 경이로운 처녀야!"

윌록 토팍의 목소리에는 빈정거림과 경멸이 담겨 있었다.

그는 낭떠러지 사면에 있는 돌길로 발길을 돌리더니, 우측으로 돌아서 신성한 관측 구역으로 올라가는 첫번째 계단으로 들어갔다. 아나마야는 그를 따라가며 등뒤에서 빌라 오마의 샌들이 가볍게 부딪치는 소리를 들었다.

✲

아나마야가 픽추의 울타리 안에 머문 지 나흘째였다. 나흘 동안 그녀는 아무런 장식도, 벽감도 없는 황토색 초벽의 작은 방 안에 꼼짝도 않고 머물러 있었다. 나흘 동안 남자도, 여자도, 어린아이도, 그 누구도 그녀에게 말을 걸지 않았다. 태양신이 머무는 돌인 인티우아타나 주위에서 신관들과 함께 성스러운 치차를 마시는 빌라 오마를 단 한 번 흘끗 보았다. 하지만 그조차 그녀에게 말을 걸지 않았다.

때때로 그녀가 신전이나 황금의 샘이나 콘도르의 우아카가 있는 구역에 다가가려고 하면, 사람들은 손을 들고 화를 내며 뒤로 물러나라고 날카롭게 외쳤다. 그녀는 오후 내내 보석 세공인의 작업실 문턱에 쭈그리고 앉아, 그들이 황금 라마와 귀마개를 망치로 두드리고, 머리쓰개와 가슴 띠에 에메랄드와 깃털을 박아 넣는 모습을 하염없이 바라보았다. 그러나 그녀에게 눈길을 주는 세공인은 단 한 사람도 없었다.

마치 그녀가 보이지 않는 듯, 아이들이 뛰어가면서 그녀를 떼밀었다. 방적기 앞에 십여 명씩 앉아 있는 여자들은 그녀가 접근하면 그녀를 쳐다만 봐도 그들의 훌륭한 작품이 더러워지기라도 하는 양 눈길을 돌리곤 했다…… 하는 수 없이 고독한 자기 방으로 되돌아가 보면 바닥에 누에콩 섞인 추뇨 한 사발이 놓여 있었다. 하지만 그것을 갖다 주는 이의 손은 한 번도 볼 수 없었다.

"네가 마마 킬라 앞에서 약속을 해야 하는데, 요즘은 하늘이 구름으로 덮여 있어서 말이다."

그녀가 있는 계단 높은 곳에 이르자, 빌라 오마가 낮게 속삭였다.

"왜 저를 보러 오지 않으셨어요?"

아나마야가 그의 목소리를 듣고는 놀라서 소리쳤다.

"쉿! 대신관 앞에서는 소리를 낮추거라. 네가 약속하기 전에는 어느 누구도 너를 보거나 네게 말할 권리가 없기 때문에 너를 보러 올 수 없었다. 너의 물질적인 외양이 픽추 안에 아직 존재하지 않는 셈이지."

그들 앞으로, 윌록 토팍이 광장에 이르는 골목길을 나아갔다. 이제는 빠른 걸음이었다. 갑자기 그가 왼쪽으로 돌아서 좁디좁은 통로로 들어갔다. 지금까지 아나마야에게 금지되었던 통로들 중 하나였다. 아나마야가 머뭇거리자, 빌라 오마가 가볍게 그녀를 떠밀었다.

"들어가거라. 불안해하지 마라. 윌록 토팍은 엄하고 과묵하긴 하지만 공정한 사람이다. 그는 다른 누구도 모르는 하늘의 실체를 알고 있단다. 그가 여기서 살면서 밤마다 별들과 이야기한 지 이십 년이 되었지. 게다가 그는 콜라 토팍의 형제란다. 질서를 회복할 의지와 능력을 아직 가지고 있는 사람은 오직 그뿐이다……"

아나마야가 대신관을 따라 들어간 방은 매우 기이했다. 벽은 돌들로 완벽하게 접합되어 있었는데, 돌의 크기가 고르고 위로 올라갈수록 작아졌다. 그것은 대단히 중요한 장소라는 표시였다. 사다리꼴의 창문 두 개가 윌카마요 골짜기를 향해 열려 있어서, 노란 뱀 같은 거품 이는 강과 함께 서쪽의 산꼭대기들이 내다보였다. 하지만 지붕은 없었다. 바닥에는 깊지 않은 커다란 화강암 수반 두 개에 맑디맑은 물이 담겨 있었다. 한쪽 구석에 앉아 있는 젊은 신관들은 많은 수의 퀴푸가 매달린 대나무 앞에서 거미줄 모양의 동아줄 매듭을 세느라 바빴다. 때때로 그들은 매우 신속하고 능숙하게 매듭 하나를 보태기도 하고 매듭 한 줄을 모조리 풀기도 했다…… 그런 식으로 잉카의 업적과 제국의 역사가 여러 달과 해를 넘어 보존되는 것이다.

윌록 토팍은 젊은 신관들에게 방에서 나가라는 신호를 보냈다. 그들끼리만 남게 되자, 그가 아나마야를 돌아보며 무뚝뚝하게 물었다.

"그러니까 네가 혜성을 보았고, 그것을 징조라고 생각했단 말이지? 아타우알파가 잉카가 되어야 한다고?"

아나마야는 거침없는 질문에 놀라서 곧바로 대답하지 못했다.

"우아이나 카팍이 다른 세상으로 가시던 날 밤 내내 이 아이에게 말씀하셨습니다. 그리고 이 아이가 퓨마를 만났는데……"

빌라 오마가 거북해하며 속삭이는데, 윌록 토팍이 말을 잘랐다.

"나도 알고 있네! 나는 이 처녀에게 물었네. 대답해라, 푸른 눈의 처녀야!"

"그렇습니다, 강력한 신관님. 저는 혜성을 보았고, 아타우알파 군주님이 잉카가 되셔야 한다는 걸 알고 있습니다."

"네가 알고 있단 말이지!"

"네."

"콜라 토팍에게 일어난 일도 알고 있겠군."

"그분이 돌아가실 때 제가 그분 손을 잡고 있었어요. 그분도 역시 알고 계셨어요. 바로 그 때문에 고문당하고 그렇게 잔인하게 살해되신 거예요."

"아!"

윌록 토팍은 고통스러운 몸짓으로 얼굴을 돌리고 화강암 수반 위로 몸을 기울였다. 그 순간 물에 비친 것은 흘러가는 구름뿐이었다.

"나는 밤에 그림자를 보았네. 어둠 속에서 어둠을 보았지. 별도 없었고, 하늘에는 빈 공간뿐이고…… 여태껏 그런 관찰은 한 번도 해본 적이 없었네!"

대신관의 걱정 어린 차분한 어조에 용기를 얻어, 빌라 오마가 이번에는 힘 있게 말했다.

"우리가 아무 일도 하지 않는다면 사방위 제국은 분열될 것입니다! 아타우알파와 쿠스코 씨족 사이의 전쟁이 모든 것을 파괴할 겁니다. 그리고 양쪽의 힘이 똑같다면 제국은 무너져버리겠지요."

"자네는 내게 한쪽을 선택하라는 건가, 빌라 오마? 난 별들의 신관일세. 난 쿠스코도 아타우알파도 섬기지 않아. 인티, 킬라, 그리고 우리를 낳고 보호해주시는 모든 신들을 섬길 뿐이네!"

"바로 그렇습니다, 대신관님! 저는 한 씨족을 선택하라고 부탁드리는 게 아니라 우리들, 태양신의 아들인 우리 모두를 구해달라고 부탁드리는 겁니다. 지금 균형이 깨지고 있습니다! 우리는 조상들께 제물을 바치지도 않고 힘만 빼앗고 있습니다. 저는 다른 세상의 족장들이 이 처녀를 믿기에 이 처녀와 함께 온 것입니다. 그녀에게 그들의 목소리를 들을 수 있는 에너지와 순수함을 주십시오. 너무 늦기 전에 우아이나 카팍이 그녀를 통해 의지를 전할 수 있도록 말입니다! 그녀가 그런 재능을 내려 받을 수 있는 곳은 여기밖에 없습니다! 그리고 이곳은 우리가 기도하는 곳이기도 합니다. 이보다 더 성스러운 장소는 없습니다……"

월록 토팍이 아나마야를 쳐다보며 투덜거리듯 말했다.

"순수함과 에너지라! 그녀가 견뎌낼 수 있다면, 모레 아침에 의식을 치르도록 하지! 우선 그녀는 '스무 개의 샘'에 가서 목욕을 해야 하네. 여자들에게 그녀를 준비시키라고 이르게……"

28

1530년 1월, 카디스

카디스 항구는 하루 종일 소음과 고함 소리로 쩌렁쩌렁 울렸다.

사흘 전부터 길마를 얹은 암노새와 수레 들의 행렬이 '산안토니오' 호를 따라 새벽부터 이어졌다. 이삼십 명의 사람들이 줄기차게 활발히 움직이면서 밀가루 포대며 이집트콩 포대, 말린 고기, 장작, 기름이나 술 단지, 기름 찌꺼기 상자나 오렌지 바구니 등을 실어 날랐다.

1월의 서늘한 날씨에도 대다수 사람들이 웃통을 벗은 채 어깨는 땀으로 번들거렸다. 가브리엘은 선미의 상부 구조물 위에 서서 사람들이 오가는 모습을 감시하고 있었다.

그는 뱃전에다 글 쓰는 탁자를 놓게 했다. 뒷면이 가죽으로 된 장부에, 그는 짐수레에 실린 짐의 부피와 종류를 기록했다. 흑인 세바스티안은 이따금 선체에서 부두로 재빨리 가서 방수포를 들어 올리고 포대를 열어 손으로 무게를 재고 세어보기까지 했다. 대형 범선의 선장이 따가운 눈초리로 그런 세바스티안의 모습을 뒤쫓았다. 모든 일이 잘 진행될 때는 세바스티안이 뱃전의 가브리엘을 향해 긴 손을 들어 올렸다.

그런데 세바스티안이 두 번에 걸쳐 주먹을 쳐들고 엄지손가락을 바닥으로 향하게 했다. 그러자 짐꾼들의 활발한 움직임이 멈추었다. 밀가루 백 킬로그램에 호밀이 너무 많이 섞인 것이 확인된 것이다. 조금 뒤에는 기다란 대포를 장전하는 데 필요한 화약 단지가 문제였다. 보관이 잘못되어 습기 때문에 굳어버린 것이다.

"습기 찬 화약은 죽은 화약이야. 그리고 죽은 화약은 많은 사람들을 기다란 대포의 포문 앞에 몰아놓는 것과 같지!"

세바스티안이 웃으며 말했다.

산안토니오의 선장은 화가 나서 상인 편을 들었다. 그는 무어인과도 같은 구릿빛 피부에 회색 털이 난 무뚝뚝한 사람이었다. 그는 큰 목소리가 쩌렁쩌렁 울리도록 말했다.

"이봐, 흑인! 네놈이 뭐라고? 검둥이 주제에 내게 그 뜬금없는 생각을 늘어놓는 건가? 배의 주인은 나야!"

"유감스럽습니다만, 선장님, 배 위에서는 물론 그렇지만 부두에서는 다르지요. 여기서 주인은 바로 저 사람이라고요!"

세바스티안은 언쟁을 예감하고 이미 자기들 쪽으로 다가오고 있는 가브리엘을 가리키며 침착하게 대꾸했다. 그 침착함이 뱃사람의 분노를 그만큼 더 부채질했다. 이번에는 가브리엘이 말이나 시선 못지않게 불퉁스러운 몸짓으로 밀가루 포대와 화약 단지를 열어보았다. 세바스티안의 피부보다 훨씬 더 검은 시선이 가브리엘의 등에 꽂혔다. 가브리엘은 세바스티안의 말이 옳다는 것을 냉정하게 확인시켜주었다.

"세바스티안 나리의 말씀이 백번 옳습니다, 여러분. 내가 이 쓰레기 같은 것을 받아들일 거라고 생각하십니까? 이 화약은 가마 안에서도 폭발하지 않을 겁니다. 이 밀가루로 말하자면, 이건 바구미들이나 좋아하겠군요!……"

상인들은 소리를 지르고, 선장은 불쾌해했다. 가브리엘은 훨씬 더 노골적으로 빈정대는 미소를 짓고 있는 세바스티안을 한번 쳐다본 뒤 날카롭게 내뱉었다.

"난 안 된다고 했습니다, 여러분. 안 됩니다. 더이상 시간 허비하지 말고, 세바스티안 나리께서 이것들을 바닷물에 던져버리기 전에 도로 가져가십시오."

다른 말썽 없이 적재 작업이 재개되었다. 날이 저물기 한 시간 전에야 산안토니오 앞의 부두가 비었다. 마지막 수레가 멀어지고 다시 침묵이 찾아왔다. 선체나 돛대가 삐걱거리는 소리, 시끄러운 갈매기 소리, 혹은 돛을 수선하는 뱃사람들의 웃음소리로 간간이 침묵이 깨졌다.

가브리엘이 약간의 모래로 글씨를 말리고 있을 때였다. 세찬 목소리에 그는 화들짝 놀랐다.

"흡족하시겠구려, 총독의 고문 나리! 배 밑바닥은 꽉 찼고, 마음대로……"

선장이 고양이처럼 소리 없이 뒤쪽 상부 구조물 위에 와 있었다. 그는 가브리엘이 들고 있는 펜과 펼쳐진 장부를 가리키며 덧붙였다.

"내 적재 작업이 이렇게 감시당하기는 처음이오…… 내 속마음을 얘기하자면, 이건 종교재판소의 방식이오!"

가브리엘은 웃지 않을 수 없었다.

"선장님의 속마음은 상상뿐만 아니라 잘못된 생각으로도 가득 차 있군요. 사실은 임무를 최대한 완수하라고 피사로 총독님이 내게 작업을 일임하신 겁니다. 나는 그러려고 노력하는 거고요. 자! 그런 얼굴 하지 마세요. 그럼 안녕히. 밀가루와 화약에 대한 수수료는…… 뒤카가 가득 든 지갑을 오래 끌지 않고 내게서 강탈해 가셨으니, 그걸로 틀림없이 그 불쾌한 일에 대한 보상은 됐겠지요."

선장의 두 뺨이 붉게 물들었다. 그의 어조는 소금물 통만큼이나 자극적이었다.

"젊은 사람이 감히 그런 식으로 말하다니. 내가 제대로 알고 있는 거라면, 이게 당신의 첫 항해니까!…… 당신 같은 풋내기들이 떠나는 걸 여러 번 봤소이다. 대단한 자만심에 차서들 인도제도로 떠났지. 하지만 이거 보시오, 그들이 귀환하는 일은 거의 드뭅디다! 잘 있으시오. 우린 계획한 대로 날이 밝기 한 시간 전에 닻을 올릴 거요."

선장이 발길을 돌려 뒤쪽 갑판 위 선실로 사라졌다. 곧바로 세바스티안의 가벼운 웃음소리가 들렸다.

"앞으로 두 달 동안 당신을 보고 웃지 않을 사람이 하나 생겼군요!"

"대양 건너편으로 배를 이끌어주기만 한다면, 그의 호의 같은 건 필요치 않아……"

가브리엘이 장난스럽게 말했다. 그가 장부를 덮고 펜대를 정리하는데, 키 큰 흑인의 미소가 흐려지더니 평소와 달리 당황하는 기색이었다.

"감사의 말씀을 드려야겠어요, 돈 가브리엘……"

"나한테?"

"사람들은 대개 흑인, 깜둥이 또는 다른 다정한 말로 나를 부르는데, '세바스티안 나리' 라고 부르는 사람은 많지 않지요! 페드로 말고는 정말로……"

가브리엘은 흑인의 강렬한 시선 아래 잠시 머뭇거렸다. 그러다가 무람없는 척 웃음을 터뜨렸다.

"정말이지, 세바스티안 나리, 전혀 놀랄 일이 아닙니다. 우리는 페루를 정복할 것이고, 세계는 넓어집니다. 그러니 이제부터 우리 두 사람이 일행을 존중해야 하는 것은 당연한 일이지요!"

그들은 함께 멋쩍게 웃다가, 붉게 반짝이는 태양빛 속에 조용히 흔들리는 돛대와 활대의 숲으로 이내 시선을 돌렸다.

'이제 몇 분 뒤면 대양 속으로 태양이 미끄러져 들어갈 거야. 사실은 그렇지 않지만 눈에는 평평해 보이는 대양 속으로. 우리가 밤일 때, 태양은 저쪽 황금의 나라에서 반짝이겠지! 우리가 곧 가게 될 그곳, 드디어 내가 속박 없이 나 자신이 될 수 있을 그곳…… 그리스인의 말이 맞을지 누가 알아. 내 어깨의 표시가 진짜로 어떤 숙명을 말해주는 것인지도 모르는 일이잖아?'

가브리엘은 생각했다.

"저기서 어떤 일이 우리를 기다리고 있을지 알기는 어렵습니다, 돈 가브리엘. 때로 저는 페루에 금이 아주 많아서 저 자신이 자유로워질 수 있을지도 모른다는 꿈을 꾸기도 해요. 백인들이 누리는 자유 말이에요! 하지만 그건 동화 같은 얘기죠. 돈 프란시스코가 페루의 총독인지는 몰라도, 지금으로서는 아직 꿈만을 다스릴 뿐이지요. 페루는 세상 반대편에 있고, 인디언 펠리피요가 끊임없이 말하는 잉카들이 그곳의 주인이지요! 그들은 우리가 나타났다고 해서 곧바로 굴복하지는 않을 겁니다. 돈 프란시스코는 부하들을 충분히 구하지도 못했는걸요……"

세바스티안이 마치 그의 생각을 꿰뚫어 보기라도 한 것처럼 중얼거렸다.

가브리엘이 말을 가로막았다.

"나도 알아. 이 배의 선장도 알고 있는 일이고. 인도제도 이사회 관리들이 허락하기 전에 한밤중에 항구를 떠나는 조건으로, 추가로 오십 뒤카를 내게 요구했던 그자 말이야! 부하들이라면 파나마에서도 구할 수 있을 거야."

"우리를 따르려고 할 만큼 충분히 미친 자들이 또 있다면요! 우정 어린 마음에서 드리는 말씀입니다, 돈 가브리엘. 당신은 우리 동지가 되기 위해 온갖 노력을 다 했잖아요."

"그들이 나를 정말 동지로 생각하는 걸까 며칠 동안 생각하고 있는데……"

"에르난도 얘기입니까?"

"내가 제대로 본 거라면, 대장의 젊은 동생들은 별로 능력이 없어. 후안과 곤살로는 다혈질인데, 부디 자랑스러운 투사이길 바라고 있네. 그건 그렇고…… 사실 오늘 저녁에는 아무래도 상관없어. 자신의 꿈을 믿는 사람이 돈 프란시스코만은 아니야. 오늘 저녁, 오늘밤, 진정한 내 삶이 시작되는 거야. 난 알아, 그걸 느껴! 그래, 마치 우리 눈앞에 있는 온통 붉은 저 하늘이 나를 부르는 것처럼, 태양이 수평선 저 너머로 사라지면서 나를 그리로 데려가려는 것처럼!"

29

1530년 1월, 마추픽추

벽과 이불이 막아주는데도 아나마야는 밤새도록 습기가 살갗으로 파고드는 것을 느꼈다. 잠들기 전 저녁놀 속에서, 그녀는 창문에 기대어 아래를 내려다보며, 노호하는 윌카마요 골짜기 안의 돌처럼 한참을 머물러 있었다. 아주 가까이 웅장한 허공이 있었고, 축축한 공기 속에서 눈을 뜰 때마다 한 마리 새처럼 가볍게 허공을 날아다니는 자신의 모습이 보였다.

빌라 오마와 신관들의 말이 밤나방처럼 그녀의 머릿속을 스쳤다. 철저히 침묵을 지킨다는 조건으로 신들이 인간을 초대한 이 장소에서는 전쟁이 아주 멀리 있는 듯했다. 하지만 빌라 오마가 거듭 말하기를, 전쟁은 가까이 있고 이미 거기에 와 있었다.

"내일 새벽에……"

밤에 그녀를 남겨두고 가기 전, 빌라 오마는 이렇게 중얼거렸다.

밤새도록 그녀는 지난 며칠간의 감정에 동요되어 떨면서 새벽을 기다렸다. 내일 새벽? 즐거운 축제보다는 탄식을 상기시키며 어둠을 가로지르는 억눌린 노랫소리가 들려왔다. 목소리는 그녀의 주위를 돌며 그녀에게 그들과 함께할 것을 호소했다. 아나마야는 공연히 마음이 흔들렸다. 내일 새벽? 그녀는 골짜기를 향해 열린 입구 너머에서 빛을 찾으며, 소리 죽여 잉카 우아이나 카팍을 불러보았다. 하지만 어떠한 빛도 그녀의 마음을 밝혀주지 않았고, 어떠한 목소리도 그녀를 도와주지 않았다.

첫 태양빛이 멀리 떨어진 산맥의 눈 덮인 꼭대기를 비출 때에야 아나마야는 깊이 잠들어 있었다. 빌라 오마가 그녀를 흔들어 깨웠다. 그녀는 소스라치게 놀라 눈을 떴다. 그녀의 가슴이 크게 고동쳤다. 그녀의 작은 방으로 파고드는 빛은 여전히 잿빛이었다. 그녀는 일어나서 망타를 고정시키는 핀인 투푸를 바로잡았다.

"시간이 됐다."

빌라 오마가 짧게 말했다.

두 사람은 도시의 좁은 골목길을 가로질러, 둥근 지붕밖에 보이지 않는 태양신의 신전을 향해 다시 올라갔다. 그녀도 모르게 눈길이 줄곧 산과 골짜기와 으르렁거리는 강으로 쏠렸다. 그녀는 뒤를 돌아보았다. 뒤에서는 빛이 우아이나 픽추를 점령해 그 황토색 바위를 황금빛으로 반짝이게 했다.

윌록 토팍이 신전 앞에서 그들을 기다리고 있었다. 그는 고급 라마 모직물로 된 흰 옷차림에 성스러운 머리쓰개를 하고 있었다. 황금빛 태양이 그의 이마를 덮고 있었다.

빌라 오마가 그 앞에서 고개를 숙였다.

아나마야는 신전에서 나오는 야나코나들에게 눈길이 끌렸다. 그들은 미라의 가마보다 장식은 훨씬 적지만 그래도 역시 최고급 직물인 쿰비로 덮인 가마, 람파를 들고 있었다.

그녀는 몸이 떨렸다.

해가 떴는데도 공기는 여전히 습했다. '태양신의 문' 위로 구름이 조금 모여 있었다.

일행은 성스러운 계단식 경작지를 따라 관리인의 집 쪽으로 천천히 올라갔다. 층을 이룬 경작지는 퀴노아의 엷은 보랏빛에서부터 옥수수의 눈부신 황금빛에 이르기까지 장관을 이루고 있었다. 그들은 한마디도 나누지 않았다.

대신관과 현자가 앞서 걸어가고, 그 다음으로 가마를 든 야나코나들과 다른 하인들이 여섯 마리의 하얀 라마를 몰고 뒤를 따랐다. 아나마야는 행렬의 맨 끝에 있었다.

건물에서 멀어지면서, 그녀는 그들이 '태양신의 문', 인티 푼쿠를 향해 가고 있음을 깨달았다. 그녀는 그 문을 통해 도시를 처음 보았었다. 길은 포석으로 완전히 덮여 있어서 비탈길인데도 힘들이지 않고 앞으로 나아갈 수 있었다. 그들은 옥수수를 재배하는 계단식 대지를 지나갔다. 그녀는 눈을 들어, 꼭대기의 윤곽이 선명히 드러나는 산을 바라보았다. 산은 여전히 창백한 푸른 창공에 펼쳐진 새의 날개처럼 보였다.

마추픽추. 태고의 산꼭대기. 홀로 그 단어를 중얼거리면서, 아나마야는 두려움으로 가슴이 옥죄어오는 것을 느꼈다.

갑자기 신관이 인티 푼쿠로 가는 길을 벗어나, 오른쪽 비탈길에 똑바로 뻗어 있는 마추픽추로 향하는 층계로 접어들었다. 아나마야는 신관과 빌라 오마가 있는 곳으로 걸음을 재촉했다. 지나가면서 람파 안을 슬쩍 들여다보았지만 아무것도 보이지 않았다.

"어디로 가는 거예요?"

빌라 오마가 손짓으로 슬며시 산꼭대기를 가리켰다.

"뭘 할 건데요?"

다그치는 그녀의 목소리에 신경이 거슬린 대신관이 그녀를, 다음에는 빌라 오마를 엄한 눈길로 돌아보았다.

"어떻게 저 아이가 감히 우리에게 말을 거는 겐가?"

"저는 단지 우리가 뭘 할 거냐고 물어보는 것뿐이에요."

"인티에게 선물을 바칠 거다."

빌라 오마가 지친 목소리로 말했다.

"라마를요?"

빌라 오마는 대답하지 않았다. 아나마야의 시선이 가마로 쏠렸다. 빌라 오마는 눈길을 돌렸다.

✲

길은 더 좁아지고 가팔라졌다. 더구나 그들은 초목이 우거질 대로 우거져 하늘이 보이지 않는 숲 지대로 들어섰다. 노란색, 붉은색, 분홍색 난초 다발이 초록 바다 여기저기서 눈부시게 빛났다. 온 사방으로, 길가며 바위들을 따라서 습한 기운이 흘러넘쳤다.

그들이 완전히 숲 위에 올라섰을 때, 뒤를 돌아본 아나마야는 아래에 펼쳐진 도시를 보고 놀라 숨이 멎는 듯했다. 마치 날갯짓으로 더 높이 올라가 보면 중앙 광장의 초록색 점과 함께 계단식 대지며 집, 신전의 완벽한 대형을 알 수 있을 것만 같았다.

그녀는 매 순간 더 강렬한 푸른빛으로 변해가는 하늘에 검은 윤곽을 뚜렷이 드러내는 마추픽추 정상을 올려다보았다.

"첫날부터 내가 가르쳐주지 않았느냐, 알려주지 않았느냐?"

빌라 오마의 목소리에 그녀는 깜짝 놀랐다. 그 목소리는 거의 애처롭기까지 했다.

"빛을 향한 우리의 긴 여정을 얘기해주고, 이미 그 불길이 우리를 집어삼키고 있는 전쟁을 깨닫도록 가르쳐주지 않았느냐?"

"현자님은 저를 퓨마에게 던져주려고 했고, 유일한 군주님 우아이나 카팍의 명령에 따라 제 목숨을 살려주셨죠."

"나는 네게 모든 것을 가르쳐주었고, 너를 여기, 가장 비밀스러운 장소에 데려왔다. 이제……"

"저는 모르겠어요, 현자님."

길 양쪽에는 두 개의 벽이 세워져 있었다. 아나마야의 가슴이 더욱 거세게 고동쳤다. 이곳에서, 산이 그 신비를 열어 보이고 있었다.

야나코나들이 가마를 내려놓았다. 쿰비가 미풍에 가볍게 떨렸다. 여자아이가 내렸다. 열 살도 채 안 된 아이였다. 아이의 입가에서 코카 즙이 가느다란 줄기로 흘러내렸다. 아이는 허리 부분이 붉은색인 단순한 흰색 아나코를 입고 있었다. 아이의 검고 강렬한 눈이 아나마야의 눈을 뚫어지게 쳐다보았다. 아이의 눈에는 미소도 두려움도 없었다. 아무것도 없었다.

불현듯 깨달은 아나마야의 가슴속에서 분노가 치밀었다.

"제게 가르쳐주려고 했던 게 바로 이건가요? 이 아이를 희생시킬 거라는 거요?"

"조용히 해라!"

빌라 오마는 억압적인 말투를 되찾았다. 하인들은 머리를 숙이고 있고, 라마는 고삐 끝에서 몸부림쳤다.

"세상이 뒤흔들릴 것이고, 전쟁은 이미 하늘을 붉게 물들이고 있다. 비라코차는 대양을 휘젓고 있고, 대격변이 준비되고 있다…… 그런데 넌 이 아이의 목숨을 말하는 것이냐? 우리 아버지들인 카파코차도 이런 희생 의식을 몸소 행했고, 그분들의 아버지들도 마찬가지였다. 그렇게 해서 잉카가 주인이 된 것이다. 너, 푸른 눈의 처녀야, 너는 세계의 질서를 중단시키고 땅에 피를 되돌려주는 것을 방해할 참이냐?"

현자의 말 한마디 한마디가 아나마야의 가슴을 후려쳤다. 그렇다, 그녀는 그의 가르침을 받았고, 비밀의 도시에 머무는 동안 잉카 영혼의 가장 깊은 곳에 다가갈 수 있었다. 그렇다, 그녀는 대의의 삶이 이어지려면 생명을 바칠 줄 알아야 한다는 것을 알고 있었다. 그렇다, 그녀는 예고된 혼란 앞에 보잘것없는 존재였다. 하지만 어린 소녀의 무표정한 시선을 마주하자, 아주 오래전부터 내면 깊은 곳에 묻혀 있던 무언가가 입가로 흘러나오고 만 것이다.

그녀는 눈길을 떨어뜨리고, 빛을 피하기 위해 잠시 눈을 감았다.

빌라 오마는 입을 다물고 있었다. 그는 그녀가 굴복하리라는 것을 알고 있었다.

"가자."

그가 짧게 말했다.

아나마야는 어린 소녀 쪽으로 몇 발짝 옮겼다.

그녀는 소녀의 머리카락을 쓰다듬었다. 그리고 손을 잡았다.

"이리 와. 내가 함께 있어줄게."

아나마야는 작은 소리로 말했다.

길을 가는 내내, 그녀는 자신에게 스스로를 내맡긴 작은 동물 같은 소녀의 따뜻한 손을 느꼈다.

30

1530년 1월, 마추픽추

길 가장자리는 성채의 담벼락처럼 높은 바위들로 울타리가 쳐져 있었다.

아나마야는 손끝에 매달린 아이가 겁먹지 않도록 떨지 않고 걸었다. 바위의 틈이 열리자, 그녀는 아이를 품에 안은 채 걸음을 멈추지 않고 그 틈으로 미끄러져 들어갔다. 일단 건너편으로 간 뒤에야 좁은 길 위에서 뒤를 돌아다보았다. 길 아래로는 도시가 작아 보일 만큼 거대하고 무시무시한 허공뿐이었다.

이제는 하늘밖에 없었다. 하늘 한가운데에서는 구름과 산의 지평선 저 멀리 검은 점처럼, 하늘의 섬광처럼 새 한 마리가 맴돌고 있었다. 머리 바로 위 산꼭대기도 바람에 쓸려 하늘로 날아가버린 새의 깃털처럼 보였다.

아래에도 허공, 위에도 허공이었다. 땅은 거의 없고, 대기와 하늘뿐. 그녀를 이 세상에 붙잡아두는 것은 그녀가 쥔 작은 손 말고는 아무것도 없었다.

✲

정상 바로 앞, 그들을 하늘과 갈라놓는 띠 모양의 좁은 땅 위, 우아카 안에 제단이 패어 있었다. 멀리 구름 너머로는 만년설이 쌓인 살칸타이가 우뚝 서 있었다. 마치 가는 모직 끈이 바람 부는 대로 하늘에서 나부끼는 것처럼, 안개 장막이 드리워지기도 하고 걷히기도 했다. 날씨는 눈 깜박할 사이에 맑아졌다가 흐려졌다.

아나마야는 무릎 위에 소녀를 앉혔다. 소녀의 손을 잡고 일종의 동요와 도취 속으로 함께 빠져들었다. 아이는 코카 잎을 씹었고, 그녀는 치차를 마셨다. 이제 그녀는 희생된다는 생각에는 무관심해졌다. 때때로 아나마야는 소녀의 손가락이 자신의 황금 팔찌에 있는 뱀의 머리를 움켜쥐고 매달리는 것을 느꼈다.

만약 그녀들이 일어나서 몇 발짝 내디딘다면, 골짜기 깊은 곳에서 으르렁거리는 소리가 이제는 희미하게만 들리는 강물에 빠지기 전에 먼저 콘도르의 날개를 타고 날게 되리라.

우아카 앞에서, 하인들이 옥수수, 퀴노아, 코카와 같은 첫 제물을 태울 불을 피우고 있었다.

다음은 라마의 차례일 것이다.

그 다음은 어린 소녀.

아나마야는 더이상 두렵지 않았다. 더이상 격분을 느끼지 않았다.

빌라 오마에게 복종한 것이 아니다. 전 우주에, 산에, 구름에, 태양과 그림자에 복종한 것이다.

그녀의 시선은 빙빙 도는 새처럼 온 주변 경치를 떠돌고, 하늘을 휘젓는 구름과 함께 위로 올라갔다가 자갈이나 모래알처럼 보이는 비밀 도시의 집들까지 내려갔다. 아나마야는 소녀의 귀에 대고 노래 같은 것을 흥얼거리며 소녀를 품에 안고 흔들었다.

안개가 모여서 점점 더 빽빽한 덩어리가 되더니, 골짜기로 내려가 차츰차츰 도시를 가렸다. 창백하도록 푸른 하늘은 흰색에 가까워졌다. 새는 멀어지고, 바람 소리만 가득했다.

그녀는 퓨마를 보았다.

도시를 굽어보고 활기찬 힘으로 도시를 보호하는 산, 우아이나 픽추를 퓨마의 거대한 그림자가 점령했다. 두 개의 바위가 퓨마의 눈이 되고, 그늘진 바위의 균열이 퓨마의 입이 되었다. 귀는 솟칠 듯이 쫑긋 서 있고, 발은 안개의 대양에 빠져 있었다.

아나마야는 미소 지었다. 퓨마는 그녀의 친구이므로.

"무서워하지 마. 무서워하지 말고 퓨마를 바라봐……"

아나마야는 바람을 맞으며 어린 소녀에게 속삭였다.

라마의 피가 황금 단지에 모였다. 신관과 현자가 아나마야와 소녀를 마주 보았다.

아나마야는 아이의 어깨를 잡고 아이와 함께 일어섰다. 이제 아이는 그녀 몸의 일부였다.

"지금이다."

빌라 오마가 말했다.

아나마야가 두 팔을 벌리는 순간, 노호하는 천둥소리가 지평선에서부터 하늘을 가로질렀다.

콘도르. 힘과 죽음의 새가 대기를 찢을 듯한 새된 소리로 하늘을 가득 채우고, 바로 그들 머리 위로 그림자를 드리웠다.

대기는 어두웠다.

신관이 반짝이는 은투미를 든 손을 멈추었다.

*

"나는 우아이나 카팍이다. 사방위 제국에 힘을 떨쳤던 잉카다."

아나마야가 바람과 첫 빗방울들을 압도하는 강경한 목소리로 말한다.

"나는 너희들이 보는 것을 모두 보지만, 너희들은 나를 보지 못한다. 내게는 몸을 숨기는 태양신과 잠드는 달의 신이 보이고, 땅과 하늘을 뒤흔드는 회오리바람이 보인다.

혼돈이 보이고, 헛되이 흘리는 피가 보이고, 전복된 세계가 보이고, 급류를 따라 돌멩이처럼 굴러가는 군대가 보이고, 형제를 치는 형제가 보이고, 아들을 죽이는 아들이 보이고, 죽임을 당하고 강간당하는 여자들의 비명이 들린다. 나는 가슴 아픈 눈물을 흘린다."

아나마야의 가슴이 천천히 들어 올려지고 숨이 가빠졌다. 그녀는 감히 콘도르를 향해 눈을 들지 못한 채, 안개가 눈앞에서 넘실거려 신관과 현자와 어린 소녀마저 보이지 않았다. 그들은 이제 그녀에게 그림자에 지나지 않았다. 말을 하는 것은 그녀이지만, 그녀가 아니기도 했다.

"사람들이 탐욕으로 서로 으르렁거리는 것이 보이고, 굶주림이 배와 정신을 괴롭히는 것이 보이고, 말라버린 샘이 보이고, 우리에게 세계를 알게 해준 빛과 어둠의 길이 닫히는 것이 보인다.

땅의 중심부에 이르는 계단으로 고통이 내려가는 것밖에는 보이지 않는다.

그리고 나의 분신 형제가 보인다. 달아나 어둠 속에 숨어 있다가, 숱한 세월이 지난 뒤 다음 파차쿠티를 예고하기 위해 눈부신 빛 속에 다시 나타나야 하는 태양신의 내 형제가 보인다."

아나마야는 입을 다물었다.

그녀는 신관의 손에서 칼이 떨어지는 것을 보지 못했다. 빌라 오마의 어두운 시선과 하인들의 공포도, 콘도르가 멀어지는 소리도 듣지 못했다.

다시 나타난 태양이 목덜미를 비추고서야 그녀는 꿈에서 깨어나 머리를 흔들었다.

"아나마야, 호수의 눈빛을 가진 아이야. 네가 우리에게 예고하는 것이 무엇인지는 모르겠다만, 난 널 믿는다……"

현자가 말했다.

"저도 모르겠어요."

"바로 그렇기 때문에 내가 너를 믿는 것이다. 이제 너의 격분이 왜 소용없는 것이었는지 알았느냐?"

"아이를 희생시키지 않았군요."

"건방지게 굴지 마라. 너 때문이라고 생각하지 마. 신호가 온 거다."

"저도 알아요, 현자님."

하인들이 아직 따뜻한 라마의 사체를 어깨에 짊어졌다. 안개가 천천히 걷히고, 눈부신 초록빛 초목 한가운데에서 반짝이는 도시가 보였다.

아나마야는 느린 걸음으로 좁은 산마루를 따라 내려가고, 가파른 계단을 내려가고, 바위 틈을 다시 지나갔다.

길 가는 내내 그녀는 한 걸음 한 걸음 내디딜 때마다 벽과 밀짚 지붕이 더 선명하게 드러나는 도시를 보았다.

길 가는 내내 그녀는 전 세계가 전쟁으로 찢기는 것을 생각했다. 빌라 오마의 말과 우아이나 카팍의 이야기, 환영과 목소리, 모든 것이 피와 죽음과 파괴를 예언하고 있었다.

길 가는 내내 그녀는 자신과 마주 보며 산에 매달려 있던 퓨마가 털어놓으려 한 것이 무엇인지 생각했다. 그리고 내내 자기 손에 쥐인 어린 소녀의 손을 느꼈다. 말하거나 함께 나눌 수는 없었지만, 말 없는 행복이 제2의 심장처럼 그녀의 가슴속에서 고동쳤다.

제3부

31

1532년 3월, 푸나 섬

"총독님, 여쭤보라고 하지 않으셨습니까?"

세차게 부서지는 파도 소리에도 불구하고, 가브리엘은 본능적으로 소리 죽여 말했다.

칠흑 같은 밤. 가느다란 초승달이 이따금 구름 사이로 나타났다. 물에 비친 달 그림자는 사나운 물결 속에 소리 없이 부서졌고, 배에 매달린 램프는 마치 악마가 재미삼아 흔들기라도 하는 양 삐걱거리며 흔들렸다. 돛을 졸라맨 활대 사이로 바람이 쉭쉭 소리를 내고, 배가 닻을 잡아당겨 닻의 사슬이 쉼없이 덜커덕거리고, 돛대 전체가 삐걱거렸다.

강철 활을 던지면 닿을 거리인데도 푸나 섬은 보이지 않았다.

둥글게 굽은 뱃머리를 두 손으로 움켜쥐고 검을 꼬리처럼 내려뜨린 채 버티고 선 돈 프란시스코 피사로는 눈앞의 어둠을 응시하고 있었다.

하얗게 센 그의 수염이 미친 듯이 날뛰는 대양의 비말처럼 어둠 속에서 인광을 발하는 듯했다. 그는 겨우 가브리엘을 돌아보며 대답했다.

"사십팔 킬로미터야! 사십팔 킬로미터와 바다에서의 사흘, 그게 우리를 페루와 갈라놓고 있는 전부일세, 가브리엘! 툼베스가 저기, 우리 앞에 있어. 우리가 오 년 전에 상륙했던 첫번째 도시, 황금 왕국에 대한 약속이 확인되었던 장소 말일세……"

그는 마치 신전들과 빛나는 황금을 식별할 수 있기라도 한 것처럼 눈살을 찌푸린 채 잠시 말이 없었다.

"모든 것이 내일 시작될 걸세, 젊은이! 어떠한 함정이 도사리고 있든, 성모 마리아가 항상 우리의 정복을 지지해주실 거야……"

돈 프란시스코는 갑자기 목소리를 낮추었다. 가브리엘이 바싹 다가가 들어야 할 만큼 작은 소리였다.

"총독님, 카디스를 떠나온 뒤로 저는 한 번도 그 사실을 의심해본 적이 없습니다. 몇 달이 아니라 몇 년이 걸리더라도요. 지금까지의 여정이 험난했을지라도…… 우리가 파나마에서, 난국과 불신의 한가운데에서 영원토록 기다려야 한다 할지라도 말입니다……"

가브리엘이 한결같은 어조로 대꾸했다.

"난 그곳에 황금과 에메랄드보다 더 많은 약속을 심어놓았네."

돈 프란시스코가 평소답지 않게 빈정대는 투로 말했다.

그는 메마른 손가락으로 어깨 끈을 꽉 쥐고 한참 동안 침묵을 지켰다. 온통 시끄러운 파도 소리뿐이었다. 그가 불쑥 물었다.

"소토 대장을 어떻게 생각하나?"

"그러니까 제가 보기엔 매우 용감한 대장인 것 같습니다. 용기 있고, 전쟁에 대한 지식도 풍부하고……"

가브리엘은 적당히 가려서 말했다.

돈 프란시스코는 신경질적인 몸짓으로 수염을 흔들며 투덜거렸다.

"자네가 말한 그대로야, 그건 사실이지. 하지만 슬프게도……"

그는 말을 멈추었다. 배가 썰물의 물결에 균형을 잃고 앞뒤로 흔들렸다. 축축한 갑판 위로 미끄러진 가브리엘은 난간을 움켜쥐고 매달렸다. 균형을 되찾은 그가 다시 말했다.

"사실대로 말씀드리자면, 총독 각하, 저는 그가 니카라과에서부터 와서 우리와 합류했다는 것에 무척 만족합니다! 중요한 만남이잖습니까. 두 척의 배, 백 명의 부하, 스물다섯 마리의 말! 그건 우리 탐험대의 힘을 두 배로 만들어주는 것이지요!"

"베날카사르도 우리와 합류했네…… 그러면 난 의심하지 않아."

"하지만 베날카사르에게는 부하가 서른 명밖에 없습니다."

돈 프란시스코는 역정을 내며 손등으로 말을 가로막았다.

"우리는 숫자로 이기는 게 아닐세, 젊은이."

가브리엘은 어떠한 상황에서도 성모 마리아가 지지해준다는 확신 운운하며 돈 프란시스코가 또 얼마나 짜증나게 할지 잠시 생각했다.

"제가 말씀드렸죠. 저는 의심하지 않았고 언제나 의심하지 않는다고요. 하지만 우리가 스페인을 떠난 지 벌써 두 해가 지났습니다. 기분 나쁜 소란을 벌이고 질병을 앓으며 기다리는 것 말고는 아무런 하는 일도 없이 말입니다!"

가브리엘이 더 침착하게 말했다.

"자넨 아주 잘 해냈네!"

"드디어 우리는 총독님이 말씀하신 페루 해안이 보이는 곳에 도착했습니다. 하지만 비 때문에 어쩔 수 없이 여섯 달 동안 이 섬에 머물러 있는 형편이지요. 우리가 처음 도착했을 때 우리를 환영했던 인디언들은 사소한 일 때문에 이제는 우리가 제풀에 죽기만을 바라고 있어요. 어제는 총독님이 병사로 택한 놈들이 코를 풀듯 인디언 처녀들을 강간했습니다. 오늘은 분명 그놈들이 인디언의 얼굴을 보기만 해도 무기를 가지러 달려갈 겁니다!…… 총독님의 형제 에르난도는, 말이 나온 김에 드리는 말씀이지만, 난폭한 독일 군인보다 처신을 더 잘 못했고 넓적다리에 달고 다니는 화살 때문에 아직 두 주 동안은 말을 탈 수 없을 겁니다! 또다른 동생들인 후안과 곤살로는 즐기고 약탈할 생각만 하다가 보잘것없는 갈대 오두막을 손에 넣었지요…… 솔직하게 말씀드리는 걸 용서하십시오, 돈 프란시스코. 하지만 소토 대장이 없다면 총독님은 결코 페루 총독이 되지 못할 것입니다!"

이상하게도 돈 프란시스코는 가브리엘의 독설에 화를 내기는커녕 기침을 하듯 키득키득 웃었다.

"상관없네. 난 이미 총독이야. 성모님이 원하고, 왕이 원하고, 내가 원하니까! 하지만 소토는 자기 자신을 위한 영토를 원하지. 난 그가 기회만 잡으면 우리를 두고 슬쩍 떠날까 봐 두려운 것이네……"

"그럴 수도 있지요, 돈 프란시스코! 그럴 수도 있습니다! 하지만 지금으로서는 위험은 다른 곳에 있어요. 총독님 부하들은 황금의 나라 해안에 발을 들여놓기도 전에 지쳤습니다. 이토록 가까이에서 그곳을 보고만 있는 것을 더이상 견뎌내지 못합니다. 그들은 굶주리고 병들었습니다! 끔찍한 피부병이 날마다 사람을 죽이고 있는데, 잠을 자면서 옮는다는 얘기가 있어서 이제는 눈들도 제대로 감지 못합니다. 어떤 사람들은 베루가라는 페루 사마귀 병이 생선이나 게로부터 전염된다고 얘기하지요! 그 때문에 더이상 먹지도 못하니, 먹을 게 아무것도 없어요……"

가브리엘이 투덜거렸다.

"자네에겐 새로운 일이지, 젊은이! 이게 자네의 첫 원정이고, 자넨 노래를 배우는 거야. 나로서는 그 노래를 들은 게 사십 년 전부터일세!"

돈 프란시스코는 재미있어하며 말했다.

무감동한 눈으로, 그는 배가 앞뒤로 흔들리는데도 수염 하나 까딱하지 않고 꼿꼿이 서서 잠시 침묵을 지켰다. 그러더니 갑자기 가브리엘의 손목을 으스러지게 쥐며 정중하게 물었다.

"돈 가브리엘, 당신이 톨레도의 들판으로 나를 따라와서 내 옆에서 페루를 정복하게 해달라고 간청하던 날을 기억하시오?"

"그날은 평생토록 제 기억에 새겨져 있을 겁니다, 총독님!"

"그때 내가 뭐라고 대답했소?"

"제 인격을 희생하고, 어떠한 상황에서든 총독님께, 오직 총독님께 복종하라고 하셨죠! 틀림없이 값비싼 대가를 치러야 할 일이라고 하시면서요……"

"그럼 이제 약속의 일부를 지킬 시간이 되었소. 내일 새벽에 우리 배는 툼베스 해안으로 떠날 것이오. 하지만 배 밑바닥이 넓지 않아서 부하들과 말들을 모두 실을 수는 없소. 나는 인디언 식으로 만든 뗏목을 보내달라고 툼베스의 인디언 우두머리와 담판을 지었소……"

"조금 전에 뗏목을 봤습니다. 잘 만들어진 뗏목이던데요. 기대 이상으로 크고 견고해요! 총독님과 에르난도의 가방은 벌써 뗏목에 실어놓았는데……"

가브리엘이 흥분하며 말하자, 돈 프란시스코가 언짢은 듯 말을 잘랐다.

"문제는 뗏목이 아니라, 소토에 대한 내 믿음이 얼마나 견고한가 하는 것이오. 그 발사 뗏목이 우리 배보다 더 빠르다는 핑계로, 소토가 인디언들과 먼저 떠나서 우리의 상륙을 준비하겠다고 제안했는데…… 물론 나로서는 예의 바른 대접을 받는다면 고마운 일이오. 하지만 부하들의 절반을 단번에 잃고 싶지는 않소……"

또다시 더욱 거센 파도가 잠시 그들을 갈라놓았다. 뒤쪽으로 섬의 보이지 않는 해안에서 말 울음소리와 고함 소리가 들려왔다. 돈 프란시스코는 가브리엘의 팔을 다시 움켜쥐고, 자기 검의 손잡이가 젊은 안달루시아인의 옆구리를 찌를 정도로 바싹 잡아끌었다.

"소토 대장이 툼베스의 인디언들과 대면하게 될 때 그의 음모를 감시해주게."

"발사는 쉽게 뒤집힌다던데요……"

"수영할 줄 알잖아, 이 사람아! 그게 자네한테 쓸모 있을 거야. 특히 눈과 머리를 쓰게. 그리고 이번만은 절대로 혀를 놀려서는 안 되네."

돈 프란시스코가 다시 거칠고 무람없는 태도로 투덜거렸다.

"믿을 만한 동료가 한 사람 필요합니다. 세바스티안과 함께 가게 해주십시오."

"흑인 노예를 신뢰한다면, 뭐 복 많이 받게나……"

*

발사는 견고했다.

커다란 손 모양으로, 돛대로 쓰이는 말뚝이 박혀 있고, 지중해의 해적선을 상기시키는 돛이 달리고, 소 엉덩이만큼 굵직한 통나무들이 용설란 밧줄에 엮여 있었다. 발사는 수면 위로 미끄러져 항행했다. 그 때문에 물결이 조금만 거세어도 큰 파도에 휩싸였다. 겨우 쌓아올린 에르난도의 가방은 푸나 섬을 떠난 지 한 시간 만에 이미 물을 잔뜩 뒤집어쓴 상태였다.

"젠장, 이런 식으로 가면 돈 에르난도의 윗옷이 썩겠는걸. 멋진 아마 셔츠도! 여분의 장화도!…… 이런 식으로 하루만 더 지나면 아궁이 땔감처럼 물러지겠어. 그러면 돈 에르난도가 병이 나고 말 텐데!"

보카네그라가 끙끙거렸다.

"내가 자네라면, 그 동생 나리가 앓을지도 모를 병 따윈 그렇게 걱정하지 않을 텐데. 내가 보기에, 자넨 이미 엄청 지겨워하고 있어……"

세바스티안이 비아냥거렸다.

안드레스 데 보카네그라는 통증 때문에 입을 비죽거리며 기형인 얼굴을 돌리고 몸을 오그렸다. 불쌍한 보카네그라는 베루가에 전염되어 괴물같이 변한 이들 중 하나였다. 그의 왼뺨에는 무화과만 한 끔찍한 돌기가 돋아 있었다. 그것과 비슷한 크기로 불길한 자줏빛을 띤 또다른 돌기가 코끝에서 흔들리고 있고, 풍만한 어미 뒤에 흩어져 있는 새끼들처럼 이집트콩만 한 십여 개의 무사마귀가 목과 어깨를 덮고 있었다.

그날 아침만 해도 섬을 떠나기 한 시간 전에, 보카네그라는 너무 고통스러워서 턱에 솟은 무사마귀를 단검으로 베어내버리고 피가 흥건한 얼굴을 천으로 감싼 터였다. 그런데 정오부터는 또다른 흉측한 돌기가 오른쪽 관자놀이에 돋아나, 눈이 튀어나오고 가톨릭 성당을 장식하는 이무기 돌과 흡사한 생김새로 변해버렸다.

그 모습이 너무 혐오스러워서 가브리엘은 그를 거의 쳐다보지도 않았다. 하지만 지금 가브리엘이 불안해하는 것은 다른 이유에서였다. 그는 가방들 위에 올라서서 발사의 돛을 움켜쥔 채 한참 동안 물결을 유심히 살폈다.

"아무것도 없어, 아무것도."

가브리엘이 세바스티안에게 소리쳤다. 그러고는 발사 뒷부분으로 가서 조심스럽게 웅크렸다.

"돛 하나밖에는. 오늘 아침에는 우리 뗏목이 여덟 개였는데……"

가브리엘이 눈썹을 찌푸리며 덧붙였다.

"조류 때문이에요. 난 이미 알고 있었어요. 이 물건에는 용골*이 없어서 방향을 잘 잡지 못해요."

보카네그라가 외면한 채 중얼거렸다.

"조류 때문이거나 아니면 소토 대장의 의도겠지! 통역자 마르티니요가 그와 함께 있어. 그러니 우리를 따돌리도록 명령을 내릴 수 있었겠지! 돈 프란시스코가 경계하던 게 옳았어."

"그 두 가지 경우가 다 아닐까봐 걱정인데요."

세바스티안이 낮게 중얼거렸다. 그는 커다란 키잡이 노를 능란하게 다루는 네 명의 인디언을 턱짓으로 가리켰다.

"난 저들이 마음에 안 들어요. 저들은 눈만 마주쳐도 씩 웃는다고요."

"그래서?"

"알아둬야 할 게 하나 있어요, 돈 가브리엘. 인디언이 당신을 보고 웃으면, 그건 못된 술책을 꾸미고 있다는 거죠."

가브리엘이 막 대꾸하려는데 한 인디언이 알아들을 수 없는 말을 외치며 그들 앞에 있는 뭔가를 가리켰다. 검푸른 나무들이 뒤얽혀 덮여

* 선박 바닥 중앙에 뻗어 있어서 선체를 지탱하는 길고 큰 재목.

있는 띠 모양의 땅덩이가 아주 가까운 파도 마루에서 불쑥 솟아올랐다. 마치 대양 위에 떠 있는 듯했다.

"섬이에요."

서 있던 세바스티안이 소리쳤다.

"그렇다면 우리 동료들이 그렇게 나쁜 의도를 가지고 있는 건 아니군. 저들은 자기들이 어디로 가는지 알고 있고, 어쨌든 우린 물에 젖지 않고 밤을 보낼 수 있을 거야. 내일 저녁에는 예상대로 툼베스에 닿겠지."

가브리엘이 미소 지으며 말했다.

"오, 난 이대로 뗏목에 있겠어요! 내 평생 두 번 다시 나무 밑이나 모래 위에서 잠자지 않겠다고 맹세했거든요."

보카네그라가 우는소리를 했다.

✲

어둠이 내리는 모래사장 위에서, 세바스티안과 가브리엘은 멀리 오렌지빛 산마루를 말없이 멍하니 바라보았다. 인디언들이 수다 떠는 소리가 부서지는 큰 파도 소리와 뒤섞여 속삭임처럼 들려왔다.

가브리엘은 셔츠를 벗고 윗몸과 팔을 들여다보았다. 피부가 영양실조로 윤기 없이 푸석푸석했다.

세바스티안이 모래 위에 그림을 그렸다.

"그게 뭐야?"

"잘 보세요…… 저기, 툼베스 해변에서 페드로와 내가 처음으로 본 거예요."

가브리엘이 웃기 시작했다.

"커다란 고양이로군! 내 어깨에 있는 거 말이야, 그렇지?"

"당신도 그 고양이를 만날 때가 되었다고 생각하지 않나요?"

세바스티안은 간단한 선 하나로 동물의 힘과 야성에 생명력을 부여했다.

가브리엘의 시선이 고양이 위로 미끄러져 대양을 건너고, 보이지 않는 저 먼 해변과 숲과 산으로 향했다. 그는 미래에 대한 확신에 취했다.

*

가브리엘이 첫번째 비명을 들은 것은 한밤중이었다.

두번째 비명 소리에 완전히 잠을 깬 가브리엘은 어느새 세바스티안이 옆에 와 서 있는 것을 알아차리고는 이불을 걷어찼다.

"보카네그라! 그 불쌍한 놈이 수난을 당하고 있군! 또 무사마귀를 잘라내는 중인지도 모르지……"

가브리엘이 소리쳤다.

또다시 비명 소리가 어둠을 가르고 끊임없이 부서지는 파도 소리 너머 진동했다. 한층 격렬한 소리였다.

"아니에요! 무사마귀 때문에 비명을 지르는 게 아니에요. 그 더러운 게 서른 개쯤 된다 해도요! 다른 일이 있는 게 분명해요."

세바스티안이 말했다. 두 사람 다 같은 생각이었다.

둘은 은신처를 발견했던 구불구불한 나무덤불에서 동시에 튀어나가 모래 언덕으로 달려갔다.

화덕 안보다 더 캄캄했지만, 보카네그라가 줄곧 내지르는 고함 소리가 신호등처럼 그들을 안내해주었다. 습기를 머금어 더 단단한 모래땅에 이르자 가브리엘은 휙 소리가 날 만큼 거칠게 검을 빼들었다. 보카네그라의 비명이 분명한 소리로 바뀌었다.

"도와줘, 동지들! 놈들이 도둑질을 하고 있어. 나 좀 살려줘, 놈들이 죽여, 죽인다고!……"

가브리엘은 미풍에 뗏목 돛이 팽팽해진 것을 어렴풋하게나마 알아보았다. 이미 해변에서 멀어진 발사가 부서지는 파도를 지나며 비스듬히 선체를 일으키는 사이 비명 소리는 더욱 커졌다.

"인디언놈들, 고약한 배신자 같으니라고! 우리를 버리다니……"

세바스티안이 고함을 질렀다.

화가 난 가브리엘은 거품으로 어둠 속에 줄무늬를 그리고 있는 물결을 거슬러 달려갔다. 검을 머리 위로 높이 쳐들고 그렇게 달리면 뗏목 뒷부분을 따라잡을 수 있을 거라고 잠시 생각했다. 그때 그는 똑똑히 보았다. 두 인디언이 보카네그라를 붙들어 통나무에 기대 세우고, 또다른 한 명이 단 한 번의 몽둥이질로 그의 숨통을 끊어놓는 광경을. 비명이 그쳤다. 찌르는 듯이 철썩거리는 파도 소리뿐.

세바스티안이 부르는 소리가 들렸다.

"돈 가브리엘, 어리석은 짓 하지 마세요! 돌아와요, 돌아와! 그러다 물에 빠져 죽어요……"

하지만 분노가 걷잡을 수 없이 치밀어 올랐다. 넘실거리는 파도만큼이나 거센 분노가 가브리엘을 떠다밀었다. 그는 손목으로 물의 장벽을 부수고 첫 파도를 헤치며 나아갔다. 가브리엘이 검을 뻗치면 닿을 거리에 뗏목의 꽁무니가 있었고, 키를 잡은 인디언의 번득이는 눈에는 불안이 가득 담겨 있었다!

그런데 갑자기 물이 포효하는 맹수처럼 벌떡 일어섰다. 가브리엘은 몸이 납덩어리처럼 무거워지는 것을 느꼈다. 장화며 짧은 바지, 셔츠 소매까지 물에 흠뻑 젖었다.

파도가 그를 휩쓸어 가며 진흙 덩어리처럼 제멋대로 주물렀다. 검의 칼날이 그의 얼굴을 후려쳤고 그는 거꾸로 곤두박질쳤다. 사방이 물 천지였다. 사지가 떨어져 나가는 듯 죽음을 예고하는 파도 소리에 귀가 멍해졌다.

바닷속 모래 바닥에 머리를 부딪히고 소금물을 삼키자 숨통을 끊을 듯한 불꽃이 가슴에서 터졌다. 그 와중에도 그는 새로운 세계의 문턱에서 물에 빠져 죽는다니 참으로 어처구니없다는 생각을 잠시 떠올렸다.

그러다가 발이 단단한 바닥에 닿자, 필사적으로 수면을 향해 물을 박차고 올라갔다. 그는 물을 먹어 반쯤은 질식한 상태에서 미친 듯이 팔을 휘저어 뗏목에 다다랐다. 인디언들이 발길질로 그를 다시 파도 속에 처넣을 수도 있고, 불쌍한 보카네그라처럼 몽둥이로 때려죽일지도 모를 일이었다. 하지만 그들은 유령처럼 물 밑바닥에서 솟아오른 그를 보고 얼이 빠진 듯했다.

"꿋꿋하게 버티세요, 돈 가브리엘."

세바스티안이 아주 가까이에서 소리쳤다. 그가 가브리엘이 있는 쪽으로 다가왔다. 상황이 그 지경에 이르자, 세 인디언은 물로 뛰어들어 도망가려고 했다. 가브리엘은 가쁜 숨을 몰아쉬며 안간힘을 다해 뗏목에 발을 올려놓았다.

그런데 세바스티안이 맨 뒤에 처진 인디언을 붙잡으려고 물로 뛰어들었다. 그는 인디언을 짐짝처럼 발사 위로 집어던지고, 자기도 숨을 헐떡이고 침을 뱉으며 기어올랐다.

"도망갈 기미만 보여도 네놈을 잡아먹을 테다."

세바스티안이 인디언의 목을 움켜쥐고 말했다. 아직 앳된 인디언은 공포로 몸을 떨었다. 세바스티안과 가브리엘은 숨을 돌렸다.

"이놈을 어떻게 하죠, 돈 가브리엘?"

"자네가 잡아먹겠다면 자네한테 맡기지."

"솔직히 말씀드리자면, 머릿속이 몽롱하긴 해도 그보다는 이놈에게 우리를 툼베스로 안내하게 해야겠다는 생각이 듭니다. 물론 그 계획에 동의하신다면 말이죠."

"세바스티안?"

"예?"

"난 자네가 수영 못 하는 줄 알았는데."

"유감이지만 그게 사실이라고 말씀드려야겠네요. 저 공포에서 살아남기 위해 내 사지가 허우적거린 것도 수영이라고 할 수 있다면 말이죠."

세바스티안이 거대한 덩어리와도 같은 어두운 바다를 가리키며 말했다.

파도가 조금 잠잠해졌다. 세바스티안이 젊은 인디언에게 키잡이 노를 가리키자, 그는 잠시 머뭇거리다가 노를 잡았다. 가브리엘은 살아있다는 행복감에, 하늘을 비추는 무수한 별들로 가슴이 벅차오르는 것을 느꼈다.

"세바스티안?"

"예, 돈 가브리엘?"

"자네가 내 생명을 구해줬어. 솔직히, 자네에게 한 가지 더 호의를 베풀어달라고 부탁하려고 하는데…… 나를 친구로 여기고 그냥 가브리엘이라고 불러줄 수 있겠나?"

세바스티안은 대답하지 않았다. 바다를 바라보느라 여념이 없는 듯했다. 그러더니 가브리엘 쪽으로 몸을 돌리고 가브리엘의 손을 잡았다. 두 사람은 형제처럼 얼싸안았다.

32

1532년 3월, 우아마추코

우아마추코 평원에 가랑비가 내렸다. 주변 비탈길들 위로 안개 띠가 갈라지며 산꼭대기를 가렸다. 지붕에서 피어나는 연기는 위로 올라가지 않고 캐롭나무의 자극적인 냄새를 공기 중으로 퍼뜨렸다.

간밤에 잉카 아타우알파의 행렬이 도착했다. 행렬은 단숨에 탐보를 가득 채우고 시골의 평온한 일상에 함성과 웃음과 피리 소리와 춤을 가져다주었다.

"난 이 평원이 좋아. 건기에 이런 마을에 머물 수 있다면 참 좋을 텐데. 도로를 달리고 다리와 산을 넘는 것은 그만두고 말이야! 가마가 슬슬 지겨워져……"

아나마야가 꿈꾸듯 중얼거렸다.

그녀의 등뒤에서 인티 팔라가 나무라는 듯한 투로 투덜거렸다. 두 사람은 고운 회색 진흙으로 머리를 감기는 하녀들의 날렵한 손길에 몸을 맡기고 있었다.

"그런 말 하지 마! 사태를 예견하는 네가 우아스카르가 전쟁에 패배하고 있다는 걸 느끼지 못한단 말이야?"

"몇 달 전부터 내가 아무것도 보지도 듣지도 못한다는 건 너도 잘 알잖아."

아나마야가 하녀의 손길에 취해 눈을 감으며 한숨을 내쉬었다.

"오, 나도 알지! 아타우알파 군주님이 네 침묵에 화를 내기 시작했으니까. 군주님이 그렇게 불안해하고 괴로워하는 걸 한 번도 본 적이 없어. 그토록 수많은 전투를 치르고 이제 승리를 눈앞에 두고 있는데도 말이야! 이해할 수 없어."

인티 팔라가 소리쳤다.

"내가 더이상 앞일을 내다보지 못한다면, 난들 별수 있겠어?"

아나마야가 들릴락 말락 하는 목소리로 중얼거렸다.

하녀들이 시원하고 맑은 물로 머리카락을 적시는 동안, 두 사람은 잠시 아무 말도 하지 않았다. 칸차 모퉁이에서 소녀들이 커다란 고리짝에서 알파카 털을 꺼내어 길게 늘어놓고 쉼없이 실을 자으면서 감탄 어린 눈으로 둘을 바라보았다.

뜰 건너편 처마 아래에서는 열대여섯 명의 젊은 여자들이 천을 짜고 있었다. 그들은 호사스러운 꽃처럼 보이는 강렬한 색깔의 실뭉치 십여 개에 둘러싸여 쭈그리고 앉아 있었다. 베틀 아랫부분에다 허리띠 같은 것으로 허리를 묶고 몸을 구부린 채였다. 그 움직임이 매우 규칙적이었다. 베틀 윗부분은 기둥에 고정되어 있었다. 그들의 손 사이에서, 다양한 색깔의 실이 차분한 북소리에 맞춰 놀라운 솜씨로 짜이고 풀리고 뱀처럼 꾸불꾸불 지나갔다. 어떤 옷감은 거의 완성되어가고 있었다. 그 옷감의 화려함과 정교함이라면 아나마야도 익히 알고 있었다. 오직 유일한 군주만이 만질 수 있는 옷감이 될 터였다.

하녀들이 황금 가루가 섞인 향유로 머리를 말려주는 동안, 아나마야는 그토록 침착하게 자기 일을 하는 '옷감 짜는 처녀'들을 보고 감동하지 않을 수 없었다. 그녀는 결코 그 처녀들 중 하나가 되지 못하리라. 결코 그들의 평온함과 침착성을 경험하지 못하리라……

그녀가 '이름을 말할 수 없는 도시'에 잠깐 머문 뒤로 너무도 많은 일들이 일어났다!

그 즈음 아내도 후궁도 아닌 사람으로서는 아나마야가 유일한 군주 아타우알파와 가장 가까이에 있었다. 그녀는 하녀에게 둘러싸여 공경을 받았다. 변덕스러운 요구라도 그녀가 하는 것이라면 당장 받아들여질 터였다. 예전에는 그녀를 화형시키기 위해서가 아니라면 눈길 한 번 주지 않았을 경계심 많은 늙은 장군들조차 그녀의 말을 존중했다! 드디어 제1후궁의 자리를 차지한 인티 팔라도 아나마야의 가장 절친한 벗이 되었다.

하지만 궁정 생활은 부담스럽고 끔찍하리만큼 제약이 많았다.

"요 몇 달 사이에 네가 너무 많이 바뀐 건 사실이야."

인티 팔라가 계속 생각에 빠져 있었던 듯 불쑥 내뱉었다.

공주는 자신의 아름다운 머리카락을 매만지느라 몸을 굽히고 있는 하녀들을 거만한 몸짓으로 물리치고 아나마야에게 다가갔다.

"변하지 않은 건 네 눈뿐이야."

"그래? 내 뺨이 더 통통해지고, 내가 나이든 여자처럼 진지해졌다이 말이구나!"

아나마야는 재미있어했다.

인티 팔라가 웃으며 바싹 다가앉아 다정하게 그녀의 손을 잡았다.

"그래, 네 엉덩이가 특히 커졌어! 그리고 요것도……"

인티 팔라가 놀리며 얇은 아나코 위로 아나마야의 가슴을 살짝 만지자, 아나마야는 부끄러움에 반사적으로 손을 물리쳤다.

"훌륭한 젖가슴이야! 내가 널 처음 알았을 때는 이상하고 도도한 어린아이에 지나지 않았는데! 마음에 드는 구석이 한 군데도 없었지."

인티 팔라가 아나마야의 넓적다리를 조이며 덧붙였다.

"넌 유달리 질투심이 많았지……"

"그래, 그런데 이제 네가 누구인지 알았어. 다른 사람들처럼 말이야. 내가 정말로 질투해야 할 순간은 바로 지금이야. 넌 진짜 여자가 되었거든! 거의 나만큼 아름다운……"

"고작 너만큼?"

아나마야가 웃었다.

"거의. 더 많이는 아니야. 네겐 아직 부족한 게 있거든……"

인티 팔라가 진지하게 말했다.

"아, 그래?"

인티 팔라는 도발적으로 입을 뾰로통하게 내밀며 뒤로 물러났다. 그러고는 가슴을 펴고 가는 허리에 두른 토카푸를 잡아당겨 옷 속의 젖가슴이 도드라지게 만들었다. 주위의 하녀들이 손으로 입을 가리고 웃음을 터뜨렸다.

"내 가슴이 더 아름답지, 안 그래?"

"어쩜!"

아나마야가 얼굴을 붉히며 시인했다.

"어쩜이 아니야. 분명히 그래. 그 이유를 아니?"

"마마 킬라가 네 머릿속에 더 많은 생각을 심어주기보다는 더 큰 젖가슴을 주기로 결심하셨으니까."

하녀들이 폭소를 터뜨리자 인티 팔라가 어두운 눈길로 하녀들의 입을 다물게 했다.

"마마 킬라는 내게 다른 것을 주셨어. 내 허벅지 사이의 유일한 군주님 말이야! 여자들에게 진정한 아름다움을 주는 것은 바로 그거지……"

"얼빠진 소리!"

아나마야는 입을 다물고 다시 진지한 태도를 취했다. 누군가가 네 명의 호위병에 둘러싸여 뜰 건너편에 나타난 것이다. 인티 팔라는 아나마야의 눈길을 좇다가 탐욕스러운 탄성을 내뱉었다.

"오! 멋진 구아이파르 대장 아냐? 안고야쿠 전투의 영웅! 그래, 구아이파르야말로 네게 침실 놀이의 기본을 기꺼이 가르쳐주고 싶어할 남자지, 분신 형제의 아내야!……"

구아이파르가 경비를 서는 내시에게 이야기하자, 내시가 비를 피해 종종걸음을 치며 곧장 그녀들 쪽으로 다가왔다. 창 부딪치는 소리가 들리자, 처마 밑과 칸차 모퉁이에서 옷감 짜는 처녀들과 실 잣는 소녀들이 호기심에 차서 손놀림을 멈추었다.

"이리 오시라고 해라!"

인티 팔라가 입가에 미소를 머금고 말했다.

두 여자가 몸에 망타를 두르고 아직 젖은 머리카락을 감싸자마자, 구아이파르가 입구에 나타났다. 전사는 두 손을 벌려 손바닥을 하늘로 향하게 하며 아주 공손히 인사를 했다. 하지만 아나마야에게는 눈길을 주지 않았다.

"두 분 공주님!"

"인티의 가호가 있기를 빌어요, 구아이파르 대장. 서 있는 모습을 보게 되어 기쁘군요. 그건 상처가 다 나았다는 뜻이니까."

인티 팔라가 달콤한 목소리로 말했다. 자만심으로 눈살을 찌푸리며, 구아이파르는 손가락 끝으로 왼쪽 어깨를 눌렀다.

"예, 유일한 군주님께서 다음 전투를 결정하실 때는 다시 싸울 수 있을 겁니다……"

"구아이파르 대장의 용기에 감탄했어요."

인티 팔라가 다시 장난스레 말했다. 하지만 젊은 대장은 그녀의 이야기를 듣고 있는 것 같지 않았다. 그의 눈은 이제 아나마야의 눈길을 찾고 있었다.

"분신 형제의 아내시여, 잉카께서 찾으십니다."

"지금이요?"

"기다리고 계십니다. 저는 당신을 모셔 가려고 온 것입니다."

그의 말이 끝나자마자, 인티 팔라가 일어섰다. 그녀는 아나마야가 채비할 수 있도록 하녀들을 힘차게 불러 모았다.

✲

하녀들이 닫집을 들어 비를 막아주는 가운데 구아이파르와 호위대에 둘러싸인 아나마야는 모든 사람의 시선을 받으며 아내들의 칸차를 나섰다. 아타우알파가 거주하는 쿠라카 궁의 긴 성벽으로 가기 위해서였다.

그런데 일단 궁전의 문턱을 넘어서자, 호위대는 첫번째 뜰에서 흩어지고 하녀들은 오던 길을 되돌아갔다. 구아이파르가 슬그머니 아나마야를 붙들려고 했다. 그녀는 반사적으로 휙 비켜섰다. 그 바람에 그녀의 머리쓰개 안에 얽혀 있는, 금과 은으로 된 작은 띠들이 부딪치는 소리가 났다.

"잠깐만 내게 시간을 주시오! 아나마야, 날 겁내지 마요!"

구아이파르가 조금 전과는 다른 목소리로 외쳤다.

매몰차게 대꾸하려던 아나마야는 순간 구아이파르의 눈에서 두려움과 낭패감을 읽었다.

"내게 원하는 게 뭐죠?"

"날 용서해주시오!"

"구아이파르, 난……"

"아니, 내 얘기를 들어주시오! 이 얘기를 하지 못해 여러 해 전부터 목에 가시가 박힌 것 같았는데, 오늘은 숨이 막히는군요! 아나마야, 난 허영심으로 가득한 경박한 젊은이에 불과했습니다!……"

"난 잊었어요. 그리고 유일한 군주께서……"

"아나마야, 내 말을 들어주시오! 난 압니다. 당신이 투메밤바에서 있었던 우아라치쿠의 밤을 기억하고 있다는 걸요. 난 패배에 굴욕감을 느꼈고, 치차에 취한 탓에 못된 시기심에 사로잡혀 있었어요. 마귀에 씌었더랬지요. 하지만…… 하지만 오래된, 아주 오래된 일입니다. 동지가 네 번이나 지났습니다! 그 뒤로 계절이 네 번이나 순환했지요! 난 어렸고, 당신도 그랬습니다. 이제 나는 병사이고, 안고야쿠 전투 후에 유일한 군주께서 대장으로 임명해주셨습니다……"

"네, 당신이 그 전투에서 용감히 싸웠다는 거 알아요. 우아스카르의 장군 둘을 포로로 잡았다더군요."

아나마야는 상냥하게 말했다.

"그래요, 그래요! 나는 이제 당신이 보는 앞에서 우리 잉카의 가짜 형제인 망코에게 모욕당했던 그 허영심 많은 약자가 아닙니다!"

구아이파르는 상처에 손을 갖다 대며 소리쳤다. 그의 눈이 자만심으로 번쩍였다.

아나마야는 그 자만심이 어서 폭발해 사그라지기를 기다렸다. 구아이파르는 더 작긴 하지만 여전히 격앙된 어조로 말을 이었다.

"당신도 변했군요. 당신은…… 당신은 사방위 제국 여자들 중에서 가장 아름다워요! 어느 누구도 당신의 절반만큼도 아름답지 못해요. 어느 누구도 당신처럼 눈빛이 강렬하지 못하고, 어느 누구도 당신 같은 힘과 부드러운 입술을 지니지 못했어요……"

"제발, 구아이파르……"

"아나마야, 내 말 들어봐요! 그 고약한 밤 이후로 단 하루도 당신을 생각하지 않은 적이 없어요. 안고야쿠 전장에서도 내 머릿속에는 당신이 있었어요! 난 당신의 아름다움을 맨 처음으로 본 남자입니다, 아나마야! 처음으로…… 그 뒤로는 내내 입을 다물었지요. 당신을 피해 다녔어요. 이제 난 유일한 군주님 옆에 있고, 준비가 되어……"

"내게서 기대하는 게 뭔가요, 구아이파르 대장?"

"내 아내가 되어줘요!"

"미쳤군요! 내가 분신 형제의 사람이라는 걸 알잖아요!"

"아! 그건 아타우알파가 아직 잉카가 아니었을 때 당신에게 준 칭호에 불과해요! 이제 그분은 잉카가 되셨고, 당신의 도움이 상당히 컸지요. 유일한 군주님 아타우알파는 자기가 한 일을 뒤엎으실 수도 있어요……"

구아이파르가 격분한 몸짓으로 소리쳤다.

아연실색한 아나마야는 어떤 말로 구아이파르에게 이성을 되찾아줄 수 있을까 생각했다. 하지만 젊은 대장의 눈에서 깊디깊은 고뇌를 발견하고 혼란스러워졌다. 분명 그는 투메밤바에서 치차에 취해 있던 치기 어린 청년이 아니었다. 하지만 오늘 그를 휘어잡고 있는 취기 역시 격렬했다. 바로 그녀 때문이었다.

"이제부터 내 영혼은 오직 당신을 통해서만 숨을 쉽니다, 아나마야! 당신 남편인 분신 형제는 황금으로 만들어졌고, 사랑의 고통을 몰라요. 나는 이렇게 피를 흘리고 불에 타듯 뜨거운데 말이에요. 당신 생각만 해도 내 가슴은 타오르듯 뜨거워집니다. 당신에게 단언할 수 있습니다. 반역자 우아스카르가 만들어낸 고문도 이에 비하면 아무것도 아니라고……"

구아이파르가 신음을 내뱉었다.

떨리는 입술, 목소리를 잠기게 하며 그의 온몸을 꿰뚫는 전율은 그의 말이 진실임을 입증해주었다.

감동으로 목이 멘 아나마야는 뒤로 주춤 물러섰다.

그녀는 지금껏 이런 사랑 고백을 받아본 적이 없었다. 그녀는 손가락으로 생생한 상처를 만지듯 젊은 남자의 고통을 느꼈다. 그러나 그녀는 이 간청에 마음의 문을 닫아야 한다는 것을 너무도 잘 알고 있었다.

그녀는 최대한 부드럽게 말했다.

"투메밤바의 밤에 있었던 일은 모두 잊었어요, 구아이파르 대장. 마찬가지로 이 순간도 잊을 거예요. 왜냐하면 난 당신의 말을 들을 수도 없고, 듣고 싶지도 않기 때문이에요. 하지만 그…… 용기에 대해서는 감사해요. 인티가 당신을 아타우알파 군주님의 장군들 중에서 가장 훌릉하고 행복하게 만들어주기를 바라요. 이제 나를 데려다주세요. 유일한 군주님이 너무 오래 기다리시지 않게요."

아나마야가 돌아서서 어느새 안뜰 쪽으로 멀어졌다. 구아이파르의 얼굴이 헛된 분노와 고통으로 일그러졌다.

그러나 그녀는 그 얼굴을 보지 못했다.

*

얼마 전부터 아나마야는 유일한 군주를 볼 때마다 그의 변한 몸에 놀라고 있었다. 아타우알파는 이제 그녀의 용기를 북돋워주고 보호해주고 눈길 하나만으로도 강한 인상을 심어주던 늘씬하고 강한 남자가 아니었다.

아타우알파는 권력에서 잃은 것이 아무것도 없었다. 오히려 그 반대였다. 키토에서 성대한 의식을 치르면서 왕의 볼라를 이마에 두른 뒤로, 잉카가 된 뒤로, 그의 모든 것이 권력과 지배를 나타냈다. 하지만 끝없이 이어지는 의식을 치르는 동안, 치차를 몇 단지씩 마시고 성스러운 취기에 빠진 채 조상들 이야기에 필사적으로 귀 기울이느라 몸이 둔해진 것이다.

그의 뺨은 넓적해지고 턱은 묵직해졌다. 허리도 굵어졌다. 그리고 눈 흰자위는 마치 심장에서 너무 많은 에너지를 퍼오기라도 한 것처럼, 어느 때보다도 핏빛으로 불그스름했다. 그 때문에 흑자주색인 눈동자는 끝없는 슬픔과 격동을 담고 있는 듯 보였고, 눈에서는 그의 생각을 읽어내기가 어려웠다.

아나마야는 손을 바닥에 대고 그의 앞에 꿇어 엎드렸다. 단도직입적인 질문이 다급하게 쏟아졌다.

"내 아버지 우아이나 카팍이 여전히 네게 말씀을 안 하시더냐?"

"하지 않으셨습니다, 유일한 군주님."

"아!…… 이유가 뭐지? 왜지?"

"아마도 말씀하실 이유가 아무것도 없기 때문인 듯합니다……"

"이유가 아무것도 없다고? 네가 제정신이냐?"

아나마야는 아타우알파의 목소리를 떨리게 만드는 격분을 고스란히 느꼈다. 그녀는 여전히 엎드린 채 물었다.

"솔직하게 말씀드려도 될까요, 유일한 군주님?"

"넌 늘 그러지 않았느냐, 난 요즘 네가 왜 침묵을 지키는지 모르겠구나!"

"존경하는 군주님, 저는 군주님이 왜 두려워하고 초조해하시는지 이해가 되지 않습니다. 군주님은 쿠스코의 미치광이 형제와 아홉 번의 전투를 치르셨습니다. 우아스카르는 그중 두 번밖에 이기지 못했지요. 군주님은 키토에 가셨고, 인티의 뜻에 따라 북쪽의 세력가들, 신관들, 현자들과 조상들이 마스카파이차와 쿠리긴그의 깃털을 군주님 이마에 씌워드렸습니다. 군주님은 우리의 잉카이시고, 사방위 제국의 유일한 군주이십니다. 내일은 우아스카르의 병사들과 마지막 교전을 벌이시겠지요. 승자가 되어 성스러운 도시 쿠스코로 입성하실 겁니다. 전쟁이 끝난 뒤에는 평화의 시기가 이어질 겁니다. 제국 안에 있는 모든 생명은 군주님 덕분에 숨 쉬고 먹고 입게 될 거예요……"

아나마야는 입을 다물었다. 아타우알파가 아무 말도 하지 않자 그녀는 더욱 힘주어 말을 이었다.

"유일한 군주님, 군주님은 의혹을 품거나 두려워하실 이유가 전혀 없습니다. 군주님의 아버지 우아이나 카팍이 오래전부터 제게 말씀을 안 하시는 것은 사실입니다. 하지만 그건 이제 군주님이 강하고 힘이 있기 때문이지요. 인티와 마마 킬라는 군주님 편입니다. 군주님은 퓨마처럼 맹렬히 싸우고 계시고, 콘도르의 보호 아래 계십니다…… 그것으로 충분합니다."

아타우알파가 무거운 어조로 명령했다.

"일어나라, 코야 카마켄. 그리고 날 봐라……"

아나마야는 아타우알파의 입가에 떠오른 미소를 보았다. 그의 미소를 본 지 꽤 오래전이었다.

"내가 변했다고 생각한다는 거 알고 있다. 그런데 넌 신관처럼 진지해졌구나! 그래, 빌라 오마가 너를 잘 단련시켰어. 너는 남편을 맞이할 처녀들과 같은 나이인데도 그들의 어머니만큼이나 엄격하고 이론적이니 말이다!"

"군주님과 함께 있을 때만 그렇답니다. 군주님 덕분에 제가 숨 쉬고 있으니까요."

"누가 누구의 덕을 더 많이 본 건지 모르겠구나, 푸른 눈의 처녀야! 넌 '이름을 말할 수 없는 도시'를 지나 내게로 왔지. 난 전쟁에 패해 굴욕감에 빠져 있었다. 지하 감옥에 갇혀 있던 나에게 어떻게 빠져 나갈지 네가 알려주었지…… 뱀이 되었다고 믿게 해서 말이다!"

그때를 떠올리며, 아타우알파는 웃음을 참지 못했다.

"이따금 나는 그때를 생각하고, 간수들이 코 고는 동안 낮은 담장 위에 뱀의 허물을 갖다 놓던 네 모습을 떠올린다! 내 생애에서 가장 기분 좋은 순간 중 하나지!"

그런데 아타우알파의 얼굴에 이내 불안이 드리워졌다. 그는 거칠게 자리에서 일어섰다. 그러고는 아나마야가 그의 숨결을 느낄 수 있을 만큼 가까이 다가갔다.

"그래, 넌 내가 키토에 가서 우아스카르의 장군들을 물리칠 수 있다고 내게 장담했다. 그런데 그때 내 아버지가 너를 보러 오셨지. 네가 불덩어리를 보았을 때처럼, '이름을 말할 수 없는 도시'에서, 그리고 투메밤바에서 아버지의 미라가 사라졌을 때처럼. 필요할 때마다 내 아버지는 네게 길을 알려주셨다! 매번 다른 세상이 네게 열렸지. 그런데 지금은 침묵이다! 왜지?"

"제가 성스러운 도시에 도착해 제 남편인 분신 형제를 다시 만나게 되면, 어쩌면 상황이 변하지 않을까요?"

"그렇지만 성스러운 도시에 들어가야 하잖느냐!"

"유일한 군주님, 군주님은 우아스카르를 물리치실 거예요! 저는 알아요……"

"아니! 내가 두려워하는 건 우아스카르와 그의 병사들이 아니다. 그들은 한계에 이르렀어. 내가 두려워하는 건 쿠스코다! 내 앞에 검은 우물처럼 도사린 쿠스코의 씨족들! 마치 내가 한낱 북쪽 여인의 아들일 뿐이라는 듯이, 그들은 결코 나를 받아들이지 않았다. 하지만 내 어머니의 피 속에는 내 아버지의 아버지의 피가 흐르고 있었지. 그들에게는 나도 그네들 잉카의 아들이라는 사실이 그다지 상관이 없는 것이다! 아들이 너무 많으니까! 그들은 내가 불순하다고들 말하지. 그들 눈에 나는 그저 서출일 뿐이야! 아나마야! 내 고통을 가라앉혀줄 수 있는 것은 오직 하나뿐이다. 내 아버지 말이다. 아버지께서 드디어 네게 오신다면…… 너의 입을 통해, 나와 함께 쿠스코 사람들과 맞서주겠다고 말씀해주신다면. 하지만 아버지는 침묵하고 계시니…… 아니면 아버지가 다른 세상으로 가시던 날 밤에 네게 하신 말씀이라도 네가 기억한다면, 그 기억이라도 네게 떠오른다면."

아타우알파는 갑자기 핏빛 눈을 반짝이며 감정을 토로했다.

아나마야는 여러 날 전부터 그토록 잉카를 괴롭히던 고통이 무엇인지 마침내 이해했다. 비탄에 젖은 그녀는 머리를 흔들면서 무릎을 꿇고 엎드렸다.

"아뇨, 유일한 군주님. 그 기억은 결코 제게 떠오른 적이 없습니다."

아타우알파는 잠시 그녀를 쳐다보았다. 그는 무심히 그녀를 만지려는 듯하더니 문턱으로 다가갔다. 밖에 있던 위병들이 곧바로 고개를 숙였다.

그는 한동안 가만히 있었다. 그러더니 우아마추코 주변의 산꼭대기들을 에워싼 안개를 가리키며 말했다.

"저 위에는 신탁을 내리는 강력한 신전이 있다. 전쟁의 신 카테킬은 미래를 읽을 줄 알지. 내일 그를 만나러 가자."

33

1532년 3월, 툼베스

"왼쪽으로, 젠장! 왼쪽으로, 그리스인, 안 그러면 말들이 물에 빠진다."

돈 프란시스코의 고함 소리가 요란스럽게 부서지는 파도 소리보다 더 컸다. 잔뜩 겁먹은 몇 마리 말과 대여섯 명의 사람들이 탔는데도, 뗏목은 파도의 비탈 위에 곧추섰다. 돛은 내려져 있고, 말들의 고삐는 돛대에 바싹 묶여 있었다. 가까스로 상륙한 툼베스 해변에서, 가브리엘은 뗏목 고물에 있는 그리스인 페드로의 붉은색 면 모자와 큰 키를 알아보았다.

페드로는 있는 힘을 다해 무거운 키잡이 노를 밀었다. 유감스럽게도 그들이 어떤 방향으로 가려고 하든 뗏목은 파도의 등을 비스듬히 기어올랐다. 뗏목은 보이지 않는 힘에 이끌려, 가장 거센 파도를 향해 오른쪽으로 흘러갔다.

한순간, 그 흐름이 어찌나 빠른지 배가 물 위에 머무는 것 같았다. 배의 크기와 무게에도 불구하고 마치 악마의 손아귀에 든 부서진 뼛조각에 지나지 않는 듯했다.

바로 그때 물기둥이 통나무 밑에서 으르렁거리기 시작했다. 사람들은 곧바로 알아차리고 비명을 지르기 시작했다. 그들의 두려움은 말들에게 옮아갔다. 말들은 눈을 희번덕거리고 고삐를 잡아당기며 앞발을 구르고 울부짖는 용처럼 이빨을 드러냈다.

모든 일이 순식간에 일어난 탓에 시간이 멈춘 듯했다. 불안에 사로잡힌 가브리엘은 옆에서 세바스티안이 대경실색해 외치는 소리를 들었다.

뗏목이 물보라의 소동에 휩쓸려 빙그르르 돌았다. 공포에 질린 말들이 한꺼번에 현창(舷窓)에 내려앉았고 사람들은 파도 거품에 잠긴 나무 위로 미끄러졌다. 그들 아래로 물결의 터널이 부풀어 올라 거대한 다발로 솟구치더니 굉음을 내며 부서졌다. 사나운 궤도의 절정에 이르자, 발사는 예기치 않게 잠시 균형을 되찾았다.

그러더니 파도 꼭대기에 창백한 분노처럼 일어난 거품이 통나무 위로 달려들어 사람들을 허리까지 가두었다. 발사의 돛대가 기울어지고, 미풍에 뒤집히는 나뭇잎처럼 뗏목 꽁무니가 벌떡 일어섰다. 그러자 돈 프란시스코가 파도 위로 검을 빼들었다. 그가 단번에 말들의 고삐를 자르는 순간, 바다가 그를 집어삼키며 용설란 동아줄을 끊고 통나무들을 잔가지처럼 아무렇게나 흩뿌렸다!

"죽었어!"

가브리엘이 자기도 모르게 소리쳤다.

"아직 아냐!"

세바스티안이 부르짖었다. 그의 말이 옳았다.

파도가 완전히 무너지고 거품이 해변의 느린 초록빛 파동 속에서 흩어지는 사이, 말들이 하나씩 하나씩 물결 위로 떠올랐다. 그리고 끊임없이 이는 거품 위로 머리카락과 수염, 벌어진 입과 두려움 어린 시선이 솟아올랐다……

"저기! 페드로야!"

세바스티안이 여전히 붉은 면 모자를 뒤집어쓰고 있는 머리를 가리키며 외쳤다.

페드로가 있는 데서 멀지 않은 곳에 돈 프란시스코의 흰 머리카락이 보였다. 그는 벌써 부하들에게 해변까지 헤엄쳐 가라고 격려하고 있었다.

세바스티안은 그들을 맞으러 달려갔다. 그의 허리까지 물에 잠겼다. 가브리엘은 다리를 약간 절면서 세바스티안을 따라가려고 애썼다. 그런데 첫번째 파도가 자신의 넓적다리에 부딪혀 부서지자, 뒤로 물러나서 중얼거렸다.

"어쨌든 오늘밤 이게 마지막 여정이야. 파도가 너무 거세어지고 있어."

가브리엘은 간밤에 익사할 뻔했던 기억이 생생하고, 세바스티안의 품에서 뱉어낸 한 양동이나 되는 바닷물 때문에 목구멍이 아직도 화끈거렸다!

사람들에게는 그의 도움이 별로 필요하지 않았다. 그들은 서둘러 모래땅을 찾아 딛고 일어서려는 말에 각자 매달리고 있었다.

돈 프란시스코는 흠뻑 젖은 채 고삐를 쥐고서 안장 위에 곧추앉아 대양에서 솟아오르는 명예로운 모습을 보여주었다. 마치 힘찬 발걸음으로 대륙을 창조하는 넵튠처럼!

*

"저놈은 힘이 못 될 줄 알았어!"

모래 제방에 반쯤 누운 에르난도 피사로는 거품 이는 파도처럼 분노의 거품을 내뿜으며 위협적으로 가브리엘을 손가락질했다.

해안에서 수백 킬로미터 떨어진 곳에 마침내 닻을 내린 배들의 상륙이 오후에 접어들면서 중단되었다. 너무 위험한 탓이었다. 배와 뗏목에서 떨어져 나와 육지에 이른 사람과 말 들은 소수에 불과했다.

영웅과도 같은 모습으로 해안에 도착한 뒤로도 돈 프란시스코는 걱정스러운 나머지 안장에서 내려서지 않았다. 그의 시선은 거대한 모래사장 너머로 끊임없이 달렸다. 마치 툼베스를 꿰뚫어 보기라도 하는 양 초록의 무성한 망그로브나무 숲 안에서 통로를 찾았다.

"그건 그저 옷가지일 뿐이다. 다른 옷을 가져오게 하면 돼……"

돈 프란시스코가 말했다.

"아마 셔츠 열두 장, 말 한 마리 값과 맞먹는 윗옷 세 벌과 장화 한 켤레, 여벌의 쇠사슬 갑옷…… 가볍게 손등으로 쓸어버린 게 바로 그런 것들이라고요, 형님!"

"사람들이 그것 때문에 죽을 뻔했다. 저마다 내게 필요한 사람들이야."

"이놈들!"

에르난도는 불쾌함을 감추지 못했다.

짜증이 난 돈 프란시스코는 흠씬 젖은 입술을 꾹 다물고서, 기분이 언짢은 동생한테서 자신의 말을 떼어놓으려고 박차를 한 번 가했다.

그사이 세바스티안은 망그로브나무 숲을 둘로 갈라놓는 강 어귀의 한 지점을 가리키며 재빨리 해변을 거슬러 올라갔다. 그는 노란 진흙투성이가 되어 남쪽 바다로 뛰어들었다.

"다른 뗏목이에요! 대여섯 개는 되는데…… 우리 쪽으로 오고 있어요."

"인디언인가?"

돈 프란시스코가 물었다.

"너무 멀어서 잘 안 보이는데요."

하지만 불확실한 상황은 오래가지 않았다. 강 하구로 수색을 나갔던 페드로가 전속력으로 돌아오고 있었던 것이다. 그는 달려오는 길에 칙칙한 색깔의 모래 더미를 두들겨 해변에 우글거리는 붉고 작은 게 떼를 도망치게 만들었다.

"소토예요, 총독님! 드디어 소토가 돌아오고 있어요!"

목소리가 들릴 만한 거리에 이르자 페드로가 소리쳤다.

"소토가 우리 얘기를 들은 겁니다! 소토가 안 거라고요. 이제 저 뗏목들도 있으니 내일이면 우리는 더 빨리 상륙할 수 있을 겁니다!"

가브리엘이 소리쳤다.

"소토가 뭘 알았는데? 다리에 이렇게 쇠를 박고 있지만 내 귀까지 막을 수는 없지! 나도 알아야겠어……"

에르난도가 아픈 넓적다리를 문지르며 투덜거렸다.

가브리엘은 돈 프란시스코의 시선을 찾았다. 총독은 근엄한 고갯짓으로 동의의 뜻을 표시했다. 그러고는 몸을 말리려고 애쓰는 귀족들 쪽으로 말을 몰았다.

"소토 대장이 육지에 발을 딛기 전에 우리가 인디언들의 배반 행위를 미리 알려줄 수 있었지요."

가브리엘이 세바스티안을 가리키며 짧게 말했다.

말을 이해하지 못한 에르난도는 무거운 눈썹을 치켜 올리며 다음 말을 기다렸다. 하지만 다음 이야기는 나오지 않았다. 불쾌한 침묵이 흐른 뒤, 에르난도가 신랄하게 "아, 그래?" 하고 내뱉었다.

페드로는 말에서 뛰어내려 다정하게 말을 쓰다듬더니 가브리엘에게 의미심장한 눈길을 던졌다. 그의 셔츠와 짧은 바지가 살갗에 여전히 달라붙어 있었다.

"자네가 겪은 밤에 대해 얘기해주게! 내 생각엔 무척 즐거웠을 것 같은데. 그리고 나 역시 우리가 어떤 난잡한 상황에 말려든 건지 아직 제대로 파악하지 못했어."

페드로의 말에, 가브리엘은 쓸데없는 수식 없이 몇 문장으로, 인디언에게 한밤중에 납치되어 살해된 보카네그라의 슬픈 최후를 이야기했다.

"그리고 나는 여기 있는 세바스티안이 없었다면 지금쯤 게들의 먹이가 되었을 거야."

가브리엘이 대양을 가리키며 말을 맺었다.

페드로가 정감 어린 눈으로 흑인 동료를 바라보았다. 그사이 게들이 모래에서 나와 마치 도전이라도 하듯 돈 에르난도의 장화 바로 곁으로 끈질기게 기어갔다. 돈 에르난도는 다가오는 게들과 그들 셋 모두에게 똑같이 귀찮은 시선을 던지며 투덜거렸다.

"그러다가 내 옷가지를 바닥까지 가라앉게 내버려둔 거로군."

"외람된 말씀입니다만, 돈 에르난도, 제가 경황이 없어서 그 귀중한 옷가지를 살피지 못했습니다. 그것들을 찾아오라고 저를 수십 미터 아래로 내려보내는 것보다 더 중한 계획은 없으실 걸로 아는데요. 괜찮으시다면, 한 목숨 구하시는 셈 치고 그냥 두시죠."

몇몇 귀족이 망토를 뒤집어쓰고 킥킥거렸다.

"제법인데, 풋내기."

페드로가 끼어들었다.

"원숭이 몇 마리 때문에 이 난리를 피우다니……"

아픈 데를 찔린 에르난도가 투덜거렸다.

"바로 그 원숭이들이 보카네그라를 죽였고 좁은 모래밭에다 우리를 죽게 버려두려고 했지요. 소토 대장과 그의 병사들이 저기, 망그로브나무 숲 가까이 배를 바짝 대기를 기다려 그들을 학살하려고 했던 것처럼 말입니다."

"자네 혼자서 그 함정을 엉망으로 만들었단 말인가? 어떻게?"

에르난도가 빈정거렸다.

가브리엘은 입을 다물고 그를 아래위로 훑어보았다. 세바스티안은 살짝 웃음을 띠며 페드로 쪽으로 돌아섰다.

"안내인이 우리를 여기까지 데려오도록 우리가 대단한 확신을 보여줬지요."

세바스티안은 강 건너편 북쪽을 가리켰다. 소토의 뗏목 돛들이 점점 가까워지고 있었다.

"저 해변은 더 좁다랗고 망그로브나무 숲이 훨씬 더 우거져 있어요. 저기서 뭘 발견하게 될까요? 수십 명의 인디언! 수십 명의 미소! '성모 마리아여, 우리와 함께하소서. 저들은 고추도 넣지 않고 우리를 요리할 겁니다!' 라고 제가 돈 가브리엘에게 말했지요. 그랬더니 돈 가브리엘이 이렇게 대답했어요. '저들에게 메시지를 보내기만 하면 돼!'"

"우리가 안내인의 목을 베었습니다."

가브리엘이 굳은 얼굴로 다시 말했다.

"그들이 알아차렸지요. 운 좋게도 바람이 불어서 우리는 여기까지 떠내려오게 되었고요. 둥글게 말리는 파도에 여러분처럼 우리도 거꾸로 넘어지긴 했지만, 파도는 바로 이곳에다 안전하게 우리를 뱉어놨지요! 특히 거센 물살 탓에 강을 건널 수 없어 인디언들의 힘이 미치지 못하는 곳에 말입니다. 우리 뗏목은 여러분이 어렵사리 상륙할 때까지는 부서지지 않았답니다."

세바스티안이 재미있다는 듯 웃었다.

"우리는 소토 대장의 발사를 기다리며 망그로브나무 숲에 숨어 있었어요. 그가 다가오길래 있는 힘껏 소리치고 손짓을 했는데, 그가 해변에서 멀어지더군요."

가브리엘이 다시 입을 열었다. 그는 계속 얘기하려 했지만, 에르난도 피사로는 더이상 듣지 않고 다리를 약간 절며 일어서서 얼굴을 돌렸다.

"형님! 한 시간 뒤면 어두워질 텐데 어떻게 할 작정입니까?"

그가 돈 프란시스코를 향해 소리쳤다.

돈 프란시스코는 말에 올라탄 채로 서두르지 않고 동생에게 다가왔다. 거리가 충분히 가까워지자 그는 칼집에서 칼을 꺼내어 에르난도의 눈 밑에서 칼날이 번쩍이게 했다. 반짝이는 작은 물방울이 한데 모여서 날을 따라 가느다란 도랑을 이루더니 뾰족한 칼날에 베이듯이 뚝뚝 떨어졌다.

"내가 보기에 우린 아직 황금의 도시에 당당히 입성할 수 있는 상황이 아니다. 특히 원주민들이 쉬이 배반하는 자들이라면 말이지. 이번

상륙으로 말들도 우리처럼 녹초가 되었어. 지금 망그로브나무 숲을 건너는 것은 신중하지 못한 일이야."

돈 프란시스코는 자기 주변에 둥그렇게 둘러선 사람들을 훑어보며 말했다. 그리고 썰물이 지는 바닷가 아주 가까이 있는 발사와 잿빛 대양을 바라보며 덧붙였다.

"소토가 아직 우리와 합류하지 못했다. 그를 기다리는 게 좋겠어. 많은 말들을 상륙시킬 시간이 없을 거다. 여기서 밤을 보내야 할 것 같군. 신중을 기하기 위해 잠은 말 위에서 자고……"

"나는 이 킬로미터를 가는 동안에도 꼬박 말에 올라타고 있지를 못하는데, 밤새도록 노마 위에서 버틸 수 있을 거라고 생각하시는 건 아니겠지요!"

에르난도가 소리쳤다.

"아니, 널 염두에 둔 게 아니다. 넌 모래 위에서 쉴 수 있을 거야. 영예롭게 말에 오를 친구는 내가 이미 봐두었다. 그 친구에게 노마를 맡겨도 좋다. 네가 조용히 잠자는 데 방해되지 않을 게야. 어쨌든 그럴 만한 자격이 있는 친구지. 그 덕택에 우리가 우리의 목숨과 옷가지를 맞바꿨으니까!"

돈 프란시스코가 눈을 반짝이며 듣기 좋게 대꾸했다.

총독의 손이 자신을 가리키자 가브리엘은 기뻐서 얼굴이 붉어졌다.

✲

에르난도 데 소토 대장은 자기 말 없이는 살지 못하는 사람이었다. 그는 해변의 사람들과 곧바로 합류하지 않고, 바닷가에서 550미터 남짓 떨어진 곳에 정박한 산티아고 호로 곧장 전진해 가서 회색 안달루시아 말을 뗏목에 싣는 데 성공했다. 그 역시 열대의 물에 몸을 담그는 기쁨을 맛보았다. 그는 다시 물방울을 뚝뚝 떨어뜨리며 당당히 해변을 거슬러 올라왔다.

소토 대장은 총독에게 인사를 하고 가브리엘에게 목례를 했다.

"여러분을 만나게 되어 기쁩니다."

말수가 적은 대장이 짧게 말했다.

밤새도록 그들은 추위에 얼어붙은 장딴지로 기진맥진한 말들을 꽉 조인 채 안장에 매달렸다. 때때로 그들은 잠이 들었다가도 게가 모래를 긁는 소리에 소스라치게 놀라 깨어났다. 그들은 고함 소리와 망그로브나무 숲에서 몰려오는 인디언 패거리들을 떠올렸다. 하지만 물닭이 꼬꼬댁거리는 소리와 거품이 인광을 발하는 파도 소리뿐이었다.

황혼녘에는 조수가 여전히 거센 탓에 여섯 명의 귀족만이 말과 함께 해변까지 올라올 수 있었다. 보병들을 포함해 고작 열두어 명이었다. 먼 바다에 머무는 발사와 선박에서 떨어져 나온 그들은 이제 둥그스름하게 둘러서서는 각자 어둠과 자신의 의지를 마주해야 했다. 어떤 이들은 검을 뽑아 안장머리에 놓고 별빛 아래 반짝이게 했다.

모두들 빽빽이 들어선 어두운 망그로브나무 숲에 가려진, 황금으로 뒤덮인 눈앞의 도시를 생각했다. 총독과 페드로가 그 도시에 관해 이야기하던 것을 떠올렸다. 성벽이 곧 재산인 그 거대한 궁전을.

미개인에 대한 두려움과 잠에 맞서 싸우느라 무거워진 눈꺼풀로 자신들을 기다리는 산더미 같은 황금을 꿈꾸다 보니 하늘이 금빛 조각으로 가득한 듯 보였다. 기진맥진한 그들에게는 어둠 속 캄캄한 구멍마저도 황금 램프로 변했다!

여명이 동쪽 안개를 창백하게 물들일 무렵, 그들은 더이상 참을 수 없었다. 피사로 총독을 선두로, 그들은 조수에 쓸려 드러난 해협을 건너갔다. 해협은 냄새 짙은 시커먼 진흙밭이었다. 마침내 그들은 망그로브나무 숲으로 들어섰다.

물기 없이 군데군데 알맞게 돌까지 깔린 좁은 길이 미친 듯이 가지를 내뻗친 용수나무들 사이로 나 있었다. 머리 위 높은 데서는 뭐라 묘사할 수 없는 동물들이 나뭇잎을 흔들었다. 몸통이 팔뚝 굵기만 한 뱀들이 두 번이나 나타나 말들을 울렸다. 또 한 번은 썩은 나뭇가지와 흡사하지만 송아지를 두 동강 낼 수 있을 만큼 살인적인 턱을 지닌, 비늘 덮인 괴물 같은 뱀도 나타났다.

숨 막히는 밀림 가장 깊은 곳에서는 하늘이 머리 위로 한 자락밖에 보이지 않았다. 마치 거인이 그 자리의 나무들만 검으로 베어낸 것 같았다.

하지만 인디언은 어디에도 보이지 않았다. 망그로브나무 숲 다음에 이어지는 밭에서도 마찬가지였다. 멀리 툼베스의 가장 높은 담벼락이 나타났는데도 말이다.

몹시 흥분한 그들은 말을 급히 몰았다.

강철 활의 사정거리 안에 들어섰을 때, 페드로가 눈썹을 찌푸리며 돈 프란시스코를 쳐다보자 그도 무표정하게 페드로를 마주 보았다.

드디어 햇빛이 멀리 떨어진 언덕을 스쳐 갔다. 가브리엘은 첫 햇빛에 반사되는 황금빛을 보게 되기를 기대했다. 하지만 아무것도 없었다. 고함을 지르는 인디언도, 벌벌 떨거나 울부짖는 인디언도 여전히 보이지 않았다.

지붕 없는 집과 화재로 시꺼멓게 그을리고 여기저기 구멍 난 벽을 보기 위해 도시로 들어가는 것이던가? 골목길은 잔해와 진흙으로 변한 아도비 벽돌로 가득하고, 소굴은 텅 비어 있었다……

그들을 둘러싼 적막은 전쟁과 약탈과 비탄의 적막이었다.

온통 버려지고 유린된 도시! 그것이 바로 툼베스의 모습이었다.

"빌어먹을, 총독님이 우리에게 노래한 게 대체 뭐란 말이오? 이게 바로 총독님이 말한 그 훌륭한 도시요?"

말에 탄 소토가 돈 프란시스코 피사로의 말 앞에서 원을 그리며 소리쳤다. 가브리엘은 총독의 거만한 얼굴에 분노나 의혹이 떠오르는지 살폈다. 하지만 그의 얼굴에서는 막연한 근심밖에 보이지 않았다.

34

1532년 4월, 툼베스

첫번째 돌이 날아와 가브리엘의 어깨를 스치고 뒷벽 모서리에 구멍을 냈다. 두번째 돌은 무딘 소리를 내며 페드로의 넓적다리를 맞혔다. 페드로는 깡충깡충 뛰며 욕을 퍼부어댔다.

하지만 가브리엘은 미처 물어볼 겨를이 없었다. 스무 명 남짓한 사람들이 골목길 모퉁이에서 튀어나오며 고함을 치기 시작했다. 누더기 차림의 그들은 윗옷은 열어젖힌 채 머리에는 투구를 쓰고 수염은 헝클어져 있었다.

"도둑놈들, 도둑놈들! 거짓말쟁이! 남색가 그리스 놈!"

그들은 주먹을 치켜들고 돌들을 거푸 내던졌다. 가브리엘과 페드로 사이로 돌 세 개가 힘없이 떨어졌다.

"저 머저리들이 나를 노리는 것 같은데."

키가 큰 탓에 좋은 표적이 되는 페드로가 투덜거렸다.

바로 그 순간, 더 작지만 더 솜씨 좋게 던져진 또다른 돌이 페드로의 머리를 때렸다. 늘 쓰고 다니는 붉은색 모자가 아니었다면 두개골에 구멍이 뚫렸을지도 모를 일이었다. 어쨌든 그는 비틀거렸다. 가브리엘이 그를 붙잡으려고 팔을 내미는데, 갑자기 욕설과 고함 소리와 함께 돌멩이들이 비 오듯 쏟아졌다. 귀에 돌을 맞은 페드로의 얼굴이 고통과 분노로 벌게졌다. 피가 튀어 수염이 끈적거렸다.

가브리엘은 허리가 끊어질 듯한 통증을 느꼈다. 그가 칼집에서 검을 빼들고 또다른 일제사격을 피하려고 비켜서는 사이, 페드로는 두 팔을 들어 얼굴을 가렸다.

"성채 안으로 들어가! 어서 가! 저놈들은 내가 맡지."

가브리엘이 외쳤다.

"놈들이 자네를 때려죽일 거야."

페드로가 중얼거렸다.

"난 아냐. 하지만 고집 부리다간 자네가 그렇게 될 거야!"

페드로는 그들이 방금 넘어온 울타리 문까지 다리를 조금씩 절면서 날아드는 돌들 아래로 명예롭지 못한 후퇴를 했다.

"당신들 미쳤어요?"

가브리엘이 분에 겨워 어쩔 줄 모르는 사람들 얼굴에 검을 겨누며 소리쳤다.

"그래, 미쳤다. 저 사탄의 거짓말을 듣고 미쳤다!"

"여긴 아무것도 없어! 황금이라곤 전혀 없었다고."

"벽이 황금으로 덮였다고! 먹을 건 둘째 치고 인디언 똥도 없던데!"

"페드로의 말은 거짓이 아닙니다. 그는 여기에 왔었고, 황금을 봤어요!"

"아, 그래? 네가 이 먼지 구덩이에서 황금을 찾아내면 그 말을 믿어 주지."

"인디언들끼리 벌인 싸움으로 도시가 파괴된 겁니다. 총독님이 어떻게 그걸 알 수 있었겠어요?"

가브리엘이 애써 주장했다.

"그는 아무것도 몰라! 어디로 가는지도 모른다고!"

"이봐, 애송이, 네가 뭘 알아? 넌 그놈이 정말로 여기에 왔었는지 안 왔었는지도 모르잖아!"

"나는 알아요. 총독님이 왕에게 가져다준 물건들을 봤어요. 내 눈으로 직접 봤다고요! 수레에 가득했어요……"

"어리석은 소리! 널 어떻게 믿어?"

"너도 놈들과 마찬가지야! 넌 만날 놈들의 장화며 엉덩이를 핥아주잖아!"

"넌 잃을 게 아무것도 없어. 가족도, 집도 없고, 오, 넌 사생아지! 넌 총독이라는 작자와 마찬가지로 미치광이일 뿐이야!"

"왕은 미치지 않았어요. 인도제도 이사회는 미치지 않았어요! 그들이 그를 임명했고, 그렇게 한 데에는 합당한 이유가 있습니다. 미친 건 바로 당신들이에요! 당신들은 셔츠뿐 아니라 머리에도 구멍이 뚫렸군요! 내 말은 인디언들의 전쟁이……"

가브리엘이 흥분해서 소리쳤다.

"그래서?"

"그러니까 참고 기다려야 해요. 당신들은 단 하나의 도시만 포위하면 하루아침에 한 나라를 정복할 수 있다고 믿는 겁니까?"

"또 그거로군, 인내! 피사로처럼 얘기하는군. 네 말이라고 피사로의 말보다 나을 것도 없어."

"뗏목에 다시 올라타고 싶습니까?"

사람들은 아무 대꾸도 하지 않았다. 하지만 가브리엘은 그들의 불평과 사나운 시선에서 그 무엇도 기대할 수 없음을 알았다.

*

"저들은 더이상 견디지 못합니다! 아주 작은 고통도 더는 견디지 못해요. 몇 주째 생으로 굶고, 병을 앓고, 인디언들에게 계속 배신당하고, 파괴된 도시와 약속에 관한 모든 것들을 이제 더는 감당 못 합니다. 총독님, 저들이 옳습니다. 저는 총독님이 앞으로 어떻게 하실 작정인지 알아야겠습니다. 대체 뭘 기다리는 겁니까?"

소토가 페드로의 피투성이 얼굴에서 눈을 떼고 돈 프란시스코를 마주 보며 냉랭하게 쏘아붙였다.

돈 프란시스코는 곧바로 대답하지 않았다. 피가 분노로 끓어오를 때처럼 수염만 떨릴 뿐 어떤 표정도 내비치지 않았다.

"주위를 둘러보시오, 소토 대장."

이윽고 그가 기이하게 억제된 목소리로 말했다.

사실 주변은 장관이었다. 그들이 있는 곳은 성채와 흡사한 곳으로, 다섯 개의 높은 성벽으로 보호되어 있고 그 벽들은 제각기 백 보씩 간격을 두고 떨어져 있었다. 벽이 어찌나 견고한지, 도시 절반을 폐허로 만든 공격에도 전혀 손상되지 않았다. 그들이 있는 중앙에는 궁전 같은 것이 세워져 있었다. 이곳 벽은 정교하게 도장되어 있고 동물과 천체,

기하학적인 정확한 무늬가 뒤얽힌 특이한 모티프와 강렬한 색채로 장식되어 있었다.

"이것은 바로 크고 강력한 국가라는 표시가 아니겠소?"

돈 프란시스코가 다시 말했다.

"황금은 보이지 않습니다."

"황금, 황금이라…… 소토 대장, 당신이 내 자리를 차지하고 싶어한다는 건 알고 있소. 하지만 난 우선 이 나라 전체를 성모 마리아와 왕께 바칠 생각이오. 그 뒤에 우리는 덤으로 황금을 갖게 될 것이오. 성모님께서 우리에게 황금을 주실 것이오!"

옷가지는 잃었지만 정성껏 면도해 퍽 말쑥해 보이는 소토는 오래전부터 누구의 지배도 받지 않은 자의 날카로운 눈으로 경멸 가득한 냉소를 내뱉었다.

"내게는 아니오, 피사로! 제발 성모 마리아는 집에다 놔두시오!"

"소토, 총독님께 공손하게 말하든가, 아니면 나와 담판을 짓자고……"

에르난도가 어느새 검의 손잡이에 손을 갖다 대고 한 걸음 앞으로 나서며 얼굴을 붉혔다.

소토는 에르난도를 물끄러미 바라보았다. 태평한 미소로 눈가에 주름 잡힌 그의 시선이 가브리엘과 페드로를 스치더니 재빨리 에르난도에게로 되돌아갔다.

"피사로 형제들! 일행 중에 당신네 조카라도 있는 것 같군. 한 아버지한테서 나온 형제라지만 그 이상은……"

에르난도의 검이 칼집에서 나와 공기 중에서 떨리자, 소토가 이내 검을 세웠다.

"참아라, 에르난도."

돈 프란시스코는 때를 기다렸다.

"총독의 말을 듣게, 에르난도. 그리고 그럴 머리가 있다면, 잠시 심사숙고해보게나. 내가 병사들을 데리고 물러간다면, 당신들은 황금을 잃어버리는 거야. 이미 내게 내놓은 거지만…… 그리고 페루는! 내가 없으면, 당신들 숫자가 몇이나 되지? 오십? 육십? 간신히 서 있는 말 스무남은 마리하고 말이야."

"당신이 있다고 우리 숫자가 더 많은 건 아냐."

에르난도가 투덜거렸다.

"더 많은 정도가 아니라 두 배지! 돈 프란시스코가 황금을 손에 넣기 전에 나라를 정복하고 싶어하니까 유용할 수 있지, 안 그래? 아주 유용하지! 내가 없으면……"

"총독 각하, 총독 각하!"

파나마에서부터 따라온 두 명의 도미니크 회 신부 중 하나인 프레이 비센테 발베르데가 칼집에서 나온 두 개의 검을 보고 방문턱에서 꼼짝도 하지 않았다. 본능적으로 그는 간청하는 몸짓으로 두 손을 벌렸다.

"여러분! 여러분은 잠시도 이성적으로 굴 순 없는 겁니까? 더 많은 지혜를 모아야 할 때라고 생각지 않나요?"

"덕분에 다행히 우리의 유치한 행동을 끝내게 됐구려, 프레이 비센테. 하지만 불쾌한 기분이 가신 건 아니오……"

소토가 칼집에 칼을 넣으며 웃었다.

"무슨 일이오?"

프레이 비센테는 돈 프란시스코 쪽을 돌아보며, 마치 무슨 비밀이라도 전하는 것처럼 성호를 긋고 입을 열었다.

"한 인디언 노인이 오늘 아침에 도착했습니다. 그가 우리 통역자 마르티니요에게 아주 놀라운 사실을 전하고 있습니다. 총독 각하께서도 그 이야기를 들으셔야겠습니다. 그리고 여러분도……"

✲

노인은 키가 작달막했다. 그의 눈빛은 매우 진지하고 솔직했다. 이상하게도 그는 자신을 둘러싼 이방인들에게 몹시 감탄하는 눈치였다. 경의 어린 손짓으로, 그는 이방인들의 옷감과 수염, 검의 날밑과 금속 단검을 살짝 만져보고 만족스럽게 웃었다. 마치 거기에서 희망을 확인한 듯이.

노인은 진한 노란색과 붉은색의 수수한 면 튜닉 차림이었다. 그의 구릿빛 피부는 약하고 쭈글쭈글했지만 경쾌한 목소리만큼이나 두 손에는 힘이 실려 있었다. 그는 '슈' 소리가 나는 흐르는 듯한 언어로 재빨리 말했다. 가브리엘이 듣기에 그것은 말이라기보다는 노래에 더 가까웠다.

스페인 사람처럼 옷을 입은 인디언 마르티니요가 이제는 매우 분명한 카스티야어로 진지하게 통역을 했다.

"이 노인은 이 나라의 유일한 군주이자 태양신의 아들인 잉카를 위해 전쟁을 치렀다고 합니다. 다른 곳에서 오는 위대한 군주들을 기다리기 위해 여기에 혼자 남아 있는 것인데, 그들의 전쟁 방식을 좋아하기 때문이랍니다. 잉카를 존중하지 않는 푸나 섬의 적들 손에 툼베스가 불타기 전에는 천여 채의 가옥이 있었답니다. 하지만 많은 사람들이 죽고, 살아남은 사람들도 수염 기른 남자들과 동물들이 바다에서 온 것을 알고는 도망쳤답니다. 노인은 전쟁이 무엇인지 알기에 도망가고 싶지 않았답니다. 유일한 군주의 성스러운 도시 쿠스코에 있었다는군요. 그곳은 다른 어디에서도 볼 수 없는 도시랍니다. 길은 황금으로 만들어졌고, 집들과 동물, 심지어 식물도 황금으로 되어 있답니다. 수염 기른 남자들과 동물들은 전쟁에 매우 능해서 많은 일을 할 수 있다고 하네요. 그의 생각으로는 틀림없이 그들이 모든 것을 정복할 거랍니다. 그 때문에 다른 이들처럼 도망치고 싶지 않았답니다. 그리고 자기 집만은 약탈하지 말아달라고 부탁하는군요……"

인디언이 입을 다물자, 모두들 그의 말을 더 듣고 싶은 마음으로 쥐 죽은 듯 침묵을 지켰다. 소토 대장마저 거만한 웃음을 잃어버렸다.

갑자기 돈 프란시스코가 무릎을 꿇고 인디언 앞에서 성호를 그었다. 어느 날 밤 톨레도에서 가브리엘이 봤던 것과 같은 몸짓이었다. 그가 다시 일어섰을 때 그의 입가에는 회심의 미소가 가득 번졌다.

"소토 대장, 당신보다 우리를 더 믿는 사람이 여기 있구려. 내가 말하지 않았소, 참고 기다리라고!"

돈 프란시스코가 인디언을 가리키며 낮게 말했다.

"저자가 하는 말을 믿는 겁니까? 황금 벽, 황금 동물과 식물이라니? 정말 그 말을 믿는 거요?"

소토가 씩씩거리며 말했다.

"이 나라에서 난 많은 것을 믿소, 대장. 이미 나의 행운을 믿고 있소. 그리고 우리는 그것을 확인하러 갈 거요, 안 그렇소?"

돈 프란시스코는 마르티니요를 돌아보며 명령했다.

"그의 집을 약탈하지 않겠다고 말해라. 그의 집 벽에 십자가를 걸어둘 것이다. 그리고 쿠스코라는 도시와 그곳으로 가는 길에 대해 자세히 말해달라고 해라. 여기서 먼가?"

35

1532년 4월, 우아마추코

멀리, 포르콘 언덕 꼭대기에 놓인 세 개의 바위는 감지할 수 없을 만큼 엷은 푸른빛 후광이 떠오르는 어두운 하늘 아래 아직 그림자처럼 보였다.

아나마야는 빌라 오마를 바라보았다. 그의 수척한 얼굴은 전쟁에 대한 끊임없는 근심으로 굳어 있었다. 움푹 꺼진 두 눈은 숯불이 올려진 돌멩이처럼 빛났다. 전쟁이 시작된 뒤로, 그는 전쟁터마다 모습을 드러내며 점술가들 곁에서 전조를 해석하고 독설과 격려를 늘어놓았다. 뜰에서는 그의 야윈 몸에 음식은 필요 없고 코카 잎 즙이면 충분하다고들 수군거렸다.

첫 새벽빛이 아직 어둠을 가르지 않았는데도, 빌라 오마는 언덕으로 향하는 소수의 일행을 단호한 걸음으로 이끌었다. 아나마야는 바로 그 뒤에서, 생각에 잠겨 말이 없는 구아이파르와 나란히 걸었다. 치차 술병과 금은 단지들, 우아카에 바칠, 천으로 감싼 제물을 운반하는 하녀들의 호위대가 그들 뒤를 따랐다. 두 어린 소년이 제물로 바칠 라마 열 마리를 끌고 갔다.

아나마야는 구아이파르 때문에 마음이 혼란스러웠다. 그의 낯선 청혼과 낭패감 어린 얼굴이 잊혀지지 않았고, 자신이 적이 아니라는 걸 그에게 어떻게 설명해야 좋을지 몰랐다. 그녀는 눈길로 그를 달래주려 했지만, 그에게 눈길을 돌리면 그는 이제 막 동이 트는 하늘을 응시하는 듯 보였다.

작은 마을의 집들이 언덕 발치에 옹기종기 모여 있었다. 모든 마을 주민들이 우아카를 섬기고 있었다. 모두들 사파 잉카 아타우알파가 우아카에 자문을 구하기 위해 군주 둘을 보냈다는 소문을 들어 알고 있었다. 그들은 집 밖으로 나와, 빌라 오마 일행이 지나가는 것을 조용히 바라보았다. 아나마야는 그들의 멍한 검은 눈에서 아무것도 읽을 수 없었다.

태양의 첫 광선이 언덕 꼭대기를 스쳤다. 제일 높은 바위 위에 세워진 검은 돌벽이 우상을 보호하고 있었다. 비탈길을 힘겹게 오르면서 아나마야가 빌라 오마 쪽을 돌아보았다.

"아타우알파 군주님이 원하시는 게 뭐예요?"

"군주님의 아버지가 네게 더는 말씀하시지 않는 얘기를 듣고 싶으신 게지."

빌라 오마가 활기 없는 목소리로 말했다.

"또 제 잘못이라고 말씀하시려는 거군요……"

"난 그런 말은 하지 않는다. 두려움에 사로잡힌 영웅이 좋은 징조가 아니라는 건 신탁 없이도 알 수 있는 일이지."

아나마야는 입을 다물었다. 현자의 말이 옳다는 것을 알고 있었다.

✲

우아카를 지키는 나이 많은 수호신관은 섬뜩할 정도로 여윈 모습이었다. 그의 목은 손가락 세 개를 합쳐놓은 것만큼 가늘고, 턱수염에는 흰 수염 몇 가닥이 나 있었다. 눈에 생기라고는 없었다. 그는 둥그스름한 손잡이가 똬리를 튼 뱀의 형상인 지팡이에 기대어 힘겹게 서 있었다. 맨발은 역겨울 정도로 더럽고, 발목까지 내려오는 튜닉을 입고 있었다. 야생 라마의 털인 듯한 긴 털이 달린 튜닉에는 작은 장밋빛 조가비들이 무수히 달려 있었다.

수호신관 뒤에는 그와 나이가 엇비슷하고 그만큼이나 몰골이 지저분한 신관 몇 명이 서 있었다.

빌라 오마가 그 앞에 섰을 때 수호신관이 입을 열자, 아나마야는 흠칫 놀라 물러섰다. 수호신관의 입속에는 이가 하나도 없었고, 거기서 새어 나오는 음성은 나팔 소리처럼 울림이 깊었다. 마치 그의 껍데기를 빌어 나오는 신의 목소리인 것처럼.

"왜 오셨는지 압니다."

태양이 천정점을 향해 천천히 올라가는 동안, 빌라 오마는 우상에게 바칠 제물을 배치하는 것을 지휘했다. 돌로 만들어진 우상은 실제 크기의 사람 형상을 하고 있었다. 우상을 보호하는 신전은 방 하나로 이루어져 있었는데 지붕은 없고 창문은 동쪽에, 문은 서쪽에 있었다. 여러 개의 벽감에는 황금으로 된 수많은 물건이 들어차 있고, 화려한 벽걸이 천으로 덮여 있었다.

맨 먼저 신관들이 우상 발치에 코카 잎을 뿌렸다. 그리고 빌라 오마와 구아이파르가 우상과 마주 서서 자신의 눈썹을 하나씩 뽑아 우상 쪽으로 불어서 날려 보냈다. 그러고는 행운을 비는 말을 중얼거리면서 치차를 따랐다.

그들은 수호신관에게 나머지 제물을 건네주었다. 수호신관은 제물인 코카, 옥수수 이삭, 유색 깃털마다 입김을 불고는 모직 천 안에 내려놓았다. 그리고 천을 묶어서 우아카 바로 밖에 피워놓은 불에 태웠다.

불이 꺼지자 빌라 오마는 우상 앞에 금단지와 은단지를 두 개씩 놓았다. 그러고는 라마를 지키고 있는 어린 소년들에게 신호를 보냈다. 라마들은 각각 무거운 돌에 묶인 채 주위를 돌았다. 수호신관이 네댓 바퀴를 돌고 난 뒤 라마의 가슴을 칼로 찔러 심장을 꺼내어 입으로 가져가는 동안, 신관들은 피를 받아 모았다.

하녀들의 가슴에서 심장 뛰는 소리가 새어 나왔다.

아나마야는 눈길을 돌렸다. 신비의 기초를 깨우쳤고 맹세로 이어진 '이름을 말할 수 없는 도시' 를 다녀온 그녀였지만, 불가피한 희생 앞에서는 늘 뒷걸음이 쳐졌다.

피가 수호신관의 입가를 따라 목 위로 흐르고 튜닉까지 흘러내려, 긴 털 사이의 장밋빛 조가비 위로 가느다란 핏줄기를 남기다가 사라졌다. 수호신관은 한마디도 않은 채 신전 문을 지났고, 빌라 오마만이 그의 뒤를 따랐다.

아나마야는 구아이파르, 하녀들, 목동들, 우아카의 신관들과 함께 남아 있었다. 바람이 일어 그들의 목덜미를 식혀주었다. 하지만 하늘은 검은 구름으로 꽉 막혀 있고 공기는 무거웠다.

수호신관이 우상 뒤로 가서 자리를 잡자 그의 앙상한 윤곽이 사라졌다. 열린 문 너머로는 간청하는 듯 굽혀진 빌라 오마의 등과 전쟁의 신 카테킬 우상의 무시무시한 얼굴밖에 보이지 않았다.

"질문하라."

우상이 말했다.

"신이시여, 사파 잉카 아타우알파가 자신의 미래를 알고 싶어합니다."

잠깐의 망설임도 없었다. 우상의 목소리는 뇌우를 머금은 천둥처럼 울렸다.

"아타우알파는 너무 많은 피를 흘리게 했고, 신들은 노했다. 그의 불길한 최후가 머지않았다."

잠시 동안 빌라 오마의 등이 꼼짝도 하지 않았다. 모두들 숨을 죽였다. 아나마야는 자신의 심장 뛰는 소리를 들었다.

"그의 불길한 최후가 머지않았다."

천둥 같은 목소리가 거듭 들리는 사이, 구름이 뚫리며 빗방울이 떨어지기 시작했다. 빌라 오마는 일어나 돌아서서는 우아카의 문을 지났다. 그의 얼굴이 잿빛이었다.

일행은 굵은 빗방울을 맞으며 등을 구부린 채 언덕 비탈길을 말없이 내려갔다. 그런데 마치 우아카의 모든 하인들이 그 끔찍한 예언을 알고 집 안에 숨어버린 것처럼 마을이 텅 비어 있었다.

우아마추코 탐보의 벽이 보이자 빌라 오마가 멈춰 서서 구아이파르의 팔을 잡았다.

"나 혼자 가겠네."

"왜죠?"

"아타우알파 군주님이 유리한 신탁에 대한 희망을 가지고 계셨을 때는 우리 둘이어도 좋았지. 하지만 그렇지 못하다는 것을 알려드릴 땐 나 혼자여야 하네."

구아이파르는 초조해하며 실망감으로 몸을 떨었다. 아나마야는 그의 손 위에 자기 손을 살며시 올려놓았다. 그리고 아타우알파가 신탁을 기다리는 쿠라카 궁전의 가지런히 놓인 돌들을 향해 손짓했다.

"우린 당신이 겁내지 않는다는 걸 알아요."

아나마야가 말했다.

구아이파르는 검은 눈으로 그녀를 돌아보았다.

"내가 두려워하는 게 무엇인지 아는 사람은 나뿐입니다."

"그만 하게, 구아이파르. 자네 칸차로 돌아가 유일한 군주님의 명령을 기다리게."

현자가 말했다.

구아이파르는 아나마야한테서 눈을 떼지 않았다. 아나마야는 강렬하고도 격한 감정을 그 눈에서 읽었다. 알게 되는 게 두려울 만큼 격렬한 감정을. 위로와 애정의 말이 그녀의 목구멍 깊숙한 곳에서 말라붙었다.

"함께 가겠습니다."

이윽고 구아이파르가 말했다.

*

"들었소, 빌라 오마?"

아타우알파의 눈이 분노와 기쁨으로 뒤범벅되어 반짝였다.

"우아스카르를 이겼소!"

"들었습니다."

"빌라 오마에게 다시 말하라, 시킨차라. 방금 내게 말한 것처럼 한마디 한마디……"

아나마야는 시킨차라 대장을 알아보았다. 수년 전 숲에서 그녀를 붙잡았던 바로 그자였다. 그녀는 그를 볼 때마다 어린 소녀였을 때 느꼈던 두려움의 동요를 누를 수가 없었다. 마음은 아직도 어린 소녀였다.

"우리 군대가 우아스카르의 군대를 물리쳤고, 그 소식이 온 산에 울려 퍼지고 있습니다. 그의 군대는 도망치거나 괴멸당하거나 우리의 유일한 군주님한테로 넘어왔습니다."

두터운 벽 너머에서 칸차의 안뜰로 기쁨의 함성이 울려 퍼졌다.

"빌라 오마, 말이 별로 없군. 우리의 승리가 기쁘지 않소?"

"군주님께서는 카테킬의 신탁을 물으러 저를 보내셨습니다."

"물론 나의 승리를 예언했겠지."

"아닙니다."

"아니라고?"

분노를 억누르는 아타우알파의 목소리가 떨렸다.

"어떤 신탁이 내려졌는지 말해보시오."

"군주님께서 듣고 싶어하시리라는 확신이 서지 않습니다."

"듣고 싶은지 아닌지는 내가 판단하오."

빌라 오마는 크게 숨을 내쉬었다.

"신탁은 이러했습니다. '아타우알파는 너무 많은 피를 흘리게 했고, 신들은 노했다. 그의 불길한 최후가 머지않았다' 라고요."

궁전의 방 안에 침묵이 내려앉았다. 아타우알파는 초석으로 높인 삼각 의자에 앉아 있었다. 왕의 상징인 볼라를 두르고, 깃털 왕관을 쓰고, 권력의 왕홀인 순투르파우카르를 쥐고 있었다. 시킨차라가 그 옆에 있고, 빌라 오마와 구아이파르는 고개를 떨어뜨린 채 그와 마주하고 있으며, 아나마야는 조금 뒤로 물러서 있었다. 그녀는 군주와 대면하면서, 번개와 천둥을 품은 잉카한테서 뿜어져 나오는 불길한 힘을 느꼈다. 하지만 아타우알파는 예상과는 달리 부드러운 목소리로 첫마디를 꺼냈다.

"그 신탁에 대해 말해주시오……"

빌라 오마는 군주의 말에 따랐다. 그는 야음을 틈타 길을 갔던 것과 마을, 제물, 장밋빛 조가비가 달린 튜닉을 입은 늙은 신관에 대해 이야기했다. 그리고 그 말을 다시 입 밖에 냈다. '불길한 최후가 머지않았다'는 말을.

아타우알파는 웃음을 터뜨렸다.

"그 신탁을 믿소?"

빌라 오마는 아무 말도 하지 않았다.

"대답해보시오. 현자라고 불리며 실제로 지혜의 말만 하는 빌라 오마, 그것을 믿소?"

"대답하고 싶지 않습니다, 군주님."

"그럼 아나마야는?"

그녀는 그대로 입을 다물고 있었다. 아타우알파가 말했다.

"그대들은 두려워하고 있군. 내 형제 우아스카르와 마찬가지로 나의 적인 그 우아카를 두려워하고 있단 말이야."

그는 침착한 목소리로 말하려고 애쓰고 있었지만, 아나마야는 그의 목소리에서 깊은 불안감을 알아차렸다.

"그럼 구아이파르, 너는 어떻게 생각하느냐?"

마침내 아타우알파가 물었다.

"군주님께 대항하는 것은 모조리 없애버려야 한다고 생각합니다."

아타우알파가 말했다.

"역시 내 형제로군."

36

1532년 6월, 포르콘

해 질 무렵, 아타우알파의 군대는 카테킬 마을로 들어섰다. 구아이파르와 다른 대장들은 운쿠 위에 가죽 가슴받이와 금속 가슴 장식을 걸치고 있었다. 그리고 돌멩이나 막대기로 때려도 부서지거나 흠집이 나지 않을 만큼 단단한 갈대 투구를 쓰고 있었다. 군대의 맨 앞에는 눈부신 색깔의 군기(軍旗)인 우난차가 펄럭였다. 바로 그 뒤로, 창병들과 사수들이 촘촘히 열을 지어 갔다.

마을을 가로지르는, 포석이 고르게 깔린 길에는 남자도 여자도 눈에 띄지 않았다. 다만 털이 짧은 검은 개를 데리고 있는 어린 소년 하나가 공포에 질려 꼼짝 못한 채 길 한가운데에 있었다.

구아이파르가 소년에게 다가갔다.

"우리가 누구인지 아느냐?"

아이는 한마디도 하지 못하고 고개를 끄덕였다. 구아이파르는 거칠지 않게 아이를 길가로 밀어냈다.

그 순간 나팔 소리와 북소리가 울려 퍼지고, 그 메아리가 언덕에 부딪혀 되돌아왔다. 알록달록한 깃털이 달리고 금과 은으로 화려하게 장식된 아타우알파의 가마 람파가 서쪽에서 태양을 이고서 천천히 다가왔다. 바람에 나부끼는 가마의 깃털들 때문에 마치 사람이 아니라 새의 군대가 가마를 끄는 것 같았다.

가마가 멈추었다. 질 좋은 쿰비 장막이 미풍에 흔들릴락 말락 했다.

"준비됐느냐?"

잉카의 목소리가 물었다.

"예, 군주님. 군주님의 명령을 기다리고 있습니다."

구아이파르가 대답했다.

"나의 적, 그 고약한 우상이 도망가지 못하도록 군대를 언덕 주위에 둥글게 배치하라."

간단하고도 분명한 몇 마디 명령에 따라 군대가 움직였다.

✲

새벽에 아타우알파는 군대 없이 혼자서 언덕 꼭대기로 올라갔다. 신탁을 물으러 갔던 빌라 오마와 구아이파르만이 그를 따랐다.

장밋빛 조가비가 달린 튜닉 차림의 수호신관이 그들을 기다리고 있었다. 어느 때보다 더 더럽고 역겨운 몰골이었다.

아타우알파가 황금을 입힌 청동 도끼를 들고 가마에서 내렸다. 수호신관은 시선을 떨어뜨리지도, 잉카 앞에서 몸을 숙이지도 않았다. 손잡이가 뱀 형상인 지팡이에 몸을 기댄 채 그대로 서 있었다.

"내가 누구인지 알렷다."

아타우알파의 말에 수호신관이 고개를 끄덕였다.

"알지요. 아타우알파 군주님이십니다."

"나를 안다면, 어째서 내 앞에서 허리를 굽히지 않는 것이냐?"

"다른 이들이 카테킬의 신탁을 물으러 왔었는데, 카테킬 신이 제 목소리를 빌려 대답하시기를, 사파 잉카는 오직 한 사람뿐이며 그의 이름은 우아스카르라고 했기 때문입니다."

"거짓말."

"저로서는 거짓이든 진실이든 말할 능력이 없습니다. 저는 카테킬 신의 목소리일 뿐입니다. 카테킬 신은 저보다 앞서서도 여기 계셨고, 제가 사라진 뒤에도 여기 계실 것입니다."

"거짓말이다. 네 입을 통해 직접 들을 수 있도록 나에 관한 거짓말을 모두 다시 해보아라."

"군주님은 아타우알파 군주이십니다. 군주님은 피를 너무 많이 흘리게 하셨습니다. 군주님의 불길한 최후가 머지않았습니다."

"그대는 거짓말을 하고 있다. 그대는 내 적의 친구이니, 그대 또한 내 적이다. 그대가 모르는 것이 있는데, 어느 누구도 나를 조롱할 수 없다. 사람이든, 우아카든, 우상이든……"

"군주님은 잉카가 아닙니다. 정식으로 지명되지 못하셨습니다. 위대한 우아이나 카팍의 아드님이긴 하지만, 어머니의 신분이 낮은……"

청동 도끼가 공기를 쓰윽 가르며, 아무도 알아채지 못할 정도로 순식간에 수호신관을 후려쳤다. 그의 머리가 목에서 떨어지고, 피가 콸콸 솟구쳤다. 그의 늙은 손이 지팡이를 쥔 채 잠시 그대로 있었다. 그러더니 움켜쥔 손이 풀리며 목이 잘린 몸과 동시에 지팡이를 따라 미끄러졌다.

구아이파르의 얼굴에 어려 있던 경멸의 미소가 굳어졌다. 그는 바닥으로 굴러 떨어진 머리를 가까스로 쳐다보았다. 피 한 방울이 잉카의 운쿠를 장식한 하나뿐인 황금 모티프에 튀었다. 그 모티프는 우두머리 '카팍(kapak)'을 나타내는 기하학적인 그림이었다. 아타우알파는 피가 튄 것에 아랑곳하지 않고, 아직 우상이 군림하고 있는 작은 신전 쪽으로 걸음을 옮겼다.

"어느 누구도 나를 조롱할 수 없다."

아타우알파는 문을 지나기 전에 빌라 오마와 구아이파르를 돌아보며 재차 말했다.

그는 다시금 도끼를 들고서 사람 형상을 한 카테킬 우상의 목을, 수호신관을 쳤던 바로 그 부위를 후려쳤다. 동작이 어찌나 난폭한지, 동상 몸체가 흔들려 바닥으로 쓰러지고 머리가 떨어져 나갔다. 약간의 회색 먼지가 잉카의 튜닉 밑자락에 묻었다. 신전 문턱에서, 눈에 핏발이 선 그는 기뻐하는 기색 없이 거칠게 숨을 몰아쉬었다.

"불만족스럽소, 빌라 오마?"

"저로서는 만족할 수도, 만족하지 않을 수도 없습니다, 유일한 군주님. 저는 군주님 이야기도 듣고, 다른 세상 조상들의 이야기도 듣습니다. 군주님 말씀도 듣고, 군주님의 아버지이신 인티의 말씀도 듣지요."

언덕 아래에서 파발꾼 차스키가 급히 달려 올라왔다. 그는 숨을 헐떡이며 구아이파르 옆에 이르렀다. 그의 이마가 땀으로 번들거리고, 길고 강인한 두 다리 근육은 여전히 긴장되어 있었다. 구아이파르 대장이 파발꾼을 돌아보았다. 파발꾼은 한참 동안 대장의 귀에 대고 속삭였다.

구아이파르의 얼굴이 밝아졌다.

"유일한 군주님!"

구아이파르가 소리쳤다.

"무슨 일인가?"

"왕위 찬탈자 우아스카르가 찰쿠치막 장군의 포로가 되었답니다. 패배해 사슬에 묶였답니다, 유일한 군주님! 군주님께서 원하시면, 그의 살가죽을 벗겨낼 수도 있습니다!"

"눈을 들어 나를 보시오, 빌라 오마. 존재할 필요도 없는 신들에 대한 두려움은 버리고 그대의 군주를 쳐다보시오."

빌라 오마는 땅바닥에 눈길을 고정시키고 그대로 있었다.

"오, 현자여, 개혁자 파차쿠텍* 이후로 사방위 제국이 경험하지 못한 급변이 준비되고 있소! 내가 이 세상의 새로운 개혁자요! 나는 구닥다리 신들과 사악한 신들을 파멸시키고, 인간을 돌로, 돌을 인간으로 변모시키는 사람이오……"

"군주님은 그런 말씀을 하실 수 없습니다, 유일한 군주님. 그건 만물을 창조하신 비라코차 신의 능력입니다!"

빌라 오마가 낮은 소리로 말했다.

"난 그런 말을 할 수 있고, 내가 하고 싶은 말은 뭐든 할 수 있소, 지혜롭지 못한 현자여. 구아이파르!"

"예, 군주님."

"우아카와 저주받을 우상을 섬기는 이 빌어먹을 마을에서 제의용 장작을 모두 찾아내, 군대가 에워쌌듯이 저 시체와 우상과 언덕을 에

* 잉카 제국의 제9대 왕.

워싸게 하라. 그리고 내 아버지 태양신에게까지 피어오르도록 불을 피워라!"

구아이파르는 얼굴에 떠오르는 미소를 애써 지웠다.

"분부대로 하겠습니다, 군주님."

"그 일을 끝내면, 우상의 머리 잔해를 찾아내 나머지 조각들과 함께 가루로 만들어 바람에 날려버려라!"

파발꾼은 구아이파르 뒤에서 손을 뒤로 모으로 고개를 숙인 채 공손한 태도로 서 있었다. 구아이파르 대장이 파발꾼에게 몸을 돌렸다.

"또 전할 말이 있느냐?"

파발꾼 젊은이는 다시 한참을 낮게 속삭였다. 구아이파르의 얼굴에서 미소가 걷혔다.

"다른 소식이 있습니다."

구아이파르가 말했다.

"나중에. 오늘은 이것으로 충분하다. 난 더이상 기다리고 싶지 않다."

아타우알파는 이렇게 말하고 가마에 올랐다.

✲

아나마야는 불길을 바라보았다.

불길은 마을 집들을 덮치고 덤불을 달려서 언덕 위에 솟은 세 개의 바위로 다가가고 있었다.

한밤인데도 대낮처럼 환하고 열기가 엄청났다. 아나마야는 구아이파르를 돌아보았다.

"이런 짓을 한 게 당신이에요?"

"사파 잉카의 명령에 따른 것이오."

아나마야는 대꾸할 말이 없었다. 그녀는 자기들 집과 언덕과 신이 불타오르는 것을 망연히 바라보는 마을 사람들을 쳐다보았다.

"걱정이 있는 것 같군요."

아나마야가 말했다.

"이상한 소식이 있어서요……"

"우아스카르의 체포 소식 말인가요?".

"아뇨. 해안 출신 탈라네족 인디언들 얘기가, 얼굴이 털로 덮이고 몸이 금속으로 뒤덮인 흰 피부의 사람들이 바다에서 왔답니다……"

아나마야의 가슴이 거세게 고동치기 시작했다.

"허리에 띠를 두르고 있는데, 거기에 직물 짜는 데 쓰는 막대기와 비슷하게 생긴 은으로 된 물건이 매달려 있다는군요…… 우리 라마보다 더 큰 라마를 타고 다니고요. 탈라네 사람들은 그들을 '비라코차쿠나'라고 부른답니다."

뜨거운 열기에도 불구하고 아나마야는 구아이파르가 알아챌 정도로 몹시 몸을 떨었다. 그가 팔로 그녀의 어깨를 감싸려 했지만, 그녀는 부드럽게 그를 밀쳐내며 말했다.

"기억나요…… 내가 어렸을 때 위대한 우아이나 카팍 왕이 몸을 녹여달라고 내게 부탁하셨죠. 그때 전령이 도착했는데…… 바다에서 온 이방인에 대해 얘기했고, 비라코차라는 이름을 말했어요. 그 후로는 사방위 제국에서 그런 일이 더이상 없었는데요."

"우린 강력합니다! 우린 모든 종족을 굴복시킵니다!"

구아이파르가 외쳤다.

"왜 아랫세상에서 우아이나 카팍 군주님이 내게 더이상 말씀을 안

하시는지 모르겠어요. 난 그분의 침묵이 두려워요. 내가 잘 처신하지 못한 탓이라고 오랫동안 생각했는데, 이제는 세상의 종말을 보지 않으려고 숨으신 게 아닐까 싶은 생각이 들어요…… 불길하다고, 머지않았다고 신탁이 말했잖아요."

"신탁은 더이상 없어요, 아나마야."

"저길 봐요!"

아나마야가 언덕 쪽을 가리켰다. 모든 것이 불길에 휩싸였지만, 카테킬 우상의 부서진 잔해와 그의 신전이 올라선 바위는 불타고 있지 않았다. 불길이 그 바위를 감싸고 주위를 돌며 어둠 속에서 빛나게 했다. 마치 적갈색의 황금 신전처럼 보였다.

아나마야는 우아이나 카팍의 말을 떠올렸다. 그녀가 이미 들었던 말이고, 마음속에 여전히 감춰진 말이었다.

"불로도, 물로도, 바람으로도 진리의 말을 파멸시킬 수는 없어요, 구아이파르. 그 어떤 분노로도요."

37

1532년 10월, 카하스

"인디언들이 우리를 보고 있다고 믿어?"

가브리엘이 물었다.

세바스티안은 고개를 저었다.

"난 눈에 보이는 것만 믿어. 나머지는……"

강가를 떠나 산속으로 들어간 뒤로, 가브리엘은 두리번거리며 나무와 덤불 뒤, 불탄 바위들의 그늘을 뒤지지 않을 수 없었다. 인디언들이 있는지 살피느라고.

오십여 명의 사람들과 십여 마리의 말들로 구성된 소토 휘하의 분견대가 안내인들과 함께 한 도시로 향하라는 명령을 받은 것은 이틀 전이었다. 정보에 따르면, 그 도시에 인디언 왕의 주요 주둔지가 있으리라는 것이었다.

바다와 강과 모래와 망그로브나무와 숲으로 이루어진 낯선 세상, 툼베스에서 보낸 몇 주는 가브리엘의 강렬한 꿈에 영향을 미쳤다. 그가 얻고자 하는 것에 가까이 다가가면 갈수록, 그것은 신기루처럼 달아났다. 하루하루가 조금씩 평범해져갔다. 사람들은 목이 마르지 않은 것에도, 허기를 느끼지 않는 것에도, 병을 스스로 이겨내는 것에도 쉬이 익숙해졌다. 바다를 바라보는 것에도 익숙해지고, 저 멀리 파도 위에서 춤추는 검은 점, 스페인 사람들이 카바이토*라고 이름 붙인 기이한 바다 짐승에 올라탄 어부들을 바라보는 것에도 익숙해졌다. 여인의 은밀한 미소와 마주치는 것에도, 어린 소년의 속을 알 수 없는 어둡고 적대적인 시선과 마주치는 것에도 익숙해졌다. 위병들의 습관적인 행동과 기다림이 빠져나오기 힘든 일종의 무기력 상태를 만들어낸 것이다.

드디어 돈 프란시스코는 도시에 사절단으로 가는 분견대를 지휘하라고 소토에게 명령을 내렸다. 안내인들 말로는 산을 가로질러 걸어서 사흘 거리에 있는 도시라고 했다. 돈 프란시스코가 임무를 맡기려고 자신을 한쪽으로 데려갔을 때, 가브리엘의 가슴은 다시 뛰기 시작했다.

"자네가 소토와 함께 있어주면 좋겠네. 그림자처럼 붙어 다니다가, 그가 따로 준비했을지 모를 나쁜 행동으로부터 나를 지켜주기 바라네……"

총독의 말에 가브리엘은 놀랐다.

"나쁜 행동이라고요?"

"알려고 애쓰지 말게. 난 그를 알고, 부하들을 알지. 그의 복종이 뭘 뜻하는지 알아. 자네는 그와 함께 가서 그가 뭘 하는지 지켜보게. 그리

---

* 스페인어로 '작은 말'이라는 뜻. 바다코끼리를 가리키는 듯하다.

고 내게 빠짐없이 말해주게. 알겠나?"

"일이 잘못되면은요?"

총독이 묘한 미소를 지었다.

"우린 이백 명도 안 되네, 가브리엘. 소토를 제거하기 위해서라면 무슨 짓이든 할 각오가 되어 있는 내 동생 에르난도가 몇 마디 충고하긴 했지만, 난 내 군대의 사분의 일을 학살당하라고 파견하지는 않을 것이네. 그건 가톨릭적이지도 않고, 무엇보다 현명한 일이 아니지. 일이 잘못되지는 않을 걸세. 내가 자네들을 위해 기도하지."

가브리엘은 총독의 얼굴, 불굴의 에너지가 뿜어져 나오는 메마르고 작은 체구, 아무것도 읽을 수 없는 눈빛, 언제나 나무랄 데 없이 잘 다듬어진 수염을 쳐다보며 생각에 잠겼다. 그가 진정 원하는 것이 무엇일까? 알타발리바인가 뭔가 하는 이름의 왕과 정식으로 접촉해 우호관계를 제의하는 것일까. 가브리엘은 한숨을 내쉬었다. 마음의 평온을 위해서는 그에게 다른 의도가 있다고 생각하지 않는 게 낫겠지. 그러면 미쳐버릴지도 모를 일이니.

분견대는 이틀 전에 출발했다. 비탈진 오르막길이 끝없이 이어졌다. 두 개의 하얀 암괴가 마치 보초처럼 양쪽에 버티고 선 곳에서, 그들은 계곡 안쪽 길을 벗어났다. 그리고 빽빽한 초목 사이로 점점 더 좁아지지만 고르게 돌이 깔린 길로 들어섰다. 고개에 이를 때마다 가브리엘은 변함없는 푸른 하늘 아래 숲에서 고개를 들어 평원의 아늑한 광경을 보게 되기를 기대했다. 하지만 그들 일행을 가두기라도 하는 듯 첩첩산중만 계속될 뿐이었다.

가브리엘은 옆에서 걷고 있는 세바스티안을 수차례 쳐다보았다. 족히 백 번은 될 터였다.

"몇 명쯤 될 것 같아?"

세바스티안은 웃었다.

"그 질문에 이미 대답했나이다, 돈 가브리엘!"

"알아. 보이는 것만 믿는다고 했지. 하지만 그래도?"

"이런 고집 센 귀족 같으니…… 우리가 본 것은 파괴된 모습이었지만 어쨌든 그런 도시를 지을 수 있었다면…… 그들의 수도가 노인이 우리에게 설명한 것의 절반만큼이라도 아름답다면……"

가브리엘은 마치 말과 한 몸이 된 것처럼 말에 붙어 있는 소토의 강인한 등을 바라보았다.

"그럼 저 사람은, 저 사람은 우리보다 더 많이 안다고 생각해?"

"그는 총독과 같은 사람이야. 그는 일부러…… 어쨌거나 날 믿어. 그의 가슴도 똑같이 강하게 뛰고, 그의 눈도 똑같이 빠르게 주변을 두리번거리고 있어."

눈…… 낮, 밤…… 가브리엘은 소스라치게 놀라 잠에서 깼다. 누군가 자신을 주시하고 있다는 확신이 들었다. 어둠 속에 박힌 눈이 자신에 대해 악착같이 캐내려고 뜯어보고 있다는 확신이. 목숨을 잃는 것쯤 두렵기도 하고 두렵지 않기도 했다. 그것은 참으로 기이한 느낌이었다. 생각의 실타래를 풀어놓아보면, 아마도 이 계획이 완전히 미친 짓이라는 걸 알게 되리라. 창과 화살로 무장한 수만 군사가 고개 입구를 포위한 채 기다리고 있다가 입가에 미소를 흘리며 그들을 끔찍하게 학살하는 장면이 떠오르리라. 하지만 가브리엘을 살피는 눈엔 애조에 가까운 우울함이 담겨 있어, 그 푸른 어둠에 빠지는 것은 즐거운 일이기도 했다.

사흘째 되는 날 아침, 감시병 둘이 체포되었다. 펠리피요가 통역을 했지만 그들의 임무가 적대적인 것인지, 앞으로 어떤 일이 벌어질지 정확히 알아내기가 어려웠다. 소문이 호위대로 퍼져 나가자, 소토는 종대의 질서를 바로잡았다. 병사들은 가죽 가슴받이를 가느다란 쇠사슬 갑옷으로 바꿔 입었다. 가브리엘은 이따금 기계적으로 검에 손을 갖다 댔다.

분명 싸워야 할 터였다. 그런데 무엇과 싸운단 말인가?

＊

갑자기 길이 사라지고 돌밭이 나타났다. 사람과 말이 버티려면 힘겹게 싸워야 하는 지독한 돌밭이었다. 비명 소리와 말의 울음소리, 헐떡이는 숨소리가 들리고, 땀이 관자놀이에서 흘러 셔츠를 적셨다. 마치 보이지 않는 손이 던지기라도 하는 듯 돌들이 바람과도 같은 속도로 떨어져 내렸다.

소토 혼자서만 힘들이지 않고 전진했다. 그는 발을 바닥에 붙인 채 미끄러지지 않고 굳건히 말보다 앞서 나아갔다. 소토가 입은 잿빛 쇠사슬 갑옷이 말에게 씌워놓은 것으로 혼동될 만큼 소토와 말이 완전히 한 몸을 이루고 있어 기이한 인상을 주었다.

가브리엘은 소토를 바짝 뒤쫓아 갔다. 화끈거리는 가슴을 안고 가쁜 숨을 씩씩 몰아쉬며 고개에서 소토와 합류했다.

"드디어 왔군."

소토가 조용히 말했다.

가브리엘은 대꾸하지 않았다. 소토는 무뚝뚝한 사람이었지만 애정 어린 눈으로 그를 쳐다보았다.

"내게 말을 하지 않는 것도 자네가 받은 명령의 일부인가? 내 행동과 움직임을 감시하는 것만이 자네 임무인 줄 알았는데……"

소토가 거칠지 않은 투로 물었다.

가브리엘은 시선을 피하고 과장되게 어깨를 으쓱하며 외면했다.

"무슨 말씀을 하시는 건지 모르겠습니다, 소토 대장님."

"자, 거짓말하지 말게. 그런 건 자네한테 안 어울려. 난 자네가 마음에 들어. 내 목숨을 구해줬기 때문만은 아닐세."

소토가 웃음을 띠며 말했다. 가브리엘은 뭐라 대답해야 할지 몰라 얼굴을 붉혔다.

"안심하게. 그렇다고 자네한테 어떤 의무감을 요구하는 건 아니니까……"

소토가 비교적 쾌활하게 말을 맺었다.

겹겹이 겹쳐진 보석 상자 같던 산이 마침내 넓어져 평원으로 바뀌었다. 공기는 맑고 좀더 상쾌했다. 아카시아 꽃송이가 미풍에 흔들렸다. 한 무리의 양들이 사람들이 다가가는 것에도 동요하지 않고 계속 풀을 뜯어먹고 있었다. 양이 아니라 라마라고 불린다는 것은 이제 다들 알고 있었다.

조금 멀리 떨어진 곳에는 노르스름한 점들이 점점이 흩어져 있었다. 얼마 전까지만 해도 평원 풀밭에 수백 개의 천막이 있었음을 알려주는 흔적이었다. 버려진 화덕 안에 남아 있는 작은 불씨에서는 아직도 연기가 났다. 가브리엘의 가슴에서 심장 고동이 멎었다.

"아무도 없군. 모두 떠났어."

소토가 말했다.

"어디로요?"

소토는 대답하지 않았다. 나머지 일행이 모두 당도해 그 광경을 발견하는 사이, 그들은 초원을 가로질러 전진했다. 라마가 긴 목을 세우고 축축하고 부드러운 눈망울로 그들을 바라보았다. 가브리엘은 바람 소리에 귀를 기울이고 감각의 촉수를 곤두세워 망을 보며 하늘을 살폈다. 매번 그는 한 패거리가 소리를 지르며 덤벼들 것을 예상했다. 그러나 비현실적으로 느껴지는 평화로움과, 고작 바람 소리에나 흩어지는 정적이 지배할 뿐이었다.

그들은 야영지를 가로질러 갔다. 가브리엘은 아직 따뜻한 재 속에서 검고 둥근 덩어리를 주워 코에 갖다 댔다.

"파파예요."

등뒤에서 한 목소리가 말했다. 목구멍에서 나오는 독특한 음성이었다.

가브리엘은 뒤를 돌아보았다. 펠리피요였다. 두 통역자 중 하나로, 가브리엘이 좋아하지 않는 사람이었다.

"그게 뭐지?"

"땅에서 자라는 감자의 일종인데, 불에 구워서……"

"맛있나?"

"물론이죠! 왜요?"

가브리엘은 대답하지 않았다. 확실히 펠리피요는 편하게 느껴지지 않았다. 펠리피요의 얼굴은 말하자면 둘로 나뉘어 있었다. 탐욕스러운 입이 눈에 띄는 아랫부분과, 쉴 새 없이 움직이는 작고 교활한 눈으로 생기가 도는 윗부분. 펠리피요는 사방을 두리번거리는 괴벽이 있었다. 마치 쫓기는 사람처럼, 그게 아니라면 끊임없이 감시하는 사람처럼. 잠시도 그의 시선을 포착할 수 없었다. 그 때문에 그가 통역하는 내용에도 그다지 믿음이 가지 않았다.

가브리엘은 소토를 따라갔다. 불씨 주위로는 얼마 전에 서둘러 떠난 흔적이 남아 있었다. 몇 가지 도구, 나무 단지나 흙 단지, 항아리, 심지어 저장 식량까지 남아 있었다. 소토가 가브리엘을 돌아보았다.

"어떻게 생각하나?"

"우리가 그들의 감시병을 체포했지만, 전부는 아니라서……"

소토의 얼굴이 환해졌다. 가브리엘은 소토를 정탐하는 임무를 맡긴 했지만, 그 사실을 알고도 자신을 원망하지 않는 소토에게 호감을 느끼지 않을 수 없었다.

"자네 생각에는 누가 더 두려워하는 것 같은가? 그들인가, 아니면 우리인가?"

"우리는 두려워하지 않습니다, 대장님."

"나도 그렇게 생각하네."

두 사람은 마지막 천막을 지나가다가 하늘에서 새를 발견했다. 독수리보다, 알바트로스보다 더 크고, 훠훠 소리를 내며 새파란 하늘을 가로지르는 소나기구름처럼 검었다. 새는 멀리 그들 머리 위에서 조금씩 조금씩 작아지는 원을 그리며 돌았다. 그들은 새를 보고 감탄했다. 소토의 시선이 한순간 새를 떠나, 그들 앞 초원 한가운데 서 있는 세 그루 나무에 고정되었다.

"맙소사."

소토가 말했다.

가브리엘은 비명을 삼키기가 어려웠다.

✲

평원을 벗어나자 다시 오르막길이 이어졌다. 오르막길 끝에는 계곡을 굽어보는 곳에 자연적으로 만들어진 광장 같은 것이 있었고, 바로 그곳에 도시의 첫번째 집들이 서 있었다. 흙담과 밀짚 지붕으로 된 집들이었다.

분견대원들은 어딘가 있을지 모를 함정을 두려워하며 침묵을 지켰다.

모두들 거꾸로 매달린 채 바람에 흔들리던 세 인디언의 모습을 지우지 못했다. 눈알이 없었던 것이다. 바보 같은 질문 몇 가지가 머리를 떠나지 않았다. 저렇게 눈알을 빼버린 게 사람일까, 새일까? 산 채로 도려냈을까, 죽은 다음에 저지른 일일까?

말에 올라탄 사람들은 하나같이 본능적으로 넓적다리에 힘이 들어갔다. 무기 부딪치는 소리, 의혹과 두려움 어린 희미한 소리가 공기 중으로 퍼져 나갔다. 일종의 즐거운 흥분도 번졌다. 가브리엘은 그 사실을 깨달으며 스스로도 놀랐다.

툼베스처럼 파괴되지는 않았지만 그곳에도 분명 전쟁이 스치고 지나갔다. 어떤 벽들은 내려앉고 집들도 무너졌으며, 지붕은 불에 타버렸다. 하지만 여기서는 생명이 결코 끝나지 않고 다시 시작되고 있는 것이 엿보였다. 도시 입구에 다른 건물보다 더 중요해 보이는 건물이 있었는데, 그 높이가 퍽 인상적이었다. 소토는 전진 신호를 보냈다.

그들은 견고한 울타리 벽을 따라갔다. 벽에는 이제 가브리엘이 그 전형적인 형태를 알아볼 수 있는 문들이 끼워져 있었다. 문의 아래쪽은 넓고 위쪽은 좁으며, 이따금 위에 치타나 뱀 같은 동물이 조각된 횡목이 얹혀 있었다.

안뜰에서 새어 나오는 소리는 전혀 위협적이지 않았다. 아이들이 떠드는 친근한 소리요, 어머니들이 꾸짖는 소리였다. 모퉁이를 돌다가 이따금 그들은 겁먹고 총총히 사라지는 남자의 뒷모습을 포착했다. 펠리피요는 마치 분견대의 우두머리처럼 거만하게 소토 옆에서 걸었다. 그의 시선은 어느 때보다도 더 빨리 이쪽저쪽으로 돌아갔다.

길은 정확하고도 튼튼하게 벽돌 공사가 된 두터운 벽에서 끝났다. 그 벽 가운데에 커다란 입구가 있었다. 그들은 널따란 광장에 이르렀다. 광장 안쪽에 꼭대기가 잘린 듯한 피라미드 같은 것이 세워져 있었다. 그 꼭대기는 고원을 이루고 있고, 높은 계단을 통해 올라갈 수 있었다. 소토는 손을 들어 부하들에게 움직이지 말라고 명령을 내렸다. 고원 정상에서 석양빛에 몇몇 사람의 검은 윤곽이 뚜렷이 드러났다. 그들은 움직이지 않았다.

"가브리엘!"

소토가 소리쳐 불렀다. 가브리엘은 대장이 있는 곳으로 갔다.

"펠리피요만 데리고 저기로 걸어서 가게. 가서 이 도시의 우두머리를 내게 데려오게. 우리는 그의 친구라는 것을 명심해."

"그들이 무장을 하고 있을까요?"

"그 사실을 알아내는 영광은 자네 몫이야."

가브리엘은 말에서 내릴 준비를 했다.

"침착하게, 아주 침착하게…… 자네도 나를 잃고 싶지 않겠지만, 나 역시 자네를 잃고 싶지 않아. 조금이라도 위험을 느끼면 '산티아고!'*를 외치게."

---

* 스페인인들의 전쟁의 수호성인인 성 야곱. 스페인인들은 전투를 벌이기 전에 늘 이 이름을 외쳤다.

가브리엘은 말을 세바스티안에게 맡겼다. 다리 힘이 빠지고 몸이 무겁게 느껴졌다. 인디언 펠리피요는 그의 뒤에 바짝 붙어 따라오려고 애썼다. 가브리엘이 팔을 펴다가 펠리피요의 가슴을 치자 펠리피요가 겁을 먹고 흠칫 물러섰다.

"뒤로 떨어져 있어. 떨어져 있으라고!"

가브리엘이 날카롭게 소리쳤다.

광장은 모래처럼 보이는 흙으로 덮여 있었다. 그들 발밑에서 수많은 작은 조가비가 달그락거렸다. 광장 한가운데에는 꼭대기가 잘린 피라미드와 모양이 똑같은 샘에서 한줄기 물이 솟아 나왔다. 물은 잘 깎인 도랑을 통해 정교하게 조각된 계단을 따라 흘러 내려갔다.

'에르난도 말대로라면 원숭이들일 이 미개인들, 젠장, 이놈들은 돌을 다듬을 줄 아는구나!'

가브리엘은 한순간 생각했다.

피라미드에 이르자 펠리피요는 가브리엘과 거리를 두고 조심스럽게 서 있었다. 뒤돌아보지 않고도 가브리엘은 소토의 든든한 보호와 말들과 검으로부터 얼마나 멀리 와 있는지 짐작할 수 있었다. 그는 숨이 가빠지지 않도록 아주 천천히 계단을 올라갔다.

피라미드 꼭대기에 다다르자, 올라오는 동안은 내내 숨어 있던 햇빛이 나타나 눈이 부셨다. 기이하게도 가브리엘의 마음속에 무한한 자유가 내려앉았다. 톨레도의 감옥에 있던 젊은 수도사의 말이 섬광처럼 떠올랐다. 그의 이름이 뭐였더라? 바르톨로메!

'그들이 쇳덩어리나 불을 들이대는 순간이 닥치기 전까지, 자네는 자네 자신에 대해 아무것도 알 수 없어……'

그렇다, 드디어 그 자신의 진실을 알게 될 순간이 온 것이다!

그는 두렵지 않았다.

그와 마주한 남자는 이상하고도 화려한 옷을 입고 있었다. 남자는 이마에 여러 가지 색깔의 끈 같은 것을 두르고 있었는데, 거기에서 색깔 있는 깃털 몇 개가 비어져 나와 있었다. 무릎까지 내려오는 검붉은 튜닉의 가슴 부분에는 꼬리가 나선으로 말린, 커다란 고양이처럼 생긴 짐승 두 마리가 입을 벌린 채 서로를 위협적으로 노려보는 그림이 그려져 있었다. 남자는 정교하게 만들어진 가죽 샌들을 신고 있었다.

"우리는 카를로스 1세 황제의 사절입니다. 우리 왕의 우정, 그리스도의 말씀, 평화와 사랑에 대한 그분의 메시지를 전하기 위해 바다 건너편에서 왔는데……"

가브리엘이 자랑스럽게 말하기 시작했다.

불쾌한 느낌을 주는 펠리피요의 쉰 목소리가 그의 뒤에서 울렸다.

'이자가 정말 제대로 통역할 수 있을까?'

가브리엘은 생각했다.

긴 침묵이 이어졌다.

이윽고 남자가 심각한 목소리로 빠르게 몇 마디 말을 했다. 가브리엘의 짐작으로는 겁먹은 듯한 목소리였다.

"뭐라는 거지?"

"기다리고 있었답니다."

✲

가슴에 고양이들이 그려진 남자는 우정과 경의의 몸짓을 되풀이했다. 펠리피요는 그를 우두머리라는 뜻의 쿠라카라고 부른다고 설명해주었다. 쿠라카는 스페인 사람들이 그의 궁전에서 기분 좋게 지내도록 옥수수며 말린 고기, 납작한 빈대떡 같은 음식을 갖다 주라고 하인들에게 명령했다. 그는 태연하게 행동했지만 말 앞에서는 어쩔 수 없이 두려움을 드러냈다. 그는 가능한 한 말 가까이 다가가지 않으려고 했다.

황금의 나라에 대한 약속이 거듭 깨어져 피 끓는 많은 이들이 항의하는 와중에도, 소토는 여섯 명씩 조를 짜서 도시의 집을 한 채씩 수색하라는 명령을 내렸다. 그는 약탈 행위나 도둑질, 살인과 같은 짓을 저지를 경우 엄벌을 내리겠다고 단언했다.

궁전에는 안뜰이 있고, 그 주위에는 한 칸짜리 방들이 사변형으로 배치되어 있었다. 밤에는 횃불을 밝혀 벽을 비추었고, 벽 위로는 우두머리의 튜닉과 같이 모직물로 된 장막이 걸려 있었다. 어떤 장막들에는 기하학적인 모티프가, 어떤 것들에는 꽃이나 동물이 그려져 있었다.

밤이 깊어지면 매서운 추위가 찾아왔다. 시선을 낮춘 하인들이 그들을 위해 질 좋은 양모로 짠 이불을 깔아주었다. 그 양모는 놀라울 만큼 따뜻했다.

소토와 가브리엘, 펠리피요만이 쿠라카와 함께 있었다.

쿠라카의 얼굴에는 움직임이 없었다. 그는 말하려는 듯 입을 벌렸다가 다시 다물었다. 그러더니 눈이 가느다란 단춧구멍처럼 좁아지고 얼굴이 온통 일그러졌다.

그는 울고 있었다.

38

1532년 10월 10일 밤, 카하스

깜깜한 밤. 가브리엘이 푸근한 잠자리에서 여독을 풀고 있는데, 세바스티안이 옆으로 슬그머니 파고들었다. 벽에서는 여전히 횃불이 타오르고 방 한구석에서는 난로 불꽃이 빛나고 있었다. 가브리엘은 선잠이 든 상태였다.

"여자들이 있어."

세바스티안의 말에 가브리엘이 일어나 앉았다.

"무슨 얘기야?"

"도시로 들어올 때 스쳐 지나온 커다란 건물 기억하지? 그러니까 그게 일종의 여자 기숙사 같은 거더라고. 여자들이 십여 명, 아니 백여 명쯤 있는 기숙사 말이야. 나이든 여자도 있고 젊은 여자도 있는데 그리 예쁘지는 않지만……"

가브리엘은 잠이 확 달아났다.

"무슨……"

"하지만 아무 일도 없었어. 무슨 상상을 하는 거야! 총독님이나 소토 대장의 명령을 어기지는 않을 거야!"

"좀 의심스러운데, 친구."

"그들이 만든 엄청난 양의 이상한 발효 음료를 고작 몇 잔 마셨을 뿐이야. 그 옥수수 맛은 꽤나 불쾌하지만, 빌어먹을, 그게 얼마나 가슴을 뜨겁게 달구는지!"

세바스티안의 검은 눈이 반짝이는 것을 보고 가브리엘이 미소 지었다.

"호의 삼아 몇 잔 비운 것 말고는?"

"정말 아무 일 없었어, 장담해! 우리가 여자들에게 말하는 방식을 자네 같은 백인들은 절대로 이해하지 못할 거야. 백인들의 그 난폭한 동물성으로는 말이야! 우리에겐 백인들이 모르는 섬세함이 있는데……"

"진정해, 흑인 친구!"

"그보다도 내가 중요한 외교 임무를 수행하는 동안 자넨 얼마나 진지한 활동에 몰두했는지 말해봐."

가브리엘은 한숨을 쉬었다.

"그들 우두머리가 겪은 불행에 대해 들었어."

"분명 굉장한 불행이겠지!"

"혹독한 경험을 한 소토조차 흥분했지."

"얘기해봐."

"우린 유일한 지배자가 되기 위해 두 형제가 벌인 전쟁이 한창일 때 이 나라에 도착한 거야. 우리의 쿠라카가 그 훌륭한 야영지에 공물을 바친 게 아니었어."

"매달려 있던 사람들 말이야?"

"그들뿐이 아니야. 더 많아. 그의 말로는, 도시가 약탈당해 부분적으로 붕괴되고, 주민들이 학살되고, 많은 이들이 산속으로 도망쳤다는군…… 승리자인 왕의 군대가 그의 아들딸들을 데려가고, 건물에서 식량을 다 빼갔다는 거야…… 우리가 본 야영지는 승리자들의 야영지였어. 그들은 우리가 근접했다는 소식을 듣고, 걸어서 이틀 걸리는 곳으로 후퇴했다더군. 하지만 그는 그들이 돌아와 또다른 복수를 할까 봐 끊임없이 떨고 있어. 그의 눈물 속에는 우리가 생각지도 못한 고문과 잔인함에 대한 기억이 담겨 있어……"

세바스티안은 잠자코 있다가 물었다.

"소토는 뭐래?"

"좋은 소식이래."

✲

황금 더미는 보잘것없었다. 금괴 몇 개, 몇 가지 물건, 단지들…… 쿠라카는 더 잘해줄 수 없어 진심으로 유감스러워하는 듯 보였다. 그는 아카시아나무 그늘 아래 있는 삼각 의자에 앉아 광장 중앙 쪽을 바라보고 있었다. 소토는 그 옆에서 애써 만족스러운 태도를 취했다. 광장에서는 사람들이 무질서하게 모여 웅성거리고 있고, 우스누라 불리는 피라미드 고원 꼭대기에는 감시병들이 배치되어 있었다. 펠리피요는 기대 이상으로 통역을 잘했다. 그는 흥분하기도 하고 질문을 던지기도 하더니 스페인 대장 쪽을 돌아보았다.

"다른 것도 제공할 수 있다는데요……"

"뭔데?"

"길을 가는 동안에 요리 같은 걸 해줄 수 있는 여자들 말입니다. 대장님이 기분 좋게 지내시길 바라고 가톨릭교도의 관습을 배우고 싶답니다. 그리고 대장님께 우정과 보호를 바란대요."

"계속 이렇게 해준다면, 우린 그나 그의 도시 사람들에게 어떠한 해도 끼치지 않을 거라고 말해라."

펠리피요가 통역을 했다. 쿠라카의 얼굴이 기품을 되찾았다. 그의 어조는 명령하는 데 익숙한 사람다웠다.

"그가 제안하길, 부하 하나를 그의 하인들과 함께 '처녀들의 집' 아클라우아시에 보내잡니다. 그러면 대장님께서 선택하실 수 있도록, 여자들을 데리고 광장으로 돌아올 거랍니다."

소토는 가브리엘에게 신호를 보냈다. 무슨 일이 일어나는지, 무슨 얘기가 나오는지 궁금해진 몇몇 스페인 사람들이 가까이 다가왔다.

"서두르게. 사내놈들이 직접 여자들을 찾으러 나서기 전에 데려와……"

소토가 나직이 말했다.

가브리엘은 '사내놈들'이 이미 그곳을 찾아갔다는 사실을 감히 말하지 못했다. 유감스러운 일이었다…… 그는 세바스티안의 빈정거리는 시선과 마주쳤다.

가브리엘이 하인들과 함께 여자들의 집에 도착했을 때, 그곳은 뭐라 설명할 수 없는 동요에 휩싸여 있었다. 모두들 넓은 안뜰에 모여 있었다. 나이든 여자들이 뭔가를 지시하는 듯했고, 어린 여자들 중에는 이따금 꼬마 아이도 끼어 있었다. 흰색이나 붉은색의 긴 튜닉 차림이었는데, 여자들이 자리를 옮길 때면 옷자락이 그 발걸음을 우아하게 뒤따랐다. 가장 나이 많은 여자들은 어깨에 망토 같은 것을 걸치고 정교하게 조각된 금핀이나 은핀으로 여미고 있었다. 방 입구 너머 방적기가 보였다. 농가 안뜰에서 들릴 법한 소음이 넘치는 가운데 흐느끼는 소리와 신경질적인 웃음소리가 터져 나왔다. 쿠라카의 하인들이 큰 소리로 명령을 전하자 한결 조용해졌다.

가브리엘 일행이 광장으로 돌아오자 스페인 남자들이 소리를 지르고 휘파람을 불기 시작했다. 어떤 이들은 주저 없이 여자들을 붙잡으려 하고, 또 어떤 이들은 여자들 망토의 금핀을 잡아챘다. 이루 말할 수 없이 혼란스러웠다.

갑자기 고함 소리가 그 소동을 가로질렀다. 피라미드 꼭대기에서 터져 나온 분노의 외침이었다. 두 스페인 감시병에게 에워싸인 키 큰 인디언 하나가 피라미드 위 고원에 서 있었다. 그는 두 병사보다 머리 하나가 더 크고 눈에 띄게 기품 있어 보였다. 놀랍도록 정교한 기하학적인 모티프가 그려진 튜닉에는 금줄과 은줄이 늘어져 있고, 귀에는 그들이 이미 보았던 황금 마개가 끼워져 있었다. 하지만 엄청나게 두꺼운 황금 마개였다.

"멈춰라!"

소토가 소리쳤다. 순식간에 사위가 잠잠해졌다.

"그를 놓아줘라."

소토가 감시병들을 향해 말했다.

인디언은 고양이처럼 유연하게 피라미드의 높은 계단을 내려와 힘찬 걸음으로 광장을 가로질렀다. 그러고는 소토는 완전히 무시한 채 쿠라카 앞에 우뚝 서서 몇 마디 말을 건넸다. 격한 분노에 사로잡혀 있는 게 틀림없었다. 쿠라카는 급히 일어나서 몇 마디 변명의 말을 중얼거렸다.

소토는 스페인 사람들에게 잠자코 있으라는 신호를 보내고는 쿠라카에게 자기 옆에 다시 앉으라고 손짓했다. 그는 의아해하는 펠리피요 쪽을 돌아보았다. 통역자 역시 새로 나타난 인디언 때문에 어안이 벙벙한 듯 보였다.

소란스러운 가운데 세바스티안이 가브리엘 곁으로 슬며시 다가와 속삭였다.

"귀가 늘어진 저자는 만만해 보이지 않는데."

인디언은 펠리피요에게 노한 목소리로 말했다.

"자기 주인의 소유인 여자들에게 손을 댔으니 우리 모두 죽게 될 거라는데요. 만약 누구든 주인의 소유물에 다시 손을 댔다간, 그의 군대가 와서 우리를 몰살시킬 거랍니다."

펠리피요가 말했다.

"그의 능력을 의심하는 건 아니지만, 우리를 두 번 죽일 수는 없겠지. 그의 주인이 누구인가?"

소토가 조용히 말했다.

"왕입니다. 잉카 말이에요."

"이자의 이름은? 이자의 주인은 어디 있지?"

펠리피요는 인디언 귀족을 감히 쳐다보지도 못한 채 안절부절못하며 말했다. 상대방은 더 침착하게 대답했다.

"이자의 이름은 시킨차라입니다. 여기서 이백 리쯤 떨어진 곳에 있는 아타우알파 왕의 사절이랍니다."

이백 리…… 가브리엘은 미친 듯이 가슴이 뛰는 것을 느꼈다. 지난 여정이 섬광처럼 머릿속을 스쳐 지나갔다. 궁전처럼 높은 파도, 폭풍, 굶주림…… 그리고 이제 행운 아니면 죽음으로부터 이백 리 떨어진 곳에 있는 것이다.

"우리의 왕 카를로스 1세께서 파견하신 우리 주인 돈 프란시스코 피사로 총독께서 그를 친구로 초대하고 싶어한다고 전하라. 우리와 함께 가서 우리의 선물과 우정을 받아달라고 말이다. 우리는 그를 존경하고, 그를 욕보일 의도가 없으며, 그의 주인을 두려워한다고 말하라. 그의 주인이 강력한 군주라는 것을 알고 있고, 정당한 전투를 도와주러 왔다고."

펠리피요가 길게 통역했다. 그의 두꺼운 입술이 떨리고 이마에서는 땀이 흘렀다. 시킨차라는 주의 깊게 듣고 있었다. 남몰래 훔쳐보듯 다른 곳, 병사들의 낯선 옷차림, 말, 매달려 있는 검, 갑옷을 쳐다보면서. 펠리피요가 말하는 동안 그는 눈에 띄게 흡족해하며 여러 번 미소를 지었다. 이번에는 그가 대답했다.

"총독님을 만나고 싶답니다. 중요한 전갈도 있고 선물도 있다는데요."

"총독님은 여기서 걸어서 사흘 거리에 있는 세란에 계시니 거기까지 내가 친구처럼 그를 호위하고 안전을 책임지겠다고 전하라."

가브리엘은 시킨차라를 살펴보았다. 그런 얼굴은 한 번도 본 적이 없었다. 인디언의 튀어나온 광대뼈와 누런 피부에는 익숙하지만 이글이글 타는 듯한 눈빛은 낯설었다. 그는 동료들을 훑어보았다. 얼굴, 태도, 거동…… 동료들의 몰골은 시킨차라에 비하면 처량하기 짝이 없었다.

"잉카의 수도는 지금 왕이 있다는, 이백 리 떨어진 곳에 있는가?"

시킨차라는 그 질문이 매우 엉뚱하게 들리는 모양이었다. 그는 우두머리라는 사람처럼 모두가 정말 모르는 것인지 알아보려는 양 스페인 사람들을 차례차례 쳐다보았다. 그러더니 길게 설명을 했다.

"그들의 수도는 걸어서 한 달 넘게 걸리는 멀리 떨어진 산속에 있답니다. 수도를 한 바퀴 돌려면 하루가 걸리고, 이 땅 모든 지역 출신의 수많은 사람들이 그곳에 거주하고 있답니다. 죽은 잉카들의 궁전도 있고 수많은 신관들이 있는 신전의 수도 많답니다. 그중 가장 중요한 신전에는 귀금속으로 된 봉헌물이 수없이 많답니다……"

펠리피요가 조심스럽게 말했다.

바닥은 은으로 포장되어 있고, 지붕과 벽은 금판과 은판이 뒤섞여 덮여 있다는 건물들 이야기가 나오자, 광장은 다시금 쥐 죽은 듯 조용해졌다.

가브리엘은 더이상 듣고 있지 않았다.

그의 시선은 저 높은 곳, 신전 앞 광장 너머, 피라미드 꼭대기 너머, 도시를 굽어보는 산 너머로 향했다. 그는 저 멀리 떨어진 산속을 헤매고, 햇빛을 받아 금판처럼 번쩍거리는 만년설을 건너, 금과 은이 넘쳐흐르는 신전과 궁전 안에, 꿈의 영토 안에 가 있었다. 그리고 그 영토를 자기가 처음으로 발견하는 공상에 잠겼다. 그는 두 팔을 벌렸다. 이제 세상은 그의 것이다. 그는 자신이 이제 땅에 묶인 인간이 아니라, 대기를 가르는 새나 힘차게 뛰어오르는 살쾡이와 같은 짐승, 구름, 혹은 비탈길을 따라 흘러 내려가고 단숨에 협곡을 건너는 급류처럼 느껴졌다……

그는 자유로웠다.

그는 소토의 출발 명령을 겨우 들었다.

39

1532년 11월, 이보칸

시킨차라는 아타우알파 앞에 네덜란드 제 셔츠와 반장화, 목걸이를 늘어놓았다. 그리고 두 개의 유리잔을 잉카 바로 옆에 조심스레 내려놓았다.

"대장이자 총독으로 불리는 그들 우두머리가 이 선물을 제게 건네주기 전에 이런 말을 했습니다. '주인에게 전하시오. 나는 당신 주인을 최대한 빨리 만나기 위해 도중에 어떤 마을에서도 멈추지 않겠소.'"

유일한 군주 아타우알파는 작은 의자에 앉아 있었고 아나마야는 호기심을 누른 채 어둠 속에 머물러 있었다. 구아이파르와 빌라 오마는 그 물건들을 쳐다보긴 했지만 감히 만지지는 못했다. 투명한 컵은 그들이 이제껏 본 것 중에 가장 놀라운 도기였다. 아타우알파는 손가락 끝으로 만져본 후 하나를 들어 올려 그 이상한 재료를 관통하는 빛을 살펴보았다.

"그럼 너는, 넌 우리의 선물을 전했느냐?"

아타우알파가 물었다.

"예, 유일한 군주님. 그들은 아무 말도 하지 않고 성채의 돌 모형을 바라보았습니다. 그리고 라마 털을 가득 넣은 오리들에 대해서 물었습니다. 제가 그들에게 말했지요. 그것을 가루로 만들면 냄새 좋은 연기가 생긴다고. 그러나 금과 은의 튜닉에 대해서는 아무것도 묻지 않았습니다."

"그들은 어디에서 왔다더냐?"

"바다 건너편에서 왔답니다. 그들은 두 왕을 섬깁니다. 하나는 아랫세상을 이끄는 왕이고, 또 하나는 윗세상의 주인인 왕이지요."

"탈라네족 사람들이 주장하는 바로는, 그들이 육지와 바다에 동시에 속하는 존재이며 상반신은 사람, 하반신은 라마와 비슷하다던데. 그들이 비라코차라는 이름을 말했다지……"

시킨차라가 웃음을 터뜨렸다.

"다른 세상의 존재들이라고요! 그런 전설이라면 저도 들었습니다. 저를 믿으십시오. 그들은 사람입니다, 유일한 군주님! 피부가 창백하고 얼굴에 털이 났기 때문에 우리와 달라 보일 뿐입니다. 그들 중 어떤 이들은 양 위에 올라타고 있는데, 그 덕분에 평원을 빠른 속도로 지날 수 있는 것은 사실입니다. 하지만 잉카의 길 위에 있는 그 동물들이 상상이 되십니까? 제가 풀어놓은 염탐꾼들이 그 동물을 보았는데, 이제 겨우 카하스까지 왔을 뿐입니다!"

"불을 토해내는 막대기를 가지고 있다고도 하던데."

"그건 그들의 놀이 가운데 하나입니다. 그 막대기 안에 든 가루 같은 것에다 불을 붙이면 귀청을 찢는 소리가 납니다. 처음에는 놀라게 되지요."

"그들이 옆구리에 차고 있는 띠는……"

"우리 것과 같은 무기인데 좀더 가볍습니다. 그들이 제 앞에서 두려움을 드러낸 것을 보면, 틀림없이 그다지 효과적인 무기는 아닐 것입니다."

"몇 명이나 되던가?"

"이백 명이 안 됩니다. 그들 중 많은 이들이 쇠약하고 아픈 것처럼 보였습니다."

"그들의 우두머리에 대해 말해보라."

"키가 크지만 깡마르고 몹시 늙은 사내입니다. 털은 눈처럼 희고, 눈빛은 투석기 돌처럼 매섭지만 잘 웃습니다. 그의 휘하 대장들은 그에게 복종하지요. 단 한 사람, 늘 그 우두머리만큼이나 유력한 인물임을 자처하는 그의 형제를 빼고는 말입니다. 하지만 제아무리 털과 눈빛이 유별나도 한낱 노인일 뿐입니다. 몽둥이질 한 방이면 머리를 깨부수기에 충분하지요. 그리고 제 생각에는, 그가 군주님을 두려워하는 것 같습니다. 군주님께 큰 존경심을 나타내면서 오로지 군주님을 돕기 위해 이곳에 온 거라고 하더군요."

그때 느닷없이 구아이파르의 목소리가 울려 퍼졌다.

"저도 그 이방인들을 보았습니다. 비록 제가 시킨차라 사절과 같은 경험은 하지 못했고, 또 그처럼 가까이서 그들을 관찰할 수도 없었지만 제 생각은 다릅니다."

아타우알파가 구아이파르 쪽을 돌아보았다.

"사실 넌 네 용기에 걸맞은 경험을 하지 못했지, 구아이파르."

"그 사람들은 위험합니다, 유일한 군주님. 우리 앞에서는 웃으면서 우리의 친구라고 주장하지요. 하지만 그들이 지나온 마을에서는 엄청난 학살을 저질렀습니다. 시킨차라 사절이 해롭지 않다고 여기는 그 무기로 말이지요. 그들은 군주님을 돕고 싶다고 말하지만, 다른 사람들에게는 그 고약한 우아스카르를 돕겠다고 약속했습니다!"

"지금 우아스카르에게는 그들 도움이 필요하긴 하지."

시킨차라가 비웃음을 흘렸다.

"어떻게 하는 게 좋겠느냐, 시킨차라?"

"그들이 우리에게 오도록 내버려두는 게 좋다고 생각합니다."

구아이파르가 끼어들었다.

"미친 짓입니다! 즉시 그들을 물리쳤어야 했습니다. 제가 군대를 이끌고 카하스에서 퇴각하기 전, 저는 그들을 포위하고 있었습니다. 그들은 제 처분에 달려 있었습니다. 공격 명령을 애타게 기다렸지만, 유일한 군주님, 명령은 떨어지지 않았습니다."

시킨차라는 경멸의 웃음을 지었다.

"유일한 군주님께서 명령만 내리시면, 바로 그들을 쳐부수겠습니다."

"넌 그들이 의심스러우냐, 구아이파르?"

구아이파르는 미처 대답할 틈이 없었다. 대화가 시작될 때부터 줄곧 침묵을 지키고 있던 빌라 오마가 불쑥 끼어든 것이다.

"저는 의심스럽습니다."

아타우알파가 손짓으로 모두를 조용히 시키고 생각에 잠겼다. 살짝 그를 올려다본 아나마야는 그의 시선 깊은 곳에서 불안감을 간파했다.

✲

비구름이 지나가다가 탐보 위에서 사라졌다. 아타우알파 홀로 궁전에 남고, 빌라 오마와 아나마야는 칸차 밖으로 나왔다.

사방위 제국 곳곳에서, 아나마야는 그곳을 지배하는 조화와 완벽한 구성에 감탄을 금하지 못했다. 그녀가 있는 곳에서는, 밀과 퀴노아를 재배하는 첫번째 계단식 경작지 가장자리를 따라 늘어선 예비 물품 보관소인 칼란카가 보이고, 아래쪽으로는 이보칸을 굽어보는 산의 능선에 서 있는 우아카가 보였다. 아타우알파의 승리와 제국을 굳건히 다지게 된 것을 기념하기 위해, 그들은 며칠 더 행진하여 친차이수유*의 주요 도시 중 하나인 카하마르카에 도착할 참이었다.

아나마야는 좋은 날씨를 방해하며 오락가락하는 구름을 보았다.

"어떻게 생각하세요, 현자님?"

"쿠스코로 떠나는 나의 마음이 무겁구나."

"무슨 뜻이죠?"

"오늘 아침에 들은 얘기가 마음에 걸린다. 시킨차라는 충직한 군인이지만 지력을 믿을 수 없고…… 구아이파르는 용기는 있지만 충동적이지……"

아나마야는 아무 말도 하지 않았다.

"아타우알파는 격변, 그러니까 파차쿠티가 일어나고 있다고 믿고 있다. 그가 주인이 될 이 세상의 변화 말이다…… 하지만 아타우알파는 징후도 보지 않고, 사람들 말에도 귀 기울이지 않는다……"

---

* 사방위 제국의 북쪽, 지금의 에콰도르와 페루 대부분을 포함하는 지역.

"만약 사람들이 군주님께 거짓말을 하고 있거나 진실을 보지 못하는 거라면, 그것은 군주님 잘못이 아니지요……"

빌라 오마는 고개를 저었다.

"게다가 난 쿠스코의 운명이 염려스럽다……"

"왜죠? 찰쿠치막 장군이 그 도시의 주인 아닌가요?"

빌라 오마는 살짝 쓴웃음을 지었다.

"오직 광기만이 도시의 주인인 것 같구나. 난 우아스카르와 그의 광기에 맞서 저항하라고 아타우알파를 처음으로 부추겼던 사람이다."

"그건 불가피한 일이었어요."

"아마도…… 하지만 이제는 증오가 건잡을 수 없이 뻗어나는 식물처럼 되어버렸다! 아타우알파는 자기 형제의 미친 짓만큼이나 터무니없는 복수를 계획하고 있어. 그는 우아스카르가 개혁하려고 했던 쿠스코의 성직자 직급을 내게 다시 맡겼다. 그런데 나 혼자 가는 게 아니다. 쿠시 유판키 장군이 나와 동행하는데, 그에겐 정확한 지시가 내려졌지. 왕위 찬탈자를 지지하는 자들은 누구도 살려두어서는 안 되고, 그들의 아내나 나이 어린 아들도 살려두어서는 안 된다는 것이다. 사내를 아직 겪지 않은 어린 딸들만이 살아남아 유일한 군주의 후궁 대열을 늘리게 될 게다. 아타우알파는 자신의 친형제나 누이라도 그 벌을 피할 수 없다고 분명히 밝혔지. 아버지인 우아이나 카팍의 씨족을 비롯해 몇몇 씨족이 송두리째 사라지게 될 거다. 난 그런 게 싫다, 아나마야. 그건 제국의 전통에 맞지 않는 일이고, 잉카의 고귀함과 태양신의 종교에도 어긋나는 일이지…… 그건 피와 살육으로 복수하는 야비한 족장이나 하는 짓이다……"

"아타우알파 군주님이 그런 짓을 명령하셨을 리가 있겠어요?"

빌라 오마는 좀처럼 볼 수 없는 부드러운 눈길로 아나마야를 바라보았다.

"너도 카테킬 우상의 운명을 직접 목격하지 않았느냐! 그는 우아스카르에 대한 증오로 눈이 멀었다. 오래된 두려움에 사로잡혀 있고……"

"진실을 알려고 여러 달 전부터 많은 사람들의 시선이 저를 향하고 있는데 제겐 그 진실이 없어요, 현자님."

"알고 있다. 하지만 너에 대한 내 신뢰는 완전하고 확고하단다. 그 신뢰를 확신하기까지 얼마나 오래 걸렸는지는 너도 기억할 게다. 내가 너를 비밀의 도시에 데려갔더랬지. 오늘은 내 마음속 비밀을 털어놓으련다. 아타우알파는 사방위 제국을 구원할 인물이 아니라는 것을 말이다……"

"그럼 누구죠?"

아나마야의 입에서 고함 소리가 새어 나왔다. 그 소리에, 넓은 계단식 경작지를 우아하게 뛰어넘으며 갈색 라마 떼와 함께 신전 앞 광장 쪽으로 올라가던 젊은 목동이 소스라치게 놀랐다.

그녀는 좀더 침착하게 되물었다.

"그럼 대체 누가 제국을 구할 수 있나요?"

"나도 모르지. 우선은 네가 아타우알파를 도와줄 수 있을 게다."

"어떻게요?"

"그는 누구보다도 널 믿고 있다. 넌 그의 승리를 '보았고', 그를 감옥에서 구해주었으니까…… 네가 그의 미래를 보고, 제국의 평화를 되돌려놓고 쿠스코 씨족을 용서해야 한다고 말해줄 수 있다면……"

그녀는 재빨리 그의 말을 잘랐다. 하지만 목소리를 높이지는 않았다.

"제게 보이지 않는 것을 '보라고' 요구하시는 건가요?"

빌라 오마는 강렬한 눈빛으로 그녀를 응시했다.

"재난을 멈추게 해달라고 부탁하는 거다……"

"거짓말은 할 수 없어요. 만약 제가 거짓말을 하면, 잉카 우아이나 카팍이 아랫세상에서 오셔서 저를 꾸짖으실 것 같아요……"

빌라 오마는 한숨을 내쉬었다.

"넌 우리를 도와줘야 해, 코야 카마켄!"

빌라 오마의 목소리가 떨렸다. 그의 눈에 불안한 빛이 떠올랐다. 쿠스코로 가는 길에 강력한 족장들이 죽은 뒤로는 좀처럼 보지 못한 불안감이었다.

"그럼 절 도와주세요."

그녀가 낮은 소리로 말했다.

"무슨 소리냐?"

"제 남편인 황금 분신 형제를 제 곁에 데려와주세요!"

"그건 있을 수 없는 일이다! 분신 형제는 있어야 할 곳에 있는 거야. 원천이 되는 신전 안에, 유일한 군주님 우아이나 카팍의 건조된 몸 옆에……"

"제 도움을 원하신다면, 분신 형제를 제게 데려오라고 명령을 내려주세요."

"네가 원하는 게 대체 뭔지나 알고 있는 게냐? 군주님과 그분의 분신 형제는 한 번도 떼어놓은 적이 없다! 그분에게 불행한 일이 닥친다면, 우리는 어떻게 되겠느냐?"

"저는 분신 형제 곁에 있어야 해요, 현자님! 전 거짓말을 할 수 없어요. 하지만 분신 형제의 도움을 빌리면, 어쩌면 우아이나 카팍이 저를 찾아와 말씀하시고 저를 다른 세상으로 데려가실지도 몰라요. 제가 예전으로 되돌아가기 위한 하나뿐인 방법이에요. 이유는 묻지 마세요, 하지만 저는 알 수 있어요……"

이제 태양이 굽어보고 있었다. 청명한 대기 속 그 무엇도 평화를 깨뜨릴 수 없을 듯 보였다.

"내가 쿠스코에 도착하자마자 분신 형제를 잘 호위해 네게 보내주마."

"아타우알파 군주님께 얘기해서는 안 되겠죠?"

"안 된다. 우리끼리만 알고 있는 게 좋겠다!"

아나마야는 동의했다. 하지만 궁전 쪽으로 거슬러 올라가면서 그녀는 다리에 힘이 빠졌다. 그녀는 생각했다.

'어른이 된다는 건, 너무 버거운 비밀을 갖게 되는 거야. 아무하고도 공유할 수 없는 감정을 느끼는 거지.'

✲

어둠이 서서히 칸차를 엄습했다. 아나마야는 거리를 휩쓰는 기쁨의 함성을 듣지 않으려고 귀를 막은 채 홀로 쉬고 있었다. 벌써부터 치차가 흐르고 있었다. 올해 승리의 축제는 카팍 라이미 축제와 어우러져 잊을 수 없는 것이 되리라는 걸 병사들 모두가 알고 있었다.

그림자가 문가에 나타났다. 그녀는 잠자리에서 벌떡 일어나 구석으로 몸을 숨기다가 항아리를 넘어뜨릴 뻔했다.

"겁내지 말아요!"

구아이파르였다. 그는 허리띠에만 노란색, 붉은색, 오렌지색의 기하학적인 무늬가 들어간 수수한 흰색 운쿠를 입고 있었다. 그의 거동이 눈에 띄게 거칠었다. 그녀는 그것을 예민하게 알아차렸다.

"겁내지 말아요. 당신을 위협하러 온 것도 아니고, 사랑을 고백하러 온 것도 아니니까……"

그가 미동도 없이 말했다.

그의 슬픔이 배어 있는 목소리에 아나마야는 마음이 움직이면서 몸이 마비되었다. 그를 이해한다는 걸, 그와 있으면 기분이 좋아진다는 걸 어떻게 말해야 좋을지 그녀는 알지 못했다. 어쩌면 기분 좋은 것 이상인지도 몰랐다. 그런 생각이 섬광처럼 스치고 지나가자, 그녀는 그 생각을 흩어버렸다. 그녀는 진정 코야 카마켄, 죽은 잉카의 아내인 것이다.

"내가 충동적이고 사려 깊지 못하다고들 하지만, 난 시킨차라보다 더 깊이 생각했어요. 이방인들이 위험하다고 말한 것은 내가 그 위험을 알기 때문이에요. 하지만 내 말을 들으려고들 하지 않는군요……"

"그들은 벌써부터 승리를 축하하고 있어요."

"잘못하는 겁니다. 내 말을 믿어요. 이방인들은 숱한 마을을 지나면서 수많은 종족에게 분노를 일깨워놓았어요. 이방인들 수가 아마 이백 명쯤 될 겁니다. 하지만 누가 그들의 시중을 들고, 먹여주고, 짐을 들어주겠습니까? 심지어 그들 편에 서서 싸우려고 무기를 든 사람들이 누구던가요? 인디언들입니다…… 난 알아요, 우린 공포감을 심어놓거나 외교술을 발휘해 그들을 굴복시켰지요. 하지만 그들은 복수에 대한 일념뿐입니다. 바로 그 때문에 이방인들의 거짓된 말에 귀를 막아야 하고, 저들이 한 발짝도 더 들여놓지 못하게 해야 해요. 저들과 손을 끊어야 해요."

"당신이 유일한 군주님께 그런 얘기를 했지만, 듣지 않으셨잖아요."

"당신 말이라면 군주님도 들으실 겁니다."

"날 내버려둬요, 구아이파르."

그는 그녀에게 바짝 다가가 한 손을 들어 올렸다. 그녀는 숨을 멈추었다.

"내 몸에 손대지 마세요."

그녀가 낮은 소리로 말했다.

"손대지 않아요."

그는 그녀의 몸에 닿을락 말락 하게 손을 움직였다. 그의 가슴을 들먹이게 하는 숨소리가 들릴 정도로, 손의 떨림이 느껴질 정도로 아주 가까이에서. 마치 한없이 부드럽게 애무하듯이, 그는 그녀의 몸을 따라 내려가다 무릎을 꿇었다. 그녀는 숨이 점점 가빠지는 것을 느꼈다. 숨을 가다듬으려 해도 마음대로 되지 않았다.

그는 밀짚 샌들을 신은 그녀의 맨발에 이르자 손가락 하나를 살짝 갖다 댔다. 그녀는 살갗에 스치는 그의 숨결을 느꼈다.

"구아이파르!"

그는 벌떡 일어섰다

"당신을 잊고 싶은데, 잊혀지지가 않아요."

그는 감미로운 말과는 어울리지 않는 사나운 어조로 재빨리 말했다. 그러고는 이를 악물고 방을 나가다가 인티 팔라와 부딪쳤다. 그녀는 당황한 얼굴로 아나마야를 쳐다보았다.

"구아이파르가 네 방에서 뭘 하고 있었던 거지?"

"그는……"

아나마야는 숨을 돌렸다.

"내가 아타우알파 군주님께 얘기해주길 원했어……"

"네 발밑에서?"

"내게 간청한 거야."

인티 팔라는 못 믿겠다는 듯 입을 삐죽거렸다. 아나마야는 그녀의 모습에 감탄하지 않을 수 없었다. 다른 여자들이 입으면 자루 같은 아나코가 그녀 몸에는 착 달라붙어 풍만한 몸매를 드러내주었다. 숱 많은 긴 머리카락은 두 갈래로 나뉘어 두 개의 섬세한 금핀으로 고정되어 있었다. 핀 하나는 뱀 모양이고, 다른 하나는 벌새 모양이었다.

"어쩌면 유일한 군주님은 네 말을 들으실 거야. 넌……"

"왜?"

아나마야는 마음이 가벼워졌다. 인티 팔라가 구아이파르에 대해 물고 늘어지지 않았기 때문이다. 그녀는 다른 것을 얘기하려고 온 게 분명했다.

"군주님은 나를 거의 쳐다보시지도 않아. 더이상 내 몸에 손대시지도 않고……"

"나랏일이 골치 아파서 그러시겠지……"

"그럼 왜 코리 침푸하고는 밤을 같이 보내시는 거지? 쿠시 미카이하고는?"

"군주님은 네게 돌아오실 거야, 인티 팔라. 넌 다른 어떤 여자보다도 아름다워……"

아나마야의 말은 진심이었다. 인티 팔라는 아나마야를 잠자리에 앉히고 자기도 곁에 앉았다.

"넌 내 하나뿐인 친구가 되었어. 내가 그토록 심술궂게 굴었는데……"

인티 팔라가 말했다.

"네가 심술궂었다고? 난 기억 안 나는데."

인티 팔라는 웃으며 아나마야의 어깨를 잡았다.

"그래, 심술궂었어. 질투가 나서 그랬던 거야. 네가 내게서 그를 빼앗아 가려는 줄 알았거든……"

"내가?"

아나마야는 어이가 없었다. 숲에서 태어난 어린 말라깽이 소녀가 어떻게 인티 팔라처럼 육감적이고 완벽한 처녀의 적수가 될 수 있을까?

"바짝 와봐."

아나마야는 당황스럽지만 그녀가 하는 대로 내버려두었다. 두 처녀는 길게 누웠다. 칸차를 향해 열린 창문으로 들어온 한 자락 미풍에, 문을 막고 있는 깃털 장막이 흔들렸다.

아나마야는 인티 팔라의 동그란 어깨에 팔을 둘렀다. 그러고는 며칠 전부터 머리를 떠나지 않던 전쟁에 대한 긴장감과 불안을 처음으로 잊었다.

친구의 뺨에 손가락을 갖다 댔을 때, 눈물이 손에 닿았다. 어둠 속에서 아나마야는 손가락에 묻은 눈물을 핥고, 친구를 위로하기 위해 간간이 다정한 말을 들려주었다.

40

1532년 11월 11일, 우아가욕

두 차례의 번개가 계곡 깊은 곳의 강철 같은 하늘을 찢어놓았다. 옆구리를 망치질하듯 천둥이 가파른 비탈길 사이로 굴러 떨어졌다.

굉음이 멀어지자 페드로 마르틴 데 모게르의 개가 인디언이라도 본 양 하늘을 보고 짖어댔다. 베날카사르와 함께 원정대에 합류한 선원 모게르의 개가 천둥과 번개에 기어이 흥분한 것이다. 몸은 우윳빛처럼 하얗지만 주인의 눈처럼 눈에서는 검은 광기가 번득이는 송아지만 한 나폴리 산 잡종 개였다. 가브리엘로서는 이유를 알 수 없었지만, 모게르는 늘 정찰 임무에 자발적으로 나섰다. 약속된 보물에 제일 먼저 손대고 싶어서일까? 가브리엘은 억누르기 어려운 불쾌감을 느끼며 모게르와 그의 커다란 개를 바라보았다.

그들은 정찰대로 가는 길이었다. 피사로 총독이 이끄는 대부대보다 겨우 일 킬로미터쯤 앞서 있었다. 하지만 몇몇 굽잇길에서는 카하마르카를 향해 전진하는 얼룩덜룩한 긴 행렬이 보이지 않을 만큼, 강 위에 모인 안개 위로 높이 올라가기도 했다.

"백여든 명의 사람과 쉰일곱 마리의 말"이라는 말을 돈 프란시스코 피사로는 즐겨 되뇌었다. 거대하고 강력한 제국의 정복에 나선 사람들치고는 어처구니없는 숫자였지만, 그가 이 말을 되뇌는 것은 숫자를 환기시키기 위해서가 아니었다. 제국 중심부를 향해 전진하면서 하루하루 합류하는 사람들과 그들 자신을 구별하기 위해서였다. 지협에서 온 혼혈인이나 흑인 등으로 이루어진 수백 명의 노예들, 그리고 특히 수천 명의 인디언들, 탈라네족, 치무족, 조공을 바치지 않았다는 이유로 마을이 불태워진 사람들, 잉카족을 미워하거나 복수하고 싶어하는 이러저러한 사연이 있는 모든 이들이 합류한 것이다.

이제부터는 좁은 길이었다. 때로 낭떠러지 벽에 바짝 붙어 있는 가파른 비탈길은 사람과 동물이 나란히 겨우 지나갈 수 있을 정도의 폭밖에 되지 않았다.

오래전부터 소수의 선두 무리는 말에서 내려서서 걷고 있었다. 그들은 빗줄기에 시야가 가려지지 않도록 투구를 이마 위로 기울여 쓰고 어깨 위에 걸친 고삐로 말을 잡아끌며 고개를 숙인 채 전진했다.

지친 말들은 불안에 떨고 있었다. 몇 주째 제대로 먹지 못해 늑골이 앙상하게 드러나고, 안장 가죽띠에 털이 쓸려 살갗은 반질반질했다. 며칠은 새벽에 결빙이 될 정도로 춥고 험준한 고개를 어렵사리 넘었다. 또 며칠은 숨 막히는 깊은 계곡에서 매와도 같은 커다란 육식 박쥐의 공격을 받아 엉덩이나 등마루가 찢어졌다.

듬성듬성한 덤불로 덮인 급경사 길은 극심한 뇌우에 노란 진흙탕으로 변해 있었다. 계단 형태로 깎인 석판에서는 조그만 폭포수가 사납게 내뿜어져, 계단을 미끄럽고 위험하게 만들었다. 길가의 땅은 흐르는 물에 패고, 말발굽 아래 스르르 무너져 내렸다.

또다시 번개가 구름에 줄을 긋기가 무섭게 천둥이 우르릉거렸다. 불뱀처럼 보이는 번개는 여러 산을 한데 모으려는 것처럼 산꼭대기를 수평으로 내달렸다.

말들은 콧구멍을 벌렁거리며 둔한 걸음으로 비틀거리고 곤두선 귀를 끊임없이 움직거렸다. 가브리엘은 장갑 낀 손으로 고삐를 당기고, 다른 손으로는 말의 콧등을 쓰다듬어 진정시켰다.

바로 그 순간, 요란한 천둥 비바람 소리에 제정신이 아닌 모게르의 개가 목이 터져라 짖어댔다. 개는 사납게 몇 번을 펄쩍펄쩍 뛰어오르며 행렬 선두에 있는 페드로 앞으로 달려갔다. 개는 가슴팍을 헐떡이며 길을 가로막고 떡 버티고 섰다. 그러고는 어느 때보다도 환각에 사로잡힌 듯한 튀어나온 눈으로, 쏟아지는 빗줄기에 가려 보이지 않는 머나먼 깊은 계곡을 향해 또다시 울부짖었다.

"머저리 같은 개새끼, 조용히 해!"

그리스인 페드로가 소리를 지르며 세바스티안과 가브리엘과 모게르를 돌아보았다.

"말을 잘 붙잡아. 이 멍청이 때문에 말들이 불안해하겠어!"

잡종 개는 폭우를 향해 번득이는 송곳니를 드러낸 채 잠시 머뭇거리더니 흐르는 진흙탕 속에서 종종걸음을 쳤다. 깨끗한 털이 금세 더러워졌다. 그러더니 으르렁거리며 사람들과 말들 사이로 미끄러져 들어왔다. 잡종 개가 너무 가까이 스치는 바람에 페드로의 말이 옆으로 비켜서다가 발굽으로 돌멩이 하나를 차냈다. 돌멩이는 세 번을 튀어 오르며 빗방울처럼 가볍게 협곡으로 떨어졌다.

"맙소사, 모게르! 자네의 저 빌어먹을 똥개 좀 붙잡아! 저 녀석이 우리 모두를 공중으로 내던지고 말겠어!"

페드로가 물 먹은 스펀지처럼 수염에서 물을 뚝뚝 떨어뜨리며 분통을 터뜨렸다.

뚱뚱한 모게르는 행렬 맨 뒤에서 땀을 흘리며 힘겹게 말을 끌고 있었다. 어깨부터 엉덩이까지 가죽 망토를 뒤집어썼는데도 면으로 된 윗옷이 흠뻑 젖어 있었다. 모게르가 끌고 가는 가엾은 말은 죽어가는 베루가 환자한테서 유산이라는 미명 아래 강탈한 것이었다. 훔치다시피 해서 빼앗은 말은 몸 상태가 그리 좋지 않았다. 흡혈 박쥐에게 물린 흉한 상처가 다시 터져, 빗물에도 희석되지 않는 노르스름한 고름이 조금씩 흘렀다. 숨소리도 거칠었다. 눈은 지나치게 크게 뜨고 있었고 열 때문에 젖혀진 입술을 쑥 내밀고 있었다.

주인이 부르는 소리에 잡종 개가 송곳니를 훤히 드러내고서 달려가자 모게르의 말이 겁을 집어먹었다. 말은 날카로운 울음소리를 내며 물어뜯을 기세로 머리를 흔들더니, 울부짖는 개 앞에서 뒷발로 일어섰다. 손이 마비된 모게르가 고삐를 놓치자, 말이 하마터면 발굽으로 그를 찰 뻔했다. 그때 몇 뭉치 잡초 더미로 겨우 지탱되던 땅이 말의 뒷발 아래 힘없이 무너져 내렸다.

무게에 쏠려 말이 기울어지자 모게르가 비명을 내질렀다. 가엾은 짐승은 다리를 앞으로 내뻗으며 기우뚱 쓰러져 홀쭉한 배를 바위에 짓이겼다. 말은 최후의 앞발질을 하다가 단번에 절벽에서 떨어져, 공포에 질린 울음을 내뱉으며 허공으로 빠져들었다.

콩키스타도르들이 굳은 시선으로 바라보는 가운데, 말은 잠시 허공에 떠 있는 것처럼 보이더니 엉덩이를 소관목에 부딪히고 거꾸로 빙그르르 회전했다. 콧구멍이 맨 먼저 돌더미에 부딪혔다. 돌더미는 말의 무게에 쓸려 와르르 무너졌다. 목이 부러져 이미 숨이 끊어진 말은 육십여 미터 아래 물 웅덩이 안으로 굴러 떨어졌다.

"빌어먹을."

페드로가 머리를 흔들면서 씩씩거렸다.

말이 다시 일어서기를 기대하기라도 하듯, 모두들 말을 내려다보았다.

"내가 경고했지!"

페드로가 계속 투덜거렸다.

"뭐, 저 말은 병들어 있었어. 어차피 오래 버티지 못했을 거야……"

여전히 겁에 질린 눈으로, 모게르가 어깨를 무겁게 으쓱하며 말했다.

모두들 그가 애써 태연한 척하고 있다는 걸 알았다. 세바스티안이 나직이 빈정거렸다.

"쉽게 얻은 말은 쉽게 잃는 법이지!"

모게르는 분노가 가득 어린 얼굴을 들었다.

"너, 이 검둥이, 네가……"

하지만 그는 욕설을 끝까지 퍼부을 시간이 없었다. 가브리엘이 협곡 안쪽을 가리킨 것이다.

"저길 봐! 저들을 보라고!"

빗물이 뚝뚝 떨어지는 소관목 숲 아래쪽 바위 뒤에서 이십여 명의 인디언들이 불쑥 나타났다. 호기심에 이끌려 조심성을 잃어버린 그들은 말의 시체에 다가가 에워쌌다.

인디언들을 보자 잠시 조용하던 커다란 개가 다시 짖기 시작했다. 인디언들이 스페인인을 향해 구릿빛 얼굴을 들었다. 그러나 너무 멀리 있는 까닭에 아무것도 겁낼 게 없었다. 그들 가운데 하나가 제일 먼저 용기를 내어 말의 시체 쪽으로 손을 내밀었다. 페드로는 혀를 차고는 행진을 계속했다.

"우리를 감시하고 있는 게 분명해! 낮이고 밤이고. 자네들은 어떻게 생각해? 자네들이 코 골며 자고 있을 때, 저들은 자네들 콧구멍 속의 털을 세고 있다고. 파리 같은 놈들. 우리는 꿀단지 속에 빠져 있는 거고!"

✲

한낮에 그들은 녹초가 되어 고개를 넘었다. 보이지 않는 인디언들의 존재에 신경이 잔뜩 날카로워져 있었다. 협곡 쪽으로 내려가는 동안에 드디어 비가 그쳤다. 기다란 계단식 대지로 층을 이룬 부드러운 초록색 경작지가 강을 따라 부채처럼 윤곽을 드러냈다. 둥그스름하게 굽어 있는 계단식 대지들은 공들여 만든 벽으로 받쳐져 있었다. 거센 비바람이 지나간 뒤의 하늘 빛이 어찌나 깊고 푸른지 바다처럼 무거워 보였다.

두 시간 남짓 지나서, 그들은 한 마을에 이르렀다. 이제는 마을의 배치 형태가 눈에 설지 않았다. 마을의 넓은 광장 주변으로 육십여 채의 집들이 모여 있었다. 높은 곳에 위치한 계단식 대지 위로는, 거인을 위해 고안된 왕좌의 계단과도 흡사한 땅딸막한 피라미드 같은 것이 솟아 있었다. 피라미드 벽은 완벽한 직선을 이루었고, 돌들이 어찌나 정교하게 접합되어 있는지 아무리 얇은 단검의 날이라도 그 사이로 미끄러져 들어갈 수 없을 듯했다.

마지막 계단 위에는 신전 하나가 세워져 있었다. 인디언들이 기이한 이교 의식에 몰두하는 신전이었다. 그곳에서 그들은 나뭇잎과 가장 아름다운 직물을 태우고 이해할 수 없는 말을 크게 외치며, 두 팔을 하늘로 쳐들고 태양과 달 혹은 뭔지 모를 것을 숭배하면서 온갖 반종교적인 일에 몰두했다.

그러나 마을에 금과 은과 정교한 도기, 심지어 에메랄드가 있다면 그것은 바로 그들이 있는 그곳에 있었다!

매번 그렇듯이 수염 난 이방인을 맞으러 달려온 것은 아이들이었다. 아이들은 덤불과 키 작은 나무줄기 뒤에 숨어서, 항상 강한 인상을 주는 검과 말을 엿보았다. 어른들은 대개 신중한 태도를 보였다. 늘 그들은 아주 조심스럽게 쿠라카를 앞세우고서야 비로소 집 문턱이나 안뜰을 벗어났다.

그런데 이번에는 많은 사람들이 운집해 있는 것이 보였다. 장화를 포개어 말에 걸터앉은 가브리엘과 페드로는 검이 잘 보이도록 안장머리에 칼을 올려놓은 채로 계단식 대지의 광장 가장자리에 당도했다. 신전 계단 아래, 닫집으로 덮인 가마 두 개가 있었다. 가마들은 금실로 짠 직물과 노랗고 푸른 깃털이 바둑판 무늬로 장식되어 있었다.

가브리엘은 등뒤에서 모게르가 외치는 소리를 들었다.

"이봐! 저기 커다란 원숭이 같이 생긴 그 사절이야!"

인디언 왕의 밀사이며 카하스로 총독을 만나러 왔던 위엄 있고 도도한, 귀가 늘어진 시킨차라가 정말로 마을 사람들 앞에서 그들을 기다리고 있었다. 그는 소부대의 인디언 병사와 라마와 하인 들에게 둘러싸여 있었다.

그의 옷차림은 처음 만났을 때보다 훨씬 더 화려했다. 미묘한 기하학적 모티프가 가득 그려진 눈부신 붉은색의 커다란 망토가 장딴지까지 내려왔다. 그 안에는 바둑판 무늬의 모티프에 따라 초록색, 노란색

혹은 푸른색을 띠며 반짝이는 묘한 빛깔의 비단 튜닉을 입고 있었다. 가슴에는 망치로 두드려 만든, 금과 은으로 된 가슴받이가 덮여 있었다. 이마와 굵은 머리카락은 노란색과 푸른색의 매우 가늘고 짧은 깃털이 한 줄로 박힌 가죽 투구에 가려 보이지 않았다. 그의 왼쪽 손목에는 방패가 고정되어 있었고 튜닉과 비슷한 천으로 덮여 있었다. 오른손으로는 끝이 묵직한 청동 창을 움켜쥐고 있었다.

그들이 말의 발걸음을 제지하며 조심조심 다가가자, 시킨차라가 미소를 지어 보였다.

"이 놀라운 일이 좋은 일일까, 나쁜 일일까?"

페드로가 가브리엘에게 중얼거렸다.

"총독님이 도착하지 않았으니, 말은 그대로 타고 있는 게 낫겠군."

가브리엘이 대꾸했다.

"저자가 웃는군. 기분 나쁜 웃음이야……"

세바스티안이 화승총의 총대를 노골적으로 팔 아랫부분에 올려놓으며 귀에 거슬리는 목소리로 말하자, 모게르가 빈정거렸다.

"그럼 이번에는 네가 웃어봐. 검둥이의 새하얀 이빨을 드러내고 웃으면, 아마 너를 식인종으로 생각할 거야!"

인디언 군주 주위에 몰려선 마을 사람들의 얼굴은 경외심으로 굳어 있었다. 그런데 그들에게 가까이 다가가던 가브리엘은 알아차렸다. 사람들이 두려워하는 것은 자기들 스페인인이 아니라 오히려 시킨차라 사절이라는 것을. 시킨차라의 거만한 미소는 손님을 맞는 주인의 웃음이 아니라 하인을 바라보는 주인의 웃음이었다!

스페인인들이 광장 발치에서 말을 멈춰 세우자 인디언 군주가 다가왔다. 한 남자를 대동하고 있었는데, 가브리엘 일행이 아직 눈여겨보지 못한 사람이었다. 남자는 시킨차라보다 더 젊고 날씬하며, 수척한 얼굴에다 눈에서는 흥분한 기운이 느껴졌다. 그도 시킨차라처럼 귀족의 상징을 달고 있었다. 늘어진 귓불을 꿰뚫는 이상한 마개를. 그러나 사절의 것보다 더 작은 금마개였다. 게다가 옷차림도 그리 화려하지 않았고 투구에도 깃털 장식이 적게 달려 있었으며 가슴받이도 더 수수했다. 그렇지만 그의 거동에는 시킨차라 못지않은 위엄과 거만함, 눈길을 끄는 억눌린 듯한 난폭함이 배어 있었다.

사절이 그들을 향해 알아들을 수 없는 말을 내뱉었다. 그때, 마을 입구에서부터 달려오던 아이들 입에서 비명이 터져 나왔다.

모든 일이 순식간에 벌어졌다.

개가 으르렁거리며 돌아섰다. 모게르는 자신 없는 소리로 휘파람을 불어 돌아오라고 명령했다. 하지만 커다란 개는 잽싸게 껑충껑충 뛰어서, 겁에 질려 꼼짝도 못하는 아이들에게 달려갔다. 인디언들이 비명을 내지르는 가운데, 어느새 가브리엘은 말 옆구리에 세차게 박차를 가했다.

그는 칼을 빼든 채 고함을 질렀다. 하지만 개는 말을 듣지 않았다. 페드로는 페드로대로 가브리엘의 등뒤에서 고래고래 소리를 질렀다. 개가 송곳니를 드러내고 광장에서 펄쩍 뛰어올라 한 아이에게 덤벼들자, 다른 아이들은 울부짖으며 도망쳤다.

아이의 다리에서 피가 뿜어져 나올 때, 가브리엘이 말의 목에 반쯤 엎드려 검을 휘둘렀다. 그런데 마지막 순간, 그가 다시 팔을 들었다. 개가 아이를 흔들고 있었다. 개는 마치 헝겊을 뒤집듯 아이를 단번에 뒤집어 아이의 등이 칼날을 향하게 했다.

가브리엘이 말머리를 돌리는 사이, 흥분한 개가 잠깐 먹이를 내려놓는가 싶더니 아이의 목을 제대로 겨냥해서 물었다. 순간 소름 돋는 비명이 피의 물결에 잠겼다.

정신 나간 개가 계속 으르렁거리는 소리밖에 들리지 않았다. 그때 가브리엘이 개에게 덤벼들었다. 검이 개의 가슴팍을 여기저기 후벼 파고는 땅에 박혔다. 격분한 가브리엘은 곧바로 다시 일어서서 칼을 빼냈다. 그러고는 땅에 무릎을 꿇은 채로 개의 머리를 단칼에 베어버렸다. 개의 머리가 검은 피를 흘리며 옆으로 굴러갔다.

그제야 나폴리 산 잡종 개는 아가리를 열고 갈기갈기 찢긴 아이를 놓아주었다.

*

밤이 되자 마을 주변에 불이 밝혀졌다. 불은 빛과 북적거리는 도시의 소음으로 우아가욕을 에워쌌다.

돈 프란시스코가 이끄는 무리가 한 시간도 채 안 되어 면 천막을 치고 화로 주변에 다시 모여 자리를 잡는 동안, 총독과 그의 형제들과 대장들은 쿠라카 궁전 안에서 시킨차라 사절에게 식사 대접을 받았다.

그들이 구운 라마고기, 옅은 색 과육이 달콤하고 단단한, 동그란 뿌리 열매를 곁들여 돌 위에서 익힌 옥수수 전병을 배불리 먹고 거기다가 술까지 잔뜩 마시고 나자, 장황한 이야기가 다시 시작되었다.

"구아이파르 군주가 돈 가브리엘은 용감한 남자이며 전사랍니다."

시킨차라 사절과 동행한 젊은 군주가 처음으로 입을 열었고 통역자 마르티니요는 숯불 위에서 너울대는 불티처럼 춤추는 듯한 카스티야어로 말했다.

"구아이파르 군주가 아이들을 해친 사나운 짐승을 쓰러뜨린 돈 가브리엘에게 감사한답니다."

그날 오후에 이미 두 사람은 호의 어린 시선을 나눈 터였다. 목을 물린 아이의 처참한 시신 앞에서 낙담해 있는 가브리엘을 세바스티안이 일으키고, 같은 날 말과 개를 한꺼번에 잃고 분을 주체하지 못하는 모게르를 페드로가 제지하는 동안에 말이다.

마을 사람들이 죽은 아이에게 달려가 눈물을 흘리며 탄식했다. 인디언 군주들은 꼼짝도 하지 않은 채, 가브리엘과 모게르 사이의 언쟁을 차가운 호기심으로 지켜보고만 있었다.

그때 젊은 구아이파르가 갑자기 한 걸음 앞으로 나섰다. 그는 가브리엘의 눈을 똑바로 쳐다보며 두 손을 벌리고 알아들을 수 없는 말을 했다. 그리고 지금 또다시 일어서서, 매우 진지한 몸짓으로 말하는 참이었다.

"구아이파르 군주의 말이, 돈 가브리엘과 자기가 다른 세상에 들어갈 때는 어쩌면 형제가 될 거라는데요."

몹시 당황한 가브리엘이 피사로 총독을 한 번 쳐다보고는 자기도 일어섰다. 그는 톨레도에서처럼 상반신을 굽혀 공손히 절을 하며 인디언에게 진심 어린 인사를 전했다. 날카로운 웃음소리가 그의 등뒤에서 터져 나왔다.

"정말이지 형님, 이제는 사생아가 아닌 사람 하나가 생기는 거네요? 친애하는 가브리엘이 가족을 찾았으니 말입니다."

에르난도 피사로가 장갑으로 가브리엘을 가리키며 웃음을 터뜨렸다. 스페인인들의 대열에 웃음이 퍼졌다. 두 인디언 군주는 눈살을 찌푸렸다.

"조용히 해라, 에르난도. 모두들 우리를 쳐다보잖아! 마르티니요, 이 귀족들에게 아타우알파 왕의 소식을 물어봐라."

돈 프란시스코가 웃음을 중단시키며 무뚝뚝하게 말했다.

인디언이 말하는 동안, 가브리엘은 모욕당해 시뻘게진 얼굴로 도로 자리에 앉았다. 에르난도의 따귀를 후려치고 싶은 것을 가까스로 참았다. 소토 대장이 그의 소맷자락을 잡아당기며 속삭였다.

"저 멍청한 에르난도는 신경 쓰지 말게, 가브리엘. 무시해버려. 저자는 입으로만 강한 척할 뿐 자네의 침묵에 괴로워하고 있을 걸세. 하지만 앞으로는 뒤를 조심하게. 모게르가 노여움을 가라앉히지 못하고 있는데, 그는 자네가 죽인 개만큼이나 분별이 없거든. 분명 복수하려 들 거야!"

돈 프란시스코가 눈짓으로 그들을 조용히 시키는 동안, 마르티니요는 거만한 태도로 일동을 제압하고 있는 인디언 군주 앞에서 여러 차례 고개를 숙였다.

"태양신의 아들이 사방위 제국을 파괴하려 했던 형제 우아스카르에 맞서 일으킨 전쟁을 모두 끝냈답니다. 수천의 병사들과 함께 그가 이겼답니다. 사악한 아들이며 형제인 우아스카르는 이제 포로에 불과하답니다. 조만간 유일한 군주 아타우알파 앞에서 재가 될 거랍니다."

"기쁜 소식이구려. 그대의 왕이 훌륭한 전사라는 얘기를 들으니 기쁘오."

돈 프란시스코가 무감동한 얼굴로 대꾸했다.

"시킨차라 군주가 말하기를, 아타우알파보다 더 훌륭한 전사는 없답니다. 태양신의 아들이기 때문이랍니다. 그는 이 산에서 저 산까지 사흘 동안 피워 올린 불길로 미치광이 우아스카르의 전 군대를 포위해 굴복시켰습니다. 우아스카르와 그의 전사들은 더는 숨을 쉴 수도, 싸울 수도 없었지요. 살려달라고 애원했지만, 유일한 군주의 대장들은 그들이 발밑의 풀처럼 불에 타도록 내버려두었습니다. 유일한 군주 아타우알파는 그를 존경하는 사람에게는 인자하지만, 그에게 맞서는 사람에게는 동정을 베풀지 않습니다. 그가 카하마르카 평원에서 이방인들을 만나고 싶어한답니다. 여기서 걸어서 고작 이틀 걸리는 곳이랍니다. 그는 이방인들이 빨리 오기를 바라며, 이방인들의 먹을거리와 거처를 준비하고 있답니다."

그 말에, 스페인인들은 무거운 침묵에 사로잡혔다. 경멸하듯 비죽거리는 시킨차라 사절의 당겨진 입술과 태도 하나하나는 그 말에 담긴 위협을 확인시켜주었다.

가브리엘은 젊은 인디언 귀족의 시선을 찾았다. 하지만 구아이파르의 야윈 얼굴은 아무런 표정도 드러내지 않았다.

"그대들의 왕이 승리하여 참으로 기쁘오. 그분이 훌륭하고 용기 있는 왕이라는 것을 믿어 의심치 않소. 그러나 나의 군주가 더 강력하며, 이곳보다 훨씬 더 큰 세계를 다스린다는 사실을 그분께서 알아두시는 게 좋겠소. 우리 군주의 하인들과 전사들은 그 수가 너무 많아 셀 수가 없지요. 나 자신도 적은 수의 전사를 이끌고, 아타우알파 왕만큼 강력한 여러 왕들을 이미 굴복시킨 바 있소…… 그리고 우리에게는 더 훌륭한 군주가 또 계시오. 그분의 왕국은 지상에도 있고 하늘에도 있으며, 그분은 사람과 식물과 동물뿐 아니라 태양과 달과 별들도 통치하신다오. 우리에게 힘을 주시는 분도 바로 그분이오. 바로 그 때문에 우리 숫자가 이렇게 적은 것이오. 우리 주님의 은총으로, 우리들 각자가 스무 명, 서른 명의 몫을 하며 싸울 수 있기 때문이오…… 왕에게 전해주시오. 우리가 며칠 내로 카하마르카에 도착할 거라고 말이오. 왕께서 나를 평화로이 맞아주신다면 난 그분의 친구가 될 것이오. 하지만 그분이 전쟁을 원한다면 나와 내 황제, 내 신께 맞섰던 모든 자들과 싸웠던 것처럼 그와도 싸울 것이오."

총독이 이상하리만치 부드러운 목소리로 말했다.

시킨차라의 얼굴에 더이상 경멸의 빛은 보이지 않았다. 단지 증오로 인해 긴장되고 굳어졌을 따름이다. 젊은 구아이파르가 일어나 뭔가 짤막하게 속삭였지만 마르티니요는 통역하지 않았다. 구아이파르의 시선이 다시 한번 가브리엘을 찾았다.

그의 눈에 이제 우호적인 빛은 없었다. 적에 대한 두려움에 전혀 흔들림 없이 죽을 때까지 싸울 준비가 된 남자의 눈빛일 뿐이었다.

가브리엘은 구아이파르한테서 눈을 떼지 않았다. 애써 미소 지으려 했지만, 어쩌면 그것은 얼굴의 경련에 불과한지도 몰랐다. 가브리엘의 입술 위로 상대방이 알아듣지 못할 말이 떠올랐다.

'난 두렵지 않아.'

하지만 그는 그다지 확신이 서지 않았다.

제4부

41

1532년 11월 14일, 카하마르카, 잉카의 목욕탕

잉카의 목욕탕은 도시 아주 가까이, 땅과 물이 끊임없이 뒤섞이는 평원에 자리잡고 있었다. 이방인이 대로를 벗어나면 늪이나, 더 위험하게는 시원한 강과 만나는, 뜨거운 물이 솟는 샘에서 길을 잃을 터였다.

바로 이곳에 유일한 군주는 거처를 정하고 군대 야영지를 세웠다. 흰 천막이 평원을 점령해, 도시를 둘러싼 언덕의 완만한 비탈길 위까지 거슬러 올라갔다.

단식 사흘째 밤. 쉬고 있는 잉카의 안뜰에 어둠이 깃들었다.

이따금 아나마야는 고개 쪽을 바라보았다. 그 고개를 넘어서, 카하마르카의 집과 궁전 들 위로, 이렇게 떨어진 거리에서도 넓고 고른 계단이 보이는 길을 통해 이방인들이 곧 도착할 터였다.

그들은 어떻게 생겼을까?

여러 날 밤낮으로, 그녀는 밀정들의 이야기며 시킨차라의 경멸 서린 말, 구아이파르의 불신과 증오에 대한 이야기를 들었다. 그들의 추한 생김새며 그들이 저지른 가증할 죄악, 그들의 탐욕과 거짓말을 전해 들었다. 하지만 그녀는 그들과 직접 대면하고 싶었다. 어쩌면 그들을 이해하고 싶은 것인지도 몰랐다. 그녀를 부추기는 것은 단순한 호기심을 넘어선 것이었다.

"아나마야?"

인티 팔라가 뜰을 가로질러 오더니 뜰 중앙을 차지한, 물이 뒤섞이는 샘 건너편에서 손짓했다. 아나마야는 인티 팔라에게 다가갔다. 후궁인 인티 팔라는 여전히 우울해 보였다. 유일한 군주의 총애를 잃어버린 뒤로, 그녀는 그렇게 내내 의기소침한 모습이었다.

"유일한 군주님이 찾으셔."

인티 팔라가 힘없는 목소리로 말했다.

✲

유일한 군주는 축축한 대기 속에 짙은 냄새를 퍼뜨리는 향료 연기에 에워싸인 채 그늘에서 쉬고 있었다. 아나마야는 고개를 숙이고 등을 구부린 채 다가갔다.

"고개를 들어 나를 보라."

그가 지친 목소리로 말했다.

아나마야는 머뭇거렸다. 그런 다정한 명령을 들은 것이 하도 오래전 일이라 예전에 그들을 묶어주던 친밀감은 한낱 추억이라고 생각하던 터였다.

"일어나라니까. 우리뿐이지 않느냐!"

아타우알파가 역정을 내며 거듭 명령했다.

"원하시는 대로 하겠습니다, 유일한 군주님."

"그래, 내가 원하는 것이다! 예전처럼 스스럼없이 내게 다가오너라."

그가 더 부드럽게 덧붙였다.

그녀는 그의 붉은 눈빛을 외면하며 조심스럽게 다가갔다.

"그때는 유일한 군주님이 아니셨지요."

"네가 없었다면……"

"고맙다는 말씀이라면 이미 하셨습니다. 유일한 군주님을 지금의 모습으로 만들어준 것은 인티, 킬라, 그리고 다른 세상의 모든 세력가들입니다. 숲에서 태어난 계집아이가 아니라……"

그의 미소가 날카롭게 빛났다.

"이 깃털을 보아라. 그리고 잡아……"

그는 왕의 띠에서 아무렇게나 떼어낸 쿠리긴그의 깃털을 두 손으로 쥐고 있었다. 아나마야는 몸을 떨었다.

"겁내지 말고 내가 하라는 대로 하거라."

그녀는 지배자의 손을 스치지 않도록 조심하면서 두 손가락으로 깃털을 잡았다.

"가볍지?"

아나마야는 고개를 끄덕였다. 그녀의 손바닥에 놓인 놀라운 빛깔의 깃털은 무게가 느껴지지 않았다.

"그토록 가벼운 것인데도, 잠을 이루지 못할 만큼 내 이마에는 무겁기만 하구나."

그녀는 그의 떨리는 진지한 목소리에 감동해 잠자코 있었다.

"내가 내 형제한테서 그것을 빼앗은 것은 정당한 일이었다, 그렇지 않느냐? 하지만 내 등뒤의 수군거림, 쿠스코의 돌멩이마저 외치는 그 이야기를 결코 잊을 수가 없구나. 내가 정식으로 지목받지 못했다는 소리 말이다."

"하지만 군주님은 용감하게 그 권리를 쟁취하셨어요."

"너의 통찰력을 믿었기 때문이고, 또 네가 나를 뱀으로 변신시켜주었기 때문이다. 안 그러냐?"

아타우알파는 약간 씁쓸하게 웃었다.

"내 아버지께서 왜 나를 지목하지 않으셨는지 내가 언젠가 말했지?"

"군주님의 어머니께서……"

"강력한 씨족 출신이 아니었기 때문이다. 모두들 그렇게 말하곤 하지. 하지만 난 잘 안다. 잘 알고 있어."

그는 한숨을 쉬고는 다시 말을 이었다.

"내가 우아라치쿠를 성공적으로 치르고 일 년이 지나자, 내 아버지 잉카 우아이나 카팍은 군대의 선두에 나를 내보내셨다. 반란을 일으킨 종족을 진압하고 당신의 권위에 복종시키라는 것이었지. 하지만 나는 패배했고, 아버지가 나와 합류하지 않으셨더라면 패주로만 끝나지 않았을지도 모르지."

"야구아르코차 호수 근처에서 있었던 카나리족 인디언과의 전투였죠?"

그는 깜짝 놀라 아나마야를 바라보았다.

"그것도 알고 있었느냐?"

그녀는 대답하지 않았다. 그녀는 난쟁이가 자신의 방에 처음 들어왔던 날 밤을 떠올렸다. 난쟁이가 지니고 있던 비밀과 함께…… 외로웠던 시기에 하나뿐인 친구였던 난쟁이가 문득 생각났다. 그는 죽었을까, 살아 있을까?

아타우알파는 그녀를 뚫어져라 바라보며 그녀의 침묵에 담긴 비밀을 간파하려 애썼다. 그러더니 피로에 지친 몸짓을 했다.

"아무래도 상관없다. 난 나의 경솔함과 내 가슴을 가득 채우고 있던 무분별한 오만을 기억한다. 내 실수로 수천의 용사가 쓰러지고 패색이 짙어졌을 때 나를 사로잡았던 마비 상태를 기억해. 특히 아버지의 시선 앞에서 느꼈던 수치심을……"

장막 너머에서 술렁이는 소리가 들렸다.

"그 시선은 언제나 나를 바라보고 있지. 밤마다 찾아와 나를 떠나지 않아."

아타우알파가 꿈꾸듯 말했다.

"유일한 군주님!"

한 야나코나가 말했다.

"무슨 일이냐?"

"카하마르카의 쿠라카입니다."

"지금은 만나고 싶지 않다."

"그렇게 말했는데도 기어코 뵈어야 한답니다, 군주님."

아타우알파는 몹시 피곤한 기색으로 아나마야를 쳐다보았다.

"이 권력의 깃털이란 너무 가볍고도 무거워……"

쿠라카가 등에 돌을 올려놓은 채 다가와, 휴식을 방해한 것에 대해 용서를 구했다. 아타우알파는 손짓으로 그의 말을 잘랐다.

"말하라."

"유일한 군주님, 이방인들이 도시에서 걸어서 하루밖에 걸리지 않는 곳에 와 있습니다."

"그들이 나의 화려함에 압도당하기를 바란다……"

아타우알파가 단호하게 말했다.

"명령을 내려주십시오……"

"그들을 텅 빈 도시로 들어가게 하여, 불안감으로 가슴 졸이고 대답 없는 질문으로 괴롭게 만들어라……"

"언제 명령을 실행할까요?"

분노의 고함 소리가 잉카의 입에서 새어 나왔다.

"그들이 언제 도착할지 네가 말하지 않았느냐? 얼간이 같은 놈. 하루 거리라고 했느냐? 그러면 오늘밤에 해야겠지."

"오늘밤에 명령을 받들겠습니다."

*

늦은 밤, 아타우알파는 아나마야에게 자기 옆에 누워 있으라고 요구했다. 그녀는 자신을 후궁으로 삼으려는 게 아닐까 걱정스러웠다. 하지만 그는 시냇물 흐르는 듯한 목소리로 허심탄회하게 말했다. 조금 전에 버럭 소리를 지르던 이와 같은 사람인지, 쿠스코에 학살 명령을 내린 이와 같은 사람인지 그녀는 믿어지지 않았다.

그는 세 번이나 잠시 말을 멈추고 희미한 빛 속에서 숨소리만 냈다. 그때마다 그녀는 그가 잠든 거라고 생각했다. 그녀가 몸을 일으키려 하자 그의 나직한 목소리가 들렸다.

"그냥 있어다오, 날 버려두고 가지 마."

아나마야는 가슴이 미어지도록 깊고도 슬픈 불안감을 느꼈다.

그녀는 예전처럼 그에게 도움이 되지 못해 안타깝다고, 이제는 다른 세상의 징후를 볼 수도 말해줄 수도 없어 미안하다고 했다. 그는 부드럽게 그녀의 말을 가로막았다.

"호수처럼 푸른 눈의 처녀야, 네가 곁에 있는 것 말고는 난 아무것도 기대하지 않는다. 그저 있는 그대로의 너를 사랑할 뿐."

새벽이 다가올 무렵, 그는 당혹스럽게도 그녀 앞에 무릎을 꿇었다. 잠자리에 누워 있는 그녀 앞에. 그녀를 만지지도 스치지도 않으면서, 그는 그녀의 발끝에서 머리끝까지 동물적인 숭배를 하듯 얼굴을 움직였다. 마치 그녀의 하얀 아나코에서, 뱀이 그려진 손목에서, 기다란 다리 혹은 가느다란 허리에서 숨겨진 비밀을 찾으려는 것처럼……

그녀는 숨만 쉴 뿐 미동도 하지 못했다. 잉카는 탐색을 끝내더니 자신의 얼굴을 그녀의 얼굴에 바짝 갖다 댔다.

"너의 눈, 너의 눈……"

그가 중얼거렸다.

그녀는 눈을 감고, 눈꺼풀에 와 닿는 그의 입술을, 나비의 날갯짓 같은 애무를 느꼈다.

그녀가 다시 눈을 떴을 때 그는 사라지고 없었다.

42

1532년 11월 15일 금요일, 카하마르카

한낮인데도 하늘은 어두운 납빛이었다.

그들은 대부대보다 몇 분 앞서, 계곡을 굽어보는 고원에 이르렀다. 말에 탄 사람들의 흥분감은 말들한테도 그대로 전해졌다. 고지인데도 지친 말들은 스스로 포장된 길에서 벗어나 풀밭을 빠른 속도로 달리기 시작했다. 그리스인 페드로, 디에고 데 몰리나, 총독의 동생 후안과 마찬가지로 가브리엘도 말을 제지할 생각이 없었다.

가브리엘은 안데스 산맥의 찬 공기를 한껏 들이마시며 도취에 젖었다. 우쭐한 마음이나 경쟁심 같은 건 조금도 없었다. 그런데 그가 대뜸 말에게 박차를 가했다. 말은 온몸을 떨고는 귀를 약간 낮추고 재갈 위로 입을 벌린 채 전속력으로 달렸다. 등뒤에서 웃음소리와 부르는 소리가 들렸지만, 가브리엘은 뒤돌아보지 않고 더 유연하게 말의 구보를 따라갈 수 있도록 안장에서 몸을 일으켰다.

말발굽 소리가 단단한 땅을 울리고 그의 격렬한 심장 박동과 뒤섞였다. 그는 문처럼 생긴 두 개의 벽 사이로 포장도로가 좁아질 때까지 용설란 울타리를 따라갔다. 울타리 너머로는 급경사로 이루어진 밭뿐이었다. 밭에는 커다란 바위가 점점이 박혀 있었는데, 바위 사이에서 라마 몇 마리가 풀을 뜯다가 말 울음소리를 듣자마자 겁을 집어먹고 달아났다.

현기증 나는 비탈길 가까이에서 경외심에 사로잡힌 그는 말을 멈추고 땅에 내려섰다. 집채보다 큰 바위로 다가가 바위에 붙어 서서 아래를 흘끗 내려다본 그는 믿을 수 없는 광경을 발견했다.

발아래로, 구름의 엄청난 무게를 지탱하기라도 하듯 여러 산들이 뒤얽혀 있고 그 산들의 가파른 비탈 사이로 바다처럼 끝간데없는 긴 계곡이 도사리고 있었다. 계곡의 폭이라고 해봐야 사 킬로미터에서 팔 킬로미터 정도밖에 되지 않았다. 그리고 한쪽 끝에서 다른 쪽 끝까지 온통 천막으로 뒤덮여 있었다!

거대한 날개에 박힌 깃털처럼 촘촘히 들어찬 수천 개의 흰 천막이 군데군데 황금빛을 반사하며 반짝였다. 천막 위로 우뚝 솟은 커다란 깃발들은 창백한 흰빛에 강렬한 색깔의 씨를 뿌려놓고 있었다. 짙은 노란색 연기가 피어올라 구름 아래 한데 뭉쳐 있었다. 그리고 소리도 올라왔다. 나팔 소리, 고함 소리, 사람들이 부르는 소리……

엄청난 규모의 활기 넘치는 천막 도시였다!

"제기랄!"

동료들이 도착하는 소리를 미처 듣지 못한 가브리엘은 페드로가 외치는 소리에 깜짝 놀랐다.

계곡 반대편, 늪처럼 보이는 것을 따라 서 있는, 마주 바라다보이는 산 발치에서 눈부신 빛이 또다시 한낮의 어둠을 꿰뚫었다. 젊은 후안 피사로가 맨 먼저 반응을 보였다.

"황금인가? 저렇게 빛나는 게 황금인가?"

그가 새된 목소리로 물었다.

세 동료 중 누구도 대답이 없었다. 그들에게는 숨 쉴 만큼의 숨결만 있을 뿐이었다. 두툼한 상의 속으로 땀이 흐르는데도 차디찬 떨림에 그들의 몸이 뻣뻣해졌다.

좀더 유심히 살펴보니, 천막들은 단순히 군대 진영에 따라 배치된 것이 아니라 정사각형이나 직사각형으로 매우 세심하게 열을 지어 모여 있었다. 그것은 길과 광장과 뜰을 갖춘 진짜 마을이었다. 그들 앞에 세워진 신기루와도 같은 도시는 담벼락보다 더 훌륭하게, 남쪽으로의 전진을 가로막는 장벽을 이루고 있었다!

얼마나 많은 사람들이, 얼마나 많은 병사들이 저기서 기다리고 있을까?

이만, 삼만, 사만?

그 두 배?

주님, 우리는 한줌밖에 안 되는데요! 가브리엘은 이를 악물고 생각했다.

"그 잉카놈, 장소 한번 잘 골랐는걸. 놈은 우리를 여기로 초대하면 어떤 효과를 거둘 수 있는지 잘 알았던 거야!"

페드로가 가브리엘의 생각을 훤히 읽은 듯 중얼거렸다.

"도시를 봐요! 진짜 도시예요!"

바위를 막 돌아온 디에고 데 몰리나가 소리쳤다.

도시는 바로 그들 아래에 있었지만, 오른쪽으로는 비탈길 사면에 붙어 있고 늪의 서쪽 기슭까지 뻗어 있었다. 다진 흙과 돌로 만든 건축물은 견고해 보였고 지붕도 새것으로 잘 손질되어 있었다. 하지만 천막으로 뒤덮인 평원에 비하면 도시는 한없이 작아 보였다…… 좁게 뒤얽힌 십여 개의 칸차밖에는 보이지 않았다. 동쪽의 평원 쪽으로 기다란 아도비 벽돌담이 광장의 경계를 이루었다.

넓디넓은 황량한 광장이었다.

"바로 저곳이 우리가 가야 할 곳이야. 그런데 누가 우리를 기다리고 있을 것 같지 않은데……"

가브리엘이 무의식적으로 중얼거렸다. 그는 옥죄는 가슴으로 가쁜 숨을 내쉬며 바위의 평평한 곳에 앉았다. 그러고는 눈앞에 펼쳐진 광대한 광경을 한눈에 포착하려고 애썼다.

드디어 여기에 이른 것이다!

여기, 미지의 괴물처럼 위협적이면서도 멋진, 바다와도 같은 이 계곡 앞에.

몹시 흥분한 페드로와 알론소가 총독에게 알리려고 말을 타러 돌아가는데, 가브리엘 등뒤에서 갑자기 구름이 갈라졌다. 그러더니 태양이 흰색 천막들을 빛으로 넘실거리게 하는 것과 동시에 가브리엘의 목덜미를 강렬하게 비추었다.

그때, 깊숙한 계곡의 비탈길 위로, 뾰족한 봉우리와 심연 사이로 이상한 그림자 망이 솟아올랐다. 그림자는 너울거리며 숲속 밭고랑을 가르고, 천막들 사이로 굽이쳐, 그 고유한 생명력으로 움직이는 듯 없어졌다가 다시 나타났다.

태양빛이 작아지더니 창같이 길쭉한 형상이 되었다. 도시로 향하는 비탈길 밑에서, 조금 전 가브리엘이 자갈과 어린 감자싹들이 뿌려진 네모난 풀밭밖에 보지 못했던 그곳에서, 어떤 빛나는 형상이 나타나 밭고랑과 연두색 초목 위를 떠돌았다. 낯익은 형상이었다! 툼베스 맞은편 모래밭 위에 세바스티안이 그렸던 것과 흡사한 형상이었다. 가브리엘의 어깨에 있는 흔적과 아주 흡사한 형상.

그림자가 천천히 움직였다. 가브리엘의 눈에는 송곳니와 미풍에 벌어지는 두 귀가 보이는 것 같았다. 두 개의 노란색 자갈이 눈 있는 자리에 박혀 있었다.

그때 하늘의 온 무게가 가브리엘의 눈꺼풀을 짓누르는 듯했다. 황홀한 상상에 몸을 맡기는 어린아이처럼 그가 눈을 감자, 그 짐승이 그의 꿈속으로 뛰어들었다.

✲

돈 프란시스코 피사로가 가브리엘을 흔들어 깨워 꿈에서 끌어냈다.

가브리엘은 소스라치게 놀라 일어났다.

"장관 아닌가?"

피사로 총독이 탄성을 질렀다.

총독의 눈이 자부심으로 빛났다. 가브리엘은 그의 시선에서 두려움이나 의혹 같은 건 전혀 읽을 수 없었다. 돈 프란시스코의 손가락이 뼈를 으스러뜨리려는 양 가브리엘의 어깨를 그러쥐었다.

"내가 데려다준다고 약속하지 않았나? 내가 약속하지 않았느냐고! 우리가 왔네, 여보게! 드디어 우리가 왔어! 저들 모두는 우리를 위해 저기 있는 것이고, 우리가 누군지 알게 될 거야!"

총독이 다시 입을 열었다. 그의 수염이 흥분으로 떨렸다.

시끌벅적한 가운데 사람들이 차례차례 도착했다. 피사로 형제, 소토, 베날카사르와 함께 기병들이 먼저 도착하고, 그 뒤로 보병, 부상자, 짐꾼, 노예, 해안의 인디언 들이 이어졌다. 모두 몇 명쯤 될까? 만 명쯤. 그럼 전투를 할 수 있는 사람은? 기껏해야 이삼천 명이다. 맞은편에는 그 열 배, 스무 배, 백 배의 사람들이 있건만.

사람들은 숨을 돌리고 조용히 눈앞의 광경을 바라보았다. 어떤 이들은 바위 위에 앉아 두 손으로 머리를 감쌌고 어떤 이들은 바람에 수염을 날리면서 망연히 공기를 한껏 들이마실 뿐이었다. 모두들 말이 없었다. 멀리서, 그들을 맞이하기 위한 것인 양 불길한 나팔 소리가 요란하게 올라왔다.

맨 처음 입을 여는 자는 두려움에 장이 오그라든다고 털어놓을 수밖에 없으리라. 어느 누구도 그런 말을 처음으로 하고 싶어하지는 않았다.

시킨차라 사절이 피사로 총독에게 다가와 검은 눈으로 총독을 응시했다. 그는 위대한 스페인 대장의 두려움을 즐기고 싶은 것이다. 자기 주인의 전능함이 과시된 광경 앞에서 그가 눈을 깜박거리는 것을 보고 싶은 것이다. 그러나 돈 프란시스코 피사로는 다정한 미소를 지으며 시킨차라를 돌아보았다.

"만나러 갑시다."

돈 프란시스코가 조용히 말했다.

*

그들이 고개를 떠나자마자 다시 가랑비가 내렸다. 비탈진 대로가 너무 가팔라, 빗물에 미끄러워진 포석 길은 말에게 위험했다. 하지만 기병들에게 말에서 내려 고삐를 잡으라고 명령해야 할 정도는 아니었다.

모두들 계곡 밑바닥은 가급적 쳐다보려 하지 않았다. 인디언의 거대한 천막 도시에서 이따금 나팔 소리가 올라왔다. 하지만 그들 자신이 내는 소음도 퍽 시끄러워서 아무 소리도 들리지 않았다.

대부분의 인디언 부대는 고개 위에 그대로 남아 있었고 하인들과 짐꾼들만 스페인인을 뒤따랐다. 돈 에르난도가 믿음직한 보병 십여 명과 기병 다섯 명을 데리고 잉카의 사절 시킨차라와 함께 앞서 갈 특권을 요구했다. 페드로는 세바스티안과 함께 이 선발대의 일원이 되었다. 뚱뚱한 모게르도 동참했다. 가브리엘에게는 선발대에 합류하라는 제안이 주어지지 않았다. 어쨌든 그것은 중요하지 않았다. 그는 선발대 뒤에서 이삼백 보 떨어져 총독과 나란히 갈 수 있는 것이 행복했다.

대로 가에 갈대와 벽토로 지은 목동들의 오두막들은 비어 있었다. 밭도 텅 비어 허허했다. 여자나 아이가 부르는 소리 하나 없었다. 네모진 퀴노아 밭의 엷은 보라색 줄기들이 빗물에 휘고 구부러졌다.

더 아래쪽으로는, 더 좁고 경사가 심한 대로에 계단이 만들어져 있었다. 거기에는 오두막집 대신 아도비 벽돌담이나 돌담이 둘러진 집들이 있었다. 그 집들 역시 인적이 없었다.

강의 소음이 귓가를 떠나지 않았다. 북쪽 언덕을 따라 잉카의 목욕탕 건물까지 펼쳐진 늪에서 갑자기 연기와 흡사한 짙은 안개가 피어올랐다. 모두들 의혹을 품고 돌아다보았다. 하지만 그것은 뜨거운 물이 서늘한 공기와 만나서 생기는 수증기일 뿐이었다.

가브리엘은 총독이 인디언 도시에서 눈을 떼지 않고 있다는 걸 알아차렸다.

도시는 고개에서 내려다본 것보다 훨씬 컸다. 그리고 굽이진 계곡 안, 거대한 광장에 바싹 붙어 있는 집들과 거리들 뒤로 갑자기 성채 하나가 눈에 들어왔다.

일행이 본능적으로 속도를 늦추자, 돈 프란시스코가 가브리엘 쪽으로 몸을 돌리고 멀리서도 들릴 만큼 큰 소리로 말했다.

"바위일 뿐이야!"

사실이었다. 누르스름한 색과 검은색이 섞인 원추형 바위가 비를 맞고 있었고 그 안에는 나선형 길이 깎여 있었다. 간단히 말해 달팽이 껍질과 비슷했다! 꼭대기에는 협소한 건축물이 얹혀 있었다. 돈 프란시스코가 장갑 낀 손가락으로 그것을 가리키며 말했다.

"저기에 우리는 예수님의 십자가를 박고 성모님을 위한 장미 꽃밭을 만들 것이다!"

웃음소리가 들리더니 금세 그쳤다. 프레이 비센테 발베르데가 성호를 긋고 중얼거렸다.

"주님께서 총독님의 말씀을 들으실 수 있기를!"

"주님은 내 말을 듣고 계신다."

돈 프란시스코는 미소 지었다.

✲

그들이 첫번째 길로 들어섰을 때, 완벽하게 깔린 포석들 위로 말발굽 소리가 울려 퍼지면서 비가 느닷없이 우박으로 변했다. 가늘고 하얀 수많은 우박 알갱이들이 철로 된 투구를 두들기며, 뺨과 코를 얼어붙게 하고 길바닥을 하얗게 뒤덮었다.

마침내 그들이 들어선 광장도 온통 하얗고 발자국 하나 없이 순결했다. 광장은 그들이 이미 들어가본 잉카의 그 어떤 성스러운 광장보다 더 거대했다.

'스페인 왕의 광장보다도 크구나!'

가브리엘은 전율을 느꼈다. 그것은 차디찬 우박 때문에 느끼는 전율이 아니었다.

광장의 형태는 불규칙했다. 사다리꼴이었다가 삼각형이 되는, 일부분이 잘린 사각형 같았다.

사람 키보다 높고 너비가 적어도 오백 보는 되는 아도비 벽돌담이 광장 남쪽으로 늪과 경계를 짓고 있었다. 광장의 다른 면들은 문이 수없이 많은 화려한 건물들이 차지하고 있었다. 건물들은 하나같이 너비가 이백 보 이상 되었는데, 그것은 광장의 너비이기도 했다. 그리고 인디언들이 그들 신을 찬양하고 이교도적 의식에 몰두하는, 거대한 계단이 있는 피라미드는 늘 그렇듯이 왼편에 옮겨져 있었다.

우박이 쏟아지기 시작할 때와 마찬가지로 갑자기 그쳤다. 모두들 꼼짝도 하지 않았다. 돈 에르난도와 그의 선발대는 더 멀리 가지 않았다. 침묵 속에 프레이 비센테 발베르데가 기계적으로 혼자 중얼거리는 기도 소리가 들려왔다.

저기, 광장 반대편 끝, 광막한 계곡을 향해 열린 커다란 사다리꼴 문 옆에서 개 한 마리가 짖어댔다. 잡종 사냥개처럼 작고 날씬한 인디언 개로, 털이 너무 짧아서 마치 없는 것 같았다. 나폴리 산 잡종 개들이 맞받아 짖어대자 사람들이 곧바로 조용히 시켰다.

만과(晩課)의 종이 울릴 오후 시간이었다. 하지만 구름이 잔뜩 낀 하늘은 황혼녘처럼 어두웠다. 사람들의 얼굴은 굳어 있었다. 그것은 단지 두려움 때문이 아니었다. 이제 가브리엘은 두려움의 얼굴을 잘 알고 있었다. 그의 주변 얼굴들에 떠오른 것은 극심한 공포에 가까웠다.

물론 어느 누구도 벽 반대편의 존재, 개가 계속 짖어대며 도망친, 계곡의 수만 인디언의 존재를 잊지 않고 있었다. 그들은 모두 가슴속 깊은 곳에서부터 손가락 끝까지 피가 끓는 것을 느꼈다. 여느 날과는 다르리라는 것을 모두들 알고 있었다.

그렇다, 11월의 이날은—이런 위도에서는 이상한 여름날이다—진리의 날이 되리라. 이후로는 신의 세상에서나 인간의 삶에서나 모든 것이 바뀌리라.

오직 피사로 총독의 얼굴만 변함이 없었다.

총독은 광장을 물끄러미 바라본 후 시킨차라 사절을 향해 돌아섰다. 마치 무슨 말이나 몸짓을 기다리는 듯했다. 그러나 그는 아무런 반응이 없었다. 인디언 귀족의 거만한 입술은 움직이지 않았다. 눈도 깜박이지 않았다.

백일흔 명의 스페인인들 가운데 시킨차라 혼자만이 강렬한 색깔의 옷을 입고 하인들과 함께 있었다. 양탄자처럼 깔린 우박 알갱이들이 빛어내는 기이한 겨울빛 속에서, 그의 황금 마개가 사라진 태양처럼 반짝였다.

시킨차라는 속내를 읽을 수 없는 차분한 얼굴로, 고르고 힘차게 걸음을 내딛었다. 깊은 인상을 받은 가브리엘은, 아무리 스페인 귀족이라지만 총독의 동생은 어떻게 저 인디언을 건방지거나 우스꽝스럽다고 생각할 수 있을까 의아스러웠다. 간밤의 대담을 보고하기 위해 틀림없이 인디언 왕의 진영으로 갔을 야윈 얼굴의 젊은 군주와 마찬가지로, 시킨차라는 위험한 인물임이 분명했다.

그때 돈 프란시스코가 살짝 박차를 가해 피라미드 아래까지 말을 달렸다. 말발굽이 우박 알갱이들 위에 자국을 남겼다.

그는 계단 밑에 이르러 고삐를 잡아당겼다. 그러고는 넓게 원을 그려, 움직이지 않고 있는 일행을 마주 보며 소리쳤다.

"사절, 아타우알파 왕에게 카를로스 1세 폐하의 사자가 여기서 기다린다고 알리시오. 우리가 어디서 묵을지 말해달라 이르시오!"

*

유일한 군주 아타우알파는 우박이 떨어지는 동안 뜨거운 물로 목욕을 한 까닭에 피부가 아직도 벌겠다. 그는 안뜰을 향해 열린 방의 두 나무 기둥 사이에 매달린 그물 침대에서 쉬던 참이었다. 그는 눈을 반쯤 감은 채 김이 나는 샘의 뜨거운 물과 녹고 있는 우박을 바라보았다.

인티 팔라는 우박이 그치자마자 다시 시작된 찌는 듯한 더위를 막아주기 위해 그에게 부채질을 해주었다. 대기는 유황 성분의 수증기로 가득 차 있었다.

뒤편 후궁들 사이에 앉은 아나마야는 그가 목욕 후의 노곤함에 취해 졸고 있는 것인지, 아니면 자기처럼 계곡 반대편에서 방금 보았던 것을 생각하고 있는 것인지 궁금했다.

빛이 너무 약하고 거리가 먼 탓에, 그들은 이방인들을 잘 식별할 수 없었다. 하지만 산의 가파른 능선에서 감자와 퀴노아 밭 사이로 대로를 따라 내려가는 그들의 행렬은 알아볼 수 있었다.

시킨차라와 구아이파르가 말한 대로, 그리 긴 행렬도 아니고 대부대도 아니었다. 하지만 자연의 연초록색을 바탕으로 회흑색의 직선을 이루는 행렬이었다. 태양신의 아들이 좋아하는 색채라곤 전혀 없는 행렬. 계곡 아래까지 기어가는 기다란 지렁이와도 같은, 음울한 잿빛의 검은 행렬일 뿐이었다.

어쩌면 유일한 군주는 잠들어 있는지도 몰랐다. 안뜰 밖에서 무슨 소리가 들렸고, 구아이파르가 그물 침대 밑에 와서 꿇어 엎드릴 때도 그는 눈썹 하나 움직이지 않았던 것이다.

구아이파르는 유일한 군주의 질문을 기다리며 잠시 엎드린 자세 그대로 있었다. 유일한 군주가 아무것도 묻지 않자 구아이파르는 여전히 고개를 숙인 채 공손하게 보고했다.

"유일한 군주님, 시킨차라의 전령이 도착했습니다. 이방인들이 광장으로 들어갔는데……"

아타우알파는 잠깐 더 뜸을 들이다가 물었다.

"그들은 뭘 하고 있느냐?"

"우스누 아래에서 그들 대장 주위에 모여 있습니다. 어떤 자들은 거리를 왔다갔다하고 숨어 있는 병사를 찾으려는 듯 집 안으로 들어가기도 합니다. 시킨차라의 전언에 따르면, 그들이 두려워하고 있답니다."

이번에는 아타우알파가 눈을 뜨고 미소를 지었다.

"두려움이란 항상 겉으로 드러나는 것이 아니다, 구아이파르! 루미나위는 임무를 수행했느냐?"

"오늘 아침 새벽부터 수행했습니다, 유일한 군주님. 이만의 병사가 도시를 에워싸고 있습니다. 언덕이나 나무나 키 큰 초목 뒤에 숨어 있어서 보이지 않습니다. 이방인들이 함정에 빠진 것이지요. 군주님께서 결심만 하시면 됩니다. 명령만 내리시면 저희가 오늘밤부터 그들을 산 채로 불태우겠습니다, 모르모트처럼 말이지요!"

"네가 전쟁에 목이 말랐구나, 구아이파르! 하지만 우리가 결심한 바를 너도 알고 있겠지. 마마 킬라는 우리가 밤중에 싸우는 것을 원치 않고 인티는 내가 단식을 끝내기를 바라신다. 우린 그 모든 일을 내일 거행할 것이다. 내일은 인티의 아들들에게 위대한 날이자 크나큰 축제일이 될 것이다."

"분부대로 하겠습니다, 유일한 군주님."

"시킨차라에게 일러, 이방인들을 오늘밤 광장에서 머물게 하라. 그리고 어쩌면 내일 그들이 내 앞에 무릎을 꿇게 될 것이라고 그들에게 알려라."

구아이파르가 물러갔다. 그때 인티 팔라가 흔드는 부채의 깃털이 아타우알파의 얼굴을 스쳤다. 아타우알파는 버럭 소리를 지르며 불같은 눈길로 팔꿈치를 짚고 몸을 일으켰다. 인티 팔라는 비명을 지르고 무릎을 꿇은 채 황급히 물러났다.

다른 후궁이 서둘러 그녀를 대신하는 사이, 아타우알파의 지나치게 충혈된 눈이 시선을 떨어뜨리지 않은 아나마야의 눈과 마주쳤다.

"그들은 그저 사람일 뿐이다, 안 그런가, 코야 카마켄? 조상들에게 예를 전하러 곧 쿠스코에 가야 하는데, 비라코차는 나를 지지해줄 사람을 아무도 보내주지 않으시는구나."

그의 목소리가 어찌나 씁쓸한지 아나마야는 할 말을 찾지 못했다. 그녀는 그의 곁에서 보낸 밤을 생각하며 놀라웠다. 어쩌면, 분명, 그것은 꿈이었는지도……

✲

가브리엘은 검 끝으로 벽걸이 융단을 밀쳐냈다. 흙과 풀 내음이 가득한 넓고 훈훈한 방에 빛이 조금 새어 들었다. 방은 비어 있는 듯했다.

출입구에 묶여 있는 융단을 다시 내려뜨리려는데, 작은 울음소리가 들렸다. 엷은 황갈색 털 모르모트 한 마리가 주발 사이로 종종걸음을 쳤다. 그러더니 또 한 마리가 나타나고, 다시 열 마리가 우르르 나타나서 찍찍대며 흩어졌다.

바로 그때 가브리엘은 반대편 모퉁이에서 나뭇단에 몸을 반쯤 숨긴 반짝이는 두 눈을 보았다. 아주 작은 발도 하나 보였다. 그리고 조그만 손도. 사내아이였다!

가브리엘은 반가움과 안도의 미소를 지었다. 그는 검을 왼손으로 옮겨 쥐고 몸을 구부리며 낮은 소리로 말했다.

"안녕, 얘야."

아이는 눈을 휘둥그레 뜨고 화석처럼 굳어 있었다. 보드라운 뺨과 여자처럼 입매가 또렷한 예쁘장한 아이였다. 검고 숱 많은 머리카락이 반듯하고 갸름한 얼굴을 감싸고 있었다. 가브리엘이 쭈그리고 앉자 장화와 칼날이 부딪치는 소리가 났다. 그는 오른쪽 장갑을 벗고 활짝 미소 지으며 손을 내밀었다.

"무서워 마라. 무서워 마, 꼬마야……"

그는 최대한 부드럽게 말했다. 그 목소리가 자신의 귀에도 낯설게 울렸다.

더럽고 축축한 상의, 투구, 검, 눈까지 얼굴을 뒤덮은 수염, 이런 모습이 아이에게 어떻게 비칠지 그는 미처 생각할 여유가 없었다.

모르모트들이 점점 더 크게 울어대며 사방으로 종종걸음을 쳤다.

"무서워하지 마라, 얘야. 난 네 친구란다……"

가브리엘이 거듭 말했다.

아이가 여전히 움직이지 않자, 가브리엘은 다시 일어서서 손을 내밀고 다가가려 했다. 그러자 아이가 고양이처럼 팔딱 일어나 방 반대편으로 뛰어갔다.

"얘야!"

너무 놀란 나머지 가브리엘은 아이를 멍하니 바라만 보았다. 아이는 눈살을 찌푸리며 조그만 주먹을 꽉 쥐고는 마지막 용기를 내어 가브리엘에게 달려드는 듯하더니, 휙 돌아 그를 피해 문으로 달아났다. 그가 돌아섰을 때 아이는 이미 안뜰을 가로질러 달려가고 있었다. 아이는 장작더미 위로 뛰어올라 울타리 벽 위에서 이리저리 움직이더니 사라져 버렸다.

문가에서 세바스티안이 살짝 웃음을 흘렸다.

"아이에게 해코지하려는 게 아니었어."

가브리엘이 다시 장갑을 끼며 말했다.

세바스티안은 웃음을 멈추었다. 그들은 서로의 눈을 응시했다.

"나도 어렸을 땐 스페인 사람들 앞에서 도망쳤어. 그리고 대개는 말이지, 가브리엘, 내가 옳았어!"

흑인 세바스티안이 말했다.

✻

"어떤가?"

그들이 광장에 다시 이르자 총독이 물었다.

"병사는 없습니다. 아이들 몇 명과 여자들, 노인들뿐입니다."

가브리엘이 보고했다.

"남자와 전사는 없습니다. 온갖 너절한 잡동사니로 가득한 저장소 앞에 문지기가 몇 명 있을 뿐이에요."

세바스티안이 말했다.

"그들은 조용합니다. 여자들은 마치 우리가 보이지도 않는 듯 내내 천을 짜고 있습니다."

가브리엘이 다시 말했다.

"몇 명이나 되나?"

총독이 물었다.

"기껏해야 사오백 명입니다."

세바스티안은 맞은편 왼쪽의 높고 아름다운 벽을 가리키며 설명했다.

"저것이 궁전입니다. 하인들이 있고, 저곳 안뜰은 다른 안뜰과는 다릅니다. 벽에는 칠이 되어 있고, 돌에는 뱀이 새겨져 있습니다."

"뱀을 무시하는군. 가브리엘 나리께선 방어 지점을 몇 군데 발견했겠지요?"

아주 힘 좋은 말을 가진 돈 에르난도가 거슬리는 목소리로 말했다.

"저 위에 있습니다, 돈 에르난도. 바위 꼭대기에서는 시야가 완전히 트여 있습니다. 거기서는 도시와 평원이 보이고, 천막들과 잉카의 거처들에 이르는 길까지 보입니다. 그 길은 넓고 포석이 깔려 있으며 늪이 있는 데까지 가장자리에 나무도 심어져 있어요. 저들은 우리 눈을 피해 움직이지는 못합니다……"

가브리엘이 에르난도의 빈정거림에 응수하지 않고 대꾸했다.

"그건 얼마든지 짐작할 수 있는 일이지요. 높은 데서는 잘 보인다는 것, 그걸 깨닫기 위해 굳이 올라갈 필요는 없지요."

모게르가 투덜거렸다.

"돈 프란시스코, 이 모든 일이 영 석연찮게 느껴집니다."

소토 대장이 끼어들었다.

"그렇소?"

소토는 막 인디언 파발꾼들과 다시 만난 시킨차라 사절을 눈짓으로 가리키며 낮게 말했다.

"내 느낌에 이건 함정입니다. 도시에 전사가 한 명도 없다니요! 온 도시가 통째로 우리를 위한 것이라니요. 훌륭한 정찰 지점을 남겨놓은 것은 아무것도 보지 못하게 하려는 속임수이고, 우리를 가두기 위해 벽만 남겨놓고 온 사방에 수만 명의 병사를 숨겨놓은 겁니다. 총독님, 뭔가 내키지 않아요. 인디언이지만 전략과 전술을 아는 자들입니다. 저들을 과소평가하지 마십시오."

"소토 대장 말이 옳아요. 저자들이 떠들어대는 소리가 과연 얼마나 믿을 만할까요? 저들 입에서 나오는 말이라곤 거짓말과 술책밖에 없어요."

돈 에르난도가 마지못해 말했다.

"저 위에 소형 경포를 설치할 수도 있겠는데요. 그러면 효과가 좋을 겁니다."

페드로가 피라미드 꼭대기의 고원을 가리키며 말했다. 모두들 우스누 꼭대기와 그곳에 이르는 가파른 층계를 바라다보았다.

"좋다. 필요한 사람들을 데리고, 밤이 되기 전까지 직접 올려다놓게……"

이윽고 돈 프란시스코가 말했다.

"하지만 그걸로는 충분하지 않아요. 저 멍청이는 마땅히 보아야 할 것을 볼 줄 몰라요. 비탈길을 등지고 있는 도시가 얼마나 잘 형성되어 있는지 보세요. 저기 뒤에서 우리를 기습하고 눈치채지 못하게 길을 포위할 수도 있다고요."

돈 에르난도가 가브리엘에게 곱지 않은 시선을 보내며 또 투덜거렸다.

"그렇게 불안하다면 왜 넌 직접 가서 확인하지 않는 거냐?"

가브리엘이 모욕을 당하고도 다시 한번 침묵을 지키고 있는데, 돈 프란시스코가 조용히 말했다.

돈 에르난도가 머뭇거리며 말고삐를 잡아당기자, 말이 이빨을 드러내며 뛰어갔다. 가브리엘은 텁수룩한 수염 사이로 조롱 어린 미소를 띠며 그를 응시했다. 돈 에르난도는 두세 명의 다른 기병들에게 손짓했다. 그들은 포석 위로 말발굽 소리를 세차게 울리며 빠른 속도로 광장을 가로질러 갔다.

주위 사람들의 시선이 내내 긴장되어 있었다. 대장들은 입 안에서 모래가 씹히는 것처럼 신경이 곤두서 있었다. 신부인 프레이 비센테만이 멀리 떨어져 있는 짐꾼들 쪽으로 가서, 커다란 십자가며 성수, 미사복이 든 가방을 확인했다.

돈 에르난도와 그의 동료들이 광장 문 하나로 사라지자마자, 통역자 마르티니요가 돈 프란시스코의 말에 가까이 다가와 공손히 머리를 숙였다.

"시킨차라 군주가 유일한 군주 아타우알파의 전갈을 받았답니다."

"그래? 어떤 내용이냐?"

"아타우알파가 전하기를, 광장에서 밤을 보내도 좋으며 내일 아침에 오겠다고 총독님께 알려드리랍니다……"

가브리엘은 마르티니요가 주저하는 것을 알아차렸다. 하지만 젊은 통역자는 시선을 떨어뜨리며 말했다.

"아타우알파는 승리를 거둘 수 있게 해준 태양신께 감사하기 위한 단식을 하고 있어서 성스러운 목욕탕을 떠날 수 없답니다. 내일 아침에 와서…… 음, 총독님을 정중하게 만나겠답니다."

돈 프란시스코가 시킨차라 사절을 향해 돌아섰을 때, 총독의 얼굴에 떠오른 분노는 어쩌면 단지 꾸며진 것인지도 몰랐다. 가브리엘은 그의 번득이는 눈에 분노와 즐거움이 함께 담겨 있는 듯한 느낌을 받았다.

"나더러 광장에서 묵으라고! 여기서? 구름이 잔뜩 끼고 비가 오락가락하는 하늘 아래서? 이런 법은 없소이다, 사절! 국왕 폐하의 사절은 아름답고 훌륭한 건물이 있을 때는 한데서 묵지 않는 법이오. 쓸데없이 기다리는 것도 좋아하지 않고!"

마르티니요가 그의 말을 통역하는 사이, 소토 대장이 선언했다.

"돈 프란시스코, 내가 잉카 진영까지 가서 그가 우리에게 원하는 게 무엇인지 알아보게 해주십시오."

"그건 위험하오, 소토. 당신 목숨이 그의 처분에 맡겨질 게요."

"울타리 안에 갇힌 송아지처럼 여기 있는 것보다 더 위험할 것도 없지요. 그리고 그 진영이 어떻게 생겼는지도 마침내 알게 될 테고요. 그 아타우알파란 자도! 기병 스무 명을 데려가겠습니다. 그러면 우리를 두려워할 겁니다……"

"무엇보다 그에게 말을 건넬 때 말에서 내려서지 마시오. 하지만 경의는 표하시오. 소토, 그를 거칠게 다루어서는 안 되겠지만 단호하게 행동하시오. 그리고 이 사절을 데려가시오. 이자가 여기 계속 있는 게 마음에 안 들어서 말이오. 펠리피요도 데려가시오. 마르티니요보다 정직하지는 않지만 더 영리하니까. 잉카에게 깊은 인상을 주되 기분을 맞춰줘야 하고, 모든 일이 평화롭게 진행될 수 있다는 것을 그에게 이해시켜야 하오!"

소토는 동의를 표하고 미소 지었다. 그가 함께 갈 사람들을 지목하는 동안, 가브리엘은 총독의 말 옆으로 자기 말을 바짝 몰아갔다.

"총독님, 부족한 저에게도 함께 갈 수 있는 영광을 주십시오. 어쩌면 제가 볼 줄 아는 것이 있을지도 모르니까요……"

돈 프란시스코는 눈살을 찌푸리며 그를 아래위로 훑어보았다.

"내 말 한 필을 잃게 만들지 말게!"

그가 짧게 대답했다. 그리고 소토를 돌아보며 투덜대듯 덧붙였다.

"나는 길에서 자지 않는다고 잉카에게 잊지 말고 전하시오. 내가 요구하는 바를……"

"이번이 처음이 아닙니다, 총독님! 나도 어떻게 처신해야 하는지 압니다……"

소토가 웃으면서 대꾸했다. 돈 프란시스코는 소토 대장의 눈을 똑바로 응시한 채 하고 싶은 말을 수염 속에 묻으며 말의 고삐를 움켜쥐었다.

"이번이 처음이오, 소토 대장. 당신 혼자서 삼만 명의 인디언들 한가운데에 그렇게 목을 내놓게 되는 게 말이오…… 신께서 당신을 지켜주시길!"

"압니다. 총독님은 내가 꼭 돌아오기를 늘 바라시지요, 돈 프란시스코!"

소토가 웃으면서 말했다.

가브리엘은 속으로 웃었다.

43

1532년 11월 15일, 카하마르카

오후 서너시경, 서쪽 하늘이 개었다. 빗물로 온통 반짝이는 골짜기가 인티의 감미로운 손길 아래 빛났다. 그늘까지 파고드는 부드럽고 유연한 빛으로 산꼭대기가 물들었다. 종달새와 황조롱이가 늪의 등심초 위에서 빙빙 돌며 곤충들로 배를 채우고 있었다.

천막 도시 곳곳에서 여자들이 수프를 데우고 옥수수 전병을 익히기 위해 불을 피웠다.

아타우알파는 낮의 마지막 의식을 치르는 내내 치차를 마셨다. 카하마르카의 쿠라카와 강력한 군주들은 하녀들이 바삐 움직이는 안뜰을 떠났고 여자들만 그의 주위에 남아 있었다. 사위가 고요했다.

그런데 또다시 차스키가 달려왔고, 구아이파르는 이방인 장교 하나와 말을 탄 전사 부대가 인사차 유일한 군주를 찾아올 것이라고 보고했다. 시킨차라도 그들과 함께였다.

아타우알파는 이번에는 목욕탕 울타리 밖 멀리 커다란 연못의 둔덕까지 나가서 도시 쪽을 쳐다보았다. 한참을 기다리자 그들의 모습이 보였다. 갑자기 그가 혀를 차며 늪 기슭의 도로에서 전진하는 검은 점들을 가리켰다. 그는 아나마야를 돌아보았다.

"저것 봐라. 평원 위로 오두막집들이 전진하는 것 같구나."

그가 예상치 못한 부드러운 목소리로 말했다.

아타우알파의 웃음에 평온함과 다정함이 넘쳐흘렀다. 잠시 그는 딸과 단둘이 있는 행복한 아버지와도 같은 얼굴이었다. 그러더니 구아이파르 쪽으로 고개를 돌렸다.

"구아이파르, 경비대를 안뜰에 집합시켜라. 모든 세력가들과 신관들도. 모두에게 말하라. 태양신의 아들은 두려움의 전율을 느끼고 싶어하지 않는다고."

✻

도로는 다섯 명이 나란히 설 수 있을 만큼 넓었다. 길은 늪지대를 가로질러 평원 반대편, 수많은 천막들을 향해 똑바로 뻗어 있었다. 그들은 굳이 천막에 다가갈 필요가 없었다. 그들이 지나가는 것을 보려고 여기저기서 인디언들이 길가로 밀려들었기 때문이다. 이번에는 인디언들도 애써 몸을 숨기려고 하지 않았다.

모두들 감정의 동요도 없고 호기심도 없는 듯 굳은 얼굴로 시선을 붙박고 있었다. 소토는 가브리엘을 돌아보며 찡그린 얼굴로 말했다.

"저자들은 항상 우리보다 더 자세히 알고 있는 것 같단 말이야, 안 그런가?"

그들은 흥분에 들떠 있었지만, 사절의 걸음 때문에 속도를 늦추어 창 자루를 장화 끝에 대고 보통 속도로 말을 몰았다. 그런 속도로 약 이 킬로미터쯤 가자 갑자기 흙탕길이 나왔다. 남아 있는 길이라고는 등심초들 사이의 좁은 길뿐이었다. 가브리엘은 말을 내달리다가 곧 멈추었다.

"너무 진창인데요. 말들이 진창 속에 빠져서 진흙투성이가 되겠어요."

가브리엘이 소토에게 설명했다.

"아니면 말의 다리가 부러질 수도 있겠지……"

소토가 대꾸했다.

"사절이 저 길로 가는 게 좋겠답니다."

펠리피요가 끼어들었다.

시킨차라 사절이 그들에게 미소를 지으며 갈대밭 사이의 자갈 깔린 얕은 도랑을 가리켰다.

"저놈이 일부러 우리를 진창에 빠지게 내버려둔 거야!"

소토가 자갈길을 따라가라는 명령을 내리며 투덜거렸다.

'저자는 우리의 취약점이 무엇인지 알고 있어. 우리가 도망쳐야 하거나 저들 때문에 말들이 겁을 먹는다면, 우린 진흙 구덩이를 피할 수도, 빠져나올 수도 없어!'

가브리엘은 생각했다.

그는 마지막으로 도랑을 건너갔다. 돌 표면에서 반짝이는 조각 같은 것이 보일 정도로 물이 맑았다.

소토가 가브리엘이 있는 자리로 돌아왔다. 말없이 그들의 시선이 교차했다.

그들은 같은 생각을 하고 있었다.

*

여자들이 유일한 군주가 옷을 다 입도록 시중을 들었다.

안뜰은 뜨거운 연못 주변에 모인 병사들로 소란스러웠다.

진영 전체에 유일한 군주의 명령이 울려 퍼졌다.

장교들은 전시(戰時)처럼 부하들이 철퇴와 투석기를 들고 촘촘히 정렬하도록 서둘렀다. 대로 가장자리와 뜨거운 강 기슭과 늪가에 있는 사람들은 북쪽을 흘끗흘끗 바라다보았다. 흔들리는 등심초 울타리 너머로 사람들의 모습이 보였다. 머리에 은잔 같은 것을 쓰고 털에 가려 얼굴이 보이지 않는 거인들이 갈대 위로 앉아서 전진하는 듯했다……

여자들은 전병과 수프를 만들던 손을 멈추었다. 그들은 소리를 지르기도 하고, 아이들을 쓰다듬기도 하고, 뺨을 때리기도 하면서, 아이들이 거리로 달려가지 않도록 천막 옆에 붙잡아두고 있었다. 아이들은 울었다. 그들도 이방인들이 보고 싶은 것이다.

아타우알파는 이방인들이 준 셔츠를 장대에 매달아 정복한 적의 깃발처럼 칸차 벽 위에 세우라고 명령했다. 그는 오래도록 침묵을 지키고 있는 아나마야를 눈여겨보았다.

"내 옆에 있어라, 코야 카마켄. 곁에서 내 눈이 되어다오. 이방인들의 얼굴을 잘 봐라. 어쩌면 저들이 네 눈 색깔을 보기만 해도 자기들이 하찮은 존재라는 것을 깨달을 수 있지 않을까?"

아나마야는 그 말에 전혀 빈정거리는 기색이 없음을 알아차렸다. 단지 피로와 고독이 배어 있을 뿐.

*

강 하나를 더 건넌 뒤, 스페인인들은 잉카가 머무는 건물이 잘 보일 만큼 가까운 곳에 이르렀다. 인디언의 천막들은 카하마르카 평원 이 끝에서 저 끝까지 이어진, 까마득히 먼 흰 벽과도 같았다. 언뜻 보이는 거라고는 기묘한 원추형의 바위뿐이었다.

"대장님, 보세요! 잉카가 거주하는 건물 위의 깃발이요!"

호위대 부하 하나가 소리쳤다.

가브리엘도 다른 사람들과 마찬가지로 병사가 가리키는 방향을 바라다보았다. 총독이 인디언 왕에게 준 비단 셔츠가 장대 꼭대기에서 약한 미풍에 살짝 너풀거리는 것이 눈에 띄었다.

소토가 욕설을 내뱉었다. 그러고는 창을 치켜들며 정지 명령을 내렸다. 그는 펠리피요를 불러서, 시킨차라 사절에게 혼자 앞서 가서 이방인 귀족들이 도착했음을 주인에게 미리 알리라고 요구했다.

펠리피요가 주저하자, 소토가 역정을 내며 목소리를 높였다.

"어서 전해, 이 얼간아!"

평소처럼 시킨차라는 소토 대장한테서 눈을 떼지 않고 통역자의 말을 들었다.

펠리피요가 입을 다물자, 시킨차라는 하얀 이를 드러내며 호탕하게 웃었다. 그러더니 더는 격식을 차리지 않고 인사 대신 손을 들어 올리며 짐꾼들에게 명령을 내렸다.

시킨차라가 조금 멀어지자, 소토가 펠리피요에게 물었다.

"저자가 왜 저렇게 웃었지?"

통역자의 입가에 똑같은 웃음이 번졌다.

"아…… 유일한 군주에게 대장님이 온 것을 알리는 게 무척 자랑스러워서입니다!"

다시 한번 소토와 가브리엘의 눈이 마주쳤다.

"우리에 대해서든 저자에 대해서든, 누가 가장 거짓말을 잘하는지는 곧 알게 되겠죠."

가브리엘이 한숨을 쉬었다.

✲

시킨차라는 안뜰 문을 넘어서며 무릎을 꿇었다. 그는 고개를 숙이고 등을 구부린 채 뜰을 가로지르고 연못을 돌아 병사들과 강력한 군주들 앞을 지난 후, 회랑 안 삼각 의자에 앉아 있는 유일한 군주 아타우알파 뒤에서 다시 무릎을 꿇고 엎드렸다.

그가 아무리 이마에 먼지가 닿도록 몸을 낮춰도 소용이 없었다. 그는 모든 이들의 시선이 자기에게 꽂히는 것을 느끼며 자만심으로 몸을 떨었다. 아타우알파가 명령했다.

"내 앞으로 오너라, 시킨차라. 여기까지 오는 이방인들은 누구냐?"

"최고 우두머리 휘하의 한 대장이 부하 서른 명과 함께 오고 있습니다. 모두들 동물에 올라타고 있고, 손에는 창을 들고 있으며, 그들이 앉은 자리 밑에는 방패가 매달려 있습니다. 그들이 경계를 하고 있고 군주님을 두려워하고 있다는 뜻입니다, 유일한 군주님."

시킨차라가 담담한 목소리로 대답했다.

"그들이 원하는 것이 무엇이냐?"

"카하마르카 광장에 남아 있는 최고 우두머리를 대신해 군주님을 초대하는 것입니다. 그들이 자기들 말을 할 줄 아는 인디언을 통해 군주님께 말씀드릴 것입니다."

아타우알파는 더 묻지 않았다. 그는 입을 다물고 있었다. 너무 오랜 시간 목욕을 한 데다 유황 성분의 수증기 때문에 그날 저녁 그의 충혈된 눈은 더욱 사납고 성이 난 듯 보였다.

아나마야는 유일한 군주한테서 약간의 불안감을 감지했다. 그 불안감은 세력가들에게로 번졌다. 안뜰 위 하늘도 붉게 물들었다. 인티의 황금빛이 핏빛으로 바뀌기 시작하는 시간이었다.

사실 불안에 떠는 사람은 아타우알파가 아니었다. 바로 그녀였다. 그녀는 냉기가 허리를 조이고 가슴을 짓누르는 것을 느꼈다. 마치 오후에 쏟아진 우박이 몸 안으로 파고들어 녹지 않고 있는 듯 몸을 떨었다.

무엇 때문일까?

아! 분신 형제가 곁에 있다면……

이방인들이 다가온다고 왜 그녀가 목이 메는 기분일까? 이방인들은 소수이지만, 우리는 안뜰에만 해도 백 명이 넘는 병사들이 정렬해 있고 진영에는 수천 명이 있지 않은가!

시킨차라가 경쾌하고 당당한 목소리로 물었다.

"어떤 명령을 내리시겠습니까, 유일한 군주님?"

"일단 그들의 얘기를 들어보자. 죽이는 건 내일이다. 그렇게 하도록!"

아타우알파가 곤충이라도 잡듯 허공에 대고 주먹을 휘휘 돌렸다. 그 몸짓이 마음에 든 그는 미소 지으며 재빨리 반복했다.

"그렇게 하도록."

아타우알파가 다시 말했다.

안뜰에서 첫번째 웃음이 터져 나왔다. 그리고 두번째 웃음소리. 또

다른 웃음소리. 또다시 떠들썩한 웃음소리. 유일한 군주가 웃었다. 그러자 큰 웃음을 터뜨리는 세력가들의 가슴이 들썩거리고 황금 마개가 흔들렸다. 병사들, 후궁들, 하인들이 고개를 젖혀가며 크게 웃었다. 뜨거운 물에서 김이 피어오르듯 그들의 웃음이 붉게 물든 하늘 높이 올라가도록.

유일한 군주는 붉은 눈에서 눈물이 나도록 웃으며 다시 한번 손동작을 취했다.

"그렇게 하도록!"

✲

도로가 그들 앞에서 갑작스레 끊겼다.

강을 가로지르는 좁은 대나무 다리 건너편에서 도로가 다시 이어졌다. 그 다리를 건너야 했다. 강물이 어찌나 뜨거운지 군데군데 부글부글 끓어올랐다.

십여 발짝 떨어진 건너편에서 흰 천막들로 이루어진 진영이 시작되었다. 전투 태세로 질서정연하게 쉰 명씩 방진을 이루고 있는 인디언들이 창 끝을 땅에 박고 창을 앞으로 내민 채 그들을 주시하고 있었다.

언제나 그렇듯이 그들의 얼굴에는 아무런 감정도 드러나지 않았다. 놀라거나 두려워하는 기색이 전혀 없었다.

가브리엘은 말의 목덜미 위로 몸을 기울여 갈대 두 포기의 윗부분을 잘라내 김이 나는 물속에 던졌다. 갈대는 오그라들더니 눈 깜박할 사이에 작은 구슬 모양이 되어 물살에 휩쓸려 가라앉았다. 가브리엘의 행동을 쳐다보던 소토는 야유의 휘파람소리를 냈다.

호위대의 한 부하가 흙으로 덮인 나뭇가지 다리를 가리키며 투덜거렸다.

"저 위로 지나가는 건 불가능합니다. 다리가 말의 무게를 버티지 못해, 우린 그야말로 통닭구이가 되고 말 겁니다!"

커다란 황금 마개에 귀와 목이 가려진, 한 나이든 인디언 군주가 강 건너편으로 다가왔다. 다른 모든 이들과 마찬가지로 가브리엘도 놀라움의 동요를 감추었다. 머리를 장식한 기이한 깃털 말고도, 노인의 윗몸과 손목은 황금으로 덮여 있고, 강 하류를 가리키는 손에는 황금 반지를 잔뜩 끼고 있었다.

펠리피요가 그의 간단한 말을 통역했다.

"강력한 군주가 말하기를, 조금 더 아래쪽으로 가면 강을 건널 수 있답니다. 그리로는 다리 없이도 지나갈 수 있다는군요."

소토는 가브리엘과 다른 세 기병에게 손짓했다.

"날 따라오게!…… 그리고 나머지 사람들은 황금에 정신 팔지 말고 천막 앞의 병사들을 감시하라. 그들이 움직이면 고함을 지르고 우리와 다시 합류하도록."

소토가 남아 있는 동료들에게 덧붙여 말했다.

얕은 곳은 찬 강물과 합쳐지는 지점이었다. 물이 펄펄 끓지는 않았지만 김이 날 만큼 여전히 뜨거웠다.

강 건너편에는 잉카의 건물까지 이르는 넓은 돌계단이 놓여 있었다. 병사들의 방진 두 개가 그 입구를 질서 있게 지키고 있었다.

한데 뒤섞인 차고 뜨거운 물과 유황 냄새에 어리둥절해진 말들이 뒤로 물러나며 발굽으로 땅을 찼다. 조금 전의 노인처럼 온몸을 황금으로 감싼 다른 인디언 군주들이 몇몇 나타나서 그들을 쳐다보았다.

소토가 말을 억지로 건너가게 하려고 하자, 말이 거칠게 콧김을 내뿜고 노한 울음을 내뱉더니 급기야는 뒷발로 일어섰다.

가브리엘은 창을 장화 위 제자리에 놓고 자기 말을 진정시켰다. 그는 돈 프란시스코를 떠올렸다. 이런 상황에서 총독이라면 주저 없이 말을 내달렸으리라. 세 번 박차를 가해 반대편에 이르렀으리라!

가브리엘이 막 채비하는 그때, 저편 인디언 왕의 건물에서 커다란 웃음소리가 터져 나왔다.

허공을 맴도는 모욕과도 같은 웃음소리.

가브리엘은 피가 나도록 박차를 가하며 내달렸다. 그 모습에 말 엉덩이 위에서 균형을 잡고 있던 펠리피요가 깜짝 놀라 비명을 내질렀다. 소토 역시 반사적으로 강으로 말을 몰았다. 다른 사람들도 뒤를 따랐다. 뜨거운 물에 닿자, 말들이 벽을 뛰어넘듯이 펄쩍펄쩍 뛰어올랐다. 말들은 허리를 흔들고 뒷발로 차면서도 어쨌든 강을 건너갔다. 강물에서 나오자 말발굽 편자가 돌계단에 부딪쳐 불꽃을 튀겼다.

처음으로 가브리엘은 자신들과 마주한 몇몇 인디언 전사들의 얼굴에서 대경실색한 표정을 보았다. 그들은 입을 반쯤 벌린 채 눈을 깜박거렸다.

가브리엘은 소토를 바라보았다. 소토 역시 인디언들의 모습을 보고 고개를 끄덕이며 웃기 시작했다.

*

그들은 조금 빠른 속도로 잉카의 안뜰로 들어섰다. 현관 횡목 아래를 지나가려면 말갈기 위로 엎드려야만 했다. 하지만 현관을 지나자 곧

바로 몸을 다시 일으키고, 오른손으로는 창을 단단히 쥐고 왼손으로는 고삐를 당겼다. 검이 가죽 주머니에 부딪혀 흔들렸다.

꼼짝도 하지 않는 인디언 병사들의 대열 사이로 뜰을 가로질러 가자, 말들이 갑자기 의식을 되찾은 듯했다. 말들은 귀를 쫑긋 세우고, 눈알을 굴리며 재갈을 우물우물 씹었다. 분이 다 풀리지 않은 말들은 김이 피어오르는 연못을 따라가며, 마치 하늘에서 내려온 용처럼 콧구멍으로 숨을 내뿜고 포석 깔린 바닥을 찼다.

하지만 어느 인디언도 강한 인상을 받은 표정을 드러내지 않았다.

잉카의 왕이 누구인지는 쉽게 알아볼 수 있었다. 유일하게 앉아 있는 사람이었다. 적어도 열 명쯤 되는 여자가 눈을 내리깔고 서서 그를 둘러싸고 있었다. 왕은 황금 조각으로 만들어진 소매 없는 튜닉을 입고 있었다. 그의 팔 아래쪽은 팔꿈치까지 황금으로 덮여 있었다. 그러나 얼굴은 보이지 않았다. 두 여자가 은색 실이 가로지르는 넓은 천을 그의 앞에 드리워 얇은 베일처럼 얼굴을 가리고 있었다. 그의 얼굴 윤곽도 눈도 보이지 않았지만, 그는 사람들을 볼 수 있었다.

가브리엘이 판단할 수 있는 바로는, 왕의 머리에 띠가 둘려 있었다. 이마에는 비단같이 부드러운 진홍빛 털로 된 술 장식에 가느다란 황금 끈 장식, 무지갯빛 다이아몬드와 흡사하게 생긴 짧고 넓은 이상한 깃털이 고정되어 있었다.

왕은 밀랍 인형처럼 움직이지 않았다.

떨림도 없었다. 살았는지 죽었는지 의심스러울 정도였다. 하지만 그의 얼굴에 드리워진 베일이 그의 숨결을 따라 흔들렸다.

이제 말들이 아주 가까이 다가가 그 앞에서 서로 몸을 부딪치고 재갈에 쓸린 입술을 뒤집으며 이빨을 드러내는데도 여전히 아무런 움직임이 없었다.

그 부동자세에서 소름 끼치는 위엄이 느껴졌다. 가브리엘은 지금껏 떨쳐버렸던 두려움이 다시 가슴을 죄어오는 것을 느꼈다.

가브리엘은 안장 위에서 몸을 곧게 세우고 잉카를 둘러싼 얼굴들을 이리저리 훑어보다가 시킨차라 사절의 오만으로 가득한 눈을 발견했다. 그 옆에는 모게르의 개를 죽였다고 그에게 고마워하던, 자부심 강한 태도의 젊은 투사가 보였다. 가브리엘은 고갯짓으로 인사를 건넸지만, 상대방은 눈 하나 깜박이지 않고 그를 응시했다.

소토가 말을 탄 채 한 걸음 나아가자, 펠리피요가 신음을 내뱉듯 소리쳤다.

"그렇게 가까이 가지 마세요! 그렇게 가까이 가지 마세요!"

펠리피요는 말들 사이에서 무릎을 꿇고 손바닥을 바닥에 붙인 채 고개를 숙이고 있었다. 소토는 가브리엘에게 눈길을 던졌다. 소토는 약간 창백해 보였지만 단호한 목소리로 말했다.

"저는 지금 우리가 머물고 있는 이 땅을 알고 이곳에 예수 그리스도에 대한 믿음을 전파하기 위해 스페인의 카를로스 1세 황제 폐하와 주님께서 보내신 돈 프란시스코 피사로 총독 휘하의 대장입니다……"

그가 입을 다물자 사위가 어찌나 고요한지 연못물이 부글부글 끓는 소리가 들렸다.

가브리엘이 답답함을 참지 못하고 창 자루로 펠리피요의 등을 세게 치는 바람에 펠리피요는 하마터면 쓰러질 뻔했다.

"통역해! 어서 통역해, 이 멍청한 녀석!"

여전히 머리를 숙인 채 들릴락 말락 하는 목소리로 펠리피요가 통역을 했다. 가브리엘은 그가 정말로 무슨 말을 하고 있는지 의심하지 않을 수 없었다!

하지만 소토는 확신을 되찾은 터였다. 그는 손목을 까딱해 말을 비스듬히 세우고는 스페인 식으로 인사하며 다시 말했다.

"우리 총독 각하께서 우정을 맹세하고 군주님께 도움을 드리고자 내일 식사에 초대하셨습니다. 군주님께서 정복을 좋아하신다는 걸 총독 각하가 알기 때문이지요……"

잉카의 얼굴 앞에 드리워진 베일만 움직일 따름이었다.

강에서 그들을 맞이한, 황금으로 몸을 감싼 노인이 더는 침묵을 참지 못하고 몇 마디 했다.

"좋아요."

펠리피요가 말했다.

"뭐라고, '좋아요'?"

소토가 투덜거렸다.

"유일한 군주 대신 강력한 군주가 '좋아요' 라고 말했어요."

소토 대장은 가브리엘에게 짧은 시선을 던지고는 품위 있고 자연스러운 태도로 천천히 왼손의 장갑을 벗었다. 그는 약손가락에서 가느다란 황금 반지를 빼서 오른손의 두 손가락으로 잡았다. 그러고는 잉카에게 몸을 기울여 반지를 내밀었다.

이번에는 목소리의 진동으로 베일이 떨렸다. 늙은 귀족이 잉카의 등 뒤에서 나와 소토의 손으로 다가오자, 소토는 이내 손가락을 오므렸다.

"아니, 당신이 아니오! 난 당신 주인이 직접 이 반지를 받기를 원하오."

소토가 짜증스럽게 외쳤다.

펠리피요는 몸을 웅크린 채 통역을 하지 않았다. 하지만 말의 의미는 대장의 언짢은 기분만큼이나 분명했다.

침묵 속에서 소토가 말을 잉카 옆으로 바짝 다가가게 하자, 말의 콧김 때문에 베일이 들어 올려지고 왕의 술 장식이 흔들렸다. 그는 다시 손바닥을 펴서 반지를 내밀었다.

마침내 잉카가 천천히 몸을 움직였다. 마땅히 다른 사람들보다 더 느리게 움직여야 하는 것처럼 아주 천천히.

이번에는 그가 팔을 내밀어 손바닥을 폈다. 반지가 손바닥에 놓였다. 잉카는 팔을 다시 당겨, 똑같이 느린 동작으로 손을 뒤집어서 활짝 폈다.

반지가 포석 위로 튀어 오르더니 도르르 굴러갔다.

그러나 이미 가브리엘의 귀에는 아무 소리도 들리지 않았다.

*

유일한 군주는 왜 아나마야가 자기 눈이 되어주기를 바랐을까?

그녀에게 보이는 것은 그녀의 피를 얼어붙게 만드는 것을.

그녀에게 보이는 것은 그녀의 눈을 뜨겁게 불태우는 것을.

그들은 몹시 격분해 안뜰로 들어섰다. 그들 몸을 괴물의 다리처럼 길게 늘려주는 동물들은 눈이 커다랗고 발바닥은 나무나 은으로 되어 있었다. 그 발로 포석을 깨뜨리려는 양 바닥을 걷어찼다.

그들은 몸에 꽉 끼는 옷을 입고 있어서 벌거벗은 것처럼 보였다. 이중으로 된 피부가 그들 다리와 장딴지를 조이고 있었다. 손도 이중 피부로 덮여 있었다. 하지만 힘센 넓적다리와 홀쭉한 허리가 눈에 띄었고 어깨는 인디언보다 넓었다.

그리고 얼굴은……

그들의 얼굴은 대부분 검지만 간간이 희끗희끗한 털로 덮여 있었다. 그런데 그들 중 한 사람의 털은 첫 새벽빛처럼 금빛이었다. 그들의 입술은 기름하고 끊임없이 움직거렸다. 눈은 은빛 투구 안에서 생기 있게 빛났다. 그들은 이 얼굴 저 얼굴을 훑으며 무례한 시선을 던졌다. 유일한 군주의 얼굴까지 뚫어지게 바라보고, 여자들을 쳐다보고, 마치 단 하나의 동작으로 모든 영혼을 뚫고 들어갈 것처럼, 다른 사람들의 눈을 찾고 있었다.

그들은 못생기지 않았다. 아니, 시킨차라와 구아이파르가 묘사한 것처럼 추하지는 않았다. 피부가 하얀 것뿐이었다.

얼굴이 금빛 털로 뒤덮인 남자는 뭔가 부드럽고 유약한 구석이 있었다. 그의 코는 갸름하고, 붉은 입술은 길고 얇으며, 피부는 맑고 알파카의 젖빛처럼 창백했다……

그러나 아나마야는 그 얼굴에서 공포를 느꼈다.

그녀의 눈에 비친 것은 퓨마의 송곳니와 마주하는 순간보다 더 위험스러웠다. 그들의 얼굴에서 그녀는 자신의 과거, 지나간 기억 속에 묻힌 어떤 것을 보았다.

그녀는 어린 아나마야를 떠올렸다. 열 살치고는 키가 훌쩍 컸던 아이. 키다리에 피부가 너무 창백해서 열대 마을에 사는 치리구아노 소녀들에게 웃음거리가 되었던 아이. 평평한 이마와 너무 얇고 기름한 입술 때문에 놀림을 당했던 아이.

그후 키토에서는, 눈 때문에 아클라우아시의 여자들에게 혐오감을 주었던 아이……

그때, 유일한 군주가 반지를 떨어뜨려 포석에 반지 부딪히는 소리가 안뜰의 무거운 침묵을 가득 채웠을 때, 아나마야는 고개를 들어 금빛 수염을 지닌 이방인을 바라보았다. 지금껏 누구도 바라본 적이 없었던 것처럼.

그리고 그녀는 알았다.

✲

소토가 준 황금 반지가 잉카의 경멸에 찬 손에서 떨어졌을 때, 가브리엘은 반지가 포석에 부딪히는 소리조차 듣지 못했다.

그는 현기증에 사로잡혔다.

푸른 눈.

믿을 수 없는 푸른 눈.

황금 망토, 다채로운 색깔의 튜닉, 화려한 차림을 한 젊은 인디언 여자들 틈에 한 여자가 끼어 있었다. 키가 조금 더 크고 눈부신 흰 옷 차림에다, 허리에는 붉은색 허리띠만 간단히 두른 여자. 다른 여자들과 달리 그녀의 머리카락은 가르마로 정성껏 나눠놓은, 흑옥처럼 무거운 머리카락이 아니었다. 그녀의 흐릿한 머리카락, 가늘게 땋은 머리 타래는 어깨 위로 내려와 황금실로 묶여 있었다. 머리에는 에메랄드가 박히고 붉은색과 푸른색과 노란색의 짧은 깃털 세 개가 꽂힌 왕관 같은 것이 씌워져 있었다.

눈이 푸른 그녀……

그녀는 아름다웠다.

하지만 가브리엘의 마음에 불을 지르며 뒤흔든 것은 그녀의 비길 데 없는 기묘한 아름다움이 아니었다. 바로 그녀의 존재였다. 마치 그녀 앞에 있기 위해 세비야에서 이곳까지, 미지의 이 골짜기까지 오랜 여행을 한 것처럼!

신이, 혹은 운명이나 우연이 그의 여정에 시련을 모아놓은 것에 다른 의도는 없었다는 듯, 서자라는 수치심, 종교재판소에서 당한 모욕, 돈 프란시스코 피사로의 흔들리지 않는 광기가 오직 이 순간을 낳기 위해 있었다는 듯, 여기, 지금, 이 미지의 여인 앞에 와 있는 것이다. 활짝 열린 하늘빛 눈, 호숫빛 눈을 가진 다른 세계의 이 여인 앞에.

극심한 현기증에 그는 넘어지지 않으려 말갈기에 달라붙어야 했다. 공포에 사로잡힌 어린아이처럼 신음 소리를 내지 않으려 이를 악물었다.

주변의 모든 것은 그녀와 그를 갈라놓고 있는 텅 빈 공간에 불과했다. 그녀를 향한 희망과 어느새 싹튼 그녀에 대한 욕망으로부터 그를 갈라놓고 있는 공간.

그는 더이상 들리지도 보이지도 않았다. 그녀의 심장 고동 소리만 들렸고 그녀의 눈만 보였다.

그저 한 번 보고도 그리움을 느낄 수 있는 것일까?

그저 한 번 보고도 그 얼굴의 숨결과 그 입술의 타는 듯한 느낌 없이는 숨 쉴 수 없으리라는 걸 알 수 있을까?

그는 한기를 느꼈다. 그녀를 만져야만 몸이 다시 따뜻해질 것 같았다.

*

땡그랑거리던 반지가 멈추자 시끄러운 소동이 벌어지면서 누군가 부르는 외침과 말발굽 소리가 울려 퍼졌다. 에르난도 피사로가 높고 거친 목소리로 물었다.

"무슨 일이오, 소토?"

"저들의 고약한 잉카가 내게 말하길 거부하고 있소. 그는 총독님하고만 말하고 싶어하오! 그런데 당신은? 당신은 여기서 뭘 하는 거요?"

가브리엘은 돌아보지 않았다. 돌아볼 수도 없고, 돌아보고 싶지도 않았다. 돈 에르난도가 안뜰에 들어오자 그 젊은 여인은 시선을 떨어뜨렸다. 가브리엘은 그녀의 숱 많은 머리채와 왕관에 꽂힌 작은 깃털에 여전히 시선을 고정시키고 있었다. 그렇게 끈질기게 쳐다보면 그녀가 다시 얼굴을 들 것처럼.

'그녀는 알아, 알고 있어! 그녀도 틀림없이 알아! 모를 리가 없어……'

"당신을 도와주러 왔소. 당신이 곤경에 처해 있을까봐 걱정이 되었소. 그가 당신에게는 말하지 않아도, 내게는 말할지도……"

돈 에르난도가 다시 소리 높여 말했다.

가브리엘에게는 단어 몇 개와 펠리피요가 뭐라고 통역하는 목소리만 겨우 들렸다. 그러고는 정적이었다. 그녀가 얼굴을 다시 들지 않기에 침묵과 빈 공간일 뿐이었다.

그녀는 몹시 낙담해 있었다. 어쩌면 떨고 있는지도 몰랐다. 마치 겁에 질린 듯, 그녀의 손가락이 떨리다가 굳어버렸다.

'아니, 그녀는 알고 있어! 그녀가 두려워해서는 안 돼! 날 두려워해서는 안 돼! 어린아이처럼 날 두려워할 리가 없어!'

가브리엘은 되뇌었다.

그가 막 어떤 몸짓을 하려는 순간, 어쩌면 소리를 지르려는 순간, 돈 에르난도가 비웃는 소리가 들렸다.

"사람이 말을 할 땐 그 멍청한 머리통을 들고 대답하라고 저 개자식한테 말해!"

펠리피요는 통역하지 않았다. 그 문장과 어조는 굳이 통역할 필요가 없었다. 잉카는 꿈쩍도 하지 않았다. 하지만 잉카 주변에 있는 귀족들이 살육에 앞서 개미 떼를 응시하듯 스페인 사람들을 노려보며 모욕에 맞섰다.

무슨 영문인지 알아차리지도 못한 채, 가브리엘은 말머리를 돌려서 돈 에르난도와 마주 섰다. 가브리엘의 손에는 이미 검 손잡이가 쥐여져 있고, 얼굴에는 사나운 노기가 서려 있었다. 총독의 동생은 슬그머니 입을 삐죽거리며 빈정거리듯 중얼거렸다.

"자네 정신이 번쩍 들게 하려고 농담한 것뿐이야. 자네가 겁에 질려 잔뜩 얼어 있는 것 같아서 말이지, 풋내기!…… 저들한테 누가 가장 강한지 보여줘야 해! 펠리피요, 아타우알파 왕에게 난 일개 대장이 아니라 돈 프란시스코 피사로 총독의 동생이라고 말해라. 그리고 총독은 그의 친구이고, 그와 함께 저녁 식사를 하고 싶어한다고 전해. 총독이 카하마르카에서 기다리고 있는데, 왕의 대답을 듣지 못하면 먹지도 자지도 않고 움직이지도 않을 거라고."

가브리엘이 잉카 쪽으로 돌아서자, 젊은 여자가 고개를 들어 그를 다시 바라보았다. 그녀의 푸른 눈에는 놀라움이 담겨 있었다. 그녀가 그를 쳐다보았다. 어떤 여자도 그를 그렇게 쳐다본 적이 없었다. 오래전 세비야에서 만난 도냐 프란세스카조차도.

그녀가 가브리엘을 쳐다보았다. 그는 그녀의 뺨을 어루만지고 입술을 스치고 싶었다. 그녀를 말에 태우고 바싹 끌어안은 채 뜨거운 강을 뛰어넘을 수도 있으리라……

마치 환각에 사로잡힌 듯 그의 근육이 굳어지고, 고통의 칼날이 허리를 끊었다. 고통의 물결이 그의 가슴을 적셨다. 욕망의 현기증과 자신을 휘어잡는 광기를 물리치기 위해, 그는 잠시 눈을 감았다.

그가 눈을 떴을 때, 그때껏 잉카의 얼굴 앞에 황금빛 베일을 드리우고 있던 두 여자가 베일을 조심스럽게 걷어 올렸다. 잉카 왕의 얼굴이 드러났다. 기이하도록 아름답고 넓고 강인한 얼굴이었다.

그의 콧매는 맹금같이 사나워 보였다. 경멸감 때문에 활처럼 약간 구부러진 입은 조각처럼 완벽한 윤곽을 지니고 있었다. 그러나 그의 눈은 경악을 금치 못하게 했다! 찢어진 눈꺼풀 아래 검은 두 눈동자가 핏빛으로 둘러싸여 있는 것이 아닌가! 그 때문에 잉카의 얼굴은 잔인함의 호화로운 가면이자 고통의 가면인 듯 보였다.

가브리엘은 옆에 있는 돈 에르난도와 소토가 놀라는 것을 알아차렸다.

잉카가 느리고 분명한 목소리로 말하기 시작하자, 푸른 눈의 여자는 사라져버렸다.

*

잉카는 이방인들에게 말하지 않았다. 그가 주위에 있는 족장들 중 하나에게 말하면 그 족장이 통역자 펠리피요에게 다시 전했다. 펠리피요가 말했다.

"길을 가던 그대들은 도처에서 나의 강력한 군주들을 학대했다. 마을에서는 쿠라카들을 학대하고 사슬로 묶었으며, 이 땅의 유일한 군주, 태양신의 아들인 나에게 경의를 표하지도 않고 그들을 공격했다. 불경하게도 '처녀들의 집'에 들어가 여자들을 취하기도 했다. 신전에서는 금과 은을 가져갔고, 내 아버지 우아이나 카팍이 지상의 삶을 사시는 동안에 주무시던 궁전에 들어가 귀중한 잠자리를 훔쳤다. 바다에서부터 길을 오는 내내 그대들은 내주지 않은 것을 빼앗아 먹고, 그대들의 개들은 아이들을 잡아먹었다……"

잉카는 이방인들의 잔인성에 대해 오래도록 말했다. 그들이 사방위 제국의 평화를 어지럽히러 왔노라며 격분했다.

잉카가 말을 마치자, 돈 에르난도는 그것은 거짓말일 뿐이라고 대답했다. 그의 목소리에는 오만한 용기가 배어 있었다.

"총독님은 훌륭한 가톨릭교인입니다. 누구에게도 해를 끼치려 하지 않고 그분에게 대적하는 자들하고만 싸웠습니다. 미소와 선물을 가지고 평화롭게 다가오면, 우리 역시 평화의 미소를 짓고 선물을 했지요. 우리를 공격해 오면 그땐 전쟁을 벌였고, 굴복하지 않는 자들을 모조리 물리쳤습니다. 우린 그렇게 했고, 필요하다면 또 그렇게 할 겁니다. 아무런 두려움 없이 말이죠. 왜냐하면 말에 올라탄 우리는 한 사람이 여기 있는 병사 모두를 대적할 수 있을 만큼 강하니까요!"

잉카는 경멸감을 모조리 뱉어내려는 듯 웃고는 입을 열었다.

"말에서 내려 쉬면서 뭘 좀 들도록 하라."

"우린 단식중입니다. 우리 거처로 돌아가기 전에는 땅에 발을 딛지 않겠다고 맹세했지요…… 곧 날이 어두워지는데, 우린 제 형님인 총독님께 답변을 가져가야 합니다. 총독님과 함께 식사하러 오시겠는지요?"

돈 에르난도가 태연히 말했다.

잉카의 핏빛 눈이 여전히 웃고 있는 듯했다.

"오늘 나는 법을 어기려 했던 우아스카르 형제를 굴복시킬 힘을 주신 아버지 태양신, 어머니 킬라, 천둥신 일라파에게 감사를 드리고 있다. 또한 오늘은 단식을 하고 있다. 오직 내 명령에 따라서만 수천 명씩 움직이는 전사들이 큰 전투에서 승리를 거두었기 때문이다…… 내일이면 단식이 끝난다. 단식이 끝나면 강력한 군주 몇 명과 함께 카하마르카에 가겠다. 그대들은 오늘밤 광장에 있는 커다란 건물 안에서 묵어도 좋다. 단, 뱀으로 장식된 건물에는 들어가지 마라. 그것은 나의 것이다."

잠시 잉카는 말을 멈추고 호기심 어린 눈으로 말을 살피고는 덧붙여 말했다.

"떠나기 전에 반드시 성스러운 술을 마셔야 한다. 난 적이 아닌 이들에겐 내 우정을 그런 식으로 표현한다."

잉카의 말이 떨어지기가 무섭게 두 젊은 여자가 훌륭하게 가공된 큼지막한 황금컵을 각자 들고 다가왔다. 잉카가 각각의 컵으로 마시고 나자, 한 여자가 컵 하나를 돈 에르난도에게 내밀었다. 그리고 소토에게도 은컵을 내밀었다.

그때 푸른 눈의 여자가 잉카에게 다가갔다.

이번에는 그녀가 페루의 왕에게 황금컵 두 개를 내밀었다. 왕이 눈살을 찌푸리며 그녀를 바라보았다. 주변의 노인들은 놀라움을 나타냈다. 그러나 잉카는 한마디도 하지 않고 컵 하나를 잡았다. 푸른 눈의 여자가 무릎을 꿇고 있는 동안, 잉카는 시큼한 흰 거품에 입술을 갖다 댔다. 그러자 그녀는 돌아서서 가브리엘에게 다가와, 가브리엘의 눈을 똑바로 쳐다보며 황금컵을 내밀었다.

✲

아나마야는 인티 팔라가 이방인들에게 황금컵을 내밀면서 그들에게 보내는 혐오의 눈길을 보았다. 또한 시킨차라의 경멸, 구아이파르의 사나운 증오, 피와 전쟁을 갈구하는 욕망을 보았다. 유일한 군주가 커다란 동물에 대해 호기심을 갖고 있으며, 그런 동물을 갖게 되면 기뻐하리라는 것도 느꼈다.

그녀는 아타우알파의 목소리에 분노와 더불어 술책과 멸시가 담겨 있음을 느낄 수 있었다. 이방인들이 자신에게 겁먹고 있음을 유일한 군주가 얼마나 확신하는지, 자신의 능력과 수천 전사들의 능력, 태양신의 지지를 얼마나 확신하는지도 느꼈다.

하지만 그것은 그들의 오산이었다. 아나마야는 그것을 알았다. 이방인들의 우두머리가 내뱉은 격한 말 때문이 아니었다. 그의 목소리에서는 허풍과 거짓을 쉽게 간파해낼 수 있었다.

금빛 수염을 지닌 남자의 침묵과 시선에서 알아차린 것이다. 감히 통역자가 전하지 못한 모욕적인 말을 이방인 우두머리가 내뱉었을 때 무기에 손을 갖다 대던 그의 담대함에서.

그에게는 다른 이방인들한테는 없는 대담함이 있었다. 그에게는 아타우알파가 보지 못하는 위대함이 있었다. 그에게는 미지의 세계의 모든 힘이 어려 있었다.

그녀는 마치 그가 자기를 만지기라도 하는 듯이 그를 느낄 수 있었다. 마치 그가 숨도 못 쉴 정도로 그녀를 꽉 끌어안고서 말에 태워 데려가기라도 하는 듯이.

하지만 여기 있는 이들은 아무도 그것을 몰랐다. 그 무지 때문에 유일한 군주가 앞을 보지 못하는 것이다!

그리하여 그녀는 그의 몫의 치차 컵이 없다는 것을 깨달았을 때 손수 한 컵을 가득 채웠다. 그런 명령을 내리지 않은 유일한 군주의 노여움도 겁내지 않고.

그녀가 컵을 내밀었을 때 그가 놀라는 것이 보였다.

그는 손을 덮은 또다른 피부를 벗지 않았지만, 길고 하얀 손가락이 떨리고 있었다. 그들은 서로의 손가락이 스치지 않도록 조심했다.

그가 그녀 쪽으로 몸을 굽혔을 땐 금방이라도 그녀의 품 안으로 쓰러질 것 같았다.

어찌나 낯빛이 창백한지!

그랬다. 그 역시 그 순간 그녀의 품 안으로 쓰러질 수도 있으리라고 생각했다.

그는 술의 시큼한 맛이 싫어도 내색하지 않았다. 그녀의 시선과 영혼을 들이마시듯 술을 마시는 동안 인디언 처녀의 푸른 눈에서 눈을 떼지 못했다. 마시다 보니 술의 부드러운 신맛이 좋아졌다. 그녀는 말 바로 옆에 있으면서도 겁내지 않았다. 그녀의 가슴이 그의 무릎 높이에 있었다. 그가 안장에서 살짝 물러나기만 해도 그녀를 스쳤으리라.

그의 가슴은 심장 박동으로 터질 것만 같았다. 술이 들어가자 경직된 배가 후끈해졌다. 모든 눈길이 그들에게 붙박여 있었다. 가브리엘은 잉카의 핏빛 시선의 무게를 느꼈다.

이윽고 그가 그녀에게 빈 컵을 돌려주었다. 그녀는 팔을 들고, 마치 자신의 순결을 통째로 내어주듯, 마치 그가 자신한테서 완전한 순결을 읽을 수 있기를 바라듯 고개를 젖혔다.

그때 등뒤에서 돈 에르난도가 말했다.

"이제 작별 인사를 해야겠습니다. 내일 군주님을 기다리지요."

잉카는 고개를 약간 숙이며 미소를 짓는 듯 보였다.

"내 손님으로 맞을 테니, 그대들 중 한 사람은 오늘 저녁 우리와 함께 남도록 하라."

그러고 나서 잉카는 황금 도끼로 가브리엘을 가리켰다.

"안 됩니다. 총독님께서 허락하지 않으실 겁니다! 우리 모두 총독님이 기다리는 카하마르카로 돌아가야 합니다. 군주님께서 우리 중 한 사람을 붙잡아두시면, 총독님이 크게 화를 내실 겁니다……"

돈 에르난도가 서둘러 반박했다.

유일한 군주는 웃었다. 강력한 군주들도 모두 웃었다. 안뜰에 빽빽이 들어선 병사들도 모두 웃었다. 모두들 이방인들의 두려움을 알아차린 것이다. 그들의 얼굴이 빈정거림으로 빛났다. 마치 이렇게 말하는 듯했다.

'저 키 큰 전사들을 봐라. 겁먹고 우리 앞에서 모르모트처럼 도망친다!'

돈 에르난도가 벌써 말을 돌리는데, 소토 대장이 소리쳤다.

"기다리시오! 환대해준 인디언에게 감사의 표시는 해야 하지 않겠소? 내 생각엔 그가 우리 말에 관심이 있는 것 같은데. 게다가 우리를 겁쟁이로 생각하게 해서는 안 되지요……"

소토는 말에 박차를 가하며 안뜰을 민첩하게 돌기 시작했다. 그의 말은 잘 훈련되어 있었다. 그는 박차와 손목을 이용해 말을 보통 걸음으로 전진하고 후퇴하게 한 뒤 잠깐 동안 질주하게 했다. 말발굽이 포석을 요란하게 두들겼다. 그가 점점 더 빠른 속도로 아주 가까이에서 선회하자, 하인과 경비병 들이 비켜섰다. 말이 입김을 내불고, 울부짖고, 재갈 위로 거품 인 침을 내뿜었다. 소토가 고함을 지르며 말을 뒷발로 서게 하자 인디언들이 겁에 질려 뒷걸음치다 엉덩방아를 찧었다. 어떤 사람들은 아예 도망쳐버렸다.

돈 에르난도는 웃으며 말을 안뜰 밖으로 내달렸다. 가브리엘이 마지막으로 돌아보았을 때, 인디언 처녀의 푸른 시선은 온데간데없고 잉카의 유쾌한 미소만 보였다.

✲

격노한 유일한 군주는 후궁과 하인과 경비병 들에게 당장 안뜰에서 나가라고 명령했다.

유일한 군주의 분노를 가라앉힐 요량으로 시킨차라가 말했다.

"저들을 모두 죽이고, 저들의 동물을 우리가 차지하는 겁니다. 돌에 불꽃을 튀기는 금속을 동물의 발에 박아주는 이방인도 함께 말입니다."

"오래전에 저들을 모조리 죽였어야 했습니다. 말들도 마찬가지고요."

구아이파르가 침울하게 대꾸했다.

유일한 군주는 입을 다물라고 눈짓으로 명령했다. 그러고는 아나마야를 돌아보았다.

"넌 왜 그 말 없는 이방인에게 황금컵을 주었느냐, 코야 카마켄? 내가 그런 명령을 내리지도 않았는데 말이다."

아나마야는 무릎을 꿇고 엎드렸다.

"용서하십시오, 유일한 군주님."

아타우알파는 눈살을 찌푸렸다.

구아이파르가 마지못한 듯 말했다.

"유일한 군주님, 그가 바로 우아가욕에서 아이를 해친 커다란 개를 죽인 자입니다."

시킨차라가 경멸하는 투로 여전히 입을 비죽거렸다. 하지만 아타우알파는 슬며시 고개를 끄덕였다.

“난 그들의 동물이 마음에 든다. 하지만 그들은 정말 이해할 수 없는 자들이다.”

아타우알파가 천천히 말했다. 그러고는 일어나서 시킨차라에게 덧붙였다.

“이방인들의 동물을 겁낸 자들을 모조리 찾아내라. 그들을 병사들 앞으로 데려가 목을 베어버려라. 이곳에서는 어느 누구도 이방인을 두려워해서는 안 된다.”

44

1532년 11월 15일 밤, 카하마르카

잉카 아타우알파를 만난 이들이 전속력으로 달려 카하마르카의 거대한 광장으로 돌아갔을 때는 날이 거의 저물어 있었다. 돈 프란시스코 피사로 총독은 꼼짝도 하지 않았다. 마치 오후에 내린 우박으로 얼어붙은 듯 말 위에 꼿꼿한 자세로 머물러 있었다.

이미 건물 안에 자리잡고 있던 사람들이 말발굽 소리를 듣고는 횃불을 들고 달려 나왔다. 희미한 횃불 빛을 받아 얼굴들에 그림자가 패었다.

"잉카가 우리를 따라오려고 하지 않았어요, 형님. 하지만 내일의 초대는 받아들였어요."

돈 에르난도가 곧바로 보고했다. 총독은 머리를 끄덕이고는 물었다.

"그는 어떤 모습이던가?"

"훌륭한 왕족 같아 보였습니다."

소토가 끼어들었다.

"무어인 같았어요. 그는 삼각 의자에 앉아 있고, 다른 사람들은 서 있었죠. 그의 눈은 마치 적들을 산 채로 잡아먹은 것처럼 핏빛으로 충혈되어 있었어요. 그리고 다른 모든 인디언들처럼 대단히 거만했어요."

돈 에르난도가 깎아내렸다.

"위엄도 갖추고 있었습니다…… 그는 자기 신분이 무엇인지 잘 알고 있습니다."

소토가 덧붙였다.

"소토는 그렇게 생각할 만하지요. 사실 내가 도착하기 전까지 잉카는 소토에게 아무 말도 하지 않았거든요. 내가 총독의 동생이라는 걸 알고 나서야 수다스러워졌어요……"

돈 에르난도가 잘 안다는 투로 투덜거렸다. 소토는 대꾸하지 않았다. 돈 프란시스코가 불쑥 물었다.

"그들이 몇 명이나 되던가?"

"많아요. 무기도 웬만큼 잘 갖추고 있고요. 창, 투석기, 철퇴. 하지만 아주 위험한 건 하나도 없어요!"

돈 에르난도가 모호한 몸짓을 하며 한숨을 쉬었다.

총독의 시선이 소토에게 머물자 소토가 입을 열었다.

"사만 명쯤 되는 것 같습니다. 전투 경험도 많고요. 별 모양의 예리한 철퇴는 틀림없이 여러 명을 다치게 할 겁니다."

웅성거림이 스페인인들의 대열에 퍼졌다. 그들은 숫자를 되뇌었다. 사만 명! 어느 누구도 그런 군대는 본 적이 없었다.

도미니크 회 신부인 프레이 비센테가 가브리엘에게 다가와 말고삐를 움켜쥐고 물었다.

"인디언 왕에게 하나님이 우리를 그에게로 이끌었다고 말했나요?"

돈 에르난도의 입가에 조소가 번졌다.

"내가 말했습니다, 신부님. 거듭 말해주었지요. 하지만 돼지우리에 있는 돼지한테 그리스도에 대해 말하는 거나 같습디다. 잉카는 우리한테 자기 아버지는 태양이고 어머니는 달이라고 공언했어요……"

프레이 비센테가 고개를 저으며 성호를 긋자 돈 에르난도가 말했다.

"그들은 이교도 패거리예요. 그러니 훌륭한 말씀으로 그들을 개종시킬 생각일랑 아예 마세요."

"그들은 우리와 같은 인간입니다, 총독님. 자기 고장에서 살아가는 사람들이지요."

가브리엘이 어둠 속에서 돈 프란시스코의 시선을 찾으며 힘주어 말했다.

"풋내기가 놈들의 술을 마시더니만…… 사내대장부처럼 말이야! 저자가 판단력을 잃은 거예요!"

돈 에르난도가 웃음보를 터뜨렸다. 하지만 그의 농담은 아무 효과도 얻지 못했다. 목덜미를 스치는 선득한 냉기처럼 침묵이 농담을 뒤덮었다. 세찬 바람이 어둠과 함께 찾아왔다. 바람에 횃불 불꽃이 작아져 꿈틀거렸다.

말 위에 앉아 꼼짝도 않고 있던 총독이 마침내 몸을 움직였다. 그는 가장 커다란 건물 쪽으로 말을 몰고 가며, 아무도 듣지 못할 만큼 낮은 소리로 말했다.

"환상을 품지 마라, 돈 에르난도. 가브리엘의 말이 옳다. 그들은 우리와 마찬가지로 인간이야. 그들에게는 용기와 지력이 있지. 우린 그걸 명심해야 해."

*

나팔 소리와 북소리가 밤바람을 타고 멀리 퍼져 나갔다.

흥분하고 겁에 질려 잠이 오지 않는 아이들은 천막 아래 떼 지어 모여 앉아 작은 소리로 수군거렸다. 라마보다 더 큰 반인반수의 이방인들이 어떻게 담 위로 놀랄 만큼 높이 뛰어오르고 은발로 불똥을 튀기면서 왔다갔다하는지에 대해서.

칸차 안의 유일한 군주는 자기 방으로 들어가면서 더이상 아무도 방해하지 말라고 명령했다. 목욕탕은 텅 비어 있었다. 모든 것이 이상하리만치 고요했다.

밤에 유일한 군주의 잠자리 곁에 머물지 않는 여자들과 마찬가지로, 아나마야도 무릎을 꿇은 뒤 안뜰의 희미한 빛 속으로 뒷걸음치며 나갔다. 아타우알파는 그녀에게 눈길 한번 주지 않았다. 치차를 여러 잔 마시고 단식을 한 데다 이방인들과의 만남으로 긴장한 탓에 지친 듯했다. 그의 눈은 검은자위와 흰자위가 식별되지 않을 만큼 붉었다.

아나마야는 뜨거운 연못 옆에 세워진 작은 신전으로 가기로 마음먹었다. 안뜰 문턱을 지나는데, 인티 팔라가 길을 막아섰다. 어둠 속에서 인티 팔라의 눈이 빛났고 그녀의 이가 맹수의 송곳니처럼 반짝였다. 그녀가 아나마야의 손목을 거칠게 움켜쥐었다.

"어디로 달려가는 거야? 그들을 다시 만나러?"

"그들을 다시 만나다니? 무슨 소리를 하는 거야?"

"거짓말 마! 난 다 알아."

인티 팔라가 씩씩대며 말했다.

아나마야가 팔을 빼내려고 했지만, 인티 팔라의 손가락이 더 세게 조이는 바람에 황금 팔찌가 살갗에 박혔다.

"네가 그들을 어떤 눈으로 바라보는지 다 봤어……"

"이거 놔."

아나마야는 화가 치밀어 말을 잘랐다. 하지만 인티 팔라는 증오에 찬 얼굴을 찡그리고서 아나마야의 다른 팔을 움켜잡고 있는 힘을 다해 벽으로 밀어붙였다.

"난 네가 불길한 애라는 걸 알고 있었어! 유일한 군주님은 결코 내 말을 들으려고 하지 않으셨지. 하지만 이번만큼은 내 말을 들으실걸!"

"네가 무슨 말을 하는지 모르겠어."

아나마야가 낮은 소리로 말했다.

인티 팔라는 안뜰로 아나마야를 떠밀었다. 공주의 폭력에 아나마야는 몸이 굳었지만 저항하려고 하지는 않았다. 마치 끓는 연못물을 마신 것처럼 가슴이 타오르고 내장이 타는 듯이 뜨거웠다. 아나마야는 무슨 말을 듣게 될지 이미 알고 있었다.

"오, 훌륭하고 고상한 코야 카마켄인 척하지 마! 이방인을 바라보는 너의 눈빛을 봤어. 그게 뭘 의미하는지 여자라면 알지. 넌 허벅지 사이에 받아들이고 싶은 남자를 바라보듯 그를 봤어!"

"조용히 해!"

아나마야가 소리쳤다.

"여러 해 동안 난 네 친구인 것처럼 행동했어. 유일한 군주님이 널 보호하셨기 때문이지. 하지만 난 처음 본 날부터 네가 싫었어. 네가 우리를 배반하려 한다는 걸 오래전부터 알고 있었지……"

"말도 안 돼."

아나마야가 그녀를 밀어내며 신음했다.

인티 팔라가 주먹으로 아나마야의 뺨을 때렸다. 아나마야는 바닥에 쓰러져 연못에서 한 발짝 떨어진 곳에 머리가 닿았다. 그녀는 연못에서 발산되는 뜨거운 증기를 잔뜩 들이마셨다.

"난 그 이유를 알아!"

제정신이 아닌 공주가 으르렁거렸다.

아나마야가 몸을 일으키는데, 가슴 뭉클한 영상이 몰려들었다. 사랑의 말을 중얼거리던 어머니의 입술과 웃음의 소용돌이, 늙은 잉카의 쭈글쭈글한 피부, 그녀의 눈을 뚫어지게 바라보던 남자의 얼굴과 금빛 머리카락……

"나도 알아!"

마침내 아나마야가 고함을 질렀다.

인티 팔라는 소스라치게 놀라며 아나마야를 잡았던 손을 풀었다. 묘한 미소가 아나마야의 입가에 번지고, 그녀는 이상하게도 침착해졌다. 인티 팔라는 그녀의 푸른 눈에서 심상치 않은 뭔가를 보고 질겁해 한 발짝 뒤로 물러섰다.

처음으로 아나마야는 두려움도 감탄도 없이 거짓된 친구를 바라보았다. 질투와 증오로 일그러진 인티 팔라를 보았다. 있는 그대로의 모습으로 보았다. 아나마야가 되뇌었다.

"나도 알아. 난 아는 것이 두렵지 않아. 난 내가 어디서 왔는지 알고, 내가 거쳐온 여정을 알아. 내 아버지가 그들과 비슷한 이방인이라는 것을 알아."

아나마야는 자신의 말이 어둠 속에서 울리는 것을 들었다.

"내 눈앞에 떠오르는 몇 가지 영상이며 내 피부로 느끼는 감각, '숲에서 온 얼굴이 털로 뒤덮인 이방인은 말이지, 숲에서 사라졌던 사람인데……' 라며 마을 아이들이 하던 말, 그런 것쯤은 아무것도 아니야."

"넌 그들과 같아. 그들처럼 혐오스러워!"

"하지만 난 아는 게 또 한 가지 있어. 유일한 군주님 우아이나 카팍이 나를 보살펴주겠다고 약속하면서 세상을 떠나시던 날 내 마음속에 남기고 가신 명령을 지금껏 따랐다는 걸 말이야……"

아나마야는 입을 다물고 인티 팔라의 일그러진 얼굴을 경멸 어린 눈으로 응시했다.

"네가 키토에서 내게 왜 그렇게 못생겼느냐고 물었던 것 기억하지? 난 네게 묻지 않을 거야. 네가 왜 그렇게 못생겼는지 아니까. 유일한 군주님이 왜 더이상 너를 만지려 하지 않으시는지, 왜 네 살내음을 맡기 싫어하시는지, 왜 네 몸을 불쾌해하시는지 아니까……"

"너 미쳤구나!"

인티 팔라가 눈물이 그렁그렁해져서 소리쳤다.

"네 입을 보면 영혼의 맨 밑바닥이 보여, 인티 팔라. 네 매끈한 뺨에는 증오와 비열한 악의밖에 없어. 네 눈에서는 썩어빠진 마음이 번들거리고……"

"넌 우리를 파멸시키기 위해 저 아랫세상에서 온 마녀야. 넌 이방인이고, 너 자신을 그들에게 주었듯이 우리를 그들에게 주려는 거야…… 넌 그들이 동물들을 몰고 여기로 와서 우리를 짓밟기를 바라고 있어!"

인티 팔라가 불길을 막으려는 것처럼 두 손을 내저으며 울부짖었다.

그 사이 아나마야는 그녀의 손을 애써 피하며 한 발짝 다가갔다. 공주는 뜨거운 연못 쪽으로 물러섰다.

"증오, 쉴 새 없이 퍼붓는 증오, 파렴치한 거짓말……"

아나마야가 중얼거렸다.

"넌 우리와 달라! 넌 우리가 죽기를 바라고 있어!"

아나마야는 인티 팔라의 손목을 서슴없이 움켜쥐고 부러뜨릴 것처럼 세게 조였다.

인티 팔라는 눈을 크게 뜨고 신음했다. 그녀의 눈에는 이제 두려움만이 어려 있었다. 그녀의 얼굴이 땀과 후끈한 습기와 눈물로 뒤범벅되었다.

기이한 춤과도 같은 몸짓으로, 아나마야는 인티 팔라를 물에 빠뜨리려는 듯이 연못으로 끌고 갔다. 공주는 안간힘을 다해 저항하다 무릎을 꿇었다. 그렇게도 육감적으로 빛나던 허벅지의 섬세한 피부가 돌 모서리에 찢겼다. 피가 먼지와 땀과 뒤섞였다. 두 여자는 코앞의 뜨거운 물과 유황 때문에 얼굴이 화끈거리고 따가웠다.

아나마야는 고통으로 얼굴을 찡그린 인티 팔라의 팔을 더 세게 조이며, 그녀 옆에 쭈그리고 앉아 그녀를 연못 난간으로 밀어붙였다.

"네가 원한 게 이거였어? 나를 끓는 물에 빠뜨리는 거? 나를 없애는 거?"

인티 팔라는 하염없이 눈물을 쏟았다.

"대답해."

인티 팔라는 고개를 저었다.

"잘 봐."

아나마야가 말했다.

그녀는 인티 팔라의 팔을 놓고, 살갗이 긁히도록 거칠게 황금 팔찌를 빼냈다. 몇 년 전에 인티 팔라가 준, 뱀 두 마리가 새겨진 팔찌였다.

아나마야는 팔찌를 인티 팔라 앞에 대고 흔들었다.

"기억나? 난 두려움에 떠는 어린 소녀에 불과했어. 너무 못생기고 몸도 남다르게 생겨서 조롱만 당하는 숲의 계집애였지…… 난 너도 다른 사람들과 마찬가지라고 생각했어. 그런데 어느 날 네가 미소 띤 얼굴로 다정한 말을 건네며 내 방에 들어왔고, 이 팔찌를 주면서 내 친구라고 말했어. 넌 너무도 아름다웠고, 난 정말이지 네 말을 믿고 싶었어. 그래, 나도 네 친구가 되고 싶었어……"

아나마야가 팔찌를 연못에 내던지자, 그것은 조약돌이나 빗방울처럼 찰랑 소리만 냈다. 팔찌는 잠시 끓는 물에 쓸려 다니다가 반짝이며 가라앉더니, 연못 바닥에 깔린 붉은색과 갈색의 유황 꽃들 사이로 사라졌다.

아나마야는 재빨리 일어섰다. 그녀의 가슴속에서 죽어가는 우정은 사라진 보석과 마찬가지로 별 소리가 없었다.

오그린 몸이 뒤흔들리도록 여전히 흐느끼고 있는 인티 팔라에게 눈길 한번 주지 않은 채, 아나마야는 튜닉을 단정하게 고쳐 입고 어둠 속으로 멀어져 갔다.

✲

"프란시스코 선생!"

일명 판초라 불리는 이발사이자 외과의사인 프란시스코 로페스는 광장의 한 건물 안에서 옷가지를 정돈하고 있었다. 그의 주석 사발, 채혈용 메스, 핀셋과 치아용 망치, 면도칼, 포마드 단지와 약초 단지는 이미 가죽 가방 안에 가지런히 정리되어 있었다.

가브리엘이 부르는 소리에, 그가 뒤돌아보며 슬며시 미소 지었다.

"뭘 도와줄까, 가브리엘?"

"수염을 깎아주면 좋겠네."

이발사는 가브리엘의 얼굴을 유심히 살핀 뒤, 그를 따라온 희색이 만면한 세바스티안의 낯빛을 살폈다.

"잉카를 만나고 오더니 이 친구가 미쳤구먼!"

"자네가 이발도 해주었으면 한다네."

세바스티안이 눈을 깜박이며 킬킬거렸다.

이발사는 고개를 저었다.

"가브리엘! 시간도 늦었고, 총독님이 우리더러 한 시간 내로 모이라고 소집했잖나……"

"그러니까 시간이 있지."

"안 될 말! 내일이면 자네가 원하는 건 뭐든지 자르고 베고 깎고 할 기회가 있을 텐데 뭘 그래!"

"이것이 바로 용기 있는 자의 지적이로다."

세바스티안이 놀렸다.

"그런데 도대체 수염은 왜 깎으려는 거야? 더할 나위 없이 잘 어울리는데."

이발사가 진지하게 물었다.

"맨얼굴로 그날의 공기를 느껴보려고."

"자네 정말 미친 건가, 아니면 그런 척하는 건가?"

"판초, 내일 난 새 동전처럼 말끔해지고 싶어. 면도도 해주고, 머리도 짧게 깎아줘. 그런 다음엔 강에 가서 나머지 때를 벗길 거야."

"맙소사! 이 밤중에? 사만 명의 미개인들이 온 사방에서 고함을 치고 있는 마당에?”

판초는 달려가 약병 하나를 들고는 무슨 성체(聖體)라도 되는 것처럼 흔들었다.

“가브리엘, 이 약을 세 방울만 삼키게. 그러면 진정이 되고 잠이 올 거야. 자네가 할 일은 바로 이거야!”

세바스티안이 웃음을 터뜨렸다.

“이발사 양반, 이해를 못 하셨구먼! 가브리엘 나리께서 내일 여자와 약속이 있으시단 말이야.”

가브리엘은 키 큰 흑인에게 수상쩍은 눈초리를 던졌다.

“나리의 여자가 어떻게 생겼는지 알겠네요. 우리 모두 그녀와 약속이 있습지요. 하지만 나리께 단언컨대, 돈 가브리엘, 그녀는 우리에게 수염이 있건 썩은 냄새가 나건 아랑곳하지 않나이다!”

이발사가 풀 베는 동작을 흉내내며 소리쳤다.

“자네들 둘 다 바보 같은 소리 그만둬.”

가브리엘이 가방 위의 면도칼을 집으며 말했다.

그는 면도칼을 펴고 손바닥으로 날을 더듬어보더니, 그것으로 프란시스코의 배를 가리키며 웃음이 싹 가실 만큼 낮고 엄숙한 어조로 말했다.

“제발 면도해줘, 판초. 안 그러면 자넨 페루의 황금이 어떻게 생겼는지 절대로 알 수 없을 거야.”

✻

아나마야는 맨발로 샘까지 달려갔다. 모든 불순함, 자신이 더럽힌 모든 말, 자신이 저지른 모든 폭력을 씻어내야 했다.

새로 태어나야 했다.

그녀는 거의 끓는 듯한 물에서 나왔다. 은색 달빛과 밤의 신선한 공기 속에, 그녀의 벗은 몸에서 김이 피어올랐다. 목욕을 해도 두 뺨에 흐르는 눈물은 지워지지 않았다. 그녀는 하얀 아나코를 걸쳤지만 보석은 하나도 꽂지 않았다. 인티 팔라가 준 뱀 팔찌는 던져버렸지만 그녀의 팔에는 여전히 피 맺힌 자국이 남아 있었다.

저기, 계곡 반대편 산허리의 카하마르카에 이르는 대로 위에는 불꽃이 끝없이 늘어서 있었다. 아침나절에는 이방인들이 기이한 잿빛 지렁이처럼 일렬종대로 구불구불 지나갔던 대로였다. 대로 위 불꽃은 수염 난 사람들과 합세한, 저항하는 수천 명 인디언의 횃불이었다. 아타우알파가 정복하고 패배시킨 모든 사람들. 우아스카르에게 충성했다가 유일한 군주에게 달리 복수할 방법이 없어서 이제는 이방인들의 힘에 원한과 무기를 제공하는 모든 사람들.

늘어선 불꽃은 고개에서부터 벽이 환하게 밝혀진 도시 안까지 계속 이어졌다. 마치 깜깜한 밤중에 황금이 분출하는 것 같았다.

카하마르카는 그리도 가깝고 그리도 멀었다!

"저들은 모두 죽을 거요."

어둠 속에서 어떤 목소리가 말했다.

"구아이파르!"

젊은 투사는 윗몸과 맨다리를 드러낸 채 우아라만 걸치고 어둠 속에서 나왔다. 산 위의 급류처럼 근육이 불거진 그의 강인한 몸을 보고 아나마야는 감탄하지 않을 수 없었다.

"다 들었어요. 난 그 여자의 마음속에 있는 악의를 압니다. 당신이 배반하지 않았다는 것도요. 절대로……"

"고마워요, 구아이파르."

"하지만 당신이 아버지를 쳐다보듯 이방인을 쳐다본 게 아니라는 것도 압니다……"

그녀는 그의 목소리에 쓰라림이 배어 있는 것을 느꼈다.

"그가 죽으리라는 걸 당신한테 말해주고 싶어요."

아나마야는 눈을 감았다. 사지가 고통으로 뻣뻣해지고 허리에 구멍이 뚫리는 것 같았다.

이방인의 얼굴에 대한 기억이 그녀 안에 있었다. 그가 그녀의 품 안으로 쓰러질 뻔했을 때의 그의 눈빛과 현기증이 아직도 그녀 안에 있었다. 그녀의 창자를 찢어놓는 뜨거운 돌멩이처럼. 이방인에게 끌린 유혹이 그녀의 가슴을 찢는 희망과 고통의 칼날이 되어 그녀 안에 있었다. 그리고 이제는 그가 죽을 거라는 두려움이 그녀 안에 있었다.

"날 내버려둬요, 구아이파르."

"그자는 죽을 겁니다. 그자와 다른 사람들 모두."

구아이파르가 침착하게 되뇌었다. 그러고는 어둠 속으로 멀어졌다.

아나마야는 자세를 바로 하고 카하마르카를 등지고 섰다. 그녀는 빌라 오마가 잊지 않았다면 분신 형제가 도착하게 될 서쪽의 어두운 언덕을 찾았다. 그녀는 우물우물 말했다.

"어서 와요, 어서 와요, 분신 형제여. 제발 와서 날 도와줘요!"

✲

프레이 비센테는 도기며 인형, 벽감에 자리잡고 있던 온갖 이교도의 형상을 치우라고 명령했다. 벽감에서 짐승 기름으로 타오르는 양초가 황금 들보가 있는 커다란 방을 유령의 집회가 열리는 동굴 같은 분위기로 만들었다.

정면에 있는 십여 개의 문은 광장을 향해 곧장 열려 있었다. 문 안으로 들어갈 수 없는 사람들은 광장에 모여 있었다. 텅 빈 도시에는 경보용 뿔 나팔을 갖춘 소수의 보초병만 남아 있었다. 그들은 성채의 길과 피라미드 꼭대기에서 불침번을 섰다.

피사로 총독이 가방들로 급조한 작은 연단 위에 올라서자 침묵이 자리잡았다. 돈 에르난도와 대장들은 그의 주변에 남아 있었다.

프레이 비센테는 십자가가 꽂힌 장대를 높이 쳐들었다. 모자와 투구를 벗은 회중을 향해 그가 십자가를 세 번 기울였다. 그러더니 돈 프란시스코 쪽으로 돌아서서는, 총독의 수염을 누를 정도로 그의 얼굴 가까이로 십자가를 한 번 더 기울였다.

모두들 성호를 그었다.

"주님은 천상천하의 모든 일을 당신 뜻대로 행하십니다. 주님께서 우리를 성스러운 경비대로 인정하시고, 복되신 성모님께서 우리를 보호해주시기를……"

돈 프란시스코가 크고 맑은 목소리로 말했다.

사람들은 긴장한 얼굴로 눈도 깜박이지 않았다. 돈 프란시스코는 사람들 얼굴을 하나하나 쳐다볼 수 있을 것 같았다. 수염과 마찬가지로 회색인 그의 눈동자가 항아리 속 횃불보다 더 밝게 빛났다. 그는 장갑 낀 손을 앞으로 내밀고 외쳤다.

"여러분은 평원 이 끝에서 저 끝까지 우리를 에워싸고 있는 인디언의 수가 사만이라고 생각하겠지만, 천만의 말씀이오!"

그는 다시 한번 침묵했다.

“그 이상이오. 어쩌면 그 두 배요. 팔만이란 말이오!”

그는 마치 탄식 소리를 들으려는 듯 말을 멈췄지만, 탄식 소리는 새어 나오지 않았다.

“팔만! 일 대 사백! 스페인 사람 한 명 대 인디언 사백 명. 푸나에서는 그들이 몇 명이었소? 수백 명이었소! 툼베스에서는? 이보다 더 많은 수가 아니었소. 아타우알파 왕은 우리에게 우정을 약속하고 귀한 선물을 보냈소. 이 훌륭한 광장에 우리를 받아들였소. 하지만 이 모든 것은 함정일 뿐이오. 우리를 제대로 죽이기 위해 여기 있게 한 것이오. 그리고 여러분은 두려워하고 있소. 어둠을 바라보며 멋대로 상상의 나래를 펴는 어린애들처럼 두려워하고 있소! 여러분은 주님에 대한 믿음이 충분하지 않기에 두려워하는 것이오. 일 대 사백! 그렇소, 주님이 그것을 원하기 때문이오…… 동지들, 주님은 당신의 능력을 아직 모르는 이들에게 그 능력을 보여주고자 원하는 것이오. 주님은 황금이 넘쳐흐르는 이 나라의 인디언들이 이 땅의 모든 인간들처럼 당신 품으로 오기를 원하시오! 주님은 이렇게 말씀하셨소. ‘일 대 사백, 넌 거기에 맞서게 되리라, 너 페드로, 너 알론소, 너 후안, 베날카사르, 메나, 그리고 여러분 모두……’”

돈 프란시스코의 손가락이 마치 사람들의 목을 쥐듯이 그들을 가리켰다. 그는 훨씬 더 큰 소리로 외쳤다.

“모두들!…… 주님은 우리의 믿음을 시험해보고 싶기에 원하는 것이오, 동지들! 주님은 우리가 그 모든 난관을 헤치고 여기까지 도착할 수 있도록 허락해주셨소. 그것은 우리가 당신 힘과 위대함의 훌륭한 도구가 되기를 바라시기 때문이오! 동지들! 주님은 우리를 선택하셨고 축복해주셨소. 우리에게 어떠한 두려움도 없기를 바라시고, 우리의 용기로써 당신의 왕국을 넓힌다는 기쁨만이 있기를 바라시기 때문이오!…… 동지들, 눈을 뜨시오, 열린 머리로 생각하시오! 인디언들은 우리가 두렵기 때문에 여기 이 평원에 팔만 명씩이나 와 있는 것이오! 두려워서 저렇게 소란을 떨어대지만, 저 소란은 그저 우리 귀를 따갑게 하고 잠을 방해할 뿐이오……"

총독이 말을 멈추었다. 이번에는 수염을 가르며 미소가 번졌다. 두세 명이 쉰 목소리로 웃음을 터뜨렸다. 그러자 총독이 고개를 끄덕이며 웃고는 침착하게 덧붙였다.

"그들의 왕이 내일 아침 여기로 올 것이오. 하인들과 여자들과 싸구려 장신구에 온통 둘러싸여 이 광장으로 들어올 것이오. 나는 그의 손을 잡고 놓아주지 않을 것이오. 두고 보시오, 팔만의 인디언들은 감히 새끼손가락 하나 들어 올리지 못할 것이오. 모든 일은 그렇게 진행될 것이오……"

*

요란한 나팔 소리와 북소리가 한순간도 그치지 않고 땅과 산과 구름을 울렸다. 평원에는 장작불이 점점이 흩어져 쉼없이 타오르고 있었다. 그렇게 불이 밝혀진 천막 진영은 낮보다 밤에 훨씬 더 커 보였다. 바람이 그치고 이슬비가 내렸지만, 여전히 불티가 불꽃 위로 떠들썩하게 춤을 추듯 올라갔다.

그러나 아나마야는 아무것도 들리지 않았다. 아무것도 보이지 않았다.

한밤중부터 그녀는 풀내음 속에 웅크리고 있었다. 그녀는 어떤 신관의 도움도 받지 않고 혼자서 풀을 준비했다. 남몰래 코카와 치차를 가져왔고, 사람들 눈을 피해 신전 벽 뒤에 자리를 잡았다.

그녀는 치차를 마시고 숨을 들이마셨다.

그리고 자기도 모르게 가만히 윗몸을 흔들며 기다렸다.

그녀는 혼자였다. 시킨차라한테 붙잡혀온 날 이후로, 거대한 세계에 홀로 버려졌음을 이렇게 절감한 적이 없었다. 유일한 군주 우아이나 카팍이 손을 내민 뒤로, 이렇게 자신이 나약한 느낌을 받아본 적이 없었다.

하지만 그녀에게는 아직 희망이 있었다. 그녀는 여느 밤과는 다른 이 끔찍한 밤에 그분이 오기를, 도와주기를 기다렸다. 그녀에게 평생 동안 지지해줄 것을 요구하고 그 지지를 얻어냈으니 이제는 그가 그녀를 도와주기를!

"오, 도와주세요, 도와주세요!"

하지만 이슬비가 그녀의 머리 위에 미세한 방울을 수없이 뿌리고, 코카 잎을 적셔서 연기를 더 무겁고 맵게 만들 뿐이었다. 다른 세상에서는 차디찬 침묵의 미풍만이 불어왔다.

*

무장한 사람들의 그림자가 텅 빈 거리를 수군거리며 지나갔다.

평원에서 인디언들이 야단법석을 떠는 소리가 카하마르카의 사방 벽들 사이에서 울렸다. 한 시간도, 단 일 분도 그치지 않았다. 말들까지 잠을 이루지 못했다. 그들이 피워놓은 수천 개의 불 때문에 하늘의 별이 모조리 평원에 내려앉은 듯했다.

그러나 사람들은 이제 더는 평원 쪽으로 눈을 돌리지 않았다. 돈 프란시스코가 명령을 내린 것이다.

"저들을 쳐다보지도 말고, 소리도 듣지 마라! 거짓으로 꾸민 것일 뿐이다. 필요하다면, 아무것도 들리지 않게 셔츠 자락으로 귀를 막아라."

총독 자신은 이 무리 저 무리로 옮겨 다니면서, 이슬비에 축축이 젖은 부하들의 어깨에 손을 올려놓고 충고했다.

"무기를 잘 손보고 장화와 투구에 기름을 쳐라. 그러면 머리와 손을 동시에 바삐 놀릴 수 있다."

총독은 기병들과 대장들뿐만 아니라 보병들도 돌아보았다. 그는 다수의 탈라네족과 함께 저녁 무렵에 도착한 인디언들이 만들어준 옥수수 전병이 어땠는지 물었다. 그는 웃으며, 누에콩 수프처럼 가슴들이 뜨거운지도 물었다! 그는 수염으로 덮인 얇은 입술을 살짝 벌리고 웃다가, 놀란 눈들이 자신의 다정한 모습에 쏠리자 다시 말했다.

"오늘밤에는 하급자도 상급자도 없고, 보병도 기병도 없다. 우리는 다 같이 주님의 따뜻한 품 안에 있는 자들이기 때문이다, 동지들. 나와 함께 가는 이들 모두가 군주다!"

그는 기다란 검으로 계단 끝을 두드리며 커다란 피라미드 꼭대기로 올라가, 페드로와 세바스티안, 가브리엘이 담당하고 있는 소형 경포를 살폈다. 그는 곧장 도로를 향하고 있는 발사 방향을 확인하고는 곰곰 생각하더니 명령을 내렸다.

"일단 새벽이 지나면 도로를 겨냥하는 것은 소용이 없네. 여기, 광장 안에서 실행해야 할 것이야. 평원 쪽을 향해 있는 벽 끝의 커다란 문에 닿을 수 있도록 경포를 이동시켜야 할 걸세. 가브리엘, 자네는 밑에서 나를 도와주고……"

횃불의 흔들리는 불빛 아래, 그는 가브리엘의 매끈하고 단정한 얼굴을 눈여겨보았다. 그러고는 웃으며 덧붙였다.

"그래, 좋은 생각이야! 특별한 날을 위해 단장을 했군."

돈 프란시스코가 부드러운 불빛에 눈살을 찌푸리고 가브리엘의 어깨를 두드리며 말하자, 페드로와 세바스티안이 웃음을 터뜨렸다

"내일 인디언들에게 자네의 이런 모습을 보여줘야겠군. 효과가 있을 거야. 천사를 보고 있다고 생각할 테지!"

✲

모든 것이 단번에 하얘진다. 아이의 목소리가 들린다.

"아나마야!"

아무것도 보이지 않는다. 끝없는 허공뿐. 마치 이 세상 어느 한 부분도 하얀 눈을 피하지 못한 듯, 모든 것이 하얗고 부드러우며 기복도 없고 거친 구석도 없다.

아이의 목소리가 다시 부른다.

"아나마야!"

그녀는 대답한다고 생각하지만 자신의 목소리가 들리지 않는다.

"두려워하지 마, 슬퍼하지 마."

아이의 목소리가 말한다.

그녀가 누군지 의아해하자 아이의 목소리가 대답한다.

"난 너와 함께 있으면서 네 곁을 떠나지 않는 사람이야. 나는 인간 세상에서 네가 지탱해주는 사람이야."

그녀는 자기가 지탱해주는 사람은 이미 죽음 너머로 떠나간 아주 나

이 많은 노인이므로 그럴 리 없다고 생각한다. 그러자 아이가 웃으며 말한다.

"내가 바로 그 사람이야. 세상이 다시 젊어지고 있어서, 내가 유년 시절로 돌아가 있는 거지. 위대한 파차쿠티의 시간이 도래했어. 과거의 것은 더이상 존재하지 않을 거야. 앞으로 도래할 일은 엄마 뱃속에 있는 어린아이와 같지."

아나마야는 내일 일어날 전쟁을 생각하며 몸을 떤다. 아이가 말한다.

"낡은 것은 깨지고, 너무 커다란 것도 깨지고, 너무 강한 것은 더이상 힘을 갖지 못해…… 그게 바로 위대한 파차쿠티야. 퀴푸의 끈에 묶인 매듭들이 하나의 매듭이 되는 거지. 게다가 그 끈들은 아무런 매듭 없이 자유롭고 기다랗게 다시 수평선을 향해 떠나는 거야. 세상은 조여지고 다시 시작되는 거야. 모든 것이 변했어."

그러면 우리 모두 죽는 것일까 하고 아나마야는 생각한다. 이방인들이 우리를 죽이러 온 것일까. 아이가 부드러운 목소리로 말한다.

"어떤 자들은 죽고 어떤 자들은 강해지지. 너에 대해서는 전혀 걱정할 것 없어. 하지만 네가 뱀으로 변모시켰던 내 아들을 돌봐줘. 그는 현재 시간의 마지막 매듭이니까. 그리고 네가 뱀한테서 구해준 내 아들도 돌봐줘. 그는 미래 시간의 첫 매듭이니까."

아나마야는 진짜 잉카도 아닌 내가 어떻게 그렇게 할 수 있겠느냐고 생각한다. 아이가 중얼거리고, 그녀는 아이가 어루만지는 손길을 느낀다.

"지금 이대로의 너로 충분해. 두려워하지 마. 퓨마가 미래의 시간으로 널 따라갈 거야."

*

"어제저녁에 총독님이 한 연설은 멋졌어. 총독님이 그렇게 말씀하실 때가 난 좋더라. 하지만 그건 연설일 뿐이지. 이제 심각한 일이 벌어질 거야."

페드로는 이렇게 말하며, 구름이 끼었는데도 하늘이 희붐해지는 동쪽 산을 가리켰다.

페드로와 세바스티안, 가브리엘, 그들 셋은 피라미드 꼭대기에서 비와 추위에 떨며 경포 발치에 앉아 있었다. 거대한 인디언 진영의 소동이 한 시간 전에야 기적처럼 대번에 가라앉았다. 새벽이 가까워졌다는 것을 그들은 어떻게 알았을까? 수천 개의 불꽃이 연기를 뿜어댄 탓에, 계곡 위로 이 산맥에서 저 산맥에 걸쳐 연기가 잔뜩 끼어 있었다. 구름처럼 두터운 연기는 악취를 풍기는 갈색 층을 이루어 눈과 목을 자극했다.

"일 대 사백, 그게 어떤 건지 알게 되겠지."

페드로가 엷게 미소 지으며 말했다.

"그걸 알 시간이 있다면. 저놈들이 밤에 공격하지 않는 게 유감스러워. 적어도 내겐 기회가 있었는데 말이야!"

세바스티안이 우스갯소리를 했다.

그들은 목욕탕 쪽에서 미세한 움직임이라도 있는지 살피며 한참 동안 말이 없었다.

"아까부터 자넨 왜 아무 말이 없어? 대개는 겁이 나면 말이 많아지는 법인데."

페드로가 가브리엘에게 물었다.

가브리엘이 그를 쳐다보며 웃고는 꽉 잠긴 목소리로 말했다.

"겁이 나서. 자네가 생각하는 것 때문은 아니고."

"그럼 무엇 때문이야?"

가브리엘은 수수께끼 같은 미소만 머금은 채 침묵을 지켰다. 페드로와 세바스티안이 자기에게 더이상 관심을 갖지 않자, 그는 별을 올려다보았다.

그는 속으로 중얼거렸다.

'내 꿈 뒤에 꿈이 하나 있었는데, 그걸 몰랐어.'

45

1532년 11월 16일, 카하마르카

새벽과 함께 기다림이 시작되었다.

저마다 가슴속에 두려움이 있었지만, 아무도 감히 말하지 못했다. 청동 도끼날에 묻은 피는 채 마르지 않은 터였다. 이방인들의 말을 보고 달아난 사람들이 치른 대가였다.

얼굴을 뒤덮은 털 속에, 그들을 감싼 피부 속에, 역겨운 더러움 뒤에 숨겨진 그들의 정체는 무엇일까? 아니다, 분명 신은 아니다. 인간이라기에는 부족하고, 짐승보다는 고약하고…… 그들이 하는 말은 왜 우유처럼 부드럽다가도 투석기 돌처럼 매서운 것인가? 그들이 원하는 것은 무엇인가?

그런 질문들은 입 밖으로 나오지 못했다. 죽음을 가져오는 까닭이었다. 그리하여 숨겨진 질문들은 하인들과 군주들의 피를 중독시키고, 겁쟁이들을 마비시키고, 용사들의 얼굴에 근심을 드리웠다. 그들이 바둑판 무늬의 튜닉과 금과 은으로 된 가슴받이를 입는 순간에, 길이 기억하게 될 날의 축제를 약속하며 첫번째 웃음소리가 울려 퍼지는 바로 그 순간에. 구아이파르는 경멸 어린 눈으로 그들을 바라보았다. 하지만 그의 핏속에 끓어오르는 분노는 무기력하기만 했다.

*

새벽과 함께 기다림이 시작되었다.

아나마야는 두근거리는 가슴으로 눈을 떴다.

그녀는 잠들지 못했고, 온몸이 아팠다. 지난밤, 그녀에게 말하던 아이의 목소리는 그 의미를 잃어버린 오랜 꿈에서 나온 것이다. 오래전에 그녀는 안다고 생각했다. 이제는 아무것도 알지 못한다……

그녀는 두려웠다.

인티 팔라와 그녀의 위협에 대한 두려움이 아니다. 더 깊고 고통스러운 두려움이다.

태양이 사라져 다시 돌아오지 않을지 모른다는 두려움. 예고되는 새로운 세계, 그 격렬한 소리에 대한 두려움.

아이의 말, 그 수수께끼 같은 말의 명백함에 대한 두려움…… '네가 뱀으로 변모시켰던 내 아들을 돌봐줘. 그는 현재 시간의 마지막 매듭이니까.' 그것은 분명 아타우알파다…… 그가 뱀으로 변모했다고 믿게 만듦으로써 우아스카르의 병사에게서 그를 석방시켰던 그날을 어찌 잊을 수 있겠는가? '네가 뱀한테서 구해준 내 아들을 돌봐줘……'

무엇보다도 그녀는 어두운 눈빛을 지닌 금발의 이방인이 두려웠다.

그녀의 귀는 알아듣지 못하지만 마치 오래전부터 기다려온 것처럼 그녀의 눈과 온몸이 이해할 수 있는 말을 건네는 이방인이.

✲

새벽과 함께 기다림이 시작되었다.

유일한 군주 아타우알파는 단식을 끝냈다.

그는 잠에서 깨어나 먹을 것과 마실 것을 요구하고, 그를 따라 카하마르카의 이방인들에게 갈 준비로 분주한 진영의 소음을 들으며 먹고 마셨다.

시킨차라와 구아이파르와 장군들이 그의 그물 침대 옆에 와서 무릎을 꿇고, 그들 표현대로 '사냥'을 위한 만반의 준비가 되었다고 단언했다.

"이방인들은 도망갈 수 없습니다, 유일한 군주님. 군주님의 형제 우아스카르가 불길에 포위되었던 것처럼, 그들은 광장 벽 안에 포위되어 있습니다. 그들이 빠져나갈 수 있는 길은 하나도 없습니다. 그들도, 그들을 따르는 배신자들도 말입니다."

"지금은 뭘 하고 있느냐?"

"아무것도 하고 있지 않습니다. 광장의 한 건물 안에 틀어박혀 있고, 그들 주위로는 두려움의 냄새가 가득합니다."

유일한 군주는 마실 것을 더 가져오고 강력한 군주들에게도 마실 것을 주라고 한 뒤 다시 말했다.

"우린 무기 없이 갈 것이다."

그는 구아이파르가 놀라는 것을 보고 거듭 말했다.

"사냥에 필요한 만큼만 무기를 가져가겠다."

강력한 군주들은 고개를 끄덕였다. 목욕탕과 잉카의 건물을 둘러싼 등심초 너머로, 그들의 시선이 카하마르카의 벽들을 향해 날아올랐다. 모두들 치차를 마시며 오만방자한 이방인들을 비웃었다! 이방인들은 차코 때의 겁먹은 노루처럼 손쉽게 사로잡히리라는 것을 꿈에도 모르리라!

✲

새벽과 함께 기다림이 시작되었다.

궁전의 커다란 방에서, 그들은 프레이 비센테가 미사를 올리는 소리를 듣고 있었다. 그들은 추위와 두려움과 거의 눈을 붙이지 못한 그날 밤을 잊기 위해 몸을 서로 바짝 붙인 채 오래전부터 잊고 있던 기도의 말을 읊조렸다.

그들은 프레이 비센테가 "성모 마리아, 주님의 어머님……"이라고 말하는 것을 듣는 순간 돈 프란시스코 피사로에게 눈길을 돌렸다. 돈 프란시스코는 확신과 흥분이 가득한 눈으로 하늘을 올려다보고 있었다. 이번만은 그 누구도 조롱할 생각조차 하지 않았다.

그러나 열정도 그들의 두려움을 막지는 못했다.

✲

새벽과 함께 기다림이 시작되었다.

우스누 꼭대기에서 그리스인 페드로는 이용할 수 있는 대포를 총동 원하여, 전날 갖다놓은 경포 말고도 세 개의 장포를 더 배치시켰다. 여섯 명의 화승총수도 첫새벽에 올라가 밤사이 습기가 밴 화약을 말렸다.

우스누 아래 광장 주변에서는 돈 프란시스코가 기병과 보병 각자의 건물 안 위치를 몸소 지적했다. 그리고 이제는 잉카의 호의를 기다리는 것 말고는 달리 할 일이 없었다.

가브리엘은 피라미드의 높은 평지 가장자리 난간에 걸터앉아 있었다. 날이 밝아오면서부터, 그는 눈이 푸른 처녀의 얼굴을 떠올리려고 애썼다. 그는 그녀를 머릿속에 그려보았다. 마치 그늘과 햇볕으로 에워싸인 길 위로 두 사람이 평화롭게 달려가 서로를 맞이해야 할 것처럼. 마치 활기차고 평온한 어느 오후에 웃으면서 서로에게 다가갈 수 있을 것처럼…… 그는 다만 그녀가 기댈 수 있도록 팔을 내밀기만 하면 될 테고, 그들의 산책은 오직 사랑의 애무만을 위한 것이리라.

하지만 그의 면도한 뺨에 달라붙는 공기는 축축하고 차가웠다. 고통이 담긴 붙박인 그의 눈에는 잉카 진영의 거대한 동요밖에 보이지 않았다. 불꽃의 연기는 구름 아래 고여 있었지만, 구름은 흩어졌다. 세바스티안과 페드로가 곁에 와서 앉자, 가브리엘이 중얼거렸다.

"'하늘에서 땅으로 떨어진 별 하나를 보았노라. 사람들이 별에게 지옥의 열쇠를 주었노라. 별이 지옥을 열었더니, 커다란 화덕에서 연기가 오르듯 지옥에서 연기가 올라와, 태양과 대기가 지옥의 연기로 어두워졌도다……'"

"지금 무슨 노래를 읊어대는 거야?"

페드로가 얼굴을 찡그리며 투덜거렸다.

"아무것도 아냐. 오래전에 기억해뒀던 거야. 성서에 나오는 얘긴데……"

"그렇다면 마음속에 간직해둬! 성서라면 프레이 비센테로 충분해. 지옥의 커다란 화덕이라면, 우린 그 앞에서 필요한 건 모두 가지고 있다고."

세바스티안이 잉카의 건물들을 가리키며 말했다.

"어, 저기 봐! 저들이 움직인다! 잘 봐, 저들이 오고 있어!"

*

도처에서 여자들, 아이들, 남자들이 분주히 움직였다. 그들은 뛰어다니면서 옷 꾸러미와 마지막 남은 나뭇단 들을 그러모았다. 천막 안에서는 하녀들이 말린 라마고기 덩어리와 거죽 벗긴 오리를 들보에서 떼어냈다. 어린 소년들은 옷을 다 입은 군주들과 병사들 사이를 뛰어다니며, 황금 가슴장식을 달거나 빛나는 깃털이 달린 머리쓰개를 고정시키는 것을 도왔다.

그런 뒤에 군대의 대열이 형성되었다. 수십 개의 열은 수백 개가 되고, 수백 개는 수천, 수만 개가 되었다. 드디어 태양이 구름을 가르고 사람들의 얼굴을 따뜻하게 비춰주는데, 그러한 군대를 수용할 만큼 거대해 보이지 않는 평원에서 사람들이 발을 구르는 탓에 먼지가 피어올랐다.

마침내 나팔의 장중한 신호가 목욕탕 건물 주위로 정렬할 것을 군대에 명했다. 그때 유일한 군주의 커다란 가마가 안뜰로 들어섰다.

잉카의 황금 왕좌의 엄청난 무게를 어깨 위에 떠받치는 영광을 얻은 가마꾼은 여든 명으로, 온통 푸른색 옷으로 차려입고 있었다. 그들 뒤로는 그 지방 사령관과 카하마르카의 쿠라카가 올라탄 두 개의 가마가 따르고, 그 뒤에는 아타우알파에게 조언을 해주는 왕족을 위한 두 개의 그물 침대가 있었다.

하지만 아나마야에게는 그 모든 움직임이 거의 보이지 않고 느껴지지도 않았다.

그날 아침 그녀의 눈은 유일한 군주만큼이나 붉게 충혈되어 있었다. 그녀는 어느 때보다 창백하고, 두 뺨은 움푹 패었으며, 입술은 핏기 없이 투명했다. 풀이 탈 때의 연기 때문에 눈꺼풀에는 염증이 생겼고, 입안에서는 치차의 쓴맛이 여전히 감돌았다.

아이의 말이 취기를 머금은 바람처럼 그녀의 머릿속에서 맴돌았다. 마음을 가라앉혀주는 목소리였지만, 뭔가를 아는 두려움은 언제나 강렬한 법.

새벽부터 아나마야는 유일한 군주에게 말을 해야 할지 말아야 할지 갈피를 잡지 못했다. 그의 아버지가 드디어 아이의 목소리로 그녀를 만나러 왔다고 말이다. 그가 현재 시간의 마지막 매듭이라는 것을 어떻게 말한단 말인가? 그는 야생 라마를 사냥하듯 간단히 이방인들을 사로잡게 될 거라고 생각하고 있는데, 어쩌면 그날이 현재가 끝나고 사방위 제국의 미래가 시작되는 날이 될 수도 있다고 어떻게 말한단 말인가?

그녀가 마실 것을 주었던 이방인의 얼굴이 다른 세상에서 온 아이의 말처럼 그녀의 머릿속을 떠나지 않는다는 것은 또 어떻게 말한단 말인가?

그런 감정이 그지없이 수치스러우면서도 뭐라 설명할 수 없이 그에게 끌린다는 것은 어떻게 말한단 말인가? 그렇다, 두려움에 떨면서도, 그녀는 앞날에 그녀의 가슴을 불태우는 약속이 있음을 감지했다! 하지만 다른 세상의 아이가 오늘로써 현재가 끝난다고 예언한 마당에 어찌

바랄 수 있겠는가?

유일한 군주가 가마에 자리잡을 때 그녀는 뒤로 물러나 있었다. 행렬이 박자에 맞추어 느린 걸음으로 움직였다. 그녀는 비밀에 대해서는 여전히 함구했다.

그녀는 옆에 있는 구아이파르와 이미 후궁들의 대열에 자리잡은 인티 팔라를 언뜻 알아보았다. 두 사람 모두 그녀의 시선을 조심스레 피했다.

*

"들려?"

세바스티안이 가브리엘을 돌아보며 물었다.

마치 도시 전체가 자신의 죽음을 애도하는 것처럼, 행렬에서 올라오는 소리는 음산했다. 그것은 땅속 깊은 곳에서 울려 나오는 으르렁거림으로, 사람들 목소리와 나팔의 어두운 음향이 무한정 지속되며 죽을 만큼 슬픈 단 하나의 가락을 만들어냈다.

"그런데 저들이 춤을 추는데……"

가브리엘이 중얼거렸다.

"저들이 멈춰 서면 좋겠구먼."

가브리엘은 조롱의 빛이 자주 떠오르는 검은 얼굴을 돌아다보았다. 그런데 이번에는 그런 흔적이 없었다.

"다른 사람들처럼 자네도 오줌을 쌀 만큼 두려워지기 시작한 건 아니겠지?"

세바스티안은 가지런한 흰 이를 드러냈다.

"늘 우스갯소리를 하시는군요, 나리. 자네가 겁이 나서 장화 하나 가득 똥을 쌀 때도, 이 빌어먹을 나라의 가장 깊은 협곡까지 내 웃음소리가 들릴 거야."

하지만 웃음은 그의 입가에서 그쳤다.

✲

피사로 총독과 주요 대장들이 직접 상황을 알아보기 위해 피라미드 위로 올라왔다.

하늘에서 햇빛이 안개와 연기를 씻어내며 갑자기 나타났다. 손으로 햇빛을 가린 그들은 숨이 멎을 정도로 놀랐다.

평원 전체가 도시를 향해 움직인 것이다. 맨 앞에서는, 붉은색과 흰색의 바둑판 무늬 튜닉을 입은 수백 명의 사람들이 아침나절에 두 번이나 쓸었던 도로를 또 쓸고 있었다. 변덕스러운 미풍에 흩어지기 전에 갈팡질팡하는 수증기처럼 먼지가 길 위로 올라왔다.

병사들의 가슴을 덮은 황금, 군주들의 이마와 손목을 덮은 황금, 창과 도끼와 화려한 몽둥이에 붙은 황금, 여자들의 왕관 모양 장식의 황금, 그리고 잉카가 탄 가마의 황금이 먼지 너머로 반짝였다.

행렬이 갑갑할 정도로 느리게 나아갔다. 오후의 열기 속에 날개를 펄럭이는 터무니없이 커다란 나비처럼, 오색영롱한 색깔의 두 날개가 왕의 가마 양쪽에 길게 늘어져 있었다. 잉카 아타우알파의 수만 명에 달하는 군대가 북쪽에서 남쪽까지 온 평원을 덮고 있었다. 여든 명의 가마꾼과 똑같이 느린 걸음으로, 군대는 질서정연하게 도시의 벽을 향해 가차 없이 전진했다.

가브리엘은 숨죽인 채 이 어마어마한 아름다움을 지칠 줄 모르고 바라보았다. 페드로의 고함 소리가 터져 나왔다.

"저들이 갑옷을 입고 와요!"

그들은 두려움에 사로잡혔다. 하지만 돈 에르난도와 소토 대장은 황금과 은으로 된 가슴팍은 흉갑이 아니라 그저 장식일 뿐이라고 단언했다.

돈 프란시스코가 막 명령을 내리는데, 페드로가 경포 발판 위에 서서 고함을 지르기 시작했다.

"저들이 멈췄어요! 이럴 수가, 더이상 앞으로 나아가지 않는데요. 가마가 멈추고 야영지를 세우는 것처럼 보여요!"

"빌어먹을."

총독이 말했다.

그들은 그가 상스러운 말을 하는 것을 처음 들었다.

✻

유일한 군주를 위한 천막 하나가 세워졌다. 평화롭게 사냥할 때처럼, 유일한 군주는 자신에게 즐거운 놀이를 베풀어준 태양신에게 감사하기 위해 성스러운 치차를 청했다. 그는 한참 동안 마셨다. 그가 잔을 비울 때마다 신관들이 치차를 땅에 뿌렸다. 그러면 땅도 탐욕스럽게 치차를 들이마셨다.

기나긴 오후 시간 동안, 아나마야가 보기에는 가장 큰 혼란이 자리잡은 것만 같았다. 염탐꾼들이 이방인들에게 보내졌고, 그들은 웃으면서 돌아와, 수염 난 사람들과 그들의 동물이 광장 주변의 건물 안에 모르모트처럼 틀어박혀 있는 모습을 설명했다.

유일한 군주는 장난삼아 한 이방인을 불러와 자기 앞에서 자신을 소개하게 하라고 요구했다. 아나마야는 금빛 수염의 이방인이 왔으면 하는 바람을 품었다.

✲

"혼자 거기에 가는 걸 누가 받아들이겠어요?"

통역자들은 잉카의 진영으로 돌아가기를 완강히 거부했다. 그들의 공포는 무엇보다 강했다. 돈 프란시스코는 석탄처럼 새까만 눈으로 한 사람 한 사람을 쳐다보았다. 전사들은 애써 그의 시선을 외면했다.

"난 그가 멈추는 것을 원치 않는다. 그는 와야 해. 오늘밤 그를 붙잡지 않으면, 우리는 죽는다. 자, 누가 가겠나?"

온갖 두려움이 서린 웅성거림이 대기를 가득 메웠다. 그 웅성거림에 희망은 거의 실려 있지 않았다. 하늘은 빌어먹게 어둡고, 산은 빌어먹게 높고, 잉카는 빌어먹게 두려웠다……

"제가 가겠습니다."

가브리엘이 말했다.

"자네가 그들의 말을 할 줄 아나?"

"제가 함께 가겠습니다."

그는 에스트레마두라* 사람인 알다나였다. 윗입술은 길게 찢어져 있고, 스페인어로는 말을 잘 하지 않는 알다나는 통역자, 쿠라카, 심지어

* 스페인 중서부에서 포르투갈에 걸쳐 있는 지방 명칭.

시킨차라하고도 함께 시간을 보낸 까닭에 거친 인디언 말을 이해할 수 있었다.

총독이 가브리엘을 돌아보았다.

"자네는 왜 거기 가려고 하나?"

"그건요, 돈 프란시스코."

총독의 검은 눈이 그의 마음속 깊은 곳까지 꿰뚫어 보았다.

"몸조심하게."

알다나와 함께 말에 올라 동료들의 시선을 받으며 광장을 가로지르는 동안, 가브리엘의 머릿속에서는 '형제'라는 단어가 메아리쳤다. 안개 너머로 돈 에르난도가 경멸하듯 중얼거리는 소리가 들려왔다.

"돌아다니는 시체와 다를 바 없군……"

하지만 가브리엘은 미소 지었다. 아무도 이해하지 못할 평온한 미소였다. 그는 가장 기묘한 운명을 향해 기꺼이 가고 있었다.

*

아나마야는 맨 처음 들어서는 이방인을 보았다. 키 작고 마른 남자인데, 검은 수염이 빽빽이 났지만 길게 찢어진 입술은 완전히 가려져 있지 않았다. 그리고 그녀는 그를 보았다. 단번에 알아보았다. 섬세하고 반듯한 윤곽, 기품 있고 부드러운 눈빛, 이제는 수염으로 덮여 있지 않은 목선……

그녀는 현기증을 누르려고 눈을 감았다. 다시 눈을 떴을 때는 눈길을 떨어뜨리지 않을 수 없었다.

"총독님께서 군주님과 함께 저녁을 들고 싶어하십니다. 총독님은 군주님이 오지 않으시면 아무것도 들지 않을 것이며 군주님을 아주 좋아한다고 말씀하십니다. 군주님과 평화롭게 지내기를……"

이방인이 어색하게 몸을 굽히고 더듬거리며 말했다.

아나마야는 아타우알파가 무거운 목소리로 대답하는 것을 들었다.

"그대들의 동지들 곁으로 돌아가라. 그리고 밤이 되기 전에 내가 무기 없이 가겠다고 전하라. 내가 왜 무기를 가져가겠는가? 내 집에 있는데……"

허공으로 웃음소리가 울려 퍼졌다. 아타우알파가 경멸하는 투로 다시 말했다.

"그런데 금발인 저자는, 밤사이 공포로 얼굴의 털마저 잃어버린 저자는 여기서 뭘 하는 것인가? 그대들이 이 말 저 말을 하는 동안 침묵을 지키도록 세워두기 위해 늘 대동하고 오는 것인가?"

아나마야는 얼굴에서 핏기가 싹 가시는 듯했다. 유일한 군주가 바로 자신에게 말하고 있고 억센 손으로 자기를 붙잡고 심장을 도려내는 것처럼 느껴졌다.

"그대는 모르겠지만, 내겐 그대 눈에 어린 두려움이 보인다. 마음 놓아라, 전혀 해치지 않을 테니…… 당장은!"

아타우알파가 으르렁대듯 말했다.

마침내 아나마야가 눈을 들었다. 유일한 군주가 일어섰다. 그는 무거운 걸음으로 금발 머리의 남자에게 다가가 그의 은막대를 잡으려 했다. 그러자 이방인이 유연하게 몸을 빼냈다. 그녀는 그 자리에 모인 사람들이 전율하는 것을 느꼈지만, 아타우알파가 곧 손짓으로 진정시켰다. 아타우알파는 입가에 미소를 띠고, 이제 놀이에 싫증 난 척하며 자리에 도로 가서 앉았다.

키 작고 마른 이방인은 경멸 어린 비웃음을 등지고 도시를 향해 돌아섰다. 하지만 금발의 남자는 잉카를 마주한 채 꼼짝도 하지 않았다. 그가 단호하면서도 부드러운 목소리로 몇 마디 말을 했다.

그러고는 그녀를 바라보았다.

그가 미소 지었다.

그가 호의적인 방문객처럼 조용히 가버렸을 때 그녀는 깨달았다. 가슴을 달아오르게 하는 그 미소 없이는 살 수 없음을.

*

가브리엘은 다리가 후들거렸다.

"거기에 붙잡히는 줄 알았어."

알다나가 기운 빠진 목소리로 말했다.

가브리엘은 '나도 붙잡히는 줄 알았어'라고 대답하고 싶었지만 침묵을 지켰다.

사실 그는 자신이 항상 그곳에 있음을 깨달았다. 거기, 그녀와 함께, 그의 죽음을 원하는 그 낯선 사람들 한가운데에.

그는 하고 싶은 말이 입가에 맴돌았지만, 가슴속 비밀로 간직하기 위해 소리 내어 말하지 않았다.

나는 그녀를 사랑해.

그는 구름에게, 바람에게, 산의 정령에게 되뇐다.

'나는 그녀를 사랑해.'

그리고 모두가 그의 말을 듣는다. 다행히 인간들은 제외하고.

✲

"우린 오늘밤에 그자들과 끝장을 볼 것이다."

아타우알파가 묵직한 목소리로 말했다.

유일한 군주는 치차를 너무 많이 마신 터였다. 그의 움직임은 목소리만큼이나 무겁고 느리며, 눈에는 평소의 강인함이 보이지 않았다. 단식을 하는 동안 뜨거운 물로 목욕을 하고 아침부터 마셔댄 여러 단지의 성스러운 술에 취해 둔해진 듯했다. 주변에서는 웃음소리가 터져 나오는데도 그의 얼굴에는, 그의 입가에는 취기보다 더 짙은 권태와 한없는 슬픔이 서려 있었다.

아나마야는 목이 메었다. 유일한 군주에 대한 애정이 물밀듯이 밀려오는 것을 느끼며 그의 발치로 달려가 몸을 던지려는 순간, 누군가의 손이 그녀의 팔을 붙잡았다.

그녀는 소스라치게 놀라 돌아보았다. 바로 곁에 구아이파르의 심각한 얼굴이 있었다.

"당신을 봤어요."

그가 애써 꾸며낸 부드러운 목소리로 말했다.

"무슨 소리예요?"

"당신을 봤어요. 더이상 당신한테 얘기할 필요도 없겠지요. 내가 어젯밤에 한 말 기억하지요?"

아나마야는 얼굴이 달아오르는 것을 느꼈다. 그녀는 시선을 떨어뜨렸다.

구아이파르가 다시 말했다.

"난 이제 대로 위로 루미냐위를 만나러 갑니다. 유일한 군주님은 상황을 가볍게 여기시는 것 같지만 겉보기에만 그럴 뿐입니다. 조금 뒤면 당신들은 카하마르카를 향해 다시 출발해 광장으로 들어갈 겁니다. 이방인들이 질겁해 도망치겠지만, 우리가 기다리고 있을 겁니다. 그들이 이 세상에서나 다른 세상에서나 두 번 다시 파괴 행위를 저지르지 못하도록 우리가 그들을 멸망시킬 겁니다…… 조심해요, 코야 카마켄! 조심해요. 그리고 당신의 푸른 눈이 이방인들이 알아서는 안 될 것을 그들에게 말해주지 않기를 바랍니다."

*

"어떤 자들은 활을 들고 있고, 어떤 자들은 뾰족한 끝을 불로 단단히 달군 기다란 발이 다섯 개 달린 창을 들고 있습니다."

"이미 알고 있네."

총독이 말했다.

"그들은 튜닉 안에 무기와 갑옷을 감추고 있습니다."

알다나가 덧붙였다.

"어떤 무기를?"

"아마도 투석기, 몽둥이 같은 것들일 겁니다……"

총독이 경멸의 미소를 지었다. 그는 손등으로 두려움을 쓸어버렸다.

"그들의 왕이 오는가? 내가 관심 있는 건 그것뿐일세."

"그는 온댔어요."

알다나가 여전히 주저하는 목소리로 말했다.

더욱 안전을 기하기 위해, 총독은 새로운 명령을 내렸다. 말과 기병들을 광장 주변의 건물 안에 숨겨두고, 안장에는 방울 달린 목걸이를 매달아두라고 지시했다. 보병들은 도처에서 기습할 수 있도록 다른 건물 안에 숨어 있고, 각자 속을 두둑이 넣은 상의를 입고 손이 닿는 거리에 무기를 놔두라고……

"하지만 무엇보다 그를 생포해야 한다. 광장은 깨끗하게 치워져 있어야 해. 그들이 아무 의심 없이 들어오게 해야 하니까. 보초병조차 없는 게 좋겠다. 그리고 자네들, 자네들은 피라미드 위 난간 뒤에 숨어 있게. 그들이 여기로 오면, 내 명령이 있기 전까지는 화승총 한 발도, 강철 활 하나도 쏘면 안 되네. 내 명령어는 '산티아고' 일세……"

그는 자신의 말이 잘 들리도록 큰 소리로 말했다.

✲

목욕탕 도로에서 광장에 이르기까지, 가마가 지나갈 만큼 넓은 문은 하나밖에 없었다. 행렬이 그 문 안으로 끝없이 흘러 들어갔다. 하인들이 먼저 길을 뚫고, 그 다음에는 잉카를 수호하는 군주들, 그 뒤로는 쿠라카들이 올라탄 가마 두 대, 그물 침대, 여자들의 행렬이 이어졌다. 전사들은 창과 미늘창과 도끼를 들고 담 건너편에 남아 있었다.

행렬이 광장에 이르자 끊임없이 울려 퍼지던 북소리와 나팔 소리가 뚝 멈추었다. 유일한 군주가 팔을 들어 올렸다. 그 간단한 몸짓에 사람들의 목소리도, 웅성거림도, 바람 소리조차 그쳤다.

광장에는 단 한 명의 이방인도 없었다.

"그들은 어디 있느냐?"

아타우알파가 물었다.

'우린 두렵지 않아요.' 아나마야는 금발의 이방인이 이렇게 말한 거라고 확신했다. 그녀는 가마에 다가가 잉카에게 말하고 싶었다. 시킨차라의 말은 처음부터 거짓이었다고. 하지만 사람들이 너무 많아서 뚫고 지나갈 수가 없었다.

그녀가 입을 벌렸지만, 그녀의 외침은 군중한테서 다시 올라오는 노랫소리에 묻혀버렸다.

✲

"자네들은 마음을 성채처럼 단단하게 다져야 해. 자네들이 가진 거라곤 그것밖에 없으니 말일세……"

피사로 총독이 작지만 모두가 들을 수 있는 목소리로 말했다.

광장에 있는 건물들마다 기병과 보병 들이 서로 어깨를 부딪치며 빽빽이 모여 있었다. 그들은 멍한 눈으로, 갑작스럽고도 격렬하게 밀려드는 향수와 함께 그들이 태어난 스페인의 구석진 땅을 떠올리며 히스테릭하게 웃거나 침묵을 지키고 있었다. 총독은 거기서 조금 전에 한 말을 궁전 안에서도 한마디도 틀리지 않게 똑같이 반복했다.

"자네들은 절체절명의 순간에 신을 섬기는 이들에게 아낌없이 도움을 주시는 신의 도움 말고는 아무런 도움도 기대할 수 없네. 자네들은 필요한 용기를 얻게 될 걸세. 신이 자네들을 위해 싸우실 테니!"

어떤 이들은 눈물을 글썽이면서도 장갑 낀 손으로 주먹을 꽉 쥐었다.

"조심하게. 때가 되면 확실하고도 맹렬하게 적에게 달려들게. 자네들 기병은 가마를 향해 곧장 길을 내어 달려가고, 말들이 서로 방해가 되지 않도록 주의하게. 난 보병과 함께 걸어서 따라가겠네…… 어느 누구도 나보다 앞서 잉카에게 손대지 않도록."

그가 조용하게 말했다.

가브리엘의 눈은 총독의 도취된 시선을 떠나 있었다. 그는 출구 너머, 멈춰 선 행렬의 다채로운 광채와 인파에 떠밀리듯 둥둥 떠 있는 잉카의 가마를 보았다. 여전히 노랫소리가 땅속 깊은 곳에서 올라오는 웅성거림처럼 울려 퍼졌다.

'그녀는 어디 있을까? 그녀를 내 품에 안고 데려갈 수 있다면……'

가브리엘은 생각했다.

"이봐?"

총독의 엄한 목소리였다.

"예, 총독님?"

"몽상에 잠길 때가 아냐."

가브리엘은 검의 둥그스름한 손잡이를 거칠게 움켜쥐었다.

"몽상에 잠겨 있는 게 아닙니다, 돈 프란시스코."

"나한테서 멀리 떨어져 있지 말게."

총독이 어찌나 은밀하고도 빠르게 속삭이는지, 가브리엘은 정말로 총독의 말을 들은 것인지 확신이 서지 않았다. 그러나 잘못 들었을 리 없었다. 그의 심장이 자긍심으로 더욱 빠르게 뛰는 것을 보면.

✲

"그들은 어디 있는 것이냐?"

잉카의 군대가 계속 광장으로 밀려 들어가는 동안, 아타우알파가 거듭 물었다.

시킨차라가 고개를 숙인 채 그에게 다가왔다.

"칼란카에 숨어 있습니다, 군주님. 군주님께서 죽음을 명하시기도 전에, 거기서 두려움에 질려 죽어가고 있습니다."

"그들이 모습을 드러내게 하라."

아타우알파가 말했다.

✲

"지금이오."

총독이 도미니크 회 신부인 프레이 비센테에게 말했다.

펠리피요는 겁먹은 눈으로 가브리엘을 쳐다보았다. 선택의 여지가 없었다. 통역자는 십자가와 성서를 꽉 쥐고 있는 도미니크 회 신부를 따라가야 했다. 신부는 엷은 보라색 옷에 금빛 별이 뿌려진 스톨라를 걸쳤다. 그는 한곳을 응시한 채, 입으로는 끊임없이 기도문을 중얼거렸다.

가브리엘은 다른 사람들과 마찬가지로, 뜰로 나서는 펠리피요의 넓은 등을 바라보며 깊은 인상을 받았다. 모두들 숨을 죽였다.

✲

아나마야는 어제 그들과 함께 있었던 키 작은 통역자를 대동하고 이상한 옷차림으로 궁전에서 나오는 이방인을 보았다.

이방인은 인디언들처럼 운쿠 같은 것을 입고 있었는데 기장이 좀더 길었다. 그리고 퀴푸를 허리띠처럼 두르고 있었다. 그는 다른 사람들과 달리 얼굴에도, 머리에도 털이 거의 없었다. 두 손에 상자와 막대기를 들고 있었는데, 이따금 입술을 막대기에 갖다 댔다.

유일한 군주는 짓눌러오는 위협에 심장이 거세게 고동쳤지만 여전히 굳게 입술을 다물고 있었다. 거리가 얼마 되지 않음에도 자신과 유일한 군주의 가마 사이에 너무 많은 전사들이 있어, 아나마야는 그에게 다가갈 수 없었다.

노랫소리가 그쳤다.

유일한 군주의 가마를 향해 곧장 다가가는 이방인에게 사람들이 길을 열어주었다.

이방인의 목소리가 울려 퍼졌다. 그 날카로운 목소리가 귀에 거슬려, 아나마야는 귀를 막고 싶었다.

그는 이상한 말을 했다.

✲

프레이 비센테가 잉카에게까지 걸어간 길이 마치 광장 위에 뻗은 불길이라도 되는 듯, 인디언들은 아무도 그 자리에 감히 발을 내딛지 못했다.

가브리엘은 도미니크 회 신부가 가마 앞에 멈춰 서는 것을 보았다. 그의 입에서 나오는 말이 분명하게 들렸다.

"나는 주님의 사제이고, 가톨릭교인들에게 주님에 관한 것을 가르치고 있습니다. 주님은 신자들 사이에 전쟁이나 불화가 아니라 평화가 있기를 명하시지요. 주님의 이름으로, 당신이 가톨릭교인들의 친구가 되기를 간청하는 바입니다. 그들이 당신의 친구이듯이 말이지요. 주님이 원하는 것이 바로 그것이고, 그게 당신을 위해서도 좋은 일이기 때문입니다. 우리는 서로 평화롭게 만나기로 합의를 보았습니다. 그런데 어째서 이리도 많은 전사들을 이끌고 온 것입니까?"

잉카는 대답하지 않고 움직이지도 않았다. 프레이 비센테가 유일한 군주의 가마에 다가가기 위해 밀쳐내던 인파가 가브리엘의 눈앞에 떠올랐다. 잉카의 손짓 한 번이면 신부는 그 물결에 삼켜질 테고, 그와 함께 그들 모두가 삼켜질 터였다.

"총독님은 군주님을 무척 좋아하십니다. 총독님 거처에서 군주님을 뵙기를 고대하고 계십니다. 군주님 없이는 저녁을 들지 않을 것이니, 부디 총독님께 가서 말씀해주시지요."

프레이 비센테가 다시 말했다.

펠리피요가 주눅 든 목소리로 들릴락 말락 하게 통역을 하자마자, 이번에는 잉카가 대답했다.

그것은 분노의 말이었다.

*

수많은 인디언들이 웅성거리는 소리가 광장에 울려 퍼졌다. 잉카의 분노는 곧 그들의 분노였다. 마치 그들의 가슴에서 잉카의 말이 새어 나오는 듯했다. 약탈과 살육, 도둑질, 강간에 대한 비난이었다. 이제는 치밀한 사냥 놀이를 할 시간이 아니었다.

복수의 시간이었다.

"너희가 내게 모든 것을 되돌려주기 전에는 여기서 한발짝도 움직이지 않겠다. 그 다음에 내가 뭘 할지, 그리고 너희를 어떻게 죽여줄지는 내가 직접 결정한다. 감히 누가 내게 무엇을 명령한단 말인가?"

이방인은 그의 신과, 신의 아들이자 또다른 주님이라는 이에 대해 알아들을 수 없는 말로 통역자의 입을 통해 대답했다. 이방인들의 정신 나간 머릿속은 도대체 얼마나 뒤죽박죽인 것인가!

"그 신이 누구냐? 누가 너희의 유일한 군주냐? 그의 명령은 무엇이냐?"

아타우알파가 고함을 질렀다.

"여기 신이 있소이다. 신의 명령이 여기 적혀 있소이다."

이방인이 사방으로 네 개의 가지가 뻗은 막대기를 들어 올리고는 유일한 군주에게 낯선 물건 하나를 내밀었다.

✲

잉카는 책을 펴지 못했다. 그는 무슨 상자인 양 그것을 이리저리 돌려보았다. 프레이 비센테가 도와주려고 팔을 내밀자, 잉카가 그를 한 대 후려쳤다.

마침내 잉카는 미사용 복음서를 펼치고 성급하게 책장을 넘기다가, 분노와 경멸의 고함을 내질렀다. 웅성거림에 이어 분노의 으르렁거림이 군중 사이에서 높아지기 시작했다.

총독이 침착한 목소리로 말했다.

"제군들, 준비하라. 이제 때가 되었다."

✲

"나도 신의 아들, 하늘의 아들이다!"

아타우알파가 외쳤다.

"그렇습니다, 유일한 군주님."

흥분한 군중이 대답했다.

구름이 완전히 걷히고, 인티가 그 광채를 드러냈다. 온 우주를 지배하는 인티에 대해 어찌 의혹을 품을 수 있단 말인가?

아나마야는 아타우알파의 시선에서 불빛을 보았다. 그녀는 그에게 달려갔어야 했다는 걸 그제야 깨달았다. 한순간 눈이 아플 정도로 그녀의 눈에 눈물이 가득 맺혔다. 간밤에 확실히 깨달았지만 두려워서, 금발의 이방인의 시선이 그녀에게 쏠려 있어서, 감히 고백하지 못한 모든 확신이 숨통을 막는 헝겊처럼 그녀의 목구멍을 틀어막았다.

잉카가 상자 같은 것을 집어던지자, 거기서 수백 개의 흰 날개 같은 것들이 빠져나와 바람에 흩날렸다. 아타우알파는 위엄 있게 가마에서 일어서더니, 야비한 이방인들에 대한 분노로 폭발할 듯한 얼굴로 거듭 말했다.

"나도 신의 아들이다. 태양신의 아들이다!"

"그렇습니다, 유일한 군주님."

햇볕에 몸을 드러낸 군중이 다시 외쳤다.

아나마야는 정신을 가다듬고, 가마에서 대여섯 발짝 떨어진 곳까지 교묘히 파고 들어갔다. 이제 그녀와 아타우알파 사이에는 위병 몇 명과 군주들뿐이었다.

그 순간 두 번의 천둥소리가 울려 퍼졌다.

그것은 하늘에서 울리는 소리가 아니었다.

*

잉카가 성서를 내던졌을 때, 모두들 펠리피요가 성서를 주우러 달려가는 것을 보았다. 번개가 치듯 그들 머릿속으로 정적이 내리쳤고, 프레이 비센테의 고함 소리가 그들 가슴속으로 파고들었다.

"나오시오, 나오시오, 가톨릭교인들이여! 신의 이야기를 원치 않는 이 이교도 개들에게 덤비시오. 이자가 우리의 성스러운 율법서를 바닥에 내던졌소!"

프레이 비센테는 궁전 쪽으로 인디언 군중을 헤치고 나아가며 계속 고래고래 소리를 질렀다. 이상하게도 인디언들은 그를 전혀 붙잡으려 들지 않고, 마치 만질 수 없는 존재인 양 지나가게 내버려두었다.

"더이상 기다리고 있을 때가 아닙니다! 이 광장이 미개인들로 가득 차 있는 것이 보이지 않습니까? 저 개를 향해 돌격하세요, 총독님! 총독님의 죄는 제가 앞서 사해드리겠습니다!"

총독한테서 열 발짝 떨어진 곳에 이르러, 프레이 비센테가 울부짖었다.

돈 프란시스코는 고함치는 신부를 눈썹 하나 까딱하지 않고 쳐다보았다.

조금 전 총독은 아주 침착하게, 면으로 된 상의 위에 기름기로 번쩍이는 강철 흉갑의 끈을 졸라맨 터였다. 그의 얼굴은 투구에 가려져 검은 눈밖에 보이지 않았다. 그는 당장이라도 가슴이 폭발할 것 같은 신부를 향해 두꺼운 가죽 장갑을 낀 손을 들어 올렸다.

"이제 진정하시오, 돈 발베르데. 주교의 품위를 지키시지요."

가브리엘은 맨 마지막으로 안장에 올라앉았다. 돈 프란시스코가 그를 돌아보며 낮은 소리로 말했다.

"난 걸어서 가겠네. 내가 잉카와 함께 있을 때 자네가 내 곁에 있어 주게."

그들은 일제히 궁전과 광장의 건물에서 튀어 나갔다. 총독의 깃발이 바람에 펄럭이고 그들 입에서는 "산티아고!"라는 똑같은 함성이 터져 나왔다. 그러자 옆 건물에서 보병들이 칼집에서 빼어든 칼날로 하늘을 겨누고 목이 터져라 함성을 지르며 불쑥 나타났다.

곧이어 귀청을 찢는 듯한 두 번의 폭음과 함께 흰 연기가 피라미드 꼭대기를 덮어버렸다. 약속된 대로 네 번이 아니었다. 하지만 가브리엘은 여러 번 그들을 실망시켰던 젖은 화약을 생각할 겨를이 없었다. 새된 비명 소리가 대경실색한 인디언 군중한테서 터져 나왔다. 광장 입구로 느리게 날아가는 포탄의 궤도가 보였다. 포탄은 광장에서 사람들의 머리를 터뜨리고, 가슴을 으스러뜨리고, 군중 속에 이루 말할 수 없는 공포를 퍼뜨렸다. 포탄이 터지면서 만들어진 돌파구는 피로 붉게 물들고, 고통에 젖은 울부짖음이 쏟아져 나왔다.

기이하게도 하늘이 대번에 어두워졌다.

말들의 다리에 묶인 시끄러운 방울 소리에 귀가 먹먹해진 가브리엘은 검을 휘두를 필요도 없었다. 그를 빽빽이 둘러싼 수많은 얼굴들이 말 앞에서 절로 비켜섰다. 총독은 검을 빼들려는 기색은 전혀 없이 손잡이에 오른손을 올려놓은 채, 열병하는 것처럼 큰 보폭으로 걸었다.

그런데 앞에 있는 후안 피사로가 한 손으로 고삐를 잡고 다른 손으로는 현기증 나는 계단 난간을 쥐듯 창 자루를 움켜쥔 채 흥분한 말을 제대로 제어하지 못하고 있었다.

잉카가 가마에 당도할 즈음, 가브리엘은 다른 기병들이 피라미드 아래에서 수많은 인디언들 틈으로 밀고 들어가는 것을 흘끗 보았다. 뒤에서는 보병들의 칼에서 피가 뚝뚝 떨어지고 있고, 기병들은 창을 앞으로 쳐들고 돌격하면서 "산티아고! 산티아고!" 하고 함성을 질렀다.

파도가 부서지는 바다처럼 왕의 가마 주위에 몰려 서 있던 수많은 인디언들이 거센 파도에 휩쓸렸다. 그들은 겹겹이 쓰러지고 공격을 피하기 위해 서로 밀치고 또 밀치면서도, 이상하게도 공격에 대응하지 않았다.

안장 위에서 가브리엘은 사람들의 몸뚱이와 머리가 검은 거품을 이루며 내려앉는 것을 보았다. 푸른 눈의 처녀에 대한 기억이 잠시 그의 눈앞을 흐렸다. 그는 자신도 모르게 기도했다. 저기, 잉카 가마 뒤에서 두려움에 일그러진 얼굴로 하늘을 붙들고 올라갈 수 있을 것처럼 두 손을 허공으로 내뻗고 있는 여자들 중에 그녀가 있지 않기를.

그들이 인파에 밀려 잉카의 붉은 눈과 태연히 경멸을 담은 입이 보일 만큼 가까이 다가갔을 때, 십여 명의 인디언 전사들이 후안과 크리스토발의 말 앞에 쓰러져 짓밟혔다. 말발굽이 배에 구멍을 내고 가슴을 으스러뜨리는 동안, 인디언들은 소리 없는 울부짖음으로 입을 벌린 채 당황한 눈으로 올려다보았다.

'저들은 믿지 않았어! 저 바보들은 우리를 믿으려 하지 않았어!…… 곧 있으면 살아남는 사람 하나 남지 않을 텐데, 저들은 싸우려고 들지도 않는군! 무엇 때문에? 무엇 때문에 저런 미친 짓을?'

가브리엘은 잔인할 정도로 쓰라린 분노에 가득 차서 생각했다.

마치 그에게 대답이라도 하듯, 페드로의 명령에 따라 화승총의 일제사격이 닥치는 대로 사람들 머리에 구멍을 뚫었다. 죽은 자의 몸뚱어리들이 살아 있는 자들을 가로막았고 혼란은 더해갔다. 가마에 이르는 길이 움직이는 모래처럼 그들 뒤에서 다시 닫혔다. 디에고 데 몰리나와 후안 피사로가 말 위에 서서 고함을 지르고, 인디언들의 살을 뚫어 통로를 내기 위해 이쪽저쪽으로 칼을 크게 휘두르며 베어내자 다시금 돌파구가 뚫렸다.

가브리엘은 머릿속이 윙윙거리는 것을 느끼며 그저 창 자루로 내려치기만 했다. 그런데 또다시 화승총의 일제 사격이 공포를 가중시켰다. 사람들이 도망치기 시작했다. 쓰러진 자들은 머리를 바닥에 댄 채 힘겹게 몸을 일으키다가 휩쓸리고 짓밟혔다.

어찌나 말을 세게 조였는지, 가브리엘은 넓적다리 사이에서 말이 질겁해 몸을 떠는 것을 느꼈다. 말은 미친 듯한 울음소리를 내지르며 뒷발로 일어서서 가까이 있는 얼굴들을 발굽으로 차서 짓이겼다. 커다란 황금 마개로 귀를 장식한 인디언이 가브리엘의 창을 힘껏 움켜쥐고 그를 말에서 떨어뜨리려고 애썼다.

가브리엘은 반사적으로 창을 놓아버리고 말을 왼쪽으로 돌리려고 고삐를 당겼다. 말이 본능적으로 알아차리고는 입에 거품을 문 채 뒷발로 차고 팽이처럼 돌아 주위에 빈터를 만들었다. 말이 멈춰 서자, 가브리엘은 검을 꺼내 들고 오직 방패만으로 길을 트면서 세 번을 껑충껑충 뛰어 총독에게 갔다. 총독은 이미 잉카의 커다란 가마에 바싹 다가가 있었다.

돈 프란시스코는 몸소 가마 위로 반쯤 기어 올라가, 마침내 잉카의 왼팔을 움켜쥐고 자기 쪽으로 끌어당겼다. 잉카는 잠시 경악하더니 있는 힘을 다해 왕좌의 팔걸이에 매달렸다. 그사이 발사나무 바닥 아래에서는 백여 명의 인디언들이 꿋꿋하게 광기의 대양 위로 가마를 떠받치고 있었다.

"도와줘. 젠장! 이자를 여기서 끌어내리게 도와줘!"

돈 프란시스코가 부르짖었다.

디에고, 후안, 크리스토발이 안장 위에서 몸을 구부린 채 성난 맹수처럼 고함을 지르며 가마꾼들의 손을 베기 시작했다.

얼굴에서는 땀이 줄줄 흐르는데도, 가브리엘은 눈앞에 펼쳐진 광경에 오싹해졌다. 검이 손을 자르고, 팔을 베고, 손가락을 튀어 나가게 했지만, 가마꾼들은 절단된 사지로 피가 모조리 흘러나가는데도 비명조차 지르지 않고 고개를 숙인 채 어깨로 가마를 받치고 있었다.

이러한 완강함에 광분한 후안은 늑대처럼 소리를 지르며 목을 베기 시작했다. 그러나 끝이 없는 지옥의 원처럼, 곧바로 다른 인디언들이 죽은 자들을 대신하며 차례로 검의 칼날에 몸을 내맡겼다!

뒤집힐 듯한 가마 위에서 잉카는 꿋꿋이 버텼다. 그의 화려한 옷이 갈기갈기 찢어졌다. 시킨차라 사절이 피사로 총독을 밀어내려고 옆으로 덤벼들었지만, 몰리나의 창이 시킨차라의 황금 가슴장식을 꿰뚫었다. 백합꽃 모양의 창날 끝이 그의 어깨 사이로 튀어 나와 나무 가마에 박히면서 그는 거꾸러졌다.

드디어 다른 인디언 군주들이 청동 도끼를 휘둘러댔다. 가브리엘의 검이 휙휙 무딘 소리를 내며 이미 피비린내 나는 공기를 가르고 팔 하나를 베었다. 부서지는 뼈의 진동이 그의 머릿속까지 울렸다. 그는 이루 말할 수 없는 악몽을 꾸는 것만 같았다.

한 인디언이 가브리엘의 다리를 붙잡고 온몸으로 매달렸다. 그는 인디언을 후려치기 위해 다시 팔을 들어 올리면서, 분노의 흐느낌에 목이 메었다. 말 등에서 몸을 곧추세우고, 그도 다른 사람들처럼 고함을 지르며 검을 내리쳤다. 하지만 끔찍한 소란에 휩싸인 광장에서 그의 고함은 소리 없는 숨결에 불과했다.

*

태양이 사라졌다.

저기, 울부짖는 여자들 머리 너머로, 아나마야는 이방인들이 키 큰 옥수수를 베듯 종복들과 군주들의 팔을 베는 것을 보았다.

그녀는 용맹스러운 군주들이 아타우알파를 향해 달려가, 눈썹 하나 까딱하지 않고 그들의 손과 머리와 피와 목숨을 바치는 것을 보았다. 하지만 이방인들의 사나운 공격에, 그들은 끝없이 쓰러지고 헛되이 피를 흘렸다. 감춰둔 투석기, 보잘것없는 무기, 철퇴와 활, 그런 것들은 아이들의 장난감일 뿐이었다!

"난 태양신의 아들이다."

아타우알파가 곧추서서 하늘을 올려다보며 소리쳤다. 그러나 수많은 전사들에게 공격 명령을 내리지는 않았다.

그는 명령을 내리지 않았고, 모두들 죽을 때까지 끝끝내 순종하다가 학살당하고 헛되이 난자당했다!

치차에 너무 취하고, 맹위를 떨치는 이방인들에게 넋이 나가 명령을 내리지 못한 것일까?

태양은 사라진 뒤였다. 유일한 군주였던 아타우알파, 이제 아나마야는 죽음을 살포하는 이방인들에게 붙잡히지 않으려고 한낱 범인(凡人)으로 항거하는 그의 모습을 보았다.

온 사방에 고함과 신음 소리뿐이었다. 그녀는 이리저리 떠밀리고 밀쳐졌다. 사람들이 매달려 그녀의 튜닉이 찢어졌다. 그녀는 몸뚱어리들의 강물에 휩쓸리고 들어 올려지고 짓눌렸다. 그것은 놀라운 폭풍을 일으키는 다른 세상의 바람이었다.

그때 그녀는 아이의 말을 떠올렸다.

'과거의 것은 더이상 존재하지 않을 거야!'

그녀는 왜 용기를 내어 아타우알파에게 미리 알려주지 못했을까? 행여 그가 죽는 것을 보게 될까 두려워, 그녀는 감히 가마 쪽을 쳐다보지도 못했다.

그가 패한 원인이 이방인들보다는 오히려 그녀에게 있는 것이 아닐까?

그녀는 그 이방인 때문에 입을 다문 것이었을까?

설사 우아이나 카팍이 이 끔찍한 순간을 원했다 할지라도 그녀는 견딜 수 없었다.

그녀가 자신을 둘러싼 숨 막히는 광기에 몸을 내맡기고 뜰을 짓밟는 수많은 발길 아래 그대로 깔려버리려는 순간, 평원 반대편 서쪽 언덕의 캄캄한 어둠 속에서 황금빛 광선이 반짝였다.

그랬다. 저기 구름 사이로, 태양 광선이 숲을 스치며 반사되고 있었다.

저 서쪽, 쿠스코로 가는 길 위에.

학살의 광기 속에 떨어진 평화로운 별과도 흡사한 황금빛 점.

그녀는 알고 있었고, 단번에 알아보았다.

그녀는 느꼈다, 분신 형제를!

그녀가 기다려온 그를.

*

몰리나, 후안, 크리스토발은 총독을 둘러싸고 그들의 말을 가마에 맞댄 채 가마를 뒤집으려고 안간힘을 썼다. 하지만 헛수고였다. 가마꾼들이 발치에 쌓인 시체들 위로 기어 올라가는 바람에 가마가 더 높이 올라가 있었다!

"아무도 그에게 상처 입히지 마라!"

여전히 아타우알파를 왕좌에서 끌어내려고 애쓰며, 돈 프란시스코가 명령했다.

광장 건너편에 있던 기병들이 도착했다. 그 소리가 마치 짐승을 궁지로 몰아넣을 때 사냥꾼이 외치는 함성과도 흡사했다. 그들은 창 끝이나 손으로 잉카의 장식을 벗기고 깃털 왕관과 황금 망토와 목걸이를 떼어냈다……

모게르가 큰 고함 소리와 함께 맞은편의 군중을 뚫고 주변을 헤치며 가마에 다가갔다. 그는 잉카의 황금 가슴받이를 움켜쥐고 단번에 떼어내 흔들어대면서 미친 듯이 웃음을 터뜨렸다. 철퇴로 무장한 인디언 군주가 다시 뺏으려고 했지만 모게르의 검이 그의 배를 위에서 아래로 갈라 내장을 드러냈다.

"아무도 인디언에게 상처 입히지 마라……"

총독이 반복해서 말했다.

하지만 가브리엘은 울부짖는 맹수처럼 입을 크게 벌리고 있는 모게르의 얼굴에서 요동치는 광기를 포착했다.

가브리엘이 자신을 가로막은 종복들 무리에서 벗어나 죽은 자와 산 자 들 사이로 말을 달리는데, 모게르가 검을 치켜들었다. 첫 공격의 칼날이 왕좌의 기둥을 따라 미끄러져 내려갔다. 힘차게 날아오른 검 끝이 아타우알파의 팔을 움켜쥔 총독의 보호 장갑을 베었다. 총독이 큰 소리로 욕을 내뱉었지만 그의 손은 움직이지 않았다.

가브리엘이 말을 가마에 바싹 갖다 붙이고 옆으로 몸을 기울이며 검의 편편한 부분으로 모게르의 어깨를 후려쳤다. 그러자 모게르는 앞으로 쓰러지며 칼을 놓쳤다.

"인디언한테 손대지 마! 총독님 말씀 못 들었어, 어리석은 놈! 손대지 말라시잖아!"

가브리엘이 당황한 모게르의 가슴을 검으로 겨누며 정신없이 고함을 질렀다. 그가 어찌나 무섭게 소리치는지, 사방의 모든 사람들이 잠시 행동을 멈춘 듯했다. 모게르의 거친 얼굴이 증오로 일그러졌다. 가브리엘은 그의 얼굴에서 세상 사람들이 품을 수 있는 살인의 욕망을 그대로 읽을 수 있었다.

총독은 그 틈을 타서 마침내 잉카를 왕좌에서 끌어내렸다. 가마가 옆으로 기울어지는 사이, 그는 잉카를 자기 쪽으로 세게 끌어당겨 왼팔로 그의 목을 감고는 방패로 보호했다.

"내 아들, 자네가 목숨을 구해주었네! 내 곁을 떠나지 말게. 이자를 건물 안으로 데려가도록!"

총독은 매우 흡족해하며 가브리엘에게 말했다.

그때, 몸이 굳어버린 인디언 종복들 틈에서 말을 끌어내다가, 가브리엘은 그녀를 보았다. 그녀는 커다란 푸른 눈을 고정시킨 채, 혼란 속에서 꼼짝도 하지 않고 있었다.

그녀가 바라보는 것은 잉카가 아니었다. 바로 가브리엘이었다.

*

아나마야는 가브리엘이, 금발의 이방인이 살육의 한가운데로 다가가는 것을 보았다.

분신 형제의 희망의 섬광은 언덕 뒤로 사라진 뒤였다.

그녀 주위에 있던 여자들은 도망치고, 간청하고, 피와 떨어져 나간 살점들 틈에서 비틀거렸다. 정신 나간 여자들이 그녀를 움켜잡았다. 아나마야는 그들을 밀쳐냈다. 한 발짝도 뗄 수 없었다.

말에 올라탄 사람이든 걸어 다니는 사람이든, 이방인들은 하나같이 격분해 있었다. 죽음이 그들을 사지 끝까지 전율시키고 눈에서는 불꽃이 춤추게 했다.

그녀는 이방인들이 욕설을 퍼부으며 잉카의 옷을 하나씩 벗기는 것을 보았다. 그는 이미 반쯤 벌거벗겨진 상태였다.

그녀는 아타우알파 위로 들어 올려지는 칼날을 보았다.

그리고 그를, 펄쩍 뛰어올라 살인자를 물리치는 그를 보았다.

피가 그의 칼날을 붉게 물들이긴 해도, 그는 다른 이들처럼 후려치지 않았다.

그녀는 죽음에 격분한 그가 소리치는 것을 들었다.

그리고 이제 그가 눈을 들어 그녀를 보았다.

그녀 안에서 문이 열리고, 대혼란 너머로 그녀를 이끌었다.

그녀가 생각하는 것은 터무니없는 것이었다.

그러나 그녀는 큰 소리로 말했다.

"나를 데려가줘요! 이 피와 공포의 구덩이 속에 나를 버려두지 마세요."

✲

여전히 머릿속을 불태우고 있는 푸른 시선을 지우지 못한 채, 가브리엘은 열에 들뜬 얼굴로, 전투에 취한 군중들 틈에 말발굽으로 길을 내며 총독과 잉카보다 앞서서 나아갔다. 돈 프란시스코는 끊임없이 큰 소리로 말했다.

"이자에게 조금이라도 해를 입히면 이자의 목숨과 너희 목숨을 맞바꿀 것이다!"

마침내 잉카를 한 건물 안으로 밀어넣으며, 돈 프란시스코가 간수들에게 거듭 말했다.

"이자에게 조금이라도 해를 입히면 이자의 목숨과 너희 목숨을 맞바꿀 것이다!"

총독은 장갑을 벗고 피가 조금 흐르는 손을 들여다보았다. 그러고는 기쁨과 사나움으로 빛나는 눈으로 가브리엘을 쳐다보았다.

"전투는 이겼다, 아들아!"

전투라고?

가브리엘의 눈길은 광장과 저 멀리 평원에 자리잡고 있는 공포 위를 떠돌았다. 전투는 시작된 적이 없었다. 싸움에는 둘이 필요한 법. 그것은 살육이자 도륙이고, 살아남아 도망칠 수 있는 인디언들에게는 이제 미친 듯한 도주일 뿐이다.

가브리엘은 총독에게 대답하려다가 어떤 확신에 이끌려 입을 다물었다. 이 혼란의 와중에 처음이자 유일하게 솟은 확신이었다. 이제 그가 구해야 할 사람은 그녀였다. 전투, 진정한 전투는 그녀가 오늘밤도, 내일도, 언제까지나 살아 있는 것이었다. 신과 왕의 명령을 초월하는 전투, 어떠한 희생을 치르더라도 치러내야 할 전투, 한없는 애정으로 다정하게 그를 '아들'이라고 부르는 돈 프란시스코의 명령을 넘어서는 유일무이한 전투.

한마디 말도 없이, 그는 말고삐를 돌리고 말의 엉덩이를 쳐서, 지친 말을 공포 속으로 다시 내몰았다.

✲

저기서, 뜰의 담벼락이 수많은 시체의 무게를 버티지 못하고 먼지 구름을 일으키며 무너져 내렸다. 이 새로운 공포에 휩쓸려 짓밟힌 주검들이 이미 무너진 벽의 잔해 위에 쌓여 언덕을 이루었다.

그러나 그녀, 그녀는 움직이지 않았다.

그녀는 그를 기다렸다.

겨우 말의 속도를 늦춘 그는 팔을 내밀어 주저 없이 그녀를 안아 올렸다. 그녀는 뜻밖에도 순순히 그의 목을 부여잡고 말에 올랐다. 그녀는 가벼웠다. 그가 안장머리 앞 말의 목덜미 위에 앉히자, 그녀는 이내 그와 말과 한 몸처럼 움직였다.

흩어지는 물결처럼 사람들이 도망치는 벽의 돌파구까지는 불과 오십여 걸음밖에 되지 않았다.

가브리엘 주위의 스페인인들은 음험한 웃음을 지으며 입을 벌린 채 죽음이라는 작업을 계속 해나갔다. 폭력에 취해 보물을 찾아다니는 것이었다. 그들 자신의 마음 깊은 곳에 두려움 때문에 묻어두었던 잔인함이라는 보물을.

가브리엘은 피라미드 꼭대기에 있는 세바스티안을 알아보았다. 세바스티안이 뭐라고 소리를 지르는 듯했지만 들리지 않았다. 젊은 처녀의 두 손이 그의 허리를 꽉 조였고 그녀와 그의 몸이 한데 얽혀 있었다. 뛰어오르는 말에 올라탄 채로, 둘은 바람에 뒤엉킨 풀처럼 그렇게 있었다.

그는 그녀의 살내음을 맡고 그녀의 입술과 아주 가까운 목덜미에서 온기를 느꼈다. 때에 잔뜩 전 윗옷을 입었는데도 젊은 육체의 생기가 그의 몸에서 배어 나왔다. 세바스티안이 계속 피라미드 위에서 소리를 질러댔지만, 가브리엘은 알아듣지 못하고 탈주병들을 헤치며 나아가려고 안간힘을 썼다.

그녀가 중얼거림인지 신음 소리인지 알아들을 수 없는 말을 했다. 시체들이 흩어져 있는, 높이 쌓인 건물 잔해를 뛰어넘느라 말이 허리를 흔드는 바람에 가브리엘의 입술이 그녀의 관자놀이에 부딪혔다. 그녀의 살맛이 그의 입술에 남아 있었다. 혀로 입술을 핥자, 그는 취한 듯 몽롱해졌다.

그때 타는 듯한 느낌이 그의 허리에 상처를 냈다. 그는 한차례 박차를 가해 말을 피하게 했다. 뒤를 돌아보니, 창을 휘두르며 웃어젖히는 모게르의 얼굴이 보였다.

"죽여버릴 거야! 숨통을 끊어주겠어, 이 머저리!"

모게르는 창을 흔들어댔지만 힘이 부친 나머지 창이 벽돌에 부딪혀 튀어 올랐다.

가브리엘은 뜨겁고 끈적끈적한 피가 허리를 적시는 것을 느꼈다. 미지의 여인의 푸른 눈이 걱정스러운 듯 그의 시선을 찾았다. 그는 그저 웃으면서 저도 모르게 그녀를 바짝 끌어당겨 힘주어 껴안았다.

벌거벗은 아이들이 더러워진 다양한 색깔의 깃털 왕관을 가지고 늪

쪽으로 달려갔다. 아이들 주위로 사람들이, 군주들이나 종복들, 라마나 개, 먼지와 진흙과 피로 더럽혀진 하얀 튜닉과 황금 가슴장식이 달려갔다. 그들의 얼굴은 하나같이 뭐가 뭔지 이해할 수 없다는 표정으로 일그러져 있었다.

드디어 포석길을 벗어난 말발굽 아래 평원의 짧은 풀이 밟혔다.

가브리엘은 몸을 기울여, 어찌할 바를 모르는, 반짝이는 푸른 눈빛을 보았다. 그 눈에 눈물이 가득 고여 있었다.

그는 몸을 떨기 시작했다.

그녀 역시 몸을 떨었다.

그녀는 여린 구릿빛 손가락으로 그와 깍지를 꼈다. 그들이 그렇게 함께 떨고 있는 사이, 말은 제 스스로 보통 걸음으로 돌아갔다.

죽음과 재앙의 악취가 풍겼다. 그러나 그들 둘은 생애 첫날처럼 순수한 사랑으로 몸을 떨었다.

46

1532년 11월 16일, 카하마르카

늪 한가운데, 수증기가 갈대들 틈으로 스며드는 뜨거운 샘과 강이 만나는 지점에 허름한 등심초 오두막이 하나 있었다. 바닥에는 짚자리 하나밖에 없고, 방 한구석에는 초라한 나무 사발 두 개와 주둥이가 깨지고 먼지로 뒤덮인 도자기 단지가 있었다. 불씨는 오래전에 재가 되어 있었다.

가브리엘은 마음이 놓였다. 오늘밤 아무도 이곳에서 묵지 않았으니, 여기라면 죽은 자의 영혼도 찾아오지 않을 터였다.

날이 조금씩 저물어갔다.

그는 파리를 쫓으려고 머리 위로 손을 갖다 댔다. 손에 피가 묻어 있었다. 그는 매우 강한 사람이었지만 지금은 너무도 약해져 있었다. '이제 죽는 걸까?' 하는 생각이 스쳤다. 물론 아니었다. 하지만 그는 너무 피곤했고 사지는 마비되어 있었다……

그녀는 오두막 밖으로 뛰어나가 나뭇잎 몇 장을 가지고 돌아오더니 잘게 찢어 오랫동안 씹었다. 그러고는 그의 머리 위 혈관이 뛰는 자리에 손가락을 갖다 댔다.

그는 눈을 감고 그녀에게, 그 부드러움에 몸을 내맡겼다.

그가 눈을 뜨자 그녀가 미소 지었다. 그녀의 손이 그의 뺨을 가볍게 스치다가, 그가 잡으려 하자 스르르 빠져나갔다. 그녀는 두 마디 말을 하고 사라져버렸다. 물론 그가 알아들을 수 없는 말이었다.

✲

그녀는 어둠을 헤치고, 연기처럼 땅에서 올라오는 신음과 울음소리 한가운데를 달렸다. 진흙탕과 늪, 뜨거운 강을 피해 내딛는 그녀의 발걸음은 정확했다. 태양은 사라졌지만 아직 달이 그녀와 함께 있었다.

잉카의 거주지 안뜰은 일찍이 겪은 적이 없는 비탄에 빠져 있었다. 스페인 기병들이 이곳까지 와서 모든 것을 유린하고 약탈하고 폭행한 터였다. 황금으로 된 것은 모두 가져가고, 살아 있는 것은 모두 더럽혀졌다. 이따금 어둠 속에서 비명 소리가 들려왔다. 그들이 죽음을 손아귀에 쥔 채 배회하고 있었던 것이다.

그날 아침에 잉카가 쉬고 있던, 두 개의 황금 기둥 사이에 있던 그물 침대는 버려진 낡은 천조각처럼 두 개의 물웅덩이가 있는 목욕탕에 둥둥 떠 있었다.

"너 안 죽었구나……"

인티 팔라의 목소리였다. 아나마야는 그녀를 돌아보았다. 얼굴이 빨개지고 옷이 찢긴 그녀는 자존심의 환영일 따름이다. 그녀에게 크나큰 두려움을 느꼈다고 생각할 때 나타나는.

"난 죽지 않았어, 인티 팔라. 끝마쳐야 할 일이 있어 돌아온 거야."

"넌 이 모든 파괴의 근원이야."

"조용히 해, 넌 바보일 뿐이야. 유일한 군주님이 붙잡히신 건, 생각도 없고 능력도 없는 바로 너 같은 사람들 때문이야."

인티 팔라는 더이상 악의에 찬 대꾸를 하지 않은 채 입을 다물고 뜨거운 눈물을 흘렸다. 그녀는 화살을 맞은 한 마리 새처럼 팔을 흔들었다.

"이제 태양은 없어. 더는 아무것도 없어……"

그녀가 흐느꼈다.

"아직 세상이 있고, 그 세상을 태어나게 할 아이가 있어."

아나마야는 물러서며 혼자서 중얼거렸다.

"도망가야 해."

인티 팔라가 신음했다.

"살아야 해."

"당신 말이 맞아요, 살아야 해요."

친근한 목소리가 말했다.

그리고 힘센 두 팔이 그녀를 숨이 막히도록 끌어안았다.

*

오늘밤은 어찌나 더운지, 고독과 두려움은 어찌나 빨리 찾아드는지, 아주 작은 그림자에도 어찌나 위협을 느끼는지……

때때로 가브리엘은 자신이 존재하고 있음을 확인하기 위해 머리를 만졌다. 머리를 쿡쿡 찌르는 고통과 그녀가 사라지기 전에 발라준 이상한 고약이 있었다.

그녀는 돌아올 거야.

그는 여러 번 이렇게 속으로 되뇌었지만, 몇 시간이 지나고 난 지금은 확신이 서지 않았다. 시간이 얼마나 흘렀는지는 알 수 없었다.

그녀의 따뜻한 살결, 부드러운 손, 현기증 나는 시선이 조금 전에는 있었다. 하지만 지금은?

남아 있는 것은 짚자리뿐이었고, 그 짚자리 위에서 그는 등허리에 입은 상처의 끔찍한 고통에 시달리다 끝내 의식을 잃었다.

환영이 보였다. 세바스티안의 입술에서 본 비난과, 결정적인 순간에 자신을 버렸다고, 어쩌면 배반했다고 격분하는 총독의 분노.

어떤 대가를 치러야 하나? 죽음.

그는 자신이 죽음을 생각하면서도 두려움을 느끼지 않고 있음을 깨달았다.

'그래, 죽음은 세비야의 종교재판소 감옥 안에 있지 않았던가? 죽음은 내 아버지가 내게 운명으로 단언한 것이 아닌가? 그리고 방금 전까지 내 옆을 굴러다니지 않았던가? 이상한 일이야. 카하마르카에서 사 킬로미터쯤 떨어진 늪지대 어딘가의 등심초 오두막 안에서 죽는 내 모습은 보이질 않으니.'

그는 여전히 귓전에서 메아리치는 그녀의 목소리를 다시 들었다. "기다려줘요." 이것이 그녀가 남긴 말이었다.

기다림은 그의 가슴속에 평화를 흩뿌렸다.

✲

“당신이 분신 형제를 찾는다는 말을 빌라 오마한테 들었을 때, 마치 당신이 나를 부른 것 같았어요. 난……”

망코가 말했다.

그날 아침까지만 해도 아타우알파의 방이었던 곳에서 둘은 몸을 바짝 붙인 채 웅크리고 있었다. 그곳에는 이제 무질서밖에는, 서둘러 떠난 표시와 약탈의 흔적밖에는 남아 있지 않았다.

“그분이 당신에 대해 말씀하셨어요.”

아나마야가 속삭였다.

“누가요?”

“밤마다 내게 말씀해달라고 간청했지만 그분은 침묵을 지키고 계셨죠. 사람들은 여전히 나를 코야 카마켄이라고 불렀지만, 입에 붙은 말이어서 그런 거라고 생각해요. 내겐 아무것도 보이지 않았고, 당신 아버지 우아이나 카팍은 내게 아무런 지혜도 주지 않으셨으니까요. 다른 세상에서 나를 보살펴주겠다고 약속하신 것도 거의 기억나지 않을 지경이었어요.”

“우린 쿠스코에서 멀리 떨어진 도로에 있었는데, 군대가 다가오는 것을 보고 곧바로 숨어야 했어요. 내 형제 아타우알파가 모든 쿠스코 씨족에 대한 복수를, 끔찍한 복수를 단언했기 때문이죠. 난 봤어요……”

망코가 갑자기 입을 다물었다. 그녀는 그의 손을 살며시 잡았다.

“난 인간으로서 차마 보고 싶지 않은 광경을 봤어요, 아나마야. 목이 잘려 죽은 여자들과 그들의 품안에 살아 있던 아이들을요.”

"빌라 오마는요?"

"그는 신관들이 숨겨주었어요."

"난쟁이는요?"

고함 소리가 그의 가슴에서 터져 나왔다. 망코는 놀란 눈으로 그녀를 쳐다보았다.

"난쟁이? 왜 내게 난쟁이에 대해 묻는 거죠?"

"얘기가 길어요, 오늘밤에 할 수 있는 얘기가 아니에요. 그냥 당신이 알고 있는 것만 말해줘요, 부탁이에요."

"사슬에 묶여 쿠스코로 들어가는 걸 봤어요."

"그래서요?"

"그 뒤로 어떻게 되었는지는 모릅니다. 나이 많은 파나카들의 궁전은 더럽혀지고 신전은 수색당했지만, 내 형제 파울루는 기적적으로 죽음을 모면했지요. 나는 이 세상의 모든 잔인함을 보았어요, 아나마야. 나를 남자로 만들어준 것은 우아라치쿠라기보다는 바로 그것이었어요…… 그러니까 난쟁이는 그 혼란의 와중에……"

"아타우알파 군주님의 주변에는 거짓말쟁이와 가짜 점술가와 비겁한 자들뿐이었어요."

"어쨌든 그들의 말을 들은 사람은 아타우알파예요. 이제 더이상 씨족은 없습니다. 뭐, 아무래도 상관없지요. 모든 게 마찬가지니까. 그런데 이방인들이 아타우알파에게 폭력을 휘둘렀단 말인가요? 그들이 그에게 손을 댔어요?"

"손을 댄 정도가 아니라 이방인들 수중에 붙잡혀 계세요……"

"그 이방인들은 대체 누굽니까? 신인가요?"

그녀는 입이 말랐다.

"그냥 사람들이에요."

망코는 또다시 입을 다물었다. 그녀는 그의 마음이 다시금 무거워지는 것을 느꼈다. 그의 마음속에는 여전히 분노가 도사리고 있었다.

"지난밤, 당신이 분신 형제와 함께 다가오고 있던 그 시간에, 그분이 마침내 어린아이의 목소리로 내게 말씀하셨어요. 이렇게 말씀하셨죠. '네가 뱀한테서 구해준 내 아들을 보살펴줘. 그는 미래 시간의 첫 매듭이니까……'"

"새벽이 되기 직전이었어요. 나 혼자서 분신 형제와 함께 천막 아래에서 자다가 소스라치게 놀라 잠이 깼어요. 뱀 한 마리가 분신 형제의 황금 손목 위로 지나갔어요. 몇 년 전에 경주할 때 당신이 내게서 쫓아준 뱀과 비슷했지요…… 난 언덕 위로 여명이 밝아오는 것을 보려고 밖으로 나갔어요. 사방이 전쟁의 도가니였어요. 그런데 내게 큰 힘이 찾아왔고, 내 눈앞에서 빛이 밝혀졌어요. 온 지평선을 가득 채우는 황금빛이었죠."

망코가 말했다.

"당신이에요, 망코. 당신밖에 남지 않았어요……"

그는 두 팔로 그녀를 끌어안고 중얼거렸다.

"난 당신이 절대로 우리를 떠나지 않을 거라고 말하던 날을 기억해요. 그날 아침에 파울루와 나는 당신이 못생긴 것인지 아름다운 것인지 궁금해했죠……"

그에게 안긴 아나마야의 몸이 본능적으로 굳었다.

"왜 그래요?"

망코가 물었다.

이번에는 그녀가 입을 다물었다. 어둠 속에서 그녀는 자신의 눈을 찾는 그의 눈을 보았다. 그녀는 혈기 왕성한 살쾡이의 힘을 느꼈다……

"쿠스코로 다시 떠나야 해요, 망코. 분신 형제와 함께……"

"알아요. 하지만 내가 왜 루미나위 장군 군대의 포위망을 뚫고 이방인들을 피해서 왔을까요?……"

"왜죠?"

"당신을 찾기 위해서."

"난 당신과 함께 있을 거예요, 망코. 하지만 당신과 함께 가지는 않아요."

그녀는 숨을 가다듬고 대답했다.

"무슨 말인지 모르겠군요."

"내게는……"

그녀는 그에게 진실을 얘기하고 싶었다. 그녀의 마음을 뒤흔들어놓은 새로운 혼란 속에는 거짓이 자리잡을 공간이 전보다 더 없었기 때문이다. 그러나 그녀는 엄청난 무기력에 사로잡혔다. 적절한 단어를 찾아 말해야 할 텐데, 숨결과 눈빛과 너무도 막연한 확신뿐이었다. 그녀는 입을 굳게 다물었다.

그녀는 망코의 무거운 숨소리를 들었다. 그녀에게 쏠린 그의 눈이 분노로 번득이는 듯했다. 하지만 그는 침묵을 지켰다. 그는 기다리다가, 이제 더는 기다려봐야 소용이 없음을 깨닫고 일어섰다.

"내가 남자가 되었노라고 당신에게 말했지요. 당신이 내게 주는 것은 받아들이되, 당신이 주지 않는 것은 지켜드리지요. 내 미래가 핏빛 여명 속에 뚜렷이 모습을 드러내는데, 수수께끼가 풀리는 순간 또다른 수수께끼가 찾아오는군요…… 내일 난 산속에 있을 것이고, 분신 형제가 내게 주는 힘을 가지고 그를 따라갈 겁니다. 그러나 그것이 당신 때문이라는 것은 잊지 않을 겁니다……"

"나도 잊지 않을게요, 망코."

"몸조심해요."

그는 그녀의 뺨을 가볍게 스치고는 어둠 속으로 사라졌다. 그녀는 몸이 떨리는 것을 멈출 수가 없었다.

그리고 이제는 그녀가 어둠 속으로 떠났다. 운명으로 받아들인 남자를 향해, 격한 가슴을 안고.

*

날이 더웠다. 가브리엘은 속을 넣은 윗옷을 벗고 셔츠도 벗었다. 그의 몸엔 먼지와 피가 땀과 함께 말라붙어 있었다. 팔에 입술을 갖다 대자 짭짤하면서도 시큼한 맛이 났다. 그는 온몸에 입은 상처의 통증을 느꼈다. 그는 반쯤 잠든 채 마비 상태에서 헤어나지 못했다.

아나마야는 소리 없이 오두막 안으로 들어왔다. 그는 꼼짝도 않고 누워 있었다. 눈을 감고 있는 탓에, 그는 그 자리에 있는 그녀를 한동안 보지 못했다.

비명 소리와 신음 소리가 멀어지면서 밤은 정적을 되찾았다. 그들을 하나로 엮어주는, 평온하고도 가없는 나약함과 그들의 숨결밖에는 없었다.

'하룻밤이 영원과 같은 순간이 있고, 내일이 없는 강렬하고도 암울한 시간이 있지……'

그는 이런 생각을 하며 눈을 떴다.

그녀가 걱정스러운 눈으로 다정하게 그를 굽어보고 있었다. 그녀의 손이 그의 입술과 뺨에 놓이더니 가볍게 스치며 작은 그림을 그렸다. 그는 움직이지 않았다. 그녀를 두 팔로 끌어안고 싶은 충동을 억눌렀다.

그녀의 손이 그의 가슴의 탄탄한 근육과 가슴을 덮고 있는 부드러운 털을 쓰다듬었다.

그녀의 손이 그의 어깨로 미끄러지더니, 마치 그런 어깨선은 처음 보는 양 어루만졌다.

그녀의 손이 그를 살짝 두드리며 밀어냈다. 그는 돌아누우라는 뜻임을 알아차리고, 육체의 고통과 애무의 만족감이 뒤섞인 한숨을 내쉬며 배를 대고 엎드렸다.

그녀가 비명을 질렀다.

*

"분명 사람들이에요."

그녀는 망코에게 이렇게 대답했었다. 그러나 그녀가 입으로 말한 사실을 발견한 것은 바로 그녀의 손이었다. 그 남자의 힘, 부드러움, 상처, 그리고 그녀가 만질 때 살갗을 관통하는 전율.

물론 그녀는 기억하고 있었다. 그녀의 모든 감각의 문이 세찬 바람에 휩쓸리듯 열리고, 그녀가 마음속 비밀로 감춰두려 했던 모든 것, 그즈음 밤마다 겪은 모든 두려움, 눈물, 그 모든 것이 사라지고 모든 것이 단순해졌다.

그것은 환영이 아니었다. 분신 형제나 다른 세상에서 비롯되는 것이 아니므로. 신관이나 현자가 가르쳐주는 것이 아니므로.

그것은 그녀 안에 있었다.

그것은 그녀가 경험한 그 무엇보다 강력하고도 끔찍했다.

두려움이라면, 그것은 두려움을 초월하는 것이었다.

신이라면, 가장 신비롭고도 까다로운 신이었다.

그것은 웃고 싶고, 울고 싶고, 달리고 싶고, 돌로 변하고 싶고, 소리치고 싶고, 잠자코 있고 싶은 욕망을 부여하는 것이다.

그는 그녀의 손이 이끄는 대로 상처 입은 곧은 등을 보여주었다. 그때 그것이 그녀의 눈에 들어왔다. 그의 어깨에 숨겨진, 펄쩍 뛰어오르기 위해 몸을 한껏 웅크린 퓨마의 검은 점을.

그녀한테서 비명 소리가 새어 나왔다.

수년 전의 일이지만, 그녀는 잉카 우아이나 카팍의 말을 기억하고 있었다.

'퓨마를 믿어라……'

그녀는 퓨마의 노란 눈이 자신을 기다리고 있던 조상들의 돌을 떠올렸다. 그리고 지난밤에 아이가 한 말을 떠올렸다.

'지금 그대로의 너로 충분해. 두려워하지 마. 퓨마가 미래의 시간으로 널 따라갈 거야.'

그녀의 손가락이 남자의 떨리는 어깨 위에 도사린, 강인하고 자유로운 퓨마의 형상을 짚어갔다.

천천히 그녀는 그에게 몸을 굽혔다.

오래전부터 그녀에게 약속되었던 남자의 가슴 설레는 부드러움에 입술을 갖다 대는 일만 남아 있을 뿐이다.

47

1532년 11월 17일 새벽, 카하마르카

새벽에 두 사람은 사방에서 김이 피어오르는 평원으로 나갔다. 그것은 언덕을 내려와, 가는 실로 짜인 얇은 천처럼 넓게 퍼져 나가는 안개였다. 뜨거운 샘에서 새어 나오는 수증기였다. 그리고 길과 늪과 웅덩이에 널려 있는 시체들의 영혼, 마지막 숨결을 놓고 다른 세상을 향해 달아나는 영혼이었다.

그들 두 사람뿐이었다.

가브리엘은 아나마야가 안장에 오르는 것을 도와주고 그녀 뒤로 기어 올라갔다. 그는 저기, 죽음과 삶이 기다리고 있는 도시를 바라다보며 그녀의 목에 머리를 기댔다.

곧 말해야 하리라. 그의 충성과 배반을 변명하고, 혼란의 다음 날이라는 이 기이한 세상에서 살아남아야 하리라.

곧 받아들여야 하리라. 이 세상이 늘 서로 바라보고, 만지고, 사랑한다는 말 없이도 서로 사랑하기만 하면 되는 그 그늘진 오두막이 아니라는 것을.

곧, 그러나 당장은 아니다.

제2권 『쿠스코의 황금』으로 이어집니다.

가차 곡식이나 전분질의 야채를 주원료로 만든 수프나 죽으로, 중세의 기본적인 음식이다.

라우투 머리를 여러 번 둘러싸서 머리쓰개를 만드는, 길게 엮은 색깔 있는 모직끈.

리클라 목둘레가 하얗게 장식된 엷은 보라색의 긴 망토.

마스카파이차 '볼라' 참조.

망타 이불을 뜻하는 스페인어로, 남자 망토 '라콜라' 와 여자 망토 '리클라' 를 지칭하기도 한다.

발사 발사(열대 아메리카 산의 가벼운 목재)라는 나무로 만든 뗏목.

볼라(스페인어) 또는 마스카파이차(케추아어) 이마 위로 내려오는 일종의 모직술 장식으로, 라우투와 쿠리긴그의 깃털과 함께 사파 잉카의 상징적인 머리 장식이다.

사파 잉카 문자 그대로는 '유일한 지배자' 라는 뜻. 최고 잉카의 칭호.

아나코 발목까지 일직선으로 내려오는 여자들의 긴 튜닉.

아일로스 투척 무기. 각각 돌이 매여 있는 세 개의 가는 가죽끈으로, 동물의 다리 쪽에 던져 발을 못 쓰게 묶는 것.

아클라우아시 선택받은 여자들(아클라)의 거주지.

야나코나 노예나 농노도 아니고 시민도 아닌, 잉카 제국의 특수한 계층. 농목

업, 가사를 돕는 인부나 하인으로, 귀족이나 왕이 부렸다.

우스누 잉카족의 광장에 있는 권력층 전용의 작은 피라미드.

우아라 짧은 바지. 우아라치쿠라고 불리는 성년식 때 청년들은 이것을 받았다.

우아라치쿠 하지 때 행하는 성년식.

우아카 '성스러운 것'을 뜻하는 단어. 넓은 의미로는 성소나 신의 거처를 뜻한다.

운쿠 남자들이 입는 소매 없는 튜닉으로, 무릎까지 내려온다.

이추 고지의 야생식물로, 그 짚은 특히 지붕을 덮는 데 쓰인다.

인티 라이미 동지 즈음에 열리는 잉카족의 중요한 의례 중 하나.

인티우아타나 일종의 해시계로, 태양이 기울면서 인간을 버리려는 듯한 일몰 때 신관이 천체가 사라지는 것을 막기 위해 돌에 태양을 붙들어 매는 의식을 거행하는 곳이다.

잉카 '최고 지도자'라는 뜻으로, 원래 군주에게 붙이는 칭호였지만 차츰 왕가와 가까운 귀족에게도 사용했다. 잉카 제국의 일반 백성들도 '잉카'라고 칭하게 된 것은 최근의 일이다.

차스키 계주와 같은 방식으로 소식을 전달하는 파발꾼.

차코 몰이꾼을 써서 벌이는 대규모 사냥.

추뇨 여러 달 보존할 수 있도록 자연적인 탈수 과정을 거쳐 건조시킨 감자.

추키 창의 한 종류. 창 끝은 청동으로 되어 있고, 나무로 된 자루는 콘도르 깃털로 장식되었다.

치리구아노 '추위를 두려워하는 사람'이라는 뜻. 1520년경에 잉카 제국의 동쪽 국경을 침략한 투피남바 유목민을 일컫는 말이다.

치차 대개 옥수수를 발효시켜 만든 술로, 공식적인 의식 때 마셨다.

카팍 수장, 우두머리라는 뜻.

칸차 포석을 깐 안뜰. 넓은 의미로는 거주지 단위를 이루는 서너 개의 건물 전체를 이르는 말.

케로스 퓨마 머리 모양의 나무 단지.

코야 잉카의 합법적인 아내에게 주어지는 칭호.

쿠라카 '우두머리' 라는 뜻으로, 지방 군주나 공동체 수장 등 지역의 세력가를 일컫는다.

쿠리긴그 맷과의 작은 조류로, 검은색과 흰색 깃털은 사파 잉카의 머리쓰개를 장식하는 데 쓰인다.

쿰비 주로 야생 라마 털로 만든 매우 질 좋은 직물.

퀴노아 쌀보다 작고 영양이 풍부한 곡물. 안데스 지역의 주요 농산물로, 잉카 제국의 '슈퍼 곡물' 로 불렸다.

퀴푸 역사적 사건이나 숫자 등을 끈의 매듭 수나 간격으로 나타낸 일종의 문자로, 끈의 색깔에 따라 내용을 구별했다.

토카초 추위에 강한 5~8미터 높이의 나무.

토카푸 잉카의 직물을 장식하는 상징적인 의미를 지닌 기하학적인 문양.

투미 의식에 쓰이는 칼. 청동 칼날이 칼자루와 직각을 이룬다.

파나카 혈통. 최고 잉카의 후손.

파차쿠티 새 시대의 시작을 알리는 대혼란.

옮긴이 **진인혜**
연세대학교 불문학과를 졸업하고 동 대학원에서 플로베르 연구로 석사, 박사 학위를 받았다. 파리 4대학에서 D.E.A.를 취득했으며 현재 배재대학교에서 강의하고 있다. 저서로는 『프랑스 리얼리즘』이 있으며, 옮긴 책으로는 『부바르와 페퀴셰』 『플로베르』 『티아니 이야기』 『말로센 말로센』 『종말 전 29일』 『통상관념사전』 『해바라기 소녀』 『미소』 등이 있다.

문학동네 세계문학
잉카 1 · 태양의 공주

초판인쇄 | 2007년 11월 28일
초판발행 | 2007년 12월 4일

지 은 이 | 앙투안 B. 다니엘
옮 긴 이 | 진인혜
펴 낸 이 | 강병선
책임편집 | 이후남 신선영
펴 낸 곳 | (주)문학동네
출판등록 | 1993년 10월 22일 제406-2003-000045호

주 소 | 413-756 경기도 파주시 교하읍 문발리 파주출판도시 513-8
전자우편 | editor@munhak.com
전화번호 | 031) 955-8888
팩 스 | 031) 955-8855

ISBN 978-89-546-0426-0 04860
978-89-546-0425-3 04860 (세트)

www.munhak.com

문학동네 역사소설

람세스(전5권) **크리스티앙 자크 | 김정란 옮김**

내 심장 한복판에서 그가 깨어났다!

전 세계에 이집트 열풍을 몰고 온 대하 역사로망. 이집트 역사상 가장 위대한 파라오이자 스스로 신이 되고자 했던 람세스 2세의 일대기. 서사적 재미와 함께 해박한 역사적 지식을 바탕으로 권력과 애욕, 음모 등을 빠른 장면 전환과 속도감 있는 필치로 그려냈다.

태양의 여왕(전2권) **크리스티앙 자크 | 홍은주 옮김**

태양의 중심에서 솟아나 모든 남자를 지배한 여자!

아케나톤의 셋째딸로 태어나 성년이 되기도 전에 '태양의 여왕' 자리에 오른 불꽃 같은 여성 아케자의 생애를 그린 역작. 이집트 전성기인 제18왕조를 재조명한 사랑과 야망, 좌절의 드라마. 이집트 역사와 문화, 풍속이 생생하게 복원되어 인문학적 지식을 만끽할 수 있다.

모차르트(전4권) **크리스티앙 자크 | 성귀수 옮김**

모차르트의 신화를 완성한 마지막 레퀴엠

영화 〈아마데우스〉와 강렬한 대비를 이루는 작품. 세상을 구원하고자 프리메이슨이 된 남자, 음악에 전 존재를 건 젊은 예술가를 향해 다가오는 거대한 음모. 천재 음악가 모차르트가 창조해낸 수많은 음악들에 숨겨진 프리메이슨의 비밀이 마침내 베일을 벗는다.

나폴레옹(전5권) **막스 갈로 | 임헌 옮김**

생애 한 걸음마다 신화를 남긴 사내의 위대한 삶

인간을 움직이는 것은 '권력과 영광'이라는 확신 속에서 한 시대 다양한 인간 군상을 통솔한 영웅의 파란만장한 생애가 박진감 넘치는 필치로 전개된다. 욕망과 광기, 분노와 야망으로 들끓는 나폴레옹의 내면을 빼어나게 그려낸, 문학적 개성을 지녔다고 평가받은 작품.

투탕카몬(전2권) **크리스티앙 자크 | 김승욱 옮김**

살아 있는 신비의 상징, 투탕카몬

사자(死者)들의 땅, 왕들의 계곡에서 부활한 투탕카몬의 신화를 추적한다. 탐욕과 시기로 얼룩진 황폐한 발굴터에서 투탕카몬을 황금빛으로 부활시키기까지, 고고학자 하워드 카터와 카나번 백작, 두 남자가 이루어낸 열정과 모험의 대기록. 메종드라프레스 상 수상작.

임프리마투르 **리타 모날디, 프란체스코 소르티 | 최애리 옮김**

이탈리아 역사 추리소설의 새로운 발견

『장미의 이름』을 넘어서는 지적 추리소설. 절대왕정 시대, 바티칸을 뒤흔들고 유럽의 역사를 바꾼 거대한 비밀이 모습을 드러낸다. 바티칸 문서고에 현재도 실재하는 미스터리를 모티브로 하여 음악과 철학, 연금술과 정치를 촘촘히 엮어나간 놀라운 작품.

쿰란(전2권) **엘리에트 아베카시스 | 홍상희 옮김**

가장 매혹적인 성서 신학의 수수께끼

2천 년 전 예수의 죽음과 20세기 말 연쇄살인 사건 사이에는 어떤 연관이 있을까? 사해 육필 두루마리에 얽힌 불가해한 이야기를 배경으로 풍부한 고증과 놀랍도록 치밀한 지적 추리가 만났다. 기독교의 교리, 광신의 기원에 대한 흥미진진한 고찰이 박진감 넘치게 펼쳐진다.

황금과 재(전2권) **엘리에트 아베카시스 | 홍상희 옮김**

선악의 이면, 우리 시대의 혼란에 관한 예리한 성찰

풍부한 신학적 사유와 악마적 상상력이 돋보이는 역사 스릴러. 독일의 저명한 신학자가 살해되자 젊은 역사학자가 사건의 진상을 추적해간다. 소설의 외피 속에 '신이 어떻게 홀로코스트라는 악을 허용할 수 있었는가?' 라는 진지한 물음을 던지고 있는 박진감 넘치는 작품.